R&B

ROGER BOYLAN

Killoyle Wein & Käse

Eine irisch-amerikanische Farce

Aus dem Englischen von
Harry Rowohlt

ROGNER & BERNHARD
BEI ZWEITAUSENDEINS

Dieses Werk wurde vermittelt durch die Literarische Agentur Andreas Brunner,
A-1040 Wien, Österreich.

1. Auflage, August 2006.

Titel der Originalausgabe: *Killoyle Wine & Cheese.*

ISBN-10: 3-8077-1019-1
ISBN-13: 978-3-8077-1019-8
www.rogner-bernhard.de

Umschlag: Philippa Walz und Andreas Opiolka, Stuttgart.
Satz und Herstellung: Dieter Kohler GmbH, Wallerstein.
Gesetzt aus der Scala Regular.
Druck und Einband: Kösel, Krugzell.
Printed in Germany.

Dieses Buch gibt es nur bei Zweitausendeins im Versand,
Postfach, D-60381 Frankfurt am Main,
Telefon 069-420 8000, Fax 069-415 003.
Internet www.Zweitausendeins.de, E-Mail Service@Zweitausendeins.de.
Oder in den Zweitausendeins-Läden in Berlin, Düsseldorf,
Frankfurt am Main, Freiburg, 2 x in Hamburg, in Hannover, Köln,
Mannheim, München, Nürnberg, Stuttgart.

In der Schweiz über buch 2000, Postfach 89, CH-8910 Affoltern a. A.

Die deutsche Übersetzung folgt –
wie das Original – weitgehend
der überkommenen Rechtschreibung.

Ich kann sagen, Irland ist Quatsch,
Irland ist eine Galerie voll gefälschter Gobelins,
Aber ich kann meine Vergangenheit nicht leugnen,
mit der mein Ich ist verknüpft:
Es geht nicht an, daß die gewebte Gestalt
aus dem Wandteppich hüpft.

Aus: Louis MacNeice, *Abschied*

Für Dorothy

Wie dieser heuchlerische alte russische christlich-sozialistische millionenschwere kleinbäuerliche asketisch-versoffene Fummler und Vater unzähliger Bastarde (lachen Sie nicht; Ihr Urgroßvater hätte einer sein können) Leo N. Tolstoij, Leibeigene haltender Graf und Autor von *K&F* und *Anna K.*, beim Verzehren knackpraller Würste, vom Schwarzbrot der heiligen Steppen, dicker Sahne der geschmeidigen Kühe von Jasnaja Poljana, von schäumend süßem kaukasischen *Kwass* und/ oder Wodka bestimmt nie zu seiner Missis (und schon gar nicht auf englisch) sagte:

Oy! Alle glücklichen Ehen ähneln sich, aber jede unglückliche Ehe ist auf ihre eigene Weise unglücklich. (Springt auf den Tisch, tanzt den Kasatschok.) *Hey! Hey!*

Aber er hätte es sagen können. Und er hätte recht gehabt.

Nehmen wir nur mal diesen speziellen Fall, den von Ferdia und Shirley Quain, wohnhaft im *faux*-edwardianisch kieselrauhverputzten Bungalow Cretino Crescent Nr. 15 zu Killoyle, in der üppigen, sattgrünen, nicht existenten südöstlichsten von Irlands 32+ Grafschaften. Die Ehe der Quains hatte die Tendenz, mit der Regelmäßigkeit der Raucherbronchitis in einem irischen Winter[1)] auf Grund zu laufen, gewöhnlich als Ergebnis keiner offenkundigen Ursache, die das Köcheln zweier Temperamente am Vortag überschreitet, nämlich Ferdias arbeitsscheue Trägheit (nun, da er als Chefarchivar der Provisorischen IRA, Kommando Nord, offiziell pensioniert

1) Kurzer Hinweis: Rauchen ist jetzt drinnen wie draußen verboten; es heißt sogar, sie schicken bewaffnete Patrouillen in die Hintergassen und Scharfschützen auf die Dächer, bekannte Aufenthaltsorte für Raucher, um sie zur Strecke zu bringen –, ein Einsatz, der an die Black and Tans im Jahre 1920 erinnert. Siehe weiter unten.

war) und Shirleys Monatsbeschwerden. Aber einmal haute es sie doch dramatisch aus der Spur, selbst für ihre Verhältnisse, und es bedurfte eines Trips nach Amerika und der Interpol und einer sensationellen Gerichtsverhandlung, um sie wieder zusammenzubringen –, zumindest einigermaßen. Warten Sie, bis ich's Ihnen erzähle.

Den ersten Höhepunkt erreichte es eines Abends vor dem Fernseh (*Tage im Bao Dai* auf Kanal 4, mit Lee Bum Suk und Nicolette Tedman als Gaststars). Alle obengenannten für eine tolle ungütliche Trennung nötigen Elemente schwirrten im Äther herum, als Shirley, die Ferdias Großsaurierprofil mit bedenklichen Seitenblicken bedacht hatte, zu der epiphanischen Erkenntnis gelangte, daß ihr Alter a) »ein gottverdammter Ex-Terrorist«, b) »ein Trottel« und c) »stin-ke-faul« war.

Indem sie ihn kühn nun und stechend musterte, faßte sie ihre Gemütsbewegung in einer knappen Aufforderung zusammen.

»Verpiß dich bloß, du widerwärtiger blutrünstiger Katholenkopp.«

Seine scharfe Erwiderung auf dies lautete, sobald er sich wachgeruckelt hatte:

»Waaa ...?«

Und, als sie sich wiederholt hatte, ein geprustetes: »Jesus. Du bist ja so schlimm wie die Unionisten.«

»Ich *bin* zufällig Unionistin. Komisch, daß du nie gefragt hat. Ex-IRA, hat man Worte. Dämlicher Schweinehund. Na los, mach die Flatter.«

Das war's erstmal, so für sich genommen und auch für späterhin, wie John Braine, genannt »das Hirn«, oder auch ein gänzlich Geringerer, weniger Hirnlastiger, gesagt haben mochte. Aber genau so stand es um die Ehe des irischen Ferdia Quain (vom Quain-Klan, längst seitdem durch die Umstände dezimiert) und der englischen Shirley Soup (aus bestem alten Geblüt in Yorkshire).

Ferdia zog zu seinem Vetter Finn in die Wohnung und

schwor, nie mehr zurückzukehren, zumindest ganz schön ein paar Tage lang nicht.

Oder zumindest mehrere Stunden lang nicht.

»Der werd ich's zeigen, aber hallo.«

Ernstlich von seiner Ernsthaftigkeit überzeugt, nahm er seine Bücher (23, Zeitschriften nicht mitgezählt)[2)] in seinem alten IRA-Matchbeutel mit, dem mit den Osterglocken auf der einen und *Poblacht na hEireann* auf der anderen Seite; aber eine Woche später zog er wieder ein, als sich Shirl in einem weniger zunehmenden Stadium befand.

»Tut mir leid, Süßer«, murmelte sie am Telefon. »Ich war mal wieder soweit.«

»Ja klar, ja egal«, sagte er, offen für alles, sogar für das alte Spiel von Vergeben und Vergessen.

Aber aus den Tiefen der Monatsbeschwerden des folgenden Monats holte sie wieder gegen ihn aus, diesmal vorgeblich wegen seines hypochondrischen Verzehrs von Vitamintabletten und ihrer Entdeckung eines geheimen Verstecks von vier Vitaminröhrchen –, welche Gelatinekapseln mit C, D, E

2) Einschließlich, da Sie gerade fragen (er hat mal versucht, sie in Zeiten des Mangels und der x-beinigen, x-beliebigen Not an mich zu verscheuern), sein übel zugerichtetes handsigniertes Exemplar von *Vomitus I* von Ernest K. Gand, sowie, in keiner speziellen Reihenfolge, *Was für ein Hosenbund: G. K. Chesterton, Esq., Eine Biographie* von P. Danny Boye, S. J.; *Supergrass* von A. N. Other; *Prä-Keltische Rundwürmer in der Provinz Munster* von Paddsy O'Swiller; *Lehrpfade für Amateur-Architekten durch Cardiff, Swansea, Newport, Aberystwyth und Llanfairpwllgwyngyllgogerychwyrndrobwllllantysiliogogogoch* von Taffy abDavid; *In Terenure gehen die Lichter aus* von P. Ploughman, TD; *Die Liebesgeschichte einer Ombudsperson* von Heber Glunfionn; *Mein Käse ist Schweizer* von Jean-Marc Salopard; *Das Auge scheißt mit* von Michael Loins-Jones; *Wickel mich ein und wickel mich ab* von Sergette Grosculot; *101 Methoden, gereizt mit dem Golfschläger auszuholen* von Milesius O'Molina; *Pflege und Instandhaltung des 1976–78 Ford Escort mit dem 1,3-Liter-Motor und dem nicht synchronisierten 1. Gang* von Karol »Pop« Wojtyla; *Wie man Menschen ignoriert* von Eamonn Boozer-Wall; sowie viele, viele (zu viele) mehr.

und einem bislang unbekannten Vitamin namens T+ enthielten (angeblich unübertroffen für die Gallenblase und die Knorpelbildung im Fußbereich), in der Hacke seiner selten (eigentlich noch nie) benutzten *Runbucko*-Laufschuhe verborgen, einem Weihnachtsgeschenk seiner Schwiegermutter, welche für diese – und ihn – keine Verwendung hatte.

Shirley hielt die Vitaminröhrchen in die Luft, triumphierend, mit funkelnden Augen.

»Und was ist *das*?«

»Äh.«

»Na los, was ist das verdammtescheißenochmal?«

Ferdia setzte sich auf. Er hatte gedöst: farbenfrohe Träume von, ohne offenkundigen Grund, China, oder Japan. Tatami-Matten, Eßstäbchen, Pagodendächer. (Oder möglicherweise von Korea, dem Land der Morgenstille.)

»Ach, das. Vitamine, verstehst, Liebling, um die Wirkung der Lullen und des Alks und so auszugleichen. Andernfalls müßte ich gottweißwas machen.«

Dies war das rote Tuch für eine ohnehin ergrimmte Bovine.

»Ach, du meinst, daß du dich tatsächlich mal von deinem Arsch erhebst«, kreischte Shirley, »um einen Anfang zu machen? Und hin und wieder spazierengehst? Anstatt dich in einen jammernden abgasenden alten bettlägerigen Pillen einschmeißenden impotenten hypochondrischen Wichser zu verwandeln? Gott, ich kann's nicht glauben, *ich* bin diejenige mit einem *richtigen* Job, und alles, was du machst, ist, daß du über deinen *däm*lichen Wein-und-Käse-Laden sprichst, der in genauso weiter Ferne liegt wie vor sechs Monaten, während du vom Sofa zum Bett und wieder zurück wankst, wenn du nicht gerade mit deinen gräßlichen IRA-Kumpels in der Kneipe bist, Gott, du bist ja *wirk*lich ein Kretin. *Kretin Kretin Kretin.* Gott, du siehst aus wie ein Wasserspeier, hast du das gewußt? Ich hasse dich ich hasse dich ich hasse dich ich hasse dich ich hasse dich ich hasse dich ich hasse dich ich hasse dich ich hasse dich ich hasse dich ich hasse dich ich hasse dich ich hasse dich ich hasse dich ich hasse dich ich hasse dich ich hasse dich ich hasse dich ich hasse dich ich hasse dich.«

Usw.

Ferdia wußte, daß sie wieder mal monatlich dran war, aber diesmal, fand er, ging sie einen Tick zu weit.

»Jetzt hördumirma zu«, spotzte er.

»Los, hau ab.«

Später am selben Abend fand er sich wieder, den von Vitaminen und Büchern schweren Matchbeutel in der Hand, vor der Tür seines Vetters Finn McCool im 2. Stock der Lord Thomas Maher Towers ein, jenem luxuriösen Apartmentkomplex am Oxtail Place.

»Diesmal ist es für immer«, sagte er unfroh.

»Ach Quatsch«, sagte Finn. »Frauen. Sämtlich dumme Hühner, alle miteinander. Warte einfach ab. Sie kriegt sich schon wieder ein.«

Sie traten ein. Ferd stürzte sich aufs Weinregal, welches er anläßlich seines letzten Aufenthalts für genau die Dauer eines solchen Aufenthalts bestückt hatte.

»Sie kriegt sich schon wieder ein?« echote er. »Ja, aber krieg ich mich auch wieder ein?« erkundigte er sich rhetorisch, während die gelenkigen Finger seiner linken Hand sich um den Hals einer Flasche '98er Château Jaffrey schlossen und seine Rechte nach dem Korkenzieher suchte.

»Ach, am Arsch«, kommentierte der eloquente Finn.

»Fup«, erklärte der zutagetretende Korken.

* * * * *

»Nein, hier gibt es keine Busse. Versuchen Sie's bei einem Bus-Unternehmen. Wiederhören, und rufen Sie nicht wieder an, weil ich sonst echt sauer werde –, nein, *echt* sauer, verstehen Sie, was ich meine?«

Donal Duddy legte den Hörer auf, das Gesicht von Bangnis

und hohem Blutdruck gesprenkelt, während er ungeduldig seinen hohlen Torso auf der Suche nach der verräterischen Wölbung in den Hemdtaschen erkundete, die auf eine Packung Turf Accountant Imperial Ultra-Lite Dual Hyper-Filters[3)] hindeutete … *Eureka!* Er fand eine, aber nur eine, noch dazu ein mickriges Exemplar, runzlig und leicht nach unten gebogen, wie ein schlaffer Pimmel, dachte er; oder wie die Flugbahn seines Lebens. (Es kam ihm, da Donal Duddy war und umgekehrt, nie in den Sinn, die Lulle umzudrehen, um stattdessen ein sich nach Höherem sehnendes Symbol der Hoffnung darzustellen, wie in einer nichtssagenden Broschüre der Vereinten Nationen voll ewig sinnlosem Optimismus und strahlenden schwarzen Gesichtern mit *Crest*-polierten (oder retuschierten) Zähnen.

3) Die alten Turf Accountants, was? Entschuldigen Sie mich, während ich kurz *le bon vieux boulevard des mémoires* entlangwanke. Ja, Bruder Barnabus im Molloy College hat die geraucht, zu a) Ungunsten seines Appetits und Teints (teigig, bestenfalls) und b) jeder Zeit, wodurch er die bereits reichhaltige Brustkastenmusik vertiefte und erweiterte, die mit Sonnenaufgang begann, stetig über den Tag verlängert wurde und gegen Abend den Umfang eines wandelnden Kammerensembles voll kratziger Keucher und muköser Perkussion mit schneidenden Holzbläser-Zwischenspielen erreicht hatte, welches eindeutig, was Volumen und unablässige Hervorbringung von Lärm betraf, mit den bellenden Hunden von nebenan wetteiferte –, nicht, daß ihn *das* von der Absonderung jesuitischer Gelehrsamkeit oder schwungvoller Scherze abgehalten hätte, für die er von Youghal bis Skibbereen weltberühmt war … Augenblick, einer liegt mir auf der Zunge: Immer, wenn zu Silvester das *Auld Lang Syne* angestimmt wurde, sang er statt »Lest old acquaintance be forgot …« »Lest Old Aquinas be forgot hust hust«, womit er immer die Lacher auf seiner Seite hatte, auch meine … *Hélas*, der arme Barnabus. Die gute Nachricht ist, daß er sich heftig in einen kleinen westindischen Kricketspieler verknallte und den Orden verließ, um ihm den Haushalt zu führen. Gerüchteweise verlautet, er habe sich die Turf Accountants abgewöhnt und baue jetzt zielstrebig seine führende Stellung in der Londoner Modewelt aus; tatsächlich ist das Mary-Quant-Revival der ausgehenden Zehnerjahre des XXI. direkt auf seinen Einfluß zurückzuführen, zumindest wenn man der Gesellschaftsspalte des *Daily Quotidian* glauben möchte, was bei mir nicht der Fall ist.

»Arschgesichter«, murrte er, »Scheißkerle.«

Indem er die Luft mit obskurer und namenloser Wut kaute, steckte Donal sich die Zigarette ins Maul, zündete sie an, inhalierte, exhalierte, inhalierte, exhalierte, inhalierte und ging auf nämliche Weise wiederholt etwa zusätzliche zwei bis drei nervzerfetzende Minuten lang vor, wobei er fachmännisch Inhalationen, intermittierende Expektorationen und mit tiefer Stimme vorgetragene Exhalationen (»RRRRRR-nnnnnnnnnahhh«) zwischen Mund und Nase miteinander abwechselte und die ganze Zeit (zum etwa – nein, zum *präzise* 25. Male an diesem Tag) die halb-so-wilde Welt dort draußen betrachtete, von welcher Duddys Winkel keine sonnegesprenkelten Hochländer umfing, noch hinreißende *vistas* vom Meer, noch mächtige Herden von Elenantilopen auf dem *veldt* –, vielmehr eine graue Steinmauer gegenüber, geschmückt mit Moos, den streifigen Überresten eines bis zweier alter Popkonzertplakate und (als Hauptattraktion) den unbeholfen gemalten Wiedergaben der im Hungerstreik befindlichen Nordiren Sean Pease, Petey Partridge und Oinsias »Socks« MacPayne. Die Mauer war ein Magnet für Touristen von republikanischen Überzeugungen und für Duddy ein Gegenstand totaler Bedeutungslosigkeit, hegte er doch keinerlei Überzeugung, wenn man vom Neo-Alkoholismus absah. Unmittelbar im Vorfeld seines Gesichtskreises befand sich ein Anblick, der für ihn von größerer Wichtigkeit war: ein Parkplatz, mit Autos vollgemüllt, sämtlich zu verkaufen, oder, falls nicht, zu vermieten. Der Ort hatte für den aus Killoyle gebürtigen Donal Duddy eine traurige, ja: wehmütige Gestalt. Als Assistent für »Studien in anglo-irischer und angelsächsischer Literatur oder so 101« am Downstairs State College in New Ur of the Chaldees, Ohiowa, zeitweise freigestellt, war er nach dem Tode seines bejahrten (81) Vaters, bekannt als »Dad«, dem sich seit alters her eines allgemein schlechten Rufs erfreuenden Ex-Präsidenten der Southern Counties Bank, nach Hause zurückgekehrt; und, dank dem darauf erfolgten Glücksfall (das Haus der Familie, plus, grob gerechnet, £ 70,–) hatte Donal bald zahlreiche vergängliche Investitionen in eine schlechte Ehe mit Jen getätigt, einer Frau mit Schenkeln und Gesäß einer Kallipygischen Aphrodite, aber (mit Donals Worten, die er in jener finalen Nacht im Eingangsbereich von Mad Molloy's Bar für Weine, Schwarzgebrannten und Diverses, dem neuen heißen Treffpunkt am Strand, herausschrie) auch mit »dem Verstand und der Moral eines Himmler –, ja, *der* Himmler, oder kennst du noch einen anderen? Soso, in Torremolinos? Also, ich spreche von Heinrich, nicht von Nico«; in gepanschte Drogen, wozu er sich von der Hoffnung genötigt sah, Phantasmen des Auges zu schauen, wie sie von der grimmigen Chemie der Träume in unerträgliche Pracht gezerrt wurden (brachte überhaupt nichts, nur Herzrasen, ein flüchtiges Ekzem, sowie einen üblen Anfall von Hibbeligkeit); in gestreifte Pelzmäntel, vom Mottenfraß befallen; in schnelle, aber unverläßliche Autos, alle aus britischer Herstellung; absackende Immobilien in und um Big Sinkhole (Florida); und schließlich in eine Scheidung von Jen auf der Insel Man und einen langen Aufenthalt innerhalb der Einfriedung einer Entgiftungsklinik in der Grafschaft Meath (unter der Leitung von Dr. Matthew Mole, Am Lärchenrain, nahe Navan[4]).

Ja, lebenstechnisch ging es ein bißchen bergab, könnte man sagen, aber:

4) Ich habe mal ihre Website besucht, nur so interessehalber, während ich auf die Post wartete, damit sie mir die aktuellen Rechnungen und Drohungen von Geldeintreibern bringt. Auf der Homepage war Dr. Mole persönlich, aus irgendeinem Grunde beim Golfspielen, mit deutlich sichtbarem Zwinkern im Auge und einem Seitenwagen voller Flaschen, Powerade und Pssschitt-Orangensaftgetränk aus Frankreich. »Willkommen bei Mole«, heißt es dort, bevor der wurmstichige alte Soundtrack mühsam zum Leben erwacht und einem die volle Ladung »Stell das Taxameter ab, Schatzi, ich bleibe über Nacht« reinhaut, komplett mit nicht-musikalischen akustischen Effekten – lautes Stöhnen, Korkenknallen, Auf-nackte-Schenkel-Klatschen –, sämtlich von Dr. Mole und seinen »Assistentinnen« beigesteuert, die, wenn Sie mich fragen, eher aussehen wie die Bewohnerinnen eines Bordells in New Orleans,

»Na schön«, war Donal Duddys erschöpfende Reaktion, sobald er sich wieder außerhalb der Tore von Dr. Mole befand und den nie endenden Verkehr in Richtung Dublin auf der Navaner Landstraße beobachtete. »Autos sind das einzig Wahre, mein Lieber.« Als Ergebnis, nachdem er die eine oder andere von Dad ererbte Strippe gezogen hatte, war er bald Geschäftsführender Unterassistent eines Gebrauchtwagenladens, der einem meist abwesenden Typ namens Byrne oben in Dublin gehörte. Das Geschäft hieß Heartland Autos, ein Name, den Donal als gutes Omen nahm, denn schien er nicht auf den ersten Blick eine zufällige Hommage an seine frühere (und künftige, hoffte er) Heimat in Amerikas Herzland, dem Großen Mittleren Westen, zu sein? Die Wälder, die Scheunen, die luzide Prärie ... und, aah, die wirbelnden Wasser des machtvollen Wabash? Wohingegen der Name in schnöder Tatsächlichkeit nichts von größerer Tragweite huldigte als der Lieblingspopgruppe des Vorbesitzers, *Basil, Heartland, and Snicks*, deren Hit-Single aus dem Jahre 1999 »I'm in Sync With Your Hips« neunzehn Wochen in Folge die Charts angeführt und im Jahre darauf sämtliche Gobbovisions-Awards abgeräumt hatte[5].

Auf jeden Fall lag der Laden bequem für potentielle Kunden direkt an der Verlängerung der Uphill Street in Nord-Killoyle.

»Wåååååååååååååååååååå-jamm«, gähnte Donal flußpferdehaft. Verzweifelt inmitten seines erzwungenen Nichtstuns

so man Anzahl und Fülle der zur Schau gestellten Titten bedenkt ... O, tut mir leid. Nur einen winzigkleinen Kurzen noch dazu, danke. Also wo war ich jetzt stehengeblieben?

5) Bis er von meinesgleichen von der Bühne gebuht wurde. Ernsthaft jetzt, ich lasse mir solchen Mist nicht mehr bieten, und das können Sie sich in die Scheune hängen und rauchen. Augenblick mal. Ich bin mit einer Runde dran, sagen Sie? Sind Sie ganz sicher? Demnach jeder einen Halben? Ach, Gott segne und erhalte die beiden Augen in Ihrem Kopf und die Welt, die sie erblicken. Ich hab nur Spaß gemacht. *Pints* plus Kurze, stimmt's? Ja, ich habe befürchtet, daß Sie das sagen würden. Meine Güte, ich fürchte, ich habe mein Portemonnaie in der anderen Hose gelassen.

nahm er ein abgegriffenes Exemplar von *Bookhead* zur Hand, des Lit-Krit-Magazins, und schlug den Kummerkasten[6] auf.

»Liebe Bookhead«, schrieb T. T. in Athlone (Pennsylvania), »ich war völlig verschossen in Vincent Altomonti, den Dekonstruktivisten. Ich habe ihm Verse von a. a. lemmings und Thom Bunn und Sylvia Plank gemailt und sogar versucht, ihn anzurufen, alles vergebens. Er hat einfach aufgelegt, mit einem sehr ungezogenen Geräusch, das sich anhörte wie Dampf, der aus einem Heizkörper entweicht –,wissen Sie, die Sorte, wie sie in alten Mietshäusern in New York vorkommt? Egal, ich fühlte mich jedenfalls echt verschmäht, als wäre ich HIV-Überträgerin, oder Republikanerin. Dann, an seinem Geburtstag (dem 22.; er ist Jungfrau, genau wie ich) habe ich ihm c/o Anglistische Fakultät, Jeffersonia University Blumen geschickt. Eines Tages – eines *schrecklichen* Tages ging ich zum Eingang, und da stand ein Polizist, und ehe ich wußte, wie mir geschah, lag ich mit dem Gesicht nach unten mit gespreizten Armen und Beinen da ...«

6) Komisch, daß Sie das erwähnen. Da habe ich nämlich Samuela kennengelernt. Nein, ehrlich. Eines verregneten Nachmittags im Haus in Finsbury Park stöberte ich in ein paar alten *Bookhead*-Exemplaren meiner Mutti und stieß auf die hübsche Aufnahme eines echten Klopfers an irgendeinem Strand (Florida, nehme ich mal an), in der Bildunterschrift als »Dr. Samuela Johnson, Autorin von *Autsch! Prügelstrafe und Fesselung in der Frühmoderne* identifiziert. Das ist mein Mädel, hörte ich mich sagen, und bevor ich wußte, wie mir geschah, hing ich an der Strippe und telefonierte mit der McAuroch International University in New Melton Mowbray (Florida), dem Arbeitgeber besagter Puppe. »Klar, Söhnchen«, waren ihre ersten Worte an mich, und kurz darauf haben wir geheiratet. Natürlich hat sie mich bei der ersten Gelegenheit abserviert – das war, erinnere ich mich, als wir in den Flitterwochen den Schwarzwald bereisten, nicht lange nachdem ich sie tief ins Gespräch mit Dieter, einem in Leder gekleideten Deutschen, vertieft, gesehen hatte, in einer Schlucht bei Emmendingen (ich habe nur »schaff mir diesen Trottel vom Halse« mitgekriegt) –, aber solang es währte, hat es Spaß gemacht. Mannomann, ist das Stout heute abend gut, geht runter wie Porter, Tatsache.

Die Möglichkeit des weiteren Durchblätterns dieses faszinierenden Stusses wurde vom Telefon unterbunden, welches klingelte, bzw. tutete, erneut, und Donal der Qual aussetzte, a) abzuheben und b) mit Fremden zu kommunizieren. Schließlich war er der einzige potentielle Telefonbeantworter auf dem Gelände, da die Gesamtbelegschaft der Firma Heartland Autos zeitweise auf einen – ihn – geschrumpft war, nachdem Declan und Nasir, seine beiden Kollegen (jeweils Stellvertretender Geschäftsführer und Verkaufschef) wegen des Handels mit Kokain und Heroin verhaftet worden waren, die blöden Säue, und in Shelton Abbey ein bis dreieinhalb Jahre ohne Bewährung abbrummen mußten. Es waren ein paar recht angespannte Tage gewesen. Donal war selbst verhört worden, und als ehemaliger Drogenabhängiger war er etwa eine Woche lang etwas unsanft angefaßt, um nicht zu sagen: verbal durch den Wolf gedreht worden, wofür ein ekliges Exemplar namens Sherlock Neame (der Schweinehund), Sowieso-Inspektor der örtlichen Gardai Síochána (die widerwärtigen Mistkerle), verantwortlich zeichnete.

»Drogen, was?« hatte Neame geknurrt und eine Faust geballt. »Drogen, was, Sie Fixer-Yankee?«

Donal schauderte bei der Erinnerung.

Das Telefon setzte ihm weiter in seiner hirnlosen Weise zu – TUUUUUT ⟨Pause⟩ TUUUUUUT ⟨Pause⟩ – und schien fähig, bis zum Jüngsten Tage identische Doppeltuuts zu verströmen, falls der Hörer nicht abgenommen wurde – TUUUUUT ⟨Pause⟩ – TUUUUUUT …

»HALLO DANKE DASS SIE HEARTLAND AUTOS ANGERUFEN HABEN MIT UNS KÖNNEN SIE ÜBER EINEN KREDIT REDEN DONAL DUDDY AM APPARAT WIE KANN ICH IHNEN HELFEN?«

Diesmal reagierte Donal, sobald er richtig in Fahrt war, mit erstaunlicher Geläufigkeit, sogar Höflichkeit.

(Es war schließlich eine weibliche Stimme.)

»Ja, gnä Frau, jedes Fahrzeug wird vor dem Verkauf gründlich gecheckt und gereinigt«, hörte er, zu diesem Zweck erwachend, sich gegen Ende des Telefonats sagen, dessen Anfang er komplett verpaßt oder bereits vergessen hatte. Solche Spontan-Blackouts waren unter ehemaligen Drogenabhängigen weit verbreitet, hatte man ihm gesagt, obwohl er sie in der Hälfte der Fälle auf die stinknormale irrsinnige Langeweile zurückführte, die wovon auch immer die Rede war hervorrief ... Kastenwagen? Limousinen? Zweitürer mit versenkbarem Verdeck? Und wenn es sein Leben gegolten hätte, wäre er nicht mehr darauf gekommen, aber was es auch war, sie wollte es *jetzt*.

»Ich fahre mit meinem Verlobten in Ferien«, erklärte sie. »Haben Sie eine Webseite?«

»Äh. Ist in Arbeit. Kommt in Bälde.«

»Und haben Sie heute offen?«

»Natürlich haben wir verd...« Donal zügelte seine traditionelle irische *ira*, um nicht zu sagen Iraszibilität. »Ja, gnä Frau, ganz genau, so offen wie nur was, offen für alle und jeden ohne Ausnahme. Bis neun Uhr abends oder auch gern bis einundzwanzig Uhr. Erste links nach der Uphill Street. Vielen Dank, gnä' Frau. Schauen Sie doch bitte herein.« (*»Do drop in«,* hatte er gesagt, und das verschwommene blutunterlaufene Abbild einer Kneipe namens Dew Drop Inn auf der Southside von New Ur of the Chaldees, Ohiowa, eierte vor seinem rotgeränderten geistigen Auge heran.) Es klang jedenfalls vielversprechend, und in der Stimme des Mädels war die kaum spürbare Andeutung eines Schnurrens gewesen, die eine andere Art von Schauder bei ihm bewirkte, nicht am Rücken jedenfalls ..., außerdem, ermahnte Duddy sich ernst, wäre ein Abschluß gut für das Geschäft. Er könnte den Tag tatsächlich mit dem Verkauf eines Autos beenden.

... aber dann hinwiederum, als Ex-Drogenabhängiger und Rundumversager in jedem einzelnen Lebensbereich, was wußte er denn schon, was wußte er denn schon?

»Nichts bis gar nichts«, maulte er bei sich, »und das ist nur allzu wahr.«

Brütend wurde er mit nachlassendem Vergnügen Zeuge,

wie das schwindende Licht der düsteren Dämmerung die Farbe von den Hungerstreikenden egelte, die langsam bis auf unpassend zahnbetonte Lächelmünder verschwammen, die kurz in den Schatten verweilten wie das Lächeln dreier Cheshire-Katzen. Das Zwielicht zog seinen kobaltnen Überwurf ein (eher ja metallic-grau, genau die Farbe des fast neuen Spratt-Mondale GLX mit Zwillings-Turbo-Aufladung, den er nun schon seit vierzehn Tagen abzustoßen versuchte) und brachte Donal dazu, daß er wehmütig an Orte und Dinge dachte, an die er sich erinnerte, wie die überdachten Brücken des westlichen Ohiowa und die fetten, an Nacktschnecken gemahnenden Galeonen von Gewitterwolken im Mittleren Westen, die sich quer über die Ruysdael-Himmel und die ragenden Maisstrünke bauchten, welche im schräg einfallenden Raffael-Sonnenlicht zum Horizont marschierten (oder war es doch Korn? Hatte er noch nie auseinanderhalten können bzw. gekonnt, wie sie so lauschig in der angeschwemmten Wabash-Ebene und Umgebung sagten) ..., und doch Irland, Heimat des mäandrierenden Feldwegs und der Tonpfeife und der Kleinen Wesen, und eines absolut ekelerregenden Zuviels an schalksäugigen flötedudelnden stoutzechenden atomgegnerischen freiliebenden langbeinigen rothaarigen Folkloristinnen (und übrigens, nur damit Klarheit herrscht, hatte Donal Duddy weder damals noch jemals zuvor in irgendeiner Art, Gestalt oder Form Vorurteile gegenüber Rothaarigen gehegt –, aber anderseits hatte er auch noch nie seit dem Tage seiner leibhaftigen Geburt auch nur ein einziges Ingwerplätzchen persönlich gekannt, oder? nein, und schon gar nicht in Irland, also bitte) –; Irland, wie wir gerade ausgeführt haben, war ein viel moderneres Land als die Staaten, bei all seinen neolithischen unterirdischen Grabkammern und sogar noch antikerem Scheiß![7]

7) Na, das ist ja mal ein schöner Happen zum Nachdenken, nicht gerade ein *cordon bleu*-Sirloin-Steak, welches in Knoblauchbutter und im eigenen Saft schwimmt, schön mit Steckrüben und Kartöffelchen dabei, aber bestimmt eine Tüte Chips mit Essig- und Ölgeschmack, aber zuallermindest.

»Wohl wahr, Blödmann«, murmelte Donal. Er kaute an Ungültigem herum, mit negativem Befund. Seine Gedanken waren schön weit von der gewaltigen unverkauften Masse automotiven Metalls auf seinem Parkplatz abgeschweift –, das ungenügend upgedatete E-Account und so weiter gar nicht zu erwähnen (er kam kaum damit klar, den verdammten Computer auszuschalten, geschweige denn an), und tauchten eben jetzt inwendig in sein/e/n eigene/n/s Seele – Geist – Ka – Harmonie – Yin/Yang – mentalen Schuttabladeplatz etc.

Also, ja, Irland, die Marbella besuchende, preisgünstigen Mateus saufende, Satellitenfernsehen kuckende Software-Freistatt, war zweifelsohne den Staaten weit voraus, und je länger die Einwohner *jener* großen isolierten Landmasse isoliert blieben und sich für alles scheißdochdrauf interessierten außer dafür, rotes Fleisch abzulehnen (oder herunterzuschlingen), den Roadrunner zu retten (oder abzuknallen), Arsch und Bauch zu modellieren (oder wild wuchern zu lassen), ein Auto mit null (oder 100) Meilen pro Stunde zu fahren, sich gegen die Verschwörung von Bundesbehörden und Zionisten (oder Arabern) zu verteidigen usw. –, je Neunzehnteres Jahrhundert sie blieben, desto länger ließen sie sich von ihren quasireligiösen Anliegen umtreiben, wohingegen Irland, als vollflügge europäische Nation und beitragspflichtiges Gründungsmitglied der Römischen Verträge, weit weltlicher, modisch skeptischer, relativistischer, sexbesessener (was man aber nie zugeben würde), Nouvelle-Cousine-essender, mit einem Wort: euroschicker[8)] wurde.

8) Schick dich selbst. Ich weiß ja nicht, wie das bei Ihnen ist, aber ich habe das bestimmte Gefühl, daß dieser Typ noch nie weiter westlich war als bis Weston-Super-Mare, wenn überhaupt so weit. Sexbesessen? *Nous?* Kannste aber glatt vergessen, Junge, besser jetzt als gleich. Erst letztens wieder – da lachen Sie sich schlapp, warten Sie, bis ich's Ihnen erzähle – war ich mit Mrs. Heap ins Gespräch vertieft, bei uns im Tesco-Supermarkt, wissen Sie, dem mit dem permanenten Preisnachlaß auf Käfigvögel im eigenen Federkleid und nachgemachte Chippendale-Sessel ...? Nein? Na, da war sie jedenfalls. »Sex?« erkundigte ich mich, da

Nicht, daß das allerdings ausschließlich gut wäre.

»Nicht, daß das allerdings ausschließlich gut wäre«, wiederholte Donal, diesmal laut, wollte schon seinen interaktiven Diskurs mit *Bookhead* wieder aufnehmen, wandte sich aber unbeabsichtigt an:

Das Mädel, dessen Ankunft so still vonstatten gegangen war wie die des ersten Schnees (eines seltenen Besuchers im regnerischen Killoyle).

»Hallo«, sagte sie. »Ich bin Terpsichore. Ich hab schon mal angerufen? Wegen eines Roadsters?«

Aus der männlichen Perspektive – und Donals Perspektive war eine zutiefst männliche – war sie ein absoluter Klopfer: rote Haare (endlich!), klarer Teint, grüne Augen und angemessen gertenschlank und gutgebaut für jemanden, der am Telefon über Skonten und Debitkarten und mediterrane Nachtklubs (jetzt fiel es ihm wieder ein, er hatte auf Ibiza einen namens Paco's empfohlen, gottweißwarum, er war dem Laden nicht mal nahegekommen, er hatte lediglich in irgendeinem törichten Hochglanzmagazin namens *Gloss* oder *Glam* oder wie darüber gelesen, als er im Vorraum der Garda gesessen hatte, den Schließmuskel vor Unbehagen gerunzelt, und darauf wartete, von Neame ⟨dem Schweinehund⟩ hereingerufen zu werden) und Ferien mit Verlobten gelabert hatte, und die Sonnenbräune, die sie auf den exponierten Teilen ihrer Arme und Beine zur Schau stellte, war entschieden unirisch in der Färbung. Auch ihre Zähne schimmerten unmäßig für eine Keltin. Und man sehe sich diese Arschbacken an. Groß genug für direkten Zugriff, aber bei beiden Hemisphären ohne den geringsten Hinweis auf ein Absacken, so

ich, wie Sie wissen, so ganz der bin, der ich bin. »Das mach ich immer gegen halb sechs«, lautete ihre züchtige Erwiderung, und Mannomann, da hätten Sie die Landkarte auf meinem Gesicht sehen sollen, von wegen vierzig Töne Grün! Ist das mein Powers, in den Sie da den Eiswürfel tun? Holen Sie ihn da wieder raus und lassen Sie das sein, Junge. Wofür halten Sie mich, so eine Art *norteamericano* Heini, oder sowieso gleich für einen Ami?

fest und konturiert wie ein Paar miteinander verbundener Honigmelonen, die das einkerkernde Leinen ihrer Lewis-Jeans spannten. Die trug doch bei Gott sowohl vorn als auch hinten Attrappen.

Denn wenn sie keine trug, war es um Donal gescheh'n.

Sie trug natürlich keine, und deshalb wird es niemanden von uns groß überraschen, daß es tatsächlich um Donal geschehen war, verliebt im Nu war der Dumpfmann, vom Arsch ausgehend, sich nach oben und sonstwo ausdehnend, sozusagen.

Egal, zum Geschäftlichen: Sie war in der Tat auf einen Roadster aus, auch dies keine Überraschung, da der oben erwähnte Tortuga ziemlich auf ihrer Linie lag. Donal heuchelte Entzücken.

»Fünf Gänge, aber ja. Gangschaltung der kurzen Wege, Bremsen wie ein umgedrehter Arm (Vierradscheibenbremsen vorne und hinten mit Blockierschutz, wie Sie ohne große Überraschung feststellen werden), ein echtes Vergnügen in den Haarnädelchen«, blökte er draußen auf dem Parkplatz, wobei rührselige und überaus falsche gute Laune den steigenden Morast aus Selbstekel und Elend in seiner Seele so verzweifelt bekämpften, wie ein Ertrinkender das Meer bekämpft. »Nur ein paar alte Pfund hinlegen, Gott segne Sie, und schon sind Sie weg. O Gott«, maulte er und wandte sich von seiner eigenen unerträglichen Aufgekratztheit ab, verminten Herzens, ein Gastgeber, dem die Schatten der Verzweiflung unter die Augen geätzt waren. Die Hungerstreikenden funkelten ihn aus der sich vertiefenden Dunkelheit an. Es war die Tageszeit, die immer am schwersten zu ertragen war. Im Zwielicht bekam er immer einen Hauch vom Schauder ab, sogar ein bis zwei schnelle Rollen »Film«, wie die Ex-Drogenbruderschaft die Halluzinationen nannte, gleichzeitig mit einem jähen heftigen Verlangen nach Vernichtung, welches unverzüglich abgewehrt werden mußte, z. B. mit einem Kneipenbesuch.

»Haarnädelchen?«

Donal brachte zittrig ein Lächeln aus.

»Äh. Ja, ja. Enge Landstraßen, die plötzliche oder abrupte Krümmungen zur Linken oder Rechten bewirken, häufig mit schädlichem Effekt auf geistige Konzentration und/oder physisches Wohlbefinden verbunden, wie, beispielsweise, in der Grafschaft Kerry oder den Alpen. Von den kleinen Rennfahrern unter uns als ideale Treffpunkte geschätzt, um die Leistungskapazitäten eines Automobils einer kleinen Prüfung zu unterziehen, gnä Frau.«

»Na, da ich selbst zu den kleinen Rennfahrerinnen gehöre, muß ich mit ihr wohl mal eine kleine Ausfahrt unternehmen, wie?«

»Natürlich. Wir haben aber einen schönen Spratt-Mondale GLX da drüben, reiner Garagenwagen, kaum je von zwei nichtrauchenden alten Damen um den Block gefahren, oder waren es Herren, auf jeden Fall zwei absolute Schätze, die beiden alten Leutchen.«

»Nö. Der Roadster sollte es schon sein.«

Donal verbeugte sich, die Hände zum Falten bereit, wie die eines übermäßig salbungsvollen Kammerherrn am Hofe der Kaiserinwitwe von China (Ming-Dynastie); dann, sich plötzlich seines unterwürfigen Verhaltens bewußt, steckte er die Hände in die Taschen und blickte finster. Er hatte nie ganz die richtige Balance zwischen Servilität und *amour-propre* gepeilt, die man in einem Job brauchte, der letztendlich komplett davon abhing, wie gutwillig und willens wildfremde Menschen waren, sich in Unkosten zu stürzen, *Menschen,* wohlgemerkt, denen händeringende Aufmerksamkeit schmeicheln mochte, wie sie an deren Abwesenheit Anstoß nehmen konnten, sowie auch an närrischen Dingen wie dem schrägen Sitz der Augengläser oder dem Schnitt des Anoraks oder dem hartnäckigen Nachmiefen der Lullen, die man rauchte –, oder der Tatsache, daß man nie die Hände aus den Taschen nahm oder die Hände nie in die Taschen steckte oder Eau de Cologne statt After-shave benutzte.[9)]

9) O, da gehe ich voll mit dir konform, Burschi, jeden einzelnen Schritt des Weges. Leute, was? Erinnert mich an (halten Sie mich fest

»Natürlich, gnä Frau.«

»Sagen Sie bloß nicht ›gnä Frau‹ zu mir. Terpsichore heiße ich. Terpsichore O'Hanlon.«

»Ah. *Ter*psichore.«

»Nö. Ter*psi*chore.«

»Aha. Ter*psi*.«

»Genau.«

»Aus Killoyle, ja?«

»Ja.«

»Muse des äh? Tanzes, stimmt's?«

»Ja.« Sie betrachtete ihn forschend. »Sie sind nicht zufällig Italiener oder so?«

»Italiener? Guter Gott nein. Ich bin so irisch wie. Naja.«

und knebeln Sie mich, wenn Sie den schon gehört haben) die Zeit, als ich beim Friseur gearbeitet habe. »Du riechst, du kleiner Trottel« war für gewöhnlich die erste Einschätzung, die mir seitens der Kundschaft zuteil wurde; dann, wenn ich einen Hauch Wild Spice appliziert hatte, verdammt will ich sein, wenn nicht sofort allerseits »Warmer Bruder!« und »Schwuchtel!« zu hören war. Auf der Schnittfläche entzündeten sich Handgemenge an dem speziellen Thema, mit mir in der harte Schwinger verpassenden Position gegen eine gewisse Robb Manlove, eine muskulöse Teppichfresserin, die der Ortsgruppe von KVE (Kesse Väter Erins) vorstand. Wir waren in der 3. Runde, und sie teilte so gut aus, wie sie einsteckte, linker Haken gegen rechten Haken, als Mr. Dunce, der Besitzer des Frisiersalons, intervenierte, seine freigelegte Brustbehaarung vor Emotion und rötlichem Haarfärbemittel in Flammen. »Du?« blökte er mich an und zeigte mit einem zitternden Finger, an dem ein Zirkonring funkelte wie die wäßrige Sonne von Connacht durch die Nebel der Morgendämmerung. »Du bist gefeuert, du Schwulinski.« Und das war's, Handgemenge hin, Handgemenge her. Robb brachte mir noch einen flinken Tritt gegen den gekrümmten Widerrist bei, als ich mich beschämt zurückzog. Da kann man mal wieder sehen, stimmt's. Wie gesagt: Leute, was? »Mit ihnen kann man nicht leben und ohne sie auch nicht, was, Süßer«, wie meine erste Nachbarin, eine üppige nordische Maid namens Kristen Lavransdottir, zu sagen pflegte, wobei sie gegen Mitternacht ihre Meerschaumpfeife über dem hinteren Zaun rauchte und ihre Bluse bis sonstwohin hing, die alte Schlampe.

»Colcannon mit Boxty, dazu eine schöne Pint Stout und ein Lüllchen hinterher.«

»Richtig. Richtig.«

Froh, daß das zurechtgerüttelt war, selbst jedoch zutiefst *auf*gerüttelt, überreichte Donal ihr die Schlüssel.

»Ich bin Donal«, wagte er sich vor, wobei sein Herz flatterte wie ein Spatz im Käfig. Sie bedachte ihn zur Bestätigung mit einem knappen Blick, als wollte sie sagen: »Paß bloß auf du mitleiderregender Spitzmeister auf Entzug ich weiß wohinter du her bist.« Oder so in diesem Sinne, wobei der Sinn der eines flinken Tritts in die Familienjuwelen wäre, welchem sich ein Hieb aufs Maul anschlösse. Er erinnerte sich daran, daß dies eben doch kein Film war, in dem ihre Rolle – wahrscheinlich von einem wunderschönen und exzessiv berühmten Lahmhirn wie Marge Bryan oder Lettie Hobsbawm (oder Nicolette Tedman, der sie ein bißchen ähnlich sah) gespielt – mit einem wimpernklimpernden »So trete Er doch näher« und einem gezwitscherten »Hi, Donal« Andeutungen von absurdem künftigen Sichwinden unter verhedderten Laken abgestrahlt hätte, trat Donal zurück, zur Seite und alle Ansprüche ab, wobei er versuchte, seine Existenz komplett vom Radarschirm ihrer Wahrnehmung zu tilgen; aber Terpsichore O'Hanlon, des allen scheinbar (aber in Wirklichkeit natürlich doch) sich gar nicht recht bewußt, stieg in das Auto und schickte sich an, ihre beträchtlichen Fähigkeiten als kleine Rennfahrerin unter Beweis zu stellen. Sie schaltete und handhabte den Wagen geschickt und sah dabei die ganze Zeit aus wie eine Reklame für das blühende Syndicat d'Initiative von Saint-Tropez oder einem anderen touristischen Krisenherd an der Côte d'Azur (Duddys Vorstellung vom Paradies auf Erden lag irgendwo mehr oder weniger auf halbem Wege zwischen Marseille und Nizza: da war er einst, als Knäblein fein, gewesen und sehnte sich seitdem dorthin zurück), bis hin zum langen rostroten Haar, welches in den brüsken Brisen des März wehte, während das Auto die nächste Ecke umarmte und sie mit einer Beschleunigungsrate, die der von, sagen wir:

Michael Schumacher am Steuerrad eines Ferrari in der Westphal-Geraden auf dem Nürburgring gleichkam, weg war … *weg?*

So fuhr es davon, das Girl im roten Tortuga –, Augenblick mal (sagte Donal bei sich), »Das Girl im roten Tortuga« klingt wie ein abfetzender sexy brasilianischer Strandsong von der Ipanema-Sorte, oder?

Groß und braungebrannt, jung und so charmant,
Fährt das Girl im roten Tortuga an,
Und wenn sie vorbeibraust,
Dann sagt sie: »Aaah.«
Wenn sie fährt, ist sie wie ein Samba, so
Cool und zärtlich,
Daß, wenn sie vorbeibraust, ja,
Wenn sie vorbeisaust,
Sagt alles: »Aaah!«

Oder ähnlicher Schwachmatenkram, mit sanften Congas und Maracás, die im Hintergrund gegen das sanfte Rauschen des Windes in sich verneigenden Palmen plapperten. Gewiß keine Ballade, würde man sagen, für Erins boreale Küsten.

Und doch!

Eine Stunde später beruhigte sich Donal immer noch damit, daß es nur eine Probefahrt war, daß das Girl jung und aufgeweckt war und somit einem roten Tortuga recht gut gewachsen (und ihm, Donal Duddy, wenn er denn den Gedanken gewagt hätte ⟨er wagte ihn⟩, ebensogut), besonders mit offenem Verdeck; und daß von ihr keinerlei Vibrationen von möglicher Missetat ausgingen, keinerlei –, falls sie nicht durch die noch stärkeren Abstrahlungen von schierem Sex unkenntlich gemacht wurden, die von ihr ausgingen wie Radiowellen von einem Sender –, und daß sie jetzt jede Minute wieder zurück sein würde oder doch zumindest ziemlich bald …

Halt doch mal einen Augenblick lang die Fresse ist sie das nicht schon?

TUUUUUT ⟨Pause⟩ TUUUUUT ⟨Pause⟩ TUUUUUT ⟨Pause⟩ TUUUUUT ⟨Pause⟩ TUUUT ⟨⟩

»HALLO DANKE DASS SIE HEARTLAND AUTOS ANGERUFEN HABEN MIT UNS KÖNNEN SIE ÜBER EINEN KREDIT REDEN DONAL DUDDY AM APPARAT WIE KANN ICH IHNEN HELFEN?«

»Lassen Sie doch den Scheiß, Duddy, hier Byrne.« Der Boß. Byrne aus Dublin, nicht in Dublin. »Ich bin in Killoyle. Im Spudorgan Palace abgestiegen. Um neun bin ich in der Balsa-Bar. Und bringen Sie die Abrechnungen mit.«

Donal legte mit einer gemurmelten Bestätigung auf und wandte sich wieder *Bookhead* zu, aber er war von seiner eigenen Beklommenheit abgelenkt, die sich in Nägelkauen, fruchtloser Jagd auf weitere Lullen, plötzlichem Rülpsen und hektischen Blicken nach links und nach rechts äußerte.

Zuletzt zeugten seine verschiedenen Rasereien eine kurze, aber intensive Halluzination, welche einen großen Schuttabladeplatz abbildete, sekundenlang von einem Strahl blendenden Lichts erhellt, sowie, im Hintergrund, die begleitende akustische Halluzination eines monströsen Atems, pfeifend ein- und schaudernd ausgeatmet wie das Schluchzen eines nahen Halbgotts.

Wo war sie?

* * * * *

Terpsichore O'Hanlon und Stan MacKnee lebten miteinander auf einem Hausboot, der *Rumpelstiltskin*, unter einer schattenspendenden Weide auf dem Mangan-Kanal, gleich unterhalb der Slumbeg-Brücke, einen Dreisprung über die Schleuse von Moylan's Bar & Lebensmittel entfernt, das gesamte Ensemble (plus die Kirche vom Hl. Thor ⟨röm.-kath.⟩, Mr. Iqbals Süßwarenladen, dem Driscoe-Abholmarkt und einer Vroom-Tankstelle) wie eine Herde geduckter Schafe auf dem breiten Hochland The Belfers zusammengeklumpt, einem fruchtbaren Plateau, über welches das Schachbrettmuster symmetrischer Steinmauern lief, die der Homo erectus oder seine Nachfahren im unmittelbar darauffolgenden Prä-Neolithikum errichtet hatten, auf halbem Wege zwischen Killoyle und der früheren Asbestminenstadt und jetzigem Heilbad West Crumsford North gelegen.

Stan, etwa 40, Möchtegernschriftsteller oder sowas, war eher durch Zufall als durch Neigung Hausbootsmann geworden. Ein Kumpel, Terry Whelan (als 1. an der Reihe, scheißenochmal*alles* von Mack Whelan zu erben, bankrottem Busschaffner und dem Steuerzahler auf der Tasche liegend), war mit den Geldern verschiedener lokaler kirchlicher Sozialrücklagen und Bingo-Veranstaltungen nach Australien durchgebrannt und hatte Stan Rechtsanspruch und Eignerschaft an dem Hausboot hinterlassen. Es gab also immer einen Ort für Stan, an dem er die Füße hochlegen und sein Haupt betten konnte, gern auch beides simultan und gleichzeitig oder was. Dies war in der Tat ein Glück, hatte er doch seinen letzten Job verloren, den des Sub-Assistenz-Unter-Vorarbeiters bei Hildo's Kogels (Eire) NV, der dortigen Filiale des niederländischen Kugellagerriesen, weil er teils nicht zur Arbeit erschienen war, teils, falls doch, seine Anwesenheit mit einem Schuß Unverschämtheit versetzt hatte.

»Das ist für mich doch sowieso ein einziges Kack-ins-Hirn-Gewichse, da für einen Witz und nix überhaupt zu erscheinen, außer um sich zweimal im Monat den Gehaltsscheck abzuholen, den sie sich, das erkläre ich hiermit feierlich, aber *so*was von in den Arsch stecken können«, hatte er eines Morgens bei einem Zigarettchen und einem Täßchen Tee zu Terpsichore gesagt, während auf den umliegenden Bauernhöfen die Junghähne krähten und draußen auf dem Kanal die Stockenten schlangen, schien die Aussicht, acht Stunden lang über eine Tonne mit Stahlkugeln gebeugt zu sein, von einer flakkernden Leuchtröhre kaum illuminiert, unter dem schwerlidrigen Blick von Ruud, dem niederländischen gewerkschaftlichen Vertrauensmann, etwa so verlockend wie ein an die Hauswand genagelt verbrachtes Wochenende oder ein Abend zu zweit mit Hitler, Dîner und Tanz inklusive.[10)]

10) Und *das* wäre kein Tag am Eis-am-Stiel-Stand, würde ich annehmen. Obwohl es vielleicht nur geringfügig schlimmer wäre – bei dem Potential für offen geäußerte abweichende Meinung (durch z. B. Kommentare, in denen die Weisheit des Führers verächtlich gemacht wird, oder indem man ihm glatt ins Gesicht gähnt), welches zu sofortiger und/oder verlängerter Einkerkerung geführt hätte, welche wiederum zu qualvoller Hinrichtung übergeleitet hätte – als die Monologe, die ich im Sitzen durchzustehen hatte, während ich bei Harbridge's GmbH, dem Schulbuchverlag, arbeitete, einem rechten Zufluchtsort für die Enteigneten und Übergewichtigen und Willensschwachen. Warten Sie, bis ich es Ihnen erzähle, *a Cheann Comhairle*. Mein unmittelbarer Vorgesetzter, Chefseniorsublektor, war ein stämmiger alter Langweiler namens Tall Talbot, nicht verwandt noch verschwägert, der mich als seinen Protégé ansah, aber es fruchtete nichts; tatsächlich bockte ich und setzte ihn betreffende skurrile Gerüchte in Umlauf. Nicht, daß er das je bemerkt hätte. »Percival«, sagte er gern und sprach mich mit einem Namen an, der nicht der meine war, »ich bin die Art Bursche, die gern weiß, was so läuft, wissen Sie, was ich meine? Es wäre mir lieb, wenn Sie hin und wieder mal einen kurzen Blick auf den ganzen Laden würfen und mir den einen oder anderen kleinen Hinweis gäben, comprende, Towarischtsch? Dann können wir einen kleinen Schwatz halten, was meinen Sie, Genosse?« Dann, zurück in meinem Ein-mal-anderthalb-Quadratmeter-Büro, direkt neben der Toilette, wenn ich gerade gedacht hatte, ich wäre ihm entflohen, tapsende Schritte, sägender Atem, ein klobiger Schatten und ein nur allzu vertrautes eintöniges Gebrumm ließen meine Illusionen zerplatzen: »Ah, da sind Sie ja, mein Junge. Wußten Sie, daß ich Großirischer Hurling-Champion in der Klasse der unter Vierzehnjährigen war, als ich unter vierzehn war? Wußten Sie, daß ich etwa sechs Monate lang Freimaurer war, bis mein Da davon erfuhr und mich verbimst hat wie im Leben nicht mehr? Wußten Sie, daß mein Vater als kleiner Steppke Fahrplankoordinator bei der Great Northern Railway war? Wußten Sie, daß ich mal im Jahre 1957 in Phoenix Park um ein Haar Eamon De Valera die Hand gegeben hätte, mir es dann aber in letzter Minute anders überlegt habe, was eine gute Entscheidung war, weil es gar nicht Dev war, sondern vielmehr ein alter Zausel namens Fetts, der nur die Kohlen anlieferte? Wußten Sie, daß eins meiner frühesten Hobbys die Astronomie war und ich Ihnen

»Ich geh einfach nicht hin, Punkt. Es ist zu langweilig. Was meinst du dazu? Echt tödlich, oder?«

»Was machst du da nochmal genau?« Terpsichore reckte sich, um das Radio leiserzustellen, in dem sie still die Wiederholung einer ihrer Lieblingsszenen aus *Mrs. Brown und ihre Knabenklasse* gehört hatte, die Szene, in der Mrs. B. einem Bürschlein mit der Schuhbürste den Hintern versohlt. Terpsichore ärgerte sich milde über die Unterbrechung.

»Hab ich dir doch mindestens ein dutzendmal erzählt, Mädchen.« Stan trug permanent einen Ausdruck hagerer Verblüffung im Gesicht, als hätte er vorgehabt, Böses zu tun, aber vergessen, wie er das genau bewerkstelligen sollte. Oder was genau. Sein Kopf nickte rapide, sein Haar zottelte vor und zurück, seine Hände spielten mit der Luft, alles Hinweise auf eine Neigung zur Pantomime oder auf eine Begabung für die Schauspielkunst oder die Rockmusik (keine Kunst). »Also noch einmal, aber dann nie wieder, okay? Ich stopfe jede

bis auf den heutigen Tag sämtliche Hauptmilchstraßen und Unterformationen im Kassiopeianebel hersagen kann? Wußten Sie, daß vom VW-Minibus mal zwei Versionen hergestellt wurden, eine mit voller Benzinkraft und eine mit eingleisiger Dieseleinspritzung, und daß ich in verschiedenen Stadien meines Lebens beide Sorten besaß? Wußten Sie, daß ich einmal verkehrtrum zu Fuß von Cushendun nach Cushendall gegangen bin, über Limavady, Maghera, Magherafelt und Derry? Wußten Sie, daß Hitler nur ein großes Ei hatte?« Und so schloß sich der Kreis, zurück zu Adolf und seinem Eßtisch. (In Parenthese ist das sowieso alles Quatsch und geht mir voll auf die Nüsse, sozusagen; soweit ich weiß, war der Führer in dem Bereich voll funktionsfähig, wenn auch in anderen Bereichen nicht so sehr.) Jedenfalls hörte ich am folgenden Tag oder am Tag danach einen Aufruhr im Korridor, und kurz darauf sickerten Berichte ein, Tall sei tot aufgefunden worden, mit dem Gesicht nach unten in der leeren »Bearbeiten!«-Wanne auf seinem Schreibtisch; Votum: Tod durch Ersticken an der eigenen Bilge. Etwa einen Tag später wurde für Blumen gesammelt, arme Sau. Ich habe einen Zehner beigesteuert und lautlos gebetet, daß ich ihm, wo er auch enden mochte, dann oder später nicht begegnen möge, Gott segne seine sterblichen Überreste und den Boden, den sie düngen.

Menge beschissener Metallkugeln in eine beschissene Maschine und hole jede Menge beschissener Metallkugeln aus einer anderen Maschine. Am Ende des Tages stopfe ich all meine Kugeln in eine beschissen große Kiste und stell beide beschissenen Maschinen ab. Dann verpisse ich mich in die Pinte.«

»Stimmt, hört sich langweilig an.«

(Es gab Zeiten, nie so oft wie eben jetzt, da eine winzige flache Stimme in den Nischen von Terpsichores Hirn flüsterte: *Dieser Spinner ist nichts für dich, Frau.* Aber ihr allzu menschlicher Wunsch nach Bequemlichkeit, Stabilität und ständig derselben alten Leier war dergestalt, daß sie die winzige Stimme ignorierte – *erstmal.*[11)])

»Und das mach ich acht Stunden pro Tag.«

(Und es gab Zeiten, da eine andere innere Stimme vom anderen Ende ihres Kleinhirns erwiderte: *Ich weiß. Da hast du scheißenocheins nur allzu recht.*)

»Armer Schatz.«

»Und das mir als literarischem Genie, dem, der es echt draufhat, Mädel. Aber weißt du was?« Stan setzte sich auf, das Gesicht elastisch vor Inspiration. »Ich hab sie mitsamt ihren blöden ollen Kugeln satt. Warte, bis ich's dir sage. Ich geh einfach nicht mehr hin.«

»Du gehst nicht mehr hin?«

»Richtig. Ich werde sehen, wie lange sie brauchen, bis sie mich feuern. Ich bleibe einfach weg, so als Experiment. Wie damals, als ich das Abitur geschwänzt habe. Oder krank zu Hause geblieben bin.«

»Wenn du meinst«, sagte Terpsichore, hie und da ein leichtfertiges Mädchen.

»Dann kann ich aufs Amt gehen und Stütze beantragen«, sagte Stan, um seinen Vorschlag vollends unabweisbar zu machen. »Und mich ganz aufs Schreiben konzentrieren, ey!«

11) Aha. Große Ereignisse werfen mal wieder ihre gefürchteten Schatten voraus, nehme ich an.

Stans Plan hatte was. Anderthalb Tage lang blieb das Telefon still, dann begannen schwer niederländisch akzentuierte Anrufe hereinzukommen. Erste Anfragen, zum Schein als Sorge um seine Gesundheit vorgebracht, mutierten rasch zu ernsten Verweisen, die in sich die Saat der Drohung trugen, deren Erblühen von Stans Gewohnheit, in seine Telefonate mit Ruud nachgemachte Bewußtseinsstrom-Monologe einfließen zu lassen, befördert wurde (Stan hatte am Benedict-Kiely-College in Strabane Mod. Ir. Lit. belegt und hielt sich wie so viele seiner Landsleute für einen ziemlichen Taschen-James-A.-Joyce ⟨Esq.⟩ –, natürlich *sans* die Macken, vielen herzlichen Dank, wie die Skatophilie oder die Angst vor Hunden und Gewittern), quasiliterarische Tobsucht, frei von jeder präzisen Assoziation –, kurz: Knittelkram, wie er der Titelseiten-Stolz so manchen Studentenblättchens wäre.

»Eins du bist keinen einzigen Daach von der laatste Woch chekomen«, stellte der sture Ruud nüchtern fest. »Das ist verdomd slecht, verdomd slecht. Zwei du rufst niet an met die Telefoon niemand oder mich. Slecht, Junge. Sehr verdomd slecht.«

»Rüüd o mein rüder Junge mein krüder Junge mein wilder sich plusternder gar nicht prüder Junge mein dickschädliger nüderländischer Lüderjunge so wild und so frei mein dickschädliger Friesenbengel o dickschädlig du Schädling mit Schierling im Tornister du so stimmet denn an hoho.«

»Du hörst nicht zu. Ich habe gesagt: sehr verdomd slecht, Meneer Stan.«

»Ach schlecht mein Herr echt schlecht mein Herr aber segne dich Gott und den ganzen Schamott und ein herrlicher Tag ist es doch hier am Fluß namens Suir in der grünen Natur auf der stilligen grünigen Flur und hätt'st du's gewußt daß der Fluß hatt' gemußt von Eva und Adam den Schlenker mit Lust bis hin zu Killoyles Schluß äh Schloß zur gischtigen Kust äh Küst' und Umgebung o du o di o do re mi und du mir nun sag mein kräftiger Jung wann du dich endlich ausgelabert hast dann hebe ich dich auf meine Schulter so hoch und auf geht's zum Treck dem langen nach Ballybrann-na-Craic wo die Straße macht Knick und die Berge sich senken wie der Ausschnitt der gelenken Mädels im Blick so stimmet nun stimmet nun an hohu.«

»Okay Scheiße du, verdomd dummer Junge. Kein Telefoon-Anruf beim Baas-Manager oder mir stattdessen. Ich kann dir sagen, deine zukünftige Karriere sieht niet chuut aus. Es ist kein Wunder, as du bist chenöökt in die Knie, chodverdom.«

»Und ein Trott und ein Treck und ein Trip über Land mit der Marie der Marie mariée der Mariolatrie olé und der Rutsch mit der Kutsch und dem Roß richtig kroß dem Rotschimmel dem Braunen so stimmet nun an und hört auf mit dem Raunen hey ho und das Gold'ne des güldenen goldenen Lichts brennt gelblich wie nichts über Taras goldenen Dunst tara di bumm di eh o tuu o ti o tea for two and two for tea and you for me and me for you.«

»Okay also du kommst morgen rein zu ein Meeting um acht pünktlich am Morgen, oder du wirst uitgesmijten für allemar, du Sohn von ein Butch.«

»Du kannst mir gern von hinten in die Eier beißen, mein alter Sohn«, hatte die finale Replik des sorglosen Stan auf den rüden Ruud gelautet. »Mit Senfsoße.«

Unüberraschend erschien am nächsten Tag ein eingeschriebener Brief, welcher die untrügliche Pünktlichkeit unfroher Botschaft bekundete, und informierte einen Stanley McKnee von der Beendigung seiner Lohnempfängerschaft bei der Firma Hildo's Kogels (Eire) NV, wofür eine Checkliste von zehn Gründen angeführt wurde, namentlich u. a.:

1) tägliche Fastverspätung;
2) angedeutete Insubordination;
3) zu vermutende Ineffizienz;
4) potentielle Unproduktivität;
5) üppig wuchernder Individualismus;
6) unverhohlener Drang zur Rechthaberei;

7) Widerwillen gegen das Abwenden des Blicks in Gegenwart von Vorgesetzten;

etc.

»Na, das war's dann also«, hatte Stan lässig dazu geäußert. Der Brief, einmal gelesen, diente als Papierflieger und witschte in müßigen Halbkreisen durch die verbrauchte Luft, bevor er in den Mülleimer abschmierte und zu gegebener Zeit von dannen und auf die Städtische Kippe verschafft wurde –, zusammen mit drei leeren Biryani-Behältern; dem gestrigen und dem vorgestrigen *Daily Calrion* (sic!); einer ungelesenen Gedichtsammlung von Milo Rogers, vom Autor hoffnungsfroh signiert; einer leeren Zigarettenschachtel, die einst zwanzig Turf Accountant DeLuxe Dual Filter enthalten hatte; mehreren Flaschen, die fröhlich klirrten und erst letzte Nacht noch randvoll mit Murray's Porter gewesen waren; und anderen *objets*, die besser unbenannt bleiben, weil sie zäh sind und klebrig und insgesamt grau.

Ein Weilchen verging, und Stan fand, er lebte wie Gott in Frankreich, mit der guten alten *Rumpelstiltskin* und allem; auf jeden Fall ging es ihm besser, als es ihm je mit Job gegangen war. Auch schrieb er hie und da ein bißchen, oder zumindest tat er so. Er hatte sich in *Cá bhfuil fiacla Mhamó?* versenkt, eine zum Schenkelschlagen komische Lektüre von Firbolg Ó Leeson, dem armen Gelehrten.[12)] Das hielt ihn hirntechnisch

12) Wirklich der absolute Brüller, wie ich höre, obwohl ich nie über die Widmung *(»Pionta guinness, le do thoil«)* hinausgekommen bin. Wo wir gerade über Bücher und dergleichen sprechen, rein zufällig, es interessiert Sie vielleicht, daß ich dem vorerwähnten Milo Rogers über den Weg gelaufen bin, als ich letzte Woche in der Stadt war, und Mannomann sah der Mann sauer aus, als er mich bei Banville (wissen Sie, dieser angesagte neue Schuppen gleich bei der North Circular Road) zufällig im Spiegel über dem Tresen entdeckte, als hätte er den Geist des Großvaters seines schlimmsten Feindes gesehen, o ja. »Schweinehund«, bedeutete er mir schweigend mit Mundbewegungen, und ich merkte, daß es ihm gar nicht paßte, den Job des Anmerkers eingebüßt zu haben, aber schließlich habe ich für diesen Posten schwer Lobbyis-

ein bißchen auf Trab, in Grenzen. Und im Kanal draußen gab es Fische umsonst (meist Forelle, mit der gelegentlichen Sardine im Frühjahr), und die Kneipe gegenüber zapfte eine ansprechende *pint*, und – und das war das Beste von allem – er hatte einen Text verkauft, zwar nur einen gezierten, sedierenden, hausfraulichen, Wort für Wort aus dem australischen Modemagazin *OzGlam* abgeschriebenen (»Leben auf dem Kanal: ›... und hatten die Post an Bord‹«), an *Belfers' Belfry*, die Lokalzeitung. Aber sie hatten gezahlt, oder, genauer, versprochen, 25 Euro dafür zu zahlen; und, Wunder über Wunder, Stan fuhr – vorausgesetzt, er bewies, daß er sich ein bißchen nach einem Job umtat, ausgerechnet, indem er z. B. nichts Anstrengenderes machen mußte, als eine Kleinanzeige im *Clarion* vorzulegen – alle vierzehn Tage seinen alten Nitsun Micro mit der Delle im Kotflügel hinten links zum Arbeitsamt in Killoyle und empfing aus den liebevollen molligen Händen des irischen Staates in Gestalt von Mrs. Dalrymple, der ansässigen Repräsentantin von Poblacht na hEireann, zweihundertsechsundachtzig Euro und verschiedene Cent, genug für vierzehn Tage lang Lullen und Lebensmittel und

mus betrieben, und *er* hatte drei Lyriksammlungen in den Buchhandlungen und eine nett hübsche oder hübsch nette Frau in dieser neuen Chefbibliothekarin und alles – und was Kleines ist auch schon unterwegs, wenn man der Gerüchteküche glauben will –, was also gab es da zu meckern (wie ich ihm mit Mundbewegungen zurückbedeutete, schweigend, aber wütend, über den Tresen hinweg)? Aber als ich damit fertig war, wurde mir klar, daß das Objekt meiner stummen Transtresentirade nicht mehr Milo, sondern ein großer Bagalute mit roter Nase und getönter Brille war, der mir über seinen *Sunday Dependent* heimlich nervöse Blicke zuwarf, als würde er gleich während eines Wolkenbruchs auf matschiger Weide von einem wütenden Stier angegriffen; also widmete ich mich wieder meinem Getränk –, und wo wir gerade dabei sind, bleibe ich, glaube ich, beim Arthur's, *pints* natürlich, nein nein, das geht dann schon klar, ja, na gut, einen ganz kleinen Kurzen dazu, wenn es denn sein muß, aber passen Sie auf, daß es Powers ist, pur, und kein gottverdammtes Ginger Ale, *falls* das möglich ist, und, Vorsicht, kein Eis. Selber prost, und möge Ihr Vorgarten immer frei von Blattläusen sein.

jeden Abend die eine (oder andere) *pint* (falls er nicht das Glück hatte, an einer ausgegebenen Runde teilzunehmen), ey.

Das Leben konnte also schlimmer sein, das konnte es (und war es gewesen und würde es wieder sein –, vgl. w.u.).

»Wußtest du das, es ist schweineeinfach, in Irland Geld von der Regierung zu kriegen, Schatz«, erklärte er Terpsichore. »Man muß sich nur feuern lassen.«

»Schweineeinfach, Regierungskünstler zu sein, meinst du. Schadet aber auch nicht, wenn die Mausi einen Job hat, stimmt's?« lautete die kurze, kluge Erwiderung der jungen Dame.

»Richtig. Äh ... was machst du nochmal genau, Schatz?«

Sie murrte eine reizbare Erwiderung, die ihn auch nicht schlauer machte. Kellnerin war sie bei Fairy Farmer's, der Wein-Bar am Downhill Place, und es war eigentlich gar kein Job. Sie verabscheute die falsche Unterwürfigkeit, den Kotau vor Trotteln, das Gegaffe, das Gemurmel hinter ihrem Rücken und das Herumgekommandiere –, den kargen Lohn und die unregelmäßigen Arbeitszeiten gar nicht zu erwähnen; aber die traurige, nicht einmal so ungewöhnliche Wahrheit war, daß sie im Leben einen schönen Start gehabt, aber unterwegs viel vertan hatte. Während Stan ein Sproß der McKnees aus Ballymun war, zwei Eltern und acht Kinder, so sehr Fleisch vom Fleische der Arbeiterklasse, wie man nur sein konnte, ohne sich gleich auf wundersame Weise in Arthur Scargill hoch zehn zu verwandeln, entstammten Terpsichores O'Hanlon-Vorfahren einem Geschlecht von Anwälten und Bibliothekaren und Ius-Professoren und dem süßen östlichen Abschnitt des schönen Killoyles protziger King Idris Avenue, wo Kinder zu den akademischen Höhen von Belvedere und des UCD oder zuallermindest des UCC heranwuchsen; aber in ihrem Fall war all dies der *nostalgie de la boue* zum Opfer gefallen, und obwohl sie mit einigem Schwung auf dem noch ein bißchen neuen Campus des UCD in Belfield, Dublin 4, angefangen hatte – im ersten Jahr Beste auf der *summa cum*-Liste in Italienischem Nachkriegsfilm und Mikronesischer

Anthropologie (ein vielversprechendes Debut für jemanden, der weder je in Mikronesien – oder doch *Makro-?* – gewesen war, noch irgend Interesse an Anthropologie gezeigt hatte; italienische Filme dagegen hatte sie durchaus gesehen, meist spätnachts in *Director's Chair* auf RTÉ 9) –, hatte sie nicht graduiert, da sie vielmehr einen Harley-Rocker aus New Ross namens John Fitzgerald Kennedy geheiratet und sich von ihm hatte scheiden lassen, der zur Zeit in der Gegend von Kerry eine kurze Haftstrafe verbüßte, weil er seinen Da vermöbelt hatte.

Noch schwerer wog, daß Terpsichore die letzten zwei Jahre lang (und die Zeit lief weiter) nicht mehr mit ihrer Familie (Mutti, Vati, Bruder Pegasus) gesprochen hatte.

Dann eines Nachts, inmitten einer Entourage von Poeten und Prassern, trat Stan McKnee gleichzeitig in Fairy Farmer's und ihr Leben ein. Stan, dachte sie, versprach Freiheit von Routine und darüberhinaus die Chance, ein Leben lang zu eigenen Konditionen ein Dussel zu sein, sozusagen. (Noch dazu mietfrei auf diesem alten Hausboot.) Es war ein Deal mit Vor- und erheblichen Nachteilen, wurde ihr bald klar, sobald sie außerdem merkte, was für ein totaler Nörgelfritze und Versager der Bursche war.

»Keine Miete, Schatz«, hatte er über einem Glas eisgekühltem Yquem-Salade gesagt, den er sich kaum leisten konnte. »Es ist nämlich ein Hausboot. Aber mit allem Schnick und Schnack. Ich hab sogar eine Satellitenschüssel, falls du das mal eben würdigen möchtest. Mein Kumpel ist in Australien und kommt wahrscheinlich so lange nicht zurück, wie es hier eine Polizei gibt, falls du weißt, worauf ich hinauswill. In echt ein tolles altes Hausboot. Liegegebühr bis Ende nächsten Jahres bezahlt. Anleger garantiert, solang ich jede Nacht an Bord bin.«

Plus war da etwas an dem arglosen Gesicht des Typs, wenn er die Augen schloß, um loszulachen.

»Schnork-äschnork-äschnork-äschnork«, gluckste er, die Augen fest geschlossen, wobei sich Tränlein bildeten.

Da waren sie also. Nur daß er zweimal der Schlaffi war, den sie sich zuerst ausgemalt hatte, das begann sie jetzt zu sehen. Ob er nun wirklich Schriftsteller war oder nicht, so saß er doch gewiß genug herum und »recherchierte«, um eine Bibliothek zu füllen. Trotzdem schrieb er nie ein einziges Wort, außer wenn er Zeug aus Zeitschriften abkupferte, das er dann unter seinem Namen an andere Zeitschriften verschickte. Es kam ihr nicht so rundum richtig vor, aber eigentlich war es ihr wurscht. Es begab sich jedoch etwa zu der Zeit, als er seinen Job verlor, daß Terpsichore, vor die trostlose Aussicht gestellt, den Gürtel immer enger zu schnallen und sich in eine endlose, gleichwohl gemächliche Abwärtsspirale in permanente Arbeitslosigkeit und Armut einzufädeln, ernsthaft die Aussicht auf ein stimulierenderes Leben, an den Rändern der Legalität und jenseits geführt, in Betracht zu ziehen begann, z.B. Ehebruch, die Halbwelt, den sanften Gebrauch milder Freizeit-Drogen, die Auswanderung nach Amerika u. dergl., wie so ein dampfendes vollbusiges Weib in Vittorio de Wieheißterjetztwieders *Fahrradwunder* oder *Die Diebe von Mailand* oder wie der Film hieß (*Il Gran Vitello Milanese*?). Oder Nicolette Tedman in *Packt sie und zerhackt sie* …

»Oy, schon mal was gestohlen?« fragte sie Stan eines Abends nach einem komplexen, aber matten Anfall sexueller Streichelei, welcher viel Gestöhn und entblößte Mittelpartien und Oberschenkel betroffen und sich in schnellen, krampfartigen Schaudern und gemeinsamem Griff nach den Lullen entladen hatte.

»Tschuldigung. Zuerst du.«

»Sind doch sowieso deine.«

»Eh wurscht. Gemeineigentum, was?«

»Nicht auf meinem Hausboot, Schatz.«

»Also nimm dir schon eine.«

»Äh na gut.«

»Hast du Feuer?«

»Äh ja. Bitteschön.«

Inhalationen wetteiferten mit Exhalationen, dann:

»Also. Hast du schon mal was gestohlen?«

»Außer dem guten alten Pfund aus der Kollekte noch nicht viel.«

»Wie wär's mit einem Auto?«

»Nö. Ich hab ein Auto.«

»Das ist aber doch ein Stück Scheiße.«

»Ist es nicht. Baujahr vierundneunzig. Und solang es mich zum Arbeitsamt und wieder zurück bringt, soll es mir recht sein. Ich brauch es schließlich nicht für das Scheiß-Paris–Dakar, Kacke auch.«

»Also, ich hab kein Auto. Und jeden Tag mit dem Bus raubt mir original den letzten Nerv.«

Daher der rote Tortuga GT, der plötzlich an jenem wilden Märzabend auf Moylan's Parkplatz jenseits des Kanals erschien.

»Scheiße, Süße, den hast du doch wohl nicht geklaut?«

»Nun, sagen wir, ich unternehme eine ausgedehnte Probefahrt.«

»Scheiß doch der Hund drauf«, sagte Stan abwesend, hin- und hergerissen zwischen Bewunderung für die unumwundene Frechheit des Mädels und der entfernten Möglichkeit, daß irgendwer irgendwo echt sauer auf sie war und höchstwahrscheinlich genau in diesem Augenblick nach dem Hörer griff, um die Polizei anzurufen (*Ach die, die mit diesem Nichtskönner auf dem alten Hausboot weiter unten auf dem Kanal haust:* Er konnte es schon richtig hören) …

* * * * *

Am nächsten Vormittag um elf, als Folge nicht einer, sondern dreier Flaschen von dem Château-Jaffrey, mit verdauungsfördernder Begleitung durch Single Malt (Glen Gland, 16 Jahre alt), schlief Ferdia immer noch auf dem Sofa im Wohnzimmer.

»Schnarch«, verkündete er nasal.

Die wilden Märzwinde schüttelten die Stromleitungen vor dem Fenster und produzierten ein leises, unregelmäßiges Klimpergeräusch[13] wie ferne Trommeln, die von kriegslüsternen Primitiven fachmännisch gestimmt werden; aber Ferdia verlegte sich, als reagiere er auf versteckte Traumstimulantien einer eher gustatorischen Natur, darauf, widerwärtig mit den Lippen zu schmatzen, einmal – zweimal – dreimal.

»Schlürf. Schlopp schlapp.«

Dies war zuviel für Finn, welcher prompt das Buch, das er gerade las, nach ihm schmiß: *Zehn Zehen sind genug,* von Clay Schouëst.[14]

»Wach auf, du alter Pisser«, krisch er.

Aufwachen war leichter gesagt als getan, hatten die beiden doch erst gut nach eins in die Poofe gefunden und war doch Ferdia in der Tat älter, verglichen mit dem 32 Jahre alten Finn: 47, aber nicht mehr lange. Sein 48. Geburtstag, in drei Tagen, würde ihn altersmäßig zu, unter anderen, adretten, tennisspielenden, »immer noch jugendlich wirkenden« Politikern, schwerstgelifteten und gebräunten früheren Starlets, deren Schmelz zu blättern begonnen hatte, und pensionierten übergewichtigen Jockeys mit schütter werdendem Haar[15] in Konkurrenz setzen.

13) Wie ein inkompetent gespieltes Cello in einem inkompetent komponierten Stück von irgend so einem inkompetenten modernistischen Arschloch mit mehr Talenten als Talent? Wie Sir Puff McCarthy oder diesen Amis Pillock Gloss oder Stan Imperium oder John Urdoes? Oder von sonst so einem Scheißblödmann? Verdammte Taugenichtse. Wenn es so viel Beethoven gibt, ist das doch, als lehnte man ein Filet Mignon zugunsten eines Wimpy's-Hamburgers ab. Ich meine, ehrlich jetzt.

14) Ein ganz großer Wurf, Mann, war das eine packende Lektüre, aber ja, besonders die Stelle, wo Ottorino seinen Namen hinten in die Garderobe von Wieheißtsienoch schnitzt.

15) Da kommt einem Carfax in den Sinn (vgl. *Killarle. Eine arschige Force,* pp. 1–317), aber der sitzt doch, oder? Jedenfalls ist er weit über 60, oder ich bin eine gottverdammte kubanische Rumbatänzerin (und das bin ich, wie die letzte Überprüfung ergab, nicht).

Wie auch immer.

»Arrrrrgggh«, semiartikulierte Ferdia offenen Mundes und sonderte wie eine speiende Kobra eine beträchtliche Menge feinen Speichels aufs Geratewohl ab. Seine Glieder zuckten ataxisch; sein Herz blieb stehn; seine Augen öffneten sich, schlossen sich und öffneten sich wieder; sein Herz begann wieder zu schlagen, zusätzlich und vorsichtshalber mit einem Extrawirbel auf den *timpani*; seine Lider flatterten wie wachsame Tauben angesichts des winzigen, aber finster blickenden und muskulösen Finn, für seine Freundinnen – naja, zumindest für Anthea, die bei Mad Molloy's als Zapfkraft arbeitete – »Muckibude« McCool.

»Arrh.«

»Wachi machi!« sagte Finn bissig. Er beobachtete, wie Ferdia sich aus der Umarmung des Schlafs zu lösen suchte. Er war immer noch unentschlossen, ob die Erscheinung seines Cousins besser als »die kleine Version eines großen Sauriers« oder als »das Familienmodell eines kleinen Sauriers« zu beschreiben wäre, also eher ein Veloziraptor in Übergröße denn ein Miniatur-T-Rex (oder Allosaurus) …

Auf jeden Fall wäre es ein Bursche mit einem Überbiß wie Hölle, so viel war sicher.

»Viel Uhr?« erkundigte sich Ferd und schmatzte.

»Es ist halb zwölf«, sagte Finn. Sein Zeigefinger tippte mit schwerer Bedeutsamkeit auf seine Armbanduhr. »Und heute ist der große Tag.«

»*Wohl* wahr, Junge«, pflichtete Ferdia bei. Er setzte sich auf, die Augen ein blaßblau Verschwommenes hinter Lidern, die auf und nieder gingen wie Jalousien im Sturm. »*Wohl* wahr. Ich weiß. Wofür hältst du mich, einen Volltrottel? Aber es geht doch erst nach Mittag los.«

»Stimmt. Aber da sind noch der Fahnenschmuck, die Bestecke, die Lieferanten. Und es ist am andern Ende der Stadt.«

Ja, aber die in Frage stehende Stadt, Killoyle, maß, und mißt, von vorn bis achtern nur dreieinhalb Meilen, ohne große Mühlsal zu durchqueren, außer hin und wieder das Nadelöhr um die *Shops*, besonders seitdem »Wet« Wessons neue Regierung alle Einkaufssteuern abgeschafft hat und jedes Wochenende diese Franzosen mit ihren deutschen oder gar niederländischen Liebchen im Schlepptau massenhaft aufkreuzen, alle so antiatombewegt, sexbesessen und langbeinig wie sonstwas[16] –, und doch! Immerhin hatte Finn als unausgegorener Hänfling etwa ein Jahr mit seinem großen Bruder Fergus (jetzt stolzer Eigner des Dew Drop Inn in New Ur of the Chaldees, Ohiowa, USA, ausgerechnet) in Nord- und Südamerika auf der Walz verbracht, und weil er hie und da ein bißchen von der Welt gesehen hatte, traf er manchmal den Nagel auf den Kopf, wenn's recht ist, mit dem eisernen *bumsti!* des gesunden Menschenverstandes, im Gegensatz zu dem o-so-ungesunden Menschenverstand, den an den Tag zu legen z. B. Ferdia große Teile seines Lebens lang sich nicht

16) Das wären dann die Mädels, auf die Sie sich beziehen, was zu betonen sich – hoffe ich – erübrigt (glaube ich). Aber man weiß ja nie, heutzutage, oder, bei den traditionellen heiligmäßigen, wenn auch ein bißchen muffigen Symbolen der urerdenklich alten Christenheit (naja, gut, Katholizismus und ein bißchen von der Hochkirche von England – und der, natürlich, von Irland, immer hinterher), Standbilder, Ikonen, Votivtafeln usw., allzumal Zeichen von Sünde und Erlösung und dem ganzen Zinnober, und das geht nun den Weg des manuellen Staubsaugers und des Transistorradios und wird (in dem beliebten Geist des modernen liberalen Neo-Intellektuellen) ersetzt durch die schicke Kulisse für jede Kunst und Kultur, sowie nicht eben wenig politisches Leben und Fernsehen: zwei Typen, die es miteinander treiben! Na, sollen sie doch, ist doch mir so wurscht; es ist die Erhöhung all dessen zu einer gottverdammten Religion, die mir zu schaffen macht. Das Shibboleth der modernen Toleranz und Heilige Duo der Kirche des Geweihten Rektums des Säkularisten –, und wenn Ihnen das nicht paßt, können Sie gern abkacken, sozusagen, und den letzten hole der Teufel. Meine Güte. Schwer, sich vorzustellen, was Schwester Alphonse sagen würde. »Scheiße mit Reis« wahrscheinlich, wie ich das alte Mädchen kenne (fragen Sie doch Francie mal nach ihr, der hat ein paar prima Geschichten über sie auf Lager), bevor sie sich zum Tee eine Pulle aus dem Eise holt, die ihre Partagas begleiten mögen. *Sláinte go var.*

entblödet hatte –, womit ich sagen will, aber sehen Sie sich doch einfach die (wie folgt) Aktenlage an:

Ferdia Aloysius Quain, Mittelstandsburschi aus der Connemara Road mit allen Schikanen (und gottes- und steuerfahndungsfürchtigen Nachbarn noch dazu), hatte sich, nachdem er zutiefst profan die Loreto-Klosterschule und die Collins-Gesamtschule mit einem Abschluß in Bibliothekswissenschaften durchlaufen hatte, den der Senat des Upper Killoyle College ihm unter der Bedingung, das Gelände zu verlassen UND NIE WIEDER ZURÜCKZUKOMMEN, noch schnell hinterherschmiß, mit 22 im Verlauf eines tränenseligen Mittagessens in Bodenstown der IRA angeschlossen. Dies brachte viel Skandierens und mystischen Tätowierungentragens und Rezitierens smaragdenen Gewäschs von Existenzen wie Douglas Hyde und Padraig Pearce mit sich, welches Gedöns das Schmieden eines feinen Fanatikers zum Ziel hatte, wohingegen Ferdias einziger Ehrgeiz darin bestand, Bibliothekar oder Archivar zu werden. Es war dies eine Vision, die von überhitzten mentalen Bildern großer Bibliothekare und/oder Archivare angefacht wurde, wie von z.B. Hero von Alexandria, mit weißer Toga betan, über halb ausgerollten Papyrus-Manuskripten auf marmornen Tischplatten, halb so groß wie die irischen Midlands, grübelnd, natürlich mit kleinen Dampfmaschinen aus seiner, Heros, Denkfabrik, die wie mechanische Mäuse herumtuckern, und draußen, vor den fensterlosen, aber kreuzverfugten Scheibenfenstern, dräuten, gegen den stets himmelblauen Himmel der Antike abgesetzt, die erhabenen Pharos (starker Anspruch, das, für einen an grauen Himmeln geschulten irischen Buben) – schließlich hatte der junge Ferd *Die sieben Weltwunder des klassischen Altertums III* von Lord Grade dreimal gesehen –, dann, zeitaltertechnisch näher an zu Hause, den scharlachrot betanen Kardinal Richelieu, Oberarchivar unter Ludwig XIII., von fleischfarbener Majestät überschwemmt, mit einem kaum hörbaren selbstgefälligen Kichern, wie er durch die modrigen büchergesäumten Korridore der Bibliothèque du Roy zur durchdringenden goldenen Begleitung einer klammheimlichen Trompetenfanfare schreitet, welche hinter den Folianten für Kanonisches Recht hervortönt ...[17)]

Na, wie farbenfroh seine Entstehungsgeschichte auch immer sein mochte, machte Ferdias Plan doch einen empfindlichen Köpper vorwärts ins gemeine Volk, was Sie kaum erstaunen wird. Fast so schlimm wie seine Ehe mit dieser Engländerin.

»Verpiß dich, du ekelerregender Dödel«, warf heiser der Da ein und meinte damit eine Enterbung, fuhr auch mit solchen Einwürfen fort, sobald Ferdia[18)] die Nase zur Tür des Vaterhauses in der Connemara Road (Nr. 115 A, genau gegenüber Arbuckles' Danceteria und in Starrweite der feierlich blinkenden monolithischen Masse des Garret-Fitz-Gerald-Funkturms[19)]) hereinsteckte.

17) Und, vielleicht noch angebrachter, drängen sich Bilder von Sean MacStiofain (un)seligen Angedenkens auf, kichernd über seinen Mikrofilm gebeugt, eine Hand (für gewöhnlich die linke, heißt es) in der Jockey-Unterhose!

18) Romantischerweise nach dem unterlegenen Champion der irischen Legende benannt. Der Name des Cu Chulainn, des Siegers in diesem Kampf, war für ihr Balg als Kennung ein bißchen zu extravagant, fanden die Eltern –, die allerdings immer schon ein Paar ohne jeden Ehrgeiz waren, weiß Gott, und tage-, nein, wochenlang kaum sprachen, außer hin und wieder »Was?« oder »Ach, du bist's«.

19) Radio Killoyle FM 75, nur Gerede, nix passiert, außer von 2 bis 4 Uhr morgens jeden Samstag, wenn Jack d'Arcy Duncan-Torque seine restaurierten Klavichorde und Cembali und Fortepianos und Spinette und Gott-weiß-was-alles spielt, der verdammte alte Spanner –, und das sage ich mit einiger Berechtigung, weil er früher neben meiner Tante Nuala wohnte, verstehen Sie. Das stimmt, die mit der Rückseite. Eines Tages erwischte sie ihn, wie er bei ihr mit einem erwartungsvollen Ausdruck auf den lehmigen Gesichtszügen ins Fenster starrte. »Hallo, Seemann«, sagte sie, da sie ein prima altes Mädchen ist, selbst in ihrem fortgeschrittenen Alter (61 und noch einiges zu erwarten); aber unser Mann stürzte davon, wobei er sich (so wurde berichtet) alternierend über beide Schulten umsah, dergestalt war seine Panik. Nie wieder ließ er sich in diesem Stadtbezirk (NO, nahe den Kanälen) blicken, aber in jener Nacht

»Ich bin aber *Archivar*, Vati«, protestierte Ferd. »Mit dem eigentlichen Rat-ta-ta-ta-ta-ta-ta-ta-ta, Tat-ta-ta-ta, Tat-ta, Tat-ta-ta-ta-ta-ta-ta-ta-ta-ta-ta-ta-ta-ta-ta-tataaaaahhhhhhhhhhh habe ich gar nichts zu tun.« Nicht einmal seine lebhafte Maschinengewehr-Nachahmung vermochte zu überzeugen. Sein Vater, Bren, ein Mann aus Derry, betrachtete Ferdia und seinen erwählten Beruf (wie er seiner Frau, Ferdias Mutter, Jean, oder Joan, aus Dublin, oder Cork, je nach Laune, anvertraute) als »Widerwillen, gepaart mit Ekelwellen, als hätte ich einen schlechten Rausch gehabt, wie die sechs *pints* Harp in der Nacht nach dem Spiel der Rangers gegen Cliftonville«. Noch wichtiger (oder unwichtiger) war, daß die Familie – zumindest auf Brens Seite – immer schon stramme Fine-Gael-Anhänger gewesen waren. Bren führte die vergangenen, gegenwärtigen und zweifellos auch zukünftigen Unruhen auf eine Verschwörung der Provisorischen IRA mit der Kirche, Eamon De Valera und seinen Nachkommen zurück. Ein Großonkel von Ferdia (Tim O'Boone) war auf seiten der Vertragsbefürworter im Bürgerkrieg von Dev persönlich erschossen worden, wenn man Bren glauben wollte; und eine Großtante, Imelda McCaffrey, war auf mysteriöse Weise mit General O'Duffy in Spanien verschwunden, was Gerüchten von verbotener Leidenschaft und verstohlenem Durchbrennen mit einem großgewachsenen, schweigsamen spanischen Landarbeiter Nahrung gab –, außer für Bren, der überall die Hand De Valeras walten sah (»Wenn der alte Schweinehund nicht blind wie ein Wassermolch gewesen wäre, hätte man ihm die Tat direkt nachweisen können, denk an meine Worte, ach, sei du bloß still, du kleiner Penner«). Seit' an Seit' hingen die geheiligten Toten mit alternden Chromolithographien von Michael Collins, Kevin O'Higgins, General O'Duffy und Tam »Anker« Mac Heron, dem halbblinden Balladensänger, im Korridor.

wurde seine Sendung zum erstenmal ausgestrahlt: *sehr* suggestiv, wenn Sie mich fragen ... Ach, ich bin schon wieder mit einer Runde dran? Erst die nächste? Soll mir recht sein. Dann sagen Sie mal was.

»Hier ist noch Platz für einen weiteren Helden«, überlegte Bren gern laut, während er die kleine Porträtgalerie in der Eingangshalle betrachtete, und sein kleines Pfeifchen schmurgelte und gurgelte, »aber du wirst es nicht sein, Bürschchen, und auch keiner deiner Freunde von den Provisorischen, darauf kannst du dich verlassen, du verdammter Blödmann. Ihr gottverdammten Fianna-Fail-Anhänger. Du hattest immer schon das schlechte Blut. Das wußte ich von Anfang an.«

»Wenn ich schlechtes Blut habe, woher habe ich es dann?« erkundigte sich Ferdia vernünftigerweise bei dem sich zurückziehenden Rücken seines Vaters.

Andererseits betrachtete Joan, oder Jean, ihren Erst- und Einziggeborenen mit Gleichmut, zuzeiten sogar mit Zuneigung.

»Ach, du kleiner Emporkömmling, du Spinnerchen, du«, sagte sie mit ihrem durchdringenden Galway-Akzent, während sie die Wangen des winzigen Ferdia mit festem Kniff auseinanderzog, was zu ärgerlichem Kreischen führte, auf welches sie wenig mütterlich, wenn sie besoffen war, (in reinstem Dubliner Akzent) mit einem »Halt du bloß das Maul« reagierte. (Jean oder Joan, vorwiegend als »Mutti« und außerdem weithin als *aficionada* auf Flaschen abgefüllter geistiger Getränke bekannt, was alles nur noch schlimmer machte.) Die väterliche Reaktion folgte dem Muster der oben zitierten Ermahnung, oder sie lautete mit einer wie an Shaw geschulten Präzision: »Verpiß dich, du.« Ansonsten folgten Ferdia dank exzessiver Verhütung (damals hatten wir schließlich die überschwenglichen Sechziger Jahre, bis tief in die Siebziger hinein), schierer Faulheit (da der Wohlfahrtsstaat, wie wir alle wissen, ehrliche Bürger in verhätschelte Arbeitsscheue verwandelt) und fortschreitendem Alter (und, ach, Joan-Jeans extreme Schwächung nach einem Bulimie-Anfall, der ihr ein wenig das Aussehen einer Auschwitz-Überlebenden gab und zuverlässig jedes Verlangen abtötete, welches im alten Bren aufkeimen mochte, aber ohnehin nicht tat) keine weiteren

Kinder in der privilegierten Kategorie des Quain-Nachwuchses. Er war ein Einzelkind, der arme Junge.

Ihm war das aber ganz recht.

»Soll mir recht sein«, sagte er in anderem zeitlichen/räumlichen Zusammenhang, nämlich in seiner Wohnung, im gegenwärtigen Jahr und als Antwort auf Finns Vorschlag:

1) einen schnellen Happen unten im Fairy Farmer, Killoyles neuestem und angesagtesten Eßtempel, wo es o-so-gesunde Sachen gab wie junge Löwenmäulchen an Zwiebeltunke, Johanniskraut-Pâté, mit Müesli gefülltes Müesli, Klößchen von der Celebes-Echse und holzkohlegeschmorte Endivien *à la Katangaise*;[20)]
2) ein herzhaftes Training in Jim's Gym auf der Parade (Ferdia schüttelte bei diesem Vorschlag wütend den Kopf, sagte aber nichts, sondern zog es vor, seine Einwände in der methodischen Reihenfolge vorzubringen, in der sie sich präsentierten –, 1) zu verdammt langweilig; 2) zu verdammt anstrengend; 3) zuviel gräßliche Popmusik; 4) der Fernseher, in dem ständig eine Spezialsendung für arme Irre lief; 5) zu viele verschwitzte behaarte Typen;

20) Mmm, leckerlecker, besonders die Endivien. Ich hab mal welche in Katanga gegessen, 1959? '60? Im Grand Hôtel Baluba in Stanleyville von einem formvollendeten Maître d'hôtel namens Patrick serviert, oder hieß er Patrice? Da sabber ich mich doch glatt voll, wie mein alter Großonkel Charlie in der Kneipe vor der Sperrstunde zu sagen pflegte, wenn Olly, der Wirt, herumkam, um Charlie Schlabberlatz und Querbinder zu richten und ihm eine Abschiedsstärkung Theakston's (das war in Yorkshire, nicht weit von Hutton-le-Hole) auszuschenken, bevor er den Krankenwagen rief. Hat aber bis 92 durchgehalten (Charlie, nicht Olly). Und wir sahen blöd aus, wir, die wir ihn mit 45 aufgegeben hatten, als er seinen ersten pneumatischen Anfall hatte. Da kann man mal wieder sehen. Jau, hab nichts dagegen. Ich nehme einen Halben von dem schwarzen Zeug – o, schon gut, meinetwegen eine *pint*. Ohnehin ist der Abend weit genug fortgeschritten, um Abschied zu nehmen und aufs Klo zu gehen, falls Sie mir folgen können. Prost.

3) ein flotter Spaziergang über den Strand, an *The Shops* vorbei, zu *dem* Shop, dessen Eröffnungstag heute war.

Sie brachen auf, Ferdia, im Herzen gar kein Schlunz, war mit einem ziemlich, ja sogar übermäßig eleganten blau-weiß nadelgestreiften Köper-Zweireiher von Gianfranco Mafioso samt locker geknotetem Principessa-Benita-Fanculo-Seidenschlips bekleidet, auf welchem männchenmachende Dalmatiner abgebildet waren, das Ganze hübsch gegen einen Hauch Gold im Sockenbereich und ein gelbliches Einstecktüchlein abgesetzt, welches verschämt aus der Brusttasche lugte wie eine einsame Osterglocke in einem Drainagegraben. In krassem Gegensatz dazu trug Finn nur dunkelbraune Radfahrershorts, ergrauende Tennisschuhe und ein gebrochen weißes ärmelloses Trikot, um das andere, so sehr viel schönere Geschlecht visuell zu umbuhlen.

Es war jedoch kalt.

»Brrr, ist es kalt«, maulte er, indem sie tüchtig ausschritten –, vielmehr schritt Finn tüchtig aus, während Ferdia sich auf seine eigene genaue, verstohlene Art fortbewegte, wie ein riesenhaftes Faultier, welches im Vergleich zu seinen Artgenossen hastig wirkte.

»Hättest nicht dies blöde Trikot anziehen sollen, mein alter Athlet, stimmt's?«

»Ach, halt's Maul, Großer.«

Der Fairy Farmer hatte dicht, aus ungeklärter Ursache.

»Steht sogar dran: Geschlossen.«

»Scheiß drauf.«

»Wir Iren haben eben immer Pech.«

Und so kehrten unsere Helden[21)] auf einen schnellen fettigen Bissen bei McShiney's Super Shiny Sausages ein: dreimal Super-Shiny-Wurst in Übergröße mit superschlappen Pommes, zwei Big-Daddy-Portionen für Ferdia, die Kinderportion für Finn, aber doppelt, nochmal die Hälfte dazu, somit insgesamt drei Big-Daddy-Portionen.

21) Anti-, wenn schon.

Nach der Nahrungsaufnahme machten sie sich wieder auf, wenngleich mit geringfügig gesteigerter gastrischer Aktivität, um nicht zu sagen: Übelkeit[22]. »Und jetzt in die Muckibude«, kündigte Finn selbstgefällig an, wobei er den rüttelnden und webenden Wind schattenboxte.

»Da kannst du mit deiner Oma hingehen. Und überall große verschwitzte Typen? Und diese verdammte Popmusik?«

»Ach, die Popmusik. Was erwartest du denn, Vaughan Scheißenochmal Williams? Na ja, na schön, vielleicht später mal.«

»Ohne mich, Junge, jetzt und immerdar. Ich werde sowieso genug Training haben, wenn ich Lieferungen reinkriege und Kisten stemmen muß.«[23]

22) Das glaub ich gern. Als ich letztesmal so eine Amidiele für Fast Food besuchte, bekam ich Krämpfe in der Bauchgegend, die mich fast drei Tage lang in die gekrümmte Schneller-Jockey-Stellung brachten, am meisten im Büro, wo sie mich alle höflich ignorierten, trotz meinen Elendsächzern. Schließlich, mit einem Ruck, war ich frei und schwor, nie wieder einen Fuß dorthinein zu setzen –, aber wissen Sie was, nicht mehr als der Anschein des Lächelns von einem hübschen Mädchen, ach, eine echte *beor* war sie; jedenfalls war ich wieder voll drauf, vornübergebeugt wie ein *Fötus* –, diesmal *fünf* Tage, und fand es verteufelt schwer, ein einigermaßen zusammenhängendes, geschweige verführerisches Gespräch zu führen, kann ich Ihnen sagen, bei der Häufigkeit und Lautstärke rückwärtiger Winde, aber irgendwie gelang es mir doch, und kurz darauf wurden wir in der Kirche St. Piers Ploughman's (Mayfair) getraut. Die Ehe war etwa einen Tag lang glücklich, aber während unserer Flitterwochen auf Mykonos machte sie sich mit einem dortigen Fischer namens Anthony Quinn, einem irischen Einwanderer, aus dem Staube. »Es war Liebe auf den ersten Blick«, sagte sie später *Bandstand*. »Und mein verzweifeltes Bedürfnis, diesen gräßlichen Blödmann loszuwerden, den ich geheiratet habe. Natürlich bin ich als Kind mißbraucht worden.« Ich habe das Mädel eine Zeitlang vermißt, aber alles in allem war es besser so. Dann kam Aisling.

23) Kisten wuchten? Und unser Mann beschwert sich darüber? Typisch, oder? Niemand will mehr harte körperliche Arbeit. Ich habe den größeren Teil meiner frühen Zwanziger bis zur Hüfte in Torfbrühe verbracht, als Torftester für die Bord Na Mona. An eine Nacht erinnere

Die Vettern, obzwar völlig verschiedenaltrig und vom Temperament her polar entgegengesetzt, kamen recht gut miteinander aus, vor allem wenn man bedachte, wie begrenzt Finns intellektuelle Interessen waren (immerhin hatte er an der Lower Southeast Polytechnic Software-Ingenieurswesen studiert), sowie auch Ferdias unwirsche Dankesschuld seinem jungen Vetter gegenüber, nach all den Kautionen, die er für ihn gestellt hatte, und den vielen Hausdurchsuchungen in den vier Jahren, die er mit Shirley verheiratet gewesen war. Da waren sie also, wohnten wieder zusammen, und Ferdia war vereinsamt …, und das würde lange dauern, das wußte er. Falls es überhaupt gekittet werden konnte. Er hatte sie im Büro angerufen (sie war Leitende Immobiliengutachterin für die King Maher Land Corporation, »viel Gezwinker und kein Geld«, wie sie ihre Tätigkeit mit in den Wahnsinn treibender Regelmäßigkeit beschrieb) *(aber hatte er je etwas gesagt?)*, und sie hatte mit einem kurzen Verschlußlaut der Verachtung und einem genörgelten, nur halb hörbaren »Kretin!« eilig aufgelegt.

Da war er also, von seiner Frau verschmäht, nur ein weiterer auf den Hund gekommener Ex-IRA-Mann, der versuchte, ein Geschäft zu gründen, nachdem er im Gefolge der Abkommen von Derry und des Kodizills von Porridgetown von

ich mich, als wäre es gestern gewesen. Da war ich, stand in stinkendem Saps bis zu den Achselhöhlen, als eine Stimme flüsterte: »Du bist raus.« Ich fuhr natürlich herum, aber da war niemand; erst ein bißchen weiter weg, im finstern Gewirr einer knorrigen Eiche, gegen das Perlgrau der nächtlichen Wolkenverhangenheit kaum zu sehen, nahm ich wahr, was mich das Glimmen der Glut einer feinen Tabakspfeife dünkte, und ich bildete mir ein, das hohle Saugen mächtiger Lungen zu hören, mächtiger Lungen, wie ein Pooka sich ihrer rühmen mochte. Jungs o Jungs, da ist mir vielleicht der Schreck in die Glieder gefahren, kann ich euch sagen. Ich wuchtete mich aus diesem Schlammloch und sah mich nicht um, bis ich auf der Ausbaustrecke halbwegs schon Naas, Grafschaft Kildare, erreicht hatte, wobei ich auf der Überholspur Lastwagen überholte. Paranüsse? Danke nein. Nur das Stout, bitte.

der Organisation unehrenhaft entlassen worden war, deren stolzes und unheilverkündendes Motto einst »Einmal herein, niemals hinaus!« gelautet hatte. Aber Ferdia Quain war kein Dummkopf, auch wenn es den Anschein hatte. Schließlich hatte er sich ein schönes Weilchen lang in den IRA-Archiven häuslich niedergelassen – zwanzig Jahre, vielleicht ein paar mehr, vielleicht ein paar weniger –, und er hatte nicht vergessen, wo die Leichen vergraben waren, was das (und die Leichen) betraf; und dies wiederum setzte ihn in den Stand, für Finanzierungszwecke die Namen einiger Ex-Kontakte ins Feld zu führen, hatte er sich mal bei Mad Molloy über ein paar Pisherogue Special das kleine Unternehmen überlegt, welches heute Gestalt annehmen sollte, nämlich:

Killoyle Wein & Käse, Inh.: F. Quain!

»Ja, ich weiß, es gibt jede Menge Kneipen und bei den *Shops* auch ein paar anständige Weinläden, und Drisco hat eine halbwegs akzeptable Käsetheke (aus irgendeinem Grunde in der Servietten-Abteilung),[24] aber soweit ich weiß, und berichtige mich bitte, wenn ich unrecht habe, spielt sich sonst nichts ab.«

»Ja, du hast ja recht du hast ja recht du hast ja so recht arrh.«

»So toll ist die Delikatessenabteilung nämlich gar nicht.«

»Klar, Gott segne dich, du hast ja sowas von recht.«

»Außerdem gibt es keinen einzigen Wein-UND-Käseladen in der Stadt.«

»Es gibt aber Fairy Farmer's. Der hat auch Wein und Käse.«

»Ja, aber das ist eine *Bar*, du Arsch. Ich spreche von einem

24) Ungewöhnlich, gewiß; aber lassen Sie mich Ihnen folgendes sagen. Bei Drisco in Battersea wurden die Elektrowarenabteilung und die Damenunterwäsche gegeneinander ausgetauscht, was, wie ich mich erinnere, zu Beschwerden seitens der Kundschaft führte, obwohl die Schaufensterpuppen ein gutes Stück sexier waren als lange Kabel und Grabbelsäcke voller Wäscheklammern, es sei denn, Sie wären Herm Mann, der Allesreparierer, oder sonst so einer von den Burschen, ist klar.

Laden, weißt du, einem Ort, in den man je nach Laune eintreten und sich einen schönen frischen Riesling oder Chardonnay für später aussuchen kann, und dann geht man ein paar Schritte weiter und holt sich, sagen wir, passend zum Wein, einen schönen Blauschimmelkäse aus dem Tal von Avoca, und dann springt man nach Hause und spült seinen Avoca Blau bis in die Puppen mit seinem frischen Chablis oder Pinto Gris herunter. All das Vorhergegangene, nicht zu vergessen, in sehr eleganten Tragetaschen, denn sind diese Burschen etwa nicht in jedem respektablen Warenhaus so gut wie schlachtentscheidend?«

»Na, wenn du's sagst.«

»Äh ... das Zeug heißt doch Pin*ot*, oder?«

»Also auf die Tragetaschen kommt es an?«

»Aber ja, denk doch mal an Harrier's in London. Da wurde schon so manches Mädel in diesen ganz bestimmten Basar gelockt, weil es die Aussicht hatte, so eine Tragetasche in dunklem Racing Green mit Snob-Appeal in die Finger zu kriegen, und wurde dort nie wieder gesehen. Weißt du noch, wie Kurbelwelle O'Deane diesen Dreißigpfünder in der Lebensmittelabteilung gelegt hatte, der dann nicht so ganz rechtzeitig hochging ...? Ich frage mich, wie es Kurbelwelle geht. Ich hab gehört, er hat sich hier irgendwo niedergelassen, im Vorruhestand. Ich muß ihn mal anrufen ... Nö, man glaubt es gar nicht, wie viele angeblich vermißte Personen plötzlich aus dem Nirgendwo auftauchen.«

»Besonders jetzt, wo etwa eine halbe Million Touristen aus Europa nach Killoyle kommen.«

»Wir gehören jetzt zu Europa. Seit '73, oder war es '74. Jedenfalls werfen wir keinen Blick zurück.«

»Die Waffen werden nicht gestreckt!« brach es aus einer Randexistenz hervor, die der Unterhaltung zu folgen versucht hatte und mit steinernen Blicken abgestraft wurde.

»Genau. Europäer sind wir, und Europäer werden wir bleiben. Und Wein und Käse sind Teil dessen, was Europäer europäisch macht, falls du mir zu folgen vermagst. Nicht, daß ich ein Kenner wäre oder auch nur irgendwie Spezialist, nein, nein, da bin ich der erste, der das zugibt.«

»Und ich bin der zweite. Tschuldigung, war nur ein Scherz. Fahre fort.«

»Jedenfalls. Ist es an der Zeit für einen Laden, in dem die önophilische äh Dingsbums. Weinkultur. Gepflegt wird. Hier im guten alten Killoyle.«

»Sowieso.«

»Ich meine, vergiß doch bitte nicht, daß in den Neunzigern Sheets McGinty, der Bogside-Berija, als Hüter der Archive von Harry Batasuna, dem galicischen Goebbels, ha ha ha ha, meine rechte Hand war, in Bilbao, Spanien, dem lusitanischen Limerick, ha ha ha, nur ein kleiner Scherz. Eine schöne Stadt ist das. Heimat, wie ihr alle wißt, des berühmten Guggisberg-Museums. Und jede Menge guter Weine gibt es da, das kannst du mir glauben. Rioja zum Beispiel schon mal. Und Ixarra, der alte angereicherte Brandy, brrr. Alles in allem prima Zeugs.«

»Sheets, ja, ja.«

»Ach, der liebe alte Sheets, der war vom rechten Schrot und Korn. Stand er nicht neulich in der Zeitung, weil er irgendwo in der Gegend von Cork oder Youghal oder – Gott möge uns beschützen – hier in Killoyle ein paar freundliche Hinrichtungen an den eigenen Leuten vorgenommen hat?«

»*Arrah.* Da könnte was dran sein, mein alter Ferd. Das Ding, das die Soldaten des Brian O'Nolan gedreht haben, hat sich, wenn ich mich recht erinnere, gar nicht günstig auf unseren Mann ausgewirkt.«[25)]

»Wohl wahr, Finn.«

»Aber du willst doch nicht nur spanische Plörre in deiner Weinhandlung verscherbeln, wie?«

25) Siehe: *Reck-Kür nach Koylille. Ein verwegen arischer Furz*, da steht mehr drüber drin. Seite soundsoviel, glaube ich, oder war es Seite eins bis fünfhundertnochwas? Ich hab's: Gehen Sie doch los und kaufen Sie das Buch, auf die Weise können Sie es selbst herausfinden.

»Überhaupt nicht. Schließlich kamen danach ja noch meine Straßburger Jahre.«

»Jahre? Ich dachte, du hättest da vierzehn Tage oder noch weniger verbracht.«

»Stimmt. Aber ich hätte Jahre dort bleiben können, wenn sie mich auf der Übersetzerschule genommen hätten.«

»Ah, die Übersetzerschule. Wo die Übersetzer wie Gott in Frankreich leben, stimmt's?«

»Eher wie die Made im Speck, wobei die Made ein Suffkopp ist und der Speck was zu saufen. Während sie meine Bewerbung studierten, studierte ich den Vino.«

»Gute alte Franzmannplörre, was?«

»Keine Plörre, mein Junge. Die besten Elsässer, und damit meine ich keine Wauwis. Traminer, Rieslinge, tolles Zeug, reinstes Ambrosia, ich hab mir jedenfalls volle Kanne die Kante gegeben und auf diese Weise einen ziemlich gebildeten Gaumen erworben, das kannst du mir glauben oder auch nicht. Ich hatte dann zwar meine gesamte Kohle verblitzt und mußte nach Hause zurück, aber bei der Übersetzerschule haben sie mich sowieso abgelehnt, weil meine Französischkenntnisse keinen Pennerfurz wert sind. Entschuldigung, Nichtseßhaftenfurz, aber insgesamt habe ich dadurch einen ziemlichen Geschmack für Wein entwickelt.«

»Daß du ein alter Weinheini bist, ist ja wohlbekannt, Ferdia Quain. Und das ist Tatsache.«

Für ein früheres Mitglied (wenngleich nur als Archivar) einer berüchtigten Terrororganisation war Ferdia die wandelnde Selbstbeherrschung, rasch in Zorn gebracht, aber kaum je gewaltbereit. Dank dieser Nachsicht bekam der Sprecher der soeben zitierten Worte nicht unverzüglich *ooooooooooooordentlich* was aufs Maul, wie einer seiner Gefährten (Finn) anmerkte:

»Dafür hast du *ooooooooooooordentlich* was aufs Maul verdient.«

»Kannst es ja mal versuchen, du Schlaumeier.«

Auf jeden Fall geschah es im Gefolge all dessen und trotz

einem entschiedenen Mangel an regelrechter Finanzierung, daß Ferdia unter dem Brustbein episodische Aufwallungen von Besorgnis empfand, die sich mit Jubel abwechselten, wie ein ernster Vorfall von Intestinalgasbildung oder die gelegentliche Berührung zweier stromführender Drähte im Wind, da er und Finn sich an jenem stürmischen Märznachmittag ihrem Ziel näherten: der tatsächlichen Geschäftseröffnung von Killoyle Wein & Käse (sehr wichtig, daß dieses Et-Zeichen darin aufschien, mit seinen Assoziationen an maßgearbeitete Victoriana und allgemein vergoldetes Gehobenes und so, wie Ferdia gewitzt und wiederholt gegenüber dem Schildermaler, einem gewissen B. Ehan, Esq., aus Sandycove, hervorgehoben hatte), des ersten *emporium vinitorium* der Stadt, eines Etablissements »für den anspruchsvollen Käseliebhaber und Önophilen, eine entspannte Doppelboutique mit Streicherbeschallung und separaten Eingängen, die auch als Ausgänge dienen können, in welcher – und in weiteren Boutiquen in der unmittelbaren Nachbarschaft – der Kunde nach Herzenslust kosten und stöbern kann etc.« (Den PR-Scheiß hatte er sich selbst ausgedacht.)

Und da war es. Mit Flaggenschmuck vollgehängt und einem großen Schild im Fenster.

»Große Neueröffnung 18.00 Uhr 17. März: Killoyle Weine & Käsen, Inh. F. Quin.«

»Welcher Volltrottel hat das denn hingeschrieben?« erkundigte sich Ferdia gereizt. »Käsen? Und sieh dir das doch mal um Himmels willen an. Quin? Scheiße auch. Nicht mal den Namen kriegt er richtig hin.«

»O Gott«, keuchte Finn, als hätte man ihm in den Solarplexus geboxt.

»Ich weiß. Na, ich laß es erstmal, wie es ist. Der Name des Inhabers wird für die Kunden ohnehin nicht so wichtig sein.«

»Nicht der Name. Es ist das Datum.«

»Das Datum? Das Datum stimmt doch. Der Siebzehnte … Das ist heute, oder?« Trotzdem ringelte sich eine Schlange aus namenloser Sorge um Ferdias Eingeweide.

»Himmel, Mann, wach auf! Heute ist der siebzehnte März! *Heute ist scheißenochmal Sankt-Patricks-Tag!*«

»Waaa?« tremolierte Ferdia, den es entschieden aus dem Gleichgewicht geworfen hatte und der in zehn bis fünfzehn Minuten mit den ersten Lieferungen rechnete … oder auch gerade *nicht*, am Nationalfeiertag.

* * * * *

Byrne saß im eleganten Balsa Room des Spudorgan Palace Hotel am Fenster und hatte eine halbe *pint* Earwickers Mild in Pflege.

»Ah da sind Sie ja Duddy setzen Sie sich na bitte Schlag neun sehr gut ich bin eben erst gekommen die haben mich in die Padraig-Pearse-Suite gesteckt weiß auch nicht warum volle Hausbar Fernseher so groß wie ein na so groß wie ein weiß auch nicht wie groß dieser schreckliche Hungerstreik und Gott weiß wie viele Programme nicht daß ich viel fernsehe das meiste ist doch sowieso der letzte Bockmist wenn Sie mich fragen ich bin jedenfalls im zweiten Stock da hatte ich's nicht so weit bin einfach zwanzig Minuten lang gewandert na vielleicht eine halbe Stunde Mann haben sie diesen alten Bau aufgemotzt etwa nicht ich kenne es noch als es nur Spudorgan Hotel oder Spudorgan Hall hieß na Hölle wäre sowieso angemessener ich kann Ihnen sagen hier hat es von Ratten nur so gewimmelt ich glaube es wurde sogar eine Zeitlang Rat Palace genannt[26] natürlich nicht offiziell hahahahahahaha-

26) Das stimmt. Und der Beweis dafür findet sich auf den legeren Seiten von *Kerfloyle. Eine fahrige Iris,* 1–317 oder dort herum. Ich erinnere mich sogar selbst daran, ziemlich deutlich, vielen herzlichen Dank: das Ratten-Versailles wurde es genannt, und die Jungs am Tresen wetteten auf Größe und Geschwindigkeit der jeweiligen Nager, ein Sport, zu dem sie von Carfax, dem Jockey, ausdrücklich ermutigt wurden, der olle Stummelschwanz. Ich habe dort sogar mal auf dem Weg

hahahahahahahahahahahahahahahahahahahahahahahahahahaha-hahaha aber dann kam diese amerikanische Gruppe an Sie wissen schon Vacation Inn die Jungs mit den Glasaufzügen

nach – na, ans andere Ende der Stadt, nehme ich an, ich war damals noch kein guter Reisender – übernachtet. Jedenfalls war das mein erstes und mein letztes Mal, nicht wegen des unablässigen Trippelns, Kauens, Schnüffelns und Zehenbenagens seitens der eingeborenen Rattenbevölkerung, was zwar unangenehm war, aber irgendwann gewöhnte man sich dran –, nein, warten Sie, bis ich's Ihnen erzähle. Da war ich in Zimmer 101 (überaus bedeutsam für das, was jetzt folgt, Sie können sich also jederzeit darauf beziehen, Kumpel), lag starr auf der Seite – und hatte den orangefarbenen Pyjama an, wenn ich mich recht erinnere, den mit der bernsteinfarbenen Paspelierung und dem Pseudowappen im Brusttaschenbereich – und starrte, ohne zu blinzeln, aus dem Fenster auf die turbulenten Himmel vom Killoyle jenes frühen vorweihnachtlichen Morgens. Stellen Sie sich meine Reaktion vor, als ganz plötzlich, in direkter Verlängerung meines unbeirrbaren Blicks, die riesige, massige, schattige Gestalt eines geisterhaften Luftschiffs mit der Aufschrift Z-101 auftauchte, *bemannt mit einer Crew aus Skeletten*!!! Es trieb, jene Wiedergänger aus der Katastrophe tragend, vorüber, und alle hatten sie den Gesichtsausdruck des bekannten norwegischen Gemäldes *Jetzt nochmal schön laut* oder *Plärrendes Mädel* oder wie das Ding heißt; na, Sie können getrost glauben (ja gern, danke; nein, ich habe nicht die geringste Lust, auf Jameson's umzusteigen, prost), wie ich rauf und raus, meinen alten Browning in der Hand, und kraftvoll abgedrückt und abgedrückt, nur unglücklicherweise war da die Feuertreppe, oder etwa nicht, und ich sie runtergefallen, oder etwa nicht, und peng machte mein alter Browning, oder etwa nicht, und pfutt machte meine Geschichte, und schnapp machte mein linkes Bein, und das war einmal ein Weihnachtsfest, an dem ich einen Blick aus der ersten Reihe auf die Notaufnahme vom Mater Misericordiae hatte. »Flugunfall«, lautete meine knappe Erwiderung auf die Befragung betreffs der Ursache meiner Verwundung, dem ich enigmatisch nur noch »Nordfrankreich« hinzufügte. Das stopfte ihnen den Mund, kann ich Ihnen sagen. Aber diese Gesichter, das Luftschiff … Sie verfolgen mich immer noch … Nein, absolut keinen Jameson, um der Liebe Christi willen; ich meine, Bushmill ist schon schlimm genug, aber irgendwo muß man ja einen Trennungsstrich ziehen. Ist denn kein Paddy mehr da? O weh o weh. Na, wir werden das schon irgendwie auf die Reihe kriegen. Ich weiß, wie: *Sie* können die nächste Runde zahlen.

und den Springbrunnen und dem ganzen Mumpitz die kamen also an weil die Gläubiger sie eingeladen hatten habe ich jedenfalls gehört und die Geschichte von Carfax dem Jockey und seinen erstaunlichen verschwindenden Bankkonten wissen Sie das nicht mehr egal Carfax hat damals in den Sechzigern ein paar große Rennen in Leopardstown und Fairyhouse und sogar das Grand National gewonnen wenn mich die Erinnerung nicht trügt oder es war das eine oder andere Derby und auch ein paar auf dem Kontinent in Concierge-les-Bains oder wo na egal mit den Einkünften aus seinen Siegen hat er jedenfalls diesen Laden gekauft und versucht ihn in ein richtiggehendes Ferienhotel umzuwandeln was ihm ja auch einigermaßen gelungen ist da hat dann der Aufschwung in der Wirtschaft auch nicht geschadet und daß das neue Terminal für die Fähre gebaut wurde und der Flughafen und diese ganzen Shops wie heißen sie noch genau The Shops auf JEDEN Fall ist das Komische daran, daß niemand auch nur je einen Penny Gewinn zu sehen gekriegt hat und warum nicht so fragen Sie sehr zu Recht mein alter Sohn sehr einfach die alte Geschichte denn war es nicht so doch genauso war es daß unser Mann Carfax alles fein säuberlich auf exotische Bankkonten verschob Gott weiß wo auf der Insel Man oder in Luxemburg und was es sonst noch so gibt wissen Sie es heißt er hätte die Kohle auf den Namen der Rennpferde eingezahlt die er geritten hat eins war Mr. Vestibül und eins Lord Hutablage und hieß ein drittes nicht Herr Vorsitzender na auf jeden Fall bekam die zuständige Behörde irgendwann Wind davon und jetzt brummt er ein paar Jahre in Florida glaube ich oder ist es Kalifornien die beiden krieg ich immer durcheinander naja Apfelsinen und Strände und Palmen und Sonnenbräune und das ganze Theater Bikinis hahahahahahaha auf JEDEN Fall kamen also die Leute von Vacation Inn und haben den Laden übernommen wie sie das überall machen jetzt haben sie das Silverspoone Hotel in Dublin übernommen um der Liebe Christi willen setzen Sie sich hin setzen Sie sich hin setzen Sie sich hin Sie sind pünktlich wie die Maurer ich brauch Ihnen ja kaum zu sagen daß das in diesem Land eine Änderung zum Besseren ist wo wir offenbar chronisch unpünktlich sind außer wenn die Kneipe aufmacht aber um die Wahrheit zu sagen hatte ich gleich so ein Gefühl daß Sie pünktlich sein werden ich weiß auch nicht warum vielleicht weil Sie Amerikaner sind und wir wissen ja wie sehr die Amerikaner zur Pünktlichkeit neigen verglichen mit uns Iren verdammte Blödmänner und Taugenichtse wenn nicht wir wer denn dann und verdammt bei all diesem Geschwätz über den keltischen Tiger könnten wir immer noch das eine oder andere von unseren amerikanischen Vettern lernen ich meine genau da muß man doch sein, wenn man sich eine goldene Nase verdienen will mußte man immer und muß man heute noch und ich weiß wovon ich spreche da ich wie Sie wissen oder vielleicht auch nicht wissen dann warten Sie bis ich es Ihnen sage ein Jahr in den Staaten verbracht habe bzw. fünf sechs oder waren es sieben das war achtundachtzig neunundachtzig ja das Jahr mit dem Platz des Himmlischen Friedens also schon ganz schön her und ich bin nicht etwa in Ell Äj oder Chicago gelandet aber nein ich war ganz allein und auf mich selbst gestellt in einem Kaff in der Nähe von Houston namens El Brando Texas nichts als Hall Marts und McSproggins so weit das unbewaffnete Auge schweifen konnte ich nehme nicht an daß Sie von dem Kaff schon mal gehört haben woher denn auch das ist dermaßen am Arsch der Welt und außerdem waren Sie ja oben im Mittleren Westen war das nicht Illinoise oder was Nebraska oder Alaska oder Ohiowa jedenfalls irgendwo im Gebüsch nicht daß ich mich je groß in Erdkunde ausgekannt hätte ich werde Ihnen was sagen ich hatte auf der Pater-Kormoran-Akademie in Buncastle Buncastle in der Grafschaft Wicklow wissen Sie gleich beim Powerscourt-Anwesen eine Erdkundelehrerin namens Missus Irma Ryan die war höchstwahrscheinlich gar kein so übler alter Knochen aber ich werde nie vergessen wie sie immer mit sperrangelweit offenem Mund herumsaß ich werd's Ihnen erzählen da starrte sie eines Sommermorgens aus dem Fenster das Maul wie immer sperrangelweit offen und was anderes kam hereingeflogen als eine Pferdebremse echt ohne Flachs jetzt summte schnurstracks zum Fenster herein und ihr direkt in die Futterluke und die machte schnapp und sie hat sie wie ein Frosch runtergeschluckt na wir haben uns vielleicht gewälzt vor Lachen kann ich Ihnen sagen an jenem Tag setzte es noch reichlich wunde Handflächen und andere Körperteile kann ich Ihnen sagen auf JEDEN Fall hat sie mir mal gesagt wenn ich es schaffen sollte mir irgendwann mal einigermaßen die Landkarte von Europa einzuprägen bäckt sie mir einen Stachelbeerkuchen aber es ist mir nie gelungen ich meine wie denn auch die Hauptstadt von Slowenien oder Slowakien oder was zum Teufel da kann man doch nur raten und so soll es auch sein das ist doch sowieso ziemlich wurscht oder also hat mir Missus Ryan bis heute keinen Stachelbeerkuchen gebacken aber so schlecht bin ich gar nicht in Erdkunde ich kann Ihnen sagen wo die wichtigsten Autos gebaut werden aber mindestens los fragen Sie mich was los Volkswagen Wolfsburg nur zu wie ist es mit Fiat Turin sehen Sie hab ich gewußt na los Ferrari Modena Ford Dagenham Renault Boulogne Debbler-Bertz Stuttgart sehen Sie na vielleicht später wo war ich stehengeblieben ach ja El Brando Texas und warum war ich ausgerechnet dort und nicht woanders die Antwort ist denkbar einfach ich machte da mein Praktikum alles von Paddy Taggart von der Firma Taggart Automobile in Terenure GmbH bezahlt er hatte da ein Abkommen mit der Firma Clark-Iago Automobile GmbH in El Brando dem größten gebrauchten Clewhart-Händler in den südwestlichen Vereinigten Staaten sämtliche Clewhart-Erzeugnisse was natürlich heutzutage eigentlich deutsche Qualität bedeutet wo sich doch jetzt überall die Deutschen breitmachen in diesem Fall Debbler-Bertz so daß das Stammhaus von Debbler Clewhart jetzt offiziell in Deutschland steht egal was die Zeitungen in Detroit schreiben in Mannheim oder Magdeburg oder so uuups da geht schon wieder die gute alte Erdkunde mit mir durch ha ha hahaha hahaha hahaha

hahaha hahaha hahaha hahaha hahaha hahaha hahaha hahaha hahaha hahaha hahaha hahaha hahaha hahaha hahaha hahaha hahaha hahaha auf JEDEN Fall hat die Partnerschaft der Clewhart-Qualität im Testvergleich nicht geschadet das kann ich Ihnen versichern ich meine die Amis sind oberste Sprosse was Pferdestärke und Drehzahlmoment und die kleinen V-8-Motorblöcke und was nicht alles betrifft aber es besteht eben immer die Möglichkeit daß einem bei der Fahrt alles um die Ohren fliegt eigentlich schade denn sonst könnten sie teilweise Weltklasse haben naja wenn ihnen die Deutschen über die Schulter kucken ändert sich vielleicht einiges tatsächlich stand in der letzten Ausgabe von *Consumer's Armchair* im März oder war es April haben Sie die abonniert sollten Sie aber unerläßlich für jeden der auch nur entfernt mit der Automobilindustrie zu tun hat da wurde die Qualität der Verarbeitung jedenfalls schon sehr viel besser beurteilt aber wo war ich stehengeblieben ach ja El Brando Texas Teufel auch eins kann ich Ihnen sagen Mannomann nein nein erstmal Sie ich habe noch naja ich nehm noch ein halbes Earwicker die milde Sorte wohlverstanden nicht das dunkle behalte das Zeug sowieso nicht bei mir ich will Sie aber parenthetisch daran erinnern daß das in Texas war und nicht mitten in dem Scheiß-Manhattan um der Liebe Christi willen ich mußte also wirklich gußeisern verkaufen und das mir mit meinem Schweineakzent einen strahlend schönen guten Morgen ihr Leut' und alles und das mitten in Texas wo sie noch nie von Irland gehört haben und im Mittsommer wird es bis zu weiß ich auch nicht vierzig Grad heiß elend heiß war es mal hundertnochwas Fahrenheit wir waren aber auch wirklich zu dämlich daß wir uns auf Celsius eingelassen haben wo es uns mit dem guten alten Fahrenheit doch wirklich noch gold gegangen ist ich meine wenn man sagt *Hör mal zu Mann draußen sind hundert Grad* dann hört sich das verdammt heiß an aber wenn man sagt *Herrje gerade haben wir die vierzig Grad überschritten* dann lacht doch alles nur oder sagt *Na und* was sie in den Staaten sowieso gern sagen na wie gesagt da waren wir und ich weiß nicht wie heiß es war es war jedenfalls ganz schön heiß mehr kann ich dazu nicht sagen und wir mußten raus und den halben Tag in der Hitze stehen und der Schweiß klebte uns am Hemd und drücken konnte man sich auch nicht vielen herzlichen Dank ah danke vielmals prost es ist doch das milde so ist es recht und wie ist Ihr Stout oder Porter Stout natürlich das gute alte Arthur's da kann man gar nichts falsch machen aber im Vertrauen mir ist das Zeug überhaupt nicht zuträglich nein nach einer *pint* juckt mich alles als hätte ich Pocken und einmal schwollen mir die Lippen an wie Luftballons und ich bin mitten im Verkaufsgespräch ohnmächtig geworden und als ich aufwachte lag ich mit dem Gesicht nach unten in einer Pfütze an der Bushaltestelle und behinderte den Aufbruch des Achtunddreißigers nach Enniskerry auf JEDEN Fall wo war ich stehengeblieben ach stimmt ja ebenfalls prösterchen slontschi go bra da stand ich also mitten in Texas bei hundertzehn verdammten Graden an dieser Verkaufsfläche für Gebrauchtwagen von wie der Amerikaner sagt mon-ste-rö-sen Ausmaßen ständig sagt er das und es bedeutet natürlich sehr sehr groß und das war der verdammt größte Parkplatz den ich je gesehen habe man konnte kaum den verdammten Horizont von dem Parkplatz sehen und die Sonne machte einen blind und funkelte auf den Dächern von tausend Autos und wir Verkäufer standen mit Sonnenbrille und weißem Hemd und Krawatte herum wie die gottverdammten Mormonen auf JEDEN Fall stand ich da nun bei hundertfünfzehn oder -zwanzig Grad mit einem Typ namens Gonzales herum nein Garcia Garcia hat er geheißen netter Kerl Mexikaner weshalb sein Englisch nicht allzu doll war. *No hablo mucho Ssinnyor olé patatas fritas caramba* oder was ahahahahahahahahahahahahahahahahahahahahahahahahahahahahahahahahahaha o haha aber Mann ich kann Ihnen sagen ihn mußte man im Auge behalten nach nur drei Monaten war er bereits auf dem besten Wege sich für die Tafelrunde des Firmenchefs nominieren zu lassen wissen Sie was das bedeutet nein na gut sollten Sie aber oder arbeiten Sie gar nicht für mich es ist auf JEDEN Fall eine Ehre die ehrenvoller ist als jede andere Ehre wenn man als Debbler-Clewhart-Verkäufer in den Staaten so weit gekommen ist und es bedeutet daß unser Mann eine Effizienz von über *dreißig Einheiten pro Monat* entwickelt hat haben Sie gehört daß ich gesagt habe er hat *dreißig Einheiten pro Monat* rausgehauen und das ohne in Schweiß auszubrechen oder auch nur anständig Englisch zu können na was halten Sie davon ey wissen Sie was der durchschnittliche Verkäufer in einem Monat verkauft nein wissen Sie nämlich nicht jetzt halten Sie mal Ihren Hut fest es sind nämlich *fünfzehn Einheiten* das ist korrekt *fünfzehn Einheiten pro Monat* und übrigens wie viele Einheiten haben Sie diesen Monat bewegt nur mal so zum Vergleich?«[27)]

»Zwei.«

»Zwei lieber Gott Duddy was für eine Art Karriere erwarten Sie denn in dieser Branche wenn Sie nur zwei verdammte Autos in einem Monat verkaufen ich meine ich weiß ja daß Sie neu sind und alles aber vielleicht war es doch die falsche Idee für Sie nach Irland zu kommen vielleicht sollten Sie wieder in die Staaten gehen und ein Praktikum bei der Firma

27) Eins muß man dem Mann lassen, der Kehlkopf ist ein Instrument, auf dem er meisterhaft zu spielen versteht, was sich von dem Vertreter da drüben in der Ecke nicht gerade sagen läßt, dem mit dem Dauerkater. Warten Sie, bis ich's Ihnen erzähle. Ich komme jetzt seit fast zehn Jahren hierher, und in der Zeit hat er sich kein einziges Mal von dem Fleck da wegbewegt, noch das Maul aufgemacht, um mehr als »wieviel?« und »noch einen« zu sagen, außer an dem unvergeßlichen Tag, an dem er ganz plötzlich wild um sich blickte und es aus ihm herausplatzte: »Ich habe morgen früh einen Arzttermin und bin so nervös, daß ich einen Dreifachen brauche, wenn's geht, und bitte Blended, nicht diese Single-Malt-Pferdepisse, die Sie mir mal serviert haben, hören Sie, meine Güte, war mir schlecht, ich weiß nicht, wie man das Zeug anrühren kann.« Mann, herrschte da Stille, kann ich Ihnen sagen. Aber das war vor drei Jahren, und seither hat er kaum etwas gesagt, außer »guten Morgen«, und das für gewöhnlich, wenn der Abend bereits fortgeschritten war.

Clark-Iago in El Brando Texas machen genau wie ich ich könnte ja Garcia ein paar Zeilen schreiben er ist der Verkaufschef für Alt und Gebraucht ich meine natürlich Vorgeeignet wie ich ihn kenne wäre er froh mir einen kleinen Gefallen zu tun wir hatten nie Streit miteinander nein warten Sie einmal aber da ging es um die relative Verdrängung des Aluminium-Clewhart Hemi kennen Sie doch der mit dem Miniatur-Vau-Sechs aber das war nur eine Wette unter Gentlemen und wahrscheinlich auf sein mangelhaftes Englisch zurückzuführen aber zum Schluß war alles wieder Friede Freude obwohl der Scheißkerl mich im Verkaufen zwei zu eins geschlagen hat aber ich bereue die Erfahrung nicht o nein keinen einzigen Tag habe ich meine Entscheidung bereut nach drüben zu gehen obwohl es finanziell ein gewisses Risiko war besonders in der Zeit als Brenda den kleinen Colm erwartete ja das ist er sehen Sie mal haben Sie einen Augenblick Zeit natürlich haben Sie einen Augenblick Zeit sonst wären Sie ja nicht hier wenn Sie keinen Augenblick Zeit für mich hätten schließlich bin ich immer noch der Boß und wenn ich sage *Werfen Sie doch mal einen Blick auf meine Schnappschüsse von dem kleinen Mann* welche Wahl haben Sie dann hahahahahahahahahahahahahahahaha hier das ist er nein das ist der Hund Purvis heißt er ein Setter wie Sie sehen können ich glaube das wurde aufgenommen kurz bevor er sein Freßchen kriegte was seinen angespannten Gesichtsausdruck erklären würde Augenblick noch da ist er ja das ist Colm oder Daddy junior wie er das nennt sehen Sie ihn sich an ist das nicht das Glänzen des Verkäufers in seinem Blick oder etwa nicht eher bin ich ein Hindu aber ja aber ja der Apfel fällt nicht weit vom Stamm stimmt's ah da sind wir drei letztes Jahr in Marbella naja damals waren wir nur zu zweit naja man kann durchaus schon sagen zu dritt glaube ich in einer Mietwohnung unten am Circle mit einem üblen alten Drachen als Wirtin Mrs. Treadmill habe ich Ihnen das schon mal erzählt dann erinnern Sie mich dran daß ich Ihnen das die Tage mal erzähle sie war die mit dem Ameisenbär als Haustier Gott war das Tier so früh am Morgen ein unwillkommener Anblick wie die Zunge immer rein- und raus schoß wenn er die Mieter auf Ameisen untersuchte ich kann Ihnen vielleicht sagen sind Sie sicher ich nicht na gut na schön egal da waren wir und mit mir ging es nicht so recht voran ein bißchen wie bei Ihnen mein Junge wenn ich das so sagen darf nein *nein* stellen Sie sich nicht so an Junge Sie wissen doch daß ich nur Ihr Bestes will auf jeden Fall habe ich mir gesagt Byrne habe ich gesagt mein alter Bursche habe ich gesagt bleib hier und vielleicht verkaufst du dann fünfundzwanzig in einem einzigen Monat das ist deine Chance Kumpel das habe ich mir gesagt genau das und wissen Sie was das hat mich wachgerüttelt kann ich Ihnen sagen ich meine ich fand gar nicht daß ich so übel war mit lassen Sie mich mal nachrechnen siebzehn im ersten Monat einundzwanzig im zweiten dreiundzwanzig im dritten dann kam ich Teufel auch darauf daß das eine was wir brauchten Publicity war obwohl wir der größte verdammte Autohändler in El Bando Texas waren was soweit es die Einheimischen betrifft übrigens sowieso die Südseite des Universums als solche ist ich meine wir reden über mangelnde Erdkundekenntnisse die Hälfte von denen könnte New York nicht auf der Weltkarte finden wenn man ihnen eine Taschenlampe und eine gottverdammte Lupe in die Hand drückt auf JEDEN Fall lief meine Analyse darauf hinaus daß die Leute nicht genug Autos kauften weil wir nicht die richtige Publicity hatten und kam etwa nicht gerade durch schieren Zufall der liebe alte Sankt-Paddy's-Tag persönlich heran und es herrschten nur schlappe zweiundneunzig Grad im Schatten weshalb ich die Verkaufshallen mit all diesem grünen Scheiß schmückte und ein kleines werbendes Liedchen übers Radio absetzte sowas wie *El Brando El Brando komm schnell zu Danny Boy's Rancho* und Ihr sehr Ergebener sang höchstpersönlich *Four Green Fields* und *Mother Machree* und *Sweet Mavourneen* und *Kate O'Brien's Nipples* und natürlich *Danny Boy* und hey presto Hölle auch Sie rauchen ganz schön viel ist das jetzt die fünfte oder sechste seit Sie sich hingesetzt haben na immerhin sind sie mit Filter habe ich Ihnen schon mal erzählt daß mein alter Herr ein gewaltiger Paffer war aber Capstans Volle Kraft was anderes kam ihm nicht ins Maul Gott segne Sie und zerschmettere jedem das Augenlicht der ihm eine Filterzigarette anbot nein Capstans mußte es sein und die verdammten Capstans haben ihn am Schluß dann auch geschafft erübrigt sich die Bemerkung sechzig von der Sorte jeden Tag inhaliert und das genausoviele Jahre lang bis er eines Tages nur noch einen riesenhaften Huster und eine Rauchwolke rausließ und Gesicht nach vorne vor uns am Frühstückstisch zusammenbrach und in jedem Mundwinkel brannte noch eine Lulle da war er immerhin schon vierundachtzig eher älter als jünger oder war er doch schon fünfundachtzig auf jeden Fall nicht mehr feucht hinter den Ohren hahahahahahahahahahahahaha na wie ich schon sagte ich glaube es war die Mutter-Machree-Nummer die die Leute gezogen hat und ich hatte immer schon eine ganz anständige Singstimme auf dem College habe ich sozusagen Truppenbetreuung gemacht hahahahahahahahahaha und beispielsweise *The Old Triangle* und *Whiskey in the Jar* zum Vortrag gebracht da war ich also ja genau da war ich also und es war St.-Pat's-Tag dreiundneunzig Grad im Schatten oder fünfundneunzig sechsundneunzig irgendwo daherum und übrigens sowieso überall keinerlei Schatten in Sicht aber auf JEDEN Fall zur Zeit der Heiligen Vesper wissen Sie was ich Ihnen sagen werde Duddy ja Sie haben es erraten blasen Sie gefälligst Ihren Scheißrauch woandershin um des lieben Christi willen ich habe doch keine Lust ebenfalls an Lungenkrebs zu verrecken na auf jeden Fall waren wir da und ich trug die volle Montur Sie wissen schon die grüne Plastikmelone und weiße Hosenträger mit den grünen Shamrocks die die weißen Shorts mit einem gottverdammten Riesen-Shamrock genau auf dem Arsch am Rutschen hinderten und dadurch kamen sie rein bis gut nach Mitternacht und unterm Strich waren insgesamt *vierunddreißig Einheiten* von dem kleinwinzigen Gastarbeiter aus der Grafschaft Killoyle umgesetzt worden und sogar Gomez ich meine Garcia nein Augenblick mal es *war* Gomez der zuerst die Hand zur Gratulation ausstreckte *Mu-ji bjenn amigo* hahahahaha und Jungs Jungs Jungs ich kann Ihnen sagen ich unverzüglich die Etablissements von El Brando zwecks einer kleinen Feier durchfrequentiert ist das das richtige Wort und ich muß Ihnen leider sagen dagegen sieht so was wie Killoyle aus wie verdammtes Paris aber es gab einen halbwegs anständigen Laden wo man tatsächlich Harp in Flaschen kriegen konnte natürlich nicht vom Faß aber da war es und dorthin ging ich mit meinen Kumpels Gomez und Garcia genau jetzt weiß ich's wieder es gab zwei von der Sorte der eine hieß Gomez und der andere Garcia und Garcia war der Bursche der die ganzen Autos dreißig oder mehr pro Monat verkauft hat ist das wohl zu glauben nein Gomez war eine Art glorifizierte Reinigungskraft mit Frau und Kindern in Old Mehiko wissen Sie die Sorte die ehrlich ist und schwer arbeitet und die unweigerlich vom Leben durch den Arsch aufgespießt wird nein es sind die glatten Funktionierer wie Garcia die es im Leben zu was bringen oder hieß er doch Gomez auf jeden Fall war es der eine oder der andere und ich kritisiere sie auf gar keinen Fall sowas wie Sie könnte von sowas wie ihm oder ihnen eine ganze Menge lernen und übrigens hat er mich etwa drei Wochen danach am meisten beeindruckt als zwei oder drei Einheiten von der Verkaufsfläche abgängig waren und der launenhafte Finger des Argwohns ein Weilchen schwebte bevor er direkt jawohl erraten auf Ihren sehr Ergebenen deutete den vielversprechenden jungen Mann von Erins grünen Küsten denn wie böse Zungen meinten wie konnte der Scheißkerl von einem mittelmäßigen Schnitt von zehn bis fünfzehn verkauften Einheiten pro Monat auf einen Schlag bis umpsunddreißig vorpreschen wenn er keine Hilfe von außen hatte o ja und ach Gauner Schufte ehrloses Gesindel die dortige Mafia was nicht alles aber verdammich hier bin ich um Ihnen zu sagen daß Gomez oder Garcia oder wie er hieß für mich eingetreten ist und vorgeschlagen hat wir sollten zusätzliche Sicherheitsleute möglichst jünger als fünfundsiebzig und nicht blind einstellen was wir auch taten und siehe da noch in der ersten Nacht hatten wir die Diebe erwischt zwei High-School-Schüler auf Juck denen eine hübsche Latte von Autodiebstählen angelastet werden konnte und wo wir gerade von angelastet sprechen lassen Sie mich die Gelegenheit ergreifen Sie daran zu erinnern daß Diebstahl das Nummer-Eins-Risiko in unserer Branche ist ich nehme nicht an daß bei Ihnen bereits Einheiten abgängig sind oder gut gut da haben Sie Glück gehabt mein Junge Sie wissen daß ich für alle Autos die Sie bewegt haben genaue Unterlagen brauche und falls welche verschwunden sind ohne daß sie bezahlt worden wären und im Kollegenkreis denkt man immer noch wie Sie sich erinnern werden an diesen Jocelyn GTX mit Vierradantrieb der letztes Jahr als die harten Burschen ihren jährlichen Kongreß in Bodenstown abhielten auf mysteriöse Weise verschwand da brauchte man einiges diplomatische Geschick kann ich Ihnen sagen auf jeden Fall gehen Sie wenn es passiert sofort ans Rohr und rufen Sie die Polizei an wenn nicht noch früher sonst reden wir uns den Mund fußlig damit die Versicherung bezahlt und das wird alles von Ihrem Gehalt abgezogen Söhnchen und genau dieses Gehalt ich brauche es wohl kaum hinzuzufügen wäre dann auch Ihr letztes gewesen falls Sie verstehen worauf ich hinauswill verstehen Sie gut gut noch einen äh na schön ich nehme noch einen dann muß ich wirklich ab ins Schlummerland habe morgen gut zu tun und so na prost wollen wir hoffen daß Sie alles auf die Reihe kriegen ah na bitte slontschi go war und alles.«

»Tschüs«, sagte Donal und ging nach Hause.

* * * * *

»Von der Bestürzung um den Unfall, in den King of Milton Keynes im Jahre Nullzwo in Newmarket verwickelt war«, blökte der Rennheini mit der erregten Pompadourfrisur,

»versetzen wir uns nun zurück zum Ruhm seines Triumphs beim Arc de Triomphe Nulleins, dem Höhepunkt der Karriere dieses tapferen kleinen Pferdes. King of Milton Keynes ist natürlich nach jener vernichtenden Niederlage beim Großen Preis der Guineas Nulldrei nie mehr gegen Panters Down gelaufen. Aber als Deckhengst war Paolo Transistorios Champion so sehr viel erfolgreicher, daß man versucht ist, die eine Niederlage zu vergessen. Zweimalig führender Hengst in Europa, zeugte King of Milton Keynes die Sieger so mancher Ausscheidungen, das Derby von Derby inklusive, sowie viele andere Preisträger aus der Gruppe 1 in der ganzen Welt, schluchz hick«, schloß der Blödmann, wie üblich von den Zossen, den Buchmachern, den Menschenmassen, den knatternden Fahnen, den steten Infusionen von Whiskey-mit-Soda und der gesamten Tollerei zutiefst betroffen gemacht.

»Dämlicher Dussel«, knurrte Richter Jeremiah »Jay« Larkin. »Idiot.« Von seinem Eckplatz in der Einzelsäuferkoje bei Mad Molloy sah Richter Jay, wie er es an Renntagen gewohnt war, den RTÉ-Kanal 17b, auf dem ausschließlich Pferderennen übertragen wurden. Molloys Geschäftsleitung, entfernte Verwandte seiner Ex-Verschwägerungen, hielt einen Fernseher permanent auf 17b eingestellt, wenn gegenüber ein Prozeß stattfand. Gegenwärtig hatte sich das Gericht zur Beratung zurückgezogen. Wenn die Verhandlung wieder begann, wollte es sich mit dem Fall eines Ex-Gatten, Bill Cutlet, befassen, welcher mit seiner Ex-Gattin Vera zankte, weil sie das Sorgerecht für den gemeinsamen Wolfshund Yul beanspruchte. Das Ergebnis war für Richter Jay von geringem Interesse. Er hatte bereits beschlossen, daß er den Hund nehmen würde, und außerdem hatte er sowieso einen Fünfer auf Panters Down in Fairyhouse gesetzt und scherte sich nicht groß um das, was das Leben sonst noch bieten mochte, außer a) die Reggae-Rhythmen von den Inseln; b) Rosie O'Connell, seine Geliebte in Garlick-on-Shannon; und c) einen steten Fluß von Red Reamer und Kurzen. Was den Gerichtssaal und all sein Dingsbums betraf, so wünschte Richter Larkin sehnlich, er wäre längst damit durch und endgültig zum Fischen am Lough Cobb, wo die Lachse lustig springen.

Werbespots boxten sich durch die gefühlige Tirade des Pompadourknaben nach vorn. Richter Jay erhob sich verächtlich, raffte seine Robe und begann, still mit sich selbst zu tanzen.

»Wo, wo«, skandierte er in afrikanischer Manier, »ai ai ai«, sang er karibisch, »wo sie lustig springen, wo sie lustig springen, wo sie lustig springen, wo wo wo. O beugt euch vor, und ich sag euch, was ich weiß; beugt euch vor, und ich sag euch, was ich weiß. O! Ruder, Fischermann, ernte, was du hast gesät; o, ich sag euch, was ich weiß (Oo-oh!), laßt mich auf See ganz leis' (Oo-oh!), und was ihr tun müßt (beuget euch vor): Oh yeah! Und ich sag euch, was ich weiß; beugt euch vor, und ich sag euch, was ich weiß. Oh yeah! O der Lachs, die Forelle, yeah yeah yeah; o die Forelle, o der Lachs ai ai.« Richter Larkin mimte seine Gefühle, wie der große Marley, oder wie sein westindischer Lieblings-Steeldrummer, Big Bucko MacBryde aus Antigua (nächstes Jahr auf Gobbovision die Hauptvorschlagsinsel, jede Wette), wiegte sich limbomäßig im Hüftbereich (dann, beschämt, warfen Seine Ehren einen schnellen Blick in die Runde, ob er Zuschauer habe: keinen, außer der Zapfkraft, Anthea, die es gewohnt war), wie die karibischen Brandungsgeräusche, die er so liebte. Oh de rhythm, mon. Ging doch nichts über einen schönen gegrillten Schwertfisch an einem sanften Abend dort draußen unter den goldenen Kumuli. Zu schade, daß er nie da gewesen war, aber, bei Gott, eines Tages, wenn er diesen ganzen Richterscheiß hinter sich hatte: er und Rosie zu Häupten einer hügeligen grünigen jamaikanischen Bucht ... Dann raste die Phantasie des Richters nach Garlick. Er setzte sich wieder und drosch sich seinen Reamer hinter die Binde. Gegrillter Lachs, ja, mit einer Scheibe Zitrone und einem Zweiglein Petersilie. Und gekochte Kartoffeln, die in Butter schwimmen. Und einen dieser gekühlten Weißweine. Aber derlei war nicht die einzige Attraktion des Lough Cobb und Umgebung, o nein. Da gab es auch das Ale, reich und nussig, wenn auch in der Brautechnik stark englisch beeinflußt (Tetleys in Leeds, vorwiegend). Es gab Würste und die grunzenden Schweinchen, aus denen sie gemacht wurden. Es gab das Wetter, milder als an den meisten Orten in Irland, mit nur einem ganz leichten Tröpfeln von Regen. Und es gab natürlich Rosie, Besitzerin des Grand Hotel Pumps in Garlick-on-Shannon, in deren Herberge Richter Larkin im obersten Stock eine semipermanente Suite bezogen hatte und in deren Spitzenunterwäsche[28)] (zum größten Teil in der Petite-Grande Boutique am Strand erworben) er die letzten fünf Jahre lang und länger Höhlenforschung betrieben hatte, seit *Mr.* O'Connell eines Abends vor dem Fernseh seitwärts zusammengesackt war und sich nicht mehr bewegte und seit Mrs. *Larkin* ihr verblassendes Gestirn am quietschenden Karren von »Kartoffeln« McGillivray festgezurrt hatte, Mittelstürmer der Antrim Eagles im Ruhestand und Stellvertretender Geschäftsführer bei Ulster Oils GmbH …, aber Rosie scherte das alles nicht die Bohne, weder Richter, noch Anwälte, noch ihresgleichen generell, generell. Doch sie redete gern, ja gern. Manchmal war es ein bißchen viel, das endlose Gequassel. Immerhin hatte sie mit ihrem kompromißlosen Klatsch darüber, wer wem was antat und was sie mitten in der Nacht hereinschmuggelten (Parfums, Zigarren, vergoldete Urnen, Halsketten, minderjährige Kasachenmädels, die eine oder andere – oft – gebrauchte M19, kleine spritsparende Autos aus deutscher Fabrikation), manch gutes Geschäft in seine Richtung gescheucht; ja, während Garlick schlief, blieb sie mit ihren Cliff-Richard-Videos aus den '70ern (dem Goldenen Zeitalter des Schmalzgesangs) wach, spähte durch ihr Rollo und fertigte mit einer Vorkriegs-Leica (einem Riesenvieh mit knalligem Auslöser), die sie von ihrem Da geerbt hatte,

28) Schlüpfer, was? Selber Schlüpfer. Jetzt hören Sie mal zu, Sie. Sie stehen mir jetzt bis etwa hier. Schlüpfer, was? Wessen Schlüpfer? Los, gehen Sie weg, ich meine raus, dann regeln wir die Sache wie MÄNNER. Kapiert? Los, hinaus. Da, jetzt ist er weg. Bei den Doofen klappt das immer. Nochmal dasselbe? Man soll nie »nie« sagen, lautet mein Motto, solang Sie zahlen.

Schnappschüsse von Schmugglerlastwagen an, die durch die düstern Straßen rumpelten …

»Er hat's beim Geier geschafft«, rief der Fernseh. »Panters Down um eine Nase.«

»Na, ist ja toll«, sagte der Richter. »Schenkst mir noch zwei ein, Anthea, dann muß ich zurück in dieses Scheißgericht. Schreib sie an.«

»Nicht mehr sehr viel länger, Herr Richter. Ihr Deckel mißt eine halbe Meile.«

»Ach, das bring ich in Ordnung, wenn ich in Newmarket gewinne. Ich habe da einen mündelsicheren Tip. Schollenfilet, zehn zu eins. Kleine Wette gefällig? Ich setz für dich einen Fünfer.«

»Och nein danke, Herr Richter«, sagte Anthea, ein vernünftiges Mädchen –, viel zu vernünftig für den Dussel, den sie zu ehelichen gedachte (Finn). »Aber Ihnen wünsch ich viel Glück.«

»Klage abgewiesen«, röhrte der Richter, alsbald, wieder auf dem Richterstuhl. »Beide Klagen, ihr zwei dämlichen Tölpel. Ich werd das Hundchen nehmen. Hübsches Tier. Jetzt zahlt die Gerichtskosten und verzieht euch.« Inmitten des üblichen Gesumms der Bestürzung, mit welchem seine aus dem Ärmel geschüttelten Urteile begrüßt wurden, legte er seine Robe ab und stürmte aufs Klo, wo bald eine ernste, aber verzerrte Interpretation von Big Bucko MacBrydes neuestem Hit »Oh de big fisherman say« erklang, die mit unterschiedlichen Graden der Deutlichkeit im ganzen Gerichtsgebäude und den unmittelbar angrenzenden Häusern zu hören war.

»Der große Fischermann, er sagt:
›Heut ist ein guter Tag für Jagd,
Er ist gut für Fächerfisch,
Gut für den Schwertfisch.‹
Und er sagt:
›Auch gut für Jesus
O den lieben, langen Tag
Day-o.‹«

Später an jenem Tag fiel Panters Down der Länge nach über eine Hecke, hoppelte davon wie ein lahmer Clydesdale-Terrier und hatte noch Glück, daß ihm der Gnadenschuß erspart blieb.

* * * * *

Erbaut im Jahre 1706, auf dem Apogäum oder Höhepunkt der Regentschaft der guten (oder doch zumindest nicht *allzu* schlechten) Königin Anne, bot Roofwalls, Duddys Heimstätte, einen Blick auf den Hafen von Killoyle von der Crumstown Road aus. Das Haus war ein eleganter Klinkerkasten mit zweiflügligen Fenstern, einem stark geneigten Schieferdach, einem falschen Portikus und ragenden Zwillingskaminschornsteinen, wie die gespitzten Ohren eines aufgeschreckten Esels oder Hasen.[29)] In den 1780ern war das Haus die Residenz des berüchtigten britischen Sub-Vizekönigs Sir Buckley »Boomer« Sykes-Buckingham gewesen, eines Schürzenjägers und Lebemannes, dessen Geist die Korridore heimsuchen sollte, besonders in windigen Märznächten, nicht, daß Donal je etwas gesehen hätte, obwohl er ein- oder zweimal während dieser tiefsten Nachtstunden, da die Blase eines Mannes diesen über eisige Fußböden nötigt, in der mittleren Distanz auf dem oberen Treppenabsatz ein lautes Räuspern gehört *hatte*...: »Aaah-HEMMM. AAAAAH-hemm. A-HEM«, wie ein furchtsamer Schulmeister, der in einem ungebärdigen Klassenzimmer die Ordnung aufrechtzuerhalten versucht. »AAAAAAAAAH-hem. Ahem hem.«

»Wer ist da?« lautete Donals Standard-Stentor-Frage, aber ohne Erfolg. Das Räuspern schwand lediglich langsam, wie

29) Hübscher Vergleich, wirklich. Behaart und zuckend, diese Schornsteine, was? Das Haus muß man ja schon von weitem gesehen haben. Oy, Sie da. Ich warte immer noch. Brauchen Sie einen Stadtplan?

der Dopplereffekt bei einem in einer Allee vorbeifahrenden Kohlenlaster …, wenn man jedoch ein wenig zurückging, so war Donals Mutti (Gott segne und erhalte die Erinnerung an sie, und mögen die Sträußchen auf ihrem Grabe niemals welken) einmal von dem unerwarteten, aber nicht unangenehmen Erlebnis aufgewacht, daß starke, wenngleich unsichtbare Hände ihren üppigen Busen kneteten und eine heisere männliche Stimme ihr *Komm in meine Liebeslaube* ins rechte Ohr sang, aber sosehr sie auch nachsah, *war niemand da,* außer »Vati«, im Tiefschlaf wie gewöhnlich, ihr den Rücken zugekehrt, um seine Schnarcher noch besser ins nächtliche Sonstwo zu übertragen …

Ja, Roofwalls war vom Dach bis zu den Mauern ein Haus für sich. Die Rohrleitungen waren der reine Horror und in ihren Toneffekten so gewagt, daß Donal lange dazu geneigt hatte, jeden »Spuk« auf sie zurückzuführen, anstatt Manifestationen wie bei M. R. James dafür verantwortlich zu machen. Außerdem war Roofwalls ein überaus geräumiger Wohnsitz für einen einsamen Wichser, wie die meisten Huren, die Donal in den schlechten alten drogenvernebelten Zeiten regelmäßig mit nach Hause zu bringen gepflegt hatte, früher oder später anmerkten, wenn auch nicht notwendigerweise mit genau diesen Worten.

»Naja, hat früher meinen Eltern gehört«, sagte er dann, um den Erklärungsbedarf zu befriedigen. »Und ich weiß nicht, wo ich sonst hinsoll. Und außerdem«, dies mürrisch, »gefällt's mir hier, okay?«, zu welchem Zeitpunkt, was von Anzahl und Qualität der eingepfiffenen Drogen abhing, er entweder (in den alten Zeiten) mit den Armen fuchtelte, was niemandem angst machte, oder, *au contraire,* auf die Knie sank und einer armen Quisel, die eher Prahlereien und Tritte gewohnt war, trällernd ritterliche Liebe schwor. (Daher seine Beliebtheit bei der Rotlichtmeute, wo er zärtlich als »der Blindgänger« bekannt war.) Doch jetzt soupierte Donal, wenn er zu Hause soupierte, allein. Der heutige Abend war keine Ausnahme von dieser Regel. Donal kuschelte seine pyjamierten Knie unter das abgestoßene Resopal-Gelb des Küchentischs, während der Wind unter den alten Türen und durch die Risse in den Fensterpfosten keuchte und pfiff.

»Juuuuuuuuu«, totenklagte er. »IIII-uuuuuuuuuuuuuu.«

(Oder war es der Spott eines längst verstorbenen Stutzers der Regency-Periode?)

Die Küche zu Roofwalls, einst Schauplatz herzhafter hogarthischer Possen und des trägen Tropfens von Bratsau am Drehspieß und der allgemein lockeren Moral der die herrschende Kaste beherrschenden Kaste, beherbergte nur noch die langsam tackende, antike niederländische Standuhr von Willem den Stoelklok (Utrecht; 1754), deren Auktionswert wahrscheinlich das Ende von Donals finanziellen Nöten bis zur Bahre bedeutet hätte, wäre ihm das nur klar gewesen –, sowie einen unbenutzten Herd, in dem behaglich Mäuse schlummerten, von Katzen ungestört, gegen welche Donal allergisch war und ist. Auf dem Küchentisch, schräg gegenüber dem kaum aufgetauten Fernsehmenü aus madenweißen Nudeln, von blutroter Tunke befleckt, hockte ein kleiner Mikrowellenerhitzer, der sich nach seinen soeben überstandenen zweiminütigen Anstrengungen abkühlte, einem Hiatus, in dessen Verlauf es Donal verzweifelt gelungen war, den Schaum und gesamten verflüssigten Hopfen und Malz aus zwei Flaschen Earwickers zu saugen. Er schmatzte theatralisch.

»Und jetzt Happahappa.«

Neben der Mikrowelle (Hatichi '98) stand ein Fernseh, der auf seinem Schirm eine Abfolge von Szenen aus dem klassischen Film *So lachhaft das Leben* von Frank de la Teja zeigte, eine Hymne auf Kleinstadt-Amerika, die Blindi-den-Blindgänger immer eindringlich an seinen eigenen lachhaften Aufenthalt in jenem fröhlichen Herzland erinnerte.

»Ach Gott«, maulte er weinerlich durch einen Mundvoll Makkaroni, während er die Szene sah, in der Jeb Stuart, der Schauspieler, der den Helden, den schalen Jerry Bewley, darstellte, innewird, daß seine friedfertige Heimatstadt durch die

Intervention von Gott-Selbst nunmehr dem biblischen Sodom ähnelt, komplett mit Zynismus, Zigaretten und anzüglich grinsenden Flegeln. Jeb taumelt blind in einem Schneesturm aus Seifenflocken durch einst vertraute Straßen, wobei er auf seine irritierende Weise die Namen von Freunden und Verwandten kreischt. Dem armen Jeb oder Jerry wird keinerlei Reaktion zuteil, außer einer Träne, die am Lid des Zuschauers zittert. Atmosphärische Störungen von einem vorüberfliegenden Kleinflugzeug ließen das Geschehen auf dem Schirm zu wackligen Schlangenlinien verschwimmen, als fröstele der Fernseh inwendig wg. viel zu kalt für die Jahreszeit.

»Ja Heilandmensch«, schrie Blindi, »nu krieg das Bild wieder rein wirds bald du Scheißkerl na bitte schon besser ist nämlich eine tolle Szene das mein Gott.« Und sah diese Straße nicht genauso aus wie der Judith Q. Fowler Boulevard in der Innenstadt von New Ur of the Chaldees, Ohiowa? Klar wußten wir alle, daß das nur ein Aufnahmestudio in Hollywood war, aber irgendwie ist es de la Teja (das war nämlich wirklich mal ein genialer Regisseur; Ihre Ciobattas und Dinards[30]) können Sie behalten) gelungen, die gemütliche Intimität jener kleinen Städte weit, weit draußen im endlosen von Eisenbahnen durchheulten einsamen Herzstück Amerikas einzufangen ..., und so machte sich Blindis ätherisches Halb-Ich von seiner langweiligen makkaronimampfenden anwesenden physischen anderen Hälfte los und trieb träumerisch in die Vergangenheit, den Fowler Boulevard entlang

30) Wohl wahr. Ich weiß gar nicht mehr, wie oft ich *Die Haustür ist offen* gesehen habe, besonders (Gott, ich will mich jetzt gar nicht hineinsteigern, ich bin so ein sentimentales Arschloch, wenn ich erstmal anfange) die Szene, in der Jill Theakston sich in der Garage von Ben Ripton verabschiedet und plötzlich das Licht angeht, wodurch man Hanks und Nellies zersetzte Leichen sieht? Ach Gott. Augenblickchen nur, gleich geht's mir wieder gut, wenn ich rasch Ihr Taschentuch ausborgen könnte und noch einen schnellen Tropfen Earwickers. Prost. Ach Gott. Man wird ja auch nicht gerade jünger, und das ist Tatsache. Kein Eis in den Powers, bitte. Hic. O, bitte vielmals um Entschuldigung.

im unehrwürdigen New Ur of the Chaldees, Ohiowa, zu den Spätsommertagen von einst, als ein kaum rasierter, kaum empfindungsfähiger und kaum nüchterner irischer Bursch, als Gastdozent für Anglo-Irische und Angelsächsische Studien oder Was, sich dem bebenden Asphalt des Zentralomnibusbahnhofs anvertraute und höflich Trev Romanov, einen nahebei ansässigen Penner und abgehärteten Veteranen des '83er Grenada-Feldzugs und aller darauf folgenden Kriege gegen die Flasche, befragte:

»Entschuldigen Sie, aber bin ich hier richtig?«

Trevs Erwiderung war prompt, wenn auch im Ton etwas persönlich gehalten.

»Verpiß dich scheißenochmal du Scheißschwuchtel.«

»Wie bitte?«

»Du bist doch einer von diesen gottverdammten schwulen Studenten warum geht ihr nicht arbeiten ihr gottverdammten reichen schwulen Gören gebt mir doch ein bißchen was ab von der Kohle von euerm Daddy anstatt euch scheißschwule Skihütten und schwule Bee-Emm-Wees zu kaufen ihr könnt mich sowieso am Arsch lecken ihr gottverdammten Scheißaraberschwuchteln geht doch in den Scheißiran zurück ihr Scheißfranzosenschwuchteln geht doch in euer Scheißparis zurück gottverdammte Scheißschwuchteln fickt euch doch selbst und fallt tot um ihr gottverdammten scheißschwulen Bauchtänzer geht doch in euer Scheißägypten oder wohin zurück ihr könnt mich sowieso am Arsch lecken ihr gottverdammten scheißschwulen Studenten geht doch Taxi fahren besorgt euch zur Abwechslung mal einen anständigen Job ach ihr könnt mich sowieso am Arsch lecken ihr gottverdammten scheißschwulen Taxifahrer besorgt euch doch mal einen anständigen Job anstatt den ganzen Tag mit euern Scheißtaxen im Kreis herumzufahren ihr gottverdammten scheißschwulen Juden haut doch ab in euer Scheißisrael gottverdammte scheißschwule linksliberale Arschlöcher haut doch ab zurück in euer Vietnam ihr könnt mich sowieso am Arsch lecken ihr gottverdammten scheißschwulen Jesus-

Freaks leckt mich doch am Arsch ihr gottverdammten schwulen Paddys haut doch ab und verduftet zurück in euer Scheißirland …«

»Zurück nach Irland?« sagte Donal. »Nicht einmal, wenn es dein Leben gälte, Sonnenscheinchen. Da komme ich doch gerade her.«

Der alte Trev wurde später zum festen und verläßlichen Feind, immer auf dem Posten, immer im Dienst, immer am Toben, wenn er nicht gerade einen am Ausschlafen war, immer mit wilden optischen Winkzeichen, als hätte er es mit unsichtbaren Flugzeugen im Landeanflug zu tun, immer auf unheimliche Weise fähig, Donal trotz seinen wäßrigen alten Schweinsäuglein und den Herden fliegender Mäuse vor diesen in zweihundertfünfzig Metern Entfernung zu orten. Aber Donal war im fernen Irland der Prä-Keltischer-Tiger-Ära groß geworden, als Eckensteher und Rüpel und Alkis und allgemeine Schäbigkeit (*ach das ist hier nichts für einen Mann der ein bißchen Ehrgeiz mitbringt ganz und gar nicht ganz und gar,* wie jeder ad infinitum wiederholte) die Norm waren, hatte also sein Scherflein an solchen einseitigen Begegnungen gehabt, in welchen der Passant geschmacklosem Gegröle von einem oder mehreren matschverschmierten Whiskeykennern mit leeren Flaschen, die aus den Taschen ihrer zerrissenen und zerfetzten Nylon- und/oder Kordsamt-Jacketts lugten, die von längst vergangenen Bemühungen einer Änderungsschneiderei kündeten, ausgesetzt war …, o, er hatte bereits den einen oder anderen Alki gesehen, durchaus. Aber jetzt Immigrant zu sein, wenn auch nur kurz, das *war* neu. Der große blaue Himmel, der an jenem Tag über New Ur of the Chaldees, Ohiowa, boomte, war kein erstickender, sich senkender irischer Himmel, sondern ein amerikanischer voll unbegrenzter Möglichkeit und breitschultrigem Individualismus und Louis-L'Amourösen Viehtrieben und Route-66-Trips am Steuer des eigenen Chevrolets, stand deshalb symbolisch für Freiheit, zumindest erstmal. Und Donal Duddy war noch jung (naja, jung*sch*), frei und ungebunden und gerade dem finanziellen und emotionalen Schlamassel entronnen, den er in Killoyle hinterlassen hatte. Und voll großer Erwartungen war er und entschlossen, den schwankenden Kompaß seines Lebens auszurichten. In seinem Herzen hüpfte Hoffnung; in seinen Augen funkelte der Mut eines Mannes unter Männern; in seinem Portemonnaie lagen zermatschte Banknoten irischer und US-amerikanischer Herkunft im Gesamtwert von $ 750,– oder Ir£ 436,54 (nach vor Einführung des Euro gültigem Wechselkurs), was sich seiner plötzlichen Anwandlung von Großzügigkeit bei Vati verdankte, als er von Donals Absicht erfuhr, die lieben smaragdgrünen Küsten in Richtung des fernen Amerikay zu verlassen. »Noch längst nicht fern genug«, lauteten die ersten und letzten Worte des alten Mannes –, verständlich, wenn man die Spannungen bedachte, die seit der Affäre im Pink Pussycat Motel, dem Silvery-Strand-Koksschnupfskandal und dem Ableben von Donals armer Mutti bedachte, die in der familiären Luft knisterten (vermutlich in der Blüte ihrer Jahre von der mysteriösen und tödlichen Schlafkrankheit PIGS dahingerafft, dem Puffin-Influenza-Gas-Syndrom, einem Megavirus, durch die Gewohnheit der Insulaner, sich von Puffins, einer regionalen Delikatesse, zu ernähren, sich dann »auf ein kleines Ratzerchen, nur mal eben« niederzulassen und nie wieder aufzustehen, heranmutiert) …, so daß es alles in allem wohl an der Zeit war, sein Ränzel zu schnüren und vom seidenen Band der Startbahn aus das bläuliche Weite zu suchen. Donal hatte zuerst die Riviera ins Auge gefaßt, oder Spanien, aber Marokko war nicht in Frage gekommen: zu viele Schwuchteln, wenn auch einige davon zweifelsfrei poetisch begabt, laut der letzten Titelgeschichte in *Bookhead,* »Warmer Empfang in Tanger« …, tatsächlich war die ganze Amerikakiste das direkte Resultat einer Kleinanzeige im *Bookhead*-Vermischten gewesen, in welcher um einen »starken Dominator, Typ keltischer Barde, mit fester offener Hand, der Persönlichkeit eines Hartsäufers und fleischlichen/künstlerischen Instinkten« für eine schlk w F Anf40 in New Ur of the Chaldees, Ohiowa, USA, gefleht wurde.

Hmm, hatte Duddy sich gesagt und stellte sich vor, wie er genau dieser keltische Barde mit der festen Hand war. Vor geschlechtlicher Vorfreude schier brummend, hatte er ohne jeden Verzug geantwortet.

»Liebe schlk w F Anf 40«, usw.

Es reicht jedoch wohl, wenn ich sage, daß diese Avenue der Freude bald seitens der Dame durch eine Kombination von Verworfenheit und Vernunft gesperrt wurde, erzeugt von intestinaler Besorgnisaufwallung, die sie beim Empfang eines fleckigen Umschlags mit gälischem Poststempel verspürte, der einen Brief enthielt, dessen ergraut hurenhafte Anrede in der schleimigsten irischen Kollermanier (»liebendste Grüße Dir o Du mein ureigenster süßer Liebling Du Gott ich will Dir an Deine hellweißen Oberschenkel Gott versuch doch mich davon abzuhalten nur zu versuch's nur versuch's Du reiz mich Du GRRRR weißt was ich mein GRRRRRR«) formuliert und mit einem Bröckchen Lyrik von dem viktorianischen Suffpoeten James Clarence Mangan aufgebrüht war:

> »*Ich sah sie einst, ein Weilchen nur, und dann vorbei,*
> *'s war Edens Licht auf Erden pur, und dann vorbei.*«[31]

31) Ach Gott und *durch Volkes Drang schritt sie nicht bang; 's war einerlei:*

Der Lenz schien pur zu lächeln nur, und dann vorbei;
Woher sie kam, wohin sie ging, ob sie Geschmei-
De trug? Ob ich sie frug? Und dann vorbei. Hic.

Wo war ich stehengeblieben: Aah ... *Ich sah sie einst, ein Weilchen nur, und dann vorbei:*

Der Himmel auf mich niederfuhr, und dann vorbei.

Ah! AHA! *Was nützt mir*... was war es ... *nun* ... Verdammt, ich habe diesen Kack doch zwanzigmal in der Klasse von Mrs. O'Blowery in der Elfindale-Gesamtschule, Mud Road 45, Mullingar, Grafschaft Westmeath, auswendig gelernt ... Ah, jetzt hab ich's, *mein ganzes Tun,* das ist es, *mein ganzes Tun ..., was Zauberei?* Das ist es. Und weiter? Vielleicht löst ein kleiner Tropfen hiervon die Fesseln, wie der Alte immer sagte, bevor er zur Weihnachtszeit die Kugeln an den Baum hängte ... Prost. So. Und los.

Die sich nach Domination sehnende Dame, eine Ms. Ehrlich, bekam somit einen scharfen metaphorischen Finger in den Arsch gesteckt, in Form eines Schubs von ganz (un)gewöhnlichem gesunden Menschenverstand ... Anderseits, wie es von Zeit zu Zeit in diesem Leben geschehen *wird*, griff der Zufall ein. Als Ergebnis dieser lächerlichen Korrespondenz eröffneten sich langsam andere Möglichkeiten, wie Riesenmuscheln in den warmen Strömungen der Karibik, deren eine der Job als Gastdozent für Anglo-Irische und Angelsächsische Literatur oder Was am Downstairs State College in New Ur of the Chaldees, Ohiowa, war, ein Posten, der vor kurzem von Ms. Ehrlich im Interesse der Selbstverwirklichung geräumt worden war. *⟨Postscriptum: Fest entschlossen, »sich auf ihre Prioritäten zu besinnen«, ließ sich die arme Teufelin bei Sri Mickey Munga in seinem Selbstachtungs-Institut in Canyon Loco, Kalifornien, einschreiben und belegte einen Kurs in Eigenliebe, komplett mit Gebrauchsanweisungen, praktischen Videos staatl. gepr. Gigolos und den entsprechenden Bett-Accessoires. Nach intensiven drei Wochen wurde offenbar, daß nichts von diesem Mumpitz die geringste erlösende oder auch nur sonstige Wirkung zeitigte, weshalb die arme Ms.E. ihr Schicksal selbst in die Hand nahm, indem sie nach Amsterdam floh, in welcher tiefgelegten Metropole*[32]⟩

Vor meinem Blick gab's kein Zurück, und dann vorbei.
Zerschellt, zerspellt, mein Schiff zerfällt; was Schönheit sei,
Ich kurz erfuhr in Moll und Dur, und dann vorbei!

Nein, ich bin noch nicht fertig, gedulden Sie sich noch ganz kurz ... Ja, es heißt ...

Ich sah sie doch, und noch und noch oder *o doch, o doch ... nein nur einmal noch, und dann vorbei:*

Ich armer Wicht erstrahlt' im Licht der Schwärmerei,
Mein' wüste Brust füllt' sie mit Lust, und dann vorbei.
Zu Mitternacht ein Stern bewacht in Wüstenei
Ein Häuflein klein aus Mannsgebein – und dann vorbei! Hic!

O Mann.

32) Ah, da stimme ich voll und ganz mit Ihnen überein. Ich weiß, wovon Sie sprechen. Es ist, mit anderen Worten, eine prima Stadt, und das nicht nur für die Sie-wissen-schon, mehr brauche ich wohl nicht

sie, wie sie es unbestimmt ausdrückte, »einen Mann?« zu finden hoffte. Stattdessen fand sie ein Mann – Oberinspektor Barry van der Valk von der Amsterdamer Mordkommission –, kalt und steif in ihrem Mansardenzimmer im Hotel Wim Kok an der Ruudlubbersgracht nahe dem Hauptbahnhof, von eigener Hand mit Hilfe einer Ikea-Einkaufstüte aus Polythyren, einer Wäscheleine und lauwarmen Badewassers zu Tode gebracht ...〉

So kam Donal Duddy nach New Ur of the Chaldees, Ohiowa. Aber wie alles andere verlief es alles bald genug im Sande. »Donald und *wie* weiter?« lautete die allgemeine

zu sagen. Als ich letztesmal drüben war, bemerkte ich plötzlich, wie ich mich vor einem Schaufenster in der Jodenbreetstraat liebkoste, hinter dessen Scheibe – hic – sich jemand rührte, der Mary Robinson täuschend ähnlich sah, mit Netzstrümpfen und BH und sonst gaaar nichts an, also was mache ich, ich sage mir ich sage, na, jetzt hast du die Gelegenheit herauszufinden, du Erzwichser, ob in dem alten Magneto überhaupt noch ein bißchen Saft übrig ist, und beim Sonstwas, da soll doch, was glaubt ihr wohl, Jungs, genau entsinne ich mich nicht, kaum hatte Mary nämlich (wie sie komischerweise hieß, ist doch ein seltsamer Zufall, meint ihr nicht) die Schublade in ihrer Chaiselongue geöffnet, um ein feines Aufgebot an hic, an Reitgerten und verwandten Materialien vorzuweisen, als ich auch schon so prompt und komplett einschlief, als hätte ich maurischen Tänzen oder einer Rede unseres Bibliothekars, Mr. Burns, beigewohnt. Das Komische daran war, daß ich ihr ein paar Wochen später in der Nationalbibliothek wieder über den Weg lief, wo ich mich studienhalber aufhielt, um etwas über die Heilung des Trippers zu erfahren. Bevor man Jack Robertson sagen konnte, waren wir verlobt, und dann, Sie haben es erraten, befanden wir uns auch schon im ersten Stadium idyllischer Flitterwochen in den weniger bekannten Urlaubsorten des Nordens: Dhu Varren, Limavady, Magilligan Strand ... Na, jedenfalls war's in Portrush, wo sie Blake Richards kennenlernte, einen Amateur-Astronomen und ordentlichen Rangeher, und sobald sie die Worte »Hilf mir, diesen grauenerregenden Wichser loszuwerden« gesprochen hatte, ließ er ihre Ehe fernannullieren, irgendwo in Mexiko (Veracruz, glaube ich). Als letztes habe ich gehört, daß sie bei Eröffnungsbällen für löbliche Zwecke wie Ein Holzbein für alle, HauAb, Stiftung Fettleibigkeit Weltweit usw. ein phantastisches Paar abgeben. Schade: Ich fand sie eigentlich ganz schnuckelig, besonders von den Ellbögen an abwärts.

Reaktion, wenn sein Name erwähnt wurde, was in jenen öden und unersprießlichen ersten Wochen im Neuen Ur von Chaldäa selten geschah. Die Lage wurde durch die Tatsache verschlimmert, daß Donal nichts von den Themen wußte, die zu lehren er angestellt worden war, nämlich Anglo-Irische und Angelsächsische Literatur oder Was. Naja, der »Was«-Teil war kinderleicht, hatte er doch in dies und jenes hineingelesen, sowie die lieben alten Yeats, Synge und Goldsmith, schon gut, und Sie können wetten, daß er sich in J. A. Joyce, Esq., gesuhlt hat, und an O'Nolan hatte er geknabbert, klar; aber was nun den Teil mit Anglo-Irisch und Angelsächsisch betraf, nun, so hatte er mit den Stephens- und Lady-Gregory-Fans ein fachmännisches Glucksen geteilt und die neo-neolithischen Dichter Stone, Fodder, Awl & Co. durchgeblättert, und eines Tages in der Kneipe, während er auf eine erfolgversprechende Anschnorrgelegenheit wartete, hatte er den *Tain* in Kinsellas Übersetzung in Angriff genommen (oha; fünf *pints* reichten da nicht hin); und natürlich hatte es dann und wann Shakespeare[33] und Chaucer und so weiter gegeben,

33) Wohl eher wann als dann, wenn Sie mich fragen (ich weiß, haben Sie nicht, macht aber nichts, solang Sie hier sind) ... Probieren Sie doch mal, ob Ihnen *Maß für Maß* was sagt, z. B., mit diesem Mädel Mariana auf dem von einem Wassergraben umgebenen Bauernhof und diesem lüsternen Angelo, den ich als öligen Mistkerl mit dicken glänzenden Lippen und starrem Blick und was sonst noch alles porträtiert sehe hic. Oder dieser gottverdammte Simon von Athen oder wie er ist-mir-doch-so-wurscht-heißt. Es ist meine offene und ehrliche Meinung, daß wir durch all diese Anbetung des Bodens, auf den er seinen Fuß gesetzt (oder war das Bacon?), verblendet, den profunden Irrwitz des Barden nicht mehr zu sehen vermögen, dem tuntige englische Schauspieler mit guten Stimmen und Oberschenkeln, aber dem Hirn von Bohrasseln noch Vorschub leisten ... Ach, der Mann war ein Spinner, das war er, das ist doch sonnenklar. Pflanzt Buckel auf makellose Rücken; verkleidet Jungs als Mädels und vitzi versi; gibt jedem, sogar Deutschen, italienische Namen, es sei denn, sie waren Engländer, dann kriegten sie unwahrscheinliche Benennungen wie Bardolph und Pistol verpaßt (außer Hamlet, der angebliche Däne, der ist auch so ein Fall, ein zwanzig Jahre altes verwöhntes Balg, dem derartige Blankverse einfallen?

und einmal hatte er sich sogar auf dem Upper Killoyle College, weil er nicht wußte, was er Besseres hätte tun können (wahrscheinlich war das während einer seiner Koks-Strecken, als es praktisch unmöglich war, etwas vorzuschlagen, was nicht absolut prickelnd klang), eine ganze Dichterlesung mit Sean Henry, dem Nobelpreisträger, angetan, der irgendeinen endlosen angelsächsischen Müll vortrug – *Der Seewolf* oder *Wolfsschierling* oder *Sei ein Wolf* oder irgendwas –, und das Publikum bestand aus einfarbig schwarzen T-Shirts und Pärchen, die einander in die Augen glotzten und den Geist über die jeweiligen Skroten und in männiglich Spundlöcher hinein schweifen ließen (schier dumm und krumm gelangweilt, aber würde es anderntags nicht toll klingen, wenn man zu seinen Bekannten sagte: »Gestern abend haben wir dann noch gehört, wie Henry aus *Wolfgang* ⟨oder wie beim Geier das nun hieß⟩ las« …, nein, »waren wir dann noch in einer Henry-Lesung«, das kam der Sache schon näher, »einer Henry-Lesung aus *Wer? Wolf?*«, ja, das klang echt unecht genug), und hinter der Meute die geschiedenen, ergrauenden, pferdeschwänzigen Akademiker mit ihren Gefolgsleuten, gewöhnlich im heiratsfähigen Alter, gewöhnlich dem anderen

Daß ich nicht lache); verlegt die meiste interessante Action dahin, wo das Publikum nichts davon hat, ins Off, und schickt dann irgendeinen aufgedonnerten Boten oder griechischen Chorknaben rein, damit der uns alles darüber erzählt, mit viel Augenrollen und So höret denn; recyclet dieselben öden, auf Lacher angelegten und sterbensunkomischen Figuren wie Falstaff und Frau Hurtig und Püppi Tränentuch, kicher kicher, gähn gähn; legt hohe Dichtkunst (und verstehen Sie mich nicht falsch, einiges davon ist scheißüberragend) *sehr* trüben Tassen (s. Hamlet, weiter oben) in den Mund, so trüben Tassen, daß sie einen Vers nicht erkennen würden, wenn der sich aufbäumte und ihnen in die kreuzweise geschnürten Waden bisse; und Gott weiß, was noch alles. Wie ich schon sagte, eher wann als dann. Wann. Sowieso eine gute Frage. Ich frage mich, wann … Och, warum eigentlich nicht jetzt, wo Sie gerade darauf zu sprechen kommen. Aber nur einen, und bitte einen kleinen. Aber dann muß ich wirklich nach Hause, nein, Insistieren nützt gar nichts, Schluß, aus, Abpfiff, letztes Wort. Na, meinetwegen.

Geschlecht angehörig; und auf der menschlichen Tonspur, d. h. Henry, die Absonderung monotonen Gebrumms und lauten Räusperns (Oy, ihr Bande, ich bin ein Scheiß-Nobelpreisträger, und wenn's euch nicht gefällt, könnt ihr gern abhauen), gefolgt von oder gespickt mit abrupten Stimmritzenverschlußlauten; und der ganze übrige dazugehörige Protzkram – plötzliche Seitenblicke und Beleuchtung von unten wie in einer Weinbar und das gelegentliche »OOOOO« oder mannhaftes Gekicher in geheucheltem Jubel und/oder Amüsement –, und es scherte Donal keinen Deut, damals wie heute nicht.

Sich keinen Deut zu scheren war Donals Credo und das Credo seiner Altersklasse.

Es war auch Xiao-Lian (»Lotosblume«) Lees Credo. Sie war eine hippe Chinesin aus Shenzhen über Singapur und Bangkok, die das Downstairs State College als Adjunkt-Professorin für Asiatische Geschlechterstudien aufgenommen hatte, weil es eine Asiatin im Lehrkörper brauchte und sie mit den allerbesten Empfehlungen kam, hatte doch einer ihrer vorgesetzten Professoren in ihrer Gegenwart »eine reichhaltige und lohnende« Nacht über dem »Smoke My Ass«-Nachtklub in Ober-Phuket, Thailand,[34)] verbracht. Niemand konnte verstehen, was sie sagte, geschweige denn »Xiao-Lian« aussprechen. Doch schwebte das Damoklesschwert der sofortigen Entlassung für den Fall, daß jemand mit zitroneneis- oder kakaofarbenem Teint sich marginalisiert fühlte, so drohend über dem Kollegium, daß niemand das gestehen mochte, und sie wurde vom Fleck weg engagiert ... jedenfalls lehrte sie vorgeblich chinesische und japanische Geschichte, und obwohl keiner ihrer Studenten verstand, wovon sie scheißenochmal überhaupt redete, mochten die Jungs ihre engen weißen ärmellosen Rollkragenpullis und schwarzen seit-

34) Ich bitte *viel*mals um Entschuldigung. Ich war nie da, aber ich habe nichts gegen das einfache thailändische Volk. Thai- oder Ir-, Land ist Land, stimmt's?

lich geschlitzten Jahrgangs-Madame-Chiang-Shanghai-Bund-Oberschenkelschmeichler. Sie behandelte diese Schweratmer aber mit Verachtung; dann sah sie eines Tages eine gebeugte, unrasierte Gestalt am anderen Ende des Fakultätsaufenthaltsraums illegal Rauch ausstoßen, und es war um sie geschehen.

»Oooo Siii siii auuuu Iiiiilaaa?« waren ihre ersten an Donal gerichteten Worte, der, während ihm Rauch aus den Nasenlöchern und Mundwinkeln quoll, eifrig nickte, nichts verstanden hatte, aber von dem Rock, den sie gerade trug, und von der schieren Unwahrscheinlichkeit, je mit einer reifen Chinafrau zusammenzutreffen, geschweige es mit ihr zu treiben, noch dazu, und das nicht zufällig, einem solchen Klopfer *de luxe*, angetan war.

»Awwww hah«, fauchte sie.

»Wa'?«

»Aifa ssuffi fi aa Meee au Singapå.«

»Ah, Singapur, stimmt's, wollt ich auch immer schon mal, äh.«

»I wuda sso imaa ai Awwwwissss Ma ke-le.«

»Äm, tut mir leid, waaaa'?«

»Ai Awwwwissss Maaaa.«

»Aha.«

Egal, sie war ein tolles Mädel, mit einem dröhnenden Lachen und entsprechenden Oberschenkeln. Bald übernahm die Stimmungsmusik des Lebens, und die beiden, schweißglatt und gegen aggressiv postmoderne Papierjalousien von entschieden asiatischem Zuschnitt silhouettiert, stöhnten und blähten die Nüstern (Gott, kam Donal sich zunächst wie ein Hornochse vor, doch das ließ bald nach) und bissen sich in die Lippen und wetzten ihre Hüften aneinander wie in einer lüsternen Fernsehserie über leidenschaftliche Großstadtanwälte oder stets promiske Filmsternchen, aber im Gegensatz zu jenen sexy Bildschirm-Winkeladvokaten übten Donal und seine Lotosblüte ihren nicht der Fortpflanzung dienenden Sport in fast völliger Wortlosigkeit aus, wenn man von den üblichen »Oh«s und »Ah«s und »Grrrr«s absieht, und das war Donal auch ganz recht, denn selbst als Xiao-Lian von der Einwanderungs- und Einbürgerungsbehörde deportiert wurde, weil sie

a) keinerlei Visum hatte, nicht einmal eins für Touristen;
b) Anweisungen folgte, die sie sich von einer »Mohammad Rules OK«-Website aus dem mohammedanischen Sinkiang herunterlud, um in der Kellerwohnung ihrer Pensionswirtin in der Elm Street Nr. 12 eine primitive Atomwaffe herzustellen; und weil sie
c) ihre Zigarette auf dem Handteller von Wachtmeister Tom Tankersley ausgedrückt hatte, der sie auf dem Highway 5 nach rechts gewinkt hatte, weil sie 95 gefahren war, wo man nur 45 fahren durfte,

verstand kein Schwein, und Donal schon gar nicht, auch nur eine einzige gottverdammte Silbe, die die Frau sagte.

Naja, vielleicht zwei: *Bye-bye!*

Einen Monat nach ihrer Abreise kam eine Postkarte, in Taipeh abgestempelt (wo die Nachtklubszene nicht zu verachten war, sagten die jungen Leute mit den schwarzen T-Shirts, und die mußten es wissen), welche Donal als den wahrscheinlichen Drahtzieher ihrer Deportation brandmarkte.

»Ich Hasse Dich Grosser Irischmann Der Sagt Liebe Und Fick Und Dann Geht Zu Bullen Und Sagt Chinagirl Zurück Fuck Yu Love Me.«

Anstatt einer Unterschrift gab es eine Skizze von einem bösen Gesicht mit herausgestreckter Zunge, sehr wacklig, als wäre sie auf dem Weg von A nach B entstanden, oder als wäre die Zeichnerin mit etwas anderem beschäftigt gewesen, wie z. B. mit ..., ach, auch egal.

Soviel also erstmal zum Thema Sex usw.

Der Rest des Jahres –, jetzt durcheinandergewurschtelt wie im Traum eines Opiumrauchers (oder -essers), ein Comicstrip von einem Traum, aus den Grundfarben des Hochsommers der Erinnerung, dem schmerzhaft blauen Himmel, der sich über dem kleinen New Ur of the Chaldees, Ohiowa, und seinen unansehnlichen, aber ewigen Belangen wölbte, die mit Rechnungen, Schulden, Sex, Finanzen, Gesundheit usw. zu tun hatten, deren relevantester, soweit er uns betrifft (oder auch gerade nicht), am Ende des dritten Semesters der war, ob Gastdozent D. »Daddy« Duddy, B.A. (*cum* so eben gerade noch *laude*) gebeten werden würde, dem Kollegium ein weiteres Jahr anzugehören, und die Antwort kam fix wie nix:

JA!

Aber.

Klar, sie brauchten Blödmänner; welche Institution mit einiger Selbstachtung kommt schon ohne welche aus? Einen Burschi gar nicht zu erwähnen, der so verzweifelt im Land der Möglichkeiten verbleiben wollte, daß er alle anderen Möglichkeiten ausschlug und sich in die rücksichtslose Habgier von College-Verwaltern und deren Außerkraftsetzung von Krankenversicherung, bezahltem Urlaub u. dergl. schickte: »Ich meine, Himmelnochmal«, erklärte der Dekan »Chuck« McCantinflas streitbar, »der armselige kleine Scheißer – wie heißt er noch? Dieser Schotte, oder ist er Ire? – kostet das College weniger als Rays kleiner Araber!«[35]

35) Ah, über den weiß ich dank der schnellen und gründlichen Berichterstattung unserer heroischen Jungs und Mädels beim *Clarion* genau Bescheid. Dekan McC. hatte Ray Lopez, den Oberkustos, und seinen Lehrling, den Assistenzoberkustos Abdul bin Salaami, im Sinn, und Abdul war weißgott (oder weißallah) nicht billig, war doch sein Fall zu seiner *cause célèbre* geworden, nachdem er als blinder Passagier auf einem jemenitischen Frachter untergekommen war, der von der US Navy geentert wurde, weil er sich dem Hafen von Norfolk (VA) verdächtig näherte, wobei sämtliche Positionslampen gelöscht waren und Ibn Khaltouns *Biggest Hits* aus den Lautsprechern dröhnten. Sie fanden bin Salaami hinter einem Exemplar von *Men Only* zusammengekauert, nur zu unzusammenhängendem Stottern fähig, die Hände ausgebreitet, als wolle er eine Erklärung illustrieren, die nie erfolgte; folgerichtig sperrte die Einwanderungsbehörde ihn ein, aber dann geschah es, daß Hose und Kronleuchter, bildlich gesprochen, kollidierten. Nachdem Menschenrechtsanwälte weltweit genug Krach geschlagen hatten, angeführt

Aber für Donal war es von größerem Belang, seinen Gläubigern in Irland aus dem Weg zu gehen (einschließlich Declan und Nastir, Drogendealern, oft eingelocht und manches Knie gelocht), denn als Immigrant in Amerika Selbstachtung zu entwickeln, weshalb er zu allem, was die Schweinehunde verlangten, *Ja ja ja mach ich* mollybloomte. Und so trieben die Dinge ein Weilchen, wie die großartigen Wolken-Galeonen über Ohiowas üppig ockernem Farmland, dahin. Bücher kamen an, lagen herum, blieben ungelesen. Der Fernseh plärrte hohl durch die Nacht. Flaschen wurden voll erworben und leer und laut die dunkle Hintertreppe hinab ins Katzen- und Waschbären-Territorium entsorgt. Aber es war offiziell ein Jahr der Rezession, und Kündigungen »lagen in der Luft«.

von Killoyles ureigenster einheimischer Pasionaria Nuala O'Fintan, die in Gesellschaft ihres Partners – im schmachtenden, nicht im juristischen Sinne –, des berühmten buddhistischen Strafverteidigers und Anhängers der Mahayana- oder Größeres-Fahrzeug-Sekte, Todd Gilbey, spontan geplante und eingeübte Demonstrationen vor dem Mansion und dem Leinster House im Herzen des lieben, dreckigen Dublin durchführte und ihre Aufmerksamkeit(en) dann auf den Weltgerichtshof in 's Gravenhage, beide Häuser des Parlaments in London Town, den Elysée-Palast in der Lichterstadt Paris und die Bundeskanzlerei im Berlin der gleichnamigen Luft, Luft, Luft verlagerte. Ergebnis: Abdul bin Salaami wurde auf Selbstzahlerkaution freigelassen und weitgehend im Fernsehen interviewt, woraufhin er eine illustre Laufbahn als Unterhausmeister – Entschuldigung, Assistenzoberkustos – am Downstairs State College einschlug, wo die Vaginalprofessorin für Eierstockstudien, eine Ex-Irin (Entschuldigung, ein weiblicher Ex-Ire) namens Eileen McCorlicue, da sie eine Cousine von Ms. O'Fintan war (zusammen in Clontarf, vor all jenen Zeitaltern, vorne auf der Treppe sitzen und heimlich Woodbine rauchen, beide in denselben muskulösen kleinen Schweinehund ein paar Häuser weiter vergafft, Colm Manning, inzwischen Miteigentümer einer Kabeljau-mit-Fritten-Konzession am Bundoran Strand, läuft wie geschmiert, vielen herzlichen Dank, besuchen Sie doch mal seine Website: colmmanningscodandchipSstandinbun doran.com), beschloß, die universelle Schweinerei um Abdul bin Salaamis Islamanie noch publiker zu machen, und bestand darauf, daß Downstairs State einen festen Platz auf der Weltkarte des rechtgesinnten Humanitarismus erhält und dem armen demütigen Drittweltdörfler

Donals gesamter erniedrigender Humbug brachte ihm Null, sobald die Kneifzangen der Etatvernichter still ans Werk gingen und unaufgeregt Anglo-Irische und Angelsächsische Studien und Was aus dem Lehrplan des nächsten Semesters rupften –, zusammen mit Französisch und Latein und Griechisch und Musik und sogar Quantenjonglage (wofür die scheidende Professorin, Ms. Wire, 1999 den Pressburger-Montoya-Preis für Vielfalt in der Lehre von Qualität und Stamina[36] verliehen bekommen hatte).

(noch dazu von sehr befriedigender dunkelschokoladenbrauner – beinahe Ibo- – Hautfarbe, die ihn dazu befähigte, den Betrachter aus jedem arisch getünchten Gruppenfoto heraus – z. B. in Werbebroschüren – anzuspringen) einen Job anbietet –, ANDERNFALLS ...! Der Senat der Universität erörterte die Angelegenheit gut und gern fünf Minuten lang und gab dann seine Entscheidung bekannt.

»Kein Problem«, hieß es; vereinzelt hieß es sogar: »Hey!«

Abduls anschließender Versuch, Professor McCorlicue anal zu penetrieren, sobald er dahintergekommen war, was es mit ihrer Professur auf sich hatte, wurde totgeschwiegen und mit Airbrush aus den Annalen der Universität getilgt, und, angemessen gewarnt – mit dem gebotenen Dekor jedoch; alle Anwesenden wußten, daß er die unschlagbare Waffe, Rummel in den Medien, in seiner starken rechten Hand hielt –, trat er seinen Posten an, sehr zu Ray Lopez' Bestürzung. Ray versuchte, ihm auf klassische kubanische Art Vorschriften zu machen: »Jetzt du mir öre ßu, du Sweine'und, glaubst wohl, du bist was wirklich especial, aber eins ich will dir sagen, ier du arbeite für mich, und wenn ich sage, du üpfe, du üpfe, okay?«

»Qus em'mah«, erwiderte Abdul gleichmütig und kehrte Ray den Rücken, um sich eine offiziell verbotene Zigarette anzuzünden (eine Dunhill, wenn schon, denn schon, der schlaue kleine Mistkerl) ... hic. Die Araber muß man sich mal vorstellen, trinken nie was. Kein Wunder, daß das Land vor die Hunde geht.

36) Augenblick mal, wie lehrt man denn Stamina? Nein, ernsthaft, wie geht's? Nein, nicht es, das. Wie geht das? Nein, nicht das. Stamina. Stehvermögen. Durchhaltevermögen. Geht ganz leicht? Nix kapiert? Ach, sind wir etwas angesäuert? Dann suche ich mir eben einfach ein anderes ruhiges Eckchen, irgendwo da drüben hinter dem Daddelautomaten ... Also, bevor ich mir den Arm umdrehen lasse, sage ich doch nicht nein, aber ohne Eis, danke. Hic.

»Tut mir leid, Daddy-o. Sie sind draußen, erstmal«, sagte Dekan McCantinflas. Irgendwo lauerte ein Lächeln. Als Einer, der in Purdue ein großzügig bemessenes Sportstipendium verzehrt hatte, betrachtete »Chuck« McCantinflas Intellektuelle und ihresgleichen mit Abscheu, besonders ausländische, seien sie nun Iren oder nicht (oder sonstwas). »Aber versuchen Sie's doch nächstes Jahr nochmal. Ich werde sehen, was sich machen läßt. Na, bis dann. Viel Glück noch, Daddy-o. Tut mir leid. *Duddy-o.* Hier entlang, Duddy-o.«

»Aber ich.«

»Ja, ich weiß. Und einer Ihrer Studenten hat es sogar bis nach Yule oder Hartford oder so geschafft. Spricht für Sie, wenn Sie sich wiederbewerben. Müssen Sie unbedingt erwähnen. Ich werde sehen, was ich machen kann. Versprochen.«

Die Coda war also bitter, in Moll. Tief trank Donal in der Dew Drop Inn, wobei ihm Fergus, der shamrockige Wirt, Vorschub leistete.

»Ja klar und segne dich Gott und hast du nicht ein Glück insgesamt denn du bist doch der der zurück darf ins teure Irland so grün?«

»Will aber nicht«, knatschte Donal. »Schenk voll.«

»Nun, du hast hier einen Job, Bürschlein, wenn du einen brauchst. Ich könnte eine echt-irische Zapfkraft gut gebrauchen.«

»Danke, Fergus. Schenk nochmal nach.« Nachdem die Träne gequollen, der Händedruck ausgetauscht war, trennten sich ein Narr und sein Geld voneinander. Bald brachen kratzige Stimmen in die Ballade aus, die vier grünen Felder und die Blümlein des Waldes zum Thema. Später, daheim, grölte Donal fettig aus seinem Schlafzimmerfenster in den dunklen, trägen Hinterhof hinaus: »Ihr dummen Schweinehunde. Verdammte selbstgefällige Säue.« Die Hinterhöfe lauschten, bebend, wachsam. »Scheiß.«

Am nächsten Tag fuhr er nach Hause.

»Scheiß doch auf dich du beschissene englische Oberschichtschwuchtel«, erklärte Trev Romanov laut, als Donal bedrückt zum Bus ging. »Hau bloß ab zurück nach.«

»Halt du doch das Maul, du oller Alki«, sagte Donal. »Ich hau ja ab zurück. Und hier ist mein restliches Yankee-Kleingeld.«

Als er ein paar einzelne Münzen in Trevs Richtung warf, war dessen verdutztes Schweigen bis halb nach Terre Haute und Umgebung zu hören.

Donal war also wieder auf dem Weg zurück nach Irland. »Dad«, sein Vati, starb an einer massiven Eingeweidebruchembolie, als er davon erfuhr, und vermachte alles seinen Söhnen Dermid und Donal, aber Dermid, ein prominenter Transvestit im Londoner Westend, starb prompt an Aids und hinterließ nur einen »Gefährten«, der sich ins Nimmernimmerland zurückschlich, wo er in Frieden mit den Jungs zanken konnte. Wie wir gesehen haben, verpulverte Donal sein gesamtes Erbe im Spendierrausch, und bevor man »Conor Cruise O'Brien« oder »Gerade frisch reingekommen: in Formaldehyd eingelegtes Brontosaurus-Gehirn« sagen konnte, war er dort, wo er war, verkaufte Gebrauchtwagen und, schlimmer, gab Declan und Nasir Jobs, hatten sie doch gedroht, ihm Ellbögen, Knie und Steißbein zu brechen, wenn er ihnen keine gab. Das ganze Jahr war also rausgeschmissene Zeit gewesen. Anderthalb total zugewichste Jahre für den Müll. Den Rest seines Lebens gar nicht zu erwähnen. Na, wenn sein Leben nichts gebracht hatte, dann hatte es auch wenigstens nichts geschadet. Also scheiß drauf, sowieso. Und es gab ja immer noch nächstes Jahr, wieder mal.

Und doch! Es hatte Momente in New Ur of the Chaldees gegeben, die wie die Musik von Aaron Copland eine lebenslange Sehnsucht nach Amerika erfüllt hatten, wie der Saturday Night Waltz *aus* Billy the Kid *an jenem verdösten Nachmittag neben dem insektenlärmigen Lake Sandman; oder die lange Autofahrt, die er einst an einem schönen Junitag in das wellige Weizenland hinein zu einem Weinbauern unternommen hatte, den ihm Shan empfohlen hatte, einer seiner weniger scharf studentisch geprägten*

Studenten (d.h. weder baseballbemützt noch schwarz gekleidet), um dort einen seidigen Chardonnay aus Amerikas Brustpartie zu verkosten und auf den Riesenhorizont unter prächtig pummeligen Kavenzmännern von Wolken zu blicken, die auf einem Himmel aus flammendem Ocker kreuzten; oder die kräftigende Helligkeit der feinen Frühlingstage ... Und das Tropf Tropf Tropf der Herbstregen vom Dachvorsprung des Hauses Baracuda Court 120, wenn der Fernseh beruhigend im Hintergrund dröhnte, und ein kleines Kaltes bei oder in der Hand, und irgendwo lauerten (mußten ja nicht von Henry sein) ein bis zwei Gedichtchen ...

Und das Batsch und Plock von Baseball in den langen Sommernächten, unter nachtfalterumsummten Flutlichtern, die vom stillen Glanz eines von Studenten gewienerten 1959er Jahrgangs-Cabrios im Dämmer reflektiert wurden ...

Und der süße Anblick und Duft von Mädchen Mädchen Mädchen, jedes einzelne eine Kallipygische Aphrodite mit wippendem Pferdeschwanz und gebräunten Beinen und knappem keuch keuch Höschen ...

Und die eingeborene Immensität der Nacht außerhalb der Stadtgrenzen, wo die Straßen ihrem Lauf in den Mile-Deep Wood folgten, in dessen Tiefen sich Nachtgeschöpfe von in Irland ungekannten Dimensionen regten, und noch weiter drinnen plätscherte es, wo der Wabash geboren wurde ... *Und die rumpelnde Macht endloser Güterzüge, die in tiefer Trauer gen Norden nach South Bend jaulen und gen Westen nach Chicago und gen Süden bis Kansas City und gen Osten bis nach Baltimore und noch weiter ...*

Und noch weiter ... UND.

* * * * *

Dann war es wieder Morgen, der wie üblich nach einer zu langen Nacht kam. Durch die verweilenden Schleier nächtlichen Dunstes befingerten die Strahlen der Sonne die Bäume,

Wiesen, Baustellen, Taxistände und kleinen Einkaufsreviere der südöstlichen Ausläufer von Killoyle, wo der jetzt schon modrige Geruch von Ziegeln und Mörtel der Neubauten herumlungerte wie Pissegestank im Kneipenklo. Im Hause Cretino Crescent Nr. 15 fetzte ein heiserer Konteralt durch die aufgeschreckte Luft, als Shirley Quain, geb. Soup, einzige derzeitige Bewohnerin von Nr. 15, ihre stimmliche Bandbreite testete, während sie gleichzeitig »spaddelbaddel« machte, wie man es daheim in West-Yorkshire nannte, und in der Wanne planschte wie ein Riesenotter in den Prielen von Scapa Flow. In einer Hand hielt sie *GLAM*, das po-mo, pop-fab Mag, in der anderen eine Combs & Duncan mit Goldfilter. Das Gekreisch der Frau prallte von den krickentenblau (oder -grün) gekachelten Wänden ab und echote hohl in der Festung der löwenfüßigen Eisenbadewanne (circa 1920), die sie von Onkel William »Billy« Ponsonby, dem in Harrogate als »Bill« bekannten Platzwart, geerbt hatte.37) »Bill« hatte nur wenig anderes hinterlassen, z. B. einen Austin Seven, Bj. 1949 (jetzt im Museum für Abgewetzte Autos, Hutton-le-Hole, zu bewundern), eine Katze namens Pru (zu katzenliebenden Cousinen in Huddersfield in Rente gegeben) und ein paar Pakete getrockneter Nudeln namens Ramen (einem Penner aus Bradford namens Amrit gespendet, der einen Blick drauf warf und »KBW: KotzBrechWürg« sagte), aber die alte Spaddelbaddelbadewanne war's, die Shirl am meisten liebte.

Schließlich hatte sie während der Sommerferien, die sie als Kind immer in »Bill«s und Tantchen Flos heruntergekommenem Bungalow am südlichen Rand des halb baumlosen, windgezausten Priestleydale verbracht hatte, in dieser Wanne einige ihrer denkwürdigsten Bäder genommen; deshalb fing Shirley im letzten Sommerurlaub zu Ehren der zwei toten alten armen Dinger (zuerst Flo, dann »Bill«, nur eine Stunde auseinander, die eine im Garten, der andere vor

37) Ah. »So ein ausgetretener Pfad«, wie der Dichter sagte, bzw. immer noch sagt, »von hier ins galvanische Bad.«

dem Fernseh ⟨Wiederholungen von *Nindbad der Neefahrer* im Regionalprogramm von Nordost-Yorkshire und Kanal 45 Merseyside mit Untertiteln auf liverpudlian⟩) die Badewanne auf dem Weg zum Schrottplatz ab und ließ sie über die Irische See und Ferdias Proteste hinweg nach Killoyle verschiffen, um ein bißchen vom alten Yorkshire auf dem vorwiegend sterilen (mehrere Fernseher, Fitness-Laufband, Mikrowellenherde usw.) Quain-Soup-Familienanwesen am neuerdings so modischen südöstlichen Ende unserer schönen, aber unmodischen Stadt in unserem so plötzlich auf angesagt umgestellten Land zu haben.

»Trilalalali«, trillerte Shirl, annähernd. »Trilalalalalalalalalali.« Sie inhalierte ihre Lulle, holte tief Luft und sang dann, triumphal: »TRILL LALALALALALALAI«, wodurch sie ganz kurz, im zum Sterben langweilig optimistischen C-Dur, ein approximatives akustisches Faksimile von Fabia Fanni erstellte, wie sie den siegreichen Gobbovisions-Schlager »Dein Haar, meine Knie« singt, eine Melodie, welche als solche (was Shirley nicht wußte) auf der Arie »Kokosnuß-Romanze« aus der Oper *Il Babuino* des italienischen Komponisten Pierpaolo Cazzini (1871–1936?)[38] basierte.

38) Dies wird Ihnen gefallen, warten Sie, bis ich's Ihnen erzähle. Cazzini, laut dem Musikerlexikon von Dr. Spole – Augenblick, ich habe hier irgendwo ein Exemplar – ähem – warten Sie, ich trinke nur rasch aus, wenn Sie so freundlich sein wollten, das stante pede nachzufüllen, mein guter Mann – Terry, stimmt's? – prost, Terry, und ohne Eis, seien Sie so gut – jedenfalls, da haben wir es ja (oder: »Ah! Da haben *wir* es ja!« wie Watson ⟨oder ist es Holmes?⟩ immer sagt): Laut Dr. Spole »... borgte, wenn nicht gar stahl Cazzini genau all das, namentlich die Technik, die der Pariser Schule als *Le ›It‹ Motif* (die Verbindung einer musikalischen Idee mit absurdistischem Melodram, welches fischhaft aufgerissene und geschlossene Münder und primatenhaftes Ausstoßen vokaler Vibrationen variierenden Volumens, alles gänzlich surreal, einschließt) bekannt ist, und ein orchestrales Bühnenbild, das seinem eigenen sentimentalen Quatsch angepaßt werden kann, ohne seine Werke sonderlich mit Intelligenz zu belasten. *Il Babuino* folgt z. B. der Titelfigur, wie sie sich ohne erkennbaren narrativen Zweck von Ast zu

Zugabe:
»TRIIIIIIIIIII lalalalalalalalalala LIIIII.«
Zu-ga-beee:
»Trrrrrrrrrrrrrrrrrrrllllllllllllllllllllala.«
Etc.

Ziemlich eingerostet. Aber für ein Mädel, das paffte und soff wie ein Subalternoffizier und fraß wie das gemeine Hausschwein, war sie ganz gut bei Stimme, wenn sie das mal so sagen durfte:

Ast hangelt, wenn man, vielleicht, gegen Ende des III. Aktes, von der Entdeckung einer Kokosnuß absieht. Als Ergebnis dieser erzählerischen Ambiguität wurde der Komponist nach der Uraufführung von einem erbosten Mob durch Mailands modische Via degli Stronzi gejagt, wobei die Menge immer wieder seinen Kopf forderte: ›*Ao! Coglione! Tua testa! Tua testa!*‹ Schließlich wurde es zuviel – vergessen Sie bitte nicht, daß Pierpaolo zu der Zeit bereits gute 115 Kilo wog –, er drehte sich, heftig keuchend, um und dirigierte einen heiseren Vortrag von Giovanezza, der Faschistenhymne, bevor er auf einem nahegelegenen Himbeerfeld Zuflucht suchte, welches seinem Cousin Gino gehörte, während die Verfolger inzwischen die Stadtgrenzen verlassen hatten und bis in die grünen, fruchtbaren Landstriche der inneren Lombardei vorgedrungen waren. Cazzini wurde nie wieder gesehen, außer einmal im Jahre 1937 an den Roulettetischen von Monte Carlo, in derselben Nacht, in der eine Verehrerin berichtete, sie habe ein mysteriöses R-Gespräch von jemandem namens ›Johnny‹ oder ›Gianni‹ bekommen. Sie weigerte sich, das Telefonat zu zahlen, und die Verbindung brach ab. Gerüchteweise verlautet, Cazzini habe sich dann der die Öffentlichkeit scheuenden russischen Sekte der Adepten des Leonid Glossowitsch angeschlossen und sei ins Hauptquartier der Gruppe auf dem Fünfjahresplan-Berg in Tadschikistan gezogen.« Aber man weiß ja nie, oder? Ich dachte, ich hätte ihn letzte Woche bei Tesco in der Crumstown Road gesehen, als er die Auberginen prüfte. Einen Tick übergewichtig, aber ansonsten für sein Alter tadellos. Hic. Nein, wirklich. Jedenfalls erreichte die postum erschienene Oper des alten Jungen, *I Tre Testini*, letzten Monat die Top Ten, und überall kommen Neuinszenierungen heraus. Worum es da geht, fragen Sie? Nun, da dies Ihre Runde ist –; ja; stimmt; erstaunlich, wie die Zeit fliegt; wohl wahr. Jedenfalls hatte ich doch irgendwo für den wenig wahrscheinlichen Fall, daß mich jemand fragt, das Programmheft dabei, ah, hier ist es ja ähem. »Die Geschichte

»TRIIIIIIIIIIIII-AAAAAH ...«

Plötzlich blieb ihr die Luft weg, wie geknebelt, sie hustete trocken und kurz und ließ die Lulle und die Zeitschrift in den Bach fallen: erstere mit zartem Zischen, letztere mit pulpigem Plopp.

»Ach Scheiße.«

Shirleys feuchter Pseudo-Afro wiegte sich im Gefolge ihrer Huster sanft wie ein riesiger Seeschwamm, im Golfstrom sich rekelnd. Ihre zwo Brüste, auch nicht faul, bewegten sich

beginnt in Alt-Kastilien, wo Don Pluto sich rüstet, nach Madrid zu reisen, um ein wohlausgestattetes Mädchen zu heiraten, welches nur als ›La Puta‹ bekannt ist und allgemein durch reichlich unflätiges Gelächter und Handbewegungen, die eine Eieruhr in die Luft malen, beschrieben wird, womit weiblicher Charme angedeutet werden soll. Pluto ist ein närrischer Grundbesitzer – im Personenverzeichnis als ›Ein dämlicher Trottel‹ aufgeführt –, dem das Mädchen durch ein Abkommen der beiden Väter versprochen wurde. Pluto – der La Puta nie gesehen hat – bittet Don Gasolio, Faktotum und Gutsverwalter, um Tips für die Brautwerbung, aber Pluto erweist sich als hoffnungslos unbelehrbar. Gasolio, der La Puta vor ihrem ungehobelten Verlobten retten will, macht Pluto so betrunken, daß dieser die Reise nicht antreten kann, und erleichtert dann den schlafenden Bräutigam um den Brief, in welchem die Ehe versprochen wird. Gasolio findet, er könne La Puta selber heiraten, und macht sich am Volant des 1937er Hispano-Suiza mit hydraulischer Einzelaufhängung und Vorderradantrieb, der seinem Arbeitgeber gehört, nach Madrid auf. Bei Valladolid hat er eine Panne, es gelingt ihm aber glücklicherweise, einen Lastwagenfahrer anzuhalten, der ihn mit einem Schraubenschlüssel versorgt, den er zur Neujustierung der Vorderräder verwenden kann. Unterdessen, im Haushalt von La Putas Vater, Don Fruto, frohlocken alle außer La Puta selbst, die es seit einiger Zeit heimlich mit Don Donaldo treibt, für zwanzig Peseten pro Nummer. Gasolio erscheint und gibt sich lautstark als Pluto aus, den er versehentlich ›Puto‹ nennt, und das nicht einmal, sondern siebenmal. Er trifft auf Donaldo, der seine Liebe zu La Puta erklärt. Gasolio schlägt ihm den Schädel ein, fordert ihn dann zum Duell, aber er (Donaldo) ist bereits tot, weshalb Gasolio sich darauf vorbereitet, seine Geliebte zu heiraten. Plötzlich betritt überraschend der echte Don Pluto die Szene, wobei er seinen Pyjama trägt. Niemand glaubt ihm, daß er der ist, der er zu sein vorgibt, und er macht sich zum Narren,

hin und her, g'rad' wie Glocken der Körbchengröße D, kamen dann zur Ruhe.

»Ähä ähä ähä ähä ÄHÄCK.«

Na schön. Mit einem dieser Arschleck-Magazine weniger war die Welt auch nicht schlechter dran.

»*GLAM*, ausgerechnet.«

Sie fischte die Fluppe aus der Suppe, das Wichsblatt ebenfalls, warf einen letzten Blick auf den geschmeidigen Schwachkopf auf der Titelseite (»Joop den Hunckk: Der Stier als Star?«) und haute das Blatt *con gusto* in die Tonne. Muß bei der Gelegenheit gleich mal das Abo kündigen, dachte sie. Scheißverschwendung.

»Triiiila ... hm. Häck.«

Und mit dem Drecksnikotin muß ich auch leisetreten, befahl sie sich. Dann singe ich wie die Callas, oder wie Dame Jeanette Ross-Cromarty persönlich.[39] Allerdings, um bei der

indem er La Puta mit den Anbandelungstechniken zu beeindrucken versucht, die er mehr schlecht als recht von Gasolio gelernt hat, einschließlich eines ausgedehnten langsamen Zwinkerns mit dem linken Augenlid und, gleichzeitig, einer komplizierten händischen Geste, als ›La Bomba‹ bekannt, bei welcher Zeige- und Ringfinger der einen Hand wiederholt in die Öffnung eingeführt werden, die entsteht, wenn man Zeigefinger und Daumen der anderen Hand entsprechend zusammenführt. Als er schließlich Gasolios ansichtig wird, macht er mit dem Schwert einen Ausfall auf diesen, fällt aber tot um. Jetzt kann La Puta endlich weitermachen wie bisher, was ohnehin das einzige ist, was sie wirklich anmacht. Während der Vorhang fällt, fährt ein rosa Cadillac über die Bühne.« Ziemlich ganz schön blöd, wenn Sie mich fragen, und sogar wenn Sie mich nicht fragen, aber das ist eben Oper, und wer bin ich, Geschmack in Frage zu stellen? Prösterchen, mein Sohn. Terence, stimmt's?

39) Ach, Dame Jeanette, mit den unrasierten Achselhöhlen und dem bebenden Gang. Hab sie mal in Tain, Ross-shire, gesehen, ihrem heimischen Beritt, wie sie »O Sonny Mio« und »Blattläuse im Frühling« und andere tränenselige Favoriten schmetterte. Das Publikum, welches sich hauptsächlich aus pensionierten Unteroffizieren zusammensetzte, klatschte langsam im Takt, während sie sang, und blieb mürrisch still, als es vorbei war. »Wie ist es denn mit Applaus, ihr Schweinehunde?«

Wahrheit zu bleiben, rauchte Shirley, die mit sechzehn (also vor zwanzig langen – oder kurzen – Jahren) angefangen hatte, viel zu gern, um sich das Todeskraut jetzt gleich sofort abzugewöhnen.

»Heck«, rief sie aus, dann räusperte sie sich: »Häck«, säuberte die Luftröhre, riskierte einen Nachtremor, der ausblieb. Die Kippe, gebührend durchnäßt, folgte *GLAM* in den Müll, nach Art James Deans mit dem Finger geschnippt, eine Geste, die mehr Stil andeutete, als nach einem flüchtigen Blick auf Shirleys halbhübsches Gesicht und wie Torf federnden Körper, der jedoch in seiner fest gerundeten Beisammenheit (und besonders beisammen, wenn hüllenlos) recht bewundernswert war –, bei ihrer Neigung, Versuchungen nachzugeben, unmittelbar offensichtlich gewesen wäre ...,[40] und was nun den Gesang betraf, na gut. Wahr ist, daß er nicht besonders war. Er machte auch nicht besonders viel Spaß, wenn man diesen schlaksigen, vollvertrottelten, hiberno-neandertaloiden Bagaluten damit nicht nach Strich und Faden ärgern konnte, mußte sie leider zugeben –, nicht, daß sie bereit gewesen wäre, ihn anzurufen, o nein, nein, noch nicht.

Laut wiederholte sie ihren inneren Monolog.

»Nein, nein nein, nein, nein.«

Nein. Soll er noch ein paar Tage länger im eigenen Saft schmoren. Oder Wochen. Ehrlich, wer brauchte das schon? Es war ja nicht so, daß er zwischen den Laken ein Joop den

kreischte die Diva, woraufhin drei stämmige Oberfeldwebel sie unter stürmischen Ovationen ab nach links von der Bühne trugen. Später in jener Nacht, in Zivil, schlug sie einen Barmann, Norman O'Name, nieder, der ihr versehentlich eine Olive in den Gibson geknallt hatte, wozu – nicht auf der Bühne – Gelächter erklang. Als letztes habe ich gehört, daß sie dem Musiktheater und all seinem Flitter abgeschworen und eine Stelle als Putzkraft in einem Gasthaus in Hackney Wick angetreten hat. Sic transit ständig gloria mundi und noch darüberhinaus, was?

40) Jetzt mal sachte, Seamus. Obwohl etwas mehr Details, was die Beisammenheit betrifft, willkommen wären, wenn Sie verstehen, worauf ich hinauswill. Körbchengröße D, was? Hic.

Hunckk gewesen wäre, nein, war es nicht, und davon abgesehen, brachte er neuerdings nullkommazero Einkommen rein. Alles, was er machte, war herumliegen und über seinen verdammten Weinladen und seine Gesundheit (ja, ja, Vitamine!) jammern, ich meine, an einem Tag war es der Hals, am nächsten ein Schmerz in der Hüfte, dann blieb ihm ständig das Herz stehen und fing dann wieder an zu schlagen, dann war weißgottwas, aber bloß nicht mal damit zum Arzt gehen oder mit Träumen aufhören und sich danach über seine Träume beschweren, typisch smaragdgrüner Irenbengel. So war er. Und sie selbst? Na, eine waschechte Engländerin, Tochter der Dales (Wensleydale, Priestleydale, Skeldale, Marrowdale –, die ganze Richtung). Warum also und wie hat das Ganze überhaupt angefangen? (Ah, die Badewanne war der rechte Ort für Erinnerungen.) Da war sie, eine Soup aus West-Yorkshire, im Torfmoor gelandet, bei einem torftrotteligen Quain aus East Killoyle –, ja, das war schlimm genug, und es wäre ohne die verstärkten *Babycham*-Pikkolos Hausmarke nie passiert, mit denen er sie in jener Nacht praktisch zwangsernährt hatte (sehr uncharakteristisches Benehmen das, für so einen maunzenden mickrig-milden Milchbubi, Ex-IRA hin, Ex-IRA her), beim Fünften Jährlichen Freizeitboote-Aktionärs-Tanzvergnügen in der Spudorgan Inn, damals im Jahre '00, vor drei oder vier oder hundert Jahren. Sie war auf Einladung von Mr. Akmar hingegangen, so einem öligen Kameltreiber (tut mir leid, aber naja), den sie in ihrer Eigenschaft als Assistenzverwaltungsdemoassistentin bei der Gutta-Percha-Sportboote GmbH Weltzentrale in Scarborough kennengelernt hatte, dann wurde sie nach Irland versetzt, als Gutta-Percha eine Filiale mit Testzentrum in Killoyle eröffnete, dessen friedliche gälisch-normannische Hafengewässer Gutta-Perchas zerbrechlichen Gefährten eher zuträglich waren als die kabbeligen Wellen, die von der wikingermäßig üblen Laune der Nordsee hochgepeitscht wurden. Damals jedenfalls, wie sie dem schweratmenden (gewürznelken- und tabak-aromatisierten) Mr. Akmar, dem der Sinn nach Grabbeln und Fummeln stand (»Ich weiß! Nur mal eben ganz kurz den Schlüpfer runter, nur ein Minütchen lang, ja? Nur mir zuliebe, okay? Ja? Was ist denn jetzt wieder, haben Sie Vorurteile?«), hatte erklären müssen, tröstete sie sich gerade über eine Enttäuschung mit Joël Bourgeois hinweg, dem Champion in der Zigarettenboot-Klasse (Riviera Wasserderby '99; Auckland Mondiales '01; Killoyler Hafenrundfahrt '02) …, und wie *der* sie genasführt hatte, mein lieber Mann, mit seinem zähnezeigenden Lachen und den muskulösen Titten nebst Hals, eichenholzgebräunt wie die Möbel in Onkel »Bill«s vorderem Salon. O ja, und war es nicht alles Lautenmusik und honigsüße Worte, den einen oder anderen Ricard über und den einen oder anderen Quetscher unter dem Tisch gar nicht zu erwähnen, ausgesprochen exotisch für ein Mädel von den Dales, wo er ihr noch dazu den Eindruck von swingendem Junggesellentum mit allem Drum und Dran vermittelte, na, es war schon toll und alles –, bis zu jenem schlimmen Tag, an dem sie beschloß, ihn mal zu besuchen, der dreißigste Mai, als würde sie das je vergessen: Sie ging los, fand die Adresse auf dem Stadtplan, nahm den Bus, fuhr neun Haltestellen weit, fand das betreffende Haus, walzte froh seinen Gartenpfad hinauf (oder hinunter), erwartete, daß die Romantik still hinter den Rhododendren hervortrat, und wurde stattdessen aus jener Richtung von einem brüllenden Dalmatiner, zwei pickligen Heranwachsenden mit Wasserpistolen und einer Französin angefallen, die eine Nudelrolle schwang, was als Ensemble wirkte wie aus einem alten *Beano*-Comic. Indem sie die Geräusche höchster Emotion ausstieß, die jeweils Geschlecht und Spezies entsprach – Geschrei, Gekreisch, Gebell –, verfolgte sie die bunte Bande den Pfad hinauf und herab, ums Haus herum, auf die Straße und wieder zurück, bis schließlich, ramponiert, mit blauen Flecken, dicker Lippe und in die Augen schießenden Tränen, die arme Shirl Wurfgeschosse visueller Rage auf den Franzmann, den Wichser, abfeuerte, als er endlich, die Hände in den Taschen und die Titten hinter den trikolorierten Hosenträgern verschnürt, die er zu offiziellen Anlässen im Büro anzulegen pflegte, herauskam, um dumm auf der obersten Stufe herumzustehen. Dann, und die Stirn muß erstmal einer haben! Dann sagte er, indem er sie sinnentleert ansah, als wäre sie etwas oder jemand, was oder den der Briefträger gerade aus Versehen hatte fallen lassen: »'aben Sie den Swenson-Bericht mitgebracht, Miss äh Miss äh Potage –, ich meine Soup? Ah, meine Familie 'aben Sie ja bereits kennengelernt.«

Na, das reichte für ihn und alle. Was sollte sie tun, wo der Hund ihr immer in die Waden biß und die beiden Rangen ihre Wasserpistolen auf sie ausleerten und dabei etwas wie »Chilly billy bum aha, ha, ha« (oder »à la, à la«) skandierten und das wahnsinnige französische Frauchen mit ihrer marmornen Nudelrolle auf Shirls Banatzel zielte, wobei sie gallisch *sotto voce* Verwünschungen knurrte, das Ganze wie eine mindere, viel zu groteske Folge von *Privatdetektiv Nash Rambler* oder den Keystone Kops ...? Shirley schüttelte nur den Kopf, sprachlos vor Wut und Zurückweisung und tausend *Neins*. Bourgeois hätte immer noch alles klarstellen können, aber er schrumpfte mit seinen Aufgaben, und wie, markierte Irritation, spannte die Brustmuskeln und bellte (kaum hörbar, mit dem Hunde wetteifernd): »Gut, Miss Soap, hich muß Sie leider bitten, nochmal hins Büro zu gehen und hihn für mich zu 'olen.«

»Kannze vergessen ey«, rief sie, wobei sie auf dialektgeprägte Sprechmuster zurückgriff. »So ein Scheiß aber auch. Verpiß dich bloß ey.« Sie wandte sich zum Gehen, gnadenlos vom Hund bedrängt, der inzwischen unschlüssig war, ob er angreifen oder spielen (oder beides, nach Art der Dalamatiner) wollte; die Buben trugen weiter ihren Angriff vor und spritzten machtvoll, aber Madame von der gerollten Nudel nahm endlich Abstand, wurde sie doch Opfer eines Anfalls von Pfeifkeuchen, von reichen, rollenden Hustern tieferen Ursprungs gefolgt, die der armen Shirl kurze Hoffnung und eine Gelegenheit zum Entwischen boten. (Tatsächlich kam sechs Monate später die Nachricht, daß Mme. Bourgeois der

Lungenentzündung zum Opfer gefallen war, die sie sich in den seichten Watebecken von Tahiti zugezogen hatte, während sie auf die Rückkehr ihres Joëls wartete, der beim Katamaran der Damen Papeete gegen Pago-Pago als Schiedsrichter fungierte. Shirley ließ die Nachricht weitgehend kalt.)

Nun, danach brauchte sie nicht mehr lang. Sie wurde erwachsen, verhärtete sich, verlor ihre Illusionen. Jetzt war sie kein heuriger Hase mehr, sie nicht, o nein. Die Neue Shirley machte keine Gefangenen. Nichts zu wollen. Übrigens wurde man auch nicht Assistenzvorsteherin des Büros des assistierenden Vizeassistenten, der der designierte Vizevorsitzende war, indem man für Mann, Frau oder etwas dazwischen so einfach auszutricksen gewesen wäre ..., naja, mit Ausnahme eines grotesken Schlucks Wasser namens Ferdia Quain und jener unvergeßlichen (egal, wie sehr sie es versuchte) Nacht der Freizeitboote-Party eine Woche später, als alles an ihr noch vom Bourgeois-Fiasko kribbelte und schmerzte und sie zu tiefen Seufzern von tragischer Wucht neigte ...

»Brauchen einen Drink, was?«

Wurden je romantischere oder auch nur treffendere Worte als Auftakt der Erfüllung des erotischen und emotionalen Traums einer Frau gesprochen? Dann schwamm sein Gesicht in ihr Blickfeld wie eine Muräne, die aus ihrer Höhle auftauchte, aber der Schock wurde durch die trübe Beleuchtung gemildert. Der ganze Laden war angeordnet wie in einem Diorama an der Küste von Cornwall, welches die seeräuberischen 1870er darstellen sollte, komplett mit Ölfunzeln, Shanties vom Band, Pseudo-Piraten, Takelage und falschen Horizonten, Papageien mit argwöhnischen Augen, so daß Ferdias spitze Nase und starres Geglotze nicht aussahen, als wären sie aufs Geratewohl zusammengeschmissen worden (im Gegensatz zu heutzutage, besonders morgens), z.B. von so einem Schreckensheini wie Picasso – der ohne guten Grund beschloß, daß Menschen besser aussehen, wenn man sie abmalt, wie sie gerade in Stücke fallen –, sondern von jemand viel Normalerem, wie von einem dieser stillen Landschaftsfuzzys, die sie letztes Jahr in der Ausstellung von der Scunthorpe Art Gallery gesehen hatte, Lowry oder Gourmet oder Carrot, oder von einem dieser eher alltäglichen Franzmänner mit Bildern von Ochsenkarren und Teichen und Sonnenaufgang und betenden Landleuten wie dieser gute alte waschechte englische Maler Sergeant Constable mit seinen Heuwagen und matschigen Bauernhöfen und Scheunen gegen riesige Wolkenbänke aus bläulicher Schlempe ... Kurz: ein Typ, der seine Worte zu setzen verstand.

»Brauchen einen Drink, was?«

»Babycham?«

»Warum Babycham?«

»Warum nicht?«

»Gute Antwort. Sie sind im Geschäft.«

Plus: er sprach von IHR. Nicht von sich. Keine Doofi-Kommentare wie »Ich habe eine tolle Karre« oder »Ich hab den Spewdoggle-Etat an Land gezogen, drüben bei Metcalfe« oder »'79 hab ich für Irland (oder England) gespielt, hab's immer noch am Knie« oder »Ich hab eine echt tolle Karre, wollen Sie sie mal sehen?« oder »Sie sind genau meine Kragenweite, wußten Sie das?«, sondern »Woher sind Sie in England?« und »Gefällt es Ihnen hier?« und »Schon mal Colcannon probiert?« Na gut, es ging nicht schwer aufs Hirn, er war kein Magnus Magnusson, soviel war schon mal sicher; aber er war nett, und sie brauchte Nettigkeit von einem Mann. Wie Lord Rutland de James in Dame Barbara Yelland-Spencers Roman *Mond des Kavaliers* war Ferdia »neugierig, aber nicht wißbegierig; beflissen, aber nicht unterwürfig; fest, aber nicht fordernd«. Er war der Heini, den Shirley suchte, ohne es auch nur zu wissen.

»Sie sind in der IRA?« hatte sie, als Scherz, nach etwa vier Gläsern gefragt, nachdem ihr der Smalltalk so ziemlich ausgegangen war, sie sich jedoch vom Pseudo-Nautischen (ein Long John Silver zwinkerte ihr vom anderen Ende des Saales mit seinem gesunden Auge zu) und schleichend Irischen des Hotels überspült fühlte. Gegen halb zehn waren die Shanties den Little McCrackens gewichen, die in der Jukebox dudelten und knallten, und natürlich erwachten, da wir uns hier in Irland befanden, überall irische Akzente, sogar unter falschen Piratenhüten; und die gesamte Atmosphäre wechselte von Schatzinsel-Kitsch zu etwas, was etwa so verdammt irisch war wie der St. Patrick's Day in einer Kneipe in South Shields (nahe Newcastle-upon-Tyne), einschließlich Shillelaghs und Shamrocks und überstürzten Sprints zum Klo, mit der Hand auf dem Maul ..., kurz: eine natürliche Atmosphäre, um die IRA zu erwähnen, daher ihre Frage.

Seine Antwort erstaunte sie und brachte sie beide auf ihren seltsamen gemeinsamen Lebensweg.

»Nicht mehr«, sagte er in allem Ernst über dem Rand seiner *pint* (Stout, klar, aber erst sein drittes). Womit er natürlich meinte, daß er tatsächlich einer von DENEN gewesen war. *Gottchen.* Nun, welche Antwort sie auch von ihm erwartet haben mochte –, diese war es nicht gewesen. IRA? Wie entsetzlich! Sie fand, sie mußte los. Aber irgendwie – unfaßlich, wie die Liebe war – war seine frühere IRA-Mitgliedschaft die geheime Formel für Vernarrtheit, an jenem Ort und zu jenem Zeitpunkt.

»Manno«, sagte sie.

Als er sich standfest erhob, um sich eine vierte *pint* und ihr einen fünften Babycham von der mit Schultergurten verzierten Bar zu holen, verfiel sie ihm mit aller Not und Verzweiflung, zu der sie fähig war, als reagiere sie auf irgendeiner verborgenen Ebene von Gleich zu Gleich, er ihr Donkey Schott und sie seine Dull-Zieh-Näher. Als ihr Los am schwersten, war ein Krieger/Held gekommen, um sie romantisch sanft zu trösten. Und trösten tat er sie, noch in der nämlichen Nacht, mit gebogenem Rückgrat und geschlossenen Augen und mit Zähnen, zwischen denen seine Zunge lümmelte, dem Himmel entblößt.

»O nein«, schluchzte Shirl, in ein Badetuch gewickelt, ihr Abbild im beschlagenen Spiegel suchend. »Was habe ich getan. So übel ist er doch gar nicht, mit seinen ollen Vitaminen und so.«

Nö, versicherte sie dem nur-allzu-vertrauten, an-den-Rändern-teigigen-aber-auf-babyspeckige-Weise-immer-noch-hübschen-Gesicht (ihrem), das sich mählich in den expandierenden Flecken von Klarheit inmitten des Spiegeldunstes manifestierte wie ein Clurichaun in den tiefen Bergseen der Wicklow Hills: sie wollte ihn später anrufen.

»Ihn später anrufen«, ermahnte sie das Gesicht, welches stumm zurückmahnte. »Aber nicht vergessen.«

Zeit nun, sich anzuschirren für des Tages Dingsbums in der straffen Stumpfheit des Bürokubikels mit Blick nach Süden (nett; Strand; Meer; manchmal bis Wales) bei ihrem Arbeitgeber, der Maher Global Worldwide International Estate Agentur GmbH (Stammsitz). Das Gebäude war Killoyles bisher einziger versuchter Wolkenkratzer, und so tief, wie die Wolken hier im März hingen, machte er mit immerhin vierzehn Stockwerken seine Sache an guten Tagen recht ordentlich. Greek Tower wurde er zu Ehren seines Urhebers, Tom »Der Grieche« Mahers, genannt, des Immobilien-Taikuns, Tatmenschen und irischen Bühnenknödlers schlechthin. Als ihm das Bürgerkomitee zur Erhaltung und Bewahrung milde Vorwürfe machte, weil er einen gottverdammten Riesenwolkenkratzer in ein Stadtviertel voller georgianisch-viktorianischer Reihenhäuser geballert hatte, war die Erwiderung des Griechen zunächst voll der Kleinen Leute aus der Anderswelt und der kleinen braunen Tonkrüge und der Tänze mit Shillelaghs am Kreuzweg zur Mitternacht im Mondenschein; doch bald schlug seine Stimmung um, und er beschwor den Geist der Verwünschung herauf, etwa so: »Verpißt euch bloß ihr Tölpel wenn ihr nicht aufpaßt reiße ich euch eure beschissenen Pseudo-Tudor-Schuppen mit bloßen Händen ein aber ja.« So schoß sein Prachtbau in die Höh, finanziert durch gestohlene Spenden und Hungerlöhne, zu denen er die Zwingbaren zwang, und die Erträge aus einem großen Placken überbauten Geländes in Süditalien, dem berüchtigten »Vesuvio«-Komplex bei Neapel, direkt neben dem Krater des Vesuvs hochgezogen (»Eine Aussicht, heiß wie Magma«, versprach der Prospekt).

In weniger als acht Monaten fertiggestellt, ohne daß auch nur ein einziger Gedanke an Bauauflagen verschwendet worden wäre, konnte man den Greek Tower noch bis von The Belfers aus erspähen, besonders nachts, wenn er vor lauter Stromverschwendung glitzerte.

Trotzdem mochte Shirley ihren Job, soweit man Jobs mögen kann –, oder vielmehr mochte sie das, was sie aus ihm gemacht hatte, nachdem sie als demütige Freie Gutachterin angefangen und sich in den letzten beiden Jahren zur Stellvertretenden Demogeschäftsführerin und Demogeschäftsführerin (Irland) und schließlich zur Stellvertretenden Abteilungsleiterin für In- und Ausländische Etats (im Büro des Stellvertretenden Vizepräsidenten) hochgearbeitet hatte. Es war, wollen wir nicht vergessen, eine echte Büro-Kiste, es wurde also erwartet, daß sie um 8 da war und bis 5 oder 6 blieb und Geschäftskleidung trug und auf Cocktailpartys ging und mit zu Besuch weilenden ausländischen Immobilienmaklern flirtete und allgemein so fade flott und übereifrig war wie jeder im Heer der bürodressierten Drohnen weltweit von Boston bis Bangalore und darüberhinaus, jener glücklosen Seelen, von den Notwendigkeiten ihres täglichen Überlebens (oder, Gott steh uns bei, ihres Ehrgeizes) im Seelenkollektivismus eines Firmenlebens eingekerkert, der Hitler, Stalin und Dschingis Khan mehr verdankt als jeglicher Form von Demokratie.[41)] Shirley, z. B., fand, daß jeder Ausdruck ihrer

41) Voll und ganz Ihrer Meinung, mein Sohn. Die Freiheit endet vor den Firmentoren, wohl wahr. Warten Sie, bis ich's Ihnen erzähle. Vor Jahren arbeitete ich als Assistenznadelarbeitsdesignassistenzverwaltungsassistent bei der Firma Yeats's Needles GmbH in NewtonmarketwherethatnastyhalfblindoldbishopnamedSidusedtobeatpeopleovertheirheadswithagreatbigbleedingbrasscross (kurz Newcross) auf der anderen Seite von Süd-Crumstown. Also, ich hatte es mir zur Gewohnheit gemacht, jeden Morgen überpünktlich zu erscheinen, so gegen halb acht, sagen wir mal, um in einem kleinen privaten Raum zu thronen und dort Erleichterung von Untergedärmsdruck zu suchen und gleichzeitig die Rennseiten des morgendlichen *Dependent* als Vorbereitung auf den pünktlichen Beginn der täglichen Ödnis um Punkt acht zu studieren.

Persönlichkeit gegen strenge Beschränkungen verstieß, sogar in einem so kleinen und grotesken Universum wie der Maher Global International Worldwide GmbH, welche aus Dem Griechen, seiner Frau, ihren Vettern, den Kindern der Vettern, da die Mahers selbst kinderlos waren (es ging das Gerücht, der mannhafte Tom sei so impotent wie das Innere eines Krötenvorderbeins), Mrs. Mahers jüngerem Bruder Seamus und dessen Sohn Liam bestand, wozu noch etwa ein Dutzend Außenseiter kamen, einschließlich Shirl und einem etwas schleimigen, aber (für sie) faszinierenden Ami-Import namens

Nun, eines Morgens saß ich dort, nicht später als zehn Minuten vor dem vereinbarten Anfang der Knechtschaft, tat, was man unter den entsprechenden Umständen so tut, und gewahrte langsam eine Bewegung in der oberen linken Ecke meines Gesichtsfeldes (zu dem Zeitpunkt durch die Ablenkung umwölkt, welche die Lektüre über die Aktivitäten eines gewissen Mexican Hat Dance um 14:30 Uhr am Vortag in Punchestown darstellte, eines Gauls, auf den ich einen Fünfer gesetzt hatte, so gut wie fast die Hälfte meiner Lebensersparnisse; unnötig, vielleicht, zu sagen, daß das Tier als vorletztes hereingetapert kam). Ich blickte auf und herum, und als ich so blickte, erschien über der halben Wand meiner Klause eine Männerhand, die Stoppuhr oder Chronometer oder sonstiges Zeitmeßgerät hielt, während im Hintergrund, gegen das Ticken der Uhr immer hörbarer, der Kommentar eines Wettberaters etwa so erklang: »Dreißig-vierzig-fünfzig fast geschafft und vier Minuten! Vier zehn-zwanzig«, usw. »Wer ist da, Scheiße nochmal?« brüllte ich, in meinem Zorn über den bloßen Assistenzassistenzverwaltungsassistenten hinauswechsend. »Selber Scheiße, Junior«, kam die Erwiderung mit der Stentorstimme von Aongus Olmucach, dem Abteilungsleiter für Zeit-und-Bewegung. »Noch zwanzig Sekunden da drin, und du bist deinen Job los, Bürschchen. Wie du genau weißt, sind Angestellte unter der Assistenzchef-Ebene zu zwei Minuten am Morgen, zwei am Nachmittag und zusätzlichen dreißig Sekunden an Freitagen berechtigt.« Meine Antwort war in einem Vibrato angelegt, so lang und so laut und fundamental, wie ich nur konnte, als träte man auf ein aufgeblasenes Hundespielzeug, etwa, und träte es vollends mit dem Stiefelabsatz tot. »Gut«, sagte Aongus, »das reicht. Sei in genau fünf Minuten in meinem Büro.« Nun, das war ich, aber nur, um meine Kündigung einzureichen und beredt (wenn ich das so charakterisieren darf) meine Meinung über Burschen zu äußern, die sich auf Latrinen herumdrücken und andere

Lance; doch sogar bei einer Klitsche wie Maher war die Eine Wahrheit das, was der Firma nutzte, und alles, was andeutungsweise von Shirleys eingeborenem warmherzigen und humorvollen gesunden Yorkshire-Menschenverstand durch die Rüstung des Firmenlebens sickern mochte, wurde sogleich zerquetscht, wie der breitrüßlige Bürstenkäfer unter den tobenden Gummistiefeln eines zu gewissenhaften Gärtners.[42)]

* * * * *

Burschen beim großen Geschäft timen. Bald wurden Schläge ausgetauscht, aber ich behielt in Nullkommanix die Oberhand, weil ich schließlich jünger war, während ich mit der anderen Hand meinen Scheck schnappte und mich dünnemachte, wobei Aongus Olmucachs grobe Beleidigungen mir in den immer weiter entfernten Ohren klangen. Ich habe ihn nie wiedergesehen, hörte aber, er sei von einer Klippe gefallen, während er jemanden jagte, wahrscheinlich eine andere arme Sau, die ihre Zeit auf dem Klo überzogen hatte. Weg mit Schaden, wenn sie mich fragen. Wie arbeitet sich's denn hier so in der Kneipe, Terence, altes Haus? Ziemliche Sklaventreiber, was? Übrigens, wo Sie gerade dabei sind, schenken Sie mir doch bitte einen von diesen Cognacs ein, ja? Den Napoléon, ja, genau. Ich möchte kein Weinbranderzeugnis von einer Firma, die nicht dabei war, als es galt, den Angelsachsen zu zeigen, was eine Harke ist, vielen Dank.

42) Und was Bescheidenheit betrifft – eine Variante des ironischen Tenors der Zeit, die dem Menschen bis zu einem gewissen Grade (wie alles andere auch) schmeichelt, der sich bescheiden äußert –, so ist sie in einem Büro Selbstmord, was Ihnen jeder Firmensklave bei einem Getränk bestätigen wird, wenn keine Mikrofone in der Nähe sind. Im Büroleben kommt es nur aufs Aufplustern an, weshalb Selbstverunglimpfung sofort geahndet, als Schwäche ausgebeutet und als »negatives Denken« gemieden wird. Alle leichtfertigen Anspielungen auf eigene Mängel als Teil des Pakets, aus welchem das Allzumenschliche geschnürt sei, werden ganz wörtlich und ernstgenommen, um die Klinge des Vollstreckers umso besser zu wetzen, wenn die Zeit gekommen ist und Jene zuschlagen, die glauben, ihre Mission bestehe darin, alle Menschlichen Impulse zum Höheren Wohl der Kollektivität hin zu kanalisieren, oder zur Firma als Gott hin, hic. Amen, Terence. Sie können mir nachschenken, wann immer Sie sich bemüßigt fühlen, äh.

Der Tag nach dem St. Patrick's Day war in ganz Killoyle und Umgebung als »Der Tag nach dem St. Patrick's Day« bekannt. Einst allgemein als Katertag im grüngüldnen Goldenen Zeitalter vor dem umfassenden Wohlstand, der erweiterten Langlebigkeit und verbesserten Gesundheit samt mit dieser einhergehenden erhöhten Hypochondrie, die inzwischen den Status des nationalen Zeitvertreibs[43)] erreicht hatte, akzeptiert, war er lange als fast ebenso gute Entschuldigung dafür

43) Nun, ich sehe es so, wie sie immer im Fernseh sagen. Neureiche Iren, die etwas brauchen, worum sie sich Sorgen machen können, da sie nicht mehr vom ewigen Husten/Speien und Brustkorbgerassel und den Grogblüten ihrer Väter heimgesucht werden (ach, das waren noch Zeiten), wandten sich nach innen und schlugen den Weg der Amis ein wie alle anderen auch, versuchten es mit einem vollkommen gesunden Leben endlosen Joggens und Bumsens, bitte um Entschuldigung, ad infischeißenochmalnitum, und alle sehen sie aus wie diese menschlichen Schaufensterpuppen in Unterwäsche, wie wir sie aus *Star Trap* oder *Space Walkabout* oder sonst einem Amidrama in der Glotze kennen. Ich meine, »Wet« Wessons Regierung hat letztes Jahr damit angefangen, als sie das Pfeiferauchen in Kneipen verboten hat, dann in privaten Wohnanlagen mit weniger als 52 Zimmern, dann am Straßenrand, dann überhaupt, unter Androhung lebenslänglicher Haftstrafen, wodurch (und das ist nur meine Meinung, nicht das gottverdammte Evangelium) alle Zeichen des Nationalcharakters getilgt und die wenigen überlebenden Pookas in Lebensgefahr gebracht wurden. Die Lullen wurden natürlich letzten Monat von Küste zu Küste illegalisiert, so daß es zu dem gigantischen Smoke-in vor dem Aras an Uachtaráin kam, bei dem 12 verletzt wurden, davon 11 schwer, einschließlich 3 Verbrennungen dritten Grades, und der letzte Demo-Raucher verstauchte sich den Daumen, als er versuchte, einem Polizisten die Mütze zu klauen, während er sich gleichzeitig von Sgt. Lynch Feuer geben ließ, der blöde Hund. »Wet« verstand die Botschaft und erschien auf dem großen Balkon, wobei er eine Zigarre rauchte. »Zigarren für alle«, röhrte er, »außer in Kneipen, Restaurants, Massagesalons, Zelten, öffentlichen Toiletten, Garagen, auf Heuböden, in Cybercafés, den Busaras und in der Töpferkate in meinem Hintergarten. Na, vielleicht nicht in der Töpferkate, aber sagen Sie das nicht meiner Frau«, fügte er hinzu, mit einem Zwinkern, ungesehen und ungehört, da die Menge längst um das Haus herumgegangen war, um hinten eine zu rauchen.

angesehen worden, daß man sich ein wenig schonte oder zumindest »Nö Gott segne dich das nehmen wir morgen in Angriff« sagte.

Und tatsächlich hatten hier und da im Ozean von Irlands neuer Selbstverleugnung winzige Inselchen des alten Schlendrians überlebt.

»Nö Gott segne Sie das nehmen wir morgen in Angriff«, sagte O'Reilly von der Firma O'Reilly Verdrahtungen und Elektrobedarf.

»Ja?« knurrte Ferdia. »Wann?«

»Morgen«, sagte O'Reilly, der Hauch eines Mannes, mit zirkumflexgespitzten (ˆˆ) Augenbrauen, die ihm den Ausdruck eines zweifelnden Heiligen gaben, obwohl er das genaue Gegenteil war. Passenderweise hieß er Thomas.

»Sie haben sie doch nicht mehr alle. Wenigstens ein Fußballstadion.«

»Zehn Tage. Nein, zwölf. Oder einen. Oder vielleicht zwei. Ich wer Ihnen was sagen: so um die drei herum. Aber das ist bereits der äußerste Rand.« Noch weiter ließ sich der Ire alter Schule nicht herbei.

»Gut. Sie sind im Geschäft.«

Ferdia verließ ihn, pfeifend, den sengenden Blick nicht ahnend, den der scheinbar harmlose O'Reilly (»Hau bloß ab, du Scheißer«, murrte letzterer) auf seine Schulterblätter abfeuerte, in seiner Poetenseele erleichtert, dem trüben Ort mit seiner flackernden fluoreszierenden Beleuchtung und seinen knatschigen Fußböden und seinem Ruß-und-Staub-auf-Aktenschränken-Geruch und seinen alternden Reklamen für langweilige Dinge wie Transformatoren und Wechselstromgeneratoren und seinen stöhnenden Schubladen ohne echten Passer, die von elektrischen Schnüren und Glühbirnen und Schmetterlingsschraubzwingen und Bolzen und einer Unendlichkeit an Drähten und Steckern und kleinen stumpfmetallischen Armaturen und Haken und Ösen und sowas überquollen, zu entrinnen. Wohl wahr, es war ein deprimierender Ort, an welchem ein sensibler Mensch die Vorteile des

Selbstmords bedenken mochte. Aber in all seiner Schmuddeligkeit ging es O'Reillys Werkstatt gut, doch, konnte man sagen. Und O'Reilly gab Ferdia immer einen 2%igen Rabatt auf alles, wegen früher, wo andere zehn Prozent gegeben hätten.

»Sie wollen einen Weinladen aufmachen?« hatte er ausgerufen, als in Killoyles Bierkneipen und Grogschenken noch von einem jüngst aus allen Ämtern geschiedenen Ex-IRA-Archivar gelärmt worden war. »Denken Sie mal über bewegliche Leuchten nach, Ferdia, mein alter Sohn. Gibt nichts, was einem Laden mehr Klasse verleiht, und wenn ich Sie bedenke, wird Ihr Laden mehr Klasse brauchen als die meisten.«

»Arrah«, erwiderte Ferd, wie einer der überfütterten Löwen im Zoo von Dublin. »Arrrh.« Klar fand er das eine tolle Idee, und seither war der Wein-und-Käseladen seiner Träume in die sanfte Aura von beweglichen Leuchten getaucht, das Ganze gegen den schlafliedhaften Soundtrack von Kornetten und Harfen und seiner eigenen Stimme abgesetzt, wie sie, zum seidigen Gemurmel moduliert, immer wieder die Wörter »Darf ich Ihnen helfen, Madame?« äußerten, eine angenehme Phantasie, die von der ewigen Stimme Des Großen Geldgenörgels vergiftet wurde, welche *Aber du hast kein Geld, mein Sohn, Geld, Geld, Geld* kreischte wie eine entsetzliche aufgedonnerte Hure am Grand Canal links hinter der Bühne ...

Na gut, na schön, er *brauchte* mehr Geld, so viel war sicher. Kleine Beiträge von Fans der Einen und Unteilbaren Republik hatten bereits weniges bezahlt: ein paar Sitzgruppen, die Fenster, das eine oder andere Türschloß, aber es mußte ein ganzer Laden aufgebaut werden, einschließlich Abzüge, Abflüsse, Rolli-Rampen, Telefonzellchen, Leitern und Kameras zur Überwachung von Ladendieben, sowie Türrahmen aus Stahl; und es mußte noch sehr viel mehr Kohle aufgetrieben werden, und Ferdia wußte nicht, wie, da er mit Kohle noch nie sehr gut gewesen war, geschweige im Auftreiben und Mehren derselben, wie Shirley, nebst anderen, ihm eilfertig bescheinigen würde ..., weshalb er hoffte, auf seine närrische Weise, ganz der IRA-Poet, der er war, daß die Vereinbarung mit O'Reilly unter Dach und Fach war – Geld hin, Geld her –, was sie natürlich nicht war und nie sein würde, denn O'Reilly war ein ziemlicher Hecht, wenn es ums Geschäftliche ging, und außerdem Ferdias geschworener Feind, seit beide sechs waren, und wie hatte er sich überhaupt gegen die japanische Konkurrenz behauptet?

Aber Ferdia träumte weiter. Sobald die vermischten Strahler angebracht waren, sann er, würde O'Reilly wie ein Zauberkünstler den ganzen Laden mit dem goldenen Glanz von beweglichen Leuchten ausstatten, um die innere (junge) Liz Taylor in den rougegeschminkten Zügen jener alten Tante, den innewohnenden (jugendlichen) Gary Cooper in den kollabierten Gesichtern unserer alten Herren herauszukitzeln.

Und *au fond* das honigsüße Schnurren: »Darf ich Ihnen helfen, Madam (oder ›Madame‹)?«

Aber der Einbau würde nicht am 17. stattfinden, noch an seinem direkten Nachfahren, dem 18., noch an irgendeinem der darauffolgenden Tage. Und Gott Selbst war alleiniger Besitzer des Wissens, ob das ganze Wein-und-Käse-Geschäft je zur Vollendung gelangen würde oder nicht, und ob das nötige Kleingeld je zu beschaffen war.

Und so ging es in Irland, wie es einst gewesen war, zu.

Und die Quains und O'Reillys entstammten dem alten Irland. Zwar stimmte es, daß die Buben in der Connemara Road Nachbarn gewesen waren und gemeinsame Kämpfer in auf dem Spielplatz nachgestellten Szenen der nordirischen Unruhen; und ferner stimmte es auch, daß der junge Ferdia Quain und seine McCool-Vettern Fergus und Finn und der ebenso junge Tom O'Reilly gleichfalls die Loreto-Klosterschule und die Collins-Gesamtschule durchlaufen hatten, Ferdia und die McCools mit dem bekannten Resultat, für Thomas jedoch weit behaglicher, da er nicht viel zu tun brauchte, nur herumlungern und warten, bis der Alte den Löffel abgab. Dies geschah auf den Tag genau vor zwei Jahren draußen quer über der Buchsbaumhecke kurz vor dem Abendessen als direktes Ergebnis eines Wutanfalls, angesichts des Führers derjenigen politischen Partei, die der »Zuerst kommt Irland!«-Philosophie des alten Burschen am diametralsten zuwider war, im Fernsehen. Das Ergebnis für Tom (der keine Brüder hatte, und dessen Schwestern Nan und Sinead etwa so interessiert an der Leitung einer Elektrofirma waren wie ein moslemischer Geistlicher aus, sagen wir, dem Iran an der Geschichte des irischen Whiskeybrennereiwesens)[44] war, daß er von

44) Moslemischer Geistlicher, was? Ich will mich lieber gar nicht erst hineinsteigern. Wofür würde sich denn so ein knochentrockener alter Irrer überhaupt interessieren, außer kleine Jungs in den Arsch ficken und laut mit hoher Quäkstimme in den Stellen des Koran, lesen, in denen es heißt, man soll losgehen und alle umbringen, die man nicht leiden kann? Für Sie? Für mich? Dieses Getränk ist übrigens fast leer, Terence, wenn Sie eine Minute erübrigen können, vielleicht einen Doppelten? Die Zeichentrickfilmprojekte in den Disney-Studios? Mann, ich könnte immer so fortfahren ..., und das werde ich auch, solang Sie einen ausgeben. Augenblick, ich hab hier irgendwo eine Liste. Ah, *hier* ist sie ja, wie Poirot zu sagen pflegte (oder hat er »hier *ist* sie ja« gesagt ...?). Und was für eine Liste! Bereit? Also gut. Die neueste CD des berühmten Jazzers »Knoxville Doc« Witherspoon? Das Paarungsverhalten der Sandfliege? Den Kampf auf Leben und Tod zwischen dem *Chez Pistou* von Jacques Rivière und *L'Auberge du Chien Volant* von Emile Landru um den begehrten dritten Stern des Guide Machintruc? Die Wahrscheinlichkeit, daß Heinrich von Simplicissimus nächster Chefdirigent der Oswego-Philharmoniker wird? Das Herbstlaub in den Slowenischen Voralpen? Die Textur eines Schokoladentrüffelkuchens der Chocolatiers Mondrago in Lausanne? Die Lyrik von Alphonse Daudet? Zucht und Abrichtung von Beagles? Kühle Brisen auf dem Highway an der Pazifikküste im Frühsommer? Das Nordlicht? Barocke Kammermusik? Den World Cup? Die Märchen von Hans Christian Andersen? Die Struktur und Entwicklung der Sonette von Petrarca? Das neueste Manhattan-Melodram von Allan Woodman? Das Kopfkissenbuch von Sei Shonagon? Čechov? Isambard Kingdom Brunel; sein Leben, seine Lieben (3; seine Frau und zwei Schiffe)? Die Flugschau in Farnborough (naja, wäre immerhin möglich, wenn man das Fernlenkraketenpotential des durchschnittlichen Jets bedenkt)? Die Architektur von Gaudí? Die Elenantilope im *veldt*? Benjamin Franklins Witz und Weisheit? Die Soufflés von Mutter Jeanne? Heilungsmöglichkeiten für Aids? Den Fessenheimer Altar? Himbeermarmelade? Thomas von

einem Tag auf den anderen in erprobter irischer Her-damit-Manier die Firma übernahm und von allem Anfang an schwere Fälle wie die Brüder Horgan in der Buchhaltung und den alten Flannagan, der keinerlei Gelegenheit ausgelassen hatte, den jungen Tom »Jung-Tommy, mein Bürschlein« zu nennen, herumzukommandieren, so daß Flannagan »Boss« zu ihm sagen mußte, was er mit soviel ätzendem Sarkasmus tat, wie er aufbringen konnte (jede Menge), bevor er sich mit Fionnula, seit 43 Jahren seine Frau, in ein Inselversteck auf der Cayman-Kette zurückzog.

Trotzdem führten die O'Reillys, alles in allem, ein gutes Geschäft, obwohl vieles davon über Unterverträge durch eine Kette von Verbindungen zu gewissen offiziell nicht mehr existierenden Organisationen im Norden wieder hereinkam. Die einzige Konkurrenz der O'Reillys vor Ort, Hashimotos Hochspannungsdrähte und -kabel Weltweit GmbH, war durch eine Untervertragsübereinkunft mit Maher Welt-Immobilien dazugestoßen, welche dafür ein schönes, gemütliches Stück Land südlich von Oppama, auf der Insel Kyushu, bekam, auf halbem Wege zwischen Nitsun Automobile GmbH (Stammhaus) und dem dortigen Highland-Single-Malt-Whiskey-Import-Depot (oft von Herrn Yokoyama, einem verzweifelten *salaryman*, anläßlich seines wöchentlichen Gelages überfallen). Hashimoto blieb für alle Vorhaben und Zwecke der angestammte Maher-Geschäftspartner, obwohl er für den kleinsten Auftrag Dolmetscher und visuelle Hilfen brauchte, was alles auf Mahers Kosten aus dem Reich des Chrysanthementhrons eingeflogen, untergebracht und verpflegt werden

Aquin, das Leben des? Die Upanischaden? Die großen Feldzüge des Risorgimento? Matisse, den Revolutionär der Farbe? Seinen Kumpel, Picasso, den namhaften Maler der Menschen-als-Heilbutt-Richtung? Den DART, das neue Fernverkehrssystem, in Gegenwart und Zukunft? Die Artus-Legenden? Die andauernde Debatte über genmanipuliertes Getreide? Die Tierbilder von Sir Edwin Landseer (1802–73)? Rabindranath Tagores Versdrama in bengalischer Volkssprache, *Shyamali* (1933)? Hic?

mußte. Seltsamerweise oder auch nicht seltsamerweise war eine kleine Bombe an dem Tag explodiert, an dem Herr Hashimoto aus Tokio eingeflogen kam; er flog pronto wieder ab und erwog nun ernsthaft einen Umzug in die Slowakei, wo die Steuern niedriger und die Eingeborenen weniger unruhig waren. Entsprechend waren die O'Reillys mit ihrem Treu-und-Glauben-rosa-grauen Teint und dem Akzent von Süd-Munster (merkwürdig gemischt mit Anklängen an tiefstes Belfast, obwohl ein entfernter Vetter 2. Grades aus Ballymena die direkteste Verbindung dorthin war) der große Schlager bei den örtlichen Wettbesessenen; sie konnten also alles ganz lässig angehen und hatten Verästelungen in republikanischen Gassen. O'Reillys kleine blaue Lieferwagen waren in ganz Killoyle und Umgebung bis North Youghal im Süden und Crumstown West im Osten ein wohlbekannter Anblick. Tatsächlich sauste eben jetzt ein solches himmelfarbenes Gerät an Ferdia vorbei, der mit Windmühlenarmen und gekreuzten Knien den abrupt steilen Abhang der Uphill Street an Goddi's Ex-Disco, Mad Molloy's Spezialausschank für Bier und Schwarzgebrannten und der Firma Heartland Autos vorbei auf dem Weg zu Dickery Dick entlangmanövrierte, Isolationen aller Art.

Es war ein schöner Tag, doch, das war er, und Dank sei Gott dafür arrah.

Bevor Ferdia jedoch seinen Bestimmungsort erreichte, entsprang dem traurigen Vorderhof von Heartland Autos ein Eingriff in sein Leben, der sich als zufällig, aber auf jeden Fall entscheidend erweisen sollte, in Form einer schlurfigen Gestalt, innerhalb der Falten eines wohlgetragenen und -befleckten Regenmantels steckend, die schuldbewußt an einer Zigarette zog und sich umblickte, als habe sie einen Anfall oder Ausbruch nur allzu begründeter Paranoia. Als er Ferdia sah, winkte und rief Donal Duddy (denn ja, er war's):

»Oy!«

Da er hinter, neben oder vor sich keine anderen möglichen Gesprächspartner sehen konnte, überquerte er die Straße, bereit aufzubrausen, aber als er sich Donal weit genug genähert hatte, daß das Gespräch stattfinden konnte, war das friedfertige Begrüßungslächeln in seiner ihm innewohnenden irischen Sirupsüße genug, um instinktiven irischen Argwohn, man würde jetzt gleich lächerlich gemacht und/oder auf den Arm genommen und/oder zusammengeschissen, gar nicht erst aufkommen zu lassen.

»Wie geht's, Gevatter?« sagte Donal.

»Gut.«

»Wie wär's mit einem Auto? Ich hätte da eine ganze Reihe.«

»Nö. Wie wär's mit einer Zigarette?«

»Ja, klar.«

Duddy händigte eine runzlige Imperial Turf Account Ultra-Lite Dual Hyper-Filter aus und ließ dieser Geste die wärmende Geste eines CLiC-geschnickten Feuers folgen. Zu beiden Seiten schlossen sich Inhalationen an, durch Mikrohuster und Änderungen in der Körperhaltung interpunktiert.

»Mal lieber sichergehen, daß niemand von der Antiraucher-Polizei unterwegs ist, wie?«

Sie lachten in harmonischer und gemeinsamer irischer Männlichkeit in sich hinein, Seite an Seite kleine Stoßzähne aus Rauch durch die Nasenlöcher in die feuchte Morgenluft ausstoßend und dabei die gemalten Gesichter der Hungerstreikenden an der Mauer betrachtend.

»Diese arme Sau habe ich gekannt«, sagte Ferdia. Die Zigarette zwischen Daumen und Zeigefinger der Linken gezwickt, deutete er auf das mittlere der drei Gesichter.

»Ja? Welche arme Sau ist das denn?«

»MacPayne. Ich nehme doch an, daß das MacPayne sein soll, oder? Der in der Mitte? Der Blödmann, den sie Socks nannten. Ich kann dir sagen, das war kein Held. Muttersöhnchen, lieber Mann. Noch schlimmer, er stand in Verbindung mit den Protestanten. Weiß ich mit Bestimmtheit. Und eins kann ich dir sagen. Er war selbst einer. Und das ist noch nicht alles. Die haben ihn nämlich verhungern lassen.«

»Die Protestanten?«

»Richtig. Vereinigte Rote Hand der Ulster-Oranier-Armee Loyaler Anti-Katholischer Kein-Papst-weder-hier-noch-da und Waschecht Britischer Protestantischer Geschworener Frei-Presbyterianischer All-Stars, die VRHdUOALAKKPwhndu-WBPGFPAS oder Verhaßt-du-olle-Arschleck-Antikatholen-Kackpartei-wohin-du-weit-und-breit-pißt-geh-fick-Paisley-am-Senkel, wie sie allgemein bekannt ist. Diese Schweinehunde haben alles unterwandert. Besonders einer, Spitzname Tarquin-der-Tyrann, hat sich als einer von uns ausgegeben, während er insgeheim unseren Freund unter dem Vorwand, ihm Spanisch beizubringen, abschöpfte. Die Scheiß-Royal-Ulster-Constabulary-oder-wie-sie-jetzt-heißt merkt natürlich keinen Unterschied, dämliche uninformierte uniformierte Protestanten, die sie allesamt und uniform sind.«

»Herrje, dich kenn ich doch.«

»Echt wahr.«

»Du bist doch dieser Heini. Tut mir leid. Ich meine, du bist doch der Ex-IRA-Typ, der äh Dings war.«

»Jetzt paß bloß auf, Sonnenscheinchen.«

»Nein, aber wirklich.«

»Belassen wir es erstmal dabei. Erzähl mir mal über dich, du Blödi. Wer bist du, so als Anfang.«

»Och«, zuckte Donal die Achseln, als wäre, wer er war, das Folgenloseste überhaupt. »Donal Duddy.«

»Schön, dich kennenzulernen, Donal. Ich bin Ferdia. Also was genau machst du?«

»Och, ich mach da diesen Laden, Ferdia. Langweiliger Job. Aber manchmal passiert auch was. Erst gestern«, fuhr er mit atemloser Dringlichkeit fort, da Donal einer jener Burschen war, die ihren Sorgen eine Stimme geben und ihre tiefinnersten Ängste beschreiben müssen, selbst einem Wildfremden, weil sie verzweifelt hoffen, »na, na, da besteht doch überhaupt kein Grund zur Sorge« zu hören: »Mir hat ein Mädel ein Auto geklaut. Einen roten Tortuga Roadster. Deshalb versuche ich, das Defizit auszugleichen, bevor der Boss was merkt.«

»Geklaut? Wie hat sie das geschafft?«

»Tja, ich hab ihr die Schlüssel gegeben, und dann ist sie abgehauen.«

»Gott, bist du aber ein armer Trottel. Du meinst, du hast sie einfach wegfahren lassen, ohne dir Namen und Adresse geben zu lassen?«

»Ihren Namen habe ich. Terpsichore O'Hanlon. Schwer zu vergessen.«

»Terpsichore? Muse des Tanzes? In einem roten Tortuga? Keine Sorge. Die kann ich aufstöbern. Und ihr was verpassen, damit sie an dich denkt.«

»Och nö, lieber nicht«, sagte Donal.

»Naja, eine Kleinigkeit.«

»Nö. Ich würde die ganze Sache lieber so schnell wie möglich vergessen, nur daß der Boss dann durchdreht. Er weiß es nämlich noch nicht.«

»Überlaß das mir, Sonnenscheinchen. Du kannst mir eines Tages einen Gefallen tun. Wer weiß, vielleicht brauche ich ja mal von jetzt auf gleich ein schnelles Auto. Einen roten Tortuga zum Beispiel.« Eine Idee entstand in Ferdias Hirn –, bzw. war die Saat einer lang ruhenden Idee aufgegangen und stand nun in Blüte, in seinen Jahren als Organisationsmitglied gesät, denn in der IRA waren flotte Schlitten eine verläßliche Bargeldquelle, je flotter, desto besser. Ferdia erinnerte sich besonders lebhaft an einen Vorfall, in den Archiven der Organisation als »Der Vorfall mit dem Merc«[45] bekannt;

45) Warten Sie, bis ich's Ihnen erzähle. Danke, da sage ich nicht nein. Selber prost. Also, es geht um folgendes. Samson »Sam« McAughtry, ein Autohändler in Lurgan, Grafschaft Armagh, dessen Spezialität seltene Cabrios waren, war in Sanderson's Lounge Bar dafür bekannt, daß er allen und jedem eine Runde spendierte, der sich herbeiließ, »Scheiß-IRA!« zu rufen, bevor er eine *pint* auf einen Zug herunterschluckte. Ein solcher, Pete Sanderson, Millionär und Besitzer der Lounge, der, wie aus Kirchenunterlagen hervorging, ein regelmäßiger Besucher der dortigen Vereinigten Freien Presbyterianischen Kirche war – nicht, daß religiöse Bindungen die Entscheidungen des Exekutivrats für Krieg-

und obwohl er den Löwenanteil seiner Zeit als Aktivist eher säuberlich alphabetisierte Bände in Bücherregalen in der Kellerbibliothek des Kommandohauptquartiers ordnete und umordnete, als die tatsächlichen Armalites zu stemmen, hatte er sich nicht in *totaler* Ignoranz sowie im freundlichen Einvernehmen von der Organisation getrennt, und vielleicht konnte man aus dieser alten Verbindung immer noch etwas Honig saugen ..., und was Donal betraf, so sah dieser, welche Richtung es nahm, und frohlockte innerlich. Schließlich konnte man ihn kaum verantwortlich machen, wenn er Byrne sagte, die Jungs hätten die Finger im Spiel.

führung irgend beeinflußt hätten –, rief eines Abends siebzehnmal »Scheiß-IRA!« und, solcherart gestärkt, fühlte er sich dazu hingerissen, ein Angebot für ein äußerst seltenes Mercedes-Titan-Edition-Cabrio »Riviera« zu machen, welches auf Sams Verkaufsfläche aufgetaucht war.

»Ich geb dir fünfzigtausend dafür«, röhrte Petey.

»Sechzig und keinen Penny weniger«, donnerte Sam.

»Fünfundfünfzig«, kam die gebrüllte Antwort.

»Neunundfünfzig und noch eine *pint* obendrauf«, dröhnte die Erwiderung.

»Topp! Scheiß-IRA!«

Usw.

Am nächsten Tag fuhr Petey mit dem Auto davon. Dann änderte sich alles ganz rasch. An jenem gedeckten Montagabend fand Sam McA. nicht nur einen Mann, der sich unter seinem Bett versteckte und mit Kopfhörern Kurzwellenradio hörte, sondern als er zur Hintertür hinaushastete, lief er den Brüdern Frayn über den Weg, den so ziemlich härtesten Burschen, die je die Falls Road entlangstolziert sind. *Ciao, Sam* kicherten die Frayns, wobei alle Beteiligten Schauder nahezu erotischer Befriedigung überliefen. Als jene bewölkte Montagnacht ein noch bewölkterer Dienstagmorgen geworden war, fand Mrs. Moon, Sams Zugehfrau, ihren Arbeitgeber im frisch renovierten pseudo-elisabethanischen Flügel seiner Verkaufsräume an den eigenen Hosenträgern erhängt von den Dachsparren baumelnd vor, und um den Hals hing ihm eine handschriftliche Notiz, welche »WIR WAREN ZU VIELE« besagte. Die gleiche Notiz – oder eine Abschrift derselben – schmückte Petey Sandersons Hals, welcher stocksteif und mausetot

»Okay. Aber dem Mädchen darf nichts zustoßen, Ferdia, sei bitte so lieb.«

Ferdia hob eine fragende – nein, *verhörende* – Braue (die linke).

»Oho«, sagte er und verließ das Klischee, »von dorten weht der Wind, Euer Gnaden?«

Es folgten ein bis zwei aufschlußreiche Augenblicke der Verwirrung. Donal, betroffen von der plötzlichen unerwarteten sprachlichen Schrulle, mit welcher sich ein mannhafter, unflätiger Soldat der Armee des Volkes schwuchtelig in Halskrause und gestreifter Strumpfhose schabrackierte, brachte nur ein Starren bei gleichzeitig klaffendem Munde zustande, welches von Ferdia, der auf lange und breite Erfahrung mit Gaffern und Maulaffenfeilhaltern zurückblicken konnte, als Zeugnis der guten, alten, grundsoliden Idiotie des Einfachen Irischen Volkes mißinterpretiert wurde und deshalb der Übersetzung in Populäridiom bedurfte.

hinter dem Steuerrad des Titan-Cabrios »Riviera« saß, das er gerade erworben hatte, das Gesicht zu einer Fratze des Entsetzens und der Wut verzerrt.

Die Beerdigungen fanden in aller Stille statt.

Was das Auto betraf, so verschwand dies auf ebenso mysteriöse Weise wieder, wie es aufgetaucht war, d. h., es war von der IRA zurückgeklaut und später nach Osten verscherbelt worden, wo einer dieser übertrieben reichen turbantragenden Kretins, die aus dem Boden schießen wie Pilze nach dem Monsun, genug dafür zahlte, daß die gesamten Einsätze in South Armagh und Fermanagh für die nächsten fünf Jahre vorfinanziert waren. Danach war der Autohändler in den Sechs Grafschaften ein seltener Fall, der nicht die unfreiwillige Quelle der Subvention für einen Überfall hier, eine Schießerei dort gewesen wäre, oder sogar für schickere Garderobe der Brigadekommandanten. (Nach dem Vorfall waren die Trinksitzungen in Sanderson's Lounge eine Zeitlang sehr viel gebremster, und Petey jr., der neue Inhaber, verbot alle politischen Gespräche unter Androhung von Lokalverbot »und«, wie er es ausdrückte, »eine Scheißkugel durchs Hirn, und da kann man sich eher drauf verlassen als nicht.«) Ist das meiner? Nein, kann ja gar nicht sein, ist ja Eis drin. Na gut, nur dies eine Mal.

»Bissu in sie verschossen?« sagte er.

»Äh. Tja. Könnte man, glaube ich, so sagen. Du solltest sie mal sehen. Dann wüßtest du, warum.«

»Gut, gut. Ich werf gelegentlich einen Blick drauf.«

Donal hüpfte aufgewühlt auf und ab. Seine aufgebrauchte Zigarette beschrieb einen gemächlichen Looping über seine Schulter. »Du bist aber auch nicht so ganz der typische IRA-Mann, stimmt's?«

»Die Welt eracht' ich öd's Theater, auf dem ich wider Willen nur agier'«, erwiderte Ferdia im Abgehen, *avec superbe.*

»Jesus, schon wieder einer«, murrte Donal, der sich als den einzigen normalen Menschen in einer Wildnis von Irren und ausgemachten Blödmännern zu sehen begann.

(Und dies war, für Donal Duddy, der Beginn der Weisheit, wie für so viele von uns.)

* * * * *

Stan tupfte sich die Lippen mit einer Fairy-Farmer's-Serviette, die mit dem Firmenlogo geschmückt war (einem dicken, bärtigen und gazeflügeligen Farmer Giles in blauer Latzhose, der wie ein bedrohlicher Cherub über einer idealisierten Landschaft aus Hügeln und Tälern schwebte, die seltsam erotisch aussah, so irgendwie auf grünliche Weise), und spähte durch das beschlagene Backbord-Bullauge der *Rumpelstiltskin* auf diesen flammendroten Tortuga, der beschaulich unter den Weiden am Kanal stand.

»Mensch, Terps. Du hättest zumindest eine weniger auffällige Karre klauen können. Jeder Bulle in Irland wird hinter dir hersein.«

Plötzlich, wie ein Sänger, der gleich eine Melodie schmettern will, schwenkte er herum, krempelte die Augenlider hoch und verzog den Mund, so daß dieser dem Loch eines Donut ähnelte …

... *O nein, ein Rülpser ist unterwegs,* dachte Terpsichore völlig zutreffend.

»ORRRRRRRRRRRRRRRRRRRRRRRRRRRRRRRRRRRRRRRRRP.«

Stan schmatzte zufrieden und zog den geblümten Vorhang vor das Bullauge, aber nicht bevor er noch einmal hinausgespäht hatte, besorgt, eine Bewegung oder einen Schatten mißdeutet und somit eine verborgene Brigade von Briganten übersehen zu haben.

»Vielleicht hast du recht«, sagte Terpsichore. Und sie wußte, daß er recht hatte, mehr oder weniger, für seine Verhältnisse. Er traf schließlich nicht sehr oft ins Schwarze, diesmal aber doch, der olle Schmuddel. Nicht, daß es dazu eines Genies bedurft hätte; machte sie sich etwa keine Sorgen? Sie wäre die erste, die es zugäbe, jedenfalls sich selbst gegenüber: Ja, sie hatte es versiebt –, WIEDER MAL. Typische Überreaktion oder Überkompensation oder sowas, alles, was sie in ihrem Leben getan hatte, z. B. aus einer Laune heraus nach Coleraine fahren, als sie sechzehn war,[46)] oder diesen däm-

46) Coleraine, was? Heimat der Blödmänner, wo man sie auf frischer Tat ertappt? Mich hat es in einer nassen Novembernacht einst dorthin verschlagen (wo ich es jetzt bedenke, sollte das die Lexikon-definition von Elend sein: eine nasse Novembernacht in Coleraine), als ich noch Vertreter für Briefumschläge, Radiergummis und Gummibänder war. Das geht doch weg wie warme Semmeln, sagen Sie jetzt vielleicht; jeder braucht das früher oder später. Nun, nicht so Sammy Henderson vom Der-gute-König-William-und-steckt-euch-bloß-den-Papst-an-den-Hut-Motel an der Straße nah Dhu Varren. »Sind Sie ein Scheißkathole?« lauteten seine ersten an mich gerichteten Worte, als ich auf seiner Schwelle erschien, bis auf die Haut durchnäßt, mit meinem Musterköfferchen, verzweifelt eine Schlafstelle für die Nacht suchend, nachdem ich wegen einer falsch angegebenen Adresse ganz von der Dingle-Halbinsel heraufgefahren war. »Nein, ich bin Jude«, sagte ich verwegen, woraufhin Sammy die Tür weit aufriß, mich überschwenglich hereinbat und mit einer Flasche Manischewitz und Mazzes und Klezmermusik auf dem Hifi willkommen hieß. Tatsache, das Herzland des protestantischen Ulster ist die einzige Gegend Europas, in der

lichen italienischen Filmkurs belegen, weil der Prof ein Itaker namens Gino mit permanentem Fünfuhrschatten und traurigen Augen und einem Akzent und einem mannhaften Aroma von alten Zigaretten und Espresso war. Oder sich mit John Fitzgerald Kennedy zusammentun, dem 113,75 kg schweren Harley-Davidson-Biker aus Tipperary, als offenkundig war, daß der Mann wahnsinnig und Platzverschwendung war (noch dazu von sehr viel Platz), genau, wie ihre Eltern ihr gesagt hatten. Sich dann (im Grunde) aufgrund der Tatsache mit Stan anfreunden, daß er ein Hausboot hatte, und viel besser als die anderen war er auch nicht, und das verdammte Hausboot war, naja, *ein Hausboot* ... Und was hatte sie groß

sogenannte Christen für einen Juden den roten Teppich ausrollen, während sie für ihre (angenommen) christlichen Glaubensbrüder die Flinte schußfertig machen. Jedenfalls, nach ein paar gymnastischen Übungen (Kniebeugen, einen zur Brust nehmen usw.) und dem kurzen, aber intensiven Vortrag eines ukrainischen Volkstanzes auf einer Tischplatte, von welcher wie in Panik die Zierdeckchen abrutschten, schöpfte Sammy Atem und fragte mich nach meinen Geschäften. Die gingen ihn gar nichts an, erwiderte ich kühn und vertraute auf mein Judentum, es sei denn, er wolle größere Posten Briefumschläge oder Gummibänder kaufen. Nö, röhrte Sam, aber geben Sie mir Gummis, und Sie sind mein Mann. Nun, da überkam mich der Flaschenteufel oder Clurichaun, und ich gestand meine Lüge. »Augenblick, Sammy, ich verkaufe Ihnen gern Ihre ollen Gummis, aber eins möchte ich absolut klarstellen: Ich bin kein Jude. Ich bin Papist«, kreischte ich. »Römisch-katholisch. Transmontan. Papstanbeter. Lang lebe die Rote Socke. Scheiß auf König Billy. Fick die Queen in den Arsch. Lord Brookeborough hat Schafe gevögelt. Die Oranier sind alles Tunten.« Na, wie Sie sich vorstellen können, verschwanden Manischewitz und Mazze und Klezmer-LPs im Nu und wurden prompt durch gutes, gesundes loyalistisches Gewehrfeuer ersetzt, und während das Wutgebrüll und das laute Knallen der Schüsse mit vielstimmigem Echo durch die Feuchtigkeit der Nacht hallten, verzog ich mich und machte nicht halt, um mich umzusehen, bis ich Moville und die gesegnete papistische Erde erreicht hatte, die in jenem Teil des Südens liegt, der nördlicher ist als der Norden (sehen Sie auf der Landkarte nach, wenn Sie mir nicht glauben). Und dann kam Véronique.

auf den Zettel gebracht? Ein Auto gestohlen, um des lieben Gottes willen? Na klar, das war doch die Phantasie aller Mittelschichtmädels, ein Weilchen lang ganz ungezogen zu sein und Bonnie und Claude am Steuer eines roten Cabrios zu spielen (gut, das waren Thelma und Louise, aber immerhin), Terpsichore jedoch hielt sich selbst widerstrebend zugute, daß, wenn sie irgendwas in sich hatte, was einem kriminellen Impuls ähnelte, er unter so vielen Schichten ihrer Mittelschichtherkunft und -vorfahrenschaft begraben sein mußte, daß es einer weiteren Lebenszeit und eines Bulldozers bedurfte, um ihn freizulegen. Es war ihre lebenslange lästige Fessel, die lästige Fessel so manchen Mittelschichtromantikers, die Mittelschicht zu verabscheuen – jene dauergewellten und zugeknöpften vierradantriebfahrenden, chablisschlürfenden, spanienbesuchenden, DVDkaufenden Langweiler, die das Leben so überaus und zutiefst dumpf machten –, aber nicht wirklich etwas anders sein zu wollen, nicht wirklich, bestimmt nicht auf endlose Demos gegen die Regierung reduziert zu werden, während man Stütze von der Stütze nahm und im Schneidersitz auf dem Fußboden saß und Marihuana rauchte und im Fernseh Sondersendungen über Aids in Uganda sah und Spam mit Bovril und Marmite aß und billigen portugiesischen Grünen Wein trank und irgendwelche ekelerregende brasilianische oder afrikanische Musik hörte und griechische oder slowakische Zigaretten rauchte und sich so bemühte, Bohémiens oder Tschechen zu sein ..., nein, das Leben mit Stan war reine Heuchelei. Alles an der Oberfläche sehr künstlerisch und unkonventionell – schließlich lebte man auf einem Hausboot –, und die beiden waren entweder Randgruppe oder arbeitslos oder was, und er behauptete, Schriftsteller zu sein, wie Rodolfo, oder Luciano, oder wie hieß er noch gleich, in dieser Bohème-Oper von dem italienischen Komponisten (Verdini? Puccio?): aber Stan war ein Betrüger und ein Nichtstuer und ein Schwamm, der von der Stütze lebte, und sie wußten es beide (also, *sie* wußte es), und mehr war dazu nicht zu sagen.

Und was *war* sie überhaupt – und *wer*? Eine Kellnerin bei Fairy Farmer's, das war sie, mit einem drittklassigen Universitätsabschluß, so eben und eben, das war es, wer sie war ..., und jetzt auch noch eine Diebin.

EINE DIEBIN!

Die in einem miesen Gebrauchtwagenladen in Nord-Killoyle ein Auto gestohlen hatte, kein schwarzes italienisches Nachkriegsfahrrad in den melodiösen sonnenbeschienenen Gassen von Rom. (*Des*halb hatte sie diese merkwürdige Assoziation gehabt, als sie den Typ sah, der den Laden leitete, der kein bißchen italienisch war, aber aus irgendeinem Grunde dachte sie an ihn als ... Beppo. Vielleicht weil er so mit schräggelegtem Kopf dastand, wie dieser Schauspieler, den sie so toll fand: Giannino Giannini? Giancarlo Giuseppini? Gianbatista Giambucco? Nein, da war keine Romantik drin, und sonstwo in ihrem Leben auch nicht. Nicht die geringste. Ihr ganzes Leben war ein Gähnen. Scheiß drauf.)

Sie gähnte und sah durch die Spalte in den muffigen Vorhängen in das schwüle Abendlicht und erblickte die Hohlheit ihrer eigenen Seele. Sie war fast dreißig, um der Liebe Gottes willen. Naja, neunundzwanzig, fast (achtundzwanzig). Und dies war die Entfernung, die sie von ihrem Geburtshaus am anderen Ende der Stadt zurückgelegt hatte: bis hierher, auf dieses Hausboot, zu diesem lachhaften Aufreißer. Sie sah ihn an, sah ihn in einem zunehmend lächerlichen Licht. Da saß er, an seinem Schreibtisch, und aß sein Abendbrot auf: Speckstreifen, Boxty, Wiener Würstchen, alles in unbegreiflichem Ausmaß unter Niveau, wenn er sein Abendbrot zubereitete, und er bestand darauf, es zuzubereiten, weil »nur ein Mann das Abendbot eines anständigen Mannes für einen richtigen Mann machen kann äh«. Es war wie Hundefutter, genauso. Wie passend auch, daß das emsige Auf- und-nieder-Arbeiten seiner Kinnlade wie das eines Hundes war und nicht der normale menschliche Auf-und-ab-*und*-hin-und-her-Stil. Es war eine Charaktereigenschaft, die sie zu irritieren begonnen hatte; und seine Nase, nie klein gewesen, schien in den letzten Tagen zur Größe eines Rugbyballs angeschwollen zu sein, oder vielleicht trank er auch nur mehr.

»Trinkst du neuerdings mehr?« platzte es aus ihr heraus.

Nicht ganz sicher, ob er recht gehört hatte, sah er von dem Artikel auf, den er gerade für *Das Glockenstüblein* exzerpierte (»Zwanzig Monate auf den Bäumen: Die Wahrheitssuche der Affenmaid« von Jean Godself in *Der MenschenAffe,* Ausg. 5, Mai-Juni-Juli-August-September-Oktober-November-Dezember '99).[47]

47) Ah, Jean, Jean, das Mädel, das mit den ollen Affen zusammenlebte. Sie ist eine kauzige Maid. Naja, wir haben alle unsere Gründe für dies und das, stimmt's? Hier ist ihr Grund: Laut Gerücht war sie mit einem französischen Burschen verbandelt, ebenfalls Jean geheißen (aber anders ausgesprochen, wie sie das in Frankreich gern machen), der eine Weltautorität auf dem Gebiet der Possen von Schimpansen oder Gibbons, aber sonst kein so toller Fang war, weil er ziemlich permanent keine Arbeit hatte, und was so eine durchschnittliche Personal- (oder Humankapital-)-Abteilung ist, so ist die nicht allzu geneigt, Typen vom Fleck weg zu engagieren, Franzosen oder nicht, die alles über Schimpansen und Gibbons wissen, aber sonst *zéro* Schimmer haben. Infolgedessen war Jean (der Bursche) auf regulärer Basis einen Tick deprimiert und bemühte sich erfolgreich, so lang wie möglich so besoffen wie möglich zu bleiben, wobei er sich heftig auf die Großzügigkeit von Jeans (des Mädels) Da verließ, einem abtrünnigen Pfarrer aus Naas. Also verblieb Jean (der Typ) eine ganze Zeitlang in der Gosse, weinte in sein Bier und quasselte von den üppig grünen Hügeln Tanganjikas, wie es damals hieß (inzwischen ist es, glaube ich, das gräßliche, staubige Tansania). Ich bin ihm in den Sechziger Jahren ein- oder zweimal über den Weg gelaufen und hörte, wie er sich an der Fußstütze bei Mulligan in der Poolbeg Street in ziemlich fließendem Irisch über Menschenaffen und Affen ausließ, besonders über unsere Freunde, die Schimpansen und Gibbons. Was Info über unsere baumbewohnenden Vettern betraf, so konnte ihm niemand das Wasser reichen. Oder waren Gorillas seine Spezialität? Nur Gott weiß es. Könnten auch Orang-Utans gewesen sein, denn Jean, der korsischer Abstammung war, sah so sehr wie einer dieser indonesischen Orangs aus, daß das Personal des Dubliner Zoos ihn immer auf der Straße mit Netzen einzufangen versuchte und ihn beschuldigte, König Archie Bumboya zu sein, das preisgekrönte sumatranische Orang-Alphamännchen des Zoos, welches

»Mehr was?«

»Ob du mehr *tri*-hinkst. Deine Nase wirkt von hier aus rot.«

»Hör du doch damit auf, Mädchen. Was soll denn das nun. Meine Nase wirkt rot, was soll denn das Gelaber.«

»Na, da paßt sie wenigstens einigermaßen zum Auto«, sagte sie, ihre Worte mit einem Schuß Bosheit versetzend.

die Angewohnheit hatte, diskret über die Mauer zu huschen und sich einem dortigen Theaterkollektiv anzuschließen, welches Szenen aus *Der Doppelmord in der Rue Morgue* von Poe aufführte, eine saublöde Geschichte, wenn Sie mich fragen (und sogar, wenn Sie mich nicht fragen). Naja, Jean (der Junge) fand sich damit ab, bis sie wieder eines Tages mit ihren albernen alten Netzen auf ihn losgingen, als er gerade vor einer Haustür bei den Quays stand und eine ganz besonders stinkige Laune hatte, weil er soeben von der Firma Pumpkin Gleitzeit GmbH zum fünften Mal in Gestalt derselben gebieterischen Dame an die Luft gesetzt worden war (»Wie oft soll ich Ihnen noch sagen, wir haben keine Nachfrage für Affenexperten, weder für französische noch für andere! Nein! Überhaupt keine!«), weshalb Jean (der Knabe) schließlich rebellierte und sich auf die Netzmänner stürzte, wobei er eine Bastonade französischer Verwünschungen und den berüchtigten korsischen Griff zum Einsatz brachte, was in allgemeinen Verletzungen und einer ziemlich strammen Haftstrafe für ihn selbst resultierte, fürchte ich. Also gab Jean (die Maid) das alles als verfehlt auf und zog in die grünen Hügel Afrikas, wo sie am Hafen von einer Truppe freundlich gesinnter Paviane oder Schimpansen begrüßt wurde, die mit Jeans (des Lümmels) Werk vertraut waren. Scheint, daß sie sich besonders zu einem alten Männchen mit grauem Rücken hingezogen fühlte, den sie zu Jeans (ihres Stechers) Ehren Jean nannte, der einst wie jetzt zur Freude des Präsidenten weniger als, witzigerweise, eine halbe Meile vom Paviangehege im Phoenix Park Zoo eingekerkert ist. Die gute Nachricht: Er hat seine Strafe schon fast abgesessen und ist zu drei Vierteln mit einem Buch fertig, welches, wie er uns versichert, das letzte Wort über Menschenaffen, Affen & Co. sein soll. Die schlechte Nachricht: Sie hat es bereits geschrieben. Da kann man mal wieder sehen, was? Man weiß eben verdammt nie, was sie für einen hinter der nächsten Kurve auf Lager haben, weshalb man durchaus ins Schleudern kommen könnte, besonders wenn man auf Nachgeschenktkriegen wartet, wie so mancher, den ich erwähnen könnte.

Stan fuhr herum und zeigte mit einem didaktischen Zeigefinger.

»Jetzt hör du mir mal zu, Terpsichore mein Mädel, meine Scheißnase geht dich gar nichts an schaff du dir lieber erstmal ganz schnell diese verdammte Karre vom Halse wenn du weißt was gut für dich ist sonst gehe ich so wahr mir Gott helfe direkt ans Telefon und rufe die Scheißbullen an. Was ich jetzt echt nicht gebrauchen kann ist abgeholt werden weil ich ein Komplott oder Komplize oder wie das heißt bin.«

Aus Angst vor emotionsbedingter Übertreibung eilte er wieder zum Bullauge und fegte den Vorhang beiseite.

»Ich hab's gewußt«, tobte er. »Sie sind da.«

»Wer ist da?«

»Weiß ich nicht. Die harten Burschen. Die Bullen. Die Strolche von der Southside. Kuck doch selbst nach. Da hast du wirklich ganze Arbeit geleistet, Terps, meine Süße.«

Tatsächlich ging um die niedrig angelegte Silhouette, die den Tortuga bezeichnete, ein Schwarm menschlicher Formen offensichtlich in Stellung, um bereit zu sein für eine Belagerung, oder einen Angriff, oder ...

»Jesus Christus«, keuchte Stan. »Ich hab's gewußt. Du dämliche Zicke.«

Terpsichore stolzierte ans Bullauge und schluckte schwer an der Erwiderung, die ungebeten hochgekommen war und um ein Haar geäußert worden wäre: WIE KANNST DU ES WAGEN, MICH EINE DÄMLICHE ZIEGE ZU NENNEN, DU BESCHISSEN DÄMLICHE SAU –, oder Worte ähnlichen Inhalts, weshalb sie stattdessen:

»Das sind doch nur Kinder« mit beherrschter Stimme sagte. »Die die tolle Karre bewundern. Wie man ganz deutlich sieht.«

Stan schubste sie beiseite.

»Kinder, sagst du? Mach das Licht aus.«

»Och, nun ...«

»Dann mach ich es eben selber aus.«

Nachdem er gebührend die Lichter gelöscht hatte, starrte

Stan ins Dämmer. Um das Auto auf der anderen Kanalseite tollten die Gestalten von Kleinvolk, aber nicht die, die von smaragdgefärbten Koboldjägern wie James Stephanus und W. B. Yeats beschrieben werden, sondern eher solche, wie sie an Werk- wie Feiertagen auf den geschotterten Gesamtschulhöfen in jeder beliebigen Wohnsiedlung Irlands zu finden sind, nämlich Buben von zwölf bis dreizehn oder so, zur Not auch vierzehn.

Stans abruptes Öffnen des Bullauges, mit welchem ein plötzliches Quietschen der Messingscharniere einherging, brachte die Burschen zum Schweigen, bis ein heller Kopf den Ursprung des Geräuschs korrekt verortete und mit singender Stimme schrie:

»Tag, Mister. Schöne Aussicht haben Sie da auf Ihrem alten Boot. Und eine schöne Missis ebenfalls.«

Es folgte Gegnicker nach Schlägerart.

»Verpißt euch, ihr Wichser«, brüllte Stan. »Sonst werd ich so wahr mir Gott helfe.«

»Ist das Ihr Auto, Mister?«

»Es ist äh ja äh was geht euch das überhaupt an?«

»Weil die Schlüssel noch stecken.«

»Weil die was.«

Prahlerisch tönte männlich-adoleszentes Gelächter durch die Luft.

»Und so eine Gelegenheit lassen wir uns nicht entgehen. Also Kopf hoch, Meister Wichtig. Bleiben Sie einfach auf Ihrem Boot und ficken Sie die Missis ordentlich durch, während wir mit dem Rennwagen eine kleine Spritztour machen, alles klar?«

Noch ein paar Pruster reiner Freude, dann das Zuschlagen einer Autotür, dann noch eins, dann das forsche Geräusch des hochgeheizten Tortuga, dann der leiser brummende Schluckauf eines abreisenden, inkompetent heruntergeschalteten Autos.

»Jetzt bin ich in den Arsch gefickt«, sagte Stan. »Da fahren sie hin, *acushla*.«

»Stimmt«, sagte Terpsichore. »Weg sind sie.«

Stan grinste und enthüllte eine Kartoffelscherbe zwischen den Schneidezähnen.

»Das ist auch besser so. Lassen wir sie abhauen, stimmt's?«

»Du hast was in den Zähnen.«

»Ich – was? Och Gott, Frau.«

Er machte auf dem Absatz kehrt und suchte beleidigt Zuflucht, um das Auto oder sie oder das Geschick der Welt nicht mehr bekümmert, wenn man von dieser Affenschlampe absieht, deren Kram er exzerpierte, wobei er »sie« in »er« und »Menschenaffe« in »Mensch« verwandelte ...

Das war es also, sagte sich Terpsichore, zweifelnd, und fügte sofort ein geistiges Hafti an:

Oder war es das?

Geistige Fußnoten folgten.

Das Auto war weg, aber für wie lange? Vielleicht brachten die Halbstarken es völlig demoliert zurück, und sie mußte wegen der Schäden vor Gericht.

Oder sie fuhren auf eine Spritztour und kamen nie mehr wieder.

Oder sie fuhren das Auto kaputt, und dann kamen die Bullen, und die kleinen Arschlöcher ließen alles raus und sagten ihnen, woher sie es hatten ...

Dann wurde es zu diesem Autogeschäft und diesem netten italienischen Typ zurückverfolgt – nein, nicht italienisch, das war nur ihre Phantasie, Ire war er, kein Zweifel, mit den Klamotten und wie er sprach und nach Lullen und abgestandenen *pints* roch und natürlich diese schreckliche Haut, aber es *gab* da etwas – war es seine Ähnlichkeit mit diesem anderen italienischen Schauspieler, nicht Gino Gianni, sondern Alfredo Squalido, nein, Augenblickchen noch: Sordido, das war es, Alberto Sordido? – egal, *er* säße dann in der Tinte und würde sie verpfeifen, und sie wäre dann ein Komplize, ein Komplott, das sich der Begünstigung schuldig gemacht hätte, und all das ..., oder vielleicht auch nicht. Er kam ihr ein bißchen wie eine Flasche vor, aber gleichzeitig irgendwie simpatico, der vielleicht na-was-denn-wohl im Sinn hatte – hatten sie ja alle –, aber so, daß davon eine gewisse immanente sanft-chevalereske, jawoll, Kavaliersmäßigkeit unberührt blieb.

Terpsichore wollte sich anvertrauen, wollte Anteil genommen wissen, wollte Mitgefühl entlocken, aber Stans Rücken war ihr zugewandt, seine Schreibtischlampe war an, seine Vorurteile saßen, wo sie sollten. Sein Schreiber, den er mit der Rechten unklammert hielt, wie ein Kind den Lolli hält, kratzte eifrig das Papier; seine Linke kratzte eifrig seinen Hintern, und ein Rauchpäuschen war in Sicht, was sie an diesen Blicken in eine bestimmte Richtung, dem theatralischen Räuspern, den vorbereitenden Seufzern merkte. Es war ganz klar, daß, soweit es ihn betraf, die ganze Sache vorbei und überstanden war, und WAR DAS NICHT TYPISCH, das Leben ging einfach lustig weiter, so war es auch mit diesem albernen Job gewesen, passiv-aggressiv nannte man diese Einstellung, sich ständig beklagen, aber nie raus und die Initiative ergreifen, aber nein, man will sich ja nicht zu weit aus dem Fenster lehnen, ist ja auch leichter, wenn man zu Hause sitzen bleibt und auf die Anrufe wartet, wie er das mit dieser grotesken niederländischen Kugellagerfabrik gemacht hatte (sein ein- für allemal letzter Job, hatte er geschworen) –, und hoffen, daß eine Mausi wie sie zum Knutschen und Bumsen und für den allgemeinen Unterhalt auftaucht.

Keine unberechtigte Hoffnung, wie sich gezeigt hatte: sie *war* aufgetaucht, oder etwa nicht?

Aber jetzt hatte sie es *satt*. Sie hatte es satt, sich wie eine Putzfrau zu benehmen, die ihre Zukunft hinter sich hatte, immer vor den Umständen das Knie zu beugen oder ja zu sagen, um den Taschenhitlern gefällig zu sein, die man bei allen Scheißjobs fand, oder links und rechts aufzuspringen, um freiwillig anderen Leuten die Scheiße hinterherzuputzen. Genug von alledem. Oder, wie Giangiacomo Gianpaolino in diesem italienischen '70er-Jahre-Film zu seinen trägen sardischen Vettern sagt, in dem Film, in dem die Anarchisten den

Politiker entführen, der später die Gruppe übernimmt und den Vatikan mit einer Rohrbombe sprengt:[48)]

Andate chiagare tutti.

Sie mußte an sich selbst denken. Sie war jung, keine *totale* Idiotin, und manche sagten, sie sei ziemlich entzückend, physisch –, naja, sie wußte, daß ihr Anblick kein Albtraum war, das häufigste Kompliment lautete, sie sähe Nicolette Tedman aber *so*was von ähnlich, nicht, daß *das* ohne Preisschild dran gewesen wäre, besonders wenn man die meiste Zeit seines Lebens mit Männern verbringen mußte, diesen törichten Typen …, aber insgesamt hatte sie genug zum Weitermachen, und zum Weitermachen war bereits die allerhöchste Zeit vorbei. Zeit, sich zu bewegen und das Leben endlich nach ihren Bedürfnissen zu gestalten, sich selbst als Priorität anzusehen, ihre Bedürfnisse, ihre echten Wünsche. Sich nicht nach einem Wichser auf einem Hausboot richten. Ja, sie würde allem ins Auge sehen, ausnahmsweise mal. Sie würde sich alles von der Seele reden. Sie würde diesem Nicht-Italiener mit den Augen eines geprügelten Spaniels alles sagen und das Beste hoffen.

Ich meine, was habe ich schließlich zu verlieren? wie Marion Blayne in *Lockere Hüften, lose Lippen* in der Antwerpener Liebesszene sagt.

»Oy«, sagte Stan. »Wo gehst du hin?«

»Weg«, sagte die Neue Terpsichore und stand zu ihrem Wort.

* * * * *

48) *Fuori da qui, subito.* '78, glaube ich, oder '79. Eigentlich finde ich ausländische Filme nicht so toll, aber mein Leben lang bewundere ich nun schon Vesta Virginia, und in dem Film ist sie wirklich umwerfend. Man mußte mich mit den Füßen voran hinaustragen, als ich ihn das erstemal in dem alten Metropolitan gesehen hatte. Hic.

»Brrr, kalt ist es.«

»Was hat du anderes erwartet, wenn du ständig mit ärmellosem Oberteil herumläufst. Wir sind hier in Killoyle, nicht an der verdammten Riviera.«

»Hör bloß auf zu maulen, Frau.«

In den Tiefen dieses Dialogs mit seiner Freundin und zukünftigen Verlobten Anthea, der »Getränke-Hostess« (Barfrau) in Mad Molloy's Bar, saß Finn vorgebeugt am Tresen, von sich wärmesuchend selbst umarmt, um die kältliche Märzluft abzuwehren, die durch die halboffene Tür rann, welche sich nicht ganz öffnen und nur unter größten Schwierigkeiten wieder schließen ließ, gewöhnlich mit Finns Hilfe um Mitternacht herum. »Da trink ich lieber was«, sagte Finn, kein großer Trinker. Ein Ausschlag von Gänsehaut breitete sich auf seinen bloßen Armen hinauf und hinunter aus. »Gib mir einen Lemon Daiquirí, machst du das, mein Schatz?«

»Es ist aber erst halb zwei.«

»Ja, ich weiß. Deshalb bestelle ich ja auch nichts Stärkeres.«

Bei dieser Auskunft kräuselte Ungeduld Antheas wohlgestaltetes, wenn auch ein Ideechen aknenarbiges ovales Gesicht, welches einen gut passenden Rahmen für ihre ehrenpreisblauen Augen abgab, oberhalb von einer Überfülle Haars gesäumt, das die kastanienbraune Färbung der angloirischen Veranlagung aufwies; denn ihr Name war Talbott, und sie war die Nichte des Stellvertretenden Polizeipräsidenten für den Südosten, paß also auf, du Schlaumeier, wie Ferdia immer zu Finn sagte. Im Augenblick legte sie lebhaft frauliche Ungeduld eindeutig ehefraulicher Prägung an den Tag, indem sie die Augen rollte und einen Seufzer freiließ. Natürlich waren sie und Finn ausgegangen, und rein, und rein und raus, seit nunmehr drei Jahren zusammen, und ihr Zusammengehörigkeitsgefühl wurde bereits zum etabliert Bekannten.

Aber sie brachte dem Blödmann trotzdem seinen Daiquirí.

Er nippte, schlürfte, entschuldigte sich für das Schlürfen und feuerte einen knackigen Rülpser ab.

»ÄPP. 'tschuldigung.«

Anthea bedachte ihn mit einem Blick liebevoller Verachtung, die er mit einem Themenwechsel zu zerstreuen versuchte. Schließlich war er ein Mann mit einer Mission, von seinem Vetter Ferdia damit beauftragt, den Aufenthaltsort einer Terpentine oder Turbotusse oder …

»Terpsichore? Ja, mit der habe ich vor ein paar Jahren zusammengewohnt, und noch mit einem anderen Mädchen, Doreen –; erinnerst du dich an Doreen Grey, die mit ihrem wahnsinnigen Vater und diesem idiotischen Barmenschen abgehauen ist und Banken überfallen hat? Die ist jetzt übrigens in der Reha, irgendwo im Norden.«

»So? Da kann man mal sehen.« Er nippte. »Also dieses Terpsimädel, die kellnert doch oben im Fairy Farmer, oder?«

»Terps ist ein absoluter Klopfer, das sagt jeder, kein Schwein kapiert, warum sie in diesem albernen Restaurant bleibt.«

»Schön blöd eben. Das hat man doch ständig.«

»Na, *vielen* herzlichen Dank.«

»Nein, nicht du, Schatz«, protestierte Finn. »Du bist die Ausnahme, die die Regel bestätigt.«

»Netter Versuch. Das denkt ihr Typen doch alle. Kein halbwegs gut aussehendes Mädchen kann ein einigermaßen funktionsfähiges Hirn im Schädel haben, so läuft das doch bei euch ab. Aber *au contraire*, Finn, mein Bürschlein fein. Terps hat mir mal gesagt, sie hätte, am UCD war das, glaube ich, mit zweikommaeins Auszeichnung in Italienisch oder Französisch abgeschlossen.«

»Na bitte. Und wo ist sie gelandet, hä? Als hätten akademische Würden was zu bedeuten.«

»Na, dir selbstverständlich nicht, Herr Aussteiger, Entschuldigung, ich meine natürlich Herr Sich-in-der-Muckibude-Austober, und wenn du jetzt mal eben Herr Ausräumer sein wolltest und diesen Kram um die Ecke nach hinten schleppen?«

Finn schulterte eingeschnappt einen von Leergut klirrenden Bierkasten hinaus auf die Brown Alley hinter der Bar, blieb dort kurz und beobachtete das rege Treiben auf der Brendan Behan Avenue, von der am Ende der Gasse ein Scheibchen zu sehen war. Er lupfte sein ärmelloses Trikot, um sich am Bauch zu kratzen, und verbrachte eine bis zwei Sekunden damit, über das unkalkulierbare Geratewohl des Lebens nachzusinnen, wo doch das eine hier war, das wieder dort, und was anderes war wieder scheißenochmal ganz woanders.

»Ist schon ein komisches altes Leben«, meckerte er. »Doch. Kann man wohl bei Gott so sagen.«

Dann kehrte er in die Kneipe zurück, von einigen guten, bauchtiefen Seufzern gestützt, diese jedoch von Schauderschüben (»Brr, is kalt«) gespalten.

Anthea schenkte munter einigen Studenten vom Upper Killoyle College *pints* ein, äußersten Schweinen mit (Finns Meinung nach) nicht mehr unter der Mütze als ein Zwinger voll Dackel.

»Blödsäcke«, höhnte er, wandte sich ab, seinem Getränk zu, rieb sich gelegentlich wärmend die Arme und hörte verächtlich dem unsinnigen Gewäsch der Studenten zu. Durch die halboffene Tür blickte er über die Uphill Street auf die mit Chips-Verpackungen, grauen Zeitungen und Gebrauchtwagen vollgemüllte Verkaufsfläche von Heartland Autos, vor der ein Mann stand, der in schnellen, schuldbewußten Anwandlungen rauchte.

Unterdessen war das junge Blut stramm bei der Sache.

»Bist du es selbst, Anthea?«

»Wer sollte ich wohl sonst sein.«

»Wie wär's mit einem Lächeln, Schatz?«

»Das muß ich verlegt haben.«

»Bist wohl heute nicht so gut drauf. Harte Nacht gehabt, was?«

»Wohl wahr, ich bin zu Hause geblieben und habe an meinen Bewerbungen fürs College gearbeitet. Das *war* hart.«

»Der ganze Vorgang zweifellos gut geölt.«

»Mit dem stärksten Oolong.«

»Sag mal, du hast heute sowas Schroffes. Hat dich dein Stecher betrogen? Der, der sich den ganzen Tag in der Muckibude abrackert?«

»Nicht, daß ich wüßte, Sonnenscheinchen. Aber bei diesen Bodybuildern weiß man ja nie. Frag ihn doch einfach.«

Schweigen spießte das Geplapper mit dem jähen Bewußtsein der grübelnden Gegenwart besagten Stechers am Ende des Tresens auf. Die Unterhaltung machte um 180° kehrt.

»Ned halt doch das Maul und belästige die Dame nicht und reiß eine Lulle raus Scheiße noch eins.«

»Dachte, du rauchst nicht mehr.«

»Ach, das war nur für das Marathon. Sieht doch nicht aus, wenn man in Turnzeug mit Kippe an der Lippe Dauerlauf macht.«

Finn trank aus.

»Also Ferdia will sie kennenlernen«, nahm er den Faden wieder auf, sobald die Halbwüchsigen vom College ihre Kakophonie nach nebenan in die Lounge verlegt hatten, wodurch Anthea ein Moment Zeit blieb, um den Tresen zu wischen und in Erwartung einer Nachbestellung strafende Blicke auf das leere Glas ihres Stechers abzuschießen; er schob es jedoch beiseite.

»Wie gesagt.«

»Warum? Sucht er Zerstreuung von der Heimatfront? Mal wieder Flaute mit Shirley, hmm?«

»Nein, Ferdia ist doch kein Schürzenjäger, wie du sehr wohl weißt. Ich weiß es auch nicht, keinen Schimmer, Schatz. Hat irgendwas mit einem Kumpel und mit einem Auto zu tun, das er verkaufen will. Mein lieber Vetter hält sich, wie du weißt, immer ganz schön bedeckt.«

»Besonders wenn er glaubt, die Polizei hört zu. Oder wenn er mal wieder keinerlei Durchblick hat, was meistens der Fall ist.«

»Ja. Oder wie oder was.«

Finn schwang sich mit einem Grunzen vom Barhocker und schattenboxte kurz auf die Luft ein, wobei er in Einklang mit Muhammad Alis Theorien der edlen Kunst des Seilkontakts (»Duck, baby, duck!«) krampfartig den Kopf einzog. Es war eine Parodie auf das Training des Boxers, betitelt »Das Training des Boxers«, eine öde Vorführung, die Anthea mindestens 88mal gesehen hatte (»mindestens« stimmt: in drei Jahren hatte sie sie 89mal gesehen). »Also wann kannst du ein Treffen arrangieren, Süßi?«

Anthea sagte nichts, sondern starrte durch ihn hindurch in die mittlere Distanz.

»Ach was?« sagte Finn mit einer gewissen Schärfe. Dann, da er wußte, daß seine Freundin Keine war, die ihn übermäßig an die Kette legte, wandte er sich, um ihrem Blick zu folgen, und sah, daß sich ein Pärchen näherte. Das nämliche verwahrloste Gerät, welches Finn auf der anderen Straßenseite beim Paffen bemerkt hatte, überquerte jetzt, die Schultern hochgezogen, die Fahrbahn, an seiner Seite eine wohlangelegte junge Frau, die offenbar ernsthaft versuchte, ihn ins Gespräch zu ziehen, worauf er sichtlich damit reagierte, daß er auf den Boden starrte und hoffte, in Vergessenheit zu geraten.

»Ich brauche gar nichts zu arrangieren«, sagte Anthea. »Wenn man den Teufel nennt.«

»Du meinst ...«, sagte Finn.

»Ja. Das ist Terps. Klar ist sie das.«

Finn beobachtete eine Rotblonde von leicht durchschnittlicher Größe und überdurchschnittlicher Attraktivität in Leder-(oder Wildleder-)-Mantel, Pullover und Jeans, die in der raschen Gangart einer Frau, die ihren Wert kennt, männertechnisch, und vor ihm flieht, über die Straße schritt.

»Nett«, murmelte Finn bei sich.

»Ich wußte doch, daß sie dir gefallen würde«, sagte mit unernster Emphase Anthea, die das Gehör eines Flughundes im Regenwald von Celebes hatte, auf das Flupp inmitten des Geraschels und Gekreischs von Klammeraffen, Gibson-Makaken u. dergl. auf den Dschungelboden fallender Beeren geeicht.

»Gleich werde ich sie dir vorstellen. Sie steuern eindeutig direkt auf Molloy's zu.«

Finn regte sich im Vorgefühl auf die Unbehaglichkeit des bevorstehenden Zusammentreffens beklommen.

»Und wer ist der Aussätzige, den sie dabeihat?«

»Frag ihn doch selbst! Hallo, Terps!« sang Anthea, als das Paar eintrat, Terps zuversichtlich, ihr Gefährte von einer Zaghaftigkeit geritten wie ein Sukkubus ..., aber irgendwie warf er sich doch in Positur und bat einen an der Tür herumhängenden Wett-und-Glücksspielfreund um Feuer:

»Hätten Sie mal Feuer?«

»Nö.«

»Das bist du doch, oder?« sagte Anthea. »Terpsichore, stimmt's?«

»Anthea! Gott steh' uns bei!«

Ein tirilierendes weibliches Begrüßungsduett folgte einer unbeholfen dwars dem Tresen ausgeführten Umarmung. Schreie in den oberen Registern bezeichneten die Höhe der aus dem Anlaß freigesetzten Gefühle, daß man sich aber auch und noch dazu in so unerwarteter Weise nach so langer Zeit wiedersah ..., zwei Jahre war es jetzt her, oder waren es drei ...?

»Ach Gott segne dich nie und nimmer schon drei Jahre her du spinnst doch wohl.«

»Ich schwör's. Mindestens drei Jahre, Anthea.«

»Und in der ganzen Zeit hast du was ...?«

»Ach, frage mich das bloß nicht, Mädchen. Ich schäme mich, was für eine Zeitverschwendung die letzten dreieinhalb Jahre gewesen sind, und das ist Tatsache.«

»Du hast doch auf so einem alten Boot gelebt, mit einem Künstler oder Schriftsteller oder so? Kam mir alter Langweilertrine sehr künstlerisch vor.«

»Du und langweilig? Ist doch gar nicht wahr. Warte, bis ich's dir erzähle.«

Terpsichore ließ sich auf einem Barhocker nieder und warf dabei einen Blick auf den linkischen Finn.

»Äh das ist Finn«, sagte Anthea. »Er ist mein.«

»Hallo, Finn.«

»Hallo.«

Dann rangelten die Mädels, um den Enthusiasmus der anderen zu übertrumpfen, echt oder gespielt, und ließen die Jungs betreten am Spielfeldrand zurück.

»Donal«, sagte einer der Betreffenden und streckte eine Hand in einem uncharakteristischen Ausbruch von Kameraderie gen Finn aus, um ein bißchen das Eis zu brechen.

»O«, sagte Finn. »Finn.«

»Ich weiß, hat sie ja gerade gesagt.«

»Finn McCool«, sagte Finn aggressiv. Donal lachte schallend los.

»Nicht im Ernst.«

»Leider doch.«

»Mann. Toller Name.«

»Danke. Du hast ihn wenigstens erkannt. Viele haben nämlich keinen Schimmer. Die Tiefe der Scheißignoranz heutzutage ist der reinste Irrsinn.«

»Als liefe man mit einem Namen wie ich weiß auch nicht Brian Boru rum, ha ha ha, und niemand kapiert ihn, wie?«

»Wer?«

»Hm.«

Nahte der Schrecken des Schweigens, da keiner der beiden Männer eine Zunge hatte. Die Münder öffneten sich, doch nur Zusammenhangloses drang nach draußen. »Hm« zum Beispiel wurde von »S-s-s- …« abgeschnitten, oder von »So«, welches nun wieder durch »O!« oder »Aha!« oder »Tja!« oder donnerndes Räuspern und pantomimische Hustenanfälle, die unweigerlich durch ein bis zwei »Naja nu« ergänzt wurden und sich dann in einer Sequenz von Kehllauten verloren, mit sinnfreien Einsilbern durchsetzt, welche grob Personalpronomina entsprachen –, etwa so:

»Tja, jetzt, ÄHEM. Ich oder äh du äh.«

»Tja ja, du? Ich äh ÄHEM äh.«

»Ja«, sagte Donal, ohne etwas Bestimmtes damit zu meinen. Finn übernahm das Kommando.

»*Pint?*« erkundigte er sich, indem er die Qual seiner eigenen spontanen Großzügigkeit der noch größeren Qual leerer Luft vorzog. Donal nahm an. Eine Erörterung verschiedener Marken und relativer Stärkegrade – von, z.B., Stout, welches sich untergärig mit geröstetem Hopfen brüstete, im Gegensatz zum gewöhnlichen oder Schweinebier, obergärig mit ungeröstetem Hopfen, so typisch für Megabrauereien in britischem Besitz, welche selbst wiederum niederländischen oder deutschen multinationalen Kolossen (Schweinehunden) gehörten – eröffnete glänzende Aussichten auf Dialog, dem die Jungs dankbar entgegenschlenderten, und bevor man sich's versah, unterhielt Donal Finn mit einer *tour d'horizon* widerwärtig ungenießbarer amerikanischer Pissebiere, obwohl, durfte man auch nicht vergessen, sich die Dinge drüben doch auch zum Bess'ren wandelten, er hatte in den Staaten ein Gebräu namens Patch Patoski's Steam Ale getrunken, welches nicht schlecht war, gar nicht schlecht, nahm, was er gesagt hatte, dann aber doch halbwegs zurück, denn eigentlich war das, worüber er gesprochen hatte, auch nicht besser gewesen als das Six Pack Sud Lite oder Mailer Hi-Fi oder Parscht Blue Belt oder was der Durchschnitts-Joe sonst so zu sich nimmt …

»Ich war mal da«, brach es aus Finn unterbrechend hervor. Anthea gab ihnen die *pints,* während sie gerade zu ihrer wiedergefundenen alten Kumpelin Terpsichore

»… und da sind die beiden abgehauen, einfach abgehauen, ist das wohl zu glauben, nachdem sie sich die ganze Zeit rauf und runter geschworen hatten, sie würden diesen gesegneten Landstrich nie verlassen, da brauchte es nur eine noch so verschwommene Aussicht auf einen Job, und, bums, waren sie weg …«

sagte und Donal mit vorgeblichem Interesse

»Echt wahr?« fragte.

»Ja. Mein großer Bruder wohnt in einem Kaff namens

New Ur of the Chaldees, Ohiowa. Anthea und ich haben ihn dort besucht. Er hat eine Kneipe.«

»Du machst Witze.«

»Witze? Ganz und gar nicht. Warum; kennst du ihn?«

»Ihn nicht. Die Stadt.« Hastig, keuchend erklärte Donal.

»Ja, da soll doch gleich. Was für ein Zufall, würde ich sagen, in so einem großen Land. Immerhin habe ich gehört, daß das College Eins-A erste Sahne sein soll und alle Arten von Professorentypen anzieht, und deshalb ist es vielleicht doch nicht so sehr äh. Aber immerhin.«

»Und was ist mit der Kneipe deines Bruders?«

»Fergus? Er hat einen prima kleinen Laden namens Dew Drop Inn. Voller Shamrocks und so. Landkarten von der Grünen Insel, gerahmte Kopien der Erklärung des Osteraufstands, die Art Scheiß, weißt du.«

»Ach Gott ich weiß es wohl denn Gott ist mein Zeuge wie oft öfter als man zählen kann haben sie mich vom Fußboden jener Kneipe aufgelesen und war es nicht dein Bruder Fergus Gott segne den Mann persönlich der mir einen Job angeboten hat und unter uns bin ich immer noch versucht zurückzugehen und ihn beim Wort zu nehmen. Prima kleine Kneipe, stimmt.«

»Was du nicht sagst. Schöne Stadt, aber wir waren im Juli da. Zu scheißenochmal heiß und weit und breit kein Bürgersteig. Natürlich konnte man bei der Scheißhitze sowieso nicht zu Fuß gehen. Dann haben wir Florida gemacht. Zehn-Tage-Tour, alles inklusive. Palm Beach, Miami, Disney World. Auch zu verdammt heiß. Und, Gott, die Schwuchteln.«

»Schwuchteln? In Disney World?«

»Nö. South Beach in Miami. Heilige Wahrheit. Der Himmel für die Tá-ta-tas. Du kennst doch die haarigen Jungs in Leder, die sich gegenseitig den Arm ins Arschloch stecken? Wimmelt in South Beach nur so davon, überall stecken sie sich den Arm in die Luke, und wenn die eigene Mutti dabei war: denen doch so wurscht. Glaub mir, für mich war das Rücken zur Wand, aber hallo. Anthea war natürlich außer

Gefahr, obwohl wir einmal eine Motorradmeute mit lauter kessen Vätern gesehen haben. Dikes on Bikes heißen die, kaum zu glauben.«

»Ach.«

Donal, als Mann, der in den Schönen Künsten quasi ausgebildet war, zog es vor, unschuldige Minderheiten nicht mit Schimpf zu überhäufen, ohne sich natürlich ein Bein auszureißen und ihnen für alles den Ersten Preis zu überreichen, nur weil sie waren, was sie waren; aber »Tá-ta-tas« und »Schwuchteln«, mit einer geschmacklosen Ausdrucksweise kombiniert, bei der Wörter wie »Arme« und »Arschlöcher« vorkamen ...? Seine Pingeligkeit wurde mit Füßen getreten, das dünne Band, durch das gemeinsame Einatmen der stillen Luft jenes New Ur of the Chaldees, Ohiowa, kaum geknüpft, arg strapaziert. Klar hätten sie sich auch schon früher begegnen können, z. B. bei einem jener Bräutigams-Abschiedsgelage im Dew Drop Inn, wenn halb Irland dorthin ausgewandert zu sein schien ...

Nicht, daß es irgend überraschend gewesen wäre, wenn man es recht bedachte, wo man doch überall den wimmelnden Legionen von Paddys über den Weg lief, besonders in Kneipen.

Die Verlegenheit schlug schwer die Schwingen; drohte abzuheben; wurde von Finn verscheucht.

»Und du leitest diesen Autoladen gegenüber, ja?«

Donal, den Rüssel tief in seinem *pint*-Glas Malone's Special XXX versenkt (und im Erlebnis des Proto-Rauschs mit starken aromatischen Anklängen – und nussigem Abgang –, der auf einen bevorstehenden und sehr angenehmen, behaglichen Zustand vollfetter Fahruntüchtigkeit hindeutete), nickte, während er gleichzeitig

a) das Glas als solches, bereits halbleer;[49]

49) Mann, macht mich das durstig, wo ist der verdammte Junge, Terence! Entschuldigung, ich wollte nicht laut werden, Burschi. Ich könnte nur gerade jetzt eine *pint* Malone's XXX so gut gebrauchen,

b) Terpsichores bluejeansbehosten Hintern (erstaunlich und erfreulich üppig an so einer schlanken Person);
c) die bartstoppligen Gesichtszüge Finn McCools;
d) das durchgehend für geringere Ansprüche gedachte Dekor, für welches Molloy in ganz Killoyle und Umgebung mit Recht gefeiert wurde: Kirchenbänke aus der entweihten röm.-kath. St.-Oinsias-Kirche (vorübergehend eine Disco namens Goddi's, gegenwärtig Willie »Winzig« Wilson's WachsWunderWelt), zu Kneipenzwecken umgerüstet; ein verblichenes Plakat, welches eine idealisierte *pint* Guinness darstellte, in deren Schaumkrone ein lächelndes und leicht unheimliches Gesicht geätzt war, während ein Tukan im Hintergrund die Güte des Edlen Elixiers verkündete; auf den Tischplatten Brandlöcher von Zigaretten, die sich bis in die De-Valera-Ära zurückführen ließen; ohne ersichtlichen Grund ein CIE-Busfahrplan, *Killoyle (W.) — Waxford — Weterford — Gougane Barra — Bodenstown — CORK CENTRAL*, Sommer/Herbst 1977; ein altersblasser Schnappschuß von Proinsias Molloy, dem Original-»Mad« und Namensgeber, am Strand von Bundoran, irgendwann in den '30ern, mit einem dieser quergestreiften Badeanzüge, die schon damals aus der Mode waren, und er sieht, ja, durchaus wahnsinnig aus (stechender Blick, klaffender Mund, her-

wissen Sie, was ich meine? Und ohne Eis ah haha war natürlich nur ein Scherz was glauben Sie was ich bin etwa ein …? Und wissen Sie was, wenn ich halb fertig bin, nenne ich das Glas halb voll, nicht halb leer, woran man mal wieder sieht, was für ein unverbesserlicher Optimist ich bin, egal, was sonst alles ist, klar, die können Sie abräumen, die habe ich seit Minuten nicht mehr angerührt ah ha ha ha das lob ich mir, wie es mit den unsterblichen Worten von *Des Arbeiters Freund* so schön heißt,

Wenn alles nur schiefgeht, egal was man macht,
Und gar nichts zu klappen mehr scheint,
Wenn's Leben so schwarz wie die Stunde der Nacht,
Ist ein *Porter* dein einziger Freund.
Hic.

aushängende Zunge, im Hintergrund Wärter mit verschränkten Armen in weißen Kitteln);

e) Terpsichores bluejeansbehosten Hintern;

f) ein plötzliches Eindringen von Halbstarken aus der Lounge nebenan;

g) sein Glas, immer noch halbleer;

h) die nikotingebräunte und fliegenbeschmutzte Landkarte, circa 1954, des altehrwürdigen Königreichs Munster, circa 1100, die quer vor einem Kabufftürchen über dem Zigarettenautomaten, circa 1971, hing, der den längst nicht mehr beleuchteten (und unter der neuen Rechtsprechung von Wet Wesson illegalen) Schriftzug *Players, please* trug, komplett mit dem No.-6-schmauchenden Jolly Jack Tar;

i) Terpsichores …

j) auf dem über dem Tresen angebrachten Fernseh den silbrigen Glanz über dem Lago Maggiore oder dem Gardasee oder den Shepperton-Studios mit dem brutalen judäo-amerikanischen Profil von Sid Nugent, Geheimagent, im Vordergrund, am Steuer eines dieser genormten Geheimagenten-Superautos, komplett mit sinnlicher (im Hintergrund) asiatischer Schönheit (und Granny-Preisträgerin) Ngo Thin Wench;

k) auf dem permanent auf den Nur-Pferderennen-Kanal APINP (Alle Pferderennen, Immer Nur Pferderennen; RTÉ 87) Schollenfilet, der beim 13:30 in Newmarket ins Ziel tollte, was vom einzigen Zuschauer, einem Richter von den benachbarten Gerichten, der praktisch bei Molloy wohnte, zumindest während der Rennsaison in Newmarket, mit einem lauten, heiseren, wortlosen Gebell zur Kenntnis genommen wurde …

… beobachtete und »Stimmt, ich verkaufe Autos« sagte.

Aber dann, mit der reflexhaften Selbstmißbilligung seiner Gattung, hob er an, jeden Anschein von Respektabilität, der, wie unwahrscheinlich auch immer, der Anrufung seines Berufs innewohnen mochte, zu demolieren, womit er potentielle Widersacher – fast die ganze Welt, wie seine beträchtliche Erfahrung ihn lehrte – mit dem Rüstzeug ausstattete, das sie brauchten, um sich der allgemeinen »Donal werden wir's zeigen!«-Hetzjagd anzuschließen.

»Das ist alles Beschiß, wirklich, ich meine, ich kann gar nicht gut verkaufen, ich weiß, ich weiß, warum in aller Welt habe ich aber auch, ja klar, ich hatte vorher schon davon gehört, na, ich weiß ja nicht, ob du je in der Lage warst, ich meine sagen wir mal nennen wir es Joblosigkeit ...«

»In der Lage bin ich gerade«, sagte Finn.

»Ah. Na, dann verstehst du sicher auch, wie dringend ich den Job brauchte, ich meine, ich hätte auch Bettpfannen gereinigt, wenn ich gemußt hätte.«

»Ich weiß, was du meinst, ja.«

»Tja. So ist das.«

»Hast du einen Job?«

»Wie, für dich?«

»Genau. Ich könnte Autos verkaufen. Ich bin ein Klasse-Fahrer. Mein erstes *Wheelself*-Abo hatte ich praktisch schon als Kind. Mit siebzehn hatte ich einen Lotus Seven, da hatte ich gerade den Führerschein gemacht. Ich habe ihn selbst gebaut.«

»Tja.«

Wieder erhob sich Schweigen zwischen ihnen, einen Tick weniger lastend als zuvor, während Donal sich den monotonen Geysir aus langweiliger Anekdote-cum-Autobiographie-cum-*apologia-pro-vita-sua* vorstellte, den es auslösen würde, wenn er Byrne um Erlaubnis bat; Finn jedoch, dessen Stimmung sich durch den Lemon-Daiquirí, den er gerade eingenommen hatte, und die *pint,* die er gerade in Angriff nahm, gebessert hatte, sah seine Autos verkaufende künftige Inkarnation in einem ziemlich schneidigen Licht, mit sich selbst als Nach-mir-die-Sintflut-Gesellen, unbeschwert von den lastenden Notwendigkeiten intellektuellen Strebens wie der Rückkehr aufs College, um Gottes willen, oder der Leitung eines hundsdämlichen Geschäfts nach den Vorstellungen seines selten dämlichen Irren von einem Cousin, ich meine

Wein und Käse, um Gottes willen ..., immerhin war damit vielleicht Geld zu verdienen, wenn man es richtig anpackte, wozu der olle Ferdia ganz bestimmt nicht in der Lage war ..., erstmal fühlte er sich jedenfalls ganz schön befreit, wenn er sich nämlich vorstellte, wie er herumpirschte und mal hier, mal da ein Auto wienerte, während er die resche Passantin belaberte und ein paar superschnelle Schüsseln zu fahren bekam, denn selbst auf der verkeimtesten Gebrauchtwagenverkaufsfläche landete gelegentlich ein Benz SL, bei Drogendealern oder der IRA oder wo beschlagnahmt oder sichergestellt ..., ja, es klang ganz solide. Vielleicht übernahm er den Laden sogar eines Tages. Jedenfalls würde er den Laden auch nicht schlechter schmeißen als dieser traurige Wichsfleck.

Er strahlte.

»Also! Wann fange ich an?«

Donal wich der Frage erstmal aus.

»Meine Runde«, erwiderte er und schob sich näher an den Tresen, wohin er gehörte. Mit trüben Vorrichtungen wie Finn (der tatsächlich, aus diesem und verwandten Gründen, ideal für den Job als Stellvertretender Geschäftsführer sein könnte, jetzt, da er ⟨Donal⟩ darüber nachdachte) herumzuhängen und dummes Zeug zu schwatzen, konnte nicht der Zweck gewesen sein, zu dem er Molloy's aufgesucht hatte, nicht mit der Frau seiner Träume in greifbarer Nähe ...

... ah, tatsächlich vor ein paar Minuten nur ein Traum, als er, verloren wie immer und längst bei der zehnten Lulle des Tages angelangt, und zwei Uhr noch lang nicht vorbei, aus dem Augenwinkel des orchideeischen Glanzes robuster Weiblichkeit innewurde, die sich aus rötlicher Wange, strahlend blauen Augen und rotblondem Haar zusammensetzte ...

»Hallo«, hatte sie gesagt und war auf ihn zugeschritten, so nervös wie ein in die Enge getriebener Hase, während er langsam rückwärts dem Bau seines Büros zustrebte. »Kann ich mit Ihnen sprechen?« sagte sie. »Nein, streichen Sie das, ich weiß, daß ich es kann, weil ich es ja tue. *Darf* ich mit Ihnen sprechen?«

Als Bewunderer guter Grammatik, knackiger Prosa und präziser Lyrik wußte Donal die Unterscheidung zu schätzen, zu sehr mit sich selbst beschäftigt jedoch, ein Symptom ihrer eigenen Nervosität zu erkennen, fragte er sich, ob sie immer so pedantisch war.

»Natürlich. Ich stehe Ihnen voll und ganz zur Verfügung. Sowieso. Nicht gerade viel los hier im Augenblick, wie Sie sehen«, sagte er und gestikulierte an die unbevölkerte Verkaufsfläche, die Autos, die Hungerstreikenden hin, die langsam aus dem frühmorgendlichen Dunst auftauchten. »Ohnehin nicht nennenswert, wie viele Autos ich bis nach dem Mittagessen verkaufe, wenn die Leute einen Tropfen zu sich genommen haben und plötzlich ihre Vorliebe für äh für emm für ahem Autos entdecken.«

Sie betrachtete ihn mit einem verzehrenden Ausdruck der Scheu. Wenn sein Kreislauf einigermaßen mitspielte, wußte er, daß er jetzt errötete, aber sein Blut war geschwollen, irgendwo in der Magengegend steckengeblieben. Und bei ihm bestand die Gefahr, daß wieder einer dieser Filme vor seinen Augen ablief, er spürte es kommen.

»Sie sind furchtbar nett, wissen Sie das«, sagte sie.

»Bin ich?«

»Naja, ich bin hier, um mich Ihnen auf Gedeih und Verderb auszuliefern. Ich habe schließlich eins Ihrer Autos gestohlen, stimmt's?«

»Sie haben ein Auto gestohlen? Meine Güte. Stimmt ja überhaupt.« Denn in Wahrheit hatte Donal das total vergessen, so ausschließlich war er mit ihr als Objekt seines Verlangens beschäftigt. Sie – oder ein Faksimile (ein Faksimile: viel blonder als der echte, lebendige Rotschopf) – hatte in diesen letzten drei Nächten seine unbeständigen Träume erhellt. »Der Tortuga.«

»Genau der. Und es kommt noch schlimmer. Jemand hat ihn mir geklaut, und ich weiß nicht, wo er ist.«

»Wissen Sie, wer es war?«

»Ich weiß, wer's war, aber ich weiß nicht, wie sie heißen.

Ein paar Halbwüchsige. Rabauken. Aus der Crannog-Siedlung, bei den Belfers.«

»Und da wohnen Sie?«

»Äh, ja. Naja, nicht in Crannog. Auf dem Kanal.«

Eine Pause, während Donal zwischen oder inmitten

a) dem Grund, echt oder nur offenkundig, aus dem sie zurückgekehrt war; und
b) mehr aus ihr herauslocken, was
   1) ihren Wohnort,
   2) ihre Tätigkeit,
   3) die Bücher, die sie las (nicht immer ratsam, dieser Punkt),
c) mit wem sie die Bude teilte oder verheiratet war (unvorstellbar, daß derlei nicht der Fall sein sollte) (*der* Punkt eindeutig nicht ratsam) (aber Spaß muß sein, sprach Wallenstein, wie seine alte Oma gesagt hätte, wenn sie nicht ihr Leben lang taubstumm gewesen wäre),

schwankte, trat ein.

Schließlich trieb ihn seine natürliche Zurückhaltung dazu, mehr über Punkt a) herauszufinden, vor dem ein großes Schild mit der Aufschrift *Vorsicht!* stand, und der zu gar nichts führte. Immerhin hatte er doch einmal Glück, da er nicht wußte, daß sie Gefallen an ihm (bzw. an seiner italienisch beeinflußten Phantasie-Version, Beppo, den sie als Gegengift zum leidenschaftlich unitalienischen Stan erfunden hatte) fand, weshalb er nicht versucht war, sein Blatt zu überreizen oder sich unbeholfen als Charmeur zu versuchen, eine Garantie für Fehlschläge, wie sich in der Vergangenheit nur allzu oft erwiesen hatte.

»Ich werd Ihnen was sagen. Ich werde sagen, die IRA hat ihn Ihnen geklaut, als Sie eine Testfahrt machten und angehalten haben, um zu telefonieren oder irgendwas.«

»Phantastisch. Aber sind die nicht aus dem Verkehr gezogen? Ich meine entwaffnet oder sowas?«

»Nö. Die IRA? Sie machen wohl Witze. Na, vielleicht verwenden sie jetzt einen anderen Namen, aber die Burschen wurachen eifriger hinter den Kulissen als je zuvor, das können Sie mir glauben. Und außerdem können Sie mir noch glauben, daß ich über Kontakte verfüge. Wissen Sie, was ich meine?« Er zwinkerte und tippte sich mit dem Zeigefinger seitwärts gegen die Nase, bevor sich die eisige Hand des Bammels fest um sein Steißbein schloß.[50]

»Ah. Verstehe. Dann machen wir es so, wie Sie sagen.«

»Mm, vielleicht auch nicht.« Hastiger Rückzieher. »Es ist ja nur, was ich so in der Zeitung lese, wissen Sie.«

»Ah.«

Ihr wurde klar, daß seine Großzügigkeit für einen Gebrauchtwagenhändler alles andere als normal war, und da sie eine junge Frau von zumindest durchschnittlicher Hirnstärke und, weit wichtiger, einigermaßen gesunder Intuition war, erriet sie, daß seine Gründe die folgenden waren:

a) normale menschliche, d.h. untermenschliche Angst davor, den Boß mit etwas zu konfrontieren, besonders mit schlechten Nachrichten, und
b) Verlangen, rein und schlicht –, oder meinte sie Begierde …?

Ja, *dieser* Instinkt hatte sich zur selben Zeit entwickelt wie ihre frauliche Figur, als der Glanz im Auge des Verführers das Funkeln im Auge des Lieblingsonkels ersetzte (nicht selten in Personalunion, wie bei Onkel Dan »Voll auf die Zwölf« Diamond, den sie rücklings unter einer Leiter in der Öffentlichen Bücherhalle von Coleraine liegend entdeckt hatte, wo er nach einem besseren Blick auf ihre Wäsche strebte, während sie, auf derselben Leiter, in den Blytons stöberte),[51] selbst wenn

50) Oder die bammelnde Hand des Eises, was? Wissen Sie, was ich meine? Ha ha ha? Gewiß nehme ich nochmal das gleiche, Sie sind sehr freundlich. Ach, Sie haben mit *ihr* gesprochen. Vielleicht nächstes Mal, ja?

51) Aarr. Unser Freund Nabokovsky-oder-wie-er-hieß hat das auch verwendet, Seamus. Ich dachte, Sie zapfen mir rasch noch eins, ja? Na, warten Sie, bis ich's Ihnen erzähle. Das menschliche Wrack, das Sie vor

besagter Verführer furchtsam wie eine Feldmaus und deprimiert wie ein Exkommunist aus Osteuropa war, sowie unrasiert im Morgenlicht, mit leichtem Ruch nach Kaffee und Zigaretten …, *ach, Beppo, Beppo*!

Alles natürlich Quatsch, aber das war so vieles im Leben.

»Keine Ursache. Äh –, was zu trinken?«

Hiermit hatten sie die Straße überquert und ihre eigene verknüpfte zukünftige Geschichte betreten …, *aber noch nicht ganz*, denn bei Molloy's wurde ihnen die gesellschaftliche Art von Verkehr durch die Umstände verwehrt, daß nämlich Terps auf Anthea und Finn usw. traf –, und übrigens mochte Terps Anthea sogar ziemlich; sie hatte sie immer als bodenständig

sich sehen, war einst ein ganz gediegener literarischer Gent, o ja, Lord und Lady Lytton Strachey hatten nichts gegen mich in der Hand. Zwischen zwei Jobs, wissen Sie, geschah's, in Twickenham – o ja, ich habe einige Zeit im Stiefmutterland verbracht und kann Ihnen sagen, es ist nicht nur schlecht, was, Terence? – Twickenham, wie ich sagte, und kurzen Abkühlungsphasen in Cheltenham, zur Kur. Nun während ich mich dort einmal zwischen kurzen Phasen geregelter Arbeit – Fahrer für die Ahmed-Minitaxi-Flotte, wenn ich mich recht erinnere, und Assistenzoberwaschmaschinenüberprüfer in Watson's Washorama in der Kensington High Street (SW) (»Der Waschsalon der feinen Pinkel« heißt der Laden dort allgemein) – abkühlte, schrieb ich auf eine Kleinanzeige in der *Cotswold Gigglepuss-Gazette* hin und bewarb mich als Gesellschafter für eine Dame. Ich weiß, klingt wie ein Gigolo-Gig, liegt überhaupt nicht auf meiner Linie, aber es wurde ein Gesellschafter gesucht, keine Gesellschafterin, außerdem blühe ich in Gesellschaft auf, und jedenfalls, wie sich herausstellte, sollte ich nur für einen süßen alten Schatz arbeiten, dem der Männe bei einem blöden Rasenmäherunfall weggestorben war, und nun brauchte sie jemanden, der im Haus ein bißchen abstaubte, ihr bei der Mikrowelle zur Hand ging, sowie den wohltuenden Klang einer männlichen Stimme, die ihr zur Schlafenszeit ihre Lieblingsbücher vorliest, na, ich kann Ihnen sagen, dieser alte Schatz – Prudence Dipso hat sie geheißen, oder Dipsot – nein, Dipscott, das war's – also, Prudence (Prude durfte ich sie nennen, gelegentlich sogar Pru, die mit diesen alten wäßrigen Augen, dem feuchtschleimigen Lachen, diesen leberfleckigen Händen flirtete) war damals in den Augen, als ihre Tage – Augenblick, da stimmt doch was nicht – war damals in den *Tagen*, als ihre *Augen* noch brauchbar waren, sehen Sie,

nüchtern, als jemanden, der einem das letzte Hemd und die genaue Uhrzeit gibt, der das quietschende Rad schmiert, einem die letzten fünf Shilling (oder Cent, heutzutage) leiht und so weiter empfunden, und vor allem konnte sie scheißenochmal das Maul halten, das war nicht zu unterschätzen; Terpsichore hatte die Erfahrung gemacht, daß jedes Problem im Leben sich auf irgendeinen Idioten zurückführen ließ, meist auf Stan, der einfach nicht wußte, wann er seine gottverdammte Kuchenluke dichtzumachen hatte. Und natürlich gab es da noch das unerwartete und jetzt anscheinend unvermeidliche Phänomen Finn McCool, der, mit zwei –, nein, *drei* Drinks (Anthea zählte mit) hinter dem Gürtel einen unerklär-

jetzt stimmt es, ein wilder Bücherwurm gewesen ... hic ... jedenfalls Trollope, Hooker, Hoare, nennen Sie einen, sie hat ihn gelesen. Aber es war ihr nie gelungen, weiter als bis Wort Nummer Eins bei unserem Freund Nabokowitsch vorzudringen, dem russischen Blödmann und Glatzkopf. Als ich also auf der punktierten Linie unterschrieb, verpflichtete ich mich zum Vorlesen, *supra voce* noch dazu, ah ha ha ha HÄCK hic – Entschuldigung, leichte Bronchitis, kriege ich immer, wenn ich diese Bars aufsuche und darauf bestehe, in der Zugluft zu sitzen, die durch die Seitentür hereinströmt – des Gesamtwerks dieses Mannes, die Lyrik dabei nicht ausgenommen, und davon ist einiges wahrhaft grausig, das fängt mit dem russischen Kram an, meistens geht es um Mädchen in Ballettröcken, Marienka oder Marika heißen sie gern, und dann geht es unerschütterlich durch seine Berliner Exilphase weiter, wobei er eine langweilige Aufmerksamkeit gegenüber Oberschichtrotzschnöselaktivitäten wie Tennis und Exilpolitik und mehrsprachigen Wortspielen an den Tag legte, und dann warf ich mannhaft einen Blick auf *Lalunas Lieben*, seinen Bestseller. Er konnte ja durchaus mit Wörtern umgehen, das will ich gar nicht bestreiten, aber er hat einfach zu verdammt viele hingeschrieben, wie so viele Schriftsteller. HALT'S MAUL sollte ihr Credo sein, oder das Credo ihrer Frauen (oder, wenn es Damen sind, das Credo ihrer Gatten, oder ..., nein, es reicht). Jedenfalls, zum Thema: Es gibt in diesem Trumm von einem langweiligen Science-Fiction-Roman eine Stelle, die jetzt stattfindet, *aber nicht ganz*, und irgendwo auf der Erde, *aber nicht ganz*, falls Sie verstehen, worauf ich hinauswill (sehr langweilig, das Ganze, Gott, die vielen Liter schwarzen Tees, die ich brauchte, um nicht schlappzumachen), fast wie diese Ungeheuerlichkeit namens *DADA*, und ich habe, und das ist Gottes

lichen Narren am armen, sauertöpfischen Beppo gefressen hatte, weil er vielleicht einen leichten Sieg in allen bevorstehenden *machismo*-Wettbewerben witterte …, *Donal* natürlich, nicht Beppo (die traurige Clownsfigur aus *Il Vitello Milanese* mit Italo Svizzero in der Hauptrolle, dem, der langsam seinen Fiat Topolino vom Ponte Nuovo in die aufgewühlten Wasser des mächtigen Po rollt und von der *Squadra Volante* gerettet werden muß).

Sie mußte ihn auch mal fragen, wie er mit Nachnamen hieß.

Und Finn-mit-dem-absurden-Namen fragte das arme Schwein jetzt über Krankengeld, Altersvorsorge und Gott

Wahrheit, geschlagene DREI GOTTVERDAMMTE MONATE gebraucht, bis ich so weit gekommen war, daß die Heldin oder Antiheldin oder Protagonistin oder was auch immer – wieder so ein spitzes Mädelchen, kaum alt genug, Körbchengröße B anzuprobieren, oho o ho, bemerke ich da, fragte ich mich, ein durchgehendes Muster? – steht oben auf einer Bibliotheksleiter und protzt mit ihrem Hintern gegenüber einem schweratmenden alten russischen Onkel namens Leo Nikolajewitsch Tolstoi, der unter der Leiter herumschleicht und so tut, als interessiere er sich für Bände über Botanik und alte Haferflockenpackungen, sich aber in Wirklichkeit wie Bolle amüsiert, indem er hinter (sagen wir) »Hoyts Taschenführer: Mehrjährige Pflanzen Zentralasiens« hervorgeiert und die reifen Konturen des erwähnten Hinterteils bewundert: kurz, das genaue Abbild unseres Freundes. So, deine Tarnung ist aufgeflogen, mein Junge. Ihre Runde oder meine? Ach, hören Sie mir doch auf, eben gerade habe ich einen ausgegeben, o, na gut, wenn Sie zu solchen Mitteln greifen müssen … Die arme alte Pru starb übrigens ganz plötzlich, was die Quacksalber als unheilbare Verstopfung diagnostizierten, durch jäh einsetzendes Asthma verschlimmert, gerade als ich Seite 321 erreichte, nur noch etwa ein Dutzend Seiten vor Schluß –, komisch, daß ich das gar nicht gemerkt habe, obwohl ich durchaus etwas hörte, was ich für forsches Sägen von Holz hielt, ich nahm aber an, das wäre Colin, der stämmige Waldläufer, und ging zu Bett; deshalb habe ich das verdammte Buch nie zu Ende gelesen, aber dadurch, daß ich diese letzten Seiten nie geschafft habe, gewinnt die ganze Eskapade noch zusätzlich an Wehmut, hic. Ihre Runde oder meine …? Ich wurde übrigens, nachdem Pru von ihrer Zugehfrau, Mrs. Crowd, an jenem schönen Maimorgen mausetot im Bett gefunden wor-

weiß was alles aus, haargenau, als wäre ihm ein Job angeboten worden …

Nun, es war ihm keiner angeboten worden, aber eben jetzt wurde ihm einer angeboten.

»Gut«, sagte Donal mit der alarmierenden Kühnheit des chronisch Schüchternen. »Du bist eingestellt. Erscheine morgen um Punkt neun. Nüchtern. Und nicht in diesen Klamotten. Sondern mit Jackett und Schlips.«

»Toll«, sagte Finn. »Ich ziehe mir sogar eine Hose an, wenn du willst.« Fröhlich klatschte er sich den Oberschenkel mit einem zusammengerollten *Clarion*, dessen Gebrauchtwagen-Seiten er unter dem Vorwand der Recherche für seinen neuen Job gerade kurz durchgearbeitet hatte. Die Geste

den war, des Mordes angeklagt, aber nicht ganz ernsthaft, mit einem spitzbübischen Gitzern im Auge von Kriminalkommissar Spanner, alles in allem ein prima Kerl, wenn man bedenkt, daß er (wie er mir bei einer *pint* in der *Bierstube zur Goldenen Traube* erzählte) unter der Autobahnüberführung in Hammersmith von einem ausschließlich Pilze essenden Hippiepärchen namens Er und Sie und deren Schoßhahn namens Er-nun-wieder großgezogen wurde. »Sie waren es, stimmt's, Sportsfreund?« sagte Kommissar Spanner eines Abends bei Scharaden und Canapés und und einem Glas sprudelnden Asti-Weins. »Nein«, lautete meine Erwiderung, kurz, aber beredt und themenbezogen. »Nein, ich nehme nicht an, daß Sie es waren«, nahm er den Gesprächsfaden wieder auf, lehnte sich in seinem Sessel zurück und betrachtete mich durch zu Schlitzen verengte Augen. »Sie sind nicht der Typ für sowas.« Damit verfielen wir ins Armdrücken und verbrachten ganz allgemein einen höchst angenehmen Abend. Als er sich zum Gehen erhob, hielt er inne und schoß einen mehrdeutigen Blick auf mich ab. »Lassen Sie mich Ihnen noch eine Frage stellen, Sportsfreund«, sagte er. »Nur zu«, sagte ich. »Gibt es, außer daß Sie Mrs. Dipscott nicht umgebracht haben, noch etwas, was ich von Ihnen wissen sollte?« »Ja«, sagte ich, »ich war der beste Scheißrugbygedrängehalbspieler, den die Portara-Schule je hatte, wobei ich Samuel ›Ich bin scheißenochmal nicht Godot‹ Beckett ausdrücklich nicht ausnehme.« »Nicht schlecht«, sagte er, und wir schüttelten einander fest, aber fair die Hand, während ich ihn zu seinem Polizei-Rover begleitete. Ach, Terence, kennen Sie die Bedeutung der folgenden Worte: *Nochmal das gleiche, mein Sohn …?*

erinnerte Donal beunruhigenderweise an Hitler, und er fragte sich einen Augenblick lang, warum, dann fiel ihm Frankreichs Niederlage ein; der jubelnde Führer, der auf der Lichtung von Compiègne seinen »Siegestanz« bringt; die traurige Würde der französischen Generäle und darüber das brausende Blau des Himmels in jenem gnadenlosen Juni ..., Gott, dachte er, wie gern ich jetzt in einer Ecke säße und ordentlich über den II. Weltkrieg oder sonstwas Wichtiges ratschte, auf jeden Fall etwas Erbaulicheres als nur über dich und mich und den Schmerz, den ich seit neuestem in meiner Flanke spüre.[52)]

»Ich habe ihn gerade eingestellt«, sagte Donal, als Terpsichore sich für einen Moment aus ihrem mädchenhaften Gequassel mit Anthea löste. »Finn, meine ich. Sollte erstklassiges Gebrauchtwagenmaterial abgeben.«

»Wie lange machst du denn schon diesen Job?« erkundigte sie sich, entschlossen, den Mann zum Reden zu bringen –, zum Reden, nicht nur zum Nicken oder »H'm!«-Machen (oder gar »H'm?«) wie alle Introvertierten. Und reden tat er. Er erklärte sich, bis zu einem gewissen Punkt, indem er mit seinem Vati »Vati« anfing und hier, in Killoyle, auf Roofwalls, endete; er erzählte die Myriade von Narreteien eines Lebens, von dem er immer noch den Eindruck hatte, es habe gerade kaum begonnen, und fing immer wieder ganz von vorne an; er beklagte seine Unfähigkeit, »bei einer Totenwache Whiskey zu verkaufen«, lachte unfroh und ohne Humor über die kleinen Ironien des Lebens, hielt inne und blickte stirnrunzelnd seine fast leere *pint* an; DANN ...

... schlug sie zu. Die Zeit des Jetzt oder Nie war gekommen.

»Gehen wir woanders hin«, sagte sie und starrte ihn beunruhigend an –, d.h. beunruhigend für einen Mann in seinem deprimierten Zustand. Jeder, der mit den einfachen Wahrhei-

52) Bzw. im Arsch, jetzt, da du hier bist. Tut mir leid, konnte nicht widerstehen.

ten des Lebens vertrauter war, hätte sogleich gesehen, welcher kupidöse Daimon von ihr Besitz ergriffen hatte, aber Donal las Besorgnis, Neugier, Amüsement und eine seltsame Art von Gier in ihren Zügen: alles, außer dem, was wirklich und wahrhaftig dort brannte, denn wenn man von Xiao-Lian (und die war Chinesin, um Gottes willen, und die waren doch alle in Selbstbeherrschung geschult, oder?) absah, hatte er in all den Jahren, zu zahlreich, um sie zu zählen, den Daimon auf keinem Frauenantlitz gesehen –, außer natürlich im Fernseh.[53)]

»Wohin?«

»Zu dir. Bei mir ist im Augenblick, äh, alles belegt.«

Jetzt verstand er sie klar und deutlich. Komischerweise, wie in einem Slapstick-Film, nahm er gerade einen Schluck von seinem Bier, und Finn mußte ihm therapeutisch auf den Rücken hauen, so tief und würgend war der Hustenanfall …, aber wie der glückliche Zufall es wollte, lag Roofwalls nur zehn Minuten Vogelfluglinie von Mad Molloys entfernt; und, Mannomann, wie die Vögel flogen unsere Liebenden dorthin!

* * * * *

Da war ein nackter Mann bei der Firma Heartland Autos. Naja, fast nackt.

Byrne war überrascht, entgeistert sogar. Seine Augen, um mit den Augen anzufangen, traten ihm aus dem Kopf wie

53) Och, nun zieh ihr schon den Schlüpfer runter und mach hinne, um der Liebe und Ehre Dessen willen, der all diesen Quatsch sieht (muß für Ihn irgendwann ziemlich langweilig werden, ich meine, Jahrhundert um Jahrhundert dieselbe alte Scheiße, und »JETZT GEHT DAS SCHON WIEDER LOS«, sagt Er Sich dann wahrscheinlich, »wieder ein Blödian, der ein Auge auf ein Mädel geworfen hat, ja, dann mach doch endlich mal hinne«, so sieht Seine Reaktion bestimmt aus, wenn ich irgendwas über Ihn weiß).

einer mesopotamischen Statuette aus der Akkad-Ära und schweiften in wilden Vermutungen bald hier-, bald dorthin, so daß dem Betrachter weniger die sumerische Bildhauerei in den Sinn kommen mochte als die anzüglich grinsende Visage auf einem dieser Taschenspiegel mit Geduldsspiel oder das Jahrmarktsgesicht, das die Berg- und Talbahn schluckt.[54)]

»Was sind Sie denn für einer? Ein Schamverletzter?«

»Au contraire, der Herr. Finn McCool zu Ihren Diensten«, gab Finn cool an.

»Finn McCool? Ah ja. Und ich bin verdammtnochmal Cu Chulainn. Freut mich, Ihre Bekanntschaft zu machen, großer Mann. Und jetzt hören Sie auf mit diesem Scheiß.«

»Stimmt aber doch. Augenblick, hier ist mein Führerschein.«

Finn händigte ihm das Dokument aus. Byrne beäugte es.

»Tatsache, da steht wirklich ›Finn McCool‹.«

»O ihr Kleingläubigen.«

»Was? Achso. Naja, Sie wissen schon. Trotzdem.«

»Brrr, ist das kalt. Oder liegt das an mir?«

»Das liegt an Ihnen, Mensch, halbnackt im Märzwetter.«

»Ja, äh, tut mir leid, bin noch nicht dazu gekommen, meine getreuen Sakko und Schlips anzulegen, aber machen Sie sich keine Sorgen, bis ich morgen komme, habe ich sie gefunden.«

»Sorgen? Ich mache mir keine Sorgen.«

»Gut. Demnach ist dieser Arbeitsplatz etwas weniger förmlich, als man mich glauben gemacht hat, stimmt's?«

Byrne verdaute diese Worte grübelnd; dann, jäh, wie wachgerüttelt:

»Augenblick mal. Ich kann Ihnen nicht ganz folgen. Sie wollen damit doch wohl nicht sagen, daß Sie für mich arbeiten?«

»Kommt drauf an. Wer sind Sie?«

54) Mann, wie ich sie liebe. O Mann. Das Stöhnen der Unschuldigen; die süße Brise der Freiheit; der …

»Byrne. Mir gehört der Laden.«

»Byrne, soso. Na, *dann* arbeite ich für Sie, Gott segne Sie, Byrne, und alles, was Sie überblicken, einschließlich – oder sollte ich sagen: besonders – mich, haha.«

»Jeesus.«

»Nein nein, ich hätte es Ihnen sagen sollen, beziehungsweise hätte Mr. Duddy es Ihnen sagen sollen, aber der ist kurz mal eben weg.«

»*Mr.* Duddy, was? Weg? Wo, um Himmels willen? Der sollte hier sein und Autos verkaufen, der nutzlose Wicht.«

»Nun ja. Er hatte eine wichtige äh Verabredung.« Finn tippte sich mit einem Zeigefinger seitlich an die Nase und zwinkerte schwer, um die Bedeutsamkeit zu unterstreichen. Gestik wie Mimik waren an Byrne verschwendet. »Er hat zu tun, sollte ich vielleicht sagen. ›Anderweitig engagiert‹, wissen Sie. Falls Sie verstehen, was ich meine.«

»Nein, ich verstehe nicht was Sie meinen und eins will ich Ihnen sagen Mister Finn McCool nein Sie machen Witze heißen Sie wirklich so wollen mich wohl veräppeln denn ganz unter uns und dem Laternenpfahl dort drüben nein nicht dem da nein nein DEM – DA genau dem ich bin nicht in der Stimmung hören Sie nicht in der Stimmung für die Art Mumpitz na gut na schön Sie haben mir Ihren Führerschein gezeigt meinetwegen falls er keine Fälschung ist und das wäre durchaus möglich weil die Hälfte aller Führerscheine in der EU gefälscht sind haben Sie das gewußt ich wette das haben Sie nicht gewußt haha habe ich gleich gewußt daß Sie das nicht gewußt haben o ja o ja nur allzu wahr die werden von illegalen Arabern und Israelis und dieser ganzen Bande benutzt Sie wissen schon der bärtige Bringt-sie-alle-um-Bursche mit dem stechenden Blick aus dem Nahen Osten oder daherum na gut na schön Finn McCool na gut das ist wirklich ein schöner alter irischer Name das kann man nicht bestreiten hahahaha nicht daß ich nicht vorher schon Menschen mit sagen wir mal ungewöhnlichen Namen getroffen hätte tatsächlich erinnere ich mich ehrlich jetzt daran daß ich mal einen griechischen Burschen namens Polyphem kennengelernt habe das war in Athen Griechenland als ich zu einem Automobilkongreß drüben war Sie wissen schon die Art Veranstaltung mit Wein Weib Gesang nur gut daß meine Frau dachte ich wäre in Bundoran ha ha ha ha ha ha hahahahahahahahahaha nein kleiner Scherz sie ist mitgefahren ist sogar fast mit einem irischen Fischer namens Anthony Quinn durchgebrannt[55] ist das wohl zu glauben am Hafen in Piräus war das oder irgendwo anders sonntags nie äh oder meine ich sonntags immer ha ha ha ha ha egal ha ha ha ha egal ha ha ha ha egal sie hatte völlig recht ich habe zuviel Zeit mit Geschäftlichem zugebracht also sind wir uns hinterher wieder ein bißchen nähergekommen *sans* Anthony wie ich mich beeile hinzuzufügen weiß nicht was aus ihm geworden ist vielleicht wurde er aufs Meer hinausgeweht oder von einem Riesen-Meeraal gefressen oder weiß der Teufel von einem großen alten einäugigen Schweinehund namens Polyphem angefallen ha ha ha ha ha egal mein Gott der Vino das glauben Sie gar nicht er ging runter wie Wasser wohl wahr aber kam raus wie Wein ich kann Ihnen sagen ha ha ha ha Weißwein natürlich also so eher gelblich falls Sie mir folgen können ha ha ha ha ha ha ha dieser in Frage stehende Polyphem war Grieche braucht man gar nicht dazuzusagen bei dem Namen glaube ich aber egal auf jeden Fall würden Sie wohl glauben daß er ein Poseidon-Autohändler aus Saloniki oder Thessaloniki war wie man so sagt und fragen Sie mich bloß nicht wo das ist braver Junge in Erdkunde ist bei mir Hopfen und Malz verloren ich hatte mal erzähle ich Ihnen kurz eine Erdkundelehrerin in der Pater-Kormoran-Akademie in Buncastle Buncastle Grafschaft Wicklow Sie wissen schon in der Nähe vom Powerscourt-Anwesen das in den

55) Och Mensch, er ist ja immer noch dabei, lauert unschuldigen Irinnen auf den von Geschichten so satten griechischen Inseln auf. Fluch auf sein Haupt, der alte Lachspimmel. Bradan Feasa, der weise Lachs, ist er schon mal nicht, soviel ist sicher. Möge sein Laich nie stromaufwärts schwimmen, um sich fortzupflanzen.

wann war das Siebzigern abgebrannt ist nein das war als sie diese vielen Leute in Amerika umgebracht haben also schon irgendwann in den Sechzigern oder vielleicht auch später auf jeden Fall hat Missis Ryan so hat sie geheißen Missis Irma Ryan genauso eigentlich kein übler alter Besen wirklich nicht glaube ich aber ich werde nie den Tag vergessen als sie mit offenem Mund so dasaß wissen Sie sage ich Ihnen da war sie eines Sommermorgens und saß da und glotzte aus dem Fenster und das Maul klaffte ihr weit offen und was kommt angeflogen wenn nicht eine Pferdebremse kein Scherz jetzt und die brummte zum Fenster herein und ihr direkt rin in die Futterrutsche und die ging schnapp zu und sie hat die Bremse verschluckt wie ein Frosch wir haben uns alle vor Lachen gewälzt kann ich Ihnen sagen na das setzte natürlich kaputte Hände und andere Körperteile an dem Tag kann ich Ihnen sagen AUF JEDEN FALL hat sie mir mal gesagt wenn es mir je gelingen sollte daß ich mir die Landkarte von Europa einpräge dann backt oder sagt man bäckt sie mir einen Stachelbeerkuchen na es ist mir nie gelungen ich meine die Hauptstadt von Slowenien oder Slowakien oder was auch immer beim Geier da steht Vermutung gegen Vermutung und so soll es auch sein ich meine das ist doch nun wirklich wurscht also weshalb mir Missis Ryan auch nie einen Stachelbeerkuchen gebacken hat aber in Wirklichkeit bin ich gar nicht so schlecht in Erdkunde ich kann Ihnen sagen wo alle größeren Autofabriken sind also mindestens los fragen Sie mich was los los Volkswagen Wolfsburg los weiter wie ist es mit Fiat Turin sehen Sie habe ich gewußt weiter los Ferrari Modena Ford Dagenham Renault Boulogne Debbler-Bertz Stuttgart Poseidon Saloniki sehen Sie na gut na schön vielleicht später also wo war ich stehengeblieben ah ja UND hier kommt der wichtige Teil ohne den hat die Geschichte nicht viel Sinn Mann o Mann da hätte ich ihn doch fast vergessen der Witz ist nämlich auf jeden Fall der Witz ist nämlich daß er nur ein Auge hatte verstehen Sie mich der Mann war ein einäugiger Grieche namens Polyphem genau wie der Bursche in dem homerischen Poem Ulric der Grieche nein das war es nicht und Eric der Grieche war es auch nicht nein na auf jeden Fall war es das eine oder andere oder was und irgendwie habe ich das Gefühl es gab da auch ein schweinisches Buch mit demselben Titel von einem Iren geschrieben mit demselben Titel wie naja o naja in Literatur war ich auch nie allzu gut falls Sie mir folgen können nein geben Sie mir einfach die aktuelle *Sporting News* oder den *Sunday Dependent* und ich habe alle Literatur mit der ich klarkomme verdammte hochnäsige feine Pinkel ich hoffe daß Sie nicht auch so einer sind und ich hege mehr als den leisen Verdacht daß unser Freund Duddy einer ist ach Lieblink reiche mir doch mal bitte den Praust herüber ach danke Lieblink und hättest du gern ein Ideechen Sodomie dazu ach vielen Dank Lieblink ich meine was haben denn die verdammten Romane sowieso für einen Sinn wenn man nur die Zeitung aufzuschlagen braucht um Dramen zu lesen die das Leben schrieb und die zehnmal so äh so äh dramatisch sind wie nur was in diesen Scheißromanen voll lächerlicher Figuren denen man in einem ganzen Monat voller Sonntage nicht begegnen würde und unsinniger Situationen die vielleicht mal dem Mann im gottverdammten Mond passieren aber hol doch der Teufel die Wahrscheinlichkeit daß sowas jemals Ihnen oder mir passiert im Grunde geht es da doch nur um äh Sie wissen was falls Sie wissen was ich meine wissen was ich meine na kommen Sie schon[56)] Sie wissen ja was ich meine na Sex sagen Sie daß es nicht so ist da geht es doch immer nur um verdammten Sex

56) Lassen Sie sich von mir nicht stören, aber ich warte nun schon seit einiger Zeit darauf, dem stillen Ort der plätschernden Wasser (ir.: Baile Átha Cliath) einen Besuch abzustatten, daß ich jetzt, glaube ich, um das übrige Gelaber dieses Idioten herumschrubben werde, Gott helfe ihm, und uns ... Augenblick mal. Gott, er erinnert mich an jemanden, ja, an einen Burschen, den ich damals im Jahre '81 gekannt habe – oder war es '82? Nein, das war, als Reagan erschossen wurde (wie Byrne sagen würde), die olle Mogelpackung, Gott segne ihn. Also '81. Padstow hieß er, Pat Padstow, Personalchef bei Anglo-Hibernian Fleischwaren

stimmt doch nur daß die Hälfte dieser sogenannten verdammten Autoren so verbohrte Dussel sind daß sie nichtmal die Eier haben oder die intestinale Kapazität wie mein alter Onkel Davie zu sagen pflegte intestinale Kapazität mein Junge pflegte er zu sagen naja brüll brüll nach einem halben oder ganzen Dutzend seiner geliebten kleinwinzigen kurzen Powers' unten in der Harbourside Bar damals als Tone Gartery den Laden noch schmiß und kein Scheiß keine Frauen damit fing es schon mal an raus du Schlampe hat er gesagt und wenn es die Königin von diesem Scheiß-England persönlich war eine Kneipe sollte ein Ort sein an dem Männer vor Frauen ihre Ruhe haben ja das war seine Philosophie aber

GmbH, die alte Lieferfirma für Speisen und Getränke am Strand, bevor sie anspruchsvoll wurde und sich in Stingo's umbenannte ... Ja, ich war etwa sechs oder, äh, acht Wochen lang Pats Adjutant, oder waren es sechs Monate, bis zur Bürgersteigsreinigungskrise ... Warten Sie, bis ich es Ihnen erzähle. Da war ich also, kauerte hinter dem Stehpult, prüfte die Hauptbücher (sie hatten auch einen Computer, den sie aber nur für die Rennresultate nutzten), angezogen wie ein Statist aus einem Gilbert-&-Sullivan-Musical, mit Strohhut und Fliege und gestreifter enger Hose, naja, das stand in der Arbeitsplatzbeschreibung und schien zunächst nicht weiter schlimm, aber nach etwa einem Tag, Mannomann, war mir das widerlich, besonders als ich herausfand, daß ich der einzige war, der die Kluft tragen mußte, wie diese scheißlächerliche Hose, zu lang und unten ausgestellt, so daß ich ständig drüber gestolpert bin, sehr zum Amüsement der Hinterzimmerjungs, und Sie wissen ja, was das am Montagmorgen für eine Bande ist ... Jedenfalls waren sie eines Tages alle da, haben wie die Bulldoggen auf das Bürgersteigpflaster gesabbert, und es war die Zeit, zu der wir normalerweise unsere ersten Kunden erwarten, und an diesem Tag hatten wir, wenn mich nicht alles trügt, das große Kedgeree-Sonderangebot, anglo-indische Fisch- und Eierreispastete mit Nieren, ein großer Hit bei den Pensionären, wissen Sie, ex-indische Meute, die einnickt und beim Aufwachen »Memsahib! Memsahib! Gibt es schon Mittagessen?« ruft, während Rover dumpf im Hintergrund bellt und die blechernen Gebetsglöckchen dünn im Tal klingeln, vom mächtigen Tuten der Gebetshörner übertönt ... »OY!« stimmt Padstow an. »Du da!« »Ich?« erkundigte ich mich, verirrt, zuallermindest. »Ja, du, du heller Kopf. Du mit der Schwuchtelkluft.« Na, naturgemäß, obwohl dieser ganz spezielle Witz bereits vierzig- bis fünf-

genau und wenn es unter uns und dem Laternenpfahl da drüben nein DEM da bleibt dem neben der Mülltonne es gibt Zeiten da bringe ich viel Verständnis für diese Einstellung auf sind wohl nicht verheiratet Bursche was habe ich mir gleich gedacht in dem Aufzug meine Frau würde mir ganz schön was erzählen wenn ich mich so anziehe bzw. muß ja wohl eher ausziehen heißen ah hahahahaha wo war ich auf jeden Fall stehengeblieben ah ja die Hälfte dieser ganzen selbsternannten verdammten Schriftsteller besitzt doch gar nicht die intestinale Kapazität um Onkel Davies Formulierung zu verwenden die intestinale Kapazität sich mal hinzusetzen und drüber zu schreiben ich meine wenn euch das so be-

zigmal geäußert wurde, war er das Signal dafür, daß die sabbernden Kretins im Hinterzimmer in eine befriedigende Runde unflätigen, schnauzbärtigen Gelächters auf meine Kosten ausbrachen, wobei sie mir über die Schulter verächtliche Blicke zuwarfen. »Jetzt hör mir mal zu, Bürschlein«, sagte Padstow, »raus.« »Aber, aber«, ersuche ich ihn, da ich die allumfassende Verschlagenheit und Feigheit des Bürolebens noch nicht kapiert habe. »Äh, na gut«, sagt er, »aber nur, wenn du den Bürgersteig wischst.« »Den Bürgersteig wischst ...?« Nun, er meinte, was er sagte. Also immer noch mit Strohhut und vielfarbiger Hose schabrackiert (ist das das Wort?) (hic?), trug ich Mop und Eimer hinaus und versuchte, ein gründliches Aufwischen zwischen den Halbstarken hindurch in Angriff zu nehmen, welche knurrten und spuckten und sich ganz allgemein wie die untermenschlichen debilen Tiermutanten benahmen, die sie waren, drängelten und schubsten und schließlich mit Apfelkernhäusern und dergleichen (Pfirsichkernen, Kippen und so weiter) auf meinen Strohhut warfen, um ihn zu verschieben und auf diese Weise einen weiteren Vorwand für Spott zu schaffen. Na, das reichte. Einen von denen habe ich peng mit dem linken Fuß in den Solarplexus erwischt, den anderen bams mit dem Mopstiel übers Kinn und den dritten Halbstarken wutsch mit dem Eimer in die Weichteile, was noch dazu den Bonus brachte, daß dieser sich über den miesen kleinen Blödmann ergoß. »OY!« rief Padstow aus. »Selber oy«, sagte ich und schleuderte Mop, Eimer, Hut und Hose zur Tür hinein. »Ich bin gefeuert.« Und ich stolzierte davon wie Theodore Roosevelt persönlich, majestätisch im Unterzeug. Hic. O, tut mir leid. Glatt vergessen. Ich war doch auf dem Weg nach hinten, oder? Würden Sie, während ich weg bin ...? Ja? Das würden Sie? Guter Junge. Prima Zuspiel.

schäftigt dann schreibt es doch einfach mal hin wie es ist ich meine Jesus Christus nö geben Sie mir eine gute alte Autozeitschrift aber jeden Tag voller Fakten das sind Fakten mit denen man leben und arbeiten kann keine hochgestochene nachgemachte Scheiße die als Fakten oder weltmännische Pseudi-Hochgestochenheit verkleidet ist alles so hochgestochen wie na Sex oder umgekehrt na auf jeden Fall wo war ich auf jeden Fall stehengeblieben und Sie hätten mich mit der sprichwörtlichen Straußenfeder umhauen können als dieser einäugige Griechentyp ziemlich groß noch dazu acht Fuß sechs und keinen Zoll weniger und jeder Zoll ein Inch ha ha ha ha Augenblick wir sind ja jetzt alle metrisch und kontinentaleuropäisch also wieviel ich weiß es auch nicht vielleicht ein Meter fünfundachtzig ich habe nie kapiert worum es bei diesem ganzen metrischen Quatsch im einzelnen geht wenn Sie das harte Wort entschuldigen wollen ha ha ha also zurück zu Polyphem also da stand er nun mit seinem einen Auge und allem Drum und Dran und fragt mich ob ich seine Schwester kennenlernen möchte nicht wenn sie aussieht wie Sie alter Knabe sage ich ha ha ha ha ha ha ha ha ha ha ha ha nein nur ein kleiner Scherz in Wirklichkeit hat er versucht mir einen restaurierten dreiundsiebziger Renn-Escort erster Preis beim Akropolis-Rallye 1975 zu verkaufen vom Papen eigenhändig gesegnet hat er gesagt was die alte Rote Socke im Vatikan persönlich sage ich nein hat er gesagt der Dorfpriester so nennt man die in Griechenland Papen ich wette das haben Sie nicht gewußt oder doch mein Junge nein habe ich mir gleich gedacht naja ich habe natürlich abgelehnt was zum Dingsbums sollte ich mit so einer ollen Schüssel und worauf genau will ich überhaupt hinaus sagen Sie völlig richtig sage ich der Witz ist nämlich der daß man bei Namen verdammt nie genau weiß worum es geht oder ich meine sehen Sie mich an ich habe denselben Namen wie drei Kumpels von mir in Buncastle die heißen auch alle Byrne wissen Sie Byrne sagen wir alle wenn wir uns treffen ich heiße Byrne und Sie und ich nehm eine *pint* Murphy's und dann lachen wir alle ha ha ha ha ha ha aber jetzt ganz unter uns ich vertrage das Zeug gar nicht nein nach einer *pint* fühle ich mich ganz verpockt und alles juckt und einmal sind mir die Lippen angeschwollen wie Ballons und als ich aufwachte lag ich mit dem Gesicht nach unten in einer Pfütze an der Bushaltestelle und behinderte die Abfahrt des Achtunddreißigers nach Enniskerry auf jeden Fall was hatte ich gesagt auf jeden Fall sind wir jetzt hier und Sie arbeiten für mich während Duddy irgendwoanders herumstrawanzt und alles und hören Sie mir mal zu Finn McCool falls Sie wirklich so heißen ich wohne in Dublin und sage Ihnen Bescheid und es ist schon ein bißchen hart jeden Morgen um Viertel vor sechs aus dem Bett und meinen beschissenen alten Leichnam durch die halbe Stadt in die Westland Row entschuldigen Sie den Ausdruck zu schleppen um den Expreßzug um halb sieben nach Killoyle zu kriegen oder sollte ich sogenannten Expreß-Zug sagen Expreß am Arsch da lache ich doch anderthalbmal drüber heute morgen hatte das Mistding geschlagene anderthalb Stunden Verspätung ist doch typisch oder und das nachdem Wet Wesson wieviel war das eine halbe gottverdammte Million Pfund oder wahrscheinlich sind das jetzt Euro ausgegeben hat verdammt verwirrend wie sie immer die Namen von allem ändern und mit ihrer Zitat Systemverbesserung Zitat Ende rummachen man weiß ja was das bedeutet ich meine nehmen Sie nur mal als Beispiel die Regionalbahnen wir wissen ja alle was Iarnrod für ein Witz ist besonders seitdem dieser Blödmann am Ruder ist und damit meine ich nicht Wesson naja Wesson ist auch ein Blödmann aber ich dachte an Spotty Bolger den neuen Verkehrsminister und eins will ich Ihnen sagen ich habe da den genauen Überblick weil wissen Sie Spotty und ich das geht jetzt wie lange zurück das können Sie mir glauben wenn ich Spotty einen Blödmann nenne weiß ich wovon ich rede wir haben nämlich zusammengewohnt und zwar unten am Circle und unsere Wirtin Mrs. Treadmill war ein richtiger alter Drache die war das mit dem Ameisenbären als Haustier Gott was war das Tier morgens früh als erstes ein unwillkommener Anblick wie seine Zunge rein- und rausschoß wenn er die Mieter auf Ameisen untersuchte auf jeden Fall haben wir beide gleichzeitig bei der Lovelace-Schule für Autoverkäufer jawohl Verkäufer nichts mit VerkäuferInnen in der Drumcondra Road angefangen damals waren wir nämlich durchweg Jungs später haben sie den Namen dann geändert auf jeden Fall waren wir da auf einem Intensivseminar in Autoverkaufstheorie miteinander Spotty hatte keine Ahnung daß er mal in der Regierung sitzen würde wie jeder junge Radikale war er gegen alles alle anderen waren dafür also hat er plötzlich dafür argumentiert die Mehrwertsteuer zu senken wenn Sie sich das mal vorstellen wollen und den Verkäufern jeden nur möglichen Vorteil zuzuschanzen einschließlich obligatorische Provisionen die die Regierung zahlen sollte na er war natürlich fest entschlossen Verkäufer zu werden falls Sie wissen was ich meine oder sollte man da eher Verkaufs*person* sagen selbst wenn man über einen Typ spricht ha ha ha hahahahahahahahahahahahahahahahahahahahahahahahahahahahahahahahahahahahahahaha ÄHÄCK tut mir leid na Sie wissen ja wie diese Politiker arbeiten hä da brauche ich bestimmt nicht tiefer einzudringen wie Spotty sagen würde na auf jeden Fall Mann o Mann die Überraschung als ich mir die Zeitung griff und mich seine gemeine fleckige Visage von der Seite eins anbleckte wie eine Flunder unter einem Felsen ich meine ich wußte ja daß er ein alter Kumpel von Wet war sie waren in derselben Hurling-Mannschaft in der Donleavy-Gesamtschule gewesen aber da war er dann plötzlich Überraschung Überraschung Minister für Transportwesen und Eisenbahnen und nur drei Tage davor hatte er im Postamt von Mullingar zehn Geiseln genommen und gedroht sie nacheinander zu erschießen wenn er nicht genug in nicht gekennzeichneten Zehn-Euro-Scheinen kriegt um die Außenstände für seine Hypothek auf ein kieselrauhverputztes Halbeinzelhaus mit Doppelgarage und allem modernen Komfort zu zahlen Sie werden sich erinnern stand überall in der Zeitung und RTÉ 6 hat eine Sondersendung gebracht die ganze Nacht live aus Mullingar da können Sie mal sehen das zeigt wieder mal nur oder etwa nicht man kann nie wissen oder man kann verdammtscheißenochmal nie wissen mein Junge wie mein alter Onkel Davie zu sagen pflegte ach Onkel Davie der war vielleicht eine Marke das kann man wohl sagen warten Sie bis ich es Ihnen erzähle Sie wissen doch noch der mit der intestinalen Kapazität in der Harbourside Bar na er wohnte so allein wie möglich in einem Schuppen ganz hinten in seinem Garten während Tantchen Nora mit ihren vierzehn Katzen kein Witz jetzt in ihrem Haus lebte vierzehn Stück und das dürfte Ihnen über Tantchen Nora alles sagen was Sie über Sie wissen müssen wissen Sie nämlich was immer schon meine Philosophie war na warten Sie bis ich es Ihnen sage sie ist ganz einfach wenn sie mehr als drei Katzen in einem Haus haben sind Sie vollbescheuert das stimmt total wahnsinnig und bisher war das eine unfehlbare Faustregel ich meine ich habe viele Menschen kennengelernt die hatten drei oder weniger Katzen und waren so normal wie Sie oder ich na vielleicht einen Tick normaler ha ha ha ha ha ha ha aah haaaha ah HÄCK tut mir leid ein Hauch Asthma eins will ich Ihnen aber sagen das eine was Wet richtig gemacht hat ist daß er dieses Antirauchergesetz durchgesetzt hat das war doch auf die Dauer nicht mehr schön wie jeder Seamus in Irland und seine Frau und Tochter die Lullen weggepafft haben sie haben ja nicht nur sich selbst umgebracht sondern uns übrige ebenfalls ÄHÄCK jetzt dagegen kann ich können Sie das wohl glauben tatsächlich in mein französisches Bistro um die Ecke gehen Piquepoquet's in der Crumstown Road ist das gemütlicher alter Laden trotz Hausschwamm hinten und der Bodenfeuchtigkeit oben in den Latrinen mein Gott früher war das als träte man hinaus in den Londoner Nebel wenn man mal eben kurz aber eins kann ich Ihnen sagen bei Piquepoquet's haben sie scharf aufgepaßt und jetzt ist da weit und breit keine Lulle mehr zu sehen naja naja naja das können Sie getrost glauben nun sehen Sie doch mal wer da eine Stunde zu spät oder noch später herangeschwebt kommt.«

Duddy überquerte mit Terpsichore die Straße. Er legte, fand Finn (immer noch mehr als nur ein bißchen in Schräglage von der Druckwelle des Redeschwalls und seinen Vorsatz, für einen Boß zu arbeiten, der jederzeit wieder in sowas ausbrechen konnte, ernsthaft überdenkend), eine gewisse Schwofigkeit beim Gehen an den Tag, und seine Hüften hatten einen gewissen Schwung, und ihre ebenfalls (Schwung; nicht Schwofigkeit) …

Es gab sogar einen flüchtigen Moment, da Finn hätte schwören können, ihre Hände seine eine, ihre eine – hätten sich aneinander gerieben und die Reziprozität, sagen wir: verschränkter Finger angedeutet, und noch viel mehr …

»Muß man sich mal vorstellen«, murmelte Finn bei sich. »Manno. Dieser miese kleine Mickerling mit so einem Wahnsinnsklopfer. Da scheiß' aber doch ernsthaft der Hund drauf. Was für eine Welt.«

»Wurde auch langsam Zeit«, sagte Byrne. »Und wer ist das Mädel?« Er ging an die Tür. »Jetzt hören Sie mal zu, Duddy.«

»*Dia duit,* Mr. Byrne«, sagte Duddy lässig. »Dies ist Miss O'Hanlon. Miss O'Hanlon, Mr. O'Byrne.«

»Himmel, Duddy, Sie werden gleich von mir hören. Hallo, äh, Miss, Hamlin, ja? Also ich weiß nicht …«

Byrne hielt inne, hielt seinen gerechten Zorn zurück, für den Fall, daß er mit einer potentiellen Kundin sprach.

»Darf ich Ihnen helfen?« erkundigte er sich servil, die Hände gerungen, die Schultern Uriah-geHeept.

»Mr. Byrne, stimmt's? Terpsichore O'Hanlon.«

»Terps… ah. Schön, Sie zu äh.« Eine Hand wurde ausgestreckt, wieder zurückgezogen. (*Ihr* Händedruck war wie der eines Fernfahrers.)

»Es tut mir ganz schrecklich leid«, sagte Terpsichore, »aber Donal war heute morgen verhindert, um auf meinen Wunsch eine Nachforschung anzustellen.«

Byrnes Glupschaugen glotzten.[57]

57) Oder sollte das andersrum sein?

»Eine … was?«

»Nun, wir …«, warf sie Donal nervös einen Seitenblick zu. Donal nickte ermutigend, »… versuchen, denjenigen zu finden, der ein Auto von Ihrer Verkaufsfläche gestohlen hat.«

»Ich, ich, ich«, donnerte Byrne, dem zum erstenmal in seiner törichten, gottverdammten, geschwätzigen Existenz die Worte fehlten (und doch war er auf seine Art ein liebevoller Gatte und Vater, der arme Mann).[58] »Ich.«

»Nun ja«, sagte Donal.

»Ich!« heulte Byrne. Er stand im Begriffe überzuschnappen, bzw. kurz davor. Er rannte aus seiner Bude auf den Hof,

58) Kannste vergessen, Hector. Ach, der arme Mann, sowas geht mir doch am Arsch vorbei. Liebevoller Gatte und Vater trifft auch ziemlich gut auf den Hitler der Portlaois Tabak und Exotische Im- und Export GmbH zu: Smiomghall Jackson-O'Hagan, Hofaufsicht, als ich dort auf Maloche war, in der einen Hand hielt das Schwein sein Handy, in welches er immer Unsinn an seine Missis hinspie wie: »Aber die Erbsen sind bei Safeway in Gang *drei*, mein Schnutzelfutz, nicht in Gang sechs«, aber in der anderen Hand hielt er eine Miniaturguillotine, natürlich nur für seine Panatellas (das war zu Prä-Antiraucherzeiten), aber man versteht, was gemeint war, oder? Er liebte es, die Klinge mit einem befriedigenden *schnapp* hinter irgendeiner armen Sau losschnellen zu lassen, die über den in den Wahnsinn treibend langweiligen Papierkram gebeugt saß, den sie uns zum Bearbeiten gaben (Korrelationstabellen über Hundefutterimportdaten in den vorstädtischen Grafschaften von Leinster, 1999–2002, diese Sorte), und dann, wenn das Opfer sich von einem infarktnahen Schreck erholt hatte, blies Smiomghall ein Küßchen in sein Handy und sagte: »Küssi küssi, Süßisüßi«, um dann fast im selben Atemzug zu dem unglückseligen Wicht, über dem er drohend aufragte, zu sagen: »Reißen Sie Ihre Scheißaugen auf, Sie scheißnutzloser Nichtstuer, sonst sind Sie scheißenochmal Geschichte.« Auch genoß es unser Freund, die Klinge schnappen zu lassen, wenn einer von uns Nichtswürdigen auf den Teppich gerufen wurde, um einen Anschiß zu kassieren, was etwa, äh, drei- bis viermal die Stunde geschah, manchmal mit Frau und widerwärtigen Gören zugegen, die Popcorn aßen und sich fläzten, als wären sie im Kino. Unnötig zu sagen, daß ich es in diesem Job nicht so lange aushielt wie üblich. (Etwa, kann mehr, kann weniger gewesen sein, eine Woche lang. Oder war es nur ein sehr langer Tag?)

wobei seine Arme in der Manier unserer Vettern, der Menschenaffen[59], ziemlich frei schwangen, er in sich hineinmaulte und im Geiste die Autos zusammenzählte. Ausgestellt waren zu seinem optischen Mißvergnügen:

a) der Cadnaeum-Piazetta-Vacazione-Familien-Kleinbus mit interner Kindersicherung und vollbreitem DVD-Plasma-Bildschirm;
b) der JBM Titan LX;
c) die beiden Mercedesse, der eine schwarz, der andere radium;
d) der Hanomag-Walpurgisnacht-Klappdach-Street-Racer mit polierten Titan-Einlegearbeiten und separaten Fußbädern;
e) der Dragoman Janitschar TT in Polenta-ocker mit hydromatischer Steuerung und Schnippschalt-Kardan (7 Gänge Minimum);
f) der Pusillanimo Gatto-Plus 575TX hybrider Sportlaster mit auswechselbaren Monddächern;
g) die drei Squires (Country, Breakfast und High Tea PLS);
h) der Weedon-Grossmith-SuperSchufter-Lieferwagen;
i) das polnische »Wojtiła SST« Racing Dragster-Coupé mit doppelten Overhead-Kameras und eingebautem Leuchtschrein;
j) die fünf Frosch-Kombi-Kombiwagen;
k) der Spratt-Mondale GLX mit Zwillings-Turbos;
l) verschiedene Mopeds, Motorräder, ein Burleigh-Hynes-Kleinlaster, Crawford-Bush-Dreiräder mit Hilfsmotor;
m) aber nicht der …

»Scheiße!« fuhr Byrne herum, die Augen groß wie Eier[60]

59) Vettern? Schließ nicht von dir auf andere, Percy.

60) Hühner-? Kiebitz-? Kormoran-? Komm, Seamus, immer schön ein Pünktchen aufs i und ein Strichlein durchs t, wenn's geht, sonst klappe ich diesen blöden Band zu und stelle ihn zurück ins Remittendenregal.

und nach links und rechts rollend wie Perlen an einem wackligen Abakus (einem, wie er beim überstürzten Auszug der *nomenklatura* aus ihren Moskauer Büros zurückgelassen worden sein mochte, circa 1991).[61] Anklagende Finger, zwei Zeige-, ein Mittel-, ein Ring-, dolchten die Luft in sizilianischem (oder zumindest nicht irischem) Stil. »Es ist der Tortuga! Ihr Schweinehunde! Ihr habt den Tortuga geklaut! Ihr Schweinehunde! Den Tortuga! Ihr Schweinehunde!«

»Aber, aber Mr. Byrne«, sagte Terpsichore. Sie ging zu ihm und legte dem Manne eine besänftigende Hand auf die bebende Schulter. Seine Augen kippten seitlich weg, wie die Augen einer bestürzten Kuh. »Niemand hat was darüber gesagt, daß wir Ihr herrliches Auto gestohlen hätten. Das würden wir nie tun. Nein, vielmehr…«, und ihr gelang diese Art Geplapper so überzeugend, ohne einen einzigen Rück- oder Seitenblick zu Donal – der natürlich wußte, daß man all das seiner Oma erzählen konnte, aber die Frau anstarrte, mit der er voll wachsender Ehrfurcht und Begierde, welche in keiner Weise abebbte, *au contraire*, wie der Franzmann sagt (sogar der Geist von Untervizekönig Sir Buckley »Boomer« Sykes-Buckingham hatte sein nächtliches Räuspern unterbrochen, um bei sich »Mensch, da hat das arme Schwein mal Glück gehabt« zu brummeln), die Nacht verbracht hatte, »… vielmehr«, fuhr sie fort, »haben wir die Schuldigen gesehen, Donal und ich, und es wird Sie nicht erstaunen, wenn Sie erfahren, daß sie der IRA angegliedert sind. Irgendeine Splittergruppe, dachte ich mir. Ex-Terroristen, zukünftige Politiker. Man kennt ja den Typ.«

»Ja, Frolleinchen, den kenne ich«, prustete Byrne los und hörte sich kurz an wie eine Figur aus Shirley Soups Vergangenheit oder wie ein zerlumpter Komparse aus den Tälern von Yorkshire in einem Tier-Tränentreiber nach James Herriot. »Allerdings. Und glauben Sie mir und ich hoffe Sie hören zu Duddy denn ich werde es nicht ich wiederhole nicht

61) Manno, jetzt willst du's wieder ganz genau wissen, was, Bursche?

wiederholen ich wiederhole werde es nicht wiederholen denn ich habe zehn Jahre gebraucht dies Geschäft aufzubauen und ich habe zu viele solcher Geschäfte gesehen wie sie in den Arsch gegangen sind bitte um Entschuldigung Miss aber Fakten sind Fakten und so mancher gute Mann ist ebenfalls in den Arsch gegangen o ich könnte Ihnen Sachen erzählen daß Ihnen die Haare zu Berge stehen …«

»… und sträubte jedes *einz'lne* Haar empor wie Nadeln an dem zorn'gen Stacheltier, könnte man sagen«, warf Donal ein, gelegentlicher, wenn auch gähnender Leser Des Barden, meist wenn nicht viel im Fernseh war oder wenn die Pseudité verlangt war, um die Damen zu beeindrucken (wie eben jetzt) (dachte er zumindest).

»Ein Knebel wäre jetzt nicht schlecht«, sann Terpsichore. *»Er darf nicht weiter annehmen, er könnte mich mit so einem albernen Scheiß beeindrucken.«*

»Ach je«, bejammerte sich Donal, *»ich hoffe nur, das Protzen mit Gelahrtheit war nicht übertrieben.«*

»Immer noch mehr als das, womit Stan rüberkommen würde«, ergänzte Terps im Geiste.

»Anderseits: warum eigentlich nicht?« führte Duddy dringlich sich selbst gegenüber ins Feld. *»Ich meine: um der Liebe Gottes willen.«*

Ihr telepathisches Duett – oder Duell – wurde von Byrne unsanft unterbrochen.

»Scheiße mit Zwiebeln ich wußte doch daß Sie einer dieser literarischen Typen sind Duddy na literarischer Typ oder nicht eins will ich Ihnen sagen wenn Sie Ihren Job hier behalten wollen mein lieber Herr Mister können Sie gern verdammt ausschwärmen und wie die junge Dame hier sagte nachforschen was mit dem Tortuga passiert ist lieber Gott und alle angesammelten Heiligen im Himmel der war vom Preis her das Primo-Auto auf dem Platz ist Ihnen eigentlich klar daß der praktisch nagelverdammtescheißenochmalneu war und daß dies Baby mehr gekostet hat als jeder einzelne andere kein einziger KEIN EINZIGER hat mehr gekostet ich wiederhole mehr ich wiederhole nicht einmal diese Mercedesse und der Hanomag Klappdach zu dreißigtausend geschenkt habe ich geschenkt gesagt ha das kann man ruhig zweimal sagen ey übrigens ja ich habe mich entschlossen von einunddreißig runterzugehen aber darüber sprechen wir später bei der Mitarbeiterkonferenz doch jetzt setzen Sie sich erstmal auf Ihr Fahrrad Duddy und finden heraus welche spezielle Splittergruppe den Tortuga geklaut hat und ich hoffe Sie wissen das Vertrauen zu schätzen welches ich Ihnen entgegenbringe indem ich Sie beide nicht sofort und direkt zur Polizei schleppe da Sie da wollen wir uns mal nichts vormachen die Hauptverdächtigen Numero Uno und Dos sind oder sagt man Due ha ha ha hahaha und Ihre Geschichte über die IRA ändert daran gar nichts also ich werde auf jeden Fall zur Polizei gehen und die offiziellen Ermittlungen in die Wege leiten mein Gott die Versicherung wird sich meine Eier in Knoblauch-Butter-Soße schwimmend zum Abendessen schmecken lassen bitte vielmals um Entschuldigung das wird sie das wird sie bestimmt also los Duddy ans Werk mit dieser überaus entgegenkommenden jungen Dame die offenbar darauf brennt behilflich zu sein und ich weiß nicht genau warum denn Augenblick mal o o oho nein nein Momentchen mal aha jetzt wird mir alles klar aHA also daher weht der Wind wie mein alter Onkel Trev zu sagen pflegte der war auf den Blasket-Inseln Fischer mit dem kleinen Lederboot wunderbares Fischen wenn der Wind mit weniger als fünfzig Stundenmeilen weht was etwa einmal pro Jahr geschieht falls Sie jemals da gewesen sind und fragen Sie mich um Himmels willen nicht wieviel das in Kilometern ist denn wie ich Ihnen vielleicht schon erzählt habe sagen Sie Halt wenn Sie das schon mal gehört haben …«

»Halt«, ersuchte ihn ungehört Finn.

»… habe ich keinen Schimmer mehr wie man die Schweinehunde umrechnet ich meine da ist man nun und wächst mit einem verdammten System heran dem englischen oder herkömmlichen System oder wie zum auch immer das genannt wurde mit den guten alten Meilen und Yards und was nicht alles und Achtelmeilen und Zoll und so und wo wir gerade dabei sind Fahrenheit und die ganze Schote und dann peng ganz plötzlich über Nacht von einem Tag auf den anderen sagen uns Leute vom Schlage eines Wet Wesson und Gar Looney wir wären alle Europäer wo doch wenn das strikt unter uns und dem Laternenpfahl da drüben nein nein DEM da gleich neben der Mauer bleibt niemand in diesem Lande je gefunden hat er wäre Europäer nein das haben wir immer lieber den Franzmännern und den Fritzen und der ganzen Bande überlassen nein ich würde sagen wenn wir überhaupt was waren dann Ostyankees keine Westbriten sondern Ostyankees Ostyankees können Sie mir da folgen Ostyankees ha hahahahahahahahahaha ha ja ja können Sie wie schön wie schön auf jeden Fall hat das mein alter Onkel Trev immer gesagt wenn der Wind wehte und das hat er um die Blasket-Inseln herum immer getan ich weiß nicht ob Sie jemals da gewesen sind gütiger Himmel ja der alte Wind kann da geschlagene drei Tage lang wehen bevor man sich aufrecht nach draußen traut nicht daß innen viel wäre von dem aus man sich nach draußen trauen könnte falls Sie mir folgen können nein die Ortsansässigen haben sich sowieso schon vor einiger Zeit auf und davon gemacht und sich verpißt wenn ich mich recht erinnere auf jeden Fall AHA wie ich eingangs erwähnte also daher weht der Wind na gut na gut na gut na gut da kann man mal sehen so ist das also diese äh Persönlichkeit hier Finn McCool ER sagt aber gehen Sie mir doch weg mit Ihrem Führerschein ich habe immer noch meine Zweifel falls Sie verstehen was ich meine ich meine Finn McCool heutzutage aber ehrlich er hat auf jeden Fall gesagt Sie hätten eine wichtige Verabredung na Verabredung am Arsch bitte vielmals um Entschuldigung Miss aber Sie wissen was ich meine ich kann nicht sagen daß Duddy Sie bereits erwähnt hätte nein er hat Sie seinen alten Kumpels verheimlicht stimmt's Duddy ich meine Donal oder wie zum man Sie nennt na gut na gut na gut wer hätte das gedonken wie die Figuren in diesem Ami-Zeichentrickfilm immer sagen wissen Sie der mit diesen haarigen Nagern

Mäusen oder was Ratten Doc und Drooley heißen sie letzte Woche war was über sie in der Sendung Klammerbeutel nein im Radio nicht im Fernseh ich persönlich sehe nie fern nein vielen Dank aber Colm das ist mein Kleiner der ist leider süchtig o ja jedesmal wenn ich ins Wohnzimmer komme begeifert und besabbert er sich mit diesen beiden verdammten Raupen nein genau das ist es Raupen keine Ratten natürlich die Kurzen stehen auf solchen Stuß und Colm ist erst fünf oder ist er vier nein er ist erst vier der kleine Colm ja das ist er sehen Sie mal haben Sie einen Augenblick Zeit natürlich haben Sie einen Augenblick Zeit dann wären Sie ja nicht hier wenn Sie keinen Augenblick Zeit für mich hätten bin ich nicht auf jeden Fall der Boß wenn ich also sage *Werfen Sie mal einen flüchtigen Blick auf die Schnappschüsse von meinem kleinen Bengel* was haben Sie da für eine andere Wahl haha hahahahahahahahahahahahaha das ist er nein das ist der Hund Purvis heißt er ein Setter wie Sie sehen können ich glaube das wurde aufgenommen kurz bevor er sein Freßchen kriegte deshalb der angespannte Gesichtsausdruck Augenblickchen ah hier da haben wir ihn ja das ist Colm oder Daddy junior wie er das nennt sehen Sie ihn an wenn das nicht der Glanz des Verkäufers in seinen Augen ist kann ich Ihnen sagen dann bin ich ein Hindu o ja o ja der Apfel fällt nicht weit vom Stamm stimmt's o hier sind wir drei letztes Jahr in Marbella na auf jeden Fall ...«

»Ich hab auch schon mal mehr gelacht«, meckerte Finn. Er stahl sich diskret davon, um sein Arbeitsverhältnis zu überdenken.

* * * * *

Ferdia suchte Terpsichore als mutmaßliche Diebin eines Klasseschlittens, der leicht »schwarz«, mit der Hilfe einiger Ex-IRA-Kumpel oben in Dundalk und West-Belfast, zwanzig Riesen bringen konnte. Knete wie diese würde die Aussichten des lieben alten Wein-und-Käse-Ladens auf tatsächliche Eröffnung verbessern, jede Wette, mein (oder sein) Gott, o ja, jeder Euro dieses saftigen Sümmchens wäre eine von zwanzigtausend Segnungen, die noch mehr zum Fließen bringen mochten, sogar hunderttausend oder mehr, zum Zählen zuviel, einschließlich die Begleichung von Rechnungen und Begleit-Absenz von Gläubigern, korollare koronare Pulsfrequenzstabilität, Vollbeschäftigung, Ehrgeizbefriedigung, rosig schimmernde Zukunft, Myriaden kleiner täglicher Bannsprüche gegen den bösen Blick, die Allgegenwart angenehmer Musik (d.h. weder Flöten, noch Heavy Metal), Weineinkaufsexkursionen ins Burgund, einen hübschen Wagen, Shirleys Rückkehr etc.: kurz Traumland.

»Ja. Ein Tortuga. Hochpreisiges Mistvieh. Italiener, glaube ich. Oder Japaner?«

Japaner, sagte »Pats« Bewley in Belfast. Klar wußte er so was: Er war einst Cheftestfahrer für die inzwischen bankrotte Firma Jocelyn Motors gewesen, einen irischen Autohersteller, der dafür berüchtigt war, seine Autos ohne Bremsen auf die Straßen der Nation loszulassen.

»Völlig nutzlos, die Scheißdinger«, sagte Bewley mit einem nördlicheren Akzent als ihm, dem Südiren, zustand; aber schließlich hatte er seiner Herde gegenüber gewisse kulturelle Verpflichtungen, als frisch eingesetzter Kommandant der Andersonstown-Brigade, welche, zusammen mit der übrigen sagenhaften Organisation, als Folge der Kodizille von Portadown zu den Verträgen von Derry, die letzten Monat vom Oberkommando der IRA, dem Inneren Senat der UVF, der UDA (letztere etwas widerwillig, in schwerer Verkleidung, mit manchem gemaulten »Wir machen euch Schweinehunde immer noch fertig, wenn uns danach ist«), Wet Wesson und dem Typ in Nr. 10[62] unterzeichnet worden waren, offiziell nicht mehr existierte.

62) Dieser Typ, der mit den Augenbrauen, der ganz leicht aussieht wie Bozo-der-Clown? Ich kenne ihn gut. Wir waren beide Adepten an

»Eher Badezimmerarmaturen als Autos.«

»Tatsächlich«, sagte Ferdia, in kaum glaublichem Ausmaß desinteressiert und voll herzhafter Verachtung für die geldnotbedingte unterwürfige Aufmerksamkeit, die er solch albernen Emissionen verbalen Gases entgegenbringen mußte. Aber Bewley kam bald zum Schluß und fügte nur noch hinzu, auf der Insel Man sei der Markt für entwendete Autos

den Knien desselben Polo-Gurus, Antonio Os Figueiros, damals in den '70ern in Bahia. Ich bin froh, daß er's geschafft hat, aber stellen Sie sich vor, seine alten Kumpels hat er vergessen. Jedenfalls hatte dieses Dokument, um welches ein Gewese gemacht wurde, als wäre es das Scheißtollste seit Bierdosen zum Aufknacken, aus den Ex-Soldaten der Nation wieder nur eine Bande langweiliger, dreiteilertragender Schreibtischhengste mit humoristischen Sitcom-Leiden (Hämorrhoiden, Magengeschwüre) und molligen Bankkonten gemacht, wenn Sie meine demütige Meinung hören wollen, und auch wenn Sie sie nicht hören wollen. *Und* es läßt die einzigen lebensfähigen bombenwerfenden Patrioten, die es noch gibt, unberücksichtigt, die wiedererstandenen Soldaten des Brian O'Nolan, die, was das letzte war, was ich hörte, wieder im Geschäft sind und ihre Operationen ganz gut finanzieren, vielen Dank –, durch einen Videoversand (hauptsächlich DVDs, aber ein paar VHS-Bänder haben sie noch), eine Wellness-Oase für Ältere (*Hoch das Knie* in Bundoran, »... wo sich Oma und Opa gute Nacht sagen«) und ein niveauvolles *Nouvelle Cuisine*-Restaurant in Süd-Killoyle unter dem Namen *Chez Brian* – letzte Woche war sogar in der *GastroWoche* über den amtierenden *maître de cuisine*, einen Mr. Harry Batasuna, Ex-Quartiermeister der baskischen Separatistengruppe ETA II (s. *Rücken an Keule*, S. 1–543), was Geschriebenes; Augenblick, irgendwo habe ich das Blatt; ah, hier ist es (übrigens, Terence, dieses Glas kommt mir ziemlich einsam vor, mein Sohn, so leer, wie es ist): »Maestro Batasuna, wie er sich gern nennen läßt, führte den Niedergang des nationalistisch-terroristischen Marktes im Gegensatz zur auf Gott basierenden Spielart als Grund für seinen Berufswechsel an. ›Gott?‹ sagte er exklusiv in diesem Interview. ›Hauen Sie bloß ab.‹ Jüngst mit einem Diplom der Pyrenäo-Baskischen Schule für Gastronomie in El Bullio im spanischen Baskenland versehen, wußte er, daß er ein Manifest wie das der Brüder Trèsgros brauchte, um Kritiker zu interessieren. So stützte er sich auf seine umfangreiche Erfahrung als Terrorist und machte sich daran, die gesamte *Nouvelle Cuisine* durch negative Auslese zu zerstören (oder ›ess-

ganz besonders gut, wo doch bald in Europa allgemein Autorennen mit frisierten Serienwagen nach US-Vorbild eingeführt würden und jüngst in Ochran, im nördlichen Weichbild von Douglas, der heiteren Inselhauptstadt (und Sitz des Hauptquartiers verschiedener Exilarmeen), Erd- und Schieferöl-Vorkommen entdeckt worden seien.

»Klingt ja prima, Ferd«, sagte er. »Schick ihn rauf, wenn du ihn hast.«

plodieren, BOUM‹, wie er in seinem charmanten, baskisch akzentuierten Englisch sagt): keine Sahne, Eier, kein Fleisch, Fisch, Brot, Salz, kein Schnaps (außer dem unvergällten Äthanol, der bei der Reinigung von Pfannen Verwendung findet), und in seinen inzwischen berühmten 14 Punkten leistete er das Gelübde, sich ausschließlich auf traditionell zubereitete Froschschenkel zu konzentrieren, in seiner Version auf einem in der Sonne gehärteten Ziegel erwärmt und auf ansonsten leeren Tellern serviert, ›mit Püree und Beilage aus nichts‹, mit Batasunas evokativen Worten, von einem üppigen, pulsierenden Bariton vorgetragen, der an den Schauspieler Andreas Bandannas erinnert. ›Man hat den Geschmack, den man will, man lernt, seine gastronomische Phantasie zu gebrauchen, also iß auf, du Schöne, und werde noch schöner, verstehst, was ich meine?‹ wie er der Berichterstatterin sagte, die ich mich unbehaglich auf dem Stuhl wand. Mehrere Handgranaten – ob echt, ob Attrappe, war unmöglich zu sagen – klimperten an seinem Gürtel, und an seinem sonst so magnetischen Blick war eine beunruhigende Stille, als er seine Walther PPK reinigte und lud. ›Haben Sie Kinder?‹ erkundigte er sich, als ich mich setzte, dann sagte er: ›*Paf!*‹ und spielte mit dem Auslöser seiner Pistole, während Ihre pflichtbewußte Berichterstatterin die Froschschenkel herunterwürgte, die unterdessen bis zur Konsistenz galvanisierten Gummis abgekühlt waren, gleichwohl immer noch zuckten, ganz im Sinne Galvanis. Batasuna sah zu und freute sich diebisch auf den Moment, da sie in meinem Magen gerinnen und ich aufs Klo sause. (Er hatte natürlich die Ausgänge blockiert und Barrikaden errichtet, der schlaue Hund.) Alles in allem ein unvergeßliches kulinarisches Erlebnis. Chez Brian. Barnacle Place 44. Killoyle Süd. Tel. 012-3456. Nach Voranmeldung.« Das, sowie Bingohallen in den ausgedehnten Stadtlandschaften von Munster und Connacht, und die einst totgesagten Soldaten des B. sind wieder auf dem besten Wege in die Solvenz. Ah, so ist unser liebes altes Irland: eine Nation von Irren, regiert von arbeitsscheuen Stutzern (und umgekehrt, wenn Gar im Amt ist).

»Und tschüs, Pats. Wie geht's der Missis?«

»Hab keine, Burschi.«

»Ah. Auch wieder wahr.«

Nach einem schmackhaften Abendessen aus gebratenem Frühstücksfleisch cum Pommes, mit der alternden Plörre eines bis zweier Carlsberg aus staubigen Flaschen heruntergespült, welche die noch staubigeren Fensterscheiben skandinavischer Paläste heraufbeschworen, sagen wir: Drottningholm, und ein hohles Rülpsen hervorriefen, das vom Leben in Verliesen und der Niederwelt der Kanalisation kündete, wanderte – nein, *schlenderte* Ferdia, Hände in den Taschen, Zahnstocher in den Zähnen, ein Ausbund an Gelassenheit – die Straße hinunter zu Fairy Farmer's, wo, wie er (von Finn, via Anthea) gehört hatte, sie (Terps) arbeitete. Ein kreuzschattierter Rhomboid aus Licht lag dwars dem feuchten Stück Pflaster vor den mit falschem Stabwerk versehenen Fenstern des Schuppens ausgebreitet. Typen und Mädels wimmelten herum, innen wie außen. Es war die Zwischenreichzeit nach der Happy Hour und vor dem Abendessen, da, nachdem ein stinklangweiliger Tag der Lohnsklaverei überstanden war, Killoyles Kabinen-und-Büro-Insassen in Bars und Restaurants und angesagte Hütten wie Farmer's strömten, die in so vielen Fällen die Kneipe abgelöst hatten, und zügig dazu übergingen, einander zu verführen und sich so viele Vergessen schenkende Getränke wie möglich in die Speiseröhre zu kippen, beides oder alles im Interesse der Abtötung des mit dem Alltagsleben verbundenen nicht enden wollenden minderwertigen *ennui*. Wilde Techno-Rhythmen stampften die Luft wie von fleischigen Beachboys bediente Maracás. Ein korpulenter Polizist/Sicherheitsmensch sah in die Runde, steuerte dann in Richtung Tür (siehe unten). Ferdia spähte hinein, und ihm war schneidend bewußt, daß die Esser und Trinker und Feierer nur von ihren Speisekarten auf- oder von ihren Gefährten weg- oder Letzteren über die Schulter oder um die Köpfe ihrer Nachbarn herumblicken mußten, um ein verlängertes Sauriergesicht (Ferds) zu sehen, ins Fenster gerahmt wie ein Plakat für den neuesten Gruselfilm (»Zombie-Echsen aus der Hölle«; »Das Ding am Fenster«); genau dies tat eine beschwipste Pichlerin, die Augen geweitet, den Mund weit offen, einen Schrei des Schreckens (vielleicht übertrieben) auf den zitternden Lippen.

»AAAAAHHHHiiiiiiiiiiiii!«

Ferdia zuckte zurück.

»Ist ja schon gut ist ja schon gut sachte sachte Scheiße nochmal ich bin doch nicht der gottverdammte Scheiß-Graf-Dracula oder wie seh ich das?«

Wie Graf Dracula suchte Ferd die Sicherheit und Diskretion der Dunkelheit. Hinter Fairy Farmer's, auf dem Parkplatz, steckte er sich eine Lulle an und rauchte sie grimmig, mit geringer Befriedigung. Alles, was sie schaffte, war, ihn von der Nase an aufwärts zu beleuchten, so daß er für Shirley erkennbar wurde, die gerade aus ihrem (einst ihrer beider) Auto ausstieg, einem Nitsun Bunker LSE, mit goldenen Nadelstreifen auf den Kotflügeln (in den glücklichen Tagen von ehedem von Ferd schwerstens gewachst).

»Ach Gott«, sagte sie.

»Ach du Scheiße«, sagte er.

Sie standen da und sahen einander an, wobei die allspätabendliche *son-et-lumière*-Darbietung des heimwärts strebenden Verkehrs eine sowohl visuelle (Scheinwerfer, Blinklichter) als auch akustische (Kolbenhub, schlechtsitzende Dichtungen, defekte Stößel) Ablenkung schufen.

»Hallo.«

Ein Kohlenlaster, der sich die Straße hinaufschleppte, erzeugte eine unglaubliche Vielfalt an Dröhn-, Hust-, Rülps- und Mahlgeräuschen, während er die schwungvolle weite Kurve unter der MacLiammoir-Umgehung nahm. Waagerecht aus dem Fenster gekippt war die häßliche Visage des Fahrers, welche eine rote Nase und eine Glimme umfriedete, zur finsteren Miene vereint (Finbarr O'Male, 56, auf dem Nachhauseweg nach den hundert Meilen von Derry hierher).

»G-R-R-R-R-°H«, machte der Laster. »Auf auf auf auf auf

auf auf auf GRRRRRRR°H auf auf auf. Auf auf. GRRRRRR-RRRRR°°°°°°°°HHH.«

Unterdessen öffnete und schloß sich Shirleys Mund stumm wie das Maul eines Fischs in einem Aquarium. Ihr Gesicht trug einen Ausdruck so schläfriger Verbindlichkeit, daß sie alles hätte sagen können, wie »vergiß nicht, die Gardenien zu gießen« oder »bei Tescos sind die Tiefkühl-Käsekasserollen teurer geworden« oder »hast du je den Unterschied zwischen der Freudschen und der Adlerschen Psychoanalyse herausgearbeitet?«; aber alles, was Ferdia hörte, war:

»Hier.« Er leitete ab, daß die fehlenden Wörter »Was machst du denn« gelautet hatten, und indem er seiner erbärmlichen Neigung zur Leichtfertigkeit freien Lauf ließ, erwiderte er:

»Äh, hab hier ein Mädel gesucht.«

Nun, dies tat sie achselzuckend ab, sowohl den Fakt wie den leichtfertigen Stil, in dem er berichtet wurde, denn was sie *ei*gentlich gesagt hatte, war: »Am allerwenigsten spreche ich mit *dir* hier« – oder »... mit dir *hier*« –, und der Grund dafür war der älteste Grund der Welt, der Stoff von Farcenschreibern und Anekdotenerzählern, seit die Welt besteht: sie, eine verheiratete Frau, trifft einen Mann, der nicht ihr Gatte ist.

»Können wir später reden?« erkundigte sie sich.

»Warum?«

»Weil *dafür* jetzt *nicht* der *richtige* Zeitpunkt *ist.*« Sie betonte jedes zweite Wort, wie eine Sprecherzieherin.

Ein Schauder lief Ferdias Wirbelsäule hinunter, dann hinauf, dann wieder hinunter. Er fühlte, wie die Schockwellen dieses Verrats ihn wiederholt ankamen, wie das Gekräusel von einer weit entfernten Eruption. Es war furchtbar, schlimmer, als er es sich vorgestellt hatte. In stummer Ungewißheit vor seiner eigenen Frau zu stehen, war so unheimlich, wie von einem Straßenräuber überfallen zu werden, ohne zu wissen, was als nächstes kam, mit Gewalt oder ohne –, bisher ohne Gewalt, denn zumindest vorläufig (und wie schnell sich das ändern konnte, wußte er besser als andere) schrie und keifte sie ihn nicht an, auch hatte sie nicht jenen Gin-mit-Tonic-Glanz im Auge, welcher größere Showdowns ankündigte, und sie ging auch nicht so schlägermäßig auf ihn los, wie wenn sie (zum Beispiel) gerade ein geheimes Vitaminpillenversteck oder den Beweis für verstohlene Einkäufe per Kreditkarte (Bücher, CDs, Videos von alten Filmen über den Krimkrieg) entdeckt hatte; nein, sie schien verwirrt, sogar ertappt und sah in gespielter Schüchternheit teils zu Boden und teils zur Seite, wie ein Mädchen, das eingestandenermaßen kurz davor steht, sich billigend verführen zu lassen.

Was auch der Fall war, nur eben nicht von ihrem Mann.

»Na, dann bis dann.«

»Damit meinst du, ich soll mich verpissen, stimmt's?«

»Anspielungen hast du noch nie gut verstanden.«

»Anspielungen? Wann hast du denn jemals Anspielungen gemacht? Bei dir ging es doch immer volle Kraft voraus, ohne Rücksicht auf meine Gefühle ...«

»O, jetzt geht das *schon* wieder los mit seinen kostbaren Gefühlen, armes Baby, Mann, du denkst immer nur an dich, und das wird sich auch nie ändern, ich ich ich ich ich ich *und übrigens ebenfalls ICH*, darum geht es doch immer nur, also finde ich mich am besten damit ab und tritt SBWM mit den Anwälten in Verbindung.«

»SBWM?«

»SBWM. Sobald wie möglich. Mann«, sie schüttelte den Kopf, »du hast eine strahlende Karriere als Geschäftsmann vor dir. Das sehe ich jetzt klar und deutlich.«

Eine Serie schlecht gewarteter Autos spotzte und schnarchte und hickste und tilgte Ferdias gebrüllte Erwiderung völlig –, bis auf den altehrwürdigen einsilbigen germanischen Ausruf, der bei häuslichen und anderen Auseinandersetzungen so häufige Verwendung fand:

»Scheiß ... Scheiß ... Scheiß« war es, was Shirley hörte. Auf perverse Weise war es genau das, was sie hören wollte. Die Totalbeschimpfung, wie die Kriegführung, deren Echo sie war, klärte die Dinge wunderbar. Wie ein russisches Verlangen nach der imaginären Ordnung und Sauberkeit des Stalinismus wollte sie klar Schiff machen; sie hatte die Mehrdeutigkeiten satt.

»So lebe denn wohl, Ferdia Quain«, sagte seine Frau, schritt entschlossen in einer eingebildeten Reithose von dannen und traf ihn damit schwer mitten ins Herz hinein, machte solche Munterkeit doch, war sie nun gespielt oder nicht, angesichts – in dieser wie in jeder Ehe, egal, wie wacklig – dieses äußersten Desasters alles nur noch schlimmer, denn sie bedeutete das Ende der Essenz der Zivilisation als solcher: ein Mann, eine Frau, ein Haushalt, ein tapferer Versuch, auf den Trümmern der Welt erneut zu bauen. Und natürlich gab es nur allzu gelegentlich die quietschenden Konjugationen der Matratzen, und vergängliche Freude gab es auf ihnen auch; aber nach einer Weile zählte dies am allergeringsten, war es doch allen gemein.[63)]

63) Sie meinen, jeder und alles macht es, sogar Wasserwühlmäuse und Wichte, so daß es gar nichts Besonderes ist? Na, kommt drauf an, mit wem man es macht, stimmt's, Kumpel? Ich meine, 20 Eier für einen Kniezitterer unten am Kanal ist das eine, aber zum erstenmal im Leben den Reißverschluß vor einem Mädel öffnen, das man von weitem schon seit, sagen wir mal: Jahren angebetet hat, ist ganz was anderes. Wie ich und Lucy, nachdem ich sie sieben Jahre lang durch das südliche Erkerfenster im Hause ihres Vaters bei den Ballettübungen und hin und wieder durch die beschlagenen Fenster von Novello's Biscuits beobachtet hatte, wo sie und ich zeitweise arbeiteten, indem wir die das Haus verlassenden Biskuits in einen Computer einloggten. Eines Tages sagte ich »Hallo«, und sie verschwand. Gleich als nächstes brannte sie mit einem Burschen namens Blair durch, der im Spar-Markt geputzt hat, nicht gerade ein geistiger Dynamo, aber an Wochenenden spielte er in einer Band, wissen Sie, und aus irgendeinem Grunde ist das etwas, dem Mädels nicht widerstehen können, es hat überhaupt nichts mit Aussehen, Intelligenz oder beruflichen Aussichten zu tun, solang man in irgendeiner saudämlichen Popgruppe auf einer gottverdammten Gitarre klimpert, glauben sie, man hätte einen Pimmel, der doppelt so groß ist wie in Wirklichkeit, sowie das Charisma und das Hirn von Georg Einstein. Jedenfalls habe ich als letztes gehört, daß sie sich

»O Gott«, stöhnte Ferd. Impulsiv griff und entzündete er sich eine Lulle, warf sie dann nach zwei oder drei Zügen weg.

»Oy, Sie da«, piepste eine Stimme heiser. Ferdia, in einem Tumult tiefer und zumeist namenloser Gefühle, blickte sich um und kämmte sich abwesend mit den Fingern durch die dünne Tapisserie seiner Haare. Sein Herz blies sich stoßweise auf und ließ genauso stoßweise die Luft wieder ab, als hätte er einen Ochsenfrosch in der Brust.

»Oy, Sie da«, beharrte die Stimme, die bald ihren Ursprung als Mund des Gesetzes offenbarte. Es kam hinter einer Hecke hervor, trug eine Polizeiuniform und trat mit einem mannhaften Gewatschel heran, wie es einem zutiefst übergewichtigen Amerikaner zu eigen ist, der gern (aber beileibe nicht immer) in den schwarzen und/oder (nichts für ungut) Latino-Wohngebieten verkörpert wird. In der einen feisten Faust hielt er einen Schlagstock, eine wippende Taschenlampe in der anderen.

»Oy, Sie da«, sagte er, womit er eine Vorliebe für monotone Wiederholung bewies. Ferdias Geist blätterte rasend schnell in mentalen Aktenordnern mit aktuellen Verstößen gegen die Straßenverkehrsordnung und Waffen- und/oder Drogenerwerbsbeschränkungen: Nichts –, naja, seit Belfast. Auf jeden

nach mir sehnt, aber da spielt sich nichts ab, Liebling, wie ich ihr, mit einigem Bedauern, sagen mußte, als ich über die zurückliegenden siebzehn Jahre nachdachte. (Na, anderseits, wenn du zufällig auf meine Telefonnummer stößt, läute doch mal durch. Augenblick, ich habe eine bessere Idee: ich geb dir einfach jetzt sofort meine Nummer: ‹Binäre Vorwahl 1-0-1› 10-01-10-1. Na? Warum hast du nicht angerufen? Na? Ich warte. Na? NA?) Also zurück zu meinem ersten Thema: Nichts ist privater als der private Bereich, sogar heutzutage, und wenn man beschlossen hat, ihn voreinander zu entblößen, dann gibt es keinen größeren Moment als diesen, selbst wenn man doch im entscheidenden Moment erschlafft, was den Besten von uns passieren kann, das will ich gar nicht bestreiten, o nein, das können Sie mir glauben, ich habe das selbst das eine oder andere Mal und dann noch ein paarmal erlebt, während im Hintergrund leise, aber hörbare Schreie der Verzweiflung erklangen (hic).

Fall war dieser Spaßvogel nur irgendein grotesker fetter Schweinehund von ganz unten angesiedeltem Streifenpolizisten, der sich wahrscheinlich als Nachtrausschmeißer für Fairy Farmer's und Bali, Hi!, den javanischen Discoklub im Keller unter dem Restaurant, schwarz etwas dazuverdiente.

Ferdia zwang sich zu einer gelassenen mannhaften Ansprache auf Sicht:

»Na, wie geht's, du Blender.«

Ohne Wirkung.

»Heben Sie die Kippe auf, Mister.«

»Was?«

»Ich habe gesagt, heben Sie die Kippe auf, Mister. Wo glauben Sie, wo Sie sind, auf der Städtischen Mülldeponie?«

Ferd riß den Mund auf, ungläubig, daß das Schicksal ihm ausgerechnet in diesem ungeeignetsten Moment ausgerechnet diesen Preis-Trottel vor die Füße kippte, einem Moment, den das Schicksal gern wählte, wenn es vorhatte, in größerem Stil Scheiß zu bauen oder Unschuldige zu behelligen, d.h. Sie und mich. Außerdem war unserem Freund schmerzlich bewußt, daß seine Frau vom Parkplatz verschwand und, sehr gut möglich, aus seinem Leben, weshalb er keine Zeit hatte, die Vorzüge geordneter Abfallbeseitigung zu debattieren, und er seine Erwiderung entsprechend formulierte.

»Verpiß dich, Fettsack. Heb sie selbst auf und steck sie dir in den Arsch, wenn dein Arm nicht zu kurz ist.«

»Jetzt hören Sie mir mal zu, mein lieber Herr Mister, ich werde Ihnen diese Ausdrucksweise nicht durchgehen lassen. Wenn Sie keine saftige Geldstrafe wollen, heben Sie die Kippe auf und machen ein bißchen dalli.«

Ferdia schätzte, daß ein etwa drei Sekunden langer schneller Sprint ihn von Shirleys rapide schwindender Gestalt trennte, und etwa die Fortbewegungszeit trennte sie von Fairy Farmer's Hintertür, auf welche sie flott zumarschierte, den Kopf gesenkt, wie er es so oft gesehen hatte, wenn sie auf einem Besorgungsgang von großer Dringlichkeit gewesen war –, wobei in diesem Fall die Dringlichkeit geboten war, weil sie von ihm, ihrem eigenen, ihrem lieben, ihrem (bisher) einzigen lieben Ehemann, fortstrebte.

»Shirl!« krakeelte Ferd, wandte sein Gesicht zum gleichgültigen Himmel empor – und schuf eine Szene mit großen kinematographischen Möglichkeiten, wie in einem Film aus den '60ern, Regie, sagen wir, Camillo Ciobatta ... oder einem frühen Jules-Dinard-Streifen, in welchem das gepeinigte Gesicht des Protagonisten, vorzugsweise pitschnaß von heftigen Regengüssen, echt oder falsch,[64] die Augen zugeschraubt, weit offenhängenden Mundes, zum Himmel und möglicherweise (käme auf die Weltanschauung des *auteurs* an) zu Gott hochgereckt würde ..., dann hielte seine Geliebte inne, die Kamera würde ihr aufgewühltes Antlitz sondieren, dann zur Durch-den-Regen-patschen-und-aufeinanderzukomm-Nummer schwenken, gefolgt von der regendurchweichten Umarmung, wobei er sie in den Armen herumwirbelt und die Musik mit reichlich baßbetontem Scheiß von Johnny O'Berry oder Sy Sydenham oder ihresgleichen anschwillt, bis sie platzt usw. usw., *ad* gottverdammte *nauseam* ... Tatsächlich hatte Ferdia, der ganz im Sinne der erwähnten Camillo oder Jules eine Art Zyniko-Realist war, etwas ganz Ähnliches vorgeschwebt, außer dem Regen, denn es regnete nicht, und minus das In-den-Armen-Herumwirbeln, nicht Shirley, die 95,25 kg auf die Waage brachte; aber es geschah nicht, nichts davon geschah. Sie schien ihn nicht einmal gehört zu haben, und er war doch nicht blöd und rief und plärrte die ganze Nacht.

Trotzdem war er enttäuscht, sah, wie sie wegging, obwohl das immer schon ihre Art gewesen war, wegzugehen, wenn

64) Besonders in den Filmen, wo die Figuren aus irgendeinem Grunde häufig und wiederholt in Momenten großer emotionaler Not pitschnaß werden, manchmal gegen eine Tonspur mit verstärkten elektrischen Gitarren und Urwaldtrommeln und Moog-Synthesizern und diesem ganzen Müll abgesetzt. Oy, Terence, ich hätte gern noch einen kleinwinzigen Halben, wenn Sie die Zeit erübrigen könnten. Oy! Wie spät ist es?

sie Streit hatten, bis er die Initiative ergriffen hatte und selbst weggegangen war –, und wozu das geführt hatte, sah man jetzt.

»Ah, du scheißdämliche Zicke, nun hör schon auf damit«, stöhnte er. Aber es brachte nichts. Wie wir alle hatte er die offensichtliche und unersprießliche Tatsache übersehen, daß dies ganze Melodram und Gewese das ist, was man volkstümlich als Leben bezeichnet, liebe Buben und Mädchen, ein Ereignis, in dessen Verlauf – zuallermindest, und in manchen Fällen glücklicherweise – Frauen nur allzu oft von ihren vom Pech verfolgten Gefährten weggehen. Wie Shirley von ihrem Ferdia wegging, Welt ohne Ende, Amen. Die Tür klickte sanft, mit grausamer Symbolik, hinter ihr zu.

»Wenn Sie diese Kippe nicht aufheben, werde ich Sie aufschreiben müssen.«

»Jetzt reicht's, Vierzentnermann«, sagte Ferdia, dem es, obschon er in einem Maße extrusiv und schlaksig war, daß er bereits zu Kommentaren wegen möglicher Vorfahren aus dem Reptilienreich Anlaß geboten hatte, bei dieser Gelegenheit gleichwohl gelang, einen bedrohlichen Eindruck zu schinden, indem er aus der unheimlichen Dunkelheit in immer schnelleren Sätzen auf seinen nicht eingeplanten Peiniger zuhoppelte, der, wie sich unglücklicherweise für Ferd herausstellte, über eine unerwartete und unerwartet flinke Fuß-und-Knöchel-Beweglichkeit gebot, die es ihm ermöglichte, dem Ansturm säuberlich auszuweichen und Ferdias Kinnlade in eine solide linke Klammer zu nehmen, eine Kinnlade jedoch, die aus massivem irischen Granit gehauen war, wie vor ihr alle Kinnladen aller Quains, Männer wie Frauen, seit den Zeiten des Milesius Miledh; 's war also nur ein flüchtiger Puff, den Ferd so beiläufig abschüttelte wie ein Hund, der sich von einem schlaffen Spielzeug trennt, und Mannomann hat Fattie (richtiger Name: Aloysius Schwarzkopf, stets »Schwarzkopf mit ›p‹« geschrieben, wobei er und seine Mutti immer großen Wert auf das »p« legten, diese übrigens ehemalige private Herrenunterhalterin und lebenslanges Gründungsmitglied von »Flora«, Gesellschaft der Blumenfreundinnen, Lucan, Grafschaft Kildare –, und vergessen wir seinen Vati, Ex-Wehrmachtsoberst und Anthropologe mit dem Schwerpunkt Primitive Kulturen, Othmar Schwarzkopf, den trunkenen Teutonen) sein Eröffnungsgambit bereut, als Ferdia von der kurzfristigen Niederlage zurückschnellte und sich in einen schlaksigen Wirbelwind verwandelte, der um sich drosch und Schläge, Ohrfeigen, sowie sogar (zweimal) Tritte austeilte, was durch tiefe Keucher und Schreie wie »Kack!«, »Scheiße!« und, fürchte ich, »Verdammt!« akzentuiert wurde, was Aloysius auf die Knie zwang, einst in Templemore, Grafschaft Tipperary, wo er im Mai 1986 als Zweitbester in einer Klasse von Zwölfen die Polizeiakademie abgeschlossen hatte, als »Kack-Hust« bekannt; aber Aloysius Schwarzkopf, Esq., war kein gewöhnlicher Fettsack, nein, auch kein herkömmlicher, bunt gemischter oder schwer vor sich hin schuftender Wachtmeister Wurach, denn er hatte Zugang zu gewissen einfachen, aber effektiven Kuo-Do-Dan-Techniken, die er anhand von Sensai »King« Kongs *Kuo-Do für Singles*-Videos verinnerlicht hatte, was eine Reihe einsamer verregneter Junggesellennächte in einer Kellerwohnung der Michael Flatley Towers, Dublin 12, Mai bis September 1987, zwischen Softcore-Pornos mit zwitschernd aufmunternden Titeln wie »In Seide: Die Damen von Cathay« und »Pitschnaß: Die Schulmädchen von Soho« und »Samtene Senken, obsidianenes Oberland« gedauert hatte (Soft- und nicht Hardcore, weil Aloysius das industriekompatible Gestoße und Gegrunze der Hardcore-Spielart nicht ertrug, und schon gar nicht die ewig selben trüben, ausgelaugten Manisch-Depressiven, die immer und immer splitterfaser zu sehen waren –, nicht, daß er sich nicht bemüht hätte), Techniken, die vom »Desperado«-Dan asketischer Mönche aus Hokkaido in den winterlichen Festungen der damals japanischen, jetzt russischen Kamtschatka entwickelt und über die Jahrhunderte verfeinert wurden (wofür sie das unbeweint dahingegangene KGB fürstlich bezahlte, heißt es), Mönche, die (oft auf den Knien überrascht, auf welche sie sich zum tiefen Gebet zu ihrer Gottheit niedergelassen hatten, welche sie zärtlich Budd-*Ha!* nannten) sich nicht nur mit rivalisierenden Jäger-Mönchen, sondern auch mit knallroten Bären, seltsam geformten Marsupialiern mit Schwimmfüßen, einem wirklich absonderlichen Dachs-Wolf-Hybriden, (im dortigen sibirischen Dialekt) Urh-Chââch oder (auf japanisch) Mami-San[65)] genannt, sowie verschiedenen Wolfs-, Fuchs-, namenlosen Springhunde- und Ozelot-Arten usw. herumschlagen mußten ..., nun, es möge genügen, wenn man sagt, daß Mönche dieses Kalibers unter solchen Bedingungen, von Bestien wie eben beschrieben oder deren menschlichen Pendants angefallen – nämlich rasenden *ronin*, Straßenräubern, arbeitslosen ehemaligen Leibeigenen oder schlichten Sadisten –, vor nichts halt machten, um ihre Methoden der Selbstverteidigung zu vervollkommnen; und das Paket in seiner 700 Jahre alten Gänze kam jetzt für Aloysius in der prekären Lage, in der er sich plötzlich befand, wie gerufen.

BATSCH PENG, gebrauchte er die Mönch-taucht-ab-Position Nr. 1, sogar und gerade aus dem Knien heraus, und ha, presto, torkelte sein Angreifer betäubt rückwärts; und KLATSCH-ZONG, vermittels der Großen Mönch-macht-Flughund-Parade aus der halbaufgerichteten Position, hieß es erstmal Tschüs, Mr. Quain.

»Netter Versuch, Bürschchen.«

Trotzdem lachte unser Ferd zuletzt und am besten. Benommen und ramponiert und auf dem feuchten Schotter des Parkplatzes halb in Bauchlage, auf den Ellbogen gelehnt wie eine griechische Statue des Gottes Triton, besaß er nichtsdestotrotz die Geistesgegenwart, zu krächzen:

»Ich bin IRA, du dicker Dödel.«

65) An die Sorte erinnere ich mich. Einer von denen war letztes Jahr in *Rose of Tralee,* oder war es im Jahr davor ... oder seine Frau oder Freundin. Hat jedenfalls leise und tief murmelnd gesungen, an einen Sauerstofftank angeschlossen, und natürlich Gold davongetragen.

Na, das änderte die Machtverhältnisse recht schnell, schneller, als man Jack (oder Mary) (oder Edwin Arlington) Robinson oder Papp sagen konnte; und wenn man von dem stattlichen Convoi an Gesichtsausdrücken ausgehen wollte, der Aloysius Schwarzkopfs ehrliche Ulster-Gesichtszüge überquerte (seltsamerweise, hatte er doch keinen einzigen Tropfen nordirischen Blutes in sich, und war er doch Teuto-Munster durch und durch, selbst mit diesem frommen Sonntags-zweimal-in-die-Kirche-wo-Petey-Willie-einen-runterholt-gern-auch-noch-mit-Zeltmission-South-Armagh-Vornamen) und Neugier, Ungläubigkeit, Verstehen und Bestürzung umfaßte –, besonders letzteres, wobei er gleichwohl Anstalten zu machen vorgab, Ferdia auf die Beine zu helfen, und in der uralten Entschuldigung Zuflucht suchte, er tue nur seinen Job, gehorche Befehlen, folge Anweisungen, handle in Selbstverteidigung, und sich ganz allgemein vor jedem Anschein von Verantwortung in aller Gänze drückte.

Dann stockte er.

»Woher soll ich eigentlich wissen, daß das stimmt?« Er dräute düster. »HÄ?« dröhnte er dümmlich.

Ferdia sagte nichts und krempelte stattdessen seinen linken Ärmel so hoch auf, daß seine Osterglocken-Tätowierung sichtbar wurde.

»Ah, auf der linken Schulter, weil Sie Rechtshänder sind«, sagte Aloysius. Jetzt begann die volle Bedeutung zu wirken. »O Jesus, Gott und Maria«, sagte er. »Die Provisorische? Augenblick mal.« Er fühlte sich schuldig, befleckt, war besorgt und voller Selbstverachtung, wie nach einem Jumbo-Wichsen.

»Sie werden mir doch nicht in die Knie schießen oder sowas?« Als nähmen sie es vorweg, begannen Aloysius Schwarzkopfs mit »p« Knubbelknie (obwohl sie durch seine Polizeischlabberhosenbeine hindurch nicht zu sehen waren) sichtbar an zu wackeln.

»Nö, keine Spur«, sagte Ferdia, sprang auf und bürstete sich die Kniescheiben ab (und das waren keine üblen Exemplare, kann ich Ihnen versichern), als wäre er nur gerade mal auf einem glatten Stück Pflaster ausgerutscht. »Ich werde Ihnen was sagen, Dicker: Kaufen Sie mir da drin eine *pint* und stellen Sie mich einer gewissen Terpsichore O'Sowieso vor, und wir lassen das Thema ruhen.«

»Gebongt. Sobald Sie nicht mehr ›Dicker‹ zu mir sagen.«

»Ach, halt du doch das Maul, du dicker Dödel.«

Aloysius erwog kurz eine Wiederaufnahme der Feindseligkeiten, wollte Hokkaidos beste Techniken des total *bushido*-mäßigen Einer-gegen-Einen-Ellbogenkampfs vorstellen, entschied sich aber dagegen. Die Oberhand hatten unbestreitbar Ferdia und die mythische (aber immer noch schißeinflößende) Organisation, der er einst angehört hatte.

Also begaben – oder schleppten – sie sich in die Bar.

Shirley Quain, an einem Ecktisch hinter einer Säule, die mit falschem Weinrankenwerk und anderen vage ländlichen Einzelheiten dekoriert war – einem Strohhut, einer Kuhglocke, Schwarz- bzw. Weißdornknittel für Sie und Ihn –, blickte auf, dann woandershin, das Gesicht in Flammen, um dann ihren Gefährten, Lance, den zu Besuch weilenden Amerikaner, wieder in das so überaus verbindliche Gewäsch zu verwickeln, welches, wie sie (akkurat) zu vermuten begann, seine Spezialität war.

»Sieh mal«, sagte er. »Eine Schnapsleiche.«

Aber Aloysius hob ruhegebietend beschwichtigende Hände und bedeutete den versammelten Gästen, sie sollten ihre Ängste vor einem jähen Einfall von Trunkenbolden zügeln.

»Alles in Ordnung, liebe Jungen und Mädchen, alles in Ordnung, unser Freund hier ist nur ein bißchen hingefallen, weitermachen, gehen Sie zurück an Ihre Getränke.«

Ferdia hatte natürlich ein Doppelvorhaben, wie Sie zweifellos bereits gemutmaßt haben, lieber Leser: *primo,* herauszubaldowern, mit wem Shirley da ein Rendez-vous hatte; *secondo* und vormals *primo,* zuerst das Terpsichore-Mädel kennenzulernen und dann zu bestechen oder zu beschwatzen. Er suchte Shirl, konnte sie aber hinter der Säule nicht sehen, weshalb dann Zweitens vor Erstens kam: Da war Terpsichore, welcher Aloysius zugenickt hatte, ein Nicken, das von ihr erwidert wurde, was die Bekanntschaft bestätigte.

»Das da ist sie.«

Sie schien mehr oder weniger im Dienst zu sein, obwohl sie nicht die gleiche rotweißkarierte Kluft trug wie die anderen Kellnerinnen –, und (bemerkte Ferd) da hing dieser unrasierte Doofmann Duddy vom Gebrauchtwagenladen am Tresen herum, und zwar nicht, ist das wohl verdammtescheißenochmal zu glauben, nicht als unwillkommenes Accessoire, wenn man ihr Getue und Gegrinse in seine Richtung bedachte, und einmal sogar eine gertenschlank angedeutete erotische Zuckung …, dann wandte sie sich in seine, Ferdias, Richtung, und er mußte zweimal hinsehen, als hätte Fürstin Grace Kelly-Grimaldi persönlich den Schankraum betreten. *Heilige Mutter Gottes, ist das die Frau?* befragte er sich, mit stummem Kreischen in der inneren Stimme. Später, im entfernten Schein so manchen zukünftigen Abends, sollte er das Erlebnis mit dem John Ruskins vergleichen, als dieser in den südlichen Vogesen zum erstenmal den Montblanc im Sonnenuntergang sah, oder mit sich selbst, Ferdia Quain, wie er am anderen Ende des Landes (*la douce* Frankreich) und Tages (Sonnenaufgang) zum erstenmal den Mont-Saint-Michel sah … *(merkwürdig genug, wenn man es recht bedachte, hatte ihm damals auch alles scheißwehgetan, allerdings nicht, weil er von einem dicken Polizisten zusammengeschlagen worden wäre, sondern weil er Hals-über-Arsch in jenen lieben alten Fahrradzeiten, als er noch Anfang zwanzig war und ein Schlaks wie er vor seinesgleichen mit einem Hang zur Geschwindigkeit punkten konnte, vom Rad gefallen war –, bis er über die Schulter blickte, um jemanden anzusehen, den er beeindrucken wollte ⟨unweigerlich ein Mädel⟩, und gegen einen bis zwei falsch auf der Straße angebrachte Wackersteine fuhr und Bauz!)*, während Aloysius die Vorstellung vornahm, auf seine unbeholfene Art, wobei er sich anhörte wie der Polizist in Provinzinszenierungen von Agatha-Christie-Krimis.

»Alló alló. Wen haben wir denn da? Sind Sie äh Terpsichore O'Hanlon«?«

»Hallo, Dicker. Sie wissen doch, wer ich bin. Wie kann ich euch Jungs helfen?«

Sie kam herüber und stellte sich lächelnd an ihren Tisch. Was für ein Klopfer!!! Hätte Ferdia vor seinem geistigen Auge ein Bild von »Terpsichore O'Hanlon« angefertigt, so wären auf diesem Bild Pummeligkeit, ein gebeugter Rücken, auf jeden Fall eine Brille, schlechte Haut und zweifellos eine sperrige Handtasche zu sehen gewesen – o, und bis zur Körpermitte reichende Zitzen wie die Säugewerkzeuge eines Orang-Utan-Weibchens, von Tag Eins an abgesackt. Stattdessen bekam er das genaue Ebenbild von Nicoletta Tedman geboten, dem Superstar von Down Under,[66] nur hübscher.

66) Nun, sie ist umwerfend, stimmt schon, da pflichte ich Ihnen bei, guter Mann, ich meine, ich hab es nicht so sehr mit den Filmen, aber ich muß sagen, ein ganz kleinwinziges Bißchen war auch ich hin und weg, als ich La Tedman im *demi-déshabillé* in *Alligator Alley* sah, dem Indi-Film mit Jason Moreau Kirkpatrick und dem Ex-Rapper En Dash, nicht, daß ich je allein dahingegangen wäre, aber der Neffe und seine Frau waren ein paar Nächte lang zu Besuch – alles in allem eine etwas angespannte Angelegenheit; das fing schon mit ihren ersten Worten an: »Puuu,was ist das denn für ein infernalischer Gestank? Ach, du bist das« –, und er ist ganz scharf auf die Filme, der junge Proinsias, und wenn das zwischen Ihnen und mir und der Sickergrube bleibt: er hat ebenfalls eine kleine Schwäche für die Tedman –, na, mehr als eine kleine Schwäche, schon eher ist er bis zur Tobsucht besessen von ihr. »OH Baby!« kreischte er, als ihr feingemeißeltes Profil zum erstenmal auf der Leinwand erschien. »Du hast, was mir gefällt!« Platzanweiser wurden zusammengerufen, in martialischem Ton wurde Stille geboten, aber es nützte nichts, fünf Minuten später dreht sie sich um und blickt kokett über die Schulter, bevor sie sich zum Abendessen auszieht, und da war es um den jungen Proinsias geschehen, »AAAAAH!« schrie er, »Ich liebe dich, Baby! Komm her zu mir!!« Alle Anwesenden halfen ihm in eine Zwangsjacke, ich ebenfalls, und im Nu wurde er ins Mater Misericordiae Hospital geschafft, Nervlicher Flügel, Abteilung V (Tobsucht). Seine Frau zog kurze Zeit später aus, um einem Burschen näher zu sein, den sie bereits in der Eingangshalle des Cineplexx 4 gemustert

»Äh –, ich, ich, ich, ich«, war alles, was ihm gelang.

Außer daß er keinen Ton herausbrachte, gab es da noch die schiere Unwahrscheinlichkeit der »Liebe auf den ersten Blick«, es ergab einfach keinen Sinn, wenn man nicht von Knutschen und Vögeln sprach, gab es das schlicht nicht, ein Mann und eine Frau mußten sich erstmal kennenlernen, oder? sie verliebten sich allmählich, erst in ein Merkmal, dann in ein weiteres, dann in ein weiteres weiteres … oder nicht. Aber so einen sentimentalen romantischen Quatsch, wie daß man die Geliebte am anderen Ende eines von Menschen wimmelnden Raumes erspäht und sich bis ans Ende des Lebens in sie verknallt –, das gab es nicht. Widersinnigerweise erspähte er präzis in diesem Moment *Shirley* am anderen Ende des von Menschen wimmelnden Raumes und kam sich vor wie der Mann, der gerade den 12er Bus verpaßt hat, was ihn aber nicht weiter schert, denn das Wetter ist schön, und der Arzt hat ihm sowieso einen täglichen Spaziergang verordnet …

Was irritierend war, angesichts der histrionischen Ausbrüche von vor ein paar Minuten.

* * * * *

Da die Welt nicht ausschließlich, oder hauptsächlich, oder vorwiegend (oder zuöberst), oder auch nur zu einem großen Teil, oder auch in einem ausschlaggebenden Maße – oder auch nur überhaupt – von lüsternen, lefzenleckenden, sexbesessenen Lesern bevölkert ist, die spätestens auf Seite 20 oder dort herum (man muß dem Schreibeheini ja auch ein wenig Zeit geben, damit er alles ein bißchen nett vorbereitet,

hatte –, das ist das neue Kino in der Industriezone, das, wo man von der Geschäftsleitung einen Rollstuhl gestellt bekommt, und wo es hinter jeder Säule Popcorn gibt.

oder wie) süchtig auf – in welcher Verbrämung auch immer – ein Stückchen Möse gieren, habe ich mich mit großem Bedacht entschlossen, solche Szenen zu umgehen, namentlich (bis dato) das vorhersehbare Umarmen und Ausziehen und Fleischkneten und Lichtausknipsen und anschließende Gewälze und Gekeuche, welches, wie wir alle wußten, unter den Giebeln von Roofwall in jener Nacht stattfand –, gestern nacht, um genau zu sein, oder in der Nacht davor, oder in der Nacht *da*vor (aber ganz gewiß nicht in der Nacht vor jener Nacht), oder in allen drei Nächten.

Dies ist mein Vorrecht, und hiermit mache ich Gebrauch davon.

Daß Donal und Terpsichore aus dem Zunder, den eins dem andern bot, Funken geschlagen hatten, wie Männer und Frauen das so tun, wobei es meist keinen augenfälligen Grund für die Reziprozität einer solchen Leidenschaft gibt, oder zumindest keinen Grund, der mir (ihrem Schöpfer) oder Gott (meinem) augenfällig wäre, mag für den Vortrieb, sozusagen, dieser Schilderung genügen – ohne den Notbehelf, daß wir alle – Sie, ich, Onkel Toby, das Küchenpersonal – auf die Knie fallen, um das Auge ans zugige Schlüsselloch von Dons und Terps' Schlafzimmertür zu heften (in der Tat ja Dons –, nicht, daß ihn je jemand Don genannt hätte, jedenfalls nicht mehr nach der 6. Klasse) und zu hoffen, man könne einen Blick auf seinen knochigen Torso und/oder ihre fleischige Kehrseite (und/oder … na, egal) erhaschen, den Teil des Ensembles bei einer Tätigkeit, die, letztlich, ein vollkommen profaner und banaler und total mechanischer, um nicht zu sagen: harntreibender Vorgang ist, wie Sie ihn auf Ihrem Bauernhof oder dahinten direkt in Luftlinie von Ihrem Vorderbalkon aus oder unter dem Baum im grünen Wald (oder auf dessen Ästen) zu den meisten Tages- und Nachtzeiten oder dazwischen beobachten können.

Sie sind also wieder mal angeschissen.

Ebenfalls völlig ausreichend ist der Effekt, den Terps beim armen Ferdia Quain zeitigte, Ex-Archivar, Ex-Gatte in der

Lehre, Randgruppenterrorist, Möchtegern-Unternehmer und amouröse Oberflasche. So war sein praktisch einziger Vorstoß in dieser Richtung, vor Shirl (außer dem einen Mal, als er Pam, der losen Lotte von gegenüber, ein ordentliches Doktorspiel vorschlug: sie hatte eingewilligt), dieser gewesen: »Mögen Sie Stimmungsmusik, also eher Holzbläser im Gegensatz zu der äh sagen wir mal ha ha ha ha *perkussiven* Sorte?« hatte er einst, mit der überpräzisen Aussprache der Volltrunkenheit, eine schwerstmascarierte, blondhaarige, schwarzgekleidete, glockenbrüstige Sensualistin auf einer Premierenparty im Trinity College zu Dublin gefragt, als die Theatergruppe *Rampenlichter* ihre legendäre Inszenierung von *Klaftertief ist nicht genug* des nordirischen Dramatikers Alf Playwright feierte, wobei ein solcher Umgebungslärm herrschte, daß er seine Frage dreimal wiederholen mußte und seine Stimme beim drittenmal bei »Holz« und »Bläser« versagte. Sie hatte sich umgewandt und ihn kühl gemustert, bevor sie durch eine Zigarettenspitze aus Ebenholz einen langen, coolen Zug aus ihrer schwarzgoldenen Combs & Duncan nahm und sagte: »Verpiß dich, Blödi.«

Also hatte er sich auf das St. Helena der einsamen Burschen zurückgezogen: in die Kneipe, Zufluchtsort nicht nur der Einsamen, sondern auch der Satiriker, die Zyniker gar nicht zu erwähnen, viele von ihnen durch den Suff permanent aussprachebehindert.

Müdigkeit, ja, Verzweiflung, Betr.: die Jagd nach Sex, hielten infolgedessen unüberraschend Einzug in Ferdias Herzen und Geist.

Obwohl, bleiben Sie dran – Sekündchen noch – einen halben Tick – *wie zynisch ist unser Mann eigentlich wirklich?* Kommen Sie, kommen Sie, wir wissen doch alle, daß Zynismus nur die eine Seite des Romantiszismus ist, aus derselben Legierung geprägt. Immerhin neigt Ferdia Quain, soweit wir ihn kennen, stark zu romantischem Geächze und Gekrächze; zu tiefer Betrachtung weit entfernter Horizonte jenseits der langweiligen Ziegelmauer von Brosnan's Reparaturwerkstatt nebenan; zu nächtlicher Zuhörmusik von Kräften wie Ralph »Rafe« Vaughn Williams, Claude »W. C.« Debussy, Sir Ed »Ted« Elgar, Richard »Mein Gott« Wagner (besonders die Karfreitagsmusik aus *Parsifal*)[67] u. a.; zu den Träumereien des einsamen Spaziergängers; zu von Herzen kommenden Seufzern anläßlich des Anblicks und Geräuschs, beide ziemlich Zen, von Regentropfen, die in die sich auskräuselnden Pfützenabbilder herbstlich blattloser Bäume plinkplankplunken; zu äußerlicher Kundgebung angeborenen Mißtrauens gegenüber der Welt, wie sie sich in hängenden Schultern, schmuddeligen alten Regenmänteln, tief inhalierten Zigaretten und einem Gesicht äußert, welches an den Rändern langsam nach unten schmilzt –, in der soliden keltischen Tradition eines, sagen wir, Richard »Dicko« Burton, *né* Jenkins, besonders im Hinblick auf jenes glänzenden walisischen Mimen glänzende Darstellung in *Der Spion, der aus Erkältung kam,* und das nugget-massive Vergnügen, das in Ferdias Herzen wohnte, wenn er einen winterlichen Gang über die Hügel von Süd-Killoyle oder einen stillen Samstag daheim mit Shirley (oder auch nicht) und Fernseh und eine *pint* und das pflegende Einwachsen des Autos in Erwägung zog ... oder, Gott segne und errette uns (na, vielleicht nicht), ein paar Krüge mit seinem früheren Abschnittskommandanten Kurbelwelle O'Deane in einer von der *plebs* und ihren Vettern weniger als Mad Molloy's frequentierten Kneipe: O'Lesbihan's z.B. So verabschiedete sich in jener Nacht Ferdia von Aloysius Schwarzkopf mit »p« (forsch, hoffnungsfroh – tatsächlich zuversicht-

67) Arrah. Arrh. Ausgezeichnetes Zuspiel, Mister. Wenn das nicht ganz einfach die allerbeste Scheißmusik ist, bitte um Entschuldigung für meine Ausdrucksweise, die besten Takte pro Oktave, die je geschrieben wurden, dann bin ich die pitschnasse Hüpfkröte unter dem Ahornblatt dort drüben, so wahr mir Gott helfe, der Sie segnen möge. Diese Musik ist wie ein durchdringender Strahl, der einem aus Gottes Hand direkt ins Brustbein fährt, wie mein Alter samstagvormittags im Frisiersalon zu sagen pflegte, wenn Ned Neeson die Schere bediente. »Blick bitte nach unten«, lautete unweigerlich Neds Erwiderung.

lich –, die Bekanntschaft nie erneuern zu müssen) und Terpsichore (hoffnungsfroh, aber keinesfalls zuversichtlich, was ein *au revoir* betraf –, und er versuchte, ihrem Blick standzuhalten, ohne direkt heruntergekommen zu wirken, und sah ihr stur nicht auf die Titten, die Art Betragen) (und dieses vertrottelte arme Schwein Duddy, mit seinem unsteten blutunterlaufenen Blick –, ahnte der was?) und rief Kurbelwelle an, der sich am Telefon immer mit den gleichen Worten meldete:

»Wer ist da scheißenochmal?«

»Ich.«

»Quain?«

»Genau.«

»Schöne Scheiße.«

So trafen sie sich nach einem vereinbarten Zeichen (dreimal kurz das Telefon klingeln lassen, dann zwei einzelne Klingler, durch Auflegen abgebrochen) bei Molly O'Lesbihan's, unten am Hafen, wo die Mädels Dödels waren und auf- (teilweise in-) -einander standen und das Getränk nie versiegte und ein Typ nach Herzenslust labern konnte und nur gertenschlanke Gefahr lief, damit bei den Stammgästen auf Interesse zu stoßen. Wie gewöhnlich waren sie dort die einzigen *männlichen* Männer, inmitten eines Gedränges gierig gaffender gleichgeschlechtlich gepolter Gäste, nominell weiblich, viele schwer unrasiert in schwarzem Leder mit zierbenagelten Armbändern und Halsvorrichtungen mit Vorhängeschloß und Haarstacheln auf dem Kopf, die wie die Gipsaura eines Heiligen in einer vergessenen ländlichen Kirche in die Luft ragten.[68)] In dieser Meute wurden die Jungs in ihrer Ecke

68) Ach, das alte Irland ist dahin, das ist es. Wenn jetzt auch noch zusätzlich zum Rauchverbot inner- wie außerhalb geschlossener Räume das Bier in den Kneipen verboten wird, wird Wet Wesson vollends anstreben, uns in ein etwas feuchteres und kühleres Imitat von Kalifornien umzuwandeln, *sans* die Sonnenbräune. Naja, es gibt ja immer noch den Norden, wo ein Mann immer noch ein Mann ist, nur noch heftiger, und wo eine *pint* wie Donner runtergeht.

so vollständig ignoriert, wenn man vom gelegentlichen Blick neomaskuliner Kumpelhaftigkeit (»He, Typen! Wie reißt man eigentlich Mausis auf?«) oder, häufiger, schierer Verachtung absah (»Pimmel!? Ihr lauft wirklich mit diesen Dingern durch's Leben? URRRXL!«), wie sie zu Häupten der windgezausten Festungen des Ben Bulben gewesen wären.[69)]

»Na, was liegt denn an, Großer?« sagte Kurbelwelle, indem er Ferdia begrüßte wie den Mann aus Belfast, der er einst gewesen und immer noch war.

»*Dia duit,* Kurbelwelle.«

Sie sannen und tranken, Ferd mit einem nervösen Auge auf die Umgebung.

»Soso, ein Tortuga?« knurrte Kurbelwelle. »Schönes Auto, das. Hatte selbst mal einen, drüben in Lisdoonvarna. Hab ihn aber mal nachts zu Klump gefahren, als ich einen Protestanten jagte. Bin gegen eine Mauer geknallt, nachdem ich ihn überfahren hatte, aber sag das nicht weiter. Nix mit peng-und-ab-dafür, sondern ab-dafür-und-peng, ahha ha. Der war sowieso schwul.« Er gackelte rauh, hustete mit stimmhaftem Nachsummen (»ah–hhhmmmmmm«) und fixierte Ferdia mit festem, gleichwohl trübem Auge. »Also wo warst du in der Nacht, als ich den Dreißigpfünder in der Markthalle abgelegt habe?«

»Ach Gott segne dich das war ein meisterhafter Schlag Kurbelwelle das kann man wohl sagen. Schon toll, die Detonation so lange zu verzögern, bis die ersten Kauflustigen kamen . . .!«

Du dämlicher Schweinehund, dachte Ferdia. *Bessere als du sind an dem Tag gestorben.*

69) Sogar noch vollständiger, wenn man die totale Abwesenheit amerikanischer Akademiker mit Donegal-Mützen in den düsteren Gefilden von O'Lesbihan's bedenkt, amerikanischer Akademiker, sage ich, die zerlesene Exemplare von (gähn) Joyce und/oder (gääääääääääähn) Lady (GÄÄÄÄÄHN) Gregory und ihren Kumpels (Stephens & Co.) bei sich tragen ... zzzzzzzzzz.

»Du mußt den Staub deiner Scheiß-Archive eingeatmet haben oben in Belfast zu der Zeit.«

»Ja. Stimmt.«

Kurbelwelle suchte besorgt nach einer Lulle. Ferdia witschte seine Combs & Duncans heraus und bot sie dar –; *eine Idee zu eilfertig, Bürschchen,* las er im verengten Blick, der sich wie ein von keiner Wetterwarte vorhergesehener Sturm unter der Amboßwolke von Kurbelwelles Braue bildete – und breitete den reschen Hauch ihres türkischen Tabaks und vergoldeten Papiers unter den suchenden Härchen aus, die den ungejäteten Nasenlöchern seines Ex-Kollegen entwucherten.

»Combs and Duncans? Verpiß dich doch. Ich nehme meine Regals, vielen herzlichen Dank. Ah, da sind sie ja.« Nach dem Ritual von Extraktion, Implantation und Zündung inhalierte, hustete, exhalierte er und lehnte sich zurück. Kurbelwelle O'Deane war die Art knochendürres, mark-karges, ketterauchendes, nie Sport treibendes, pockennarbiges und nikotinfleckiges alkoholisches Wrack, dessen Abbild in Zeiten schlechter Gesundheit, Depression oder Pessimismus heraufzubeschwören Ferdia inspirierend fand, wenn auch die ganze Welt sich in Quacksalberarzneien für Vollgesundheit (wie Vitamintabletten namenlosen Ursprungs) und Fernsehwerbung, in der schneeweißhaarige Achtzigjährige über den Strand joggten, einzukaufen schien. Kurbelwelle war näher an fünfundfünfzig, was aber auch egal war, und bei seinen Gewohnheiten und dem Umgang, den er pflog, hätte er seit zehn Jahren tot sein müssen. 70)

70) Ganz Ihrer Meinung, junger Mann, voll und ganz Ihrer Meinung. Ich führe immer innerlich Buch über solcherart heroische Selbstzerstörer, um meine fiebrige Braue zu solchen Zeiten zu trösten, da es scheint, als wäre alles vorüber, und nur des Bestatters Klopfen an der Tür fehlte noch. Da gab es natürlich Jeffrey Bernard, aber der war Engländer. Zu denen, die ich persönlich gekannt habe, gehörten »Buzz« O'Needey und Tim Foil, von welchem später die Rede sein wird. »Buzz« war die standardisierte, in den Bus einsteigende, ihre Hämorrhoiden kultivierende, bürobewohnende Nullität, fünfundzwanzig Jahre lang, er

»Ein Tortuga neueren Baujahrs? Leicht gute zwanzig Riesen wert, möglicherweise mehr, wenn wir einen Scheiß-Araber finden, dem wir ihn andrehen können.« Die winzigen Augen immer noch auf Ferdia fixiert, nahm er einen tiefen knebelnden Schluck von seiner *pint* (Earwicker's Rotbraun). »Und wer ist diesmal der Sündenbock?«

»Tja, da habe ich ein Problem. Ich möchte, daß ihr Jungs ihn für mich verscherbelt. Ich kann keine Sündenböcke gebrauchen –, und auch keine Sündenzicken.«

»Hast du ihn?«

»Nö. Aber ich habe Hoffnung. Ich meine, ich denke, ich weiß, wo er ist.«

ernährte eine nette Familie und alles und wohnte Bugswallow Lane 21A in einer seriösen Doppelhaushälfte in Ballsbridge –, bis zu dem Tag, an dem er neunundfünfzig wurde. An jenem schicksalsschweren Morgen, als er gerade seinen Regenmantel anzog, hielt er inne, lehnte seine Aktentasche gegen den Türpfosten und wandte sich um, seine gaffende Familie anzuschreien: »Lebt wohl für immer, ihr Scheißschwuchteln«, galoppierte dann freudig davon in den hellen Frühlingsmorgen und verbrachte diesen sowie viele darauffolgende Tage seitlich auf der Nordmauer liegend, immer noch mit Anzug und Schlips, und ließ seinen Beitrag an unverdautem Stout in vorgefertige Pfützen anonymer Herkunft tröpfeln. Unnötig zu sagen, daß er von da an seinem Bürojob fernblieb, eine Tatsache, die von seinem Arbeitgeber, Divines GmbH, sieben Monate lang nicht bemerkt wurde. Er starb letztes Jahr mit sechsundachtzig Jahren unter dem kieloben aufgestellten Ruderboot, welches er sein Zuhause nannte, am Strand von Balbriggan, wo er als »König der gottverdammten Scheißstrandgutsammler« bekannt geworden war. Stolz verließ er in den ihm verbliebenen Jahren an der Liffey nie mehr die Uferregion, wo, wie er behauptete, ein Mann alles hatte, was er brauchte: Kneipen, Frittenbuden, den Anblick von nicht zum Trinken gedachten Wasser und die eine oder andere Buchhandlung, die nach einer Umdekorierung durch Ladendiebe schrie. Um sich sein Getränk zu verdienen, putzte er für einen Hungerlohn die Herrentoilette am Eingang zum Phoenix Park und sang als Bonus seinem nächtlichen Publikum von Mitsäufern »Das alte Dienstmädchen von Ballygolightly« vor, wofür er mit *pints* und Kurzen versorgt wurde, jeweils von der billigstmöglichen Sorte. (»Buzz« empfand fünfzehn Stück von beiden als das bare Minimum zur Erhaltung der Gesundheit, flankierend dazu

»Aha«, sagte Kurbelwelle. Seine winzigen Schweinsäuglein platzten einen Sekundenbruchteil lang auf, schlossen sich dann wieder halb, und seine erneut gerunzelte durchgehende Augenbraue sank auf ihr breites Bord aus massivem keltischen Brauenknochen zurück. (Ferdia widerstand dem nahezu unwiderstehlichen geistigen Vergleich mit der ähnlich einbrauigen mexikanischen Künstler-Lesbita, Ikone dieser Kneipe und Ikone all jener, die sehr links und noch lesbischer sind und deren Porträt an prominenter Stelle hinter den breiten Schultern von Robb Manlove, der Barfrau, Tschuldigung, *Tresenkraft* hing; auch Rudolf Hess, entsann er sich, war derart belastet, oder gesegnet, sowie ferner »Omnibus« O'Kane, Mittelstürmer bei Laois Ost, und Dirk Porteus, der Golfer.)

»Nun, normalerweise brauchen wir einen Sündenbock, Quain. Einen Prügelknaben. Das weißt du. Wenn es nicht Teil

mindestens vierzig Player's, natürlich filterlos, um das Ziehen zu erleichtern.) Einmal kam seine Frau, um ihn zu suchen, aber er ging mit seinem Besen auf sie los, und sie war ohnehin von der Verwandlung ihres einst so demütigen und gepflegten Männe, des Anbeters der Götter des Monatsgehalts, in einen rotnasigen mesomorphen Alkoholiker unflätiger Zunge und übelriechender Physis entsetzt genug. Dank sei Gott dafür, daß das Oireachtas kurz darauf für das Recht auf Ehescheidung stimmte, so daß die beiden wieder frei waren; was die Gören betraf, nun, so machten diese sich davon, eins nach England, das andere nach Nagorny-Karabach. Es heißt gerüchtweise, »Buzz«'s Aktentasche lehne immer noch verloren am Türpfosten in Ballsbridge und warte für alle Zeiten auf die Rückkehr ihres Eigentümers. Schluchz. Nein, war nur ein Scherz. Nun zu Tim Foil, auch dieser zu Beginn nicht auffällig, bewarb er sich, diskret in schwärzliche oder graue Anzüge gekleidet, um Jobs und sagte viel zu oft »Sir« und »Madam«, um ernstgenommen oder auch nur mit einem Anschein von Respekt behandelt zu werden. Ja, er war die Art untadelig gepflegter Niemand, die man oft still in den Ecken von Wartezimmern sitzen sieht, wo sie sich mit unbemerkter Höflichkeit beim Anblick eines Mannes oder einer Dame (oder Frau) erheben. Nun, genau an dem Tag, an dem Tim als Vizeverwaltungsassistent im Programmierbereich einer Datenverarbeitungsfirma in den Inneren Belfers anfangen sollte, rannte er in Marble's Bar in der Crumstown Road und versenkte Stout im Gegenwert einer Gallone

einer äh offiziellen Kampagne ist, dann können wir die Verantwortung übernehmen. Sonst um die Polizei abzuschütteln, besonders heutzutage, mit diesen ganzen verdammten Verträgen, und die Protestanten schleimen sich bei uns an, und die Journalisten stecken ihre Nase überall rein und alles. Wir sind zu exponiert, wenn du mich fragst, aber was weiß ich denn schon. Dient doch sowieso alles nur den Sesselfurzern, stimmt's?«

Dann hielt Kurbelwelle inne, Zigarette in der Hand, mit dem zerknirschten, aber erwartungsvollen Gesichtsausdruck eines Mannes, der die Katastrophe nahen fühlt, die auch sofort entgegenkommend zuschlug. Sie kam wie einer jener günstigen Anti-Raucher-Momente in minderen Hollywood-Filmen, in denen der Protagonist seinem pechvogelartig paffenden Elternteil, Ehegesponst oder Geschwister eine Zigarette aus der Hand grapscht und ausruft: »Mamá!? / Schwesterherz!? /

(damals acht imperiale *pints*) in rascher Folge, »damit ich merke, daß ich Ire bin oder was«. Dann, an seinem Arbeitsplatz, lächelte er, nickte ein und erwachte nur, um gewalttätig zu kotzen, dies aber auf a) seinen nagelneuen Anzug nebst Schlips; b) seinen Computer; c) Mr. Tavish, den Stellvertretenden Oberabteilungsleiter; und d) seine Schuhe, gazellenlederne Pumps, direkt von Boylans in der Noonan Street. Fortan war er arbeitslos, aber sublimstens zufrieden, hatte er doch alle Fesseln abgestreift, die ihn ans Weltliche ketteten. Morgens reinigte er sein Bett mit einigen kraftvollen Ausbrüchen seines alten Hoovers, den er bei seiner Schlafstatt aufbewahrte, von Ekligem, dann wackelte er die paar Häuser weiter zu Bunny »Rabbit« Dorans Bar, wo er glücklicherweise auf allerbestem Fuß mit Bunny (oder »Rabbit«), dem Wirt, stand (einem Ex-Angehörigen der Territorialarmee, aus welcher er bei einem Einsatz in Süd-Armagh still ausgeschieden war, nachdem er beschlossen hatte, daß das Leben zu kurz war, um es in Dschungeltarnung auf irischen Gassen zu vergeuden), zumindest gut genug, um den dicksten Deckel in Irlands grünem und angenehmen Osten akkumuliert zu haben. Tim ist immer noch sehr gut dabei, tatsächlich hat er seinen achtundsechzigsten Geburtstag mit ein paar Freunden aus den Liberties und einem Kasten mit was ganz Speziellem an Bord der Eisenbahn von Naas nach Kildare gefeiert … Da kann man eben mal wieder sehen oder hic? Terence? Äh, Terence?

Schatz!? *Du hattest doch versprochen aufzuhören!*« Nun, Kurbelwelle übertraf Hollywood noch, indem er einen Hustenanfall bekam, der als harmloses Summerpärchen (»hhhmmmmm« »hmmmmmm«) und schotter-rauhe Räusperer und mehrmaliges Aufschwabbeln der Wangenpartie begann, sich dann plötzlich in gewalttätiges Gebell von »erzürnter Rottweiler«-Intensität verwandelte; dann (Ferdia, der vor lauter Peinlichkeit woanders hinblickte, sah plötzlich in die zu Schlitzen verengten Augen von Robb, der Doña Juana des Hauses, welche, beleidigt

a) vom Husten;
b) von der Anwesenheit männlicher Vertreter der Gattung Mensch;
c) vom Versperren ihres Blicks auf eine wohlgestalte Hinzugekommene ⟨Lizette, zweimal geschieden, aufgeregt experimentierend⟩ durch Ferdias herausragenden MÄNNLICHEN Zinken, in ihren Blick nicht weniger goß als die geschmolzene Lava des Hasses als solche, wodurch er selbst erst wieder einen Blick wagte, als Kurbelwelles Anfall vorüber war),

von einem wütigen Würgen in F-Dur mit reichlich feinem musikalischen Speichelsprühen eingeleitet, welches zur fast völligen Implosion der Brusthöhle einschließlich eines krampfartigen Auf- und Abgeruckels der Schultern und unwillentlichen und schwächlichen Dreschgeflegels der Arme und einer Sequenz heiserer Brechlaute führte, etwa so: JUUU JUUU JUUU JUUU JUUUK, so laut, daß es sich tatsächlich durch das flotte Geplapper der Misandristinnen am Tresen filterte und kurzfristig alles anhielt, bis Robb (oder eine ihr sehr Ähnliche) den Ball der Konversation wieder aufnahm und folgendermaßen damit wegrannte:

»*Männer;* was habt ihr anderes erwartet? Sie sterben etwa zehn Jahre jünger als wir, die nutzlosen Waschlappen. Laufen mit diesen Dingern zwischen den Beinen herum, ich meine, aber ehrlich jetzt. So was schnallt man an, wenn man's braucht, und wenn nicht, wird es weggeschlossen, das ist meine Philosophie. Egal, und Lucie? Ja, die mußte ich abschaffen, sie war der totalste Kontrollfreak, den ich je gesehen habe, zehnmal pro Tag hat sie mich angerufen, um sicherzugehen, daß ich sie nicht betrüge, ›Bescheißt du mich schon wieder, du Tratschzicke?‹ hat sie gesagt, bis ich eines Tages, naja, ›Steck's dir in den Arsch, und zwar mit Ziernägeln‹ gesagt habe, ›du kannst die Ketten wegschmeißen, denn diesmal sichere ich mir was Feminines, falls du verstehst, was ich meine.‹ Ist das dein Typ, Süßer?«

»Grrrrr-ahem«, verkündete Kurbelwelle.

»Ist es jetzt überstanden?« erkundigte sich Ferd, verärgert, weil er mit einer solchen Zurschaustellung allgemeiner physischer Auflösung in Zusammenhang gebracht wurde. Kurbelwelle zündete sich eine weitere Zigarette an.

»Hmmm. Äh ja. HMMMMMMM. Arrh. Jetzt sind wir in bester Kampfform. AH-hrrrrrm. Also was ist für dich dabei drin, Quain?«

»Kohle. Otzen. Mittel.«

»Wir kriegen das meiste davon.«

»Geht in Ordnung. Naja, nicht wirklich, aber ich kenne euch Bande. Ihr seid echte Schweinehunde, und ich sage das, weil ich es besser weiß als die meisten. Und eins möchte ich klarstellen.«

An dieser Stelle räusperte sich Kurbelwelle mit größtem Bedacht:

»HHHRRRRRRRRRRRRRRahhhhhhhmmmffff.«

»Keine Autobomben, okay?«

»Wovon sprichst du überhaupt. Du weißt doch, daß wir sowas nicht mehr machen.« Er zwinkerte mehrdeutig.

»Arrh. Am Arsch. Bau damit bloß keinen Scheiß, Kurbelwelle. Benutzt das Ding nicht als Bombe. Verkauft einfach den Wagen und sackt das Bare ein.«

»Ist gebongt. Aber wir kriegen immer noch drei Viertel.«

»Hälfte.«

»Du spinnst.«

»Hälfte oder nix.«

»Dann eben nix.« Kurbelwelle tat, als wolle er seine Habe einsammeln, als Zeichen unmittelbar bevorstehenden Aufbruchs.

»Ja. Wie gesagt, ich kenne euch Schweinehunde. Also kriegt ihr was auch immer, wie du gesagt hast. Da sollten dann aber immer noch etwa zehn Riesen übrigbleiben.«

»Für deinen Scheiß-Käseladen, stimmt's?«

»Ja. Woher weißt du das?«

Als Antwort tippte sich Kurbelwelle lediglich mit dem Zeigefinger (dem rechten) gegen die Nase und zwinkerte.

»Wörter machen die Runde, Lieberchen. Himmel«, erwärmte er sich für sein Thema (und bebte in Spasmen der wieder befeuerten beginnenden Huster), »wie viele Ex-IRA-Archivare, glaubst du, gibt es in dieser Stadt, und dann noch welche, die einen Scheiß-Käseladen eröffnen wollen? Wir wissen alle voneinander, was jeder geschäftlich treibt, besonders du, Bücherwurm. Auch wenn du nicht mehr in einer aktiven Diensteinheit bist.«

»Äh –, eigentlich ja *Wein* und Käse.«

Diese Präzisierung wurde ignoriert.

»Ich meine, wie viele Ex-Soldaten kämen denn überhaupt auf die Idee, einen Käseladen aufzumachen? Was bist du, Quain, ein warmer Bruder?«

»Laß das lieber.«

Kurbelwelle fühlte sich dazu befugt, Ferdia so brutal formuliert anzusprechen, so brutal, wie ein rüder Chef mit seinen Untergebenen spricht, weil damals, im Jahre '76…, na fangen wir mit dem Anfang an, ja? Es war nämlich so: Als der junge (24) Ferdia seinen Posten in der Organisation antrat, ganz pflug-und-sternen-äugig bei der Aussicht, *Oglaigh na hEireann* und *Poblacht na hEireann* und den Fenier-Träumen seiner Vorfahren (seinen Da ausgenommen, den alten Fine-Gael-Anhänger) zu dienen, war Kurbelwelle sein Rekrutierer gewesen, wie man das damals nannte – heutzutage »Mentor«, mit einem Hauch von Sensibilitäts-Training (mehr als nur ein paar von den Jungs waren pauschal nach Kalifornien gereist, Land der Zukunft, Gott steh uns bei)[71] –, und auf dem besten Wege, zum Standortkommandanten befördert zu werden, auf welchem Kurbelwelle dem jungen Quain zeigte, wo der Hammer hing, und zwar so, daß dieser jenem sobald wie möglich auf den Kopf fallen sollte. »Ich bin doch aber nur der Archivar«, hatte Ferdia protestiert, freilich erfolglos. Kurbelwelle war Bombenmensch, erklärte er, zuerst und zuletzt nur Bombenmensch, wie die besten der Jungs, in deren Adern trikolorefarbenes Blut floß, egal, wie ihre Job-Beschreibung lauten mochte. Also erlernte Ferdia bei einem Meister die schöne Kunst, Menschen in Stücke zu sprengen. Mit 25, nachdem er gerade seine Osterglockentätowierung empfangen und den höchsten Eid geschworen hatte, den ein Mann nach den Eiden zu Gott oder Gattin schwören kann, nahm er am ersten einer Reihe von »Workshops« teil, die von den besten und hellsten akademischen Köpfen der Organisation geleitet wurden, welche von Anstalten des höheren Lernens auf der Grünen und anliegenden Inseln (den Orkneys, Shetlands, dem Größeren Britannien, Sark, Guernsey, L'Ile d'Yeu, Jersey usw.) durchgeführt wurden –, Len McGuinness vom Limavady College; Turlow O'Sperrin von der East Loughborough Polytech; Hamish MacNape von der Lerwick University; Pierre Kartouffel vom Collège Unijambriste de Brest – über solche Themen wie:

a) Hallo zusammen! Willkommen zu Stabilität und Detonabilität von Ammoniumnitrat, Teil I;
b) Tag! Heute geht's um toxische Effekte eines Feuers in Zusammenhang mit Ammoniumnitrat;
c) Hallo, hallo. Heute werden wir einen Blick auf die Sicherheitsvorkehrungen bei der Verwendung von Ammoniumnitrat werfen, nur so zur Sicherheit; schließlich sind Bombenleger auch Menschen!;
d) Ihnen allen einen schönen guten Tag. Heute geht es

71) Hört, hört. Aber es ist hier.

um die Hierarchie der Kontrollmaßnahmen bei der Lagerung und Anwendung von Ammoniumnitrat;
e) Jungs, stürzen wir uns gleich mal auf die beste Vorgehensweise bei der Lagerung und Anwendung von Düngemitteln, die Ammoniumnitrat enthalten;
f) Und zu guter Letzt, Leute, werfen wir einen raschen Blick auf Ammoniumnitrat aus dem Nahen Osten.

Diese Neo-New-Age-Abhandlungen, die sämtlich in schlecht beleuchteten, staubigen Lagerhallen unten am trüben Lagan stattfanden, leiteten zu mündlichen und schriftlichen Prüfungen über, die von Auf-die-Schulter-Klopfen, dem unerbittlichen Dumdidelüdel von Volksmusik und Ausbrüchen unrasierten Gelächters akzentuiert wurden, wozu sehr un-new-age-mäßig heftig geraucht und süßer Tee aus randvollen schadhaften großen Tassen getrunken wurde. Zum Schluß wurden die besten Studenten aktiven Diensteinheiten zugewiesen, und die Klassen brachen zu echten Missionen im Felde auf –, wobei »das Feld« meist ein echtes Feld in oder in der Nähe von Newry, Grafschaft Armagh, am nordwestlichen Ende war, genau hinter O'Foyles Autohandlung (Ford, Rover, Shogun) – auf dem Entwurf, Bau und/oder Entschärfen des wesentlichen Ammoniumnitrat-Sprengstoffs und dessen küssender Kusine, Semtex, geprobt wurde, des Bombenlegers bester Freundin und gewöhnlich einziger Grund dafür, daß Arme, Hoden, Titten, Beine, Ohren usw. an Orten wie Teddy Whelan's Bar am Short Strand und Harold Wilson's Café in Dungannon, Grafschaft Tyrone, unschuldigen Zivilisten abgesprengt wurden. Summa, auf Ferdias Haben- (oder Soll-) -Seite: kein echtes Todesopfer (puha), aber eine Hausfrau, Mrs. Ruth McMurdo (50), *hatte* beide Beine bei Whelan eingebüßt (nicht, daß sie sie sehr vermißte, schließlich war sie nur einmal pro Tag zum Süßigkeitenladen gegangen, um ihre täglichen etwa fünfzig Embassy Regals und den *Telegraph* zu holen, und einmal wöchentlich war sie wegen Kartoffeln und Speckstreifen zu *Tesco* gekrabbelt), saß jetzt beinlos in der

Dunkelheit und starrte durch einen Nebel aus Fluppenrauch (sie schaffte jetzt weit mehr als 50 pro Tag) ihre Lieblings-Talkshows – Ern, Jerry, George, Petey, Nina – auf einem riesenhaften Kamikaze-27-Zoll-Fernseher an, den sie zu Weihnachten nach ihrer Verletzung als Wiedergutmachung von der Führung der örtlichen **I**nvaliden-**R**ehabilitations-**A**rbeitsgemeinschaft (Offiziell) bekommen hat.

Ein weiteres Opfer, durch reinen Zufall (oder war es Fügung? Oder beides?) eine Papistin, war Bernadette O'Popery (49) gewesen –, was aber hatte sie überhaupt in Harry Andersons berüchtigter UDA-Kaschemme mitten im Heiligen Land zu suchen gehabt, fragen Sie völlig zu recht? Sie habe eine Abkürzung genommen, hat *sie* gesagt. Na gut. Sie habe ihren protestantischen Liebhaber besucht, Billy Blow, den Radiologen in der Jericho Street, haben *sie* gesagt. Auf jeden Fall hatte ihre Handtasche die volle Wucht der Explosion gemildert, war sie doch mit

- nicht eingelösten Einkaufs-Coupons;
- wertlosen Lottoscheinen;
- gelesenen und immer wieder gelesenen Exemplaren von *The News of the World* mit Aufmachern darüber, daß vor kurzem die Heilige Muttergottes, Elvis, Charles Haughey, UFOs und Prinzessin Diana gesichtet worden seien;
- einer Sammlung melancholischer Verse, der Heiligen Muttergottes gewidmet;
- einer Auswahl beliebter Glückskeks-Wahlsprüche von Ern Vasely, dem berühmten Talkmaster auf Kanal 11 *(Lächle, wenn du sagst, ich wäre groß, brünett und gutaussehend, Drachenweib!)*;
- einem unbenutzten Taschenspiegel;
- einem durch ein buntes Band zusammengehaltenen Bündel Briefe von Bernard, ihrem Jüngsten, der in den nordöstlichen Staaten auf dem Bau tätig war (genau wie sein Da, seit zehn Jahren tot, nachdem er kopfüber in das Moor von Allen gefallen war, während er sich

zur Großbaustelle des Internationalen Flughafens von Knock begab, Gott gebe ihm die ewige Ruh);
- und etwa einer Tonne (naja, vielleicht elf Stück) halbleerer Zehnerpackungen mit Zigaretten, deren am wenigsten leere vertrocknete Lullen enthielt, zu denen sie einfach nicht gekommen war, verfolgt vom Dämon des Sich-das-Rauchen-abgewöhnen-Wollens, wo sie doch genausogut hätte weiterpaffen können,

gefüllt, was Bernadette insgesamt gegen die zischende Druckwelle der 20 Kilo Semtex doppelaktiv abpolsterte, die sich in der großen Lambeg-Pauke kuschelten und darauf scharfgemacht waren, beim wonneschauernden, papistenfresserischen Höhepunkt der Oranierparade an jenem sonnigen 12. Juli *Bumm* zu machen, aber lediglich die Entfernung ihres linken Arms zu Wege brachten (nöö, kein Problem, sie war sowieso Rechtshänderin, nicht, daß es nicht zuerst höllisch wehgetan hätte, und immer diese Phantomkrämpfe und ein seltsamer Impuls, jedem mit dem nicht-existierenden Mittelfinger der linken Hand, äh, den Vogel zu zeigen), sowie eine Verstärkung der bereits vorhandenen Unterempfindlichkeit des betreffenden Ohrs. Ach ja, und immer wieder fiel sie zu Boden und zitterte unkontrollierbar, »post-explosive Nach-Explosionen, Gott, ich wünschte, ich hätte einen Penny für jeden dieser Fälle, die bisher meine Praxis durchlaufen haben, GÄHN, könnten Sie kurz auf meine Termine kucken und mir sagen, mit wem ich heute löntsche, Miss Ripper?« in der trockenen Formulierung ihres Arztes, Dr. Ivor Isinglass vom Lord-Carson'schen Landsitz, gleich um die Ecke von der Ormeau Road.

Aber dies waren nutzlose menschliche Details, von denen Ferdia, als Soldat der Revolution, glücklicherweise nichts ahnte.

Dann – als dritten der drei Schatten, die bei seiner Ankunft in der Unterwelt anklagend aus den dunklen Nebeln auf Ferdia Quain zugeschlurft kommen würden – gab es Reverend Mustafa Bumm, den zu Besuch weilenden anglislamischen Geistlichen aus East Grinsted, Surrey, auf der Suche nach passenden jungen Burschen für den schönen altehrwürdigen

Brauch der Typ-auf- (oder -in-) -Typ-Sodomie in der Plaste-und-Vinyl-Umgebung des Phrygian Hotel, Cavafy Lane, im sündigen Viertel um die alte *Trixy*-Weinbar herum, der gerade im Begriff stand, einen potentiellen Kandidaten mit der oft erprobten Formel »Allo Dicki! Ficki lecki leck?« heranzuwinken, als der gute Hirte zu seinem Schrecken innewurde, a) daß der »Junge« ein Mädchen war (Titten; Hüften; diese weibischen Oberschenkel – *urrrxl!*), und b) daß gerade ganz in der Nähe eine Bombe explodierte, und zwar recht laut. Hochwürden fanden sich prompt von mehreren Stücken Balsaholz getroffen, die sich aus *Rivet-Way*-Flugzeugmodellen gelöst hatten (Spitfires, Hurricanes, Hawker Hawks), welche auf einem Regal in Brosnahan's Spielsachen-Warenhaus ausgestellt gewesen waren, als sich die Bombe, freundlicherweise von Ferdia zur Verfügung gestellt (»Gut gemacht, Burschi«, sagte Kurbelwelle und drehte sich mit dem Rücken zur steifen Frühlingsbrise, um ein Zigarettchen anzuzünden), mit einem *Ka-bumm* als Geste der Mißachtung gegenüber der nahebei am Donegal Place stattfindenden Amtseinführung von Fred Turpentine entlud, dem frisch ernannten britischen Geistlichen der Spezialkirche für Katholiken (Ulster) GmbH. Hochwürden trennten sich von linkem Auge, sowie – weder gütlich, noch göttlich – von einem großen Teil seiner gesamten linken Seite, einschließlich einer Scherbe vom Kinn, etwa einer Rippe und nicht ausschließlich (danke, daß Sie gefragt haben) jener lieben alten Gonaden, die nun offiziell (und nicht nur für die Freizeit) nutzlos waren. Aber keine Sorge: Pastor Bumm, jetzt in Kanada mit Jake verheiratet, seit etwa zwanzig Tagen sein Lebenspartner (kennengelernt haben sie sich letzte Pfingsten in Spike's Arsch-o-Rama), prunkt jetzt mit einer schicken Augenklappe, die zu seinem grauen Pferdeschwanz und alternativem Lebensstil paßt.[72]

72) D.h. Händchenhalten mit anderen Männern; energetisches Arschficken, inner- wie außerhalb öffentlicher Bedürfnisanstalten; sorgfältige Trennung von Plastik- und Glasflaschen zum Zwecke des Recycling und der Erlösung von dem Übel; ein eifriges Zurschaustellen

Alles in allem kein schlechter Tausch, wenn man's recht bedenkt und unterm Strich, und die Geschichte lehrt, daß es auch weit schlimmer hätte kommen können.

Es gab ja auch welche, die schlimmer waren als Ferd. Er hatte sich bald danach um die Arbeit im Archiv beworben. Nein, es gab viel Schlimmere als unseren jungen Freund. Kurbelwelle selbst, um gleich mal mit dem anzufangen, Ex-Standortkommandeur und beglaubigter Wahnsinniger. Nicht nur hatte er länger als fünfzehn Jahre die weltbesten Kliniken mit eigener Bombenherstellung geleitet, aus denen solche Illuminaten der Finsternis wie Omar »Sally« bin Salaad, Tikki Ben-Tintin, Harry Batasuna, Abu Ibn Jabr-Woki, Sean Freedman, Mahmoud Hamster und (wie manche sagten) Gerry Odom (ja; er selbst!) hervorgegangen waren; er hatte persönlich die Einführung von Semtex und Ammoniumnitrat (und korollarer Zündvorrichtungen) in so sensiblen Bereichen wie den Toiletten des Unterhauses, der Lebensmittelabteilung von Howards, dem Hotel Thatcher in Barton-on-Sea und den Achselhöhlen von Wachtmeister Daniel Boone überwacht (den das Lokalblatt – immer für einen Lacher gut – in seinem Nachruf als »vielseitigen Mann, der seine Augen und Füße überall hatte ...«, würdigte) –, und das war noch nicht einmal die Hälfte.

Limerick '89, fünf Tote, neunzehn Verletzte?

Old Kurbelwelles Werk.

Victoria Station '91, drei stante pede zu Kleinkacke zersprengt, die anderen noch ein paar Tage lang im Todeskampf?

Mach einen Diener, O'Deane.

Hafen von La Valletta '95, neun ausgelöscht, acht davon Mitglieder der dortigen Rugby-Mannschaft Malteser Falken, der neunte ein vom Pech verfolgter Tourist aus Brum namens Tom Higgins (oder 'Iggins)?

Mais oui! Signé Kurbelwelle.

von Stoßstangenaufklebern establishmentkritischen Inhalts auf dem 1988er Volvo von der »Atomkraft? Nein danke!«-, »Ein bißchen Frieden«- und »Nieder mit der Familie«-Sorte.

Man kann also sagen, daß Ferdia trotz seinen früheren politischen Verbindungen ein unschuldiger Mensch war, wohingegen sich solches für Kurbelwelle nicht ins Feld führen ließ.

»Baby, so hab ich's gern«, röhrte Robb Lizette an, die sich auf anziehende Weise geziert gab und aus ehrfürchtiger Scheu vor Robbs rauhbauziger Kesser-Vater-Nummer in ihrer Rolle als weibliches Weibchen stark chargierte. »Hey, treiben wir's noch in dieser Minute mit Schmackes und Schmutz auf dem Klo, na?«

»Uuuu«, kicherte Lizette. »Du gehst ja ganz schön ran, was, Robb, mein Schatz?«

»Kann man so sagen, Babe. Hey, das Leben ist kurz. Schnapp dir einen Dildo, und ab geht die Post.«

Ferdia sann irrelevant darüber nach, wie Amerikanismen, da sie angesagt waren, diesen angesagten Subgruppen ganz natürlich von den Lippen kamen, den *Jungs* dagegen nie, die immer noch sprachen, als lebten sie im trostlosen Irland des Jahres, sagen wir, 1949 –, aber war das besagte trostlose Irland nicht ihr Paradies, Land des abgekratzten Angebrannten und der Kfz-Winker und Wochenschau und Wagenladungen Pferdedung und gezuckerten Tees und filterloser Players please und gefurchter Feldwege und allgegenwärtiger Landpfarrer und gehetzten Onanierens und regnerischer Whiskeynächte und furchtsamer Tanzveranstaltungen in zugigen örtlichen Kurhotels mit vielleicht vier anschließenden Zitterknien gegen eine bemooste Mauer …? 73)

73) Ah, ich kann das leise Zischen der Autoreifen auf der nassen Landstraße westlich von Athlone hören, den holzigen Gestank aus der alten Peterson-Pfeife des Da riechen, das rußige Knirschen von Speckstreifen an einem milden Sonntagvormittag nach der Kirche schmekken, den festen Zugriff meiner ersten Lulle (Player's, please!) hinter der Bushaltestelle in der Crumstown Road an einem regnerischen Freitag, als ich noch ein kleiner Junge war, spüren, die rauchige eintönige Vielfalt eines Bushmill's Black, am frühen Samstagabend, kosten, drunt' im Lokal … ah. Terence?

»Also gut«, sagte Kurbelwelle. »Du zeigst uns die richtige Richtung, wir klauen das Auto, und die Differenz teilen wir siebzig-dreißig und nichts von deinem Fifty-Fifty-Scheiß. Wir wollen das aber bis nächsten Dienstag hinter uns haben. Gegen Ende der Woche werde ich wegen eines Auftrags in Bilbao erwartet.«

»Ist mir recht«, sagte Ferdia. Sein Herz schwankte kokett, wie zwei gebrauchte Kondome auf einer Flutwelle, und sein Magen zog sich zusammen, wie eine zornige Schlange, die sich einrollt, entspannte sich dann wieder, wie dieselbe, die sich wieder ausrollt. Er dachte an das Auto, ja, und den Geldsegen, den es bringen würde (denn die Jungs, einmal engagiert, schraken vor keinem Job zurück, das war das Eine, was man ihnen nicht vorwerfen konnte, o nein, Drückeberger waren sie nicht, das Schlimmste, was sie in der Beziehung je taten, war, daß sie das Ganze ein kleinwinziges Weilchen zurückstellten, während der Brigakom die Lage peilte, wann z.B. der britische PM auf Staatsbesuch erwartet wurde oder bei der ehemaligen Royal Ulster Constabulary ein neuer Kommissar); aber wahnsinnig, tief, wahrhaftig dachte er nur an:

»Terpsichore«, murmelte er, bereits betrunken (und kannte das kaum, geschweige sie).

»Was?« schnappte Kurbelwelle und steckte seine Lullen ein. »Los, raus hier. Gleich rotten sich die Schwulmäuse gegen uns zusammen.«

»Mädel«, röhrte Robb. »In zwei Sekunden bin ich bei dir auf dem Klo. Muß nur noch die zwei Männerfreunde abkassieren. Oy! Ihr Pack!«

In ihrem Leder der Führerin und Reichskanzlerin einer neonazistischen Motorradbande ähnelnd, klappte sie den Ausstieg ihres Tresens hoch und marschierte zu den Jungs, diese jedoch waren fort und hatten unsortierte Münzen auf einem wohlgebrauchten Fünfer neben einem schwelenden Aschenbecher hinterlassen (Ricard, letzten Bankfeiertag von Dinard importiert).

»Männer«, schnüffelte Robb und schöpfte die Knete in die hohle Hand. »Kann sie persönlich nicht ausstehen. Wär aber gern einer.«

»Hast du von dem unglaublichen neuen SuperWillie für Mädels gelesen?« erkundigte sich atemlos Tammy, eine renommierte Kosmetikerin mit Bürstenhaarschnitt, in gewissen Kreisen als La Vibatrix bekannt, die in der Nähe saß, bei einem Wodka-Daiquirí in die Lektüre von *ButchBabe* vertieft. »Hier steht, es gibt in Lettland oder Estland oder irgendwo einen Arzt, der 100%ige Effektivität garantiert. Plus man kriegt Haare auf der Brust und keine Titten. Nichts für mich, vielen Dank. Könnte ohne Titten nicht leben. Aber für dich wäre das doch vielleicht genau das Richtige in den Wieheißternoch.«

»Autsch. Ich möchte aber doch *sehr* bitten. Hey, zeig mal her. Bin gleich bei dir, Süße«, röhrte Robb über die Schulter. »Laß die Tür zugeschlossen. Ich klopfe zweimal.« Dann, nachdenklich: »Estland, was? Wo soll das denn scheißenochmal sein?«

Unterdessen ging draußen, ungerührt von dem, was in Öffnungen, Gliedern und dergleichen gerade angesagt war, die Heterosexualität ihrem monotonen, unerschütterlichen, ewigen Geschäft nach.

* * * * *

An Bord der *Rumpelstiltskin* erklang Krawall, als Terpsichore zurückkam und sich mit Stan aussprach. Halb hatte er eine solche Szene erwartet, halb nicht, oder vielleicht war die zweite Hälfte seiner Erwartung schieres Hoffen. Schließlich hatten sie schon vorher den einen oder anderen heftigen Krach gehabt. Aber sie war noch nie die ganze Nacht weggeblieben, noch dazu ohne anzurufen, die Schlampe.

Nein, diesmal sprach das Teufelchen des Realismus,

welches tief in den hinteren Nischen seines Gehirns hauste, laut und grausam, mit bewundernswerter shakespearischer Ökonomie des Metrums:

Diesmal auf Lunge, Junge.

»Ich hol nur meine Sachen ab«, sagte Terpsichore, der plötzlich bewußt war, daß sie das immer in den Filmen sagten, stimmt's, meist bevor das Balg oder die Bälger ins Zimmer platzte oder platzten, wodurch dann alle plärrten und grölten oder aber eine Szene tränenreicher Versöhnung anzettelten (na, das würde *hier* nicht geschehen, da konnte man seinen Schlüpfer drauf wetten) ..., tatsächlich hatte doch das Mädel in *Un Bacio Cosí* so ziemlich dasselbe gesagt, oder, nachdem (oder bevor) Gottfreddo Baldi sie wegen Manfredina Puella sitzengelassen hatte?

Was aber, anderseits, hätte sie sonst sagen sollen? »Ich hol nur meine Sachen ab« deckte die Lage haargenau ab: Es gab sonst nichts. Also sagte sie es noch einmal, als zweifle sie, daß er es beim erstenmal gehört hatte:

»Ich hol nur meine Sachen ab.«

»Ah ja?« sagte Stan, der an seinem Schreibtisch saß, ihr den Rücken zugewandt, Schreiber in der Hand, die Augen zum signierten Porträt von Sean Pitts, dem Bouzoukispieler, erhoben, welches Terry Whelan an die Wand genagelt hatte, bevor er nach Australien abgehauen war (»Ah dieser Sean schon rundherum ein toller Typ kann man wohl sagen ah ja ah kann man wohl sagen, meinst du du signierst das mal für mich, habe ich ihn mal nachts oben im Banville's gefragt oben am Nordring ist das und: ›Aber gern Kleiner welchen Namen soll ich denn hinschreiben?‹ sagt er, na der olle Sean ist ein ziemlicher Scherzkeks, sage ich bei mir also sage ich: Wie wär's mit Lester Pigott? und hier siehst du hat er das tatsächlich hingeschrieben, Lester Pigott –, oy Stan hassumaan Pfund für mich ich meine einen Euro? Kriegst du morgen zurück oder wann.«).

Indem er sich langsam umdrehte, versuchte Stan zunächst, die kalte, gleichgültige Miene eines Mannes von Welt aufzusetzen, der ihre Verteidigungsstrategien mit so herzlosen *mots* zerfetzt wie:

»Na? Willst deinen Boyfriend der Familie vorstellen?«

oder:

»Nett von dir, dich meiner im wahnsinnigen Wirbel deiner Existenz zu entsinnen«, wobei dies letztere viel – *zu* viel – Nachdenken und Vorbereitung und sorgfältige Vorarbeit erforderte. Es hätte am besten in die echohallenden Tiefen einer vorwurfsvollen Stille hinein gesprochen werden sollen, aber unglücklicherweise (und wie im richtigen Leben, werden Sie sagen) sprach sie, als er sprach, ebenfalls, und seine Worte gingen unter.

»Och, Stan, tut mir leid, daß du die Sache so siehst, aber leck mich doch am Arsch«, woraufhin er sich tiefer bemitleidete denn je (und glauben Sie mir, wenn es ums Selbstmitleid ging, war Stan ein Virtuose vom Range eines Yehudi Menuhin),[74] und er unterminierte die traurige Nachdenklichkeit seines Kommentars, indem er die Stimme hob und brüllte:

74) Oder meine alte Oma väterlicherseits, war die eine Selbstbemitleiderin, Sie würden nicht glauben, wie die nonstop gewinselt hat. Jungs ach Jungs, was der Da sich alles von ihr anhören mußte. Jedesmal, wenn er zum Abendessen nach Hause kam, fiel sie ihn an: »Da geht es schon wieder los, du setzt dich hin und fläzt dich wie ein Sultan aus der Türkei selbst und ich auf meinen alten thrombotischen Stelzen muß mich wie ein Sklave Morgen, Mittag und Abend ranhalten und brech mir noch das Genick, nur um dir das dicke Gesicht zu füttern, Haut und Knochen bin ich nur noch, mit einem Blutdruck, so hoch, daß man ihn die halbe Straße weit zischen hört, und Herzrasen, laut wie eine Bodhran jede Nacht und jeden Morgen und Schmerzen hinten in den Oberschenkeln ohne aufzuhören und zuckende Muskeln in Füßen und Armen –, kuck, da zuckt schon wieder einer, letztesmal, als das passierte, hat es einen Krampf im rechten Arm verursacht, und ich habe aus Versehen der armen alten Mrs. Nesbitt aufs Auge gehauen, das war im Tesco, da habe ich Lebensmittel gekauft, die ich mir nicht leisten kann, für dich und deinen flennenden kleinen Bruder, die arme liebe Mrs. Nesbitt, man mußte sie mit Erschütterung des linken Hirns ins Mater bringen –, und ich habe natürlich die übliche Bronchitis und Migräne und Nebenhöhlenverstopfung, und jetzt habe ich einen

»NETT VON DIR, wie ich bereits sagte, dich meiner äh, im äh äh äh …«

»Halt doch die Klappe.«

Und an dieser Stelle ging der Krawall erst richtig los. Sie hatte ein paar Sachen – einen Schminkspiegel mit Puderquaste, eine Seifenschale – in einen Koffer gepackt, und sie tauchten unverzüglich wieder auf, zu Wurfgeschossen umgerüstet. Die Seifenschale ging knapp daneben, und der Schminkspiegel traf voll ins Schwarze …, bzw., in dem Fall, Stans linken Wangenknochen, direkt über dem behaarten Teil.

»Du dämlicher Schweinehund, Gott, bist du nutzlos, was für ein Schwamm, ich weiß einfach nicht, was ich je in dir zu sehen geglaubt habe, ich meine, lieber Gott, da sitzt du und klaust anderen Leuten die Geschichten und verkaufst sie als deine eigenen, plagiierst tagein tagaus und erwartest auch noch, daß du dafür Geld kriegst, nein, noch schlimmer, *kriegst* sogar Geld dafür, Gott, du bist nichts als ein Betrüger und ein

Schmerz im unteren Gedärm und ein schrecklich lautes Klingen im linken Ohr, du hast ja keine Ahnung, was ich alles durchmachen muß, du würdest wahnsinnig, wenn du so ein Klingen in den Ohren hättest, es macht klingeling klingeling, dann hört es auf, es ist absolut unerträglich –, o, es ist das Telefon, ich nehme nicht an, daß du mal eben rangehst, oder, nein, natürlich nicht, du bist ja voll und ganz damit beschäftigt, dich mit dem guten Essen vollzustopfen, für das ich mich über dem heißen Herd abgerackert habe, der Herr allein weiß, warum, wenn man bedenkt, wie es mir gedankt wird, nicht mal ein ›Danke, Mammi‹ oder nur ein ›Danke‹, nein, macht nichts, raffe dich bloß nicht auf, ich geh schon ans Telefon, ich hab ja heute erst etwa hundertzwölf Meilen in diesem gottverwünschten Haus zurückgelegt, da wird mich etwas mehr auch nicht umbringen«, etc. ad infinitum. Erübrigt sich zu sagen, daß sie immer noch gesund und munter ist – 98 ist sie letzte Woche geworden –, wohingegen mein jüngerer Bruder schon vor Ewigkeiten ins Gras gebissen hat und der Da uns vor fünfzehn Jahren weggestorben ist. Was Onkel Claude betrifft, so hat man nichts mehr von ihm gehört, seit er ’79 im australischen Outback zu einem Spaziergang aufbrach.

fauler, prinzipienloser Nichtstuer, du dämlicher Schweinehund.« Das meiste hiervon kreischte sie, und ihre normalerweise rosig-weißen Züge waren kreideweiß vor Emotion. Ihre Hände ballten sich zu Fäusten, öffneten sich dann wieder, wie um Ohrfeigen zu verteilen. Das Mädel war außer sich, und es war ein furchterregender Anblick. Sie war im Stande, es ein paarmal ordentlich scheppern zu lassen, aber zuallermindest.

»So, das ist ja wohl die Höhe«, sagte Stan, der selbst vor Wut und Angst abwechselnd die Farbtöne Scharlachrot und Weiß annahm. Angst (weiß) obsiegte. Er lief ins Badezimmer und schloß die Tür ab, durch welche er gellte: »Du bist eine wahnsinnige Zicke, das bist du nämlich. Wenn du nicht abhaust, rufe ich die Polizei an und sage ihr alles über das Auto, das du gestohlen hast, das werde ich, so wahr mir Gott helfe.«

»Du dämlicher Schweinehund«, kreischte sie wieder, entzückt, weil sie

a) kreischen und
b) so oft »Du dämlicher Schweinehund!« kreischen konnte.

Das Boot als solches schien von den Emotionen an Bord in Mitleidenschaft gezogen und schwankte sanft nach hinten und vorn, doch war die Bewegung eine strömungsdynamische Reaktion auf das Kielwasser einer passierenden Barke.[75)] Den Manifestationen der unwandelbaren physikalischen Gesetze unzugänglich, saß Stan, die Arme verschränkt, auf dem Klo. Das war ja wohl ein schöner Mist. Jesus. Und vor kaum einem Monat war er noch der führende Liebhaber der Welt gewesen, der singende Austernfischer, der tatsächliche Ginger Man persönlich. Gerade hatte er diesen Scheiß-Job geschmissen; er hatte eine Superwuchtbrumme im Bett; er verdiente sich irgendwie halbärschig einen Lebensunterhalt, indem er Zeitschriftenartikel abkupferte; seine Gesundheit war 1-A; er hatte Pläne; alles lief prima in die richtige Richtung.

75) Wahrscheinlich eine, die Mythologien aus Athy und anderen abgelegenen Städten heranbringt.

Kurz: Es war ihm denkbar gut gegangen, er hatte es nur kaum bemerkt.

Die Tür wurde zugeschmissen. Harte Schritte hämmerten über die Laufplanke. Terpsichore war gegangen.

»Schluchz«, erklärte Stan tränenselig, von seinem eigenen Los zutiefst angerührt. »Schluchz schluchz ähä ähä.« Als er das Klo verließ, war das Hausboot leer. Er wischte sich die Tränen ab und sah aus dem Fenster.

»Schluchz schluchz ähä äh diese Scheiß-Zicke seht sie euch doch bloß mal an Jesus Christus.«

Sie ging in dieser hüftenschwingenden Gangart voller Arschesstolz davon, die sie bereits an den Tag gelegt hatte, als er sie zum erstenmal im Fairy Farmer sah, wie sie sich durch die Tische manövrierte, gleich einer Trapezkünstlerin hoch über sich ein Tablett mit schwankenden Flaschen balancierend; und aus der Entfernung war jene lang vergangene Nacht eine Szene gewesen wie die Parabel mit der Schönen und dem Biest, oder wie einer dieser kranken Zeichentrickfilme mit Kerlen, die lange, behaarte Gesichter und zottige Bärte hatten und aus unerwarteten Stellen Heiligenscheine ausstießen. Die quälende Unerreichbarkeit ihrer schonungslosen Schönheit hatte durch den nächtlichen Nebel aus Rauch, durch welchen die häßlichen, stoppeligen, pockennarbigen Visagen nutzloser Wichser, wie er selbst einer war, hinter einem dichten Bewuchs aus leeren *pint*-Gläsern und Bierdosen verlangend ihre Liebesgöttin anstarrten ..., der häßlichen Visage sehr ähnlich, die aus den Büschen schnellte, als Terps sich näherte, auf der anderen Seite des Kanals. Und obwohl der Anblick für Stan ungewöhnlich grauenvoll war, entpuppte sich das Gesicht langsam und unglaublicherweise (und im Zusehen fühlte Stan seine Jugend schwinden) als ein für Terpsichore durchaus willkommener Anblick. Ein Arm wurde beiläufig um den Nacken des Mistkerls geschlungen, als posierten die beiden für eine dieser hochnäsigen Bluejeans- oder Automobil-Anzeigen in Hochglanzmagazinen, nur daß hier der Typ einen zerknautschten alten Regenmantel trug und eine Lulle rauchte und sich nicht rasiert hatte und ganz allgemein aussah wie ein Penner, den man erst vor kurzem in einer Ölpfütze am Hafen von Ost-Killoyle geweckt hatte.

»Jesus«, schäumte Stan.

Am allerschlimmsten war, daß sie wußte, wenn sie beobachtet wurde, daß sie seine Gewohnheiten kannte, Gott, das war eine echte Piß-Situation, wenn sie einen verließen, nachdem sie etwa ein Jahr lang die Launen und Schrullen, die man so hatte, kennengelernt und sich die Anzahl der Wirbelsäulenhuckel auf dem Rücken (9, oder waren es doch 11?) eingeprägt hatten, und welche Filme zu sehen man sich absolut weigerte, und welche Tageszeit am besten für ein Nümmerchen ist, und warum man lieber auf der linken Seite schläft, und wann man stimmungsmäßig am besten zufriedengelassen werden sollte, und welche gräßliche Popmusik man gern im Radio hört (außer den Chieftains, und Stan war zuerst und zuletzt Chieftain-Anhänger; Ernie Earwig and the Shrimps hatten immer schon zu seinen Favoriten gehört –, sowie auch Peter Pecker, die You-Toos, Pater Ulrich Heselius und seine Original Bayrischen Ministranten und, natürlich, die Bootles). Mann, es war, als lernte man die verdammte Encyclopedia Britannica für irgendein verdammtes Fernseh-Quiz wie *Meistermann* oder *Gestatten: Mr. Memory*[76] auswen-

76) Aha, Sie haben die Sendung auch gesehen, stimmt's, letzten Freitag? *Gestatten: Mr. Memory* auf RTÉ 12? Ich habe sie mir eine Zeitlang in Unterhose angesehen, was Kaltes in der Hand, dwars auf der Schwelle des Wohnzimmers, um meinen Privatbereich gegen diese Mrs. Dalloway von nebenan abzuschirmen, die dazu neigt, zum Fenster hereinzuspähen und mir Beleidigungen zuzurufen (das macht sie, die alte Dienstspritze, freitagnachts, wenn das reguläre Programm vorbei ist), und mir das Leben ganz allgemein vergällt, weil sie sich in den Kopf gesetzt hat, ich wäre irgendwie für jüngst stattgehabte Wechsel im Wanderverhalten der Wildgänse verantwortlich, die über ihrem Haus kreisen und haufenweise frisches Guano auf ihre Trichterwinden und Gänseblümchen und, gelegentlich, auf ihr himmelwärts gewandtes wut-

dig und wachte dann eines schönen Morgens auf, und alles wäre fein säuberlich aus dem Kopf getilgt, weil man gerade geträumt hat, man wäre ein Formel-Eins-Rennfahrer oder einer der Medici-Päpste (Stan I.) und liefe nackt durch die

entflammtes altes Gesicht ablassen ... Jedenfalls, Mr. John E. Hallyday, Ex-Anwalt aus Leitrim, der eine neue Karriere als Fernseh-Mnemoniker (für Sie einfach Mr. Memory, Kumpel) (aus der Anwaltskammer ausgeschlossen, wenn mich mein Gedächtnis nicht täuscht, weil er die Namen seiner Mandanten absichtlich übel zugerichtet und mit albernen Akzenten falsch ausgesprochen hat, das alles in öffentlichen Gerichtsverhandlungen: Smith z.B. wurde ESMEES; O'Reilly wurde ORALLY; Jones STONES und so weiter) auf RTÉ 12, süßer leidender Jesus, was unser Mann nicht alles auswendig konnte: die gesamte King-James-Version der englischen Bibel, *Ulysses* von Jimbo A. Joyce, die bereits erwähnte Encyclopedia Britannica (aus dem Jahre 1911, erübrigt sich zu sagen), Shakespeares *König Herodes IV*, Teil V und VI, einen Tropfen Dribble *(Das Goldene Schmerusalem, 7 x 7 Schwestern)*, eine Prise Poe *(Die Krähe, Naturellement, Ciao Ragazzi)*, eine Tonne Donne *(Norman ist in Irland, Ding Dong* etc.*)*, vier Bände Trollopes Trullala – ich erinnere mich jetzt nicht, welche, möglicherweise *Die neugierigen Parkers* und *Die neugierigen O'Parkers* und *Die Dingsdas* und natürlich *Oliver Copperfield*, komplett mit detaillierten Beschreibungen der Holzschnitte von Boz (oder Booze). Als John endlich in die Sendung kam, war es gegen Mitternacht, und das Publikum wurde unruhig. Er begann in flötendem Tenor mit der König-James-Version, und zwei Tage später, von Paranüssen und Ananassaft durch einen Strohhalm bei Kräften gehalten, hustete er sich durch die letzten vier Wörter von *Oliver Copperfield* (»Dann ging ich, mich in den Hüften wiegend, zur Haustür hinaus. ›Tschüs, Süße‹, sagte ich und suchte das nächstgelegene Fachgeschäft für Damenoberbekleidung auf«), während das Publikum teils eingeschlafen, teils ohnmächtig geworden war, teils auch randalierte und von der Polizei unter Zuhilfenahme mehrerer Kanister CS-Gas in einem abgeteilten Bereich eingefriedet werden mußte. Auch John zeigte Symptome des Nervenzusammenbruchs und verplemperte die nächsten sechs Wochen (sein Preisgeld gleich mit: 44 Euro, blank auf die Hand) auf einem bequemen Stuhl auf dem Balkon seiner Tante Barbara in Cork. Dort fand sie ihn eines schönen Aprilmorgens vor, kalt und tot. Nein, streichen Sie den letzten Teil; ich habe keine Ahnung, was weiter geschah. Ich weiß nur, daß er seitdem nicht mehr im Fernseh war, und wer will es ihm verdenken?

marmornen Korridore des Vatikans, und von allen Seiten verneigt sich die Schweizergarde, oder der alte Pakistani, der den Süßkramladen hat (Iqbal's, gegenüber von St.Thor, gleich hier die Straße runter). Nur daß niemandem das Herz brach, wenn man vergaß, was in Band 1: *A–Baz* stand, oder in irgendeinem anderen Band, wenn es nicht gerade ein Eintrag unter »O'Hanlon, Terpsichore« war ..., o, er wußte, daß sie sehr wohl wußte, daß er sie beobachtete, weil er wußte, daß sie wußte, daß er es immer beobachtete, wenn jemand das Hausboot verließ, es war ein Reflex, den er nicht erklären konnte, er beobachtete einfach gern Menschen beim Kommen und Gehen, besonders sie. Und in ihrem Fall war es natürlich dieses selbstgefällige Spezialgefühl des Besitzerstolzes, welches keine Anwendung mehr fand, stimmt's, oder hab ich recht, Stan, mein Alter ...?

Die beiden verschwanden aus Stans Blickfeld, und eine Sekunde später hörte er, wie ein Auto angelassen wurde und wegfuhr, ob es der Tortuga war oder nicht, vermochte er nicht zu sagen, aber unter Druck hätte er für »nicht« plädiert, da der Sound ein bißchen zu vierzylindrisch und heiser für den roten Sechs-Zylinder-Roadster mit seinen geschmeidigen Drehzahlmomentchen war (in Wahrheit war es der alte Debler-Bertz, den Donal sich von der Verkaufsfläche ausgeborgt hatte) –, nicht, daß Stan das gewußt hätte oder hätte wissen wollen, aber er konnte ein Geräusch vom anderen unterscheiden, wie er auch aus der Ferne unterscheiden konnte, wann ein Mädel auf einen Typ stand und wann nicht, und ob sie es wert war, daß man auf sie stand oder nicht.

»Scheiß.«

Dieser ausgesucht erstklassige Einsilber germanischen Ursprungs begleitete ihn durch die niedrigen Räume des Hausboots bis hin zur Küche, ungefegt und ungeputzt, seitdem er vor etwa einer Woche aufgehört hatte, so etwas zu machen.

Glücklicherweise jedoch (wenn denn in dieser elenden Stunde von Verlust und Liebesleid überhaupt etwas als glücklich bezeichnet werden konnte) gab es noch zwei Flaschen

Earwickers Red, die wie zwei ernste Wachen auf dem ansonsten leeren dritten Bord seines unabgetauten – und somit vom Eise bereiften – Kühlschranks (eines Global Electric, der auf die frühen '70er zurückdatierte) ernste Wache standen. Stan öffnete eins der Biere und goß sich dessen Trost in die Kehle, als ihm, seitlich, eine Bewegung ins Auge stach, das Auftauchen eines Burschen aus dem Kanal, oder vom nächsten Hausboot, und daß er direkt das Deck der *Rumpelstiltskin* betrat, welche abrupt schwankte, als der Eindringling um etwas zum Festhalten rang.

»Barmherziger Christus«, spotzte Stan. Sein erster Gedanke war ganz natürlicherweise, daß das grausige Exemplar, das er gerade mit ihr zusammen gesehen hatte, irgendwie kehrtgemacht hatte und jetzt mit Mord im Sinn auf ihn losging, als wolle er alle Spuren ihrer bewegten Vergangenheit vom Antlitz der Erde tilgen …, aber bevor Stan die Flasche abstellen konnte, wurde ihm klar, daß der Mann, dessen Gesicht komplett und bühnentauglich mit einer Haßkappe maskiert war, a) nicht dieser andere Typ war, sich b) bereits an Bord der *Rumpelstiltskin* befand und sogar bereits c) in ihrem Innern und d) einen stämmigen Schwarzdornknittel schwang, als wäre er ein wahnsinniger Rentner oder riesenhafter Kobold und/oder ein IRA-Ulk.

»Los, du Penner«, grölte der Eindringling, den wir gut kennen, »gegen die Wand.«

»Verpiß dich«, sagte Stan, der nach der Szene mit Terps die Schnauze so ziemlich voll hatte, und obwohl er bis tief in die Socken hinein ein bangbüxiger Schißhase von einem Feigling war, hatte er keinen Bock auf einen ollen Dussel, der mit einem *shillelagh* wedelte, egal, wie groß der Scheißkerl war –, tatsächlich ziemlich groß, obwohl auch wieder nicht so groß, daß dies als bedrohlich hätte empfunden werden können; *au contraire* schien er ein schlenkriger Schlaks und demonstrierte mühelos seine angeborene Tolpatschigkeit, indem er von links nach rechts und vice versa schwankte und dann ein Pärchen King-Charles-Porzellanspaniels (die Stan von seiner

Mutti zum achtundzwanzigsten Geburtstag geschickt bekommen hatte) von der Anrichte auf den sich hebenden und senkenden Fußboden (ein anderes Hausboot war gerade vorbeigefahren) fegte, wo es in tausend Stücke zerbrach, wobei er große Mühe hatte, sich aufrecht zu halten, und ständig wild nach der Tür griff, während das Schifflein kippte, schlingerte und wogte.

»Jesus, süßes Gotteslamm, was ist denn hier los?« röhrte der Eindringling und klammerte sich an den Türrahmen. In der anderen Hand hielt er seinen *shillelagh* wie ein Verkehrspolizist, der eine Reihe Autos zum Stehen bringt. »Ach, vergessen, wir sind ja auf einem Scheiß-Boot.«

»Ja. Zumindest *ich*. Und da bleibe ich auch. Jetzt mach einen Abgang, Mickymaus. Nachdem du diesen Schmutz weggemacht hast.«

»Erst wenn ich das habe, weshalb ich hergekommen bin.«

»Nämlich?«

»Zeit, innezuhalten und loszulassen, du Wasserträger im Mittelfeld. Nein, ich will es anders ausdrücken. Schon mal so einen Outfit gesehen?«

»Ja. Das war vor etwa sechs Monaten auf RTÉ 7, eine Wiederholung der *Golloglys* mit Niall Griffiths. Irgendson Arschloch wie du mit Skimaske und allem Drum und Dran, das eine Geburtstagsparty aufmischt ...«

»Nö, den hab ich auch gesehen. Lausiger Streifen, wenn du meine ehrliche Meinung hören willst.«

»Wohl wahr, der Schluß war ja wohl das Hinterletzte.«

»Stimmt auffallend. Dieser versoffene alte Furz in der Kneipe, den Niall Griffiths gespielt hat? Der hätte doch nie und nimmer Wachtmeister Mulligan niederschlagen können.«

Stan nahm einen langen, nachdenklichen Schluck von seinem Red.

»Da hast du wohl recht. Aber was mich echt fertiggemacht hat, war der Akzent des einen reichen Mädchens. Einmal spricht sie wie ein Ami, im nächsten Augenblick labert sie breitestes Bogside.«

»Hat aber einen Oswald gewonnen.«

»Tatsache, da kann man mal sehen.«

»Genau die törichte Kuh mit dem total verhauenen Akzent, Brigitte Fassey, oder? Beste Darstellerin in einer Nebenrolle, immerhin.«

»Verpiß dich.«

»Aber klar.«

Schweigen legte seine kordsamtenen Ellbögen zwischen sie.

»Aber von diesem Film abgesehen, hast du schon mal so einen Outfit wie meinen gesehen?« erkundigte sich Ferdia (denn er war es natürlich) mit der typischen Beharrlichkeit des sensiblen Kerlchens, welches er war, jederzeit begierig auf nur ein winzig kleines bißchen mehr Respekt und/oder Hochachtung, als die Welt ihm zu zollen bereit war. Stan, der inzwischen gemütlich auf dem Kapitänssessel hinter seinem Schreibtisch lümmelte, starrte an die Kajütendecke, als denke er.

»Weißt du was, ich habe sowas schon mal gesehen. In Bodenstown war das, vor ein paar Jahren, zum Jahrestag des Osteraufstands. Ich war gerade dabei, bei einem der Brotlieferwagen ein paar Häuser weiter die Kugellager einzubauen –, na, eher wurscht. Meine Aufmerksamkeit wurde, könnte man sagen, vom Geräusch über Gräbern abgefeuerter Gewehre abgelenkt, und da war ein ganzer Pulk von solchen Typen mit diesen Dingern an. Du bist also einer von den Jungs, was, oder tust zumindest so? Damit hab ich nix am Hute, mein lieber Herr Mister. Und ich beharre darauf, daß du dich verpissen sollst. Aber trink erst was. Dann mach den Schmutz weg, und zwar mit Schrubber, wenn ich bitten darf.«

»Ach Quatsch. Aber ein Bierchen? Danke, gern. Da drin?« Ferdia stellte seinen *shillelagh* ab und suchte den Kühlschrank, in welchem noch ein vereinsamtes Earwicker's hauste. Er öffnete es und trank »Ahhhhhhhhhhhhhhhhhhhhhhhhhhhhhhhhhhhhh.« Das Bier war nicht mehr. »Gibt's noch mehr?«

»Nö, gehen wir rüber zu Moylan's und kaufen uns eine ordentliche Tasse Bier. Ist, glaub ich, sowieso allmählich Zeit, oder?« Stan blickte auf sein Handgelenk, einst von einer imitierten Bolux geschmückt, die sich während eines Abends voller (schluchz) wilden Liebesspiels von dort gelöst hatte und durch das Bullauge in die flachen, fahlen Wasser des Kanals geschossen war …

»In Japan bestimmt.«

»Och komm schon. Vielleicht in der Türkei.«

»Naja, vielleicht in Griechenland. Schon mal dagewesen? Wird da ziemlich heiß, hab ich gehört. Himmel nochmal, wo wir gerade von heiß sprechen, mit diesem Ding an ist es echt-Scheiße-jetzt ganz schön heiß. Was dagegen, wenn ich es ausziehe?«

»Überhaupt nicht. Laß dich anschauen.«

Als Ferdias abgezehrter, nur von Haut umwickelter Schädel samt Augäpfeln von alarmierender Plastizität unter der Strumpfmaske zum Vorschein kam, fühlte sich Stan – sobald er dem Drang widerstanden hatte, dünne Schreckensschreie auszustoßen –, an den rekonstruierten Allosaurus im Naturwissenschaftlichen Museum von Kilkenny, wo er mal zwischen den Ausschankzeiten Station gemacht hatte, und b) an das Gesicht dieses alten irischen Dramatikers erinnert, der vor einer ganzen Weile nach Frankreich emigriert war, dieses knochige alte Teil, der Typ, der unter dem (für ihn) humorigen Deckmäntelchen von Drama, Belletristik, Lyrik, was auch immer, eine ganze Flutwelle einsilbiger Kotzlaute rausgehauen hatte …

Wie hieß er jetzt noch gleich?

»Weißt du was? Du siehst genauso aus wie Simon Buckley.«

»Wer ist denn das?«

»Och, son Typ.«

»Na, ich bin froh, daß es ein Typ ist und kein Mädel. Und da wir gerade …«

»… von Mädels reden? Da bist du hier leider an der falschen Adresse.«

»Ach wirklich? Glaub ich nicht.«

»Bestimmt. Ich kann sie nicht ausstehen. Ich erwäge, schwul zu werden.«

»Komm, hör auf, Junge.«

Sie schlenderten einvernehmlich über die Laufplanke auf trockenes Land, auf welchem Ferdia eindeutige Erleichterung verspürte, da er nicht für ein Leben auf See gemacht war. Nein, man brauchte einen Flecken *terra firma* unter den Füßen, wenn man anständig herumkommen wollte, doch, doch, was hatte es sonst für einen Sinn, ein Paar langer dünner Beine zu besitzen, an deren unterem Ende Füße Größe 46 befestigt waren? Um alles noch schöner bzw. erträglicher zu machen, spielte sich draußen gerade ein schöner, flotter Spätmärznachmittag ab, der die ganze ziellose Vielfalt der Großen Außenwelt aufrührte. Blätter raschelten, Büsche schüttelten sich, Bäume seufzten und ächzten, und ihre wilden Äste griffen nach dem Wind, der wie ein breiter kühlender Fluß aus Luft von den weglosen Hügeln herunterfloß. Drosseln stießen herab, Stare segelten vorüber, ein Falke glitt durch das mal scheinende, mal wieder nicht scheinende Sonnenlicht, und dieselbe Sonne trieb michelangeloëske[77)] Schächte von Gold durch die rasenden Wolken (über diesen, Bühne links: Adam; zu seiner Rechten: Er Selbst). In der Ferne breiteten die neoneolithischen Steinmauern ihre Alterslosigkeit über den sanftgrünen Brüsten der Belfers aus. Ein Boot verschwand entlang der langen öligen Linie des Kanals unter den Doppelaugen der Belfer-Brücke. Es war einer dieser raren Momente, in denen die ganze Welt zum Vergnügen gemacht scheint. Ferdia atmete tief ein, auch er trotz einer Anhäufung innerer Emotionen, verrückter, als er sie lange Zeit erlebt hatte, ganz gut drauf. Er war betrunken, ohne etwas getrunken zu haben –, außer dem, was er gerade getrunken hatte. Das Ganze war etwas irres Einmaliges, nicht nur der Überfall auf das Hausboot. Die Haßkappe zum Beispiel war ein *last minute*-Impuls

77) *Was* für ein Michel? Kurs halten, Käptn.

gewesen, das exzessive dramatische Flair des Berauschten, das zweifellos dem Fernseh und Hollywood geschuldet war, sowie auch einer gewissen tief wurzelnden Nostalgie gegenüber dem simplen Gütesiegel, welches die alte Organisation immer noch verdammtnochmal hatte, wenn es galt, Sachen getan zu kriegen: *Die Leute kuckten hin*, jawoll, sie kuckten hin, bei der Liebe und Ehre Gottes, aber beim Sowieso sagten sie nicht einmal Guten Tag oder auch nur Auf Wiedersehen, wenn man sagte, man wäre der örtliche Repräsentant der Baskischen Befreiungsfront oder von El-Wazda oder von der Tamilischen Nudisten-Gang oder von sonst einem der halbdutzend Gruppierungen von Wahnsinnigen auf der ganzen Welt …, nein, einen Laden gab es, der Respekt gebot und bei den Menschen Aufmerksamkeit erregte, und das war die gute alte IRA, da konnte sie so aufgelöst und respektabel und frisch rasiert sein, wie sie wollte. Also hatte er beschlossen, loszuschlagen: Terpsichore finden, ihren Stecher mit dem *shillelagh* bearbeiten (damals in den '50ern verbreitete Praxis, hatte er gehört, in den abgelegeneren Gemeinden der Grafschaft Tyrone, wenn so manchem katholischen Nationalisten die Zeit lang wurde), das Auto schnappen und selbst verkaufen und somit die Angst umgehen, die ihm wie der periodische Druck des Gallenblasenkrebses innewohnte, das Fahrzeug könnte zum Dienst als mobiles Semtex gepreßt werden, ein rollendes Stück *plastique*, als Schuß, der in mehr als einer Hinsicht nach hinten losgehen konnte. Ja (oder yeah), er würde sich die ganze verdammte Schachtel mit *coglioni* schnappen, wie diese harten, prahlenden italo-amerikanischen Schauspieler in *Die Maestros* immer sagten, meist mit verengten Schweinsäuglein und dünnen Lippen, die sie in ihrer ewigwährenden maskulinen Wut selten auseinanderkriegten, bereit, *à gogo* zu ficken, zu schlagen und zu schießen.

Sie kamen zu Moylans Bar. Sie war ein anständiger alter Schuppen mit Holzfußböden und schlichtem Linoleum auf den Klos und hie und da verstreuten normalen Tischen und Stühlen. Hinter dem Tresen hing ein Bild von Pater Mathew, dem Nüchternheits-Pionier, eine ironische Note seitens der Geschäftsleitung. Der Tresen befand sich dem Eingang diagonal entgegengesetzt. Hinter ihm stand Moylan, vorsitzender Kurat des Zapfgerätealters, welcher Thigpen's Bitter, Schwarzenhuber's Volle Kraft, O'Ball's Malt und natürlich Earwicker's Stout umfaßte, zu welchem Stan und Ferdia ihre Schritte lenkten.

»Tag, Rory«, sagte Stan zu Moylan, dessen Vorname unterschiedlich jeweils stimmungsbedingt als Roddy, Roderick, Roger oder Bob angestimmt wurde. Tage, an denen er auf »Rory« bestand, deuteten eine leidenschaftliche, Hol's-der-Teufel-artige Verfassung an. Bei »Roderick« hatte man mit einem Pingelheini und Geizhals zu rechnen, der einen mit mißbilligenden Blicken bedachte; »Roger« war ein zimperlicher Trottel mit dicken Brillengläsern und Plastron; »Bob« ein Sportler, der zu ausgedehnten Monologen über Hurling-Mannschaften und Fliegenfischen neigte. »Heute *ist* es doch Rory, oder?«

»Allerdings. Und wie geht's selber, Stan«, sagte Rory. Schnittig steckte er sich einen langen, dünnen Zigarillo an und fauchte den Rauch zwischen den Schneidezähnen heraus, wie George Craft in *Die Wendigos aus der Warren Street*. »Soll Wet Wesson mich doch in meiner eigenen Kneipe beim Rauchen erwischen, was? Wißt ihr, was ich dazu sage? Am Arsch, Wet, und *carpe diem*. Ergreife den Tag, schöne Scheiße nochmal. Das Leben ist für die Lebendigen, und scheiß auf das, was vorher war. Zweimal schwarzes Zeug?«

Irgendwo in der Ferne traf Norma Bellini oder jemand, der im Radio genauso klang wie sie, in *Un Bel Di* aus *Madame Butterfly*, der Oper unseres gemeinsamen Freundes, das hohe C.

»Hört euch das doch bloß mal hört euch das doch an«, sagte Stan.

»Für mich ein nettes Brünettes, Herr Wirt.«

In Nullkommanichts hatte er das Earwicker's verputzt. Ein unbegründeter Durst, der (mit allem anderen einher) über ihn gekommen war.

»Also IRA, ja?« waren Stans erste Worte nach jenen, die zur Bestimmung der zu kaufenden Biersorte (Stout) und ihrer Abgabemenge *(pints)* erforderlich gewesen waren.

»Ja.«

»Also, ich hab nun ganz bestimmt nichts angestellt, was mich mit euch Jungs in Konflikt brächte. Unpolitisch: das bin ich. Lebenslange Indifferenz, was all den Scheiß betrifft. Ich war sogar ein bißchen enttäuscht, als deine Bande die Übereinkunft von Derry oder den Penizillin-Kodex oder wie ihr das scheißenochmal nennt unterzeichnet hat ...«

»Das war ich nicht«, sagte Ferd. »Management. Typische Management-Entscheidung. Die Gurkentruppe in der Führungsetage. Weißt Bescheid.«

»Ah.«

»Und du weißt, wie sie sind«, sagte Ferdia. »Wenn du schon mal einen Job mit Chef gehabt hast. Sie sind nämlich alle gleich. Bosse, Zwirne, Geschäftsleitung, die Bürokratie, Wichser mit Hemdbrust und Fliege, Fahrkartenschießer, egal, wie man sie nennen will. Ein Haufen schäbiger, mit Hämorrhoiden behafteter, von sich selbst besoffener Pimmelköppe ohne Phantasie oder Vision, die weiter geht als bis zu ihrem Geländewagen in der Einfahrt und dem Saldoguthaben auf dem Sparkonto, die Scheißer, und kein Jota Interesse am Wohlergehen anderer, von Leben, Kunst, Literatur, Wein, Käse und allem, was wirklich wichtig ist,[78)] ganz zu schweigen.«

»Hört hört«, sagte Stan, der sich an Ruud-den-Niederländer erinnerte.

»Noch eine Tasse?« fragte Ferdia. »Und dann zum Geschäftlichen?« Eine Woge des Bedauerns brandete über ihn, als er diese Worte sagte. Dieser Stan-Heini war gar kein übler

78) Wissen Sie was? Ich beginne, einige Tugenden in diesem unwahrscheinlichen Burschen zu erblicken. Ich würde sogar so weit gehen, ein Glas auf seine Gesundheit zu erheben, wenn ich denn ein Glas zum Erheben hätte.

Kartoffelstampfer, wenn es galt, neben ihm zu sitzen und eine Tasse Bier zu trinken, selbst wenn er der Beschäler von Ferdias jetzigem (und zweifellos nicht künftigem) weiblichen Lieblingswesen auf der ganzen Welt war, und selbst wenn Ferdia im Herzen intelligent genug war, die gründliche Unwahrscheinlichkeit einzuschätzen, daß aus seinem Waffenstillstand je ein Zustand gegenseitiger Gegenseitigkeit erwachsen würde, die auf gegenseitiger Befriedigung gründete. Aber Intelligenz hat nicht das mindeste mit gesundem Menschenverstand zu tun, und wenn Sie das nicht wissen, werden Sie es bald erfahren. Sogar der Vernünftigste unter uns wird dann und wann dem Dämon des Möglichen zur Beute werden, da er wie wir alle gehört hat, daß man auch mal was riskieren muß; der Nett'ste ist der Letzte; nichts gewinnt, wer nichts gewagt; nur die Harten dürfen in den Garten; unbeherzt bleibt unbeweibt; Glück hat allein der Tüchtige ..., na, Sie kennen ja diese bromhaltigen Gemeinplätze. Mehr Unheil als sonstwas ist dadurch angerichtet worden, daß die Gutherzigen unter uns sie zu ernst genommen haben, sowie auch die Inkompetenten, die Hirnlosen, die Eigensinnigen, die Idioten, die Gutgläubigen, die schlichtweg Gefährlichen & Co. *Zeit, beiseitezutreten und die Optionen abzuwägen, Ferdia, min Jung,* wie ihm ein nüchterner Berater vielleicht gesagt hätte. *Du bist ein verheirateter Mann von siebenund-, nein, achtundvierzig Jahren, und du wirst auch nicht gerade jünger. Darüberhinaus bist du arbeitsloses Mitglied einer Terrororganisation, die sich selbst durch die Abkommen von Derry überflüssig gemacht hat. Du bist nicht das, was irgend jemand als Schönheitsidol empfinden würde; im Gegenteil strahlst du den gesamten Liebreiz eines Linienbusses von hinten aus, und zwar des, sagen wir mal, 12 A nach Crumstown nach einer Woche schwerer Regenfälle. Im Bett bist du nicht besser als ein Vibrator, dessen Batterie fast alle ist, oder als ein moderat läufiger alternder Affe, also danke deinen Glückssternen, daß du überhaupt eine Frau abgekriegt hast.*

Ach, und übrigens bist du pleite, oder doch so gut wie.

Unglücklicherweise war kein solcher weiser Berater zur Hand. Finn war im Laden und wehrte Vandalen und Gerichtsvollzieher ab, und später ging er zu Anthea nach Hause und half ihr bei den Vorbereitungen für die Geburtstagsparty ihres kleinen Bruders (o über die behagliche Häuslichkeit schluchz schluchz). Shirley war …, nun, das muß bis zu einem in Vorbereitung befindlichen Kapitel warten. Ferdias Mutti war tot, und sein Da, inzwischen dauerinvalid, würde sich eher eine Sicherheitsnadel nach der anderen in den fleischigen Teil seines Beines einführen, als eine offene Aussprache mit seinem eigenen Sohn ertragen zu müssen (»Welcher Sohn?« würde er wahrscheinlich sagen. »Ach, Sie meinen diesen Fianna-Fáil-Anhänger, diesen langen Pißstrahl? Arrh. Platsch.«). Wohl wahr, 's war eine ergreifende, um nicht zu sagen traurige Situation, eine, die nach Ausdruck auf so pulsierende, tief empfundene Weise wie möglich schrie, wie in der *bell' aria* einer Oper, oder *bel canto*, töricht kostümiert (z. B. mit kreuzweise geschnürten Waden und Halskrause), mit stilisiert nach oben gerollten Augen und expressiv bewegten Händen; oder auf den mehreren hundert feierlich läutenden Seiten eines kummervollen, aber doch beißend ironischen Romans aus dem Neunzehnten Jahrhundert, von einem erhabenen alten Vertreter wie William Makepeace Thackeray, den Trollopes *mère et fils*, Honoré Balzac *né* de Balssa oder C. Dickens, Esq., erzählt …, in Ermangelung dieser Ventile jedoch, welch besseren Austragungsort gab es für derlei Berichte als Moylan's unschwülstige Bier-und-Whiskey-Kneipe mit Blick auf die ruhiglich grünlichen Wasser des Mangan-Kanals? In der Gesellschaft eines gar nicht mal so unebenen Burschen namens –, naja, Sam oder Sid oder sowas, eines anständigen Exemplars jedenfalls, welches ihm bereits zwei *pints* gekauft hatte …

Außerdem begann Ferdia, dieses Gefühl zu haben, *maith go leor* nannten und nennen die Gälen diese Empfindung nach drei Gläsern auf leeren Magen so früh am Tage und mit all der dazugehörigen Aufregung …, und große weiße Wolken durch das Fenster, direkt aus einem dieser niederländischen Gemälde mit den Burschen mit den verzerrten roten Gesichtern (Rembrandt? Van Sowieso?) und den mäandrierenden kleinen Wegen und den seltsamen Hunden und den stillen Flüssen (Vermeer?) und den stocksteif stehenden Bürgern, die im hohen Gestühl lichtdurchfluteter Kirchen still vor sich hin brüteten (De Koch? Der Hoetsj?) …

»Der geht auf mich«, beharrte Ferd laut, stellte sich majestätisch, aber doch sicher auf seine Füße Größe 46, wozu er den Schwarzdornknittel zur Hilfe nahm (einst im Besitz seines Da, dessen Name ihn immer noch als Prunkstück einer Ehrengabe des Fine-Gael-Jagdverbands von Munster und Leinster schmückte). »Nein, nein. Nein, Sir. Laß deine Kohle stecken. Die nächsten beiden Runden sind meine Runde. Diesmal geht die *cupla deoram* auf mich. He –, wie heißt du?«

»Stan.«

Dies schweißte ein Band, welches, obwohl nicht unauflösbar, es für Ferdia viel schwieriger machen würde, den Angriff fortzusetzen, da Anonymität der Schlüssel für private Übergriffe Mann gegen Mann war, es sei denn, man sprach über einen Krach zwischen Liebenden –, und, übrigens, da wir grad bei *dem* Thema sind:

»Abgehauen, einfach abgehauen, der Schrubber«, stellte Stan emphatisch fest, starrte starr geradeaus und leckte sich die von der Verkostung noch stoutfeuchten Lippen. »Und das ist noch nicht alles. Ich einen auf: Was glaubst du, wer du bist, und darauf sie einen auf: Ich weiß, wer ich bin, Süßi, und ich nun wieder: Sag bloß nicht scheißenochmal Süßi zu mir, mein kleines Püppchen du. Und ist das wohl zu glauben, da hat ein Typ auf sie gewartet, im Gebüsch, so ein glotzäugiger Scheißkerl im speckigen Regenmantel, der aussah, als hätte er gerade auf einer Pritsche in der Unterkunft ein schönes Ratzerchen gemacht.«

»Im Gebüsch?« Ferdia leckte wiederum sich das Earwicker's von den Lippen. »Was du nicht sagst.«

»Was ich nicht sage, Kumpel. Der Schweinehund hat sich

von ihr küssen lassen, und ich kann immer noch nicht glauben, was ich gesehen habe, kann ich dir sagen.«

»So sind die Frauen nun mal, und das ist Tatsache.« Die schmutzige Hochstimmung, die Ferdia voll Scham bei der Enthüllung eines Risses in der Stan-Terpsichore-*ménage* empfand, wurde unfairerweise von der ohnmächtigen Enttäuschung *eines anderen Typs* ausgelöst. Dies bedeutete, daß sie beide in ihrer Empörung vereint waren, und von seinem totalen Sperrfeuer blieb nicht mehr viel, was er gegen den armen Stan ins Feld führen konnte.

»Ja, Tatsache, wohl wahr.«

»Das wirst du ihr wohl heimzahlen wollen.«

»Nö. Laß fahren dahin.«

»Sie hat aber doch das Auto geklaut.«

Stan staunte: »Woher hast du das zum ...«

Ferdia hob einen Zeigefinger: »Stell keine Fragen, dann hörst du keine Lügen.«

»Natürlich. Ihr Jungs. Naja, ihr habt eure Verbindungen.«

»Da hast du ganz schön recht. Und meine Verbindungen sagen mir, daß letztens ein ziemlich neues rotes Tortuga-Cabrio vermißt gemeldet wurde.«

»Sagen sie das?«

»Und daß besagter roter Tortuga irgendwo hier herum gesehen wurde. Im Besitz deiner äh Freundin, wenn ich das so sagen darf ...« Dies war natürlich reine Spekulation, traf aber voll ins Schwarze.

»Darfst du nicht. Diese Schlampe ist nicht meine Freundin. Allein schon diese Unverschämtheit, daß sie den pockigen Schweinehund direkt vor meiner eigenen Haustür abknutscht.«

»Hat man Worte.«

»Und gewußt hat, daß ich das sehe, weißt du. Das hat sie absichtlich gemacht.«

»Hat sie das.«

»Und eins will ich dir sagen, Gevatter, das räudige Exemplar, das sie sich ausgesucht hat, das reicht doch, daß man sie sich allesamt abgewöhnt; wie ich bereits ausgeführt habe, würde ich erwägen, schwul zu werden, wenn das nicht hieße, daß ich großen haarigen Gesellen in den Arsch ficken muß, und das würde mir ja nun bei Gott überhaupt nicht liegen, falls du meinem Gedankengang zu folgen vermagst.«

»Da geh ich voll mit dir konform.«

»Also werde ich's ein Weilchen aussitzen, naja. Gott Onan opfern. Weißt Bescheid.«

»Weiß Bescheid.«

»Aber die schiere bodenlose Scheiß-Unverschämtheit war es, die mich voll umgehauen hat, verstehst du? Daß sie mit einem Typ im versyphten Regenmantel vor meiner ureigensten Haustür knutscht. HEILAND.«

Stan knallte die Faust auf den Tisch, was bewirkte, daß Gläser hüpften. Tischbeine sich bogen im Schock und Rory hinter Tresen und Zigarillo in den Gesang ausbrach:

»Ganz ruhig dahinten, Stan. Was es auch ist, es lohnt die Mühe nicht, mein Alter. Sitz still und nimm einen Schluck von deiner *pint*. Carpe verdammtnochmal diem, vergiß das nicht.«

»Da hast du recht, Rory. Wo du recht hast, hast du recht, und das ist Tatsache.«

Hier, so plötzlich, wie sie sich entzündet hatte, flackerte Ferdias Flamme und erlosch beinah im kalten Luftzug, der durch das geistige Bild wehte, wie Terpsichore sich in der kalkulierten Hoffnung, ihren zukünftigen Ex in die Eifersucht zu treiben, irgendeinem grausigen Typ an den Hals warf; hinterhältige Wegelagerei war das, und keinen Deut besser, wenn man es recht bedachte. Sicher, er konnte sich genauso gut in einen Hollywood-Star verknallen (was ihm kurzfristig bei dieser schwedischen Schnalle unterlaufen war, oder war sie Norwegerin?), oder in Kleopatra vom Nil, oder in die Frau, mit der Wet Wesson in eheähnlicher Gemeinschaft lebt (doch, laß man, nichts gegen Wet), Sinead-die-Pflastermalerin; oder, wenn schon, denn schon, in Königin verdammt nochmal Madbh von Connacht persönlich.

Aber sie war eine Frau, und Frauen, immerhin …

Ja. Der Mist war, daß der Juckreiz blieb. Der Gedanke an sie bewirkte immer noch einen matschigen kleinen Schauer unter seinem Gürtel, wie der allererste, noch angenehme Beginn eines Durchfalls. Ich meine, man kann doch nicht herumlaufen und sich an einem Tag unsterblich verlieben und am nächsten Tag bei Erwähnung des soeben noch geliebten Namens leichthin »Wer bitte?« sagen, ich meine, das geht doch nicht.

Und doch …, na gut. *Unbeständigkeit, dein Name ist Liebe,* wie der Dichter sagt.[79]

79) Ah, das wäre unser hiesiger poeta laureatus, aber klar, Milo Rogers, aus seiner in Kürze erscheinenden Sammlung *Speien in Spanien.* Es heißt, er solle geknebelt werden, wenn er versucht, diesen Herbst beim Whitford-Vers-Festival zu lesen. Augenblick, irgendwo habe ich es –, ja, da ist es.

Unbeständigkeit, dein Name ist Liebe
Aye. Und ich
Der treue Liebende
Zweimal dreimal hab ich gewartet
Und zweimal drei-
Mal kamst du nicht.
Allein, hellwach und ungeliebt,
Brühheiß vor Zorn, der ungetrübt,
Stand ich da
In Flammen.
Constance, dein Name bedeutet Ärger.
In den stelzenlangen Schatten meiner Vergangenheit
Drängen nachtwärtig heimwärts die Sekretärinnen,
Die ich betrachtete und stets noch betrachte,
Elender Mädelsbetrachter, als den Gott mich geschaffen.
Buswärts drängen sie, wie reizend sie alle,
Doch keine irgend
Von Belang für mich, noch für
Sie.
Constance, dein Name bedeutet Matsch.
Weggeworfen mit dem Müll.
(O, warum ist sie nicht gekommen?)
Tief, da habe ich keinen Zweifel, aber nur Gott weiß, wie tief, oder

Trotzdem.

»Schade, daß sie eine Hure ist«, sann Ford ⟨stet!⟩.[80] »Aber wenn sie eine ist, dann ist sie umso leichter zu ködern. Wenn nicht, trägt sie die goldene Haube der Tugend, die bei einer sexy Tusse so verführerisch ist. Scheiße«, quengelte er. Er dachte, nicht zum erstenmal an jenem Tag, an Shirley, und er beschloß, zumindest für diesen Moment, die Sache durchzuziehen; er wollte sie bei Gott noch am nämlichen Tage anrufen, noch in der nämlichen Stunde, innerhalb der laufenden Minute. Dann wollte er die andere anrufen und seinen fruchtlosen Feldzug, nie begonnen, für abgeschlossen erklären.

Oder auch nicht.

Seltsam, was?, wie wir vorwärts stürmen und uns ohne die Spur von Reue oder Überlegung zum absoluten Affen machen, bis uns das plötzliche Innewerden, wie kotzdämlich wir doch waren, beinahe flachlegt, mit der ehrfürchtigen Scheu, die mit großen Offenbarungen, wie sie Kopernikus und Galilei und Archimedes verspürt haben müssen, wenn sie sich im Bett aufsetzten und »Ja Scheiße, *das* ist also die Antwort« oder »Eureka!« oder »Kacke auch, ich hab's« sagten, einhergeht.[81]

warum. Es ist ein bißchen wie diese RTÉ-18-Produktionen von einem dieser französisch-irischen Dramen mit einsilbigen Titeln, wo unser Freund allein mit einem schwarzen, rund ausgeschnittenen Pullover und grauer Polizeihose und einem dicken Schal um den Hals auf einer kaum ausgeleuchteten Bühne sitzt, Kinn in die Hände gestützt, und bedrückt in eine verdunkelte Ecke blickt, in der sich nichts rührt. Gelegentlich werden seine Schultern zucken, ob aus Freude oder Trauer, ist nicht zu ermitteln. Schließlich wird er sich erheben und einen einzelnen gigantischen Ruf ausstoßen, etwas wie KLEISTER! Oder WASSERBABYS! Oder RUGBY! (Oder RIGBY!) Dann wird er in Schweigen versinken, bzw. wieder in Schweigen versinken, Kinn auf Hand, in unsere Richtung starrend, oder genau in die andere Richtung. Barclay, so hat er geheißen. Steve Barclay.

80) Ooo, knifflig. Einer der Tudors, stimmt's? Oder eher ein Landedelmann?

81) Das haben Sie schön auf den Punkt gebracht, mein Junge. O doch, das haben Sie. Erinnert mich nur allzu lebhaft daran, wie ich

Lindbergh muß das gespürt haben, als die Lichter auf dem Boden steuerbord die Worte »Le Bourget« ergaben; Pasteur, als er sah, wie sich die ollen Schafe groggy von den Pocken erholten (»*Zût! Les moutons sont bons!*«); Neil Armstrong, als er auf den toten grauen Puder des Mondes stolperte.[82)] [83)]

mal bei einem Telefonat mit Mr. O'Cat, meinem direkten Vorgesetzten, aufgelegt habe, nachdem ich ihm, wie ich fand, beredt und gewählt die Meinung gegeigt hatte. »Die Mediokrität jedes Gedanken, der Ihnen durch den Sinn huscht – übrigens die kürzeste Strecke im bekannten Universum, und wahrscheinlich in den unbekannten Teilen ebenfalls –, ist dergestalt, daß, sagen wir, das Gebrabbel eines Wet Wesson vergleichsweise geistreich wirkt, oder das müßige Gekritzel von Kyril Podgorny, dem Instant-Künstler – dem wir die berühmten Urin-Aktionen verdanken, die letztes Jahr mit, äh, rauschendem Erfolg im Tate, äh, liefen – in die Gefilde des gottverdammten da Vinci erhoben wird. Adieu.« Zwei Minuten später war ich wieder mit ihm verbunden, aber diesmal war der Anruf von ihm ausgegangen und nur drei Wörter lang, nämlich: »Sie sind gefeuert.« Da kann man mal wieder sehen. Manchmal ist es richtig, seine Meinung zu sagen, manchmal ist es das nicht. Verscheißе*dammt* will ich sein, wenn ich weiß, woran man den Unterschied merkt. Was glauben Sie, was ich bin, ein gottverdammter Taschenspieler oder Prestidigitateur? Hören Sie sich das an. Terence, Sie haben etwas darüber gemault, ich hätte zuviel getrunken? Hic? Könnte wohl ein Mann, der zuviel getrunken hat, »Prestidigitateur« sagen? Hä? Na gut, dann nehme ich einen Halben, nein, machen Sie einen Doppelten draus, und geben Sie mir dazu einen halben Kurzen. Na gut, einen dreifachen halben Kurzen. Solang Sie einen ausgeben, was, Sportsfreund? Hic?

82) »Es ist ein' weit, weit besser' Sach'...« Nein, Augenblick, das ist Shakespeare ... »Das ist ein Sprung für riesige Menschen, oder vielmehr ein leichter Schritt für einen Riesen, oder ein riesiger Sprung für die Menschen oder was auch immer ... Augenblick. Houston, wir haben ein Problem. Ich kann mir meinen Text nicht merken.«

83) Stanley, als er durch das Unterholz brach und auf einen bärtigen alten Burschen stieß, der an einem schwelenden Lagerfeuer hockte und sich ein frugales Mittagessen aus Bohnen vom Guavenbaum, Mais und Ziegendung-Pellets kochte (»Hallohallo, Sie sind doch nicht zufällig Stanley, dieser alte Knabe, oder wie? Nein? Überhaupt nicht?« tremolierte er, worauf Stanley erwiderte: »Wer will das wissen, Opa? Livingstone oder wer? Hä?«); der beherzte Córtez, auf jenem Gipfel in Darién,

Auf jeden Fall empfand dies Ferdia, als er, vor Trunkenheit ernüchtert, mit der größten Ungläubigkeit und Selbstverleugnung auf die Vorfälle des Tages und seine Rolle als deren Star rückblickte.

»Tut mir leid, daß ich mit diesem Ding auf dich losgegangen bin«, murmelte er und sah hinab auf seinen Schwarzdornknittel. »Weiß auch nicht, warum. Wenn ich die Wahrheit sagen soll, Sam ...«

»Äh, eigentlich ja Stan.«

»Stan. Wenn ich die Wahrheit sagen soll, stecke ich selbst gerade ein bißchen mitten in der Mädelskrise. Ich bin mit einer Engländerin verheiratet, und die Frau ist total bekloppt.« Hierauf schloß sich sodann eine weitschweifige Darstellung des Ausmaßes von Shirleys Beklopptheit mit konkreten Beispielen an, wobei auch die monatlichen oder vierzehntägigen Vitaminbredouillen und häufigen Hedschras in Finns Schmuddelbude am anderen Ende der Stadt nicht vergessen wurden.

»Nein, das ist das falsche Wort, Schmuddel beschreibt es nicht auch nur ansatzweise, ich meine, der Mann lebt wie ein Eichhörnchen oder wie ein Dachs, überall nichts als Stapel hiervon und davon, und wo es keine Stapel drittklassiger Taschenbücher sind, da ist es seine Trainingsausrüstung, Hanteln und Tretmühlen und wer weiß, was noch alles, Nüsse

als er den weiten Pazifik zu sehen kriegte (»*¡Ay ay ay ay ay ay ay hay mucha agua aquí señores!*«); der Da, als er zum Assistenzoberassistenten des Assistenten des Obergeschäftsführers in seinem langweiligen Bürojob bei der Firma J. P. Curran & Söhne, Haarbürsten en gros und en détail, befördert wurde (»Was hat ihn umgebracht, Doc?« fragte ich den alten Dr. Fist bei der gerichtlichen Untersuchung der Todesursache. »Die Langeweile, mein Sohn«, sagte er und nahm einen Zug direkt aus dem Flachmann. »Dein Alter ist an Langeweile verstorben. Vielleicht wird sein Tod uns dabei helfen, uns mit dieser uralten Todesursache abzufinden und sie als die tief verwurzelte gesellschaftliche Bedrohung zu sehen, die sie ist. Na los, nimm auch einen Tropfen.«); Ben Franklin, der macht Sachen mit seinem blöden ollen Drachen; und so weiter.

und Gerste und leere O-Saftflaschen, der Mann sollte bei Gott in der Höh mehr Verstand im Leibe haben, aber was kann man von einem Burschen namens Finn McCool schon groß erwarten?«

Die sich anschließende Heiterkeit war gedämpft, dadurch aber nicht minder gemeinsam.

»Und das Schönste ist, daß er mich als Einziger bei sich pennen läßt, wenn ich einen Zwist mit der Missis habe –, naja, vielleicht ist Zwist nicht das richtige Wort, gottverdammter Bürgerkrieg trifft es eher, ich meine, die Frau droht, mich bei der Polizei zu denunzieren, sobald sie die Vitamintabletten findet, die ich in meinen Schuhen zu verstecken gezwungen bin …«

»Klar sind sie alle eine Plage und eine Last und eine Bande unmoralischer Schlampen, das sind sie, die Frauen, und du und ich wissen, daß dies Gottes einzige Wahrheit ist.«

»Aber jetzt ist sie mit einem Typ abgezogen. Zumindest ist das meine Theorie, denn vorher hat sie sich noch nie so bodenlos geweigert, mit mir zu telefonieren.«

»Klar muß das ein Typ sein.«

»Ist jedenfalls meine Theorie.«

»Ich komme mit dir mit und schlage ihn zusammen.« (Caveat lector: Was Stan sagte, klang in Wirklichkeit viel eher wie *Ikomidimi u schlaaaainn ßu … samm,* aber im Interesse der Eintracht unter den Lesern habe ich, als Autor, beschlossen, keinerlei lauschige, folkloristische irische Akzente und/oder breiige Lautverschleifungen mehr wiederzugeben; es wird alles so vorgeführt werden, als wäre es in korrektem Norm-Englisch gesprochen, die Art verbindliches Fernsehnachrichtenverlesersprech, das man von Newcastle bis Newcastlewest, *en passant par* Chicago, San Marcos, Toronto und L. A., hört.[84]

84) Jott seeschne und behüte disch, Seamus, da bin isch janz dejner Mejnung. Et is janz merkwürdisch: Seitdem isch anjefangen habe, so zu spreschen, krieje isch kejnen anständijen Job mehr. Mejnst du, et hat wat mit mejnem Akzent ze donn? Wat mejnst du? Mal ehrlisch.

(Nun, fast alles.)

»Nein, kannst du vergessen.«

»Doch, ehrlich. Das mach ich. Ich fühl mich heut son bißchen flott, weißt, was ich meine?«

»Ich weiß genau, was du meinst. Aber es macht sich nicht bezahlt, Sportsfreund. Kannst du mir glauben. Sie muß von allein drüberwegkommen.«

So schwer es Ferdia fiel, diese Worte auszusprechen –, noch schwerer fiel es ihm, sie wirklich zu glauben; aber es gelang ihm, indem er heftig schluckte (zuerst Speichel, dann Earwicker's Red), sich daran gemahnte, daß es schon immer so gewesen war, daß die friedliche Ehe die tote Ehe war, und daß sie früher oder später wieder zur Vernunft kommen würde, wenn er sich einfach a) von ihr fern- und b) das Maul hielte, aber wahrscheinlich eher nicht, wenn er c) tatsächlich Terpsichore nachstellte.

Trotzdem war es eine hübsche Phantasie, konnte aber seiner sechsmonatigen Besessenheit von der schwedischen Schauspielerin Liv Dahl nicht das Wasser reichen, die er einmal kurz erspäht hatte, als sie Clery's in der Thomas Maher Shopping Arcade verließ, und die zärtlich seine träumerischen Bedürfnisse befriedigte, meist (aber nicht ständig) mit der rechten Hand …

»Nun, sag mir dies«, sagte er zu Stan, indem er sein Glas zur letzten Leerung hob und zuversichtlich in der Vorfreude auf weitere Runden, von Stan und vielleicht sogar vom fröhlichen Rory hinterm Tresen beigesteuert. »Was ist aus dem roten Roadster geworden, von dem wir gerade sprachen?«

* * * * *

Genug jetzt von Ferdia. Lassen wir unsere Aufmerksamkeit zu seiner wandernden Frau Shirley wandern, die selbst noch nicht sehr weit gewandert war, außer im Geiste ins sonnige

Arkadien, welches ein wenig aussah wie die Täler von Yorkshire im Frühling, minus die Nachgeburten der Lämmer. Sonst war es, *hélas*, von vorn bis hinten das graue Killoyle; denn einerseits gab es Ferdia, den Teufel, den sie kannte, und andererseits Lance, den Amerikaner von der Arbeit, den Teufel, den sie nicht so übermäßig kennenlernen wollte. Er war vom Stammhaus in Ohiowa oder Indianola oder sonst einem verdammten Kaff herübergeschickt worden, um ein Zeit-und-Bewegungs-Gutachten anzufertigen, oder irgendwas über ArbeitnehmerInnen-Stunden-Effizienz oder persönliche Entwicklungsinitiativen oder ähnlichen Firmenquark. Oder vielleicht etwas ganz anderes. Buchhaltung? Sehr gut möglich. Naja, sobald er »an Bord« gekommen war, wie sie das nannten, hatte er damit angefangen, daß er sie – neugierig, nach (fand sie) Äther riechend – fragte, wie sie ihre Zeit im Büro verbringe. »Verpiß dich, Mister«, war ihre instinktive Reaktion gewesen, in letzter Sekunde vom diplomatischeren »Na, mit Arbeiten, nehm ich doch an« unterdrückt, einer Erwiderung, die schales Gekicher hervorrief, so trocken wie getrocknete Mandarinenschalen,[85)] die in einem Flaschenkürbis rasseln. Das hatte ihn dazu gebracht, sie einzuladen, nachdem er bei Konferenzen eine Serie flunschig begehrlicher Blicke quer durch den Raum auf sie geworfen und sich in ungelegenen Momenten angeschlichen hatte, wenn sie z. B. gerade vom Klo kam oder einen illegalen Blick auf das gute, alte World Wide Web warf (Tina Utter's Modische Accessoire-Parade Dot Com) oder am Schreibtisch saß, in ihren Handspiegel plierte und versuchte, sich ein bißchen aufzumöbeln (nicht für ihn, sondern aus grundsätzlichen Erwägungen heraus). Schwer zu sagen, was ihn anmachte, ich meine, da war sie, ganz Yorkshire, ganz Schlampe, ganz in den Vierzigern, und da war Lance, ein Amerikaner vom altmodischen, langen,

85) Schal wie Schalen, was? Das ist ein sehr schöner Vergleich, Seamus, mein Junge, ein sehr, sehr schöner Vergleich. Sehr schön, dieser Vergleich.

mageren *Marine*-Typus –, ein Typus, zugegebenermaßen, wie sie schon oft gedacht hatte, der für gewöhnlich zutiefst unheimliche verborgene Schrullen pflog, wie nackte Übungen mit indischen Keulen oder mit einem Lendenschurz bekleidet kauern und dabei verstopfte japanische Geräusche machen oder jeden Tag siebenundachtzig Meilen laufen, wobei Schrittzähler und Herzschlagfrequenzmesser und Blutdruckanzeiger um Arme und Beine geschnallt sind, oder die ganze Nacht in Internet-Chat-Gremien verbringen, wo über den Austausch von Körperflüssigkeiten diskutiert wird (so amerikanisch war diese Redensart, »Køøørperflüssigkeiten austauschen«, daß sie sich kein englisches Wesen, nicht einmal ein irisches, vorstellen konnte, das je so etwas sagte, aber man konnte heut- ⟨oder damals-⟩ -zutage natürlich nie wissen; ja, so, wie alles lief, wäre sie so erstaunt auch wieder nicht gewesen, wenn sich der Schaffner im 12er Bus nächstesmal auf der Fahrt zum Einkaufen umgedreht und es zu ihr gesagt hätte: »Wie wär's denn mal mit einem Austausch von Køøørperflüssigkeiten, Frolleinchen«?).[86] Als Lance Lancem

86) Ich weiß nicht. Ich habe das mal angewandt. Einmal, das erste und das letzte Mal. Warten Sie, bis ich es Ihnen erzähle. Ich stand in der Bäckerei Brownhat am Limpopo Place um Brot an (im Winter unseres Mißvergnügens muß das gewesen sein, kurz nach Neujahr), als ich plötzlich einen Drang verspürte, diktiert von einer schmerzhaften Einsamkeit und den breiten Oberschenkeln und der gefälligen Frisur des Eheweibchens vor mir –, Sie kennen sowas, es führt selten zu was, aber ein Mann ist ein Narr, wenn er nicht alles bis zum Anschlag ausreizt, und ich war zu allem bereit, das können Sie mir glauben; also leckte ich mir die Lippen, beugte mich vor, klopfte ihr leicht auf die Schulter und murmelte als, wie ich hoffte, vertretbare Imitation von Marcello Mastroianni oder Duško Radiš: »Na Süße, wie wär's denn ziemlich bald mit einem Austausch von Körperflüssigkeiten?« Na, das reichte. Sie fuhr herum wie ein zorniger Reiher, haute mir ihre Handtasche auf die Banatzel, stieß mich mit überraschender Kraft zu Boden, trat mir nicht ein-, nicht zwei-, nein, dreimal in Folge in die Leistengegend, nutzte ihre Ellbögen als Rammböcke gegen meinen Brustkorb, während ich stöhnend in der Gosse lag, nahm mich mit ihren Gummistiefeln

sie also zum erstenmal einlud, bockte sie, nicht zuletzt, weil sie, natürlich, Mrs. Ferdia Quain war, obwohl *er* das nicht wußte; sie trug keinen Ehering und gab ihren Familienstand weder in Worten, noch mit Fotos von Männe in ihrer Eckzelle bekannt –; tatsächlich gab es nirgends auch nur die mindesten Fotos von Ferdia, nicht einmal auf dem Kaminsims daheim, auf welchem Mutti und Vati unangefochten regierten, in verschiedenen Stadien ihres mürrischen Lebens eingefangen, gewöhnlich mit identischen Knurrmienen und West-Highland-Terriern, den armen Schätzen (beide leider tot), in entgegengesetzte Richtung blickend und bleckend. Und Ferdia? »Du bist nicht photogen«, pflegte sie ihm bei so mancher Gelegenheit zu sagen, und das bedeutete (oder zumindest interpretierte er es so) (völlig korrekt): »Ich will deine häßliche Visage nicht häufiger sehen, als ich muß.« Aber Argus, der alte Pudel, den sie einschläfern lassen mußten, als er anfing, Haus, Garage, den Weg zur Haustür und das Gartenkürbisbeet vollzuscheißen, arme alte Töle, also, von dem hatte sie drei –, nein *vier* Fotos, eins, wie sie ihn in den frühen Tagen in Scunthorpe hielt, dann der eifrig hechelnde Look der kaninen Jugend, als er mit seinem Frauchen im Auto einen Ausflug nach Schottland machte, dann der Verfall, der mit glasiger Ausdruckslosigkeit im Auge einsetzte, und schließlich eins des alten Hundes, wie er seinen Darm auf ihren Schoß entleerte, während sie, dessen nicht bewußt, die

Damengröße 40 gründlich unter die Füße, unternahm mit ihrem Nina-Ricci-Kopftuch einen Strangulationsversuch, boxte mir insgesamt siebenmal auf die Ohren, verpaßte mir auf dem linken Auge zwei blaue Augen, zog dann ein bluttriefendes Brotmesser hervor, um mich für den Dreikönigsbraten zu tranchieren, als Mr. Brownhat, der Bäcker, ihr mit dem Zauberwort »Der Nächste bitte!« dazwischenkam. Jungs o Jungs, ich kann euch sagen, ich bin von diesem Zusammentreffen davongehinkt, brodemlos, zutiefst brotlos, etwas blutlos und überaus bocklos, ein traurigerer, doch klügerer Mann, mit dem Gelübde, die Körperflüssigkeitsformel in alle Ewigkeit zu meiden, möglichst noch länger ..., aber wo wir gerade von Flüssigkeiten sprechen, Terence ...

Fernbedienung durch die Luft wedelt, schnurlos von RTÉ 64 zu BBC 32 navigierend (von *Sie liebte Robin Hood* zu *Aber hallo, meine Herrn!*, samstagabends um 21:30 Uhr) …

Ferdia führte das alles auf der Weiber Weise zurück. Da war er nicht so heikel.

Dann kam eines Tages dieser Lance-Heini zu ihr, als sie in ihrer Zelle machtlos vor sich hin wütete (wieder dieser Zeitpunkt im Monat, plus versuchte sie gerade, über eine Reihe von Meetings mit einer Gang grauenerregender Graphikdesigner hinwegzukommen, deren Wortschatz aus den Wörtern »cool« und »hey«, sowie einer gelegentlichen mißplazierten Bindefloskel dazwischen, wie »ey« ⟨Beispiel: »Ich bin, ey, cool«⟩, zu bestehen schien), und sagte:

»Shirley, ich habe drüben in der Spudorgan Inn eine geschäftliche Besprechung, danach plane ich, mich auf einen Happen in diesen Fairy Farmer abzuseilen, soll ziemlich cool sein da, auf jeden Fall hat mir ein Typ, den ich kenne, ein paar Essensgutscheine ausgegeben. Was sagen Sie dazu?«

»Hä? Was sollte ich denn dazu sagen?«

»Ich meine, hätten Sie Lust mitzukommen?«

»Oh ah äh klar.«

Oh klar. *Sag mal, du hast sie doch wohl nicht mehr alle, Frau!* kreischte sie innerlich. Sie hatte zwar nie erwähnt, daß sie verheiratet war, sah auch, jetzt, da diese definitive Kluft zwischen ihr und Ferdia bestand, keine Veranlassung dazu. Aber dennoch.

Zu Hause gab es also erstmal einen Drink, wie in der guten alten Zeit, als sie ein lediges Mädel war und die Angebote dick und schnell reinkamen und sie sich stabilisieren mußte, bevor sie die gezierte Maske der Geselligkeit anlegte.

Dann natürlich, wer hätte das gedacht, schaffte sie es doch zeitig zum Fairy Farmer, obwohl das Bremspedal klemmte, lief dann jedoch ihrem verirrten und wahrscheinlich betrunkenen Gatten auf dem Parkplatz über den Weg, wo er mochte-Gott-wissen-was tat, außer herumzuwanken und unglaublich unangebrachte und schwächliche Witze über das Aufreißen von Mädels oder was zu reißen (ja, wahrscheinlich knülle, der alte Knüllmeister) (Ich hoffe wirklich, er nimmt seine Vitamine, sagte sie bei sich –, *aber nicht zu viele,* fügte sie bei sich sofort hinzu, von Visionen heimgesucht, wie Ferdia sich an seltsamen Stellen wölbte und ein helles Rotbraun oder Möhrchen-Orange annahm, während er sich weiter mit vollen Händen Pillen einpfiff), sie dann zu beschimpfen und sich alles in allem zur schlimmstdenkbaren Zumutung zu machen, tatsächlich bewirkte Ferdias groteske Einlage ein, zwei Momentchen lang, daß sie sich fast auf den Abend mit Lance freute, doch dann begann der Abend stattzufinden, und die Reue ließ nicht lang auf sich warten. Um nicht allzusehr ins Detail zu gehen: Die ganze Episode war ein Desaster – ein Flop – ein Fiasko – ein Reinfall *de luxe.* Sie brannte darauf, sich daran zu erinnern. Bei Fairy Farmer's fing es an ... Es war natürlich nicht damit getan gewesen, *ihm* auf dem Parkplatz bams in die Quere zu kommen, nein, dann mußte *er* auch noch Arm in Arm mit diesem fetten Polizisten oder Wachmann oder Schergen oder wer es auch war ins Restaurant getaumelt kommen, erst hatte sie gedacht, Ferdia wäre trunken und ungebührlich verhaftet worden, meine Güte – wäre ihm auch verdammt recht geschehen –; schier aus der Vorhaut gesoffen hatten sie, so schien es, sich, kein erbaulicher Anblick, egal, wie man politisch oder moralisch dazu stehen mochte, aber anderseits machte es sie auch nicht gerade froh, als Lance kurz hinsah und sagte:

»Bwoa, zwei echte Eingeborene, hä?«

»Nun, der links ist mein Mann«, entfuhr es ihr, aber ihre Worte wurden von einem plötzlichen Gelächterzyklon, der von zwei fehlgekleideten Paaren am Nebentisch ausging, übertönt. Aus irgendeinem Grunde (hauptsächlich Beschämung, plus das beharrliche Nagen der Hoffnung) hatte sie keine Lust, das Thema wiederzubeleben. Und von jenem Zeitpunkt an war sowieso alles bergab gegangen wie ein großer Kartoffelpfannkuchen, der ihr entglitt, oder wie ein Rodelrennen in Kitzbühel auf vereister Piste.

Ah Kitzbühel ... die Gipfel wie mit dem Diamanten gegen das gläserne Sonnendach des Himmels radiert, oder Monddach, wenn der Mond riesig wie eine große Papierlaterne über den Hängen schwebte ... Kirchenglocken in der scharfen Luft ... der Duft von glue wine, oder wie sie das nannten ... Pferdekacke ... und Schokolade überall ... und o, dieser sonnengebräunte und unglaublich große Skilehrer mit dem krauseligen Haar und adstringierenden Kölnisch Wasser, wie hieß er doch gleich, Schmidt, Müller, Schubert, Zorn ...?

Der, den sie in der Sauna mit dieser fetten Zicke aus Woking erwischt hatte.

(Lothar. Lothar von Gödelescherbach, so hieß er nämlich.)

Dann legte er mit den Augenbewegungen los. Erst rollte er sie (ihr) unbehaglich lang nach oben, wobei er ein bißchen aussah wie ein religiöser Spinner, oder wie einer dieser alten Renaissance-Heiligen, die immer überall herumstanden und nach oben starrten und dabei angeschossen oder zu Tode gepeitscht oder sonstwas wurden ...[87)] Dann begann er sich auf das Rollen nach unten zu verlegen und schraubte, ein kurzes,

87) Eine meiner Lieblingsperioden, die Sie da ansprechen, Francis, mein Junge. Ich weiß nicht, was es ist: die Komposition, die Technik, das Licht, die Beine ... Da ist eins von St. Baldacci-dem-Kühnen in einer winzigen Kirche in St. Colm's Bike bei Belfast, die Nicht-Konfessionelle Kirche wird sie genannt (deshalb wurde sie sowohl von Evangelen wie Katholen je etwa fünfmal abgefackelt, weil beide Fraktionen dachten, sie gehört zur anderen), auf dem der Künstler, und ich würde jetzt nicht in Gegenwart von lauter Anwälten darauf schwören, aber ich glaube, es war Renato Cicciolini, der große *castrato* –, jedenfalls hat der Künstler sein Sujet als in Nöten und voller Schmerz und Pfeile abgebildet, während ein Mob, vermutlich Römer, durch einen Torbogen im Hintergrund zu sehen ist, ihm den Stinkefinger zeigt und ihn verhöhnt und mit faulen Granatäpfeln und Lercheneiern und was nicht alles bewirft und Schilder mit der Aufschrift Exeunt Omnes und Nunc Est Bibendum und so weiter in die Höhe hält, das ist weißgott ein kraftvolles Stück Staffeleiarbeit, das kann ich Ihnen sagen.

aber beunruhigendes Intervall lang, seine Augen ganz fest zu, wie jemand, der am Parker-Syndrom leidet, öffnete sie dann, schloß sie wieder, öffnete sie wieder, schloß sie dann usw.; dann, die Augen weit geöffnet, leicht hypnotisiert, begann er, auf und ab zu liebäugeln, erst mit den Mädels pauschal, dann speziell mit ihr, wenn er glaubte, sie sähe es nicht (nun, aus den Augenwinkeln, lateral, ey, konnte sie sehen, wie er den Hals verrenkte, um einen Blick auf ihre Beine unter dem Tisch werfen zu können), und wandte den Blick ab, wenn sie den seinen erwiderte ..., egal, so in der Art. Dadurch wirkte er ein bißchen wie eine Varieténummer in einem dieser Fernsehprogramme. Dann fing er damit an, wie toll es doch sei, daß Irland endlich zivilisiert worden wäre, wo es all die regierungsamtlichen Joggingprogramme und Anti-Alkohol-Anzeigen gäbe und Rauchen überall verboten sei, einschließlich zu Hause (und die ganze Zeit verzehrte sie sich nach einer Fluppe), aber jetzt müßten sie auch allmählich mal anfangen, sich auf ihre Ernährung zu konzentrieren, mit dem ganzen Salz und Fettkram.

»Nicht, daß ich prüde wäre, ich meine, ich trinke ein Bier so gern wie jeder andere, aber ich habe gehört, sie hätten Fish and Chips in Zeitungspapier serviert, das so fettgetränkt war, daß die Hände, wenn man aufgegessen hatte, schwarz von der Druckerfarbe waren.«

»Ja, daran erinnere ich mich«, sagte sie. »Lecker. Genauso ein Fisch-Dinner hatte ich letzten Sommer in Whitby.«

»*Wow*. Glück gehabt, daß Sie noch am Leben sind.« Welche Bemerkung er durch ein außerordentliches Potpourri aus Prusten und Keuchen ausbaute, welches, wurde ihr klar, seine Variation zum Thema Gelächter war. Aber bald beruhigte er sich, und die rastlosen Augen nahmen ihre Wanderungen wieder auf.

Und das Essen war so mittelmäßig, daß man es gar nicht glauben mochte. Sie hatte einen Salat »Malta« gegessen, der an den Rändern roch, dann eine Scheibe Roastbeef, das in etwas durchhing, was als »Pecan-Petersilien-Sauce ›Tarragona‹« angekündigt worden war, aber schmeckte wie das letzte vom Boden des alten Kochtopfs ihrer Großtante Marion Jones Zusammengekratzte, des Kochtopfs, den das liebe Tantchen M. dreißig Jahre lang für Aufgebratenes aller Art verwendet hatte, von Taubenrühreiern über Speckstreifen und Sonntagsmorgenbrot mit Kratzgut, als die Zeiten schwer waren, und Pilzen *à la provençale* in Zeiten des Überflusses bis zu Großonkel Burts Zungenstulle an Ruhetagen, wenn der alte Rabauke zu Hause war und seine Pumpe vor a) dem Radio und b) dem Fernseh ausruhte, den beiden Geräten, die untereinander um den größeren Lärmausstoß wetteiferten ... *wie sehr sie sich wünschte, mit jemandem über die lieben alten Marion und Burt reden zu können. Aber sie hätte kaum gewußt, wo sie anfangen sollte, besonders bei diesem ...*

Lance grinste sie plötzlich frontal anzüglich an, die Zähne voller Kaninchenfutter.

»Tolles Essen, was?« wollte er auf halbem Wege durch seinen Salade de Roubaix-Tourcoing wissen. Kopfsalatfetzen lugten durch die beträchtliche Lücke zwischen seinen beiden unteren Vorderzähnen wie ein ungepflegter Busch, der durch einen Zaun wächst. Er spülte das Unterholz mit einem tiefen Schluck Radlermaß herunter. »Die irische Küche ist heutzutage ziemlich gut, nicht, was ich erwartet hatte, muß ich sagen.«

»Ich hab schon besser gegessen.«

»Britische Untertreibung, stimmt's?« sagte er mit leicht glasäugigem Blick, der zweifellos verführerisch angelegt war, aber das genaue Gegenteil bewirkte, nämlich so unverführerisch rüberkam, daß Shirley sich unerwartet vorstellte, wie sie sich nicht etwa an den mageren Lance ankuschelte, sondern dies ausgerechnet an ihren ihr gesetzlich angetrauten Gatten heran tat, bzw. wieder tat, diesen irisch-republikanischen Arschkeks und Schlaks und allgemeinen Nichtstuer Quain, welcher in genau diesem Augenblick (sann sie) gottweißwas machte, wahrscheinlich brütete er über den Plänen für seinen albernen alten Käseladen und stieg ganz bestimmt nicht in der Innenstadt den Mädels nach, da kannte sie ihren Alten aber besser ..., oder etwa nicht?

Vielleicht sollte sie den dämlichen alten Furz doch mal anrufen. Nur um ihn zu überprüfen und so.

Nach dem Essen gingen sie auf den Parkplatz und unterzogen die Heimlichkeit der Nacht einer genauen Prüfung.

»Unten um den Strand herum gibt es noch eine ziemlich nette Kneipe«, sagte er. »Wie wär's mit einem kleinen Schlaftrunk?«

»Och, ich glaube eher nicht.«

»Na los. Ich gebe einen Bailey's aus.«

»Tut mir leid, Lance. Es war ein herrlicher Abend, aber es geht mir wirklich gar nicht gut. Ich muß jetzt echt nach Haus ins Bett.«

»Sie brechen mir das Herz, Shirl.«

»Tut mir leid, muß los, war ein schöner Abend, dann bis morgen«, sagte sie barsch und in rascher Folge, als Lance seine Werbung noch eindringlicher vortrug. Er wollte ein Abschiedsküßchen abstauben, aber sie wich ihm aus. Tatsächlich überraschte sie sich selbst aufs angenehmste mit ihrer Charakterstärke, und als sie sich mit zitternden Fingern die erste Lulle des Abends anzündete, hatte sie das ausgesuchte Vergnügen, Lance unbeholfen aus der Dunkelheit winken zu sehen, bevor er mit seinem Miet-Rover davonbrauste, eine fast greifbare Frustration hinter sich her schleppend und beim Anblick üppig stoßzahnartig durch die Nasenlöcher ausgestoßenen Zigarettenrauchs – von den Scheinwerfern der Fernlaster beleuchtet, welche die Uphill Street hinauf zur MacLiammoir-Umleitung rülpsten und knurrten – mißbilligend in den Seitenspiegel blickend.

Sie kehrte heim, wobei in ihrer Seele Zufriedenheit und Besorgnis träge miteinander rangen. Das Haus stand dunkel, feucht und still da. Ach, hätten wir doch wenigstens noch einen Hund, dachte sie und erinnerte sich traurig an das Gewetze und Gewinsel und asthmatische Gebell des armen alten Argus. Sie knipste das Licht an und erleuchtete lediglich den trüben Flur mit seiner sich die Wand emporrankenden keramischen Entenformation, dem Telefontischchen, einem Schirmständer, winzigen Regalen mit verschiedenen alten Baedekern und Blauen Michelin-Führern (Cornwall und Devon, München, Tirol, die Costa Brava) und einem alten Porträt von Michael Collins (zumindest sagte *er*, es wäre Collins; sie hatte immer eine größere Ähnlichkeit mit Armand Pinero, dem amerikanischen Schauspieler, zu erkennen geglaubt). Die Tapete, vertikal gestreift, erinnerte sie in schlimmen Augenblicken (und dies war einer, obwohl es auch schon schlimmere gegeben hatte) an die Gitterstäbe einer Gefängniszelle.

»Brauch was zu trinken«, murmelte sie. Drei Gläser Chardonnay später, Fluppe im Mund, griff sie nach dem Telefonhörer.

»Ja?« erkundigte sich Finns schlafgedickte Stimme.

»Finn? Ich bin's, Shirley.«

»Ja.«

»Ist er da?«

»Nein.«

»Richtest du ihm aus, daß ich angerufen habe?«

»Ja.«

Die Leitung gurrte ihr ins Ohr. Verdammt, dachte sie, und so ein Mist. Hatte mich richtig auf einen kleinen Schwatz mit der dämlichen Sau gefreut.

Na, morgen ist auch noch ein Tag, dachte sie zwei Chardonnay später. Wenn ich Glück habe.

* * * * *

»Tortuga GT Cabrio jüngster Fabrikation«, stand im Polizeibericht. »Von scharlach- bis burgunderroter Farbe. Aufgegeben aufgefunden im s. ö. Straßengraben der N 111, 12 Fuß (3,60 m) hinter dem 3-Meilen-(4,8 km) Hinweisschild Richtung Killoyle-Crumstown, nach Süden, um 1445 Uhr, Donnerstag 24. März. Zum Zeitpunkt des Auffindens befand sich kein Benzin im Kfz, was ohne Zweifel zu dessen Aufgabe geführt hat. Es wurden sofort die geeigneten Maßnahmen ergriffen, und zwar zum richtigen Zeitpunkt. Um durch das Anfordern eines Traktors aus dem polizeilichen Fuhrkpark keine zusätzlichen Kosten entstehen zu lassen, bot Pol.-Sgt. Liam Cahill von der Garda-Revierwache Ost-Killoyle, der im Rahmen seiner Nachmittagsstreife mit dem Personenfahrrad unterwegs war, an, freiwillig mit einem Kanister zur nächsten Tankstelle zu fahren, einer Frisky-Petrolio-Zapfstelle 0,8 km o.s.w., eine Vorgehensweise, die von seinem Vorgesetzten, Inspektor Gray, per Mobiltelefon gutgeheißen und welches Vorgehen gebührend in Sgt. Cahills Personalakte durch den diensthabenden Sergeant, Sgt. Eomer Burke, verzeichnet wurde. Nachdem ein Gesamtzeitraum von 1 Std. 35 Minuten verstrichen war, kehrte Sgt. Cahill mit dem Kanister zurück und füllte den Benzintank des Kfz mit 7 Litern Benzin (87 Oktan). Dann, nachdem er sein Fahrrad an den Kollegen Smith übergeben und sich Regenmantel sowie Dienstfilzhandschuhe übergezogen hatte, um nicht unabsichtlich Spuren der vorherigen Insassen des Kfz zu verunstalten oder zu beseitigen, fuhr Sgt. Cahill um 1630 Uhr das Fahrzeug auf den Parkplatz des Polizeipräsidiums am Haughey Circle, Killoyle Stadt, woraufhin eine Untersuchung des Fahrzeugs unter Aufsicht von Inspektor Gray und Sgt. Michael O Suilleabhain, dem Leiter der Flecken- und Verfärbungsanalyse (Leinster und Munster), erfolgte. Die Untersuchung des Fahrzeugs ergab den Erweis menschlichen Harnlassens auf und unter dem Fahrersitz in Form a) eines langen Flecks von gelbbrauner Färbung und b) Pfützenbildung auf den Fußbodenmatten, Farbgebung unbestimmt. DNA-Tests werden gegenwärtig in den gerichtsmedizinischen Laboratorien der Polizeibehörde von Killoyle Stadt durchgeführt. Ebenfalls wurde von Inspektor Gray eine leichte Delle im vorderen linken Kotflügel des Fahrzeugs bemerkt, welche auf Kontakt mit einem unbeweglichen oder trägen Objekt von beträchtlicher Masse schließen läßt. Beim 5-km-Hinweisschild wurde das Fehlen eines Splitters an präzise der Stelle festgestellt, an dem es (das Fahrzeug) mit ihm (dem Hinweisschild) kollidiert wäre, wenn es (das Fahrzeug) dies getan hätte, welche Überlegung Sgt. Cahills und Inspektor Grays Theorie, welche sie aufgestellt hatten, einige Glaubwürdigkeit verlieh. Die Inschrift ›Crannog Rules OK‹ wurde als wahrscheinlich mit einem Taschenmesser in den kunstledernen oder PVC-Bezug der Beifahrerrückenlehne geschnitzt verzeichnet. Dies wurde als Bezug auf die Crannog-Gang gewertet, eine Vereinigung professioneller Hooligans mit Sitz in der Lord-Thomas-Maher-Siedlung in Killoyle Stadt (S.W.). Das Automobil wurde anschließend als halterlos ermittelt, da es sich bei ihm um Einzelhandelsware im Besitz einer Firma und nicht einer Einzelperson handelt, wobei es sich bei vorerwähnter Firma um die Heartland Autos GmbH handelt, ein Gebrauchtwagenunternehmen mit Sitz Uphill Street 112, Killoyle Stadt (W.). Der Besitzer, eine Einzelperson männlichen Geschlechts, oder ›Mann‹, welcher Leitender Geschäftsführer der Firma Heartland Autos ist, Mr. Brendan Byrne, wohnhaft Glacier Gardens 45, Sandymount, Dublin 4, machte gegenüber Sgt. O Suilleabhain folgende Aussage:

›Scheiße.‹

Mr. Byrne wiederholte seine Aussage im Polizeipräsidium und wurde nach Abschluß der Befragung festgesetzt. Um 20:00 Uhr wurde er in Untersuchungshaft überführt, bevor er nach Zahlung einer Kaution in die Obhut seiner Ehefrau, Mrs. Coleen McCracken Byrne, entlassen wurde.«

Gut, soviel dazu. Der Bericht ist soweit ganz in Ordnung, und so weit ist das nicht. Nirgends erfahren wir aus diesen schwülstigen Zeilen, zum Beispiel, daß der eifrige Polizist Cahill, zweimal im Bericht erwähnt, kein anderer als der jüngere Bruder von Finbarr »Petey« Cahill war (und immer noch ist, der arme Kerl), dem früheren Operationschef der Padraig-Pearse-Brigade von Nord-Munster, er selbst dagegen einst

Kaffeeholer und allgemeines Faktotum von »Kurbelwelle« O'Deane in den Tagen von Kurbelwelles Ruhm als Operationschef der Belfast-Brigade (in den späten '70ern und frühen '80ern, als der professionelle Terrorismus gerade begann, in Schwung zu kommen). Es bedarf eines Geistes, der weniger von jener analytischen und/oder deduktiven Kraft eines Poirot oder gar eines Sherlock Holmes aufweist, um zu folgern, daß Sergeant Cahills 1 Stunde und 35 Minuten währende Abwesenheit vom Tatort eine unglaublich lange Zeit ist, wenn man eine halbe Meile weit hin und auch wieder zurück radelt, und daß die Zeit tatsächlich zur Verfolgung ganz anderer Ziele genutzt wurde, Ziele, ganz anders als die angegebenen: Ja, Sie haben es erraten. Ruchlose Ziele, sogar wenn man die normalen Anforderungen des Tages zugrunde legt.

Im Endeffekt klemmte sich Cahill nämlich ans Rohr, um seinen großen Bruder anzurufen, der über jede Entwicklung und Planung, die in der kleinen, aber strammen Gemeinde von Jungs in Ost-Munster liefen, *au fait* war, und sagte ihm, wo der rote Tortuga zu finden sein würde.

»Großartig, Junge.«

»Das ist doch der, hinter dem ihr her seid, stimmt's?«

»Ist er, ist er.«

»Wollt ihr das dem Renegaten anhängen?«

»Unserm Freund Quain? Warum sollte ich dir das wohl sagen wollen?«

»Weil ich Jesus meinen Job riskiert habe um dir diese Info zu beschaffen du Schweinehund.«

»Jetzt hör du mir mal zu du kümmerst dich gefälligst um deinen eigenen Scheiß du kleiner Wichser sonst werde ich dich so wahr mir Jesus helfen möge.«

»Na wie find ich das denn wenn ich meine Karriere und meinen guten Namen für euch Schweinebande aufs Spiel setze.«

»Jetzt hör du mir mal zu hüte deine Zunge du unverschämter Arschficker oder andernfalls werde ich dich so wahr mir Jesus helfen möge.«

»Selber unverschämter Arschficker.«

»Jetzt hör mir mal zu hüte deine Zunge du junger Schnösel oder bei der Heiligen Maria Muttergottes werde ich dich Jesus errette uns die Frechheit dieses Bürschchens was würde dein armer alter Vater sagen der im Himmel weilt und uns von dort in ebendiesem Moment betrachtet.«

»Kannst du dir in den Arsch stecken.«

Es war ein Gedankenaustausch, wie er typisch für den beherzten Klan der Cahills von Süd-Killoyle war –, neun Buben, sämtlich so kühn wie Bleicherde (oder Aluminium-Magnesiumsilikat), und ihre Mutti und ihr Vati, kräftige alte Vertreter mit Strafregistern, so lang wie Ihr Bein, lieber Leser, und uralt gerunzelten Gesichtern wie zwei bäuerliche W. H. Audens und wenig Geduld, wenn's um Unsinn ging –, und sie meinten es nicht böse, nahmen aber übel. Petey lutschte, sobald er den Hörer auf das altmodische Draht-in-der-Wand-plus-Wählscheibe-Telefon gerammt hatte, an einem Glow-O mit Zitronengeschmack, nahm den Hörer wieder ab und gab auf diese Weise umständlich bekannt – *via* Babes, seine amerikanische Freundin, Dr. Hector Blowe, den Zahnarzt, Sweetco's »Sind schon da«-Lebensmittel-, Wein- & Video-Markt und schließlich Kurbelwelle persönlich –, daß der vielbegehrte rote Roadster unter einer Ulme in der nordwestlichen Ecke des für beschlagnahmte Fahrzeuge reservierten Teils auf dem Parkplatz der Oberpolizeidirektion am Haughey Circle stand …

»Ich verstehe kein einziges Wort«, sagte Kurbelwelle. »Haben Sie was im Mund?«

»Ah tut mir leid.« Petey entfernte das Glow-O und hielt es auf Armeslänge, wobei Verachtung ob soviel Klebrigkeit an Zeigefinger und Daumen (rechts) über seine Züge fegte. Dann wiederholte er seine Botschaft, indem er langsam und deutlich sprach, wie mit einem Thai, oder Vietnamesen, oder sonst einem äußersten Ausländer.

»Er … wird … also … beim … Polizeipräsidium … stehen.«

»Polizeipräsidium?« wiederholte Kurbelwelle.[88)]

»Richtig ... Das ... große ... Gebäude ..., Sie ... wissen ... schon. In ... der ... Innen- ... -stadt ..., wo ... die ... Bullen ... verkehren.«

»Wo die Bullen verkehren, völlig korrekt. Und welches gottverdammte Hodenhirn von einem Vollidioten fand es eine gute Idee, da hinzugehen und den Bullen vor der Nase ein Auto zu klauen, um der Liebe des süßen leidenden Jesus willen?«

»Tja ..., nun ..., ich ...«

»Sie verdammter Schwachkopf. Nein, warten Sie. Bleiben Sie einen Augenblick dran.« Kurbelwelle pausierte in seinen Schmähungen.

Eureka!

Da er nicht in die Pläne von Petey & Co. eingeweiht war, war ihm plötzlich *genau* die Sorte gottverdammtes Hodenhirn von einem Vollidioten für diese Umstände eingefallen: er selbst, mit der Polizei *und* Ferdia Quain im Fadenkreuz. Die Polizei war schlimm genug, verdammte Verräter und Britenschätzchen und quäkerähnliche Wichser und vegetarische Pazifisten die ganze Bande, außer ganz wenige, die genug Verstand und Patriotismus besaßen, um zu kollaborieren und gute irische Würste und Speckstreifen zu essen ..., aber Quain, na, das neulich nachts war ja wohl das Letzte gewesen. »Teilen wir fifty-fifty«, was? Am Arsch teilen wir fifty-fifty, schrie Kurbelwelle in innerer Wut auf. Selbst wenn man einräumte, daß er die Episode aus reiner, unverdünnter Paranoia mit übertriebener Bedeutung auflud, wozu sein seit langem köchelnder Groll gegenüber Ferdia Quain kam, der schon ganz zu Anfang begonnen hatte, als er nie richtig kapierte, was dieser kleine Stint überhaupt sagte, geschweige dachte; dann ging es mit Ferds »Pensionierung« von der gemeinsamen Sache (konnte von Glück sagen, daß er nicht wegen

88) Kurbelwelle sagt »Polizei«, nicht »Gardai«. Vielleicht ist er sogar Protestant? Oder war das genau umgekehrt?

Fahnenflucht ins Freie gekarrt und erschossen worden war) und der kaum unterdrückten Unverschämtheit des (um sieben Jahre) jüngeren Mannes weiter, sogar bei Feldübungen und echten Einsätzen –, die ungeheure Frechheit gar nicht zu erwähnen, wie er, ziemlich auf den Hund gekommen, sich mehrere Jahre lang von einer fetten englischen Ehefrau mittels ihres langweiligen Jobs aushalten ließ, die wahrscheinlich zwischen den Laken (ä bä!) alles mögliche von ihm mitbekommen hat, und dann taucht er, hat man Worte, nachdem er eine Ewigkeit nichts von sich hat hören lassen und sich nicht die Bohne um sein, Kurbelwelles, Wohlergehen geschert hat, aus heiterem Himmel auf, um ihn, Kurbelwelle, darum zu bitten, die alten Verbindungen zu reaktivieren, als wären sie die ganze Zeit Waffenbrüder gewesen, und die Hälfte aus dem Erlös für dies verdammte Auto anzubieten, sollte man das wohl für möglich halten …!

Und um auch nicht mit der ehrlichen Wahrheit hinterm Berge zu halten, hatte es Zeiten gegeben, da hatte Kurbelwelle sich gefragt, manchmal müßig, manchmal nicht, ob es nicht denkbar wäre, die Namen Ferdia und Supergrass miteinander zu verknüpfen, so überstürzt, wie beim Falls-Road-Kommando Desertionen und Verhaftungen passierten, kurz vor und nach Quains Bitte um das Ausscheiden aus dem aktiven Dienst, an jenem üblen, verregneten, noch gar nicht so lang zurückliegenden Oktobertag …

Plus hatte er sich, sohnlos, immer als väterlichen Mentor für den schlaksigen Schweinehund gesehen. Wenn schon nicht die tatsächliche Vaterfigur, dann vielleicht der große Bruder, zu dem der lange Bagalut aufblicken konnte, so etwa. Mit dem man einen heben gehen, eine Schnur in die lachsscheuen Wasser des gekräuselten Suir werfen, mannhaft gemeinsam in den ockergelben Strahlen der westwärts ziehenden Sonne lachen, sich mit mannhaften Dosen Harp in Händen im Croke Park ein Hurling-Match reinziehen, in der Einzelsäuferkoje eines zur Landstraße hin gelegenen Wirtshauses eine Andeutung von mannhaftem Armdrücken wagen konnte, die Art mannhaftes Betragen.

(Merke, parenthetisch, aber vielleicht nicht völlig irrelevant, daß Kurbelwelle nie geheiratet, nie um die Hand einer Frau angehalten, nie die Aufforderung oder Versuchung zu heiraten verspürt, noch sich je verlobt hat und ihm faktisch das gesamte weibliche Geschlecht, sogar in Gestalt seiner verführerischen Mitglieder, komplett am Arsch vorbeigeht.)[89)]

Egal.

89) Sehr angebrachte Bemerkung, das, Dicko, mein Junge. Es heißt sogar, Kurbelwelle sei einmal den Tränen nahe gewesen – er, der Dutzende mittels der schroffen Effizienz von Semtex, Plastiksprengstoff und Armalite trockenen Auges durch die Hintertür ins Verderben befördert hat – (und zugegebenermaßen hatte er zu der Zeit ein paar steife Powerse intus), als der hervorragende englische Schauspieler Sir Arnie Finsbury jenen so intensiv kreativen und sensiblen stückeschreibenden Dubliner Busschaffner, Choreographen, Essayisten, Theaterdirektor und Innenarchitekten Oscar O'Wilde (weder verwandt, noch verschwägert) porträtierte, welcher tragisch, mit einem feuchten Seufzer auf den Lippen – trotz seinem nicht unbeträchtlichen Erfolg als Experte für das gesamte Ensemble des Violet Theatre in der Antrim Street, Dublin 12b (hic) – an unerwiderter Liebe zu einem Hafenarbeiter namens Len oder Ben verschied, der, nachdem ihn eine unerschrokkene Reporterin namens Mary McAleese in der Einzelsäuferkoje von Mulligan's in der Poolbeg Street aufgestöbert und davon unterrichtet hatte, »Hä?« sagte ... »Na, das ist doch mal echte Scheißkunst«, hörte man Kurbelwelle, auf die Fußschiene vor dem Tresen des Parnell Mooney kurz nach der Pressevorführung des Films im Volta Multiplexx am Parnell Place gestützt, mit Nachdruck sagen. »Nicht so ein Fernsehscheiß in Büchsen oder Dosen. Du da. Du da, mit dem Zinken im Gesicht. Gib mir ein Murphy's, dünnes Glas. Natürlich eine *pint*, was glaubst du, was ich bin, ein gottverdammter verweichlichter Schwulibert??« Wie es der Zufall wollte, war dieser Barkeeper kein anderer als (Trommelwirbel) Ihr sehr Ergebener, für meinen alten Freund Charlie McClelland eingesprungen, der gerade mal wieder »auf Schmetterlingsjagd« (und wir alle wissen, was das bedeutet, oder etwa nicht, hä?) in Südamerika weilte; also bekam Kurbelwelle sein Murphy's im dünnen Glas, aber sonst so gut wie nichts, das kann ich Ihnen garantieren, und für diesen Schweinehund keinerlei liebenswertes Wirtsgeplauder, nicht zu der Zeit und auch sonst nie, wenn ich Dienst hatte, was nicht lange währte, weil mich der Oberzapfer noch vor der Polizeistunde feuerte.

»Ich habe genau das Richtige«, sagte er zu Petey. »Überlassen Sie es mir.«

(Hätte er doch gefragt, hätte er sich einen Riesenärger erspart, und Ferdia hätte teuer für seine »Pensionierung« gezahlt, aber es waren nun mal die Jungs, und bei denen gilt das Wort *Halt die Klappe, halt die Fresse, halt das Maul*, auch wenn das um die meisten dann eher schade ist.)

Kurbelwelles erste Idee war, Ferdia dazu zu kriegen, irgendwie zu liefern. Aber wiederholte telefonische Aufforderungen resultierten in ein- und demselben: einer Stille, so tief wie die in der Kalahari kurz vor dem Regen oder in der Umgebung einer von Hunden nicht heimgesuchten Mülltonne des Nachts in einer Unterschichtlerschlafstadt.

»Kacke«, knurrte Kurbelwelle. Er ballte die Hand zur Faust und führte als Reflexbewegung, um den Sprühnebel aus Speichel und Keimen aufzuhalten, der von seinem nächsten Hustenanfall verbreitet werden würde, die Faust zum Munde –, wobei dies, wohlgemerkt, noch nichts goldmedaillenverdächtig Schlagflüssiges war, sondern nur ein bis zwei anständige Röchler und ein paar heisere, pfeifende »Hååks« und »Häcks«.[90)]

90) Na, ich bin froh, daß Sie uns das mal klargemacht haben, Sportsfreund. All dies Gehuste erinnert mich an ein ganz schön episches Ausschleimen, dessen Zeuge zu sein ich in der guten, alten Zeit das Privileg hatte, als das starke Rauchen und dessen treue Magd, die Bronchitis, so sehr Teil des nationalen Lebens waren wie der Besuch von Pferderennen oder das Verbringen kostbarer Zeit mit dem *Sunday Dependent* auf dem Lokus oder Zähneputzen (tatsächlich sogar noch mehr als die drei genannten Tätigkeiten, oder alle drei zusammen). Zu Hause, z.B., war der Sonntag rar, der nicht gegen Mittag mit ein paar bronchialen Explosionen vom Bett des Da im ersten Stock begann, dann folgte ein langgezogenes erschauerndes Keuchen wie das Todesröcheln eines einst mächtigen Geschöpfs der Wildnis, dann wurden mehrere Türen zugeknallt, während der Da, vornübergebeugt wie der Gasableser nach einer Überdosis, von Zimmer zu Zimmer taumelte, bis er etwa eine Stunde später sein erstes Pfeifchen mit Onkel Egbert's Shag anzündete, während unterdessen seine Huster die ganze Skala

»Hååk«, erklärte Crankshaft. »Häck. Ä Hååk ähååk ähä ähäck Ähäck ä-hem.«

Er steckte eine Lulle an. Eine gewaltige Aufnahme von Rauch schnitt durch die wirbelnden Monaden akkumulierenden Kehlenschleims.

»HÄHÄÄÄÄÄÄÄÄÄCCK.«

Es war ein wahrhaft delikater Augenblick, einer, der einen Trapezakt aus scharfsinniger Urteilskraft und promptem Handeln erforderte. In einer Hinsicht gab es das gottverdammte Auto (und wie er beim Sonstwas begann, *dies* Stück Schrott aufs allerballerballerste bis *hier* zu haben), welches so stand, daß man es finden konnte, aber nicht mehr lange: die Polizei würde es zu diesem Gebrauchtwagenplatz zurückschicken, sobald sie mit ihrer chemischen Analyse »Gerichtsmedizin 101« fertig war (von der er übrigens über den entsprechenden Link in der Garda-Síochana-Website einiges gelernt hatte, Sachen, wie sie der durchschnittliche Bombenleger durchaus gebrauchen konnte, den unterschiedlichen Säuregehalt verschiedener chemischer Sprengstoffe z. B.; ob eine Spielart des Sprengstoffs eßbar war, die anderen dagegen nicht, und ob ⟨oder warum⟩ Färbung und allgemeine Anmutung irgend Rückschlüsse auf Nachzündung und anschließende Feuersbrunst zuließen; usw.); in anderer (nämlich Hin-

von den bereits erwähnten gegrölten Röhrlauten bis zu kurzen, scharfen Stakkato-Signalen durchlaufen hatten, von wo sie sich zu flehenden mukösen Arien entwickelten, die dem hohen C gefährlich nahe kamen, und dort ging es letztlich weiter in ausführliche Entäußerungen pulmonalen Verfalls, die sich für alle Welt anhörten wie riesige pneumatische Bohrer, die dringend der Wartung bedurften. Dann, mit einem tiefen Zug an seiner alten Peterson's-Spezialpfeife, hörte alles auf, bis auf den einen oder anderen irrlaufenden Keucher. Der Da blickte auf und sagte strahlend: »Morgen zusammen! Was gibt's denn zum Frühstück?« und begann, sich die erste Scheibe Toast in die Speiseröhre zu packen. Natürlich wurde er ohne Pause achtzig und knickte dann vorwärts ein, mausetot. Immerhin, nicht schlecht gelaufen, wenn man bedenkt, daß alle Dinge gleich sind (was sie natürlich nicht sind, natürlich natürlich, das weiß ich doch).

sicht) bestand die deutliche Wahrscheinlichkeit (er spürte es im Gedärm, wenn es nicht die scampigefüllten Ravioli von Küchenchef Gino waren, die er sich zu Mittag eingeholfen hatte, lauwarm im besten, verdammt viel eher piewarm im schlimmsten Falle, und die Scampi mit diesem sehr dubiosen Seit-sechs-Monaten-tot-Geruch), daß Quain oder jemand, der ihm sehr ähnlich war (oder jemand, der mit ihm zusammenarbeitete; schließlich gab es jeden Tag, den Gott werden ließ, neue verdammte Splittergruppen, deren jede eine noch hehrere Lauterkeit der Ziele für sich beanspruchte als die nächste), hereingeschlendert kam und mit dem Drecksauto wegfuhr. Und peng wären massive zwanzig Riesen im Arsch. Und genau dort wäre auch seine, Kurbelwelles, Glaubwürdigkeit, so, wie er den Jungs vom (offiziell nicht mehr existierenden) Armee-Exekutivrat in der Falls Road versprochen hatte, sie könnten bald zehn bis fünfzehn Riesen in Form knisternder Banknoten zählen (das mit dem Fifty-Fifty kam natürlich nie und nimmer in Frage; mit wem, glaubte dieser Quain, hatte er es eigentlich zu tun, um des lieben Himmels willen, mit Doktor scheißenochmal Barnardo?), um für ein paar diskrete Nebenoperationen zu bürgen, die ihre getürkte »Splitter«gruppe durchführen sollte, die neue 100%ig Ultrapure IRA oder die frisch wiederbelebten Soldaten des Brian O'Nolan: die hatten z. B. die Fähre von Larne nach Stranraer in die Luft gesprengt (das war wirklich eine prima Idee gewesen, Mannomann, was hätte er nicht darum gegeben, mitansehen zu können, wie dieser alte Kotzeimer mit seiner Fracht ekliger, pickliger, sich am Hintern kratzender loyalistischer Arschgesichter gen Himmel flog, o Mann, das allein wäre den Eintrittspreis schon wert gewesen); ein Hinterhalt irgendwo in Süd-Armagh, ja, klar, *das* war die reine Nostalgie, kein Zweifel, da hatte man versucht, die glorreichen Tage des Banditenlandes um Poyntzpass und Newry heraufzubeschwören: sollte so was doch ein *Saracen*-Schützenpanzer machen, möglichst mit einer Katjuscha oder einem anderen Artikel von diesen gräßlichen alten Stapeln sowjetischer Artillerie, die in verschiedenen Garagen und Schließfächern auf der irischen Insel und um sie herum vor sich hin schimmelten …

Wie auch in *seiner* Garage, in der seit vielen Jahren kein Auto mehr stand, seitdem er Tante Evas alten Wolseley in Rente geschickt hatte.

Plötzlich ging über Kurbelwelles wahnsinnigem Wuschelkopf die »Idee!«-Glühbirne an.

Warum nicht dieser Ratte Quain *und* den westbritischen Verrätern im Polizeipräsidium *und* dem Armee-Exekutivrat zu ein- und derselben Zeit gepflegt einen verpassen? Und wer kam dafür eher in Frage als der Zurechnungsfähige Bomber (wie er sich selbst im Scherz gern nannte), der beste verdammte Semtex-und-Plastiksprengstoffmann, den die IRA je hatte, selbst wenn er das selbst (und zu sich selbst) sagte, selbst?

Pfeifend keuchte er etwas, was freudigem Entzücken glich, steckte sich eine weitere Lulle an, kniff ihr am einen Ende den Filter ab (zu blöd, daß man keine anständigen Player's Volle Kraft mehr kriegte, wenn natürlich alles weiter so den Bach runterging, gab es bald Spione, die jeden verpfiffen, der sich eine Packung egal-was-für Zichten kaufte, sogar die Schwuchteldinger mit Menthol oder was), senkte dann den Kopf zwischen die Beine, um dort das Verebben des folgenden Hustenanfalls abzuwarten. Zuerst klang es wie Suppe, die den Siedepunkt erreicht, dann, vom verstopfenden Schleim befreit, ratschte es hoch bis zum durchdringenden Flöten eines Düsenmotors, der auf Touren kommt.

»Ähäck HII ähäck ähäck HII ähäck ähäck ähäck HII ähäck ÄHII«, gab er bekannt, deutlich, obwohl sich sein Mund nur in Kußweite seiner Oberschenkelinnenseiten befand. »ÄHÅÅK ähä ähii ähäck ähck hii«, usw. Sobald er wieder atmen konnte, richtete er sich behutsam auf, zog tief an seiner Zigarette und bedachte seine Inspiration. Es war wirklich eine feine Inspiration. Ohne Geld auszugeben und mit herzlich wenig Semtex (max. zehn bis fünfzehn Pfund) konnte er in Minutenschnelle das Auto und das halbe Polizeigebäude in den Wind schießen, und natürlich würde er danach das anrufen, was von der Polizei noch übrig war, und stramm eine der neuen sogenannten Splittergruppen dafür verantwortlich machen, die in Wirklichkeit nur Phantasiegebilde eines zunehmend verzweifelten und isolierten Armee-Exekutivrats waren, der ihn verschmäht hatte, weil er, unglaublicherweise, so gut in seinem Job war …, nein, jetzt gab es nur noch Dreiteiler mit Schlips und Debbler-Bertz samt Chauffeur, da geschah es ihnen ganz recht, wenn die ganze Befehlsstruktur zerrissen wurde und sie sich vergebens an den einen Mann wandten, bei dem sie wußten, daß sie ihm vertrauen konnten, die einzige Hoffnung, die ihnen noch blieb, um die verstreuten Überbleibsel der einst so großen Armee wieder zu vereinen …!

Und nach der telefonischen Warnung wollte er einen Namen erwähnen, ganz beiläufig, so, wie ein echter Amateur das aufmotzen würde, den Namen Ferdia Quain würde er sagen, als Brigadeoffizier oder Oberst oder sonstwas, von den, sagen wir mal, Soldaten des Brian, als prahlte er in alterprobter, altbewährter Amateurmanier mit seinem Rang (Profis prahlten nie, das war der Unterschied), und man konnte seinen letzten Euro darauf wetten, daß das Versteck der armen Sau von Polizisten nur so wimmeln würde, bevor man Jack Daniel's sagen konnte. Oder Pat Robertson. Oder Ozymandias, König der Könige …!

Erhebe Er, o, General Proinsias »Kurbelwelle« O'Deane, und verneige Er sich! Welch einen Schlag wird Er den Feinden um Mutter Irland und ihrer toten Generationen willen versetzen, von denen Er diese Fackel empfangen hat …!

Nun, sobald er seine Entscheidung getroffen hatte, neigte er nicht dazu, mit dem Daumen – seinem eigenen oder dem eines anderen – im Arsch herumzusitzen. Nein, nicht ohne Grund war er damals in den Tagen von Omagh und Magherafelt als Geölte Kurbelwelle bekannt gewesen.

Ja, es war Klasse, das war es, wieder eingespannt zu sein! Tra-la-la-la-li! Und das mit dem löblichsten aller Ziele: massenhafte schwere Körperverletzung, um nicht zu sagen Massenmord –, nein, besser, das nicht zu sagen: *Hinrichtungen* war viel angemessener, schließlich hatten sie das alle verdient, etwa nicht? die verdammten feigen mittelschichtsgutmenschlerprobritischen zwei-Autos-pro-Nase kabelfernsehenden handylabernden sexbesessenen vorstädtischen wandelnden Säcke voll Scheiße; und natürlich die Demütigung der verhaßten nationalen westbritischen Schergen! Die mögliche Auslöschung des Verräters und Schweinehunds Quain gar nicht zu erwähnen, falls er da herumschnüffelte. Falls nicht, war er sowieso dran, dank Kurbelwelle O'Deanes beabsichtigter Telefon-»Warnung« –, und das wäre es dann, ein gutes Tagewerk und am Ende des Tages ein bis zwei Bierchen bei Molly, dabei ein wachsames Auge auf die Schwulmäuse habend, falls sie von der Seite tätlich werden sollten (harte Jungs, die Mädels, eigentlich konnte er die eine oder andere in den imaginären Reihen seiner künstlich beatmeten Großen Republikanischen Armee ganz gut gebrauchen, zweiundneunzig Mann hoch Seit' an Seit' über den Rasen seines so oft am Märtyrertod gestorbenen Heimatlandes marschierend, genau, ein reines Lesbenregiment, unter dem Kommando unseres Freundes oder unserer Freundin Robb Manlove, ein feines Bürschlein würde sie abgeben, *och aye*, alles in allem) …

Erfreut murrend erhob O'Deane sich mit einem abschließenden brüllenden Husten, so laut und wiederhallend wie der Paarungsruf eines silberrückigen Berggorillas auf den dschungeldichten Gipfeln des Kongo, und ging zur Garage hinaus, wo, hinter Schloß und Riegel und Sirenen und Stolperdrähten und verdammt fast allem, was es an Sicherheitsausrüstung gab, er das aufbewahrte, was von dem in Newtownabbey Gebunkerten noch übrig war, das, wovon jeder dachte, es wäre längst von Basken oder Iranern oder Irakern oder irgendwem außer Landes gezaubert worden … Nun, hier war es, und weder Nord noch Süd waren schlauer als zuvor. Wie brünftig keuchend, eilte Kurbelwelle von einer Tonne zur andern, trommelte eifrig mit den Knöcheln auf ihnen herum, um Hohlraum, d.h. Fassungsvermögen, d.h. Restmenge des guten Zeugs zu prüfen. Zusammen enthielten sie mindestens die umpfundzwanzig Pfund, die er für mehr als ausreichend erachtete, ein bis zwei Autos zu demolieren und wenigstens eine Seite von diesem öden ollen Polizeipräsidium und ein paar von diesen Schweinehunden in ihren blöden britischen Uniformen niederzumachen ..., ja, genau wie bei dem Einsatz in Keady '76, als sie das Shandon Bells gesprengt hatten, weil dort protestantischen Gästen Speisen und Getränke serviert wurden ... Überhaupt nichts Verdächtiges dran, er hatte die Fressen doch selbst gesehen, und konnte irgendwas protestantischer aussehen als das Gesicht dieses Burschen, wie einer dieser Rüsselaffen im Zoo, unsere Freunde mit den lila Ärschen? (Seltsam: Er hatte sich dann doch als Katholik herausgestellt, aber naja, dann waren es wohl die Bremsen, wie sie in dieser Ami-Sendung mit der Reparaturwerkstatt im Fernseh ständig sagten, in der, die er mit seiner Tante Eva immer so gern gesehen hatte, bevor da diese ganzen schlitzäugigen Asiaten namens Hang oder Fang anfingen.) Ja, er würde das Zeug selber tragen (»Wenn du willst, daß etwas richtig gemacht wird, mein Sohn«, wie der alte Pater Tam zu sagen pflegte, wenn er um Weihnachten herum auf seiner Bude Glühwein aus Meßwein ansetzte, eine Hand in der Hose, ein Stocken in der Stimme, »dann mach es scheißenochmal selbst –, hier, komm, hilf mir mal damit.«), in einem der verläßlichen alten Behälter, einem Henkelmann, wie sie gern während der Mittagspause von Arbeitern der Faust verwendet werden, möglichst mit einer Abbildung törichter Fernsehgeschöpfe wie Big Boob oder Murdoch-der-Marionette oder mit einem edlen Keltischen Kreuz, z.B. dem von Monasterboice; oder mit Irlands smaragdenen Feldern in all ihrem Andenkenkitschgrün, plus Kobolde. Auf diese Weise würde nichts daran oder an ihm Verdacht erregen –, *besonders*, wenn ihm eine Fluppe im Maule stak und er seine wieder und wieder geflickte und gefleckte Kordsamthose trug und seine Ausgehmütze auf der Birne, dann würde er nämlich wie das genaue Ebenbild des *Homo Blödmannus hiberniensis* persönlich aussehen.

Und genauso sah er auch aus, sobald er sich die Mütze aufgesetzt hatte, einen lädierten Trauerkloß von einer Donegal-Kopfbedeckung, der einst, mit einem Ziegel drin, auf den mit Tesafilm die Nachricht SCHÖNEN GRUSS AUS DER ZIEGELEI geklebt war, von unbekannter Hand über Tante Evas Hintergartenmauer geworfen worden war, drei Jahre war das nun auch schon her.

»Herrje, was ist das denn?« hatte Kurbelwelle aufgeschrien, voll im Rappel, mit der Teetasse (schwarz, stark, Darjeeling) klimpernd wie nichts Gutes, als das Wurfgeschoß vorbeisauste und mit einem FNOPP, aber ohne Explosion in dem kleinen Formschnittgehege voller Disney-inspirierter Tierlein landete, welches Tante Eva vor ihrem Schlafzimmerfenster mit MI 5-ähnlicher Wachsamkeit unterhielt.

»Immerhin eine Mütze, laß doch den doofen Ziegelstein«, sagte Tante Eva. »Setz sie auf. Ah, da siehst du doch gleich so gewinnend aus wie der Märchenprinz persönlich aber wirklich Gott segne dich und deine schönen Augen du sympathischer Bengel du.«

Trotzalledem hatte er sie seitdem getragen, besonders wenn er alle zwei Monate Tante Eva zum Tee besuchte.

»Perfekt«, sagte er und zwinkerte seinem eigenen Abbild im Robert-Adams-Imitationsvestibülspiegel zu. Vom Plastiksprengstoff im Henkelmann ging ein schwach zuckriger Duft aus, aber nichts, was der Geruch einer brennenden Zigarette nicht überdecken konnte –, zumindest bis er den eigentlichen Ort als solchen erreicht hatte, aber dort würde er zweifellos (o, er kannte die Launen des alten Darmtrakts, bei Gott, die kannte er) dermaßen einen fahrenlassen, daß das Gas eine halbe Tonne süßlicher Aromastoffe erstickte, oder sogar notfalls ein Sträußchen Queen-Anne-Rosen!

Ach-TUGK!

Und so verließ General P. Kurbelwelle O'Deane sein Haus mit dem strahlenden Ausdruck eines Mannes, unterwegs in einer Mission, die nur erfolgreich sein konnte, munter seinen Henkelmann schwingend wie eine paradierende alte Hure auf der alten Parade, genoß dabei den kurzen Gang zur Bus-Haltestelle, so sehr er sonst auch Körperertüchtigung jeder Art verabscheute. Es war etwa eine gute Meile von seiner Doppelhaushälfte an der Ecke West Whitewalls/Woodlands Way und dem unteren Ende der MacLiammoir-Umleitung zum Polizeipräsidium am Haughey Circle, und er war doch nicht bescheuert und ging die ganze Distanz zu Fuß. War er etwa ein gottverdammter Ami oder einer von diesen *nouveaux* Yuppies mit ihren Handys? Nie, seitdem er sich oder sonstwer sich erinnern konnte, hatte er Sport getrieben, und im überreifen Alter von vierundfünfzig, fast fünfundfünzig war es zu spät, damit anzufangen (»Hart auf die Sechzig zumarschieren –, das genügt mir schon als körperliche Betätigung«, wie er gern sagte, wobei er liebenswürdig statt feindselig gluckste, samstagabends bei Mad Molloy oder Molly O'Lesbihan, und sich am Genußgift der Stunde labte, wie es die Kehle herunterrieselte, durch die Lunge fetzte und die sich bereits verengenden Arterien elektrisierte); so stand er stockstill, starrte die Straße hinab und zündete sich eine weitere Lulle an, während er darauf wartete, daß der 10er auf seine freundliche elefantine Weise um die Kurve getorkelt kam ...; interessant, wie ein Bus, der im Innenstadtverkehr durchaus in der Lage ist, mit nicht mehr als, sagen wir, 15 Stundenmeilen (24 KaaEmmHaa) dahinzukriechen, in der relativen Unbelebtheit der belaubten inneren Vorstädte, die von Kurbelwelle und anderen beruflich Erfolgreichen seines Schlages bewohnt wurden, die phänomenale Geschwindigkeit von fünfzig Meilen in der Stunde (achtzig KaaEmmHaa) oder mehr erreicht ... Egal, hier kam er, raste heran wie ein Ball, der die Hände Eochan O Riadas verlassen hat, des legendären Mittelstürmers von Kilkenny. [91] Fluppe fest in den Lippen,

91) Ah, Eochan, ich habe ihn gut gekannt. Er hat sogar durch einen komischen Zufall eben gerade die Kneipe verlassen, um seinen neuen

Augen halb geschlossen gegen den aufquellenden Rauch, schwang Kurbelwelle sich mit Hilfe des Geländers mühelos hinauf und auf die offene hintere Plattform – denn sogar heute noch sind zwei bis drei der alten offenen Busse im rückständigen Killoyle verblieben – und tat, als wolle er weiter auf die obere Etage steigen, als unberaten der Schaffner, ein Bingo O'Herne, 51, ein kräftiger pockennarbiger Dussel mit absurdem Mousse-d'Silber-Pompadour, dem es das meiste Vergnügen bereitete, bei Seawallop's am Strand im allnächtlichen Karaoke-Wettbewerb schneller fertigzuwerden als der musikalische Hintergrund aus zutiefst abstoßendem Irenkollerkram (*O me Owld Grey Wan, Ballykilloran Mine, March of the Clurichauns* etc.), und der jetzt in übertrieben korpulenter Manier Kurbelwelle genau im Wege stand.

Schlimmer noch, er sagte:

»Tut mir leid, Freundchen. Damit können Sie nicht einsteigen. Nichtraucher, guter Mann. Lesen Sie keine Zeitung?«

Diese Sorte rüder Einmischung in das einzige sinnliche Vergnügen seines Lebens (außer, äh –, na, egal) nicht gewöhnt, haute Kurbelwelle Bingo ins Gesicht und sagte mit einem befriedigenden phlegmatischen Grollen:

»Versuch das nochmal, und du klaubst deine Eier da drüben im Gelände wieder auf, Kumpel«, wobei er mit einer gelüpften rechten Augenbraue halbwegs das flüchtige Grün des

Job als – halten Sie sich fest – Busfahrer für den Killoyler Verkehrsverbund anzutreten. Eine teigige Sorte rotnasiger Gent ist er jetzt, mit einer entschiedenen Vorliebe für Mit-viel-Wasser-ohne-Eis und die stumme Gesellschaft seiner Abendzeitung, jetzt, da die Tage des Ruhms auf dem Spielfeld sicher hinter ihm liegen, fünf Bälger und die Missis erwarten, daß er die Speckstreifen nach Hause bringt, da ist Hurling für einen trinkenden Mann in den Mittvierzigern keine große Investition ohne Aussicht. Eochan ist jemand, der nicht sehr zum Konversieren neigt, auch nicht zum freundschaftlichen Erwerb von Runden nach irischer Art. Manche flüstern sogar, er sei als Engländer geboren und all dies Irentum nur Verkleidung (aber vgl. Sean MacStiofain).

Geländes andeutete – aber ein stumpfes und schweres Grün nach einem aufgeweichten Winter, da Regen und halbherziger Schnee schwächlich in das unmäßige Tosen der Märzmitte zockelten – bis jenseits der immer enger werdenden Lücken zwischen den Häusern.

Uuuuups!

Fast, sehr *fast hätte er seinen Henkelmann fallen lassen!*

Aber sogleich straffte er sich und trug seine Last die enge Wendeltreppe hinauf, die in ihrer Steilheit und Enge an die Wendeltreppen in den unfreien mittelalterlichen Teilen verschiedener alter Gebäude erinnerte, wie sie über ganz Europa verstreut waren, Europas alleräußerste Inseln nicht ausgenommen, so wie diese …

»Du Kackscheißkerl und Schweinehund«, donnerte Bingo O'Herne ohnmächtig, indem er sein weibliches Publikum anspielte, sich aber nur für falls hinter und unter der Treppe versteckte, »sobald wir beim ZOB sind, krieg ich dich beim Wickel.«

»Och, verpiß dich doch, du Witzblattfigur.«

O, es war ein froher Kurbelwelle, der sich dann voll auf seinen Lieblingsplatz hinten links setzte und mit der Delikatesse einer Näherin, die ihr Nähkörbchen mit der Arbeit eines Vormittags absetzt, den Henkelmann neben sich stellte und abwechselnd weiterhin an seiner Glimme paffte und große rasselnde Huster von einer Stärke ausstieß, die in keinem Verhältnis zu seiner Körpergröße stand, Huster, die einem Wolf-Larsen- oder Grizzly-Hazard-Typen oder Jack »Zwei Blockhütten« London, wo wir gerade dabei sind, viel besser angestanden hätten, mit anderen Worten: einem waldbewohnenden Whiskeymann mit breitem Brustkorb und starkem Bauch, wahlweise gern auch Bart, auf jeden Fall nicht diesem ausgezehrten Pykniker mit der pickligen, fleischfarbenen Schnapsnase und den eingesunkenen Titten, der O'Deane im Verlauf seines Ein-Mann-Rennens zu Grabe geworden war (obwohl er sich mit seinem geistigen Auge unbeirrbar als echten-alten-Knaben-mein-Junge, dem der Schalk aus Augen und Grübchen blitzte, den li-hieben la-hangen Tag hoho, ein Rattenfänger der Chamälea des Todes).

* * * * *

Ferd machte sich ein bißchen Sorgen, was Kurbelwelle vorhaben mochte, und rief Petey Cahill an, der eine Schwäche für *Gaeilge* hatte. Sie hatten sich nie kennengelernt, aber jeder wußte vom andern, und nichts, was jeder wußte, war übermäßig nett.

»Cé atá ag glaoch, le do thoil?«

»Waaa...?« Ferd war ein wenig erstaunt und noch erstaunter, als er erneut mit demselben Gewäsch behelligt wurde:

»Cé atá ag glaoch, le do thoil«?

»Ach so! Sie sprechen Irisch. Äh ... bleiben Sie einen Augenblick dran.« Wie es sich für Einen mit seinem heroischen Namen gehörte, hatte Ferdia einst nach dem obligatorischen Mumpitz für sein Abgangszeugnis ausgiebiges Irisch belegt, meist lange verregnete Nachmittagssitzungen, die er Arm in Arm mit Paddy O'Monk verdöste, interner Student des Gälischen, wo der junge Ferdia seine Lehrjahre als Archivar zugebracht hatte: im IRA-Subbrigadenhauptquartier (Bibliothek & Archiv) zu Ardoyne, einer friedlichen Stätte der Begegnung, von einem Absolventen der Neo-Palladio-Robert-Adam-Schule (Sam Livingston, F. R. C. A. D.) entworfen.[92)]

92) Ich erinnere mich, vor ein paar Jahren einen Beitrag über das Gebäude im *Dependent* gelesen zu haben. Augenblick, ich habe ihn hier irgendwo, ah, da ist er ja (gute Isolierung für die Füße, diese alten Zeitungen, besonders heutzutage, in relativer Not): »Die vollständige unschätzbare wertvolle Sammlung der *Hurling News*, die bis zum Jahr der französischen Hilfe (1798) zurückgeht, stand in den Sub-Archiven von Sinn Féin (Provisorisch) zu Ardoyne in West-Belfast gestern nacht in Folge eines Sturms der Windstärke 3, welcher von der Keltischen See und den Lagan hinaufgeblasen hatte und irgendwann mit einem

Aber nichts war davon übriggeblieben, außer dem elementaren *Beannachtai na Feile Padraig* und *aon, do, tri, ceithir, cuig, se, seacht, ocht, naoi, deich, An bhfuil Gaelige agat?* und so weiter. Also fischte Ferdia in den leeren Untiefen seines Gedächtnisses nach einer passenden Begrüßung. Er zog ein »*A duin an doras?*« hervor. Es klang angemessen fragend, auf höfliche Weise. Trotzdem wurde es am anderen Ende der Leitung mit den Verschlußlauten quittiert, die eine Stimmritze macht, wenn sie gegen den Vordergaumen klatscht, und das bedeutete Heiterkeit – Lachlust – die Wahrnehmung erstaunlicher Dummheit – deshalb vermutlich: Irrtum, seitens Ferdias.

»Ich glaube nicht, daß Sie das meinen, Mister Quain«, sagte Petey, diesmal auf englisch. »Haben Sie überhaupt den geringsten Schimmer, was Sie da gerade gesagt haben, ich meine, den geringsten?«

»›Wie geht es Ihnen heute?‹ oder irgendson Schrott.«

»Nicht im geringsten, im geringsten, Gott segne und erhalten Ihnen Ihre Einfalt. Sie haben gesagt ›Mach die Tür zu‹, Sie Riesenroß.«

Es folgte eine weitere wiehernde Runde mit der Stimmritze, voll aufgedreht. Von Cahills Keckheit entfacht, welche bei einem halb so alten (tatsächlich 26) Dreikäsehoch ziemlich verdammt unerträglich war, tobte Ferdia ein wenig:

»Na, ich war nie sehr für irisches Gelaber, womit ich die tote Sprache der Gälen meine, falls Sie das kapieren. Ich

Schnaufer in einem loyalistischen Stadtteil von Bangor (Grafschaft Down) zur Ruhe kam, zwei Fuß tief unter Wasser, wodurch alte Vorwürfe, das republikanisch-nationalistische Lager mache sich am Klima zu schaffen, wieder laut wurden. Der Sinn-Féin-Archivar Mr. Ferdy Queen ⟨sic⟩ sagte: ›Ich hatte gehofft, den ganzen Kram zum Nutzen der Menschheit in den Computer einzugeben, aber das Schicksal hat, wie Sie wissen, in Gestalt eines Orkans eingegriffen und alles vollgepißt. Entschuldigen Sie bitte.‹ Mr. Quenn ⟨sic⟩ wurde vorerst weiter in Untersuchungshaft gehalten, aber rechtzeitig zu einem herzhaften Frühstück mit Wurst bei Harry Lime in der Ormeau Road entlassen.«

meine, ich habe das immer als Zeitverschwendung de luxe und noch was empfunden, *Erse* oder Irisch oder Gälisch oder sonstwas zu sprechen, nur um ein paar sentimentalen Fiedlern an der Westküste zu Gefallen zu sein, die in ihre Bierkrüge heulen, wie schade das Ableben des Irischen ist und die ganze Scheiße. Ich meine, wenn man Walisisch oder Manx oder was spricht, dann ist alles sehr schön für die Waliser oder die Leute auf der Insel Man oder wen, denn die brauchen was, um sich von den Engländern zu unterscheiden, die bei ihnen den Laden am Laufen halten und ansonsten genauso sind wie sie selber, bis hin zu den verdammten Smarties und Pickeln und Zähnen und den grauen Flanellshorts und Fahrradklammern. Aber wenn ein Ire Englisch spricht, klingt er zweimal so irisch, wie wenn er Irisch spricht, und mir ist es wurscht, ob er eine graue Flanellhose oder einen Kilt oder einen brasilianischen String-Bikini trägt.«

Dies war nichts weniger als Ketzerei für einen Ex-IRA-Mann und an manchen Orten (wie diesem) gleichbedeutend mit dem Todeskuß. In dieser Organisation kam die Unantastbarkeit der alten irischen Kultur und der Zunge, die sie ausdrückte, gleich nach der Unantastbarkeit des Papstes oder der von Padraig Pearse persönlich; aber Ferdia sah sich in seinen mittleren bis späteren Jahren, in denen die Meinungen blühten und knospten, oft im Widerstreit mit herkömmlicher Weisheit. Petey dagegen fühlte sich bei der herkömmlichen Weisheit ganz zu Hause, besonders bei der IRA, die unverblümt bekanntgab, Ketzerei sei Ketzerei, und Ketzer würden für ihre Sünden bestraft. (Nicht umsonst nannte man sie Die Kirche.) Er kannte seine Pflicht, und sein Gewissen war rein. Also verlegte er sich aufs Heucheln und Witzeln.

»Einen String-Bikini? Nicht einmal eine graukarierte Hose mit Fahrradklammern?« wollte er wissen, mit einem weiteren Stimmritzenvibrato der guten Laune.

»Genau.«

All dies war natürlich ein ungeplantes Mäandrieren durch den *small talk,* weit vom eigentlichen Grund für das Gespräch entfernt; und welcher *der* war, konnte Petey nicht herauszufinden hoffen, bis Ferdia endlich *(»Mach die Tür zu«, aber wirklich!)* auf ihn zu sprechen kam.

»Äh –, es ist wegen Kurbelwelle.«

»Braucht Sie nicht zu kümmern. Mein Auto läuft prima, vielen herzlichen Dank.« Weiteres gurgelndes Gelächter. War der Narr betrunken?

»Jetzt hören Sie mal zu, dies könnte was Ernstes sein. Ich kenne den Typ. Sie kennen ihn ebenfalls, aber ich kenne ihn besser. Ich habe da so ein Gefühl.«

»Besser, als wenn man keine hat. Oder zu viele.« Diesmal war das beschwipste Gelächter in den höheren Registern unmißverständlich. Der Blödmann war überkandidelt oder unter dem Tisch. Weder so noch so konnte man ihn gebrauchen.

»Na, dann eben Scheiße, Scheiße mit Zwiebeln, und ordentlich Kuhpisse drüber, wenn Sie gerade dabei sind.«

»*Sláinte go bragh* auch Ihnen, Kamerad Quain.«

Petey legte auf und rieb sich mit der forschen Vorfreude eines Gourmets, der sich gleich zu einem Drei-Gänge-Menü bei Les Troisgros in Roanne niederlassen wird, die Hände. Unterdessen drückte Ferdia gereizt den *Off*-Knopf seines Handys und schnappte das Sprechteil zu, schnappte es wieder auf und wieder zu, im Zeitalter des Mobiltelefons über die Abwesenheit eines Hörers, den man aufgebracht auf die Gabel knallen konnte, doppelt verärgert.

Es war also offenkundig, daß er selbst hingehen mußte. Kein wirkliches Problem, da ein gründlich ausgereifter Plan bereits Gestalt angenommen hatte: die Polizei warnen, über die wandelnde *soupière de potage* Alyoisius Schwarzkopf (mit »p«, wie in Perpignan), daß Kurbelwelle auf der Pirsch war, plus höchstwahrscheinlich Semtex.

(Unterdessen ...)

Ja, ja, sann Ferd. *Es gab solche, die es Verrat nennen würden, oder Vertrauensbruch der niedrigsten Sorte; und all seine Hoffnungen auf den Wein-und-Käse-Laden wären dahin, mitsamt dem vergoldeten Et-Zeichen.* Aber das war besser als der Große Knall der revolutionären Theorie, wie sie von der Mutter aller Terrorgruppen und ihren Gefolgsleuten und Abspaltungen praktiziert wurde. Plus sowieso, wissen Sie, wenn das Ende der langen Straße des Lebens in der Ferne sichtbar wird, ist das allerletzte, was man sich wünscht, ein *echt* schlechtes Gewissen, wenn man überhaupt eine einigermaßen anständige Sorte Mensch ist; und Ferdias Gewissen war bereits schlecht genug, wenn er die Anzahl derer bedachte, die in der schlechten alten Zeit von seinen Bomben und Kugeln verstümmelt worden waren …

Begann er also doch noch, die wahren Tugenden eines gewöhnlichen Lebens, anständig geführt, zu sehen?

Allerdings; und das verdankte sich in keinem kleinen Maße Shirley und der Atmosphäre langweiliger und behaglicher Häuslichkeit, mit der sie ihn versorgt hatte, d. h. mit der Zivilisation als solcher: eine erfolgreiche Ehe, schließlich und endlich, als sie schließlich endete (vielleicht aber auch nicht) …, ach, sein fiebriger Geist mochte wackelige gelbstichige Erinnerungsfilmchen projizieren, welche die blanken gerundeten Weibsoberschenkel und gelenkigen Weibsglieder aus der Phantasie jedes Mannsharems abbilden, das verdummte Hirn seinem Körper gefälschte Botschaften über die Erfolgsquote beim Streben nach Weibsarschbacken mit Grübchen senden – wie nach denen von, sagen wir: Terpsichore, oder Nicolette Tedman, oder nach einem Paar alabasterner Weibsbeine, ebenfalls von Terpsichore (oder Nicolette Tedman) –, es sei denn, sie gehören zu jener *anderen* Schauspielerin (wie hieß sie noch?); oder Brust an Brust, wenn man so wollte, mit wogenden Weibszitzen (Terpsichores) über windigen Hügeln, denen von Wicklow nicht unähnlich …, um sich dann aber doch heiß in der Wärme und Klarheit attischen Sonnenlichts und mit einer satyrhaften Vitalität, die eher dem alten (als dem gegenwärtigen) Griechenland (oder Irland) gebührt, ineinander zu verfangen …, aber umsetzen würde er das alles nicht, ebensowenig wie er sich die Appalachen erwandern oder, die Faust auf dem Brustbein, auf der Bühne von La Scala vor das Publikum hintreten und »Nessun' dorma« schmettern oder den Tritt auf eine Tellermine überleben oder in Le Mans (oder sonstwo) einen Ferrari fahren oder einen Gallowglass (die *crème de la crème* der Plastiksprengstoffe in den Sechs Grafschaften) zünden oder in der Großen Sendehalle des RTÉ die Klarinette spielen oder Wet Wesson einen flinken Tritt in die Kordsamthose verpassen würde. Das Leben war eben doch kein französischer Film. Es schuldete sich alles dem Ungleichgewicht zwischen dem langsamen Verfall des Körpers einerseits und der Bereitschaft des Geistes, dabei mitzumachen.[93)]

Aber etwas Gutes würde doch dabei herauskommen, da mochte kommen, was mochte (oder mögen wollte).

Also ging er zurück in die Wohnung und fummelte an dem Handy herum.

»Finn?«

Dann fiel ihm ein, daß sein Cousin beim Anwalt war, um einen Kündigungsaufschub für die Ladenfläche zu erwirken, später zweifellos *en route* zu Jim's Gym und Molloy's, um dort im ersten Stock mit Anthea die Ehe praktisch einzuüben. Ferdia bediente sich mit einer grauenerregenden gesunden

93) Wenn man Glück hat, Oinsias, mein alter Junge. Wenn man Glück hat. Andernfalls kommt es umgekehrt, und glaube mir, das ist kein Tag am Eis-am-Stiel-Stand. Klar, war ich etwa nicht selbst Zeuge, wie mein eigener geliebter Großpapa seine fünfzig Liegestütz pro Tag machte und dabei die ganze Zeit glaubte, er wäre Pinky Pooter, die haarige Rosa Raupe aus *Pink Patrick*, dem Kinderprogramm im Fernseh in den späten Fünfzigern, als derselbe Großpapa in Soho Pflastermaler war und versuchte, in der French Bar Leute wie Junius McTavish-Hill um Getränke anzuhauen, einen berüchtigten Geizhals, der sich immer auf den Bittsteller erbrach, anstatt seine Drinks mit anderen zu teilen ... Ach, das waren die Zeiten so waren sie ach das waren sie Gott segne uns oder vielleicht waren sie auch gar nicht so. Auf jeden Fall steht es fest, daß wir ihresgleichen nie wieder zu sehen kriegen werden, noch uns in die taufeuchte Dämmerung eines jugendfrischen Morgens erheben. *Go raibh míle maith agat!*

Nüsse-und-Rosinen-Zusammenstellung, die Finn in einer Kumme auf dem Couchtisch stehengelassen hatte; dann, indem er abgestuft immer tiefer Atem holte, rief er Aloysius Schwarzkopf an, mit »p«, wie in Paramaribo; aber zuerst schien *chez* den Bullen niemand den Namen zu erkennen.

»Um Himmels willen, wie viele dreihundert Pfund schwere Polizisten namens Schwarzkopf kann es denn wohl geben?« bellte Ferd in eine verdutzte Stille hinein, die angstvoll von den Worten »wie unhöflich« gebrochen wurde.

»Zieh Leine, du Arsch. Selber unhöflich. Verbinden Sie mich einfach mit diesem Schwarzkopf, ja?«

Irgendwann, nachdem er von einem vollvertrottelten Fant von einem Sesselfurzer auf groteske Weise zum nächsten mäandriert war, landete Ferdia fernsprechtechnisch *tête-à-tête* beim Kommissar, bei Sherlock Neame persönlich, der sich als der einzige ansässige Repräsentant der nationalen Polizeikräfte der Nation herausstellte, der das Wort »Schwarzkopf« aussprechen konnte.

»Klar, der stämmige Bursche. Bleiben Sie einen Augenblick dran, während ich rasch.«

Entsprechend stellte er Ferdia dorthin durch, mit einem ironischen Hüsteln und dem schnellen Zischlaut des Einatmens durch Zahnersatz hindurch, dies von einer Gefühlsaufwallung angezettelt (der Anruf; diese neue Mausi am anderen Ende des Korridors, die mit den dicken Knollen-, ähem, ähem, äh, -Dingern; seine Gattin, die gerade eintrat; das alles zusammen, was besser auf die *Grands Boulevards* gepaßt hätte, circa 1895). Schließlich kam Aloysius Schwarzkopfs fette Tenorstimme aus der Hörmuschel gekrochen wie ein Wassermolch unter einem Felsen hervor.

»Hallo-o-o?«

»Schwarzkopf? Mit ›p‹?«

»Wer ist denn da?«

»Quain.«

»Wayne?«

»Quain.«

»Twain?«

»Och, um der Liebe Christi wil…«

Doch Ferdia hielt seine Reizbarkeit unter Kontrolle und synkopierte kurz über das Thema Osterglockentätowierungen, Anbringen derselben und Grund dafür; die Notwendigkeit, daß frühere Gegner zusammenarbeiteten; sowie die Methoden der Vergeltung, die daraus folgen mochte, falls eine solche Zusammenarbeit scheitern sollte.

»Ah. Quain, stimmt's«, sagte Aloysius mit forsch-fröhlich aufgesetzter Selbstsicherheit. »Jetzt bin ich ganz für Sie da. Was kann ich an diesem wunderschönen Tag in der Morgenstunde für Sie tun?«

Ferdia erklärte es.

»Eine Kurbelwelle, sagen Sie?« erkundigte sich Aloysius, in der Freizeit ein kleiner Autonarr.[94] »Was hat sie gemacht, sich festgefressen?«

94) Schon in Ordnung, Sean. Nun, es mag dem allgemeinen Leser neu sein, aber der Durchschnittsbulle ist ungeheuer scharf auf Bomben, vorausgesetzt, er kommt rechtzeitig genug, um sie zu entschärfen, oder er kann einen effizienten Entschärfer herbeizitieren, der das macht, während er, der Bulle, die glotzenden Herdenmenschen mit beruhigenden Polizistenworten wie »Treten Sie bitte zurück«, »Gehen Sie bitte weiter«, »Hier gibt es nichts zu sehen«, »Das reicht jetzt, Sir oder Madam« und so weiter aus der Gefahrenzone drängt und pfercht. Es sieht tatsächlich im Vierteljahresbericht eines Streifenpolizisten nur weniges besser aus als Worte des Sinnes, daß »dank der energischen und proaktiven Entschlußfreude von Wachtmeister Plod, das in Frage stehende Gerät zu entschärfen, die Lage unter Kontrolle gebracht wurde, und Passanten wurde zuallermindest Schaden an Leib und Leben erspart.« Mein Cousin Paulie McCube z. B. war ein semtex-schnüffelnder Polizist aus der Grafschaft Laois. Von frühester Jugend an mit einem sehr fähigen Riecher begabt, pflegte er in der Scheune zu zeigen, was er konnte, indem er mit erstaunlicher Geschwindigkeit auf allen vieren herumsauste und Feldmäuse, Frettchen u. dergl. aus dem Erdreich wühlte. Tatsächlich waren seine Talente so beträchtlich, daß er auf der Polizeiakademie Klassische Philologie las und als persönlicher Schnüffler an den Taoiseach, Mr. Looney, vermietet wurde, der ihn mit einem weitgefächerten Sortiment an Gerüchen versorgte. Einer von Cousin

»Nein, nein. Das ist der Spitzname des Mannes. Er ist bestimmt mit einer Bombe unterwegs. Daran besteht für mich kein Zweifel.«

»Mit einer Bombe, sagen Sie?«

»Ja, sage ich. Also, vielleicht hat er eine, oder vielleicht hat er keine. Aber ich fordere Sie dringend dazu auf, davon auszugehen, daß er eine hat, und alle so schnell wie verdammt möglich zu evakuieren.«

Paulies größten Erfolgen war, wie ich mit Stolz sagen kann, die Identifizierung eines Möchtegern-Wahnsinnigen Bombenlegers in der Einkaufspassage in der Grafton Street, die nur auf einem Häuchlein von Plastiksprengstoff basierte, welches durch die Luft wirbelte wie ein Strohhalm in einer steifen Brise ... »Das ist er!« kreischte Paulie, der auf dem Weg zu Boylans war, um sich ein Paar gazellenlederne Halbschuhe zu kaufen (fünf Euro, Wochenend-Rabatt), sich auf Hände und Knie fallen ließ und die Jagd aufnahm, wobei er jede Menge Omas und spindeldürrer frischverheirateter Mittzwanziger umschmiß, die, bereits gelangweilt, aufregende neue Arten, ihre Kreditkarten zu strecken, erkundeten; als unser Freund zur Strecke gebracht wurde, rollten, sowieso, Bomben aus seinen Taschen und klunkerten in Gosse und Rinnstein, wobei eine bis zwei auch explodierten, bevor das potentielle Chaos fest unter Kontrolle gebracht werden konnte, bumm bumm links und rechts, es wurde aber, Gott sei Dank, niemand verletzt, da sich um die Zeit niemand in der Kloake aufhielt. Ein typischer Arbeitstag für die Dubliner Polizei, die gern als Unterpolizei bezeichnet wird, da sie *unter*bezahlt, ihr Geschlechtstrieb *unter*entwickelt und sie selbst Gegenstand von *Unter*suchungen sei, hoho. Jedenfalls, während sein Ruhm wuchs, erschien Paulie ein- oder zweimal in Gaybos neuer Early Early Show auf RTÉ 6 und zweimal in »Erkennen Sie den Schutzmann?« auf RTÉ 11, und die Leute kamen auf der Straße zu ihm, baten ihn um ein Autogramm und forderten ihn dann zum Wettschnüffeln heraus. Der Höhepunkt seiner Karriere war, als er im Aras an Uachtarain zusammen mit einem Team bombenschnüffelnder Schäferhunde aus Cork ausgezeichnet wurde. Mit Ehrungen überhäuft, ging Paulie früh als Sergeant in Pension und wurde später ausgestopft und beim Eingang zum Duty-Free-Shop auf dem Shannon Intercontinental Airport auf einem Podest aufgestellt. Gott segne den Mann und all seine Werke und alles, was von ihm unter oder über der Erde noch bleibt. Sicher ist, daß wir seinesgleichen nie wieder erblicken werden, hic, *is fear rith maith ná drochsheasamh*, usw.

»So schnell wie verdammt möglich? Verdammt. Sie meinen, ich soll höflich überall herumgehen und Inspektoren und Kommissare bitten, ihre Büros zu verlassen? Sie sind doch ein Spaßvogel, stimmt's, Quaid? Versuchen immer noch, mir heimzuzahlen, daß ich Sie fair und gründlich geschlagen habe.«

»Nein, nein. Ganz im Gegenteil, Ihnen hat man doch ins Gehirn geschifft. Ich versuche, Ihnen zu helfen, Ihren fetten Arsch zu retten. Jetzt hören Sie mir mal zu.«

Usw. Nun, gegen Ende dieses Gedönses war Aloysius zwar in einem ziemlichen Zustand, aber geneigt, im Zweifelsfall zu Ferdias Gunsten zu entscheiden. Immerhin bestätigte der eingebaute Anruferstimmenmonitor auf seiner Telefonkonsole, daß der Anrufer in der Tat Ferdia Quain war, von dessen digitalisiertem Stimmabdruck eine Kopie Teil einer permanenten polizeilichen Computer-Akte war (zusammen mit jugendlichen Überschwangstaten und Vergehen, wie z.B. dem Abbrennen von Feuerrädern während einer Oranierparade im Jahre 1978 und dem langsamen und methodischen Zurücksetzen seines 1978er Ford Escort in eine Reihe marschierender Oranier im Jahre 1985). Außerdem war es bei Menschen, die Zeitungen wie *The Clarion* und *The Dependent* lasen, wohlbekannt, daß ein Mitglied der Organisation immer, kurz bevor die Höllenmaschine hochging, eine telefonische Warnung absetzte. Diese Situation schien genau in die Kategorie zu fallen, was ihr Plausibilität, ja Glamour verlieh; bevor er jedoch auflegte, probierte es Aloysius mit einem schlauen Schachzug:

»Wie lautet das Codewort?«

»Fuck Owen Parsley.«

Aloysius fuhr einen Schnell-Scan, und tatsächlich erwies sich der Spruch als gernverwendeter Code für republikanische Bombenleger, seit einiger Zeit nicht mehr benutzt, aber immer noch als aktiv klassifiziert. Nun, Aloysius war mehr als nur teilweise überzeugt und begierig, die Sache ins Rollen zu bringen, denn sosehr er öffentlich die sogenannte »Karriereleiter« verachtete, so sehr war er in müßigen Momenten Visionen zugänglich, die ihn in der Uniform eines Oberinspektors oder Hauptkommissars oder gar – so fiebrig und phantastisch, wie es scheinen mochte, wie die Opiumträume eines Thomas De Quincey – als »Polizeipräsident Schwarzkopf (mit ›p‹, wie in Philadelphia) von der Südöstlichen Antiterror-Eingreiftruppe«, … »der natürlich am besten dafür bekannt ist, daß er die Sprengung des Polizeipräsidiums von Killoyle damals im Jahre ’02½ – oder war es ’01¾ gewesen? – vereitelt hat.«

»Also gut. Aber ich werde Ihre Hilfe brauchen, um ihn zu identifizieren, Quain. Kommen Sie sofort her, oder ich lasse Sie wegen Verschwörung zur Verschwörung wegsperren.«

Ferdia weigerte sich. Er, im Polizeipräsidium?

»Nie im Leben. Ich bin nur der Überbringer, nur der Bote. Nur.«

»Oder wegen Anstiftung zur Anstiftung.«

»Nun, ich …«

»Ich brauche einen Zeugen, Mann. Ich kann nicht nur herumgehen und ›Feuer!‹ schreien.«

Jetzt, wurde Ferdia klar, steckte der Schuh an einem anderen Fuß, und es war ein Polizistenschuh, mindestens Größe 46, und der andere Fuß war der lange Arm des Gesetzes, sozusagen, und dieser Fuß hinwiederum befand sich unverrückbar in Ferdias, des verdammten Vollidioten, Munde; also verließ er, nachdem er sich heftig dafür verflucht hatte (»du scheißdämlicher Sülzkopp«; »du doofer Trottel«; »du vernunftunbegabter Bagalut von einem Schwachsinnigen«), daß er den Anruf getätigt hatte, verließ er die Wohnung und wünschte sich nichts sehnlicher als eine Rückkehr zur langweiligen täglichen Routine, die noch vor etwa einem Tag ewig und unwandelbar geschienen hatte und die jetzt das Versprechen aller Tröstungen von Heim und Herd barg …, und doch. Er verspürte außerdem einen transzendenten Selbstverherrlichungstrieb, um nicht zu sagen: Stolz, geboren aus der gewissen Gewißheit, daß Kurbelwelle etwas im Schilde führte, irgendwo, keine Million Meilen weit von Haughey Circle entfernt; und daß er, Quain, wie Perseus, unterwegs war, um dies zu verhindern, wie Perseus, der dem Kraken einen Strich durch die Rechnung gemacht hatte (Ferdia hatten die alten griechischen Mythen immer gut gefallen, die meisten waren wie Kamingeschichten aus *Boys' Own*, mit jeder Menge lustiger Streiche und dem schlechten Benehmen dieser Gottheiten, die nicht schlechter als die meisten Menschen waren und bestimmt nicht besser und eine ganze Ecke sexieer als die meisten Frauen und, wo wir gerade dabei sind, tolle Ficks und Intriganten, wenn man's recht bedachte); nicht, daß an dem, was er machte, groß was Heroisches gewesen wäre. Nein, er kannte seine Beweggründe gut genug, um seinen eigenen Schwindel zu durchschauen. Er wollte gar keinen Friedensnobelpreis. Auf zwei Dinge hoffte er, allerhöchstens drei:

1) Menschen davor zu retten, in die Luft gesprengt zu werden;
2) Kurbelwelle hinter Schloß und Riegel zu bringen;
3) Shirley zu beeindrucken; und
4) Terpsichore so zu beeindrucken, daß sie völlig aus dem Häuschen war.

(Nur war er ziemlich fest davon überzeugt, daß Letztgenannte zu der Sorte Mädels gehörte, die einer Zeitungsmeldung über etwas, was ihm zugestoßen war, nicht die geringste Aufmerksamkeit schenken würden, es sei denn sie kämen selbst mit Haut und Haaren und Mark und Bein drin vor.) ... Na, auch egal.

Also brach er – in seinem blau-weißen Lieblings-Köper-Zweireiher von Gianfranco Mafioso und Principessa-Fanculo-Seidenschlips mit einer Abbildung des urbanen Profils von Federico, dem Herzog von Urbino – auf. Bald, nach etwa zehn Minuten wohlgezielten Fußmarschs, befand er sich vor dem Polizeipräsidium am Haughey Circle, sah die sieben-und-noch-was unverstellt scheußlichen Stockwerke des schachtelförmigen Klinkergebäudes hinauf, einschließlich praktischer Park-Garage (Sir Bill Spender & Partner, ca. 1976). Er hielt inne und rauchte eine Regal; seine letzte, wie er bemerkte, während er die Packung in der Hand mit einer Geste zerknüllte, der nur die Bedeutung fehlte, um sie für einen hypothetischen cinéastisch veranlagten Passanten zutiefst symbolisch werden zu lassen. Haughey Circle war eine der Verkehrsnaben der Stadt, aber er war besänftigend, oder befremdlich still, je nach Standpunkt oder Tageszeit; oder vielleicht half der neue grüne Bewuchs auf den Bäumen im Taschengarten in der Mitte, dem mit dem Standbild von Ernie Wells dem Großen (dem Taxifahrer, der den Norwegischen Elchhund Gunnar eines früheren Oberbürgermeisters vor dem Ertrinken gerettet hatte), die Autogeräusche zu dämpfen. Hupen und übelzündende Zweitakter mit alternden Ventilen klangen grell gegen den Hintergrund aus leise rauschenden Reifen. An der Ecke gegenüber vom Polizeipräsidium war das Regionalbüro von Iarnród Eireann, der Eisenbahn, daneben befand sich ein ehemaliger Gardyloo-Badezimmerarmaturen-Superstore, der im harten Frost von '03 dichtgemacht hatte und zur Zeit von niemand anderem als Shirleys Firma Maher Global International Intercontinental Worldwide PLC zu einem Block von sechs flotten Eigentumswohnungen oder »Stadthäusern« renoviert wurde, die bei alleroberflächlichster Betrachtung georgianischen Terrassenhäusern in Dublin oder, weiter entfernt, Bath oder Exeter (oder in Teilen von St. Petersburg) ähnelten. Die alteingesessenen Bewohner, meist die Nachfahren vieler Generationen von Hooligans, lebten in Reihen geklinkerter Doppelhaushälften, die aus der Zeit der Notverordnungen im zweiten Weltkrieg datierten, aber die armen Schweine waren vor kurzem weggezogen. Auch diese demütigen Unterkünfte waren dem Abriß geweiht, wie eine Plakatwand schönfärberisch bekanntgab, von der falschen Bonhomie der Werbekunst fast berstend:

»Demnächst! Sehr Attraktive Exklusive Hochklassige Hochmoderne City-Appartments für den Anspruchsvollen

Berufstätigen. Alle Mit Superschnellem Internet-Hookup und Schönem Blick auf die City. Kontakt S. Quain, Maher Immobilien Global International Intercontinental Worldwide PLC.«

»Du miese Zicke«, maulte Ferd. Verdammt auch. Es war ja nicht so, daß ihre Akte so sauber war wie der noch nicht gefallene verdammte Schnee, oder? Ich meine, da war sie, lebensgroß, ihr Name (eigentlich ja *sein* Name, vielen herzlichen Dank) prangte auf einer Reklame für eine Firma, deren Geldscheffelei und Gier Obdachlosigkeit, finanziellen Ruin und Verzweiflung für die Unterprivilegierten und Wehrlosen bedeuteten, wie für alle diese armen, verarschten Schweinehunde hier im Wohnblock. Wer auch immer hinter den makellos in Schuß gehaltenen Spitzengardinen wohnte, durch die ein grüner Farn lugte, zum Beispiel. Oder dies Paar hübscher matschbesprenkelter Buben am Ende der Gasse, arme kleine Bettler, nu seht sie euch doch nur mal an (dachte Ferdia, immer schon Gefühlsmensch, noch dazu ein irischer), wie sie nicht den geringsten Verdacht schöpfen, und unschuldig spielten sie im warmen Frühlingssonnenschein mit diesem ... Jesus. Er galoppierte hinüber.

»Oy, ihr kleinen Scheißkerle, laßt das Tier zufrieden.« Die Katze flitzte davon, in Sicherheit. Die Rangen machten einen Rückzieher, verlegten sich dann auf Spottreden.

»Steck sie dir ins Spundloch, Mister«, krächzte der eine.

»Mit Flußkrebsen«, kreischte der andere.

»Gottverdammte kleine Schweinehunde. Haltet bloß die Klappe, ihr Rabauken.«

»Steck's dir in den Arsch.«

»Das sag ich meinem Da, und der schneidet dir die Eier ab, Mister, wenn du welche hat, du Arschlecktunte.«

Mein Gott, was für eine Welt, staunte Ferdia kopfschüttelnd. Die schmutzigen kleinen Dreckfresser. Wenn er in dem Alter solche Wörter ausgespieen hätte, wär er so gut wie bei lebendigem Leibe gehäutet worden, dann aus Schule und gesitteter Gesellschaft verbannt und gezwungen, seine Vergehen in der

Qual isolierter Meditation zu überdenken. *Jetzt* dagegen … (die uralte Klage von Menschen mittleren Alters, denen es vor Schreck über die aufstrebende Jugend die Sprache verschlagen hat) … (nicht, daß sie deshalb weniger berechtigt wäre) … Er überquerte den Platz, die unflätigen Ehrabschneidereien der kommenden Generation der Beweger und Gestalter des künftigen Irlands in den Ohren.

»Schwuchtel.«

»Schweinepimmel.«

»Spiel doch mit deiner Flöte.«

»Blöder Glatzkopf.«

»Hältst dich wohl für was ganz Hartes, was? Warte, bis ich dir meinen Alten auf den Hals hetze.«

»Alter Sack.«

Heilige Muttergottes.

Trotzdem, reflektierte Ferdia, hatte er natürlich völlig recht, auch wenn diese kleinen Kläffer verdient hatten, stante pede vor die Tür gesetzt zu werden. Mit der ehrfurchtgebietenden Verantwortung für alles, was er vorhatte, im Nacken konnte er doch immer nur, mit dem nie versiegenden Groll des Ehegatten, daran denken, wie Shirley, mit ihrem angestrahlten Namen da oben, nicht das geringste Recht dazu hatte, *ihm* Vorlesungen über die moralische Berechtigung dessen, was *er* tat, und getan hatte (aber nicht mehr tun würde: bitte sehr, sie glaubte nicht an ihn), zu halten. Er verstaute diese Gedanken zur Verwendung in zukünftigen Auseinandersetzungen in seinem inneren Aktenschrank und trabte forsch dem Polizeipräsidium und, vielleicht (wer weiß?), seinem Verderben oder seiner Errettung oder weder noch (weder noch, weder noch) entgegen …

* * * * *

»Ähem. Äh-äh-äh HEM. AAAAAAAAH hem. ÄHEM.«

»O Gott, Beppo, dein Gespenst ist wieder da.«

»Einen wunderschönen guten Tag, Sir Buckley.«

»Ähem ähem.«

»Man muß ihm aber auch zugutehalten, daß er seit einer ganzen Weile kein nacktes Mädchen mehr gesehen hat. Stimmt's, Sir Buckley, Sie alter Bock?«

»ÄAAAAAAH-hem-hem. Ä-HEMhemhemhem. Ähem.«

»Jetzt sei so gut und verpiß dich.«

»Ähem hem hem.«

»Wirklich gesehen habe ich ihn aber noch nicht.«

»Ähem hem.«

»Ich auch noch nie, nach all den Jahren. Einmal habe ich gedacht, ich hätte seine Nase um den Duschvorhang herumspähen sehen, aber es war nur der Wind. Nein, alles, was Sir Buckley macht, ist, daß er sich mit einiger Wildheit räuspert. Er muß in den letzten paar Jahrhunderten schlimm vom Schleim befallen worden sein. Oder er hat sich nie von der Erkältung erholt, die ihn in jener wilden und stürmischen Nacht, wann war das? 1789? im Juli? dahingerafft hat. Sagen wir: am 14., rein theoretisch?«

Ah, voll in seinem Element, der Bursche, und wer will es ihm verargen, mit so einem hübschen Gerät neben sich ...! 95)

Und der Wind klagte: »Mariah.«

»Ach, Beppo.«

»Naja, das Achtzehnte Jahrhundert, weißt du. Gicht, Claret, Seidenstrümpfe und die steigende Feuchtigkeit, die immer höhersteigt.«

»Ähem.«

»Siehst du? Das meint er auch.«

95) Und wer will es ihm verargen, mit so einem hübschen Gerät neben sich ... Augenblick mal, Mister. Das haben Sie gerade gesagt. Das ist genau die Art Bemerkung, die von *mir* erwartet wird, Francis, mein Junge. Ein bißchen fair bleiben, ein bißchen Herz zeigen. Sonst habe ich keinen Job mehr und kann Terence nicht zahlen, was ich ihm schulde.

»Ach, Beppo.«

»Ach, Terpsi.«

Sie lag bäuchlings neben Donal, den Kopf in die Armbeuge gekuschelt, die beiden in amouröser Nähe auf dem durchhängenden Bett, das so lange nur ihn und seine gestreßten, schweißigen Träume und hart erarbeiteten nächtlichen Emissionen beherbergt hatte. Er – und das Bett – hatten sich die letzten beiden Tage dafür mehr als schadlos gehalten. Ja, er hatte das Wesen des Sex zurückerobert, sich wieder seiner Leichtigkeit und seines elementaren Kitzels entsonnen und wie man mit der exakten Kombination von Stimmung, Plazierung und mentaler Bildersymbolik (lebenswichtig für einen Künstler, sogar für einen Möchtegernkünstler) den versteckten Casanova in sich hatte. 96)

Und wie das nicht recht funktionierte, wenn der Geist Volldampf voraus auf parallelen Schienen fuhr und eine Ladung von z. B. Sorgen zog, finanziell wie physisch, oder einen Plan, beim Pferderennen zu gewinnen, oder Pickel, die am Kinn auszubrechen drohten, oder wie man auf der Arbeit die Billigung des Chefs einheimsen konnte.

Und wie er die physische Aufwallung mit einer seltsamen Sorte psychologischer Ekstase verband, als streckte man die Hand aus und entdeckte, daß ein lang schon bewundertes Gemälde in Wirklichkeit dreidimensional war, so daß man hineinspazieren und darin verschwinden konnte, wenn man wollte.

Und wie es, wenn es am besten war, gut war. 97)

96) Ein ganz typischer Rein-raus-aus-die-Maus-Bursche, nach allem, was man hört.

97) Och, würden Sie doch bitte um der Liebe Marias und Josefs und aller zusammengeballten Heiligen im Himmel willen mit diesem sabbelnden, sabbernden, sexbesessenen, libidinösen Posieren aufhören und weitermachen. Oder eben nicht. Eins, was ich immer an Ihnen gemocht habe, Seamus, ist, wie Sie ganz allgemein dazu neigen, das Geschnulze über den Fortpflanzungsakt zu vermeiden, das bei all den anderen Wichsern so unentbehrlich ist. »Und es war gut«, am Arsch.

Die physische Schwellung hatte auch deren moralisches Pendant inspiriert, eine Versteifung der Entschlossenheit, eine Verhärtung des Bewußtseins für das Zweckdienliche, eine Aus- und Aufrichtung auf persönliche Ziele. Wie sehr ein Teil des Zölibats doch all diese Angst und Schlamperei und modische Normenlosigkeit und graubrauige Depression waren, von Zigarettenrauch verschleiert! Man gebe einem Manne eine anständige Nummer mit einem Klopfer wie Terps, und die Sonne kommt raus, das Herzklopfen hört auf, die Temperatur pendelt sich auf stetige 75 °F ein, die Vögel zwitschern auf den Bäumen (aber alle Elstern sind, wie aufmerksam, weitergezogen), solche elementaren Demütigungen wie Verstopfung und das Nachtröpfeln beim Wasserlassen schwanden für immer, und die ärgerlichsten Gebrechen – besonders die bronchialen mit dem trockenen Husten oder die klimakterischen oder pubertären oder schmerzhaft tödlichen oder die Herzflickrhythmusflackstörungen – gingen, eins nach

Wenn das nicht irgendeines schalen, insektenhirnigen kalifornischen Blödmannes würdig ist – oder der Art von Typ, der man heutzutage in der Palace Bar über den Weg läuft, oder – Gott errette uns – Hemingways selbst, des alten Klötenkopps –; haben Sie *Hemingway* gesagt? Tun Sie mir einen Gefallen. Jesus Christus, was der für ein langweiliger alter Kessel voll Pisse war, das haargenaue Gegenteil dessen, was ein Schriftsteller sein sollte, nehmen Sie z. B. sich selbst, oder Ihren sehr Ergebenen. Hem war weniger ein Mann mit einem Willen als ein Mann mit einem Willi, und damit war es auch nicht so doll, was das betrifft –, und darauf können Sie Ihren untersten Euro wetten und auf die Bank tragen, weil ich das nämlich von dem Manne habe, der Hems dritte Ex-Frau in einer pseudo-englischen Bar in der prächtigen alten Stadt Venedig, Italien, bedient hat –, nicht größer als ein mittelgroßer Champignon war Ernies Karl-Heinz, »und da rede ich keine Shiitake«, wie der alte Vince Cadena es ausdrückte, Ex-Kellner, Möchtegern-Schriftsteller, gescheiterter Faustkämpfer und einstiger Rausschmeißer (bis zwei zwölfjährige Mädchen ihn mit gezogenen Pistolen überfielen, mit Baseballschlägern vermöbelten und in den Canal Giustina Apollonia warfen, direkt hinter der Ca' d'Oro. »*Mamma mia*«, protestierte er, als er tropfend diesem wäßrigen Zwischenspiel entstieg. »*Che cazzo.*« Oder »*Ciao.*« Oder ähnliche Wörter dieses Sinnes).

dem andern, vorbei. Auch wurden die physische Anziehung und deren Erfüllung zu einem Thema, welches ausschließlich zwischen reifen Männern und Frauen verhandelt und bis weit jenseits der absurden Konglomerate verbessert wurde, wie sie das Kuddelmuddel mit irgendeinem ollen Geschlecht in irgendeiner ollen Öffnung auf irgendeine olle Weise bot, und ich bin, beim Sowieso! stolz auf meine Wahl der Öffnung oder ihrer (oder seiner) Öffnung, und es ist meine Nation, mein Zweck und Ziel, meine *raison d'être* … Plakatwände und Baseballmützen und schlabberige Bermuda-Shorts und Handys und Fertighäuser im Stil von Palladio schmolzen sämtlich dahin, dann verstummten Rap-Musik und Hip-Hop auf ewig, und Gott war wahrhaft in Seiner Welt, und wir in der Seinen.

Sie machten es wieder, in Standardmanier, Terps luxuriös willfährig, Donal übernahm alle schweren Hebearbeiten, brauchte sich aber keine Phantasiepartnerin zu erfinden, um sich anzuspornen, denn da war sie, unter ihm, nackt und entgegenkommend, und so prachtvoll noch dazu.

Dann rauchten sie, Klischeeliebhaber, die sie waren, und Donal begann, Pläne zu schmieden, die weit über den Verkauf des nächsten Autos bei der Firma Heartland Autos hinausgingen.

»Was würdest du gern als nächstes machen, Terpsi?«

»Also erstmal schon mal nicht nochmal. Das sind heute schon drei. Du rubbelst mich noch wund.«

»Nein. Ich meine, im Leben.«

»Bestimmt nicht im Scheiß-Fairy-Farmer wirken.«

»Auswandern?«

»Aber die Menschen wandern inzwischen *ein*.«

»Ja. Ist aber immer noch, äh, Irland.«

»Auch wieder wahr.«

Jedenfalls begann Donal sich, mit etwas dichterischer Freiheit, als einen regelrechten alten Buhlen zu sehen –, naja, eher zumindest denn als den mürrischen hängeschultrigen Heini, den er abgestreift hatte wie eine Schlange ihre Haut, wie er gern dachte, während er versuchte, seinem Geist etwas zu entlocken, was *sie* anmachte; ja, mehr der eingeschnappt mürrische *Apache* der *demi-monde* einer Brassaï-Fotografie, circa 1937; oder der junge Brando, circa 1955.[98)] Visionen von den Staaten kehrten zurück, und das großzügige Herzland von Ohiowa, und mit diesen Visionen einher schritt ein versuchsweiser Plan, später Terpsichoren skizziert, als die beiden in der Küche saßen und ein Seins-und-ihrs-Pärchen Fleischpasteten beobachteten, die in hoffnungsloser Verfolgungsjagd auf dem Drehteller des Mikrowellenherdes hintereinander herrotierten.[99)] Indem sie den Geist einer idealen Häuslichkeit auf sich vereinigte, der Donal immer entwischt war – sogar, oder besonders, während seiner achtzehnmonatigen Ehe mit Jen, dem Geschöpf mit der Seele Himmlers und dem Körper der Aphrodite oder zumindest dem der jungen Leni Riefenstahl (dieser alten Nazisse) –, lehnte sich Terps auf ihrem Stuhl zurück, rauchte in meditativer Haltung und trug dazu einen zu großen blauen Bademantel, unter dem ihre schönen zwiebel-, bzw. zwiebelturmkuppelförmigen Brüste weiteres Kneten seitens ihres »Beppos« erwarteten.

»Och hör doch bloß mit sowas auf Beppo lieber heiliger Christus du bist ein ganz verzweifelter Fall und du kannst mir glauben ich hab einige von der Sorte gekannt.«

»War. Inzwischen nicht mehr.«

Nachdem er noch ein bißchen mehr geknetet hatte, setzte sich Donal wieder hin und nahm die Beobachtung des sturen Marschs der Fleischpasteten erneut auf, bis ein schrilles elek-

98) Wahr ist es, daß die Fähigkeit eines Mannes zur Selbsttäuschung nirgends haltmachen wird, besonders nach einem guten Fick.

99) Klingeling!! Hier haben wir einen Zusammenprall der Symbole, oder ich bin ein abbestelltes als Frau verkleidetes Ein-Mann-Orchester aus den östlichen Provinzen von Frankreich, und das wäre eine unzulängliche Beschreibung des stämmigen rotgesichtigen Zeitgenossen, den ich in meinem Taschenspiegel bewundere, lassen Sie mich Ihnen dies hier und jetzt sagen.

tronisches Piepen Durchsein ansagte. Terps servierte, mit viel sanftem Geatme und nicht-so-übermäßig-versehentlichem Gestreife, in der extravaganten Manier von jemand Frischverliebtem. Sie aßen den warmen Mulm im warmen Mulm sexgesättigter Stille. Dann sprach Terps und richtete dazu ihren bläulich grünen Blick auf Donal.

»Ich finde, ich sollte zu den Bullen gehen und ihnen von dem Auto berichten, bevor Stan mich dazu zwingt. Oder dein Byrne.«

»Ja, ist wahrscheinlich das Beste.« Donal sagte dies nicht ohne Gedärmekrampf oder so, da er an seinen letzten Besuch dort dachte, als er vom niederträchtigen Neame, Oberinspektor Sherlock hieß er, verhört worden war (»Sie packen über Ihre Drogendealer-Kumpels aus, ja, Sie hibbeliger Ami Sie? Hä? Hä?«), aber wahre Liebe kennt keine Grenzen …

»Ich meine du weißt schon oder.«

Und sowieso waren sie nie mit etwas Stichhaltigem angekommen, um ihn einzubuchten. Also scheiß drauf, oder?

»Ja«, sagte er sinnend. »Vielleicht mußt du Strafe zahlen, aber so richtig den Prozeß werden sie dir kaum machen, wo du doch gar nicht vorbestraft bist.«

»Nö. Ich habe mir sowieso überlegt, daß es allmählich an der Zeit ist, mich mit meinem Alten zu versöhnen, jetzt, nachdem ich Stan habe sitzenlassen. Da ist Arzt, weißt du. Dr. med. Nick O'Hanlon.«

»Nick? Ist er Grieche?«

»Grieche? Mein Da? Doch nicht mit dem Nachnamen O'Hanlon, nein, ich glaube nicht. Außerdem heißt er nicht Nicholas, sondern Nicodemus. Aber du hast recht, meine Familie ist ein bißchen lateinisch und griechisch beeinflußt, wo du's gerade erwähnst, weil irgendson alter Knabe nach Oxford gegangen ist, oder war es Cambridge, oder Trinity. Vielleicht war es mein Großda. Jedenfalls haben Mam und Da eine Überdosis griechischer Mythen und Legenden abgekriegt, daher mein Friedrich Wilhelm. Aber es gibt Schlimmeres. Mein großer Bruder heißt Pegasus, um Gottes willen.«

»Reizend.« Was es auch war, als Teil der einst unbekannten, jetzt so lebenswichtigen Welt der Terpsichore.

»Nennen tun wir ihn allerdings Mike.«

»Sehr weise.«

Es wurde weitergeplant. Vor Donals geistigem Auge breitete sich der Mittlere Westen aus wie eine riesige Leinwand von Jakob van Ruysdael. Er hatte einen Brief von Dekan McCantinflas bekommen, in dem er ihm »ganz im Vertrauen« riet, sein, Donals, Job würde wiederbelebt, und ein persönliches Erscheinen würde ihm unendlich gut bekommen –, nicht, daß die Universität in der Lage sei, auch nur einen Cent zu den Kosten des Fluges beizusteuern, usw.; aber es war das richtige Wort zur rechten Zeit gewesen, und es traf auf eifrig lauschende Ohren, sowie auf Augen, die nach dem Anblick amerikanischen Akadéms dürsteten. (Ja, trotz allem.)

»Klingt, als hättest du eine faire Chance. Aber du meinst, ich würde in den Staaten auch einen anständigen Job finden, ja?«

»Ich weiß nicht, Terps. Aber es ist immer noch das Land der Möglichkeiten. Ich meine, ich weiß, ich hab da Pech gehabt, aber das hätte jedem passieren können, und außerdem haben sie mir nochmal eine Runde spendiert, stimmt's? Das wäre hier unmöglich. Nein, hier machen sie dicht, sobald sie ihre verdammte Quote erfüllt haben, und lassen die armen Schweine im Regen stehen, nur mit dem Antrag auf Stütze in der Hand, und wenn sie ein volles *pint*-Glas wollen, müssen sie reinpissen.«

»Ach Gott segne dich das weiß ich doch alles längst.«

»Und der typische irische Unternehmer ist genauso ein trüber Tropf wie Byrne, voll von sich durchdrungen und ständig am Schmieden der phantastischsten Pläne, aber im Kopf hat er auch nicht den Schatten des Schimmers einer Ahnung und nicht die mindeste Vorstellung von der Realität, selbst wenn die Realität plötzlich ankäme und ihm mit Schmackes in die Eier bisse, bitte um Vergebung.«

»Dir sei vergeben. Und ich bin dabei.«

»Toll. Aber erst die Bullen, ja? Damit wir's hinter uns haben.«

»Jetzt?«

Nun, sie fanden, sie könnten sich genausogut mal eben auf die Polizei schleichen und die ganze Sache so zügig geregelt kriegen, daß danach noch Zeit für einen Drink bei Molloy's war, und da sie die meiste Zeit des Tages im Bett verbracht hatten, waren sie bereit für eine kleine *sortie*; also waren sie bereits Minuten später, nach einem Minimum an Geschwätz, wie es für weit ältere Paare typisch ist, draußen an der zugigen, feuchten, frischen Luft, und Donal spürte die besitzerstolze Wärme des Augenblicks, als er die vertraute Roofwalls Row hinunterging – die er so oft einsam bezecht beschritten, bewankt, beschwankt und bestolpert hatte, Arm in Arm mit sich selbst – mit Terpsichore O'Hanlon an seiner Seite.

* * * * *

Anderseits, zur selben Zeit, da die oben geschilderten Vorgänge vorgingen, lungerte Kurbelwelle O'Deane auf dem Haughey Circle gegenüber vom Polizeipräsidium gleich bei der Plakatwand mit der Aufschrift »Demnächst! Sehr Attraktive Exklusive Hochklassige Hochmoderne City-Appartments für den Anspruchsvollen Berufstätigen. Alle Mit Superschnellem Internet-Hookup und Schönem Blick auf die City. Kontakt S. Quain, Maher Immobilien Global International Intercontinental Worldwide, PLC« herum, in der einen Hand seinen Henkelmann (ein Detail, dazu angetan, Verdacht zu erregen, je länger der Tag sich hinzog, versahen Henkelmänner doch kaum je nach 14 Uhr noch Dienst als Henkelmänner im eigentlichen, mittagspausentechnischen, Sinne) und eine Fluppe in der anderen. Indem er sanfte Geräusche ausstieß, die sich zu gleichen Teilen aus meckerndem Gekicher, Husten und dem Absummen einer halbvergessenen Melodie

(»Mermaids«, durch Pratt Tuohy berühmt gemacht, den Sieger des Grand Prix de Gobbovison 1999) zusammensetzten, maß er visuell die Distanz, die er zurücklegen mußte, bevor und nachdem (falls es ein »nachdem« geben sollte)[100)] er zum passenden Ort (dem Parkplatz des Polizeipräsidiums) für die Ablage angemessen modellierten Semtex' –, welches übrigens von der Firma Explosia (Prag) stammte, lang bevor der tschechische Staat den Kram in die schützenden Finger kriegte; ein Klassiker, könnte man sagen, ein Jahrgangssprengstoff höchster Qualität, der '49er Château-Yquem unter den Plastiksprengstoffen ..., ein Umstand, der für die als Opfer Vorgesehenen alles andere als vielversprechend gewesen wäre, wenn sie denn davon gewußt hätten (wodurch sie wiederum als Opfer ausgefallen wären, weshalb dies Wissen im Plan nicht vorgesehen war).

»Ha ha ha ha«, gluckste Kurbelwelle, dann »ahahaha«, dann hustete er ausgelassen: »ÄHÄCK äkäkäkäkähääääck«, womit er die Aufmerksamkeit zweier kleiner Buben, die Ringewerfen spielten, auf sich zog.

»Du hast aber einen bösen Husten, Mister«, sagte der eine.

»Mußt du sterben?« erkundigte sich der andere.

»Klar«, sagte Kurbelwelle. »Aber erst, wenn ich dran bin, und dann auf meine Weise –, nicht wie ihr kleinen Schweinehunde. Verstanden, Jungs? Hat übrigens einer von euch Lust auf die Stange rauf und runter? Wißt ihr, was ich meine?«

Die Buben spürten gefährliche Seltsamkeit jenseits des Spotts und verduften. Kurbelwelle kicherte, hustete dann und kicherte nach. O, wie machte ihn das Leben high, o wie high, high wie o –, jedenfalls erstmal.

* * * * *

100) Aha. Schlaues Bürschchen, was? *Da* werden sie aber mit fliegender Hast die Seite umblättern werden sie da aber, sagt er sich. Nun, sei dir da mal nicht so sicher, Kumpel. Sei dir da nicht so gottverdammt sicher.

Also. Ich weiß nicht, ob Sie liebe Leserin, lieber Leser, je bei einem Bombenattentat zu Klump gesprengt worden sind,[101] aber keine zwei Explosionen ähneln einander, wie die *cognoscenti* Ihnen bestätigen werden, und die Motive sind so unterschiedlich wie die Umstände.[102] Untersuchen wir einige der bösartigsten und berüchtigtsten Explosionen und gehen wir dabei bis zum Dezember 1867, zur Clerkenwell-15-Pfund-Schwarzpulverbombe der Fenier in London, die 12 arme Seelen in jene Welt beförderte, mögen ihre Seelen auf ewig bei den Märtyrern bewahrt sein (tut mir leid, daß das jetzt eher blumig und muslimisch klingt, aber ich meine es ernst), was den Grünschnäbeln der Londoner Polizei scheißemäßig peinlich war, bevor sie sich daranmachten, Jack the Ripper nicht zu fangen, sich aber gleichwohl selbst noch fünf-, sechsmal bombardieren ließen. Gut gemacht, Jungs. Dann, neunzehn Jahre später, kam die Haymarket-Bombe 1886 in Chicago: ein primitives freihändig gehaltenes und geworfenes Gerät, wahrscheinlich von einem bärtigen Polen mit Stehkragen

101) Eher nicht, wenn man die Wahrscheinlichkeit bedenkt, es sei denn, Sie sind ein Ulstermann oder eine Ulsterfrau, die diesen Stuß in den Sechs Grafschaften liest (bleiben Sie dran; es wird noch schlimmer), aber in Ulster verbrachte Zeit ist sowieso verplemperte Zeit, was also ist der Scheißunterschied?

102) Komisch, daß Sie das fragen, Verehrtester. Ich bin tatsächlich mal in eine Explosion geraten, das war in der Osterwoche '72, als ich aus dem Ulsterbus ausgestiegen war (Coleraine – Dublin, ich war auf dem Weg zur Jobmesse), auf eine schnelle Schokomilch und eine ausgebackene Ausbackwaffelteigwaffel, und gerade als ich das Wechselgeld nachzählte … *Bamm*, von nebenan (einer Saxones-Filiale, wenn ich mich recht erinnere). Bald wurden menschliche Körper herausgetragen, und alle lebten noch mehr oder weniger. Ich? Nett, daß Sie fragen, Bester. Ein paar Glasschnittwunden und ein böser Kratzer am linken Ellbogen, danke. Doch doch, eine ärgerliche Erinnerung, aber nichts, womit ein schneller Halber nicht spielend fertig würde, falls Sie meinen Gedankengängen vielleicht folgen können. Terence, mein alter Schatz, dieser Gent hat sich großzügigerweise erbötig gemacht … Hallo, wo ist er denn hin?

und steifem Hut, wobei das Gerät nur wenig (sagen wir: fünf bis sieben Pfund) tatsächlich wirksamen Sprengstoff enthielt; Ergebnis: eine unbekannte Anzahl toter Zivilisten, da die Leichen von der damals noch polizeifürchtigen Bevölkerung pronto fortgeschafft wurden; aber neun Greifer gaben an jenem Tage den Geist auf.

Näher an der Gegenwart – nur kurz streifen wir die Genfer Anschläge von '09, die Bombe in den Pariser Hallen von '21, die verschiedenartigsten Greueltaten in Dublin von 1916 bis 1922 (und sogar eine kleine Greueltat in Killoyle, etwa sieben bis neun Pfund, unten beim alten Soldaten-und-Seeleute-Denkmal, berühmter Treffpunkt für gewerbsmäßige Damen und Herren des ältesten Gewerbes der Welt: die Bombe machte eines Nachts nach eins ganz laut FUT, weckte alle und jeden auf, wodurch Lichter, meist gasgezündet, in Fenstern mit zugezogenen Vorhängen bis weit südlich in Youghal sanft erglommen; es kam aber niemand zu Schaden, außer Myrtle, die sich dort mit einem, der frisch aus Flandern zurück war, ein Stelldichein gegeben hatte: »Duck dich!« schrie er, »duck dich duck dich duck dich!« weshalb sie sich duckte, und eine Woche später traten die beiden vor den Traualtar; dann fuhr er in einen behaglichen Kurort namens Passchendaele zurück und, naja ...), und lange danach sprengten die Roten Brigaden '76 den Bahnhof von Bologna mit 300+ Pfund, 1977 mischten Baader-Meinhof in Frankfurt/Main mit einem kläglichen 15pfünder mit; vieles, vieles mehr bleibt ungestreift –, aber weiter von unseren Küsten entfernt: 250 Pfund Gelignit, in der Bombe am 11. Januar 1987 verwendet, welche den I. Akt der Intifada einläutete. Im Verlauf des Einläutens wurden 18 getötet und zusätzlich 40 (viele davon Kinder und alte Leute; gibt einen dicken Extrapunkt) verstümmelt. Dann, gegen Ende '89, in Osteuropa drüben, fiel die Mauer, der Kommunismus wurde aus den Ministerien des Ostens in die Boudoirs und Fernsehstudios des *bien-pensant* Westens gefegt, die Dinge dort wurden ganz allgemein moderner, und die Fabriken von *quondam* Marxland begannen, konsumorientiert zu arbeiten. Die alten Industrien importierten neue Talente, und der wirksamste Sprengstoff der Welt ging in die Massenproduktion: Semtex war's, aus Tschechien, und wenn was in die Luft ging, ging es immer mit Semtex in die Luft. Aber es gab auch immer wieder Schwierigkeiten, erbarmungslos verknüpft mit der menschlichen Tendenz, Scheiße zu bauen. So ging, Canary Wharf, London, 11. Dezember 1991, eine Autobombe, die aus einem gläsernen Behälter mit 21 Pfund Semtex bestand, der mit einem Mark-15-Impulsgeber versehen war, das Ganze ins Handschuhfach eines alternden Ford Fiesta (taubenblau, von jemandes Oma geklaut) gestopft, recht spektakulär gegen 1 Uhr hoch, glücklicherweise, und nicht um 13 Uhr wie geplant: der Blödi hatte den Timer zu weit gedreht, und das Feuerwerk stieg nicht zur besten Mittagspausenzeit, sondern zehn Minuten nachdem die letzte indisch-pakistanische Reinigungsfachkraft nach Hause gegangen war. Der Schaden belief sich auf eine Million £ in Begrünung, Autos und Zeitungskästen; es kam jedoch niemand ums Leben, also wurde unser Mann gründlich ins Knie geschossen und wie ein begossener Pudel zu seinem Frauchen und den lieben Kleinen zurückgeschickt.

Par contre – und hier wird das uralte Talent, Scheiße zu bauen, wirklich niederträchtig – brachte die Explosion von Omagh im August 1998 29 um, machte 45 blind und 300 taub. Es war eine 500-Pfund-Ladung Gelignit, in einem geparkten kastanienbraunen Vauxhall Cavalier versteckt, dem harmlosesten aller Autos, in einer der belebtesten Straßen in der harmlosesten aller Städte. Die Bombe ging zur Hauptverkehrszeit an einem Markttag hoch. Ihre Opfer waren der Inbegriff dessen, was man unschuldig nennt: Babys, Kinder, berufstätige Mütter. Das Ganze war dilettantisches Gestümper *n*ten Grades. Die Schuldigen, die sich die »Real IRA« nannten, versuchten sofort, wie sich hätte vorhersagen lassen (und wie tatsächlich auch vorhergesagt wurde), jemand anderen dafür verantwortlich zu machen, zuerst eine weitere Volltrottelsplittergruppe namens »The Continuity IRA«, dann die örtliche RUC, also die Bullen, dann beide zusammen, und dann hätten sie der Vollständigkeit halber eigentlich nur noch die Opfer selbst anklagen können: »Es war entgegen Medienberichten zu keiner Zeit unsere Absicht, Zivilisten umzubringen«, jaulten die Scheißkerle in gemäßigter Falschschreibung per Presseverlautbarung. »Es war ein kommerzielles Ziel, Teil des z. Zt. stadt⟨sic!⟩findenden Krieges gegen die Britts ⟨sic!⟩. Wir end⟨sic!⟩schuldigen uns bei den Zivilisten. Es hatte drei Warnungen gegeben. Alle drei waren 40 Minuten vorher ausgesprochen worden.« Das ist wie ein Suffkopp, der eine alte Dame überfährt und dann der Polizei vorwirft, sie habe auf seinem Heimweg keine bemannten Barrikaden errichtet, falls er die Kontrolle über sein Fahrzeug verlieren und eine alte Dame überfahren sollte. Oder wie ein Kind, welches das Konzept von Tadel und/oder Verantwortung nicht kapiert: »Er hat gesagt, ich soll das tun«, sagt das Kind und zeigt auf seinen kleinwinzigen Bruder, der, selbstvergessen, an seinem Daumen oder verbotenem Lutscher lutscht. Kurz, Männern, deren moralisches Niveau das von Trunkenbolden und Kleinkindern ist, wurde die Macht gegeben, mehr als 29 Menschen hinzurichten, die ihnen, und sonstwem, ihr Lebtag nichts zu Leide getan hatten.

Eine abschließende, edlere Meldung aus den Bomben-Annalen: In Warrenpoint, Grafschaft Down, hatte die Provisorische IRA im Jahre 1979 eine noch größere Bombe hochgejagt als das Monster von Omagh neunzehn Jahre später, eine 800-Pfund-Ladung Gelignit, hinter Heuballen versteckt, während das Fallschirmjäger-Regiment und die Queen's Own Highlanders in ihren *Saracen*-Schützenpanzern und schweren Lastern durch die enge, prachtvoll mit Adlerfarn bestandene Schlucht zockelten, die zum Carlingford Lough hart an der Grenze zwischen den Grafschaften Louth und Down führt. Die Explosion tötete ein paar Brits und entfachte einen wilden Schußwechsel zwischen der IRA und den Fallschirmjägern – ich bin versucht, »unsere Jungs« und »denen ihre« zu sagen, mit dem nötigen Respekt vor beiden Seiten, denn die Provisorischen hatten ihre Feuertaufe an so unterschiedlichen Austragungsorten wie der Bogside und den Hintergassen der Falls Road und dem Schnee der Pyrenäen und dem Sand von Libyen empfangen; und die Fallschirmjäger waren und sind natürlich auch ziemlich harte Brocken, die mehr oder weniger an denselben Orten trainiert hatten und trotzdem an dem Tag 18 Männer einbüßten –, und doch ist dies eine ehrenvolle Statistik, denn es war eine Schlacht, die zwischen Soldaten Ihrer Majestät und den selbsternannten Soldaten der IRA ausgefochten wurde, die ebenfalls Männer verlor (6). Zivilisten waren nicht beteiligt. Wenn du im Krieg bist, halte dich an die Truppen des Feindes; dann kann niemand deine Leistung schmälern. Das war das Credo der ursprünglichen IRA, und das ihrer Vorläufer, der Fenier (naja, der meisten) und das der Irisch-Republikanischen Bruderschaft; und es war das Credo der wenigen in ihren Reihen verbliebenen ehrenwerten Männer, einst und jetzt, und das schloß auch Ferdia Quain mit ein, Archivar im Ruhestand, weshalb unser Mann sich aufgemacht hatte, Leben und Freiheit riskierend, um mit den Ordnungskräften zusammenzuarbeiten. Dieses Credo mußte auf Kurbelwelle O'Deane als Anhänger verzichten. Nein, er war ein sehr viel typischeres IRA-Geschöpf, das seinen Genuß aus dem Mord an nichtsahnenden Unschuldigen bezog und sich an der unsichtbaren Macht des Machtlosen berauschte. Sein Sadismus war seit der Kindheit über die üblichen Stadien (Stofftiere, andere Kinder, er selbst) und neohitlerianische Verachtung der menschlichen Rasse, deren meiste Angehörige (außer seiner lieben – und unbedrohlich abscheulichen – Tante Eva) er als schlimme Bedrohung seiner selbst ansah, geformt worden, da Menschenwesen *en masse* von seinem engen, schweinemäßigen Standpunkt aus ekelerregend gesunder, verheirateter, glücklicher, erfolgreicher, fruchtbarer, normaler, konventioneller, Glotze glotzender, sexbesessener, Gehälter beziehender, trübe-und-trostlose-von-neun-bis-fünf-Jobs abreißender, bohnenfressender, in-Torremolinos-Urlaubschiebender, armseliger Abschaum waren …, d.h. in jeder Hinsicht das genaue Gegenteil von Kurbelwelle.

Und wahr ist es, daß die Kurbelwellen dieser Welt Friedensduselei wie die Abkommen von Derry und deren Kodizille verabscheuten und sich von ganzem Herzen ihrer Bekämpfung verschrieben. Wie die glutäugigen, exzessiv unrasierten, handtuchköpfigen Vergewaltiger vom Bin-Salaad-Klan lebten sie, um zu töten.

Glücklicherweise jedoch, durch einen Last-Minute-Schnitzer, der so gründlich war wie der, durch den der Canary-Wharf-Zünder 12 Stunden zu spät gezündet hatte, kam O'Deane in seiner eigenen Explosion um, und das fand wiederum in folgenden Stadien statt:

BUMM.

Und so geschah es: Auf seinem Weg zum Parkplatz des Polizeipräsidiums, wo er die Henkelmannbombe legen wollte, war O'Deane einen entscheidenen Moment lang von dem unerwarteten Schauspiel abgelenkt, welches Friedenswächter Aloysius Schwarzkopf (mit »p« wie Palästina) bot, der, nachdem er Ferdias »Warnung« korrekt seinem Vorgesetzten, Inspektor Davey Callan (der nickte, gähnte und sich mit der frischen Sportseite des *Dependent* auf »Herren« zurückzog) ausgerichtet hatte, forsch mit ausladend schwingenden Armen und ausgestellten Füßen, die ferne Nistplätze suchten, lotrecht zum übrigen Menschen, die Eingangstreppe des Polizeipräsidiums hinunterwatschelte, *en route* (wie es der Zufall wollte) zur Mrs. Beatty gegenüber auf ein Bißchen was zum Tee vor der Ankunft seines hervorragenden Gastes Ferdia Quain, des mutmaßlichen irren Bombenlegers und der ziemlich sicheren Feder an seinem, Aloysii, Hut –, dies natürlich in übertragenem Sinne. Eine gaumennetzend köstliche Klappstulle aus Knoblauchwurst mit Weißbrot, mit Colman's extrascharfem Senf eingeschäumt und mit einer sprudelnden Lucozade heruntergespült, und die zutiefst befriedigenden anschließenden gasförmigen Aus- und Aufstoßungen standen auf der Speisekarte bzw. Agenda, und alles zusammen sollte vor dem (aufgrund langer Erfahrung) mit Vorfreude erwarteten akustischen Hintergrund einer im höchsten Diskant von Mrs. Beatty vorgetragenen Jeremiade verzehrt werden, hegte Mrs. Beatty doch in seltsamer Übereinstimmung die gleichen Vorurteile wie Kurbelwelle O'Deane, nämlich gegenüber Ausländern; der Jugend; Ehepaaren; Technologie; sowie Männern, außer Homosexuellen (von ihr als Männer wahrgenommen, welche die Männlichkeit routinemäßig durch das Ritual des Arschfickens entmannten) und Aloysius, das dicke Weichei ..., und er selbst schier berstend bei der Aussicht auf einen Happen, Eintrittskarte mit Bauchgrummelngarantie, aber egal, im Augenblick der Nahrungsaufnahme: LECKER LECKER O SO LECKER!

ABER ACH.

Ordnungshüter Aloysius Schwarzkopf verpaßte die Verabredung mit der Knoblauchwurstklappstuhle seiner Träume. Sobald er die unterste Stufe erreicht hatte, erblickte ihn O'Deane, und während er verdutzt das Schauspiel betrachtete, welches der fetteste Bulle bot, den er je gesehen hatte (»Heilige Muttergottes solche Schweineschmalzwannen hätten sie früher aber nicht bei den Ordnungskräften genommen da kann man mal wieder sehen wie alles den Bach runtergeht.«), umrundete Kurbelwelle das Gebäude auf der östlichen Seite, zur MacLiammoir-Überführung hin, von wo aus (war zumindest sein Plan) er dann am Wachhäuschen vorbei wieder den Parkplatz betreten wollte, von einer fehlplazierten Reihe Buchsbaumhecken verborgen, und sein *plastique* auslegen; aber wie es das Schicksal (das für alle außer ihn so günstige) wollte, bewirkte das Schauspiel des in einer Übergrößen-Polizeihose treppab wogenden Aloysius, daß Kurbelwelle beim zweiten der sechs Schritte, die vom Polizeipräsidium zum Bürgersteig parallel zur MacLiammoir-Überführung führten, das Gleichgewicht verlor.

»Au Scheiße«, waren seine letzten Worte, als der Henkelmann nach vorne flog, auf der geklinkerten Ecke des Gebäudes aufschlug und, jawoll, direkt auf ihn, die glücklose arme

Sau, zurückprallte. Wild, im grausen Wissen um die unmittelbar bevorstehende Katastrophe, die ihn anfiel wie ein Tyrannosaurus Rex, der seinen Ursumpf verläßt, griff er fuchtelnd nach dem Henkelmann, der einen Querschläger beschrieb, bewirkte dadurch jedoch lediglich, daß der Henkelmanndeckel einen Halbzoll tiefer zusammengedrückt wurde, wodurch in der plötzlich luftdicht verschlossenen Büchse ein Druck von genau der Stärke entstand (28 pond pro Quadratzoll bei einer Außentemperatur von 10 °C), die der Plastiksprengstoff zum Zünden brauchte.

Was er auch tat, mit dem weiter oben beschriebenen akustischen Effekt:

BUMM.

Was Aloysius betraf, so können Sie wetten, daß er auf dem Pflaster aufschlug wie ein Mann, der 63,5 kg schlanker war als er selbst. Nachdem die Explosion und ihre Nachexplosionen verhallt waren, erhob er sich majestätisch, die Hosenbeine mit den trockenen Blättern eines frühen Frühlings bedeckt.

»Hölle auch, Quin hatte recht«, sagte er. »Das ist ja sagenhaft. O Mann. Wenn ich den in die Finger kriege.«

Der Explosion war es gelungen, einen Teil der tragenden Mauer des Polizeipräsidiumsgebäudes herauszubohren und sämtliche Fenster auf jener Seite zu zerschmettern. Durch die Lücke im Mauerwerk hingen Bohlen und Balken in nutzlosen, gespaltenen Winkeln. Neben dem Gebäude war ein Nitsun Hymen TS, Stolz und Freude von Annie Neeson, der Leitenden Vizetextverarbeiterin in *Gerichtsmedizin*, seitlich zusammengesackt, hingerichtet, mit weit klaffender Motorhaube. Mehrere menschliche Verwundete lagen herum, stöhnten, starrten einfach geschockt in die Luft oder bargen sich in den eigenen Armen. Die gute Nachricht lautete, daß niemand umgekommen war, obwohl dies erst sehr viel später bekannt wurde, als der weithin bewunderte westirische Dramatiker Sid Cyder ein Sonntagsfernsehspiel schrieb, *Der Weg führte zum Haughey Circle*, mit Clyde Fodder und Ursula Willing in den Hauptrollen, welches den Vorfall mit dem schädlichen

Einfluß der Globalisierung und dem Treiben des nazi-amerikanischen Imperialismus im Nahen Osten, in Süd- und Ost- und Südostasien, Europa, Afrika, Lateinamerika und im Pazifik, einschließlich Pitcairn und den Osterinseln, in Verbindung brachte. Tatsächlich war das einzige Todesopfer, in einem Anfall allzu seltener göttlicher Gerechtigkeit, Kurbelwelle, von welchem Teile die Landschaft verschmutzten: Sein kleiner Finger, z.B., kauerte hoch oben auf dem Durchsagenlautsprecher von MacShiney's Wurstparadies und wurde mehrere Tage lang für eine abgängige Spezialität des Hauses gehalten. Seine Augäpfel, die sich beide intakt vom rasch zerfallenden Restkörper gelöst hatten, folgten divergenten Flugbahnen: Der rechte schoß wie ein kleiner Meteor in die sorgfältig gestutzte Hecke von House Mansion, der oberbürgermeisterlichen Residenz, wo er nach wenigen Minuten von einer hungrigen Elster aufgespürt wurde. Sein Genosse segelte über die Mauer, die den Parkplatz von der MacLiammoir-Überführung trennte, und prallte von der Windschutzscheibe eines Lieferwagens der Firma Brosnahan's Molkerei ab, welcher vom fröhlichen Ernie Cahan gelenkt wurde, letzten Dienstag 26 geworden, der das schwungvolle Pfeifen von »Billy Bobby's Girly Curls«, des neuesten Hits der in Cleveland (Ohio) ansässigen Tango/Dreck-Girlgroup The Ringworms, unterbrach, um »Was war das denn verdammtescheißenochmal?« auszurufen, während die Nachexplosionen Echo um Echo erschallen ließen; dann erschien der Augapfel, wie ein ganz und gar nicht überzeugendes Bühnenrequisit, und dotzte matschig über die Windschutzscheibe, bevor er verschwand. Tatsächlich hätte ein scharfsinniger Beobachter vielleicht angemerkt, daß der Augapfel sich im Rahmen der physikalischen Gegebenheiten seiner Plastizität ganz ähnlich verhielt wie eine Olive, mit Paprika gefüllt: elastisch, aber leicht zerquetscht. Nachfolgende Autoreifen übernahmen die Aufgabe:

FLATSCH.[103)]

103) Hier übertriffst du dich selbst, Seamus, mein Guter. Ich werde mich mal ganz still nach draußen begeben, um eine zu rauchen, falls

»Wieder diese Scheiß-IRA«, lautete Ernies Beurteilung der Vorfälle. Er brachte seinen Lieferwagen rüttelnd zum Stehen, wobei reichlich die Milchflaschen klirrten, und fuhr links ran; denn die Show war noch längst nicht vorbei. In schöner Splatterfilmtradition landete ein abgetrennter Arm schwer auf Ernies Kühlerhaube und versprühte Blut in archipel-ähnlichem Muster (so ungefähr dem von Indonesien, sogar mit den beiden großen Flecken für Java und Sumatra), und zwischen Zeige- und Mittelfinger schwelte eine halbgerauchte Lulle.

»Gott«, fiepte Ernie. »Größere Sache.«

Dann, wie das erste Einseifen in der Autowaschstraße, spritzte Hirnmasse auf das Beifahrerfenster.

»Ja, Jesus.«

Ein unidentifizierbarer Flicken Kopfhaut haftete kurz, rutschte dann ab.

»Ach du Scheiße.«

Dann:

PLOPF!

Kurbelwellens rechter Fuß, mit seinem leicht abgewetzten wüstentauglichen Clarks-Stiefel beschuht, pflanzte sich auf die Haube, immer noch stehend, wie die neckische Werbung für, sagen wir mal, eine umherschweifende Fußpflegerin.

»Ja, leck mich«, sagte Ernie. »Noch ein bißchen mehr davon, und ich kann mir meinen eigenen Frankenstein-Typ zusammenbauen.«

Aber alles muß einmal zu Ende sein, so auch der Regen von Kurbelwelles Körperteilen. Ernie, im großen und ganzen ein gesetzestreuer Bürger der Republik, wollte sofort mit seinem Handy, einem Geburtstagsgeschenk seiner Verlobten, »Schnuckel« Plunkett, die Polizei anrufen, was er auch gebührend umzusetzen sich anschickte, aber die Nummer war besetzt, und das langweilige Üüüüt-üüüüt des Läutens wurde

ich den Scharfschützen ausweichen kann … Nein, ich weiß, ich gehe die Straße hinunter und sehe mir das neue Standbild von Wet Wesson in seinem neuen Sporttaucher-Outfit an. FLATSCH, wohl wahr. Hic.

bald von blechern aufgenommenen Stimmen gestört, die den Anrufer beschworen, es wieder zu versuchen; es auf gar keinen Fall wieder zu versuchen; die Bedeutung, der er sich bei der angerufenen anonymen Firma erfreue, auszukosten; eine Nachricht zu hinterlassen; oder jedwede Anzahl mit Zahlen versehener Knöpfe auf seinem Handy zu drücken, was Ernie auch alles tat oder zu tun versuchte.

»Äh ... ja? Hier spricht Ernie Cahan, hallo, ist da jemand? Hier draußen geht alles in den Arsch ... Hallo?«

Eine kalte Stimme im fernen Cork reagierte mit der ernsten Anweisung, es später noch einmal zu versuchen, da die Direktion Südost gegenwärtig »überbucht« sei. Was sie in der Tat war. Im Polizeipräsidium ging es hektisch zu. Ordnungshüter Schwarzkopf, dessen einzige Verletzungen blaue Flecken an den Knien (2) waren, weil er auf der Treppe überstürzt niedergekniet war, sowie ein kleiner Schnitt auf dem Nasensattel, der von einer vorbeifliegenden Scherbe aus Kurbelwelles pulverisiertem Oberschenkelknochen stammte, witterte die Chance und mobilisierte entsprechend seine mobilen Einsatzkräfte. Bald fuhren Ambulanzen und Bereitschaftspolizisten aus so weit entfernten Orten wie Dungarvan und Youghal beim Haupteingang vor. Überlebende wurden in die Mater Misericordiae geschafft. Die Fernsehjungs und -mädels waren in Nullkommanix vor Ort, natürlich, hatten sie doch an jenem Tag nur wenig, worüber sie sonst berichten konnten, außer der Beschlagnahme von Kapitän McDermots Garnelentrawler *Jugs O'Keady* wegen mutmaßlicher Verbindungen zu kontinentaleuropäischen Schmugglergruppen, deren Bestreben es war, illegale Mengen an Cognac, Zigaretten, Rasierpinseln, Kneipenspiegeln und dergleichen zu importieren ... Nö, eine Bombe war viel sexieer. Die Knaben und Maiden von RTÉ Südost inspizierten die Bekundungen der Verletzten, hofften auf jede Menge Schadenfreude im gierigen Blick der Massen, trieben aber nicht wirklich viel davon auf. Die bisher Identifizierten waren meist unergiebig, teilweise nur über Nacht eingebuchtet, wie Herr Wilhelm

Meister, Geschäftsmann aus Hamburg, bei der Razzia letzte Nacht auf die von Einwanderern geführten Bordelle am Strand festgenommen; Mr. Turlow O'Neil, Abgeordneter von Sinn Féin aus Nord-Armagh, bei derselben Übung verhaftet; ein Mr. Nolan vom Bord Plenála, der Staatlichen Planungskommission, idem; der Kripo-Beamte Liam Cahill; Miss Terpsichore O'Hanlon, von fliegendem Zement schwer getroffen, das wohlgeformte linke Bein gebrochen, aber sozusagen ungebrochen; Mr. Donal Duddy, der zum Zeitpunkt der Explosion gerade aufs Klo eilte, welches den Parkplatz überblickte, da er soeben Hauptkommissar Sherlock Neame gesehen und keine Lust auf weitere Fragen im Stil von »Na, du oller Drogen-Ami? Na, du gereizter oller Drogen-Ami?« hatte; Wachtmeister und Wachtmeisterin Hogg und Ypsilon, verlobt (Wachtmeisterin Ypsilon war guter Hoffnung, Geschlecht noch unbekannt); Oberinspektor Martin O'Dwyer; ein zu Besuch weilender polnischer diplomatischer Kurier, Mr. Oskar Frantiszek, der zum Tee beim Oberbürgermeister erwartet wurde; und Madame Marie Walewska, die sich in der Stadt aufhielt, um ihre Bordell-Lizenz erneuern zu lassen. Unverzagt stand die kesse und kecke Sioghan Grimes, aufstrebende Nachrichtenchefmoderatorin (o, sie hatte die Karriere als fliegende RTÉ-ITV-BBC-CNN-Korrespondentin[104]) fest im

104) Ah, das Äck-Äck aus kleinen Feuerwaffen und Leuchtspurmunition, welche die Nachthimmel des Iran oder Irak oder von sonsteinem dieser gräßlichen Orte durchsticht, und Ihre unverzagte Korrespondentin, die eins der dortigen Geschirrtücher auf dem wohlfrisierten, wenngleich leicht gezausten Kopf trägt, vorgeblich zur Tarnung, tatsächlich aber als Mode-Statement, Auslandskorrespondentinnenschick, während sie in dringlichem UN-modulierten Themsezufluß-Englisch die unglaublichen Härten und Gefahren ihres Jobs aufzählt … Ah, ich kenne das alles, genau das, worauf Cherry abfuhr –, tut mir leid, das ist Cherry Pitt, meine vierte Frau (oder war es die fünfte? Ist jetzt schwer, auf dem laufenden zu bleiben), die, die ich kennenlernte, als ich in den Ferien in Newport, Grafschaft Mayo, das Haus anstrich, beim Wellschneckenfestival war das. »Oy, Seemann«, sagte sie mit keckem Zwinkern und hob sich die Bluse über den Kopf, und bevor man sich's

Auge), vor der Kamera und gab bekannt: »Wir befinden uns hier live am Schauplatz der Verwüstung in Killoyle. Hinter mir können Sie sehen, was an Überresten ...« usw. In einiger Entfernung, das Hin und Her beachtend, standen die Gaffer, herausragend unter ihnen Ferdia Quain.

»Na, dann scheiß doch drauf«, sagte er zu niemand Bestimmtem. Seine jetzige Anwesenheit, fand er, war überflüssig, sogar eine Belastung. Da er die Neigung des Gesetzes kannte, auf der Suche nach einem Schuldigen wild um sich zu dreschen, und da er die Ordnungshüter Schwarzkopf innewohnenden Karriereambitionen richtig einschätzte – und sich schmerzhaft der wandernden Augen der Fernsehkameras bewußt war, die unweigerlich seine knochige Gestalt einfangen würden, die über allen anderen aufragte –, faßte Ferdia dann und dort einen Entschluß, der seine Aussichten, je in Irland (geschweige sonstwo) eine Boutique namens Killoyle Wein & Käse (geschweige sonstwie) zu besitzen und zu leiten, auf unbestimmte Zeit verschob.

versah, haben wir uns hinter den Rhododendronbüschen – oder war das Ginster? – hochkant gestellt. »Mach mich zu deiner Missis, du verrückter Hund«, flüsterte sie, wobei mir ihr heißer Atem das linke Ohr versengte; und das tat ich auch –, nur um untätig dabeizustehen und mitanzusehen, wie Felix Mendelssohn, der lettische Vertreter des Humanitätsgedankens und Buschpilot, fegte, a) über uns hin, b) majestätisch zur Haustür herein und c) sie von den Beinen. »Bring mich nur von diesem gräßlichen kleinen Mann hier weg«, waren die letzten Worte, die ich sie sagen hörte, als sie in Felix' Dornier 550 abhoben. Sie stürzten jedoch, *hélas*, traurigerweise ab, gleich um die Ecke. Paparazzi und Schaulustige lieferten sich erbitterte Kämpfe mit der Bereitschaftspolizei, um einen Blick auf den Trauerzug zu erhaschen, zehn Meilen lang war er, vorsichtig geschätzt, und mäandrierte über die Piazza Ponterosso die Via Boccaccio entlang, von dort weiter nach Whitehall und zum Themseufer über den Pont Neuf zum alten Institut de France und den Hügel hinauf zum Friedhof von Fluntern mit Blick auf den Zürichsee ... Ich? Zurück in die alte Tretmühle, falls Sie mir folgen können. Gähn.

Hic. Terence ...

Er würde auswandern, aber genau.

Nach Amerika, naturgemäß. Er hatte doch diesen Cousin, Fergus McCool, in einer Stadt in Ohiowa, ausgerechnet. Finns großer Bruder. Leitete eine Kneipe mit so einem putzigen Namen. Ein ziemlicher Trottel, und man wußte ja, wie diese Auswanderer waren, immer mußten sie zehnmal soviel wissen wie die langweiligen alten Daheimgebliebenen. Aber Not war Not, und die Zeiten waren bedrohlich, und die Linse dieser RTÉ-6-Kamera stieß zu einem Close-up auf ihn herunter wie das Auge eines Reihers auf der Suche nach Lunch, und es gab kein Zurück. Außerdem war er noch nie in den Staaten gewesen, Shirl wollte ihn nicht, er hatte sie und ganz allgemein die Frauen satt und stand es ihm bei Gott nicht sowieso bis hier mit Killoyle und Irland und die anderen Bande hatte er auch bald wegen ihrer Investition in den Weinladen den es nie geben würde am Hals wo die Kündigung ohnehin von vornherein festgestanden hatte; also …

»Hei-ho«, sagte er und machte sich davon, aber nicht unbemerkt, einmal im Leben nicht unbemerkt.

* * * * *

Auch Stan machte sich davon, im übertragenen wie im (wenigstens auf einem Teil der Wegstrecke) wörtlichen Sinne in Richtung auf Moylan's Bar und/oder die Hölle, von den Belfers und der *Rumpelstiltskin*, bei deren sanften Drehungen und Windungen er Tag und Nacht und zwischendurch am liebsten nur noch kotzen wollte. Dann, nach etwa einem Drink, weiter: Haughey Circle, Domäne von Gesetz und britischen Spionen. Ja, er wollte über sie labern, sie aufgeben, seine Schnalle verpfeifen, die Maus ins Aus. Ja, Herr Wachtmeister, war er zu sagen gewappnet (er hatte das, stumm, auf dem Klo und anderswo, geübt und nur die Lippen dabei bewegt), ja, o ja ja, sie hat den Tortuga entwendet, aber klar, ich würde sie mir schnappen, wenn ich Sie wäre, und zwar ein bißchen zackig. Und dann werfen Sie sie in den Lesbentrakt.

(Aber bei dieser gräßlichen Idee kam Widerstreben dazwischen, sogar jetzt noch. Nein, einfach etwa einen Monat lang in Einzelhaft, ohne jedes Make-up oder Zugang zu gesendeten Medien oder den alkoholischen Schnickschnackgetränken, die sie so mochte, denen, die von supergebräunten Mietjungs in gestreiften Pullis und mit einer Kirsche oder einem Papierschirmchen oben drauf serviert werden.)

Das war zugegebenermaßen nicht sehr nett. Doch, er gab es zu, besonders mit Blick auf seine eigene verhauene Visage, grau-gelb mit rauchigen Mascara-Schatten unter den Augen und schwach grünlichen Backenrändern, passend zu den blaßgrünen Augen, die ihn trübe aus dem schwarz-silbernen Rasierspiegel anstarrten.

Ganz und gar nicht nett, Freundchen!

Aber zieh bloß Leine, du Arsch, ja?

»Was zum Teufel«, stammelte der stolpernde Stan und blieb an der Bordkante stehen, als ein weiterer blauer Polizei-Panda mit rotierendem blauen Dachlicht vorbeibrauste, gefolgt von einem Krankenwagen und einem weiteren Panda und sogar einer Feuerwehr aus Crumstown, und alle klingelten und tuteten hysterisch wie eine Herde in panischer Angst davonstiebender mit Schellen und Sirenen ausgerüsteter Bisons, und alle schienen beim Belfers-Kreisverkehr zusammenzuströmen, welcher es sich auf dem Höcker des Stadtzentrums bequem gemacht hatte (»Cathair«, stand auf dem Schild, »Stadtmitte 3 km«). Die Karavane taumelte hastewaskannste den Hang hinunter und war bald dem Blick entzogen, aber die Geräuschbelästigung durch Sirenen, Hupen, Hörner usw. brauchte viel länger, bis sie weg war.

»Feuer, wahrscheinlich«, erwiderte Stan seinem inneren Verhörspezialisten und stellte sich ein schmuddeliges Wohnschlafzimmer vor, dank der Schusseligkeit gründlich ignoranter Einwanderer behaglich lodernd –, Einwanderer, wie sie die Regierung heutzutage verdammt beinahe bestach, daß sie herkamen, Menschen, deren einziger Beitrag zur Kultur (wütete Stan vor sich hin, erleichtert, weil er ein Tangentialziel für überschüssige Emotion gefunden hatte) aus Inzest und Frauverhauen und Päderastie und fünf täglichen Gebeten zu irgendeinem irren Wüstengott und dem Sichstehenlassen ungepflegter Bärte bestand, sowie dem Entfachen von Lagerfeuern in Innenräumen, wo sie dann Kamelmist und Dromedarschinken und Hachse von der entehrten Tochter usw. grillten, die Scheiß-Barbaren ...[105] Na, egal: Alles lief darauf hinaus, daß unser Freund es gründlich und total satt hatte, zur Gänze, und es, und das kam noch hinzu, stand ihm bis hier (nämlich bis zum Haaransatz, von durchschnittlicher Tiefe). O, es ging ihm doch, es war ihm doch echt gutgegangen, ging es ihm doch, war es ihm doch gegangen, und es war alles die Schuld dieser Schlampe, letztlich, ihre Schuld. Und wenn sie sich nicht in den Dickschädel gesetzt hätte, daß sie dieses Auto klauen will, na, dann wäre das alles nicht passiert, oder, oder wenigstens nicht so, wie es passierte, oder wenigstens nicht gerade jetzt und nicht gerade hier und nicht gerade ihm –, in welchem Fall man, aus Stans Sicht, oder Ihrer Sicht, lieber Leser, gar nicht mehr sagen konnte, daß es ihm passierte, oder ...?[106]

... und das Schlimmste daran war die Einsamkeit, die kalt zur Tür hereingekichert kam, gegen Ende der Hundewache nach 3 Uhr morgens, wenn Fuchs und Dachs bellen und ein übler Wind durchs Schilf seufzt und das Hausboot sich im Kielwasser eines

105) Immer langsam, Francis. Gewisse Aspekte der Drittweltisierung Irlands interessieren mich brennend, hauptsächlich alles, was mit *Nan* oder *Chapattis* zu tun hat (s. weiter u.).

106) Ah, sehr Zen von Ihnen, ich kenne das Szenario: eine Hand klatscht monoton im Wald, dann fällt plötzlich ein Baum um, und niemand ist da, der es hören kann. Ist der Baum überhaupt umgefallen? Klatscht die Hand weiter, oder muß man ihr zur Hand gehen (nein, Augenblick, *Sie* sind nicht da, oder doch) ...? *Bist du hier? Bist du da? Bist du mein Schatz? Nein oder ja?* Hallo? Hic. Augenblick noch. Mit Ihnen hat das gar nichts zu tun. Wo ist eigentlich Terence?

Gespenstes auf und ab wiegt und im Fernseh nur die letzte Scheiße läuft …

Leider muß man sagen, daß Stan, vor die Wahl zwischen kühnem Widerstand gegen die Demütigung im Stil anglo-irischer Soldaten und Staatsmänner aus alter Zeit (Wellington z.B., oder Robert Graves in den Schützengräben, oder O'Boylan von Omdurman) und der umfassenden Unterwerfung unter besagte Demütigung gestellt, wählte Stan ohne Zögern letztere Avenue des geringsten Widerstands, von den, z.B. Syrern auf den Golan-Höhen 1973 oder von Wet Wesson angesichts der wohlbegründeten Forderungen einer wohlausgestatteten Lobby oder von jeder durchschnittlichen Hundehalterin und jedem durchschnittlichen Hundehalter, mit der dringend vorgetragenen Bitte um Bällchenschmeißen oder Nahrung konfrontiert, so gründlich ausgetreten; und darüberhinaus machte Stan es auch noch auf irische Weise, mit Entsagungsgeheul, donnernder *Bodhran*-Musik im Hintergrund, den Zinken fest innerhalb der Grenzen eines *pint*-Glases deponiert, mit genormtem Selbstmitleid, und scheiß doch auf die Folgen, trotz Rorys aufbauender Bonhomie …, und *das* gehörte wahrlich der Vergangenheit an, weil der Mann selbst gar nicht mehr auf den Namen Rory hörte. Er hatte sich in einen Roger verwandelt, wahrscheinlich weil der schwerstschluckende, den Teufel sich scherende Schwung und Élan des Rorys vom Vortage heute früh einem mannsgroßen Kater Platz gemacht hatten, der den vikaresken und nüchternen Roger aus den Soffitten hereinbeordert hatte, der nun (bzw. schon etwas länger) einen blauen Blazer und ein weißes Sonntagspolohemd trug und mit einem adretten blauen, weiß paspelierten Ascot-Schlips prunkte, welches Ensemble ihn mit den Moden der frühen James-Bond-Ära in Einklang brachte, das Ganze von einer tuntigen Pompadourfrisur und einer großen, dicken Brille mit eckiger Horneinfassung gekrönt, wie sie Sir Maurice Micklewhite in einer seiner zahllosen kinematographischen Verkörperungen bevorzugte, der des Ersatz-Spions H. Palmer, Esq., circa 1966

(Herzstück des Mini-Zeitalters, was Eleganz und Automobile betraf), darüberhinaus machte Roger kein Geheimnis aus seiner Mißbilligung, als eine Minute und zwanzig Sekunden nach dem Aufschließen der unrasierte Stan ins Bild schlurfte und heiser nach einer *pint* Red Reamer verlangte.

»So früh sollte man nicht mit dem Bechern anfangen, altes Haus«, sagte Roger scharf, kam aber gleichwohl mit dem Instinkt des professionellen Kneipenkustos seinen Bierchenzapferpflichten nach, »oder worauf will man sich des Abends freuen, wie ich immer sage?«

»Kannste dir schenken«, knurrte Stan.

»Da hat der Kater aber schwer zugebissen«, sagte Roger. »Ich würde ein Valium empfehlen, oder zwei Aspirin, nach dem eigentlichen Katerbier.«

»Du spinnst doch. Nütze den Tag; hast du selbst gesagt.«

»Das war gestern, Kumpel. Heute ist wieder ein ganz anderes Paar Schuhe. Wie wär's mit einer halben *pint* zu Anfang und dann total Schluß damit? Mit dem Trinken, meine ich.«

»Eine *pint*, oder ich geh zu Whalen's.«

Whalen's Bar, ein paar Häuser weiter, war eine trüb beleuchtete Kaschemme, berüchtigt für Sperrstundenresistente, Halunken, Westiren und andere rücksichtslose Naturen, den Barmann eingeschlossen, einen Colin O'Wilson, nachtsüber Sterngucker und tagsüber Armdrücker, Präzisionsweitspucker und Faustkämpfer, wenn bezecht.

»Verzweifelt«, sagte Roger meditativ. »Schlichtweg verdammt verzweifelt, das bist du nämlich. Na, hier ist deine *pint*. Wie wär's jetzt damit, daß man den alten Magen mal mit einem Fleischpastetchen stabilisiert, oder mit dem unerreichten Hasen an Chili-Schokoladensauce, den die Missus nur zu ganz besonderen Gelegenheiten zusammenzaubert, deren eine kein anderer Tag als der heutige ist, Gott steh uns bei?«

»Kotz«, sagte Stan.

Er trug seine *pint* in dieselbe Ecke, die er am Vortag mit Ferdia besetzt gehalten hatte. Ein schlummernder Fernseher döste auf seiner Plattform und wartete auf den Moment, da sich ein Blödmann, dem es an inneren Ressourcen, Zeitung und/oder Konversation fehlte, reckte und ihn anknipste. Zufällig war Stan genau dieser Blödmann. Der Fernseh,von Stans Berührung plötzlich erwacht, brach den votiven Frieden der Kneipe mit seinem leeren Dröhnen und dem Knistern statischer Störungen vom nahen torfbetriebenen Reaktor. Roger runzelte die Stirn und rang die Hände in einem Geschirrtuch, welches er zum Zweck des Händeringens und Gläserabtrocknens stets parat hatte.

»Du da, meinst du, du kannst beim Nachrichtenkanal bleiben und die Lautstärke drosseln?«

»Scheißkacke«, sagte Stan, gehorchte aber, indem er von einer verbissenen BBC-Sitcom mit einem Pseudo-Bodensatzpärchen in einem Studioset in Pebble Mills, der einer heruntergekommenen Einzimmerwohnung oder Pensionsunterkunft ähneln sollte (elektrische Flammen, die unlustig im falschen Kaminloch züngeln; düstere Sub-Millet-Gemälde an der Wand; jede Menge Teetassen; eine Untertasse, die von Kippen überquillt; keine Bücher), auf An Nuacht/Nachrichten auf RTÉ Südost Kanal 61 (auf englisch, mit Untertiteln) umschaltete – und sich wie verhext zurücklehnen mußte; denn wie er so das Bild anstarrte, das sich auf dem Schirm ins Leben kaleidoskopierte, bemerkte er zu seinem beträchtlichen Erstaunen, zu seiner beträchtlichen Verblüffung und gar zu seinem beträchtlichen Erschrecken, daß er das Gesicht seines gestrigen Saufkumpans anstarrte, Ferdia Quain, erkennbar, obwohl der Schnappschuß vor gut zehn bis fünfzehn Jahren aufgenommen worden war, wenn man nach dem Mittneunziger-Hemd und -Blazer, dem lächerlichen Stachelhaar, der Pilotensonnenbrille und dem grotesken Goldkettchen um den dürren Hals des Dussels urteilen wollte –, erkennbar an der saurierartigen Schwere der Kinnbackenbegrenzungen und den flachen reptilischen Nasenbördelrändern wie auch an einer gewissen echsenhaften Quiddität des Auftretens, daß man in einer Ansammlung von Doppelgängern oder Komodo-Drachen mit dem Finger auf ihn hätte zeigen können ...

Eine Erzählerstimme zockelte im Hintergrund weiter und höher, so matt wie eine vornübergebeugte Gestalt, die als Symbol für die furchterregenden Lasten des Lebens einen steilen Hügel erklimmt.

»Die Ermittlungsbehörden suchen diesen Mann«, leierte die Stimme so sachlich wie jemand, der die Preise für landwirtschaftliche Erzeugnisse verliest. So lahm war die Stimme, daß Stan gute fünf Minuten und neun bis zehn Schluck von seiner ersten *pint* und einen bis zwei von ihrer Nachfolgerin, sowie das heißhungrige Herunterschlingen einer ganzen Tüte Salz-und-Essig-Kartoffelchips (kein dolles Mittagessen, aber »scheiß doch aufs Mittagessen, spar dein Geld für die Mädels«, wie sein alter Da, Manny »Mandra« MacKnee immer mit dem rauhen Geröhre sagte, welches er statt einer Stimme hatte, wobei er sich leicht auf eine Seite neigte und das gute ⟨das linke⟩ Auge nach oben richtete, während das schlechte ⟨erraten, das rechte⟩ sich in vage rechter Richtung lümmelte), bevor ihm dämmerte, was die Fernsehstimme überhaupt meinte: das Polizeipräsidium in Killoyle, sagte die Stimme zusammenfassend für die, die gerade erst dazugestoßen waren,[107)] war von einer starken Bombenexplosion teilweise

107) Ah, die Bande, was? Kenne sie gut, kenne sie sehr gut. War auch da, hab das auch gemacht, wissen Sie. Auch ich gehörte zu den chronisch Kranken und/oder Arbeitslosen (ob wegen pampigen Betragens gefeuert oder unschuldig freigestellt); den Nichtstuern und Wichsern, den Heimchen am Herd und ihresgleichen, die dergleichen pseudoproletarisches Drama kucken, welches Stan gerade mit Knopfdruck ausgemerzt hat; die sich hart einen runterholenden »Schüler« der örtlichen Gesamt- und Polytechnischen Oberschulen –, die Jungs, die ihr Lebtag noch kein Buch aufgeschlagen haben (s. die autobiographischen Interjektionen in der meisterlichen Lektüre, die unser Freund da verfaßt hat, *Auf Schwimmen-zwei-Vögel*, ein stellares Ratgeberhandbuch, wie man vom eigenen Schlafzimmer aus Geschäfte führt); die selbsternannten Wettberater mit ihren riesigen Archiven aus *Post, Ireland's Own* und dem *Rosa Blatt*; die einsamen Cellisten, die von wuschelhaa-

bis gänzlich zerstört worden, und der Hauptverdächtige war (und jetzt alle zusammen):

»Ferdinand Khan, am Ort ansässig und wohlbekanntes Mitglied der Organisation, die früher als Irisch-Republikanische Armee bekannt war, Provisorischer Flügel.« Die Stimme verstummte, und eine andere Stimme rumpelte. Dann machte die erste Stimme wieder weiter. »Ich bitte um Entschuldigung, das muß Quaid heißen, Ferdinand Quaid, angeblich einer der führenden Köpfe der Organisation und zuallermindest ein brillanter, wenn auch unberechenbarer politischer Theoretiker. Tatsächlich sagte uns einer der Überlebenden, Kriminalinspektor Aloysius äh«, ein Geräusch rege raschelnden Papiers, »Shwat, Shwart, ich bitte um Entschuldigung«, und hier – gleichzeitig mit dem Verschwinden von Ferdias Visage vom Bildschirm und deren promptem Ersatz durch die üblichen Krisenfilmchen mit blau blinkenden Lichtern, wimmelnden Sanis, gelben Absperrungsbändern, konferierenden Polizisten usw., sowie einer frisch frisierten, kecken und kessen jungen weiblichen Berichterstattungsperson (ja, Siobhan Grimes persönlich), welche glasig die Kamera anstarrte und unecht schmerzensreiche Bekundungen des Kummers von sich gab – donnerte eine neue Studiostimme mit exerzierplatz-preußischem Akzent: »SCHWARZKOPF.«

»Ja, genau«, sagte die erste Stimme, kurz zu einem Schluckauf des Gefühls hingerissen und Siobhan Grimes, das neue Gesicht, brüsk in die televisuelle Unterwelt über-

rigen Mitmusikantinnen mit kraftvoll ausgelebter Sexualität von der Hüfte abwärts träumen, wie bei 90% der normalen und der (was in diesem Falle eher zutrifft) perversen Menschheit; Radfahrer mit gebrochenen Beinen; und last, but ganz bestimmt nicht least, gute altmodische Simulanten, die schaudernd öffentlich Luft einziehen (privat völlig unangestrengt) und simultan vom Staat und der Firma Rente beziehen, die angeblich schuld an ihrem Gebrechen ist (o, ich kenne diesen Trick, der Da hat von ihm und seinesgleichen so manches Jahr und zwei gelebt) … Hic.

stellend, »mit ›p‹, wie Pluto –, auf jeden Fall sagte der Kriminalinspektor, er habe beim Verlassen des Gebäudes kurz vor der Explosion mit Quorn gesprochen. ›Er hat angerufen und uns gewarnt, das machen sie immer‹, sagte Shwatcop.«

»SCHWARZKOPF«, wiederholte die preußische Stimme grob grölend.

»Mach das verdammte Ding leiser«, schnappte Roger gereizt. »Ich kann ja kaum noch unterscheiden, ob das Telefon klingelt oder ich schon wieder aufs Klo muß.«

»Halt die Klappe«, sagte Stan mit der Stentorstimme Eines, der keinen Dissens duldet. »Sie haben die Bullen gelutscht. Gib uns noch einen.« Er schwang das wieder leere Glas.

Ferdia, was? Jesus, Maria und Josef. Bei Menschen wußte man verdammt nie, woran mit ihnen war, oder? Ich meine, eben spendiert er noch eine Runde nach der andern, und im nächsten Moment schmeißt er mit Semtex um sich …

Tatsächlich war die Katastrophe von einem solchen Ausmaß –, das Ergebnis, theoretisierten die Experten, einer Bombe, mindestens so groß wie die in Ennis und wahrscheinlich noch größer, gute 20+ Pfund Semtex, aber allermindestens, mit den wohlüberlegten Worten eines urlaubenden englischen Ex-Kommissars aus der mit Sümpfen verwöhnten neuniederländischen Grafschaft Süd-Lincolnshire-on-the-Wash. Es grenzte an ein Wunder, daß Kriminalinspektor Sharpcop überhaupt überlebt hatte, und der stämmige Polizist selbst führte dies (recht geschwätzig, unter Umständen) auf folgendes zurück:

1) Gott;
2) die Tatsache, daß er zum fraglichen Zeitpunkt auf der Treppe gewesen sei, weit vom Zentrum der ersten Explosion entfernt (von denen es drei gegeben habe, sagte der urlaubende Ex-Kommissar; nein, zwei, sagte ein Schaulustiger, Theo Redfern, Vertreter für *Laue Lauge*-Waschmittel aus Levington Park, Grafschaft

Westmeath; nein, vier oder fünf, sagte Mrs. Henry, die mit ihren Zwillingen Sean und Dermot gegenüber wohnte. Alle hatten unrecht: eine Explosion, wie ursprünglich beabsichtigt); und

3) reines schieres Glück.

»Ganz schönen Dusel gehabt, was«, teilte Stan Roger mit, der, nachdem ihm schließlich gedämmert war, daß Wichtigeres anstand als das Hurling-Finale, sich zu ihm in die Einzelsäuferkoje gesellt hatte, wo nun die beiden zum Fernseh hochstarrten wie zwei Hunde, die sich auf Gaben aus zögerlicher Hand freuen. Tatsächlich hatte die dumme Glotze noch nicht alle Leckerlis ausgeteilt. Der Herunterleierer mußte noch folgendes herunterleiern:

»Die Überlebenden wurden ins Mater Misericordiae in Killoyle gebracht. Soweit sie bereits identifiziert werden konnten, handelt es sich um Herrn Wilhelm Meister, Geschäftsmann aus Hamburg; Turlow O'Neil, Sinn-Féin-Abgeordneten aus Nord-Armagh; einen Mr. Nolan von der Planungsbehörde; die Polizeibeamten Eomer Burke und Liam Cahill; eine Frau, von der nur der Nachname O'Hanlon bekannt ist, Alter: geschätzte 28; Vizepolizeipräsidenten Talbott; die Polizeibeamten Hogg und Ypsilon, verlobt; Oberinspektor Martin O'Dwyer; einen zu Besuch weilenden polnischen diplomatischen Kurier namens Oskar Frantiszek (oder -szek?), der vom Bürgermeister zum Tee erwartet ...«

»Augenblick mal«, sagte Stan. »Er hat ›eine Frau namens O'Hanlon‹ gesagt?«

»Hat er das gesagt? Hab ich nicht mitgekriegt.«

»Nö, da hab ich mich bestimmt verhört. Manno.«

»... wurde; eine frühere Bordellwirtin namens Marie Walewska, die verdeckt als Mrs. Mule operiert ...«

Aber noch innerhalb einer Minute war Stan in einer aus den '70ern übriggebliebenen Telefonzelle mit Drück- und Schiebesystem an der Ecke Belfers Road, welche drei Telefonbuchdeckel *sans* Telefonbücher und ein paar leere Zigarettenpackungen (Regal, Woodbine) enthielt. Er führte zahlreiche Münzen verschiedener Währungen (£, Punt, Euro) ein, bevor er durchkam, und prompt herrschte Verwirrung, die von einem administrativen Chor von Tonbandstimmen kaum gemildert wurde, der den vor Sorge fast rasenden Anrufer – Stan, *dans l'occurance* – anwies, dies und das und das andere zu drücken, alles gegen episodische Unterbrechungen in Form abscheulichster wiedergekäuter Popmusik der 1990er Jahre abgesetzt (Stan stand, wie wir wissen, massiv auf die Chieftains) und im Kontext einer folkloristischen Wählscheibe vollendet nutzlos; doch schließlich hatte er diese spezielle kleine Hölle durchwandert –, aber nur, um in eine größere vorzudringen: Bestätigung seiner schlimmsten (nun ja, beinah schlimmsten) Befürchtungen.

»Terpsy, äh ...«

»Mannomann, Terpsichore? Mit ›ch‹?«

»Ja, scheint es zu sein. Komischer Name. Was ist die, Italienerin? Griechin? Eine dieser Albanerinnen, über die man so viel liest, die mit Drogenrazzien und Banden und was nicht alles?«

»Ich, äh, ÄH.«

»Naja, müssen wir uns dran gewöhnen, stimmt's, ich meine, so scheint es in der schönen neuen Welt der gesegneten Europäischen Union zu laufen, meinen Sie nicht? Heil Brüssel! Oy Irland! Wollt ihr Kohle? fragen sie und fuchteln uns mit bündelweise Euro vor der kollektiven Nase herum. Da könnt ihr aber eure Oma drauf wetten, sagen wir, mit der ganzen Moral der preisgekrönten Trottel, die wir sind. Dann nehmt unsere überzähligen Einwanderer aus der Dritten Welt, sagt Brüssel, und na klar, ja natürlich, her damit sagen wir, bzw. Wet Wesson und seine Westmeath-Mafia sagt, schafft sie her, ladet sie auf den wandelnden Arschabwischern da draußen ab, Ergebnis: Sie wissen, wie wir früher die Dritte Welt von Europa genannt wurden? Na, gerade als wir die Sache finanziell ein bißchen in den Griff zu kriegen schienen, kommen sie an, laden eine halbe Million Asiaten bei uns ab, und bingo, schon sind wir die Dritte Welt *in* Europa.[108] Ich meine, ich weiß nicht, ob Sie je in der Nähe eines solchen Verwahrknasts oder Internierungslagers für illegale Immigranten oder wie die genannt werden, waren, in der Nähe von Kildare ist eins, ich glaube sogar, es ist das gute alte Curragh selbst, da kann ich Ihnen sagen, der Gestank fegt Sie glatt von den Hacken, erstmal. Abladeplatz für Englands Strandgut, das sind wir geworden, vielen Dank, E. U. und Wet Wesson. Verdammtes Brüssel, was? Ich weiß, ich weiß, sie geben uns jede Menge Geld, damit wir Straßen bauen und nicht mehr Weizen anbauen als die verdammten Dänen oder Niederländer oder Franzosen oder sonstwer, aber wenn Sie mich fragen, zieht das liebe alte Irland mal wieder den Kürzeren. Na, ich meine, sehen Sie sich doch unsere Geschichte an.

108) Was ich verdammt gut finde. Ich bin nämlich ein nonpareil Currysüchtiger, und mir ist wurscht, wer davon erfährt. Und der Zauber der Sitar, wenn sie vom richtigen Satz Finger geklimpert wird, hat weder hier noch sonstwo ihresgleichen; wahr ist es, daß diese Musik zu meinen Lieblingsmusiken gehört. Tatsächlich erschienen mir in der Zeit meines Alters die ragenden Wolkenschlösser von Kerala und der unermeßliche gewellte Dekkan als tröstliche Visionen in meinen schlaflosen Nächten, viel eher als die glatten Kopfsteine von Stonybatter oder gar die weg- und spurlosen Hügel Wicklows als solche ... In den dunkleren Bereichen eines Morgens erwachte ich und fand mich, wie ich dachte, auf einer Fähre wieder, die bei Benares den Ganges querte, übergesetzt von einem freundlichen, obschon zahnlosen Alten namens Jahangir, und in den Nasenlöchern das Aroma von Chapattis und Nan und den romantischen Gestank von Millionen Gallonen von Scheiße und am morgendämmerunggestreiften Himmel über mir den dahintreibenden helmzierbewehrten Mond aus Tausendundeiner Nacht. Ach, Indien! Dann, wie es so schön heißt, wachte ich auf und entdeckte, da ich mich in die nordöstliche Ecke meines Bettes verraschelt hatte, um vor der Garderobe zu fliehen, die mich gelegentlich im Schlaf belästigt, und umklammerte ich nicht wie der Vogel den Wurm die Ecke meiner Eiderdaunbettdecke mit den Zähnen und knirschte auch noch zu allem Überfluß mit denselben? »Gütigen Gottes«, prustete ich und ordnete alles um, mit Blick auf Behagen. »Gute Nacht, Sahib«, sagte Jahangir und schloß im Gehen still die Tür hinter sich.

Erst hatten wir die ganze Zeit die verdammten Engländer, wie lang war das, siebenhundert Jahre? Dann war da dieser Hartgeldheini De Valera mit seiner smaragdgrünen Kacke, und wir fingen an, torfbetriebene Kraftwerke zu bauen und rumzutönen, wie wir alles alleine schaffen können, dann war Schluß mit dem Boom, und die Brüsseler Bürokraten standen bei uns vor der Tür mit einem Gerichtsbefehl in der einen Hand und einem Blankoscheck in der anderen. Ich meine, ehrlich.«

»Werden ... Sie ...«

»Schon gut, schon gut, ich habe mich ein bißchen reingesteigert, tut mir leid, na, dann wollen wir mal einen Blick auf Ihre Dame werfen. Terpsi ..., ah, da haben wir sie ja. Ja, ziemlich übel zugerichtet, fürchte ich. Gehirnerschütterung, gebrochene Rippen, schwerer Blutverlust, so in der Art.«

»Was hatte sie denn scheißenochmal dort zu suchen?«

»Da bin ich genauso überfragt wie Sie. Wir konnten nur ein paar der Unterlagen wiederfinden. Ansonsten verlassen wir uns auf Augenzeugen. Ist sie eine Verwandte von Ihnen? Wir haben hier psychologische Betreuer, die ...«

»Ihre psychologischen Betreuer können mich am Arsch lecken.«

»Hört hört, mein Freund. Eine Bande maunzender Memmen sind das, wenn Sie meine ehrliche Meinung hören wollen. Ich sage es, wie es ist: Betreuer, aber Tatsache! Was für eine Kultur. Warten Sie, bis ich es Ihnen sage. Meine Oma ist in den Liberties aufgewachsen, als das nur eins bedeutete: Scheiße, wenn Sie das mal eben entschuldigen wollen. Jeden Tag von ihrem Alten Senge bezogen, der, erübrigt sich zu sagen, an jedem Tag knülle war, an dem er die dazu erforderlichen fünf Shilling aufbringen konnte, und zu Hause mußte sie sich solang mit Wanzen und Typhus und TB und Ratten, so groß wie Rennpferde, rumärgern, gab nichts, was es da nicht gab. Lesen Sie das Buch von unserem Freund Boyle, wieheißtesnochgleich, *Die Sonne heißt Paddy*, genau, genau, werfen Sie bei Gelegenheit mal einen Blick rein. Die gute alte

Zeit in den Liberties, steht alles drin, und ich sage Ihnen, mein Junge, das Schwarze Loch von Kalkutta als solches war auch nicht schlimmer. Und wie haben sie es durchgestanden, die wenigen Überlebenden, wie meine Oma? Hatten sie da psychologische Betreuer warten? Verdammt nicht sehr wahrscheinlich ...«

Zu welchem Zeitpunkt Stan den allgemeinen Bereich von Moylans Bar verlassen hatte; sollte doch das Telefon seinen Zorn weiter herausheisern; während ihm ein Lebewohl von Roger durch die Ohren blies: »*Wisha,* bleib jetzt trocken, und trink nicht den ganzen Tag, du nutzloser Wicht, sonst schwöre ich vor Gott, daß du nie wieder in dies Etablissement gelassen wirst. Und selber erstmal prösterchen und einen schönen Tag noch und schönen Gruß an Frau und Kinderchen.« Roger war offenbar im Begriff, vollends den Verstand zu verlieren, aber was scherte das Stan; Stan war in Eile, wollte Terpsichore beistehen, vergessen all die Schmähungen und Schmälerungen; er machte ihr keinen Vorwurf. Im Gegenteil, Schuld ritt ihn wie ein Jockey sein Pferd. Er murmelte wie ein Obdachloser, indem er dahinschritt und das glatte Pflaster blicklos anstarrte; kaum verpaßte er den Tritt in die gelegentliche Hundekacke, auf die Fluppenpackung (Regals) oder den Fetzen Zeitungspapier (»ROVERS REISSEN ES DOCH NOCH«).

»Ach Gott«, lamentierte er, »mein armes liebstes Mädchen was tun sie dir an die Schweinehunde na auch nicht viel schlimmer als was ich dir angetan habe oder ach Gott du armes kleines Vögelchen du was für ein Schweinehund ich doch bin ich hasse mich Stan du bist ein ausgewachsenes Arschloch hast du das gewußt du Scheißkerl?«

Er überquerte die Crumstown Road und hielt einen 34er Bus an, anstatt den alten Nitsun zu fahren, keine schlechte Idee unter den Umständen, mit dem emotionalen Extremismus und den Straßensperren und dem Bier und was nicht allem. Sowieso, der gute alte 34er, stimmt's? Er fuhr direkt von Moylan's über die Schleusen und zerfetzten Ränder der Belfers in die MacLiammoir-Umleitung und von dort aus in die Stadtmitte, am Haughey Circle vorbei,wo Stan ausstieg.

»Manno«, sagte er. Wie erwartet, war auf der anderen Seite, auf der mit dem Polizeipräsidium, jede Menge Radau. Gelbes polizeiliches Absperrungsband hielt die Menschen von der Verwüstung fern, aber die Ränge der Gaffer schwollen von Minute zu Minute. Sie steckten die Köpfe zusammen und machten einander mit grellen Stimmen auf Sachen aufmerksam: den schwelenden Stapel alter Ziegel, die blinzelnden Blaulichter, die Bullen überall, das Fernsehteam beim Interview mit irgendeinem kurzgeschorenen Arschficker beim Haupteingang, die Bergungsmannschaften in Armeeklamotten, den Bautrupp mit einer Planierraupe, drei Mater-Misericordiae-Krankenwagen, sowie, nicht zuletzt, eine Gruppe von Männern und Frauen in Zivil, die vor den Stufen herumhingen.

Stan, mit plötzlichem Durchblick, sagte »psychologische Betreuer« bei sich selbst.

* * * * *

Lance Lancem, der Amerikaner, war erstaunt, drei hiesige Greifer – oder »Wächter«, wie sie sie hierzulande nannten – Shirley die Vordertür des Büros hinauseskortieren zu sehen, und sagte das auch laut.

»Hey, was ist denn verdammt hier los?«

»Geht dich gar nichts an, Sohnemann«, sagte einer der Bullen, der eine Tarnungsjacke trug (als würde ihm das in einem gottverdammten Büro irgendwas nutzen, dachte Lance –, d.h., wenn er sich verstecken wollte, es sei denn, er versteckte sich hinter den Topfpflanzen, und selbst dann …). »Was Offizielles. Arbeiten Sie einfach weiter.«

»Ist doch wohl nicht zu glauben«, sagte Shirley kläglich,

bevor sie mit dem dritten Polizisten[109] durch die Tür verschwand.

Lance' Wahlspruch hatte immer gelautet: Stell deine Fragen ganz oben. Das Schlimmste, was passieren kann? Sie können einen feuern. Na gut, zugegeben, das ist ziemlich schlimm. Aber hey! Ssällawie, Jungs!! Neugierig ließ er sich gleich von der Chefsekretärin einen Termin geben, der mürrischen, geschwulstgeschmückten, von Spucke und Tücke angetriebenen Ms. Winsome (Winsome? Gewinnend? Eher nicht), die es dann für Lance arrangierte, daß er das Sanctum Sanctorum betreten durfte (übrigens gleich neben seiner eigenen Bürowabe), um Noreen Maher unter die Augen zu treten, Chefin der Firma, Investrix mit Grips und Gattin von Tom, dem Obersten Boss und Tollem Burschen Allgemein (TBA).[110]

»Tarnkleidung? Ich weiß. Wirkt ein bißchen albern, oder? Aber diese Burschen waren von der SDU, Special Detective Unit. Die tragen das, wenn sie an einem Fall dran sind. Tja, es ist *in* der Tat ein bißchen heikel, Lance«, sagte Noreen. Sie saß am Schreibtisch in ihrem luxuriösen teakgesäumten Büro, mit Blick auf den Hafen und die stout-dunkle See an jenem wein-windigen Tag. Auf ihrem Tisch drängten sich neo-neolithische steinerne Nippsachen, die sie während eines »Antiquitier«-Gelages auf der Halbinsel Morbihan erworben

109) Aha. Kein Wort weiter nötig, Du zugeknöpfter Leser-von-Myles-von-den-kleinen-Pferden, Du (und ich spreche hier nicht von eingeborenen Amerikanern).

110) Ach, Tom, Tom, wir kennen dich kaum ... Tatsächlich ist der Schweinehund weit und breit, je nach Sprachgrenzen, als »The Greek«, »Le Grec«, »Il«, bzw. »El Greco« und »Der Grieche« bekannt, nie jedoch, soweit ich weiß, als »O' Έλληνας«; ja, Tom Maher, der Wunderknabe, der seinen Werdegang als Gärtnergehilfe und Amateurgenealoge begann, dann eine Reihe zweifelhafter Karriere-Entscheidungen traf, bevor er sich damals in den Goldenen Neunzigern als Schwarzbrenner und Wohnungsvermieter versuchte, und seitdem ist er auf Rosen gebettet, zumindest finanziell (wobei seine Frau aber noch nicht in Rechnung gestellt ist).

hatte; Konferenztelefone im Stil der französischen Dritten Republik (1882–1940), deren eines tasächlich aus jener Periode der *grandeurs et misères* stammte und tatsächlich von Paul Reynaud am Nachmittag des 14. Juni 1940 benutzt worden war, um seine Geliebte anzurufen,[111)] kurz bevor der den getreuen Peugeot belud, um sich südlich nach Bordeaux abzusetzen; ledergebundene Unwahrheiten aus der Buchhaltung, säuberlich nach offenkundigen und wahrscheinlichen Lügen getrennt; gerahmte Fotos von ihr selbst mit Männe Tom (»Der Grieche«),[112)] auf denen Eheglück vorgetäuscht wurde; sowie gerahmte Fotos von ihr selbst in Gesellschaft von Prominenten wie Davey »Titten« Callan, dem geschlechtsumge-

111) Augenblick, ich habe hier irgendwo eine Abschrift, vielleicht ist sie in meinem linken Schuh, ah, da ist sie ja, bzw. *voilà*, wenn Sie mal eben mein Französisch entschuldigen wollen: *»Allô?« »Allô oui?« »Allô, c'est toi?« »Mais bien sûr que c'est moi.« »C'est moi.« »Oui, je sais.« »On est tout foutus, chérie.« »Ne m'apellez pas ›chérie‹, je vous prie.« »Mais tu m'as entendu, sacrebleu? On est foutus, on a perdu la guerre, les boches nous ont baisés.« »Et je vous prie de ne pas me tutoyer, surtout au téléphone.« »Oh, mais merde alors.« »Ah non, là vous allez trop loin, vraiment, je vous dis au revoir, monsieur.« »C'est bon, alors fous-moi la paix, salope, je me tire.«* Armer alter Paul. Trotzdem schwang er nach einer rauhen Wegstrecke das Bein wieder in den Sattel und zeugte, bis er sechsundsiebzig wurde, drei weitere Gören. Muß an diesen vielen Apéritifs liegen. Ich weiß nicht. Ich bin schon seit dem Winter '78 lahm.

112) Nicht griechischer als Sie, oder Terpsichores Da, soweit ich das verstanden habe (und ich habe immerhin den größten Teil meines Lebens innerhalb eines Radius von zweihundert Meilen um diese Stadt verbracht), aber Tom, der einst der Chefherold auf Dublin Castle war, stand kurz eng mit einem griechischen Millionär in Verbindung, der ihn dazu bestach, eine direkte Abstammung von den Hochkönigen zu Tara herzuleiten bzw. -zustellen. Die Bestechung wurde publik, Tom von griechischen Seeleuten zusammengeschlagen, und alles andere ist Geschichte. Siehe den ersten Teil dieser nicht enden wollenden Farce, den, der ökonomisch und genial den schlichten Titel *Killoyle* trägt (nicht zu verwechseln mit dem Reiseführer *Killoyle und Umgebung, mit einem Spezialteil über die elisabethanischen Dichter* von Ivor Blotch, einem Werk, in welchem auch Ihr sehr Ergebener Erwähnung findet, angemessenerweise in der Anmerkung auf S. 41).

wandelten Philanthropen aus der Grafschaft Cavan; Proinsias »Strohmann« O'Burns, dem Filmstar aus An Uaimh; Peter Clouseau, dem Süßerchen aus Jersey; Gar »The Loony«, Ex-Premierminister na h Eireann; dem polnischen Sänger Vlad Balloonia, dem es gelang, jedes Publikum auf Anhieb anzuöden; und Commendatore Lucca DiStronzo, dem früheren Mittelstürmerstar von Avanti Perugia FC und gegenwärtigen Bürgermeister der altehrwürdigen toskanischen Stadt Poggibonsi, welche bald, im Rahmen einer weltweit vom Fernsehen übertragenen Zeremonie unter Vorsitz von Signore Sinistrino Berninoni, dem italienischen Ministerpräsidenten, in Città Berninoni-Maher umbenannt werden sollte (was dann, ungefähr TschiTTAberniNOnima'EEre ausgesprochen werden würde), um den größten Immobilienmakler der Welt zu ehren, der in seinem alten grünen irischen Herzen eine ganz besondere Schwäche für Italien hatte, *ach ein großartiges kleines Land doch doch das ist es ach behüt' euch Gott ein großartiges Land,* etc. ...[113)] Ebenfalls auf ihrem Schreibtisch, eigentlich sogar in unziemlichem Déshabillé quer über ihn gebreitet, lag der *Clarion* des Tages mit der ausgelassenen Schlagzeile »KA-BUMM!« über Fotos vom Polizeipräsidium und, vom entsprechenden Bericht im Innern des Blattes auf Seite 15 abgedrängt, in dem es um die Krönung einer neuen Miss Cosmos ging, dem strahlenden Gesicht und den üppigen (kaum verhüllten) Zwillingsbrüsten nebst Nofretete-Profil von Miss Mozambique, der aussichtsreichsten Kandidatin für diesen Titel.

Noreen zeigte auf die Schlagzeile.

»Haben Sie davon gehört?«

»Von der Bombe? Ja. IRA, was. Was ist aus dem Waffenstillstand geworden? Ich dachte, sie hätten einen Vertrag oder sowas unterzeichnet. Nur gut, daß niemand dabei umgekommen ist.«

113) Oder war es zumindest, bis Maher und seinesgleichen es in die Griffel kriegten.

»Naja, jemand doch, sie wissen nur nicht, wer. Überall haben sie Teile der Leiche gefunden, manche sogar in den äußeren Vororten. Also ich weiß nicht, wieviel Sie über Shirley wissen, und ich meine das auch überhaupt nicht als Kritik an ihr, sie ist eine wunderbare Kollegin, und ich liebe sie wie sonstwas ...«

Oha, pfiff Lance' innerer Monitor, von Jahren der Proletenprogrammierung seitens Geschäftsleitungen vernarbt: »Ich liebe ihn/sie wie sonstwas« lautete der Standard-Euphemismus, rigoros am College für Führungskräfte in Xenophon (Georgia) gelehrt, welcher kurz vor der Formulierung »und ich werde die Zicke/den Schweinehund in allernächster Zukunft feuern«, »aber ich muß mich von ihm/ihr trennen« oder Wörtern dieses Inhalts kam ...

»... aber es kann nicht schaden, sie im Auge zu behalten.«

»Hey«, sagte Lance. »Shirl ist ein tolles Mädel. Neulich hat sie mir diese italienischen Kostenvoranschläge haargenau im richtigen Augenblick besorgt. Und letzte Woche hat sie die ganze Nacht durchgearbeitet, um den van-Gadesdesdesdesdesden-Bericht fertigzukriegen. (Hätte da ein »des« mehr hineingehört?) Das ist Teamgeist, wenn Sie mich fragen. Und immer ein Lächeln auf den Lippen.«

»Vielleicht für Sie. Wußten Sie übrigens, daß sie verheiratet ist?«

»Aha! Verheiratet?« Die Offenbarung war nicht ganz so sehr der schmerzhafte Schock, der sie noch vor etwa einem Tag gewesen sein mochte. Lance hatte tatsächlich sowas in der Art geargwöhnt, beim kleinen Klatsch am Trinkwasserspender oder einem verirrten Foto, vielleicht auf einer Webseite, welches Shirl oder jemanden zeigte, der ihr sehr ähnlich sah, mit einem verschwommenen Mann vor einem dunstigen Hintergrund Händchen haltend, vielleicht in den Hochmooren. Irgendein verschrobener Weinhandlungbetreibender oder was, oder war er Schriftsteller oder Schauspieler oder Anarchist oder ähnlich links Angesiedeltes ... Ire natürlich, vielleicht zu sehr, wo Shirl doch Britin war.

»Genau. Hätte man nicht gedacht«, sagte Mrs. Maher, die übrigens eine ziemlich schlagfertige Frau war, wie ihr Mann das nannte, besonders wenn sie gerade die Richtung geändert und ihm einen sauberen kleinen Haken genau übers linke Auge verpaßt hatte; weit weniger als schön war sie, aber eine bis zwei Kerben besser als grauenhaft, besonders in ihrem Alter (50+, oder ein paar mehr oder weniger). Vollhüftig und breit gebaut, ganz die Amateurpreisboxerin, die sie einst gewesen war (Gesamtirische Weltergewicht-Goldmedaille 1969, Silber 1970, Bronze 1971, gesperrt 1972), bevorzugte sie klassische Tweed-Straßenanzüge und locker geknotete Hermès-*foulards,* um diese Ahnung von *je ne sais quoi* zu erzielen. Sie fand, diese Kombination von uneleganter Respektabilität mit Schick – die gleichzeitig Schulleiterinnen und Chefbibliothekarinnen und andere strenge, aber kompetente Damen heraufbeschwor, auch aber auf Jaguars und Jagdausflüge und -hütten in den Alpen (und, warum auch nicht, Yachten in der Ägäis) schließen ließ – beruhigte aufsässige Grundbesitzer, Bürgerinitiativen, tobende Umweltschützer und dergleichen, wodurch sie unendlich viel leichtgläubiger und, als direktes Ergebnis, für Schwindel empfänglich wurden. Wie ihr Mann Tom (der zur Zeit gewissenhaft mit verschiedenen neapolitanischen *condottieri* der Firma 'Ndrangheta S.p.A. an einer neuen Hanglagenerschließung mit zweigeschossigen halben Feriendoppelchalets namens SuperVesuvio »zu allerobersten Häupten des historischen Vesuv, mit unschlagbarem Blick auf den Krater, der den Ausbruch verursachte, welchem wir den Bestseller und dessen sensationelle gleichnamige Superverfilmung mit Nicoletta Mammarino verdanken«, arbeitete) war sie oberflächlich doof, verfiel gelegentlich in exzessive Irentümelei (»ach ihr Burschen ach ihr meine allerliebsten Burschen«, »Gott segne dich schnell, du Bücherwurm«, *»bedad«*, »ja, da soll doch gleich bei allen dicken, großen, behaarten, beschissenen Eiern verdammt« etc.) und diese verstörenden irischen Seitenblicke; aber innerlich war sie so schlau und vorsichtig wie ein alter Aberdeen-Terrier oder maltesischer

Geldwechsler. Außer ihrer intimen Kenntnis von Toms Insider-Geschäften in Italien und anderswo (einschließlich genau hier im lieben, alten, langweiligen Killoyle, jo-ho-ho-hum) und der gar nicht hoch genug zu veranschlagenden Erfahrung, ihren eigenen lieben Männe buchstäblich vor Gericht gezerrt (und noch weiter, nämlich in die Reinigung) zu haben, als *er* die Gebote des Anstands verletzt hatte –,[114)] alles natürlich nur legalistisches Dummgequatsche, aber sie hatte Den Griechen da, wo sie ihn hinhaben wollte, dank welchem Vorherwissen ihr Bankkonto von Tag zu Tag fetter wurde. O, sie hatte ihn aufhorchen lassen, das hatte sie, und nicht nur das. Der Vergangenheit gehörten seine scherzhaften geringschätzigen Äußerungen über Frauen und Gattinnen an, genauso seine Macho-Schreie wie »Jetzt beug dich schon vornüber« oder »Mach den Tee naß, Frau« morgens als erstes oder nachts als letztes. All dies, zusammen mit ihrem nicht unbeträchtlichen Charisma, garantierte ihr einen Platz, wie Tom es ausdrückte, »ganz oben auf dem Besanmast der Firma«, oder, authentischer: »*... oder meine ich das Krähennest, Gott segne Sie, aber ich war in meinem ganzen Leben noch nie in der Nähe eines gottverschissenen Schiffs, aber ich habe, Gott segne Sie, alle Filme von unserem Freund Wieheißternoch gesehen, Kapitän Trumpet-Major, oder war er Admiral, jedenfalls der mit der Nase, mit diesem Zinken, nein, so hat er geheißen, Commodore Zinken, ja klar, Sie haben doch nie im Leben auf dem Trinity studiert, klar, und Gott segne Sie bei Gott, wieso glauben Sie, ich hätte da studiert, nein, Gott segne Sie, das liegt nur an meinem Schlipsmuster, sind Sie sicher, daß Sie da nie studiert haben ...? Oh Danny Boy, the pipes, the pipes are ca-halling ...*«, etc.

Soviel war klar: Noreen war ein ganz harter Brocken, und wenn Shirley Quain von den Bullen abgeführt wurde, hatte

114) Was alles in grauenerregend detaillierter Genauigkeit zu Ihrer Freude oder Qual auf der ersten Tafel dieses garstigen Triptychons dargestellt ist.

sie (Noreen) doch gleich so eine Nase (kräftig; romanisch; leicht *retroussée*) dafür gehabt.

»Shirls Mann ist alter IRA-Kämpfer«, erläuterte sie. »Sie hat immer gesagt, er wäre ausgestiegen, aber das habe ich nie ernstgenommen. Die steigen nicht aus, diese Jungs. Und jetzt nennt ihn die Polizei den Hauptverdächtigen für den Bombenanschlag auf das Polizeipräsidium gestern nacht.«

»Oha. Sie machen Witze.«

»Das wäre mir auch lieber, Lance. Äh –, Lance?«

»Ja?«

»Den Silverside-Bericht haben Sie nicht zufällig schon für mich, oder?«

»Mache ihn gerade fertig, Noreen. Vor Dienstschluß liegt er auf Ihrem Tisch.«

»Sorgen Sie bitte dafür? Sonst muß ich Sie bitten, über Nacht zu bleiben und ihn vor dem Frühstück abzugeben, wenn Sie nichts dagegen haben. Vielen lieben Dank.«

Allüre, Manier und zeremonielle Gesten des Das-war's-hau-ab seitens eines Vorgesetzten waren unmißverständlich für jemanden, der so gut in den Subtilitäten des Managerlebens geschult war wie Lance Lancem ..., von dem, weil wir Zeit in seiner Gesellschaft verbringen werden, hiermit ein kurzer Lebenslauf folgt:

Geboren und aufgewachsen im alten polnisch-irisch-deutsch-Insel-Man-Viertel von New Ur of the Chaldees, Ohiowa, dem »Löwenfußbadewannen-Distrikt«, gegenüber von Salamander Oaks (später Welthauptquartier von Zyth de Warth & Wenn, den Immobiliengiganten), hatte Lance, Jahrgangsabschiedsredner bei der Richard Brautigan High School und Running Back der All-Star-Auswahl von Downstairs State, sich in Mexiko und der Karibik umgesehen, bevor er in Harvarford seinen Jura-Abschluß machte. Danach fing er als begrenzter Juniorpartner bei Holliwell Deng Mordred & Dutchman in der Pine Street in der düsteren Umgebung von Downtown Manhattan an, wo einst die Zwillingstürme täglich ihre Schatten warfen, bis sie eines schönen Septembermorgens selbst umgeworfen wurden, als Lance in Cancún weilte, wo er einer Zusammenkunft der Balsam-Gesellschaft für Höheres Debattieren beiwohnte: »Scheiße«, sagte er, als er die Fernsehbilder sah, »das war knapp, Mannomannomann. Wo bleiben eigentlich meine Tacos, Herr Ober?« Danach erkletterte er mit affenartiger Leichtigkeit die Karriereleiter (und dies ist ein wörtliches Zitat aus *Onward and Upward,* dem Mitteilungsblatt der Firma): »Nachdem er erst sechs Monate bei uns an Bord war, hatte Lance es geschafft, assistenzbeigeordneter Vizepräsident für Marketing auf Zeit zu werden, ein Aufstieg, so überaus dramatisch, wie man ihn in dieser Firma seit vielen Jahren nicht mehr gesehen hat. Und weiter so! Weiter und höher, Lance!« Alles schien gut, eine schöne Laufbahn winkte, Lance versprach, es bis ganz nach oben zu schaffen. Doch dann (*Dong,* das Läuten des Schicksals, d-Moll wäre ganz angebracht) kam der Vorfall mit Bonnie Vole-Spencer, als dessen Resultat …, naja, jetzt war er in Irland, nicht in New York oder Houston oder L. A. oder auch nur in London, und das sagt ja wohl alles, oder?

Armer Lance. So geschah es.

Wie wir bereits mutmaßten, war er hinter seinem sterilen, sonnengebräunten Ami-Auftritt ein ziemlicher Lauser. Er hatte das Auge auf den Mädels; nicht nur auf den Mädels, um brutal ehrlich zu sein, sondern Frauen, nämlich tatsächlich weibliche Menschen jedweder Beschreibung, außer »achtzig Jahre alt« oder »fürchterlich« oder »über und über mit schlecht verheiltem Narbengewebe bedeckt« oder »lesbisch« oder »einäugig« und/oder »tittenlos« (als milchgemästeten Amerikaner trieb ihn eher diese Gegend um als die *zone of interest* unseres Durchschnittseuropäers, der Popo, was Generationen von Puritanern, von Mutterschaft, Milch und den großartigen Kumulus-Titten ihres protestantischen Himmels viel entzückter, als unartig angesehen hatten;)[115] tatsächlich

115) Scheiß-Amis. Kein zivilisierter Mann kann doch umhin beizupflichten, daß es nur wenig schönere Vergnügen aus der Hand Gottes,

hatte er sich einen ziemlich don-juanesken Ruf auf den nobel ausgelegten Korridoren von Holliwell Deng Mordred & Dutchman erworben, einer Firma, die größtenteils aus hohlwangigen männlichen Blonden und kurvenreichen und lauten, aber keuschen brünetten und rothaarigen Versucherinnen von der Sorte Bonnie Vole-Spencer bestand, seniorbeigeordneter vizegeschäftsführender Vizepräsidentin für Verkauf (und einziger Blondine an Bord) …, also. Eines feinen Newyorker Oktobertages, mit einer brüsken Brise vom Hafen her und kleinen westwärts rasenden Wolkenbüscheln und in den Sielen wirbelnden Gestöbern trockenen Herbstlaubs, fand Lance sich mit Bonnie im Firmenlift (oder »elevator«), und sie elevitierten schweigend an den 37 Stockwerken vorbei, die sie von der Eingangshalle mit ihrem Tafelglasblick auf die vorwiegend gelben Radarpünktchen, die sich Ecke Park Avenue und 47th Street gleichmäßig die Quadrierung hinauf- und hinabbewegten (ja, genau da, wo die Mercedes-Vertretung ist, stimmt),[116] und der Hauptetage, dem pergolagetäfel-

des Allmächtigen Herrn, gibt als den Anblick der wohlsynchronisierten Billardkugeln eines mannbaren Mädchenarschs, ah, eines der großartigen Stimulantien dieser Welt ist dieser Anblick und einer der Hauptgründe für Bedauern, den ich mitnehmen werde, wenn ich diese weltliche Sphäre verlasse, was wahrscheinlich noch heute abend geschehen wird, wenn es mir nicht gelingt, die Aufmerksamkeit dieses kleinen Tropfs zu erregen.

116) Doch wohl eher nicht, danke. Ich selbst fahre einen '84er Austin Maxi. Kein dritter Gang, und die Hinterachse ist verbogen, und er spuckt Öl wie ein harpunierter Wal; aber ich habe einen BMW im Auge, vielen herzlichen Dank, weshalb die Zeit des Maxis größtenteils abgelaufen ist. Aber Park Avenue Ecke 47th Street –; vergessen Sie Ihre Benz-Vertretungen, Mann, da ist ein paar Häuser weiter ein YMCA (oder CVJM), wo ich mal etwas Zeit verbracht habe, Manno, hat mich das in den schieren Wahnsinn getrieben, oder doch nahe an ihn ran, warten Sie, bis ich's Ihnen sage. Ich war zu einer internationalen Konferenz von Hausmeistern in New York, was die Amis »Besorger« oder »Aufwärter« nennen, und besonders gewalttätig war der Krawall, den das koreanische Kontingent veranstaltete. (Persönlich war ich zu der Zeit kein Hausmeister, beeile ich mich hinzuzufügen; ich sollte über

ten Mezzanin von HDM&D, trennten, als Lance, der diskret (fand er jedenfalls) aus der seitlichen Distanz einer Aufzugbreite (aha! hatte aber die verspiegelten Wände vergessen) die gepflegte Valenciaga-gekleidete Gestalt von Ms. Vole-Spencer beglotzte, dabei aber fatalerweise (außer den verspiegelten Wänden) übersah, daß sie keinerlei Make-up auf ihren streng hübschen Gesichtszügen trug, und gleichwohl einen Vorstoß unternahm und, mit spitzbübischem Schalk in den Augen und sich im Einklang mit seinem neuen Caltanisetta-Zweireiher und dem Gewicht des Deluxis-Unterwasserchronometers an seinem linken Handgelenk, gerade während einer

das Ereignis für den *Clarion* berichten.) Stellen Sie sich mal die ganzen Hausmeister vor, die sich in einer Dusche drängeln! Und die Cafeteria im Erdgeschoß! Mitten zur Stoßzeit bestenfalls trübe beleuchtet, weil durch das ständige Geschubse und Geschiebe von Hausmeistern aus so abgelegenen Orten wie Feuerland, den Ufern des Mersey und Ulan Ude das Beleuchtungssystem völlig überlastet war und prompt zusammenbrach, was eine siedende Masse von Hausmeistern im Dunkeln tappen ließ, viele der armen Schweinehunde immer noch mit ihren traditionellen blauen Arbeiter-Overalls bekleidet, und versuchten, von ihrem zu rohen Roastbeef-Sandwich, ihren wäßrigen Pommes oder ihren Nachbarn abzubeißen. Traurigerweise verloren ein paar von ihnen, wie zu erwarten, den Verstand und zogen auf die Straßen und Gassen von Manhattan, wo sie einem denkbar minimalistischen Lebensstil frönten. Sven aus Oslo z. B. landete Ecke 116th und Broadway, unter einer Radkappe schlafend; Atitie, der stramme Bursche aus Lagos, nannte einen ausrangierten Frigidaire sein Zuhause; und Oscar, Hausmeister und Poet dazu aus dem Wilden Westen, zog mit einem Liebhaber unbestimmten Geschlechts unter die Brooklyn Bridge (auf der Brooklyner Seite). Anderseits waren da die Byrds, Sygman und Norma, die ein Leben der Hausmeisterei hinter sich ließen, um die Bretter des State Theater im Lincoln Center zu betreten und bei einer Wiederaufnahme von Ilona O'Dunts *Bleib bitte nicht zum Abendessen* mitzuwirken. Das Paar sollte später an so unerwarteten Orten wie dem Ogler, Sam's Gangplank und der Residenz des Bürgermeisters gefeiert werden. Was nun Ihren sehr Ergebenen betrifft, so bin ich eilig abgehauen, auf den nächsten Frachter ins liebe dreckige Dublin gehüpft und gerade rechtzeitig für eine letzte Bestellung vor der Polizeistunde gekommen.

Wochenend-Spritztour auf die Cayman-Inseln gekauft, wähnend, sagte:

»*Wow,* toller Tag, um am Strand zu liegen.« Dann, tödlich, bevor er dem Teufelchen des Perversen die Kontrolle über seine Zunge entreißen konnte: »Na, Puppe, was meinen Sie?«

Ms. Vole-Spencer war zwar durchaus verheiratet, aber mit Ken Spencer, dem graumäusigsten Winzling von einer linksliberalen pferdeschwänzigen folksingenden kriegsgegnerischen klapperkistefahrenden sozialarbeiterischen Peacenik-Unwesenheit, wie man sie in Manhattan nur finden konnte, wo seinesgleichen Legion war; und Bonnie Vole war von ihren gitarrebegeisterten, längst geschiedenen '60er-Jahre-Eltern (also von ihrer Mutter, genauer: Les Liverwright, knallharter Linkskommunistin für die Zeitung *Rebel Ghetto* aus Berkeley ⟨Kalifornien⟩) dazu erzogen worden, jeden männlichen Menschen, der älter als zehn und jünger als neunzig war, als wahrscheinliche Quelle der Vergewaltigung anzusehen, außer ihren Mann, besonders seit letztem März, als er überzeugend impotent geworden war, wie er seiner Antikriegsarbeitsgemeinschaft berichtet hatte, wobei er die Stimme heben mußte, um sich gegen die Tonspur (Panflötenmusik aus den Anden; Los Panjandrumos, Ex-Cuzco) Gehör zu verschaffen ..., egal, mit einem wahrscheinlichen Vergewaltiger konfrontiert, wandte sie sich blanken, aber nicht blinzelnden Auges und mit aggressiv ragender Kinnlade an ihn, wobei sich geschmeidige, karate-trainerte Muskeln in gerechtfertigter Wut strafften, und sagte:

»*Wie* bitte? ›Puppe‹? Kenne ich Sie?«

Woraufhin Lancem, der Tölpel, für sich alles noch schlimmer machte – *viel* schlimmer –, indem er lässig, mit einer Andeutung von an Wahnsinn grenzender Hysterie, witzelte:

»Nein, aber was hält Sie davon ab?« Und selbst das war noch nicht genug. Mit gerissenem Grinsen und einer (für ihn) unerwarteten Seitwärtsbewegung des Kopfes, die in unmittelbarer Nähe befindliche Möse oder Geheimnisse, die besser verschwiegen geblieben wären, suggerierte, fügte er hinzu:

»Mann, ich möchte wetten, daß Sie zu Hause die Hosen anhaben, aber nicht nach dem Abendessen, hä?« Es war, als unterbräche man eine Predigt des örtlichen Bischofs oder eine Tischrede des Geschäftsführenden Generaldirektors mit einer Explosion knackiger Fürze, von lautem Gelächter akzentuiert. Bonnie, wie unter einer Kriegsneurose leidend, keuchte durch feucht geöffnete Lippen, was an geschlechtliches Begehren erinnerte, aber auf das genaue Gegenteil zurückzuführen war. Erst dann wurde dem dämlichen armen Schwein klar, wie weit es gegangen war, wie unwiderruflich es über die ehernen Begrenzungen polit-kultureller Korrektheit gestolpert war, wie tief im Eimer seine Job-Aussichten jetzt waren ...! Und doch, sogar jetzt noch, versuchte er, alles wiedergutzumachen, indem er stammelte:

»An-an so einem sch-schönen Tag wie heute, ich meine, ich meine, *wow*! Ist das Football-Wetter oder was? Tut mir leid mit der ›Puppe‹, ich weiß nicht. Sie haben mich da an jemanden erinnert oder was. Eine Mausi namens Puppe, die ich mal gekannt habe.«

»Eine *Mausi* ...?«

Ihr Blick wurde stählern und blieb haften, sogar noch nach dem sanften Hopser, der den 37. Stock und die Ankunft des flinken Fahrstuhls anzeigte, in welchen sich prompt Geschäftsleute in marineblauen und grauen Anzügen und mit blauen Schlipsen einschifften, die sich im Code ihrer Gattung über Sport austauschten.

»Mann, sobald Dweekins diesen Paß versemmelt hatte, habe ich mein Wettbüro angerufen.«

»HAHAHAHAHA.«

»Nur gut, daß ich auf Long Island wohne. Wegen des Gewitters hatten wir das ganze Wochenende keinen Strom. Sonst hätte ich jede Wette meine Gratifikation darauf gesetzt, daß die Dunehawks sich den Titel holen.«

»Aber Mann, haben Sie diese VerTEIdigung gesehen?«

»VerTEIdigung? Welche VerTEIdigung?«

»HAHAHAHAHAHA.«

Die Aufzugtür schloß sich, und die Narren wurden rasch auf ihren Weg gebracht.

»Sie sind doch Ben Sprocket unterstellt, oder?« erkundigte Bonnie sich mit der Stimme einer Schulleiterin, als sie und Lance sich in Richtung der Büros besagten Sprockets befanden, des Senior Executive-Vizepräsidenten für Assistenten-Vizepräsidenten (Globale Strategien).

»Spor Spra Sprocket?« jammerte Lance und floh, mit ihrem offenmündigen Gesicht konfrontiert, den eigenen Mund vor Grausen sperrangelweit klaffen lassend, in die entgegengesetzte Richtung, wobei er jeweils Selbstachtung, Wohlwollen und Karriere einbüßte, joggte entschlossen durch die holzimitatgetäfelten Waben und Vorzimmer der Firmenraffgier, nur fort von den Schrecken, die Bonnie Vole-Spencer verbreitete, und der unecht guten Laune Ben Sprockets, Lance' älterem Kommilitonen in Harvarford (und sowieso Grund dafür, daß er bei HDM & D angefangen hatte, alter Freund, guter Kumpel, echter Spezi). Er floh wie ein wahnsinnig gewordener Pendler aus einem Roman von John Cheever, floh aus dem talmi-eleganten Dustern in das gleißende Oktoberlicht[117)] von New York, aus welchem er wiederum in die Dunkelheit von Kinos floh, und dort verbrachte er viele Nachmittage in Folge mit dem Knabbern ungebutterten Popcorns und der Betrachtung einer Reihe unlogischer mittelalter romantischer Dramen mit längst abgelaufenen anzüglich grinsenden Schauspielern und großmütterlichen Schauspielerinnen mit den friedvollen Gesichtern amerikanischer Argloser, sowie, manchmal, wenn gleich zwei Filme gezeigt wurden, unglaub-

117) Oder von John Gardner. Ja, ich habe auch das eine oder andere Buch gelesen. Ja, ich habe auch den einen oder anderen Ami-Schriftsteller gelesen. Einmal, im Wartezimmer, als ich nichts Besseres zu tun hatte, während ich auf das Ergebnis meiner Darmspiegelung wartete, habe ich das Gesamtwerk von Henry James durchgearbeitet. Ja ja o ja. Also. Zeit, mit dem Herumalbern aufzuhören. Ich nehme einen großen Whiskey, von katholischen Händen gebrannt, nämlich (wenn Sie mal eben so gut sein wollen) einen Power's, klein, ohne Eis.

würdiger Actionthriller mit unablässigen Explosionen, stirnrunzelnden Schurken mit arabischen und/oder französischen Akzenten und Autos, die ohne Not auf zwei Rädern um die Ecke fuhren. Wobei man nicht vergessen darf, daß Lance, wiewohl entehrt, die ganze Zeit untadelig in Caltanisetta- und Zuppa-Inglese-Anzüge gekleidet war, und er achtete darauf, immer seinen Samsonite und sein *Broad Street Journal* zur Hand zu haben, um gegenüber den Nachbarn in der Idlewild Avenue 37–50 in Queens Village den schönen Schein zu wahren, besonders gegenüber Joe und Aileen Krassner, den Herrenausstattern in der Seventh Avenue, die ihn immer mit einer merkwürdigen Mischung aus lauten Hallos und gemurmelten *sotto voce*-Verwünschungen begrüßten (»Hey wie geht's denn immer ja herrlicher Tag heute ist ihm doch sowas von scheißegal«).

Die ersten drei Tage hatte er sich telefonisch krankgemeldet, aber am vierten Tage rief Ben Sprocket an und sagte:

»He Kumpel, wir müssen reden. Ich bin grade mit dem Flieger aus Vegas zurückgekommen, da hat Bonnie Vole angerufen, und Mann, was hast du gemacht, hast versucht, sie zu vergewaltigen? Die war ja dermaßen außer sich, ich dachte, die kalbt gleich.«

»Sie *ist* ja auch eine Kuh«, krisch Lance. »Kuh Kuh Kuh Kuh Kuh. Mu-u-u-uh«, muhte er und hörte sich wirklich ganz schön wie die Kühe an, die ihm im Vorjahr in Telluride (oder war das in Fort Collins gewesen?) (oder im Jahr davor?) so auf den Wecker gegangen waren ... Weise legte er auf und nahm, wie es so schön heißt, sein Leben wieder in Angriff, ging dabei aber von der Vermutung aus, daß sein kometenhafter Aufstieg bei HDM & D sich in einen meteoritenhaften Absturz von ähnlicher oder größerer Geschwindigkeit verwandelt hatte. Die offizielle Bestätigung dieser Hypothese kam eine Woche später mit der Post, zusammen mit einem abgekürzten Gehaltsscheck und einer handschriftlichen Notiz von Ben, welche, schlicht, besagte: »Tut mir leid, Alter. Ich wünsch Dir was.« Lance zuckte die Achseln: hey, kann passieren.

»Ich meine, äh, ssällawie.«

Er hob seine Ersparnisse für eine Fußwanderung durch die Pocono-Berge ab, in deren Verlauf er, so ist die Unvorhersehbarkeit des Lebens, einen Typ kennenlernte, der gerade aus Europa zurück war und ihm sagte, da drüben stellten sie amerikanische Anwälte für Körperschaftsrecht ein wie nicht recht gescheit –, ganz besonders in, äh, Irland? Da sparten die Jungs jede Menge Kohle an Ausbildungskosten, okay, im Augenblick gäbe es hauptsächlich nur zeitlich begrenzte Posten, aber er hätte von einer Reihe von Typen gehört, die DAS durch Verhandeln in ganz gemütliche Jobs mit Büro an der Themse oder wo verwandelt hätten, in, äh, London??

England!!??

Also machten Lance' Jobscouts sich an die Arbeit, und für ein strammes Sümmchen fiel ihnen allen folgendes ein:

Nichts.

So ging er denn gewissenhaft selbst mit dem Schleppnetz durch die Stellenangebote, saß dabei für gewöhnlich an seinem Eckplatz in der Sparkles-Coffee-Shop-&-Cantina-Filiale, den stetigen Verkehrsfluß auf dem fernen, aber immer sichtbaren (und hörbaren) Brooklyn-Queens-Expressway und die Mädels, die die Stufen zum thailändischen Iß-es-hier-odernimm's-mit-Restaurant nebenan hinauf- und herabstiegen, im Blick. Eines Tages, weit in den eisengrauen November hinein, stieß er, im Wirtschaftsteil der *New York Minute*, auf die Meldung von der Übernahme einer amerikanischen Immobilienfirma, und zwar keiner anderen als Zyth de Warth & Wenn aus New Ur, Ohiowa, Lance' Heimatort, durch Maher Global International Worldwide PLC, ansässig in Killhoole (sic!), Irland; und Lance Lancem sagte bei sich:

»Lance, du großer Junge, diese Typen müssen ganz schön auf Zack sein, wenn sie sich so eine Übernahme leisten können, ich wette also, daß sie einen gewitzten jungen amerikanischen Anwalt für Körperschaftsrecht brauchen werden, genauso einen wie dich, Kumpel, also blase den Staub von deinem Lebenslauf und setz deinen Arsch in Bewegung.«

Weshalb er ohne weiteres Aufhebens einen Schluck von seinem Ultra-Latte-Senza-Zucchero-e-Caffè-ma-con-molta-Mocha-Gigante nahm und sein getreues Handy zückte.

»Hallo, ja, ich würde gern mit dem Leiter der Personalabteilung sprechen. Ja, von Mah-har Global? International? Worldwide? PLC?«

Und der Rest war Geschichte, seine Geschichte, ausschließlich. Drei Wochen später entstieg Lance Lancem, der neue Geschäftsführende Rechtsbeistand (US) (Provisorisch) bei Maher International etc., dem Flugzeug, betrat das vollgeregnete Rollfeld von Shannon Airport und murmelte angesichts der spielzeughaften Ausländischkeit all dessen *»wow«*, denn das war ja nun wirklich noch ausländischer als selbst Mexiko, wo sie wenigstens amerikanische Autos fuhren (wenn man von den VWs absah). Tatsächlich wurden die Dinge, durch das zerkratzte und dunstige Busfenster betrachtet, in der nassen grünen Landschaft immer kleiner, bis man Killoyle erreichte, und das kam Lance-vom-grenzenlosen-Herzland-und-wolkenkratzenden-Manhattan nun vollends wie ein Häufchen Spielzeughäuser vor. Dann gab es da noch die Menschen. Sie waren eine seltsame Kombination aus halbnormalem, fast amerikanischem Erscheinungsbild, Klamotten, Musikgeschmack usw., und ausgesprochener Sonderbarkeit, nämlich extrem ausländisch, was sich an schlechtem Teint zeigte; dem Rauchen trotz (inzwischen allgegenwärtigen) NO SMOKING-Schildern; dem Tragen von Tuchmützen, und zwar offensichtlich nicht um des künstlerischen Effekts willen, oder weil die Träger alle schwul gewesen wären, sondern weil die Typen die Dinger tatsächlich einfach *trugen*; einer auffälligen Abwesenheit grotesker Fettleibigkeit, trotz der Menge Bier, die sie offensichtlich tranken, wenn man die Reklame dafür zugrundelegte; am viel zu schnellen Fahren kleiner, törichter Autos in Plastikspielzeugfarben, Diesel meist, wenn man die Luftverschmutzung bedachte; an gewissen Gewohnheiten, wie dem allabendlichen Verzehr von »paints« in »bars« und dem inflationären Gebrauch des

F-Worts, welches Lance zunächst als ein farbenfrohes Beispiel für den örtlichen Dialekt mißdeutet hatte, das sich nach »weck« oder »weckin« anhörte, die er für Lokalvarianten von »wreck« und »wreckin« hielt, weshalb er so weit ging, ebendiese Wörter zur Bekräftigung seiner Rede einzusetzen, als er zum erstenmal einen Nachtklub (Goddi's Disco) besuchte und ihm »Great wreckin' place!« entfuhr, was die anderen Gäste konsternierte, deren einige ihn mit diesen typisch irischen Seitenblicken bedachten, als sie dachten, er sähe es nicht (er sah es aber, er sah es aber) ... Dann hatten sie noch die Angewohnheit, alle zwei Minuten »Naja, natürlich, Sie sind aus den Staaten« zu sagen, wie z. B.: »Gar nicht übel heute, stimmt's? Vielleicht ein Ideechen zu windig. Naja, natürlich, *Sie* sind aus den Staaten«, oder: »Ich würde die flambierten Garnelen empfehlen ... naja, natürlich, Sie sind ja aus den Staaten, stimmt's?«

Mit einem Wort:

AUSLÄNDER. Manno.

Es dauerte etwas, bis er sich daran gewöhnt hatte, klar. Aber der Job war gut, die Bezahlung anständig, und niemand schien von der Bonnie-Episode gehört zu haben. Er beherrschte seinen Kram und kam gut mit allen aus, oder zumindest so gut, wie dies die Beschränkungen der Firmenheuchelei zuließen, mit einem Minimum an Flirten; jedenfalls bis er Shirley kennenlernte; jetzt jedoch, mit Shirley, war alles anders.

»Ah, Shirl«, seufzte er gern. In der Nacht nach ihrem ergebnislosen Abendessen beim Fairy Farmer war Lance ins ausufernde Wohnschlafzimmer zurückgekehrt, welches er von Mrs. Nora Man, der Crumstowner Postmeisterin, am Popcorn Place 45 gemietet hatte (erster Stock links, bei »Barnacle« klingeln), um ordentlich was wegzuseufzen, dann, nach einem kalten, von Anheuser (Michigan) importierten Pud, begann er, fern- und die Möglichkeit eines Selbstmords mit ganz anderen Augen zu sehen. Schlaftabletten, etwa fünfundzwanzig? Wiederholung von »Die Braut des Kolumbus,

Privatdetektivin«? Pistole in den Mund? Dokumentarfilm über das Weiße Haus mit dem Vorgänger des jetzigen Präsidenten, dem mit dem Elfenlächeln? Selbsterdolchung mit Stich in die Leisten- und/oder Herzgegend? Die Nachrichten, unglaublich gelassen von zwei Typen mit ECHT schlimmem Akzent moderiert, die aussahen wie Oberschüler mit schlechter Haut? Ein rascher Sprung von der Hafenmole in die eisigen Wasser der Irischen (wie sie genannt worden zu sein er sich zu erinnern glaubte; Sinn hätte es jedenfalls, wenn man drüber nachdachte) See, zusätzlich mit Gewichten beschwert, um ganz sicherzugehen?

Er entschloß sich für die beiden Nachrichtenmoderatoren, die sich so schlimm anhörten (wie sie allein schon »now« und »how« sagten; klang vielmehr wie *nei* und *hei*), da sie, obwohl man genausogut wußte, was als nächstes kam, leichter zu ignorieren waren als ein Fernsehdrama. Er trank ein weiteres kaltes Pud aus der Flasche und konzentrierte sich darauf, parallel an Selbstmord und voller Verfreude an *Da ist ein Mädchen in meiner Haifischflossensuppe* zu denken, die chinesische Sitcom auf dem Hongkong-Kanal um 11, die er in New York an stillen Abenden so gern gesehen hatte, mit einem schönen chinesischen Mitnehm-Dinner, einem Sechserpack und der omnipräsenten Überlegung, sich doch einfach mal nur so aus Quatsch umzubringen (in Manhattan konnte man aus großen Höhen springen; das war immer eine Option gewesen) …; überhaupt kamen diese Selbstmordgedanken ziemlich oft vor. Lance litt an PUGS, oder dem Possessiven Urinar-Gastrischen Syndrom, bei welchem der Patient sich nichts sehnlicher wünscht, als sich in einer (vorzugsweise mit Teppich ausgelegten) Ecke fetal einzurollen und heftig an seinem Schnibbeldilderich zu zerren (handelt es sich doch um ein ausschließlich männliches Leiden, wie dazuzusagen sich vielleicht erübrigt), bis irgendeine Art miserabler Klimax erreicht ist; dann, falls eine Waffe zur Hand ist, wird er diese nicht selten mit der Absicht der Selbstverstümmelung oder gar Selbstauslöschung gegen die eigene Person richten, wobei er unablässig heulen wird wie ein Timberwolf.[118] Das Syndrom ist in der mitteleuropäischen Künstler-

118) Gott. Erinnert mich an Bertie, meinen Mitbewohner am East-End-Vorbereitungskolleg für Niedrigere Studiengänge, als ich Klassische Philologie belegt hatte. Bertie Battersea-Billingsgate-Pottersbar behauptete er zu heißen, aber ich hatte da so meine Zweifel, besonders wenn das Telefon klingelte und eine heisere Stimme fragte, ob sie »Stinko« Moynihan sprechen könne; jedenfalls war er ein guter Student, mochte er nun Bertie oder »Stinko« gewesen sein, wenn er sich ordentlich hineinkniete ..., was er aber nie tat, wenn ich es recht überlege, und er ist auch nie vor Mitternacht nach Hause gekommen, und wenn er nach Hause kam, hat er mich jedesmal geweckt (d.h., falls ich mich dort aufhielt, unter meinem Haufen alter Mäntel zusammengekuschelt, nicht, wie so oft, auf einem fernen Klo seitlich gegen die Wand gelehnt, die schlecht oder gar nicht verdauten Überbleibsel eines giftigen Lammkoteletts oder verwesender Treseneier oder behaarten Specks auf Scheiben geronnenen Schmalzes heraufwürgend), indem er wild die Stapel angejahrter Comics durchpflügte – *Desperate Dan; The Beano; Das Zweirad und der Sausebraus; Das As, das aus dem Eise kam, und seine magischen Pfeile; Cornelius, das cauzige Carnickel* etc. – und auch vor den leeren Kollegheften nicht haltmachte, die ordentlich in einer Ecke unseres gemeinsamen Wohnschlafzimmers aufgeschichtet waren. Dann rollte er sich in einem Winkel zusammen und ließ es an der alten Nudel aus, wobei er das Gestöhne und die durchdringenden Schreie einer imaginären Zweipersonenekstase beisteuerte: »Drin!« »Ja! Ja!« »O Gott!« »Nein, da!« »Dort meine ich!« »Nimm mich, mein Wikinger!« und so weiter; daraufhin taumelte er in etwa der Hälfte der Fälle ausge-äh-laugt in den elenden Alkoven, den wir im Scherz »Die Küche« nannten, und grub sich durch Massen schimmelnder Kartoffelschalen, bis er ein Messer fand, welches er dann unbeholfen in die eigene Person zu rammen versuchte, für gewöhnlich irgendwo im Bereich seiner überarbeiteten Leber oder seines unausgelasteten Pimmels. Einmal zu oft gelang es ihm mit einer schärferen Klinge (das Klappmesser gehörte dem Flinken Phelim McRoyce, dem Nachbarn einen Stock tiefer und herausragendem früheren Bandenchef aus Ballymun), und er wurde um zehn Uhr am Abend eines ansonsten sehr schönen Junitages auf einer Leichenhallenbahre hinausgetragen. Er liegt, wo er immer liegen wollte, in einem päonienbewachsenen Grab am Fuße der Brazier Avenue im alten Colonies-Stadtteil, genau da, wo sein Lieblingsbus, der 35er, wenden muß. Schluchz, hic. Wollen Sie seine Grabinschrift wissen? Hier ruht ein weiterer dämlicher Sack. Äh, Terence ...?

szene weitgehend angenommen worden, namentlich bei der Post-Bauhaus-Baumeister-Bewegung in Wien, Graz und Bregenz; Lance jedoch, alles andere als ein Künstler, hatte nie so etwas Extremes getan wie dieser sogenannte Künstler, dieser Stutzer da in Wien, und sich Schicht um Schicht öffentlich im Scheinwerferlicht den Pimmel abgeschält; aber als Vorsichtsmaßnahme (Hey, kann man's denn wissen?) nahm er zweimal täglich eine von Dr. Israel Lawn in Queens Village verschriebene Arznei, um es zum Schlimmsten gar nicht kommen zu lassen, und auch, um unbehaglichen oder unerwünschten Fällen von Geselligkeit mit einem eilig geäußerten »Tschuldigung mal eben« aufs Klo entkommen zu können ... Auch heute nacht winkte wieder das Klo, und er verbrachte einige Qualitätszeit damit, daß er dort saß, importiertes Pud aus der Flasche trank und ein altes Exemplar *Rim 'Em Good* durchblätterte, das Gegenkultur-Rock'n' Roll-Schock-Magazin aus South Carolina. Hauptsächlich dachte er über alles nach, nicht ausschließlich über Shirley, aber fast.

a) Warum mochte er Shirley, wenn man so direkt fragen wollte? Ich meine, sie war pummelig, nett ausgedrückt; nicht übermäßig helle; sehr britisch (und zwar »very British«, nicht etwa »veddy B'ditish«, wie sie einen in Hollywood immer glauben machen wollten, wo sie alle Brits durch das Prisma längst überholter What-Ho-und-Fuchsjagd-Klischees sahen; Arbeitskollegin; und (igitt) Raucherin.
b) Sie war verheiratet.
c) Sie war mit einem IRA-Typ verheiratet.

Also, okay. Eins nach dem andern.

a) Weil sie schöne traurige Augen und so ziemlich einen der tollsten Balkons hatte, den er je gesehen hatte. Mann, er konnte kaum die Augen abwenden. Und wo wir gerade von seinen Augen sprechen: mit diesen Augen hatte er, zweimal, gesehen, wie sie bei einem seiner Witze ein Lächeln raushaute, das sich gewaschen hatte. (Und, Mann, was für ein Hit ihr britischer Akzent bei seinen Freunden daheim wäre.)

b) Na wenn schon, wenn sie verheiratet war. Das war Elizabeth Taylor auch gewesen, als sie Richard Bronson oder wie er goldverdammtnochmal hieß, kennenlernte, und *er* hatte überhaupt keine Probleme damit gehabt, *sie* diesem Troy oder Trey oder Ted oder-wie-er-hieß auszuspannen, oder (war jetzt sowieso alles Frühgeschichte).

c) He, die IRA war doch vielleicht ein Problem –, aber nicht in den Staaten. Auf jeden Fall nicht in Ohiowa. Da gab es keine Iren. Jedenfalls nicht viele. (Da gab es den Staatsbevollmächtigten für Öffentliche Sicherheit, Sean O'Irgendwas, eine echte Stimmungskanone, wenn er gut drauf war, aber das war's dann auch schon. Und dann gab es noch Mrs. O'Leary in derselben Straße, die Kettenraucherin mit dem Kiesel-Bariton. Aber das war es dann auch so ziemlich.)

d) Nein, dieser andere Typ war Japaner. Jetzt fiel es ihm wieder ein: Der Typ hieß in Wirklichkeit Oh. Sean Oh.

e) Naja.

Egal, mit der elektrisierenden 20/20-Vision eines Orakels hatte Lance sein Problem gelöst. Irland stand ihm sowieso einigermaßen bis hier, deshalb war es gut, eine Rückkehr in die Staaten zu planen, mit diesem ganzen wäßrigen Rosenkohl und dem warmen Bier und den Autos, die nicht größer waren als die Telefonzelle vor dem Haus seiner Oma in Dubuque, und Mädels mit Akne und Akzenten, die anfingen, immer unheimlicher zu klingen (tatsächlich gab es Zeiten, da Lance, noch nach zwei oder mehr Wiederholungen verständnislos, keine andere Wahl als den Abbruch des Gesprächs oder ein leeres Lächeln, von einem »Hmmm« oder »Hmmm?« begleitet, hatte), und zuviel Regen und Straßen, schmaler als der Korridor vor seinem Badezimmer, und Gebäude, die aussahen wie Auschwitz oder irgendwo, und die Leute rauchten immer noch trotz[119] Verbot und immer lausiges Fernsehen mit zu vielen französischen Sendungen und Speck, der schmeckte wie Schweinearsch und ...

Die verdammte IRA gar nicht zu erwähnen, die mit diesem Anschlag plötzlich ein Faktor geworden war, und Shirls Mann (ein weiterer guter Grund, sie hier, Hölle auch, herauszuschaffen), und Tag und Nacht schlichen sie herum, lauerten hinter Laternenpfählen und lungerten in den dunklen Ecken, und dies Land war voller dunkler Ecken, besonders hinter den Hecken und in diesen komischen alten Gäßchen, die sie hier »boreen« nannten ...

Das war es also: Sie würden zurück in die Staaten gehen.

»Radikal, Alter«, gurgelte er sich trunken zu. Dann rollte er von der Toilette auf Mrs. Mans Daffy-Duck-Badezimmervorleger, wo er die Nacht verbrachte.

Am nächsten Tag, nach einem Schuß hawaiianischen Noni-Safts, einer halben Tasse koffeinfreien Kaffees, einem tiefen Teller Silver Slivers ohne Fett und einem ordentlichen Training in diesem stinkigen Laden namens Jim's Gym, wo im Hintergrund die französische Bubblegum-Popmusik plärrte, einigermaßen wiederhergestellt, lud er Noreen zum Mittagessen ein und legte ihr die Idee über den gräßlichen rötlichen flußkrebsähnlichen Dingern mit Tonnen von Fühlern, die sie hier Garnelen nannten und die aus irgendeinem Grund (Ausländischkeit) hier drüben so verdammt beliebt waren, dar.

»Also, Noreen. Neulich stand in den Londoner Zeitungen ein Artikel über unsere Neuerwerbung drüben in den Staaten, weißt du, Zyth, de Warth & Wenn? Wie sie sich umstrukturieren? Wie sie einen neuen Budgetplan brauchen? Na, da hab ich mir gedacht, daß ich vielleicht? Oder?«

»Du wärst genau der richtige Mann für den Job. Ich weiß, ich hab ein Wörtchen für dich eingelegt.«

»Noreen, ich schulde dir einen.«

119) Oder wegen.

»In Ordnung. Dies Mittagessen kannst du mir schon mal schulden.«

»Nein, ich meine, ich schulde dir *wirklich* was. Wie du das hingekriegt hast. Ich meine, bei Shirl wurde es ja echt eng.«

»Wird es immer noch. Sie ist mit einem IRA-Mann verheiratet, hinter dem sie her sind, nach allem, was man so hört, und sie haben sie nur freigelassen, weil sie sich verpflichtet hat, keinen Kontakt zu ihm aufzunehmen, ohne sie vorher zu konsultieren. Aber ich kenne diese Jungs. Es wäre ihnen viel lieber, wenn sie gar keinen Kontakt zu ihm hätte. Anstatt das Gesetz zu ihm zu führen, warnt sie ihn wahrscheinlich viel eher, und dann können die Gardai, so nennt man unsere nationale Polizei, alle Hoffnung begraben, ihn jemals wieder zu fassen zu kriegen. Sie eine Zeitlang nach Amerika zu schicken schien für alle Beteiligten die beste Lösung.«

Sie bedachte ihn mit einem Blick, der von langsam ausgeatmetem Rauch verschleiert gewesen wäre, wenn sie Raucherin gewesen wäre und wenn Pableaux's, wo sie zu Mittag aßen, kein Antiraucher-Refugium gewesen wäre und wenn die Wesson-Regierung sich nicht der Causa des Tages gefügt hätte ...

»Noreen, Manno, ich.«

»Ach, halt's Maul. Bezahl und fahr mich.«

»Wohin?«

»Ich weiß es nicht, Seemann. Gehen wir zu dir oder zu mir?«

Lance' Magen erhob sich und machte einen Überschlag rückwärts. Dann, während der nächsten Stunde oder so, während er mannhaft mit der Frau vom Boss in ihren drei Lieblings-Kama-Sutra-Stellungen kämpfte (Tandem-Affen; Laubfrosch über Kopf; dreihöckrige baktrische Dromedare), kämpfte er genauso mannhaft einen Anfall von PUGS nieder, den er kommen spürte.

* * * * *

II

»Bist eins von diesen gottverdammten reichen schwulen Bälgern dann gib mir doch was von der Knete deines Daddys anstatt dir schwule Skihütten und schwule Beh-Emm-Wehs zu kaufen scheiß sowieso der Hund drauf geht doch erst mal arbeiten ihr scheißschwulen Studenten geht doch taxifahren schafft euch doch erstmal einen richtigen Job an ihr Scheißaraberschwuchteln warum geht ihr nicht zurück in den Scheißirak gottverdammte Scheißfranzosenschwuchteln warum geht ihr nicht zurück in euer Scheißparis ihr Scheißschwuchteln fickt euch doch selbst und fallt tot um ihr gottverdammten scheißschwulen Bauchtänzer geht doch zurück nach Scheißägypten oder was fürn Scheiß auf euch ist sowieso geschissen ihr gottverdammten scheißschwulen Studenten scheiß doch der Hund drauf ihr gottverdammten scheißschwulen Taxifahrer schafft euch doch erstmal einen richtigen Job an anstatt mit euren Scheißtaxis den ganzen Tag im Kreis zu fahren ihr gottverdammten scheißschwulen Juden haut doch bloß in euer Scheißisrael ab ihr gottverdammten scheißschwulen Liberalen geht doch bloß zurück nach New York auf euch ist sowieso geschissen ihr gottverdammten scheißschwulen Jesus-Freaks fickt euch doch selbst ihr gottverdammten scheißschwulen Iren warum geht ihr nicht zurück in euer Scheißirland …«

»Oy«, sagte Ferdia.

Trev Romanov pausierte in seiner speicheltriefenden Tirade, um den Kopf auf eine Seite zu neigen, wie ein Vogel, mitten im Wurmen gestört.

»Äh?«

»Schnauze.«

»Wassassu gesagt?«

»Du hast mich gehört. Halt die Backe. Fermez la Futterluke. Zieh den Reißverschluß zu. Ich bin heute nicht in Topform, und das letzte, was ich gebrauchen kann, ist ein besoffener alter Trottel, der mir das Ohr vollplärrt, kapiert?«

»Na Scheiße«, sagte Trev. In ihm schlingerten wie die gepeinigten Wasser eines Seesturms von Hiroshige die folgenden Verzweiflungen:

- die eines von seinem Getränk getrennten Alkis, der seit zwei Tagen wegen eines unidentifizierbaren, aber überhaupt nicht beruhigenden Wuff-und-Hui-Schmerzes im unteren Darmtrakt keinen Schluck mehr zu sich hatte nehmen können, aber auch nicht über das verfügte, was unsereins Krankenversicherung nennen würde, und der deshalb nicht wußte, was er sonst machen sollte, als es an seinem üblichen Opfer auszulassen, nämlich der Welt, in Sonderheit den College-Studenten und den sich mannigfaltig von ihnen herleitenden Schwuchteln;
- die Verblüffung darüber, direkt, von Mann zu Mann, Auge in Auge, von einem menschlichen Mitwesen angesprochen zu werden, welches sich vom engen Kontakt mit Jenem, der sich als nichts Geringeres ansah als den Stadtschreier von New Ur of the Chaldees und als Institution für besagte College-Studenten, uneingeschüchtert zeigte (wobei die Studenten zumeist weder den Mut noch den Witz besaßen, ihm zu sagen, er solle doch mal die Klappe halten; o konträr, sie steckten der alten Strandhaubitze, damit sie geladen blieb, von dem zu, was ihnen ihre Eltern zugesteckt hatten), und auch nicht von einem Studenten, sondern von einer entfernt verwandten Untergattung, wenn man von seinem Fünf-Uhr-Schatten, seinen trüben Augen und seiner so-gut-wie-fast-gar-nicht-wahrnehmbaren Krängung (von ihm aus gesehen nach links, von Ihnen aus nach rechts), nicht dagegen von seinem schwulen Ausländerakzent ausgehen wollte;

- der Hunger, war doch die letzte anständige Mahlzeit aus Falschem Hasen, Kartoffelbrei und grünen Bohnen (von ihm) im Mai 1987 verzehrt worden, kurz bevor er seine Familie in Oreoville (Indianola) am Tag des großen Vietnamveteranentreffens verließ, als es Trev dämmerte, was für gottverdammte Schißhasen seine Frau und seine drei Kinder doch waren und wieviel glücklicher er doch um circa 1967 herum im Mekong-Delta gewesen war (und wie off-limits dies Delta heutzutage war, wofür man sich bei diesen schwulen Politikern bedanken konnte);
- der an- und abschwellende Schmachter auf eine Zigarette, kontrapunktisch von diesem an- und abschwellenden Schmerz im Gedärm gelindert, der die ärgerliche Nebenwirkung hatte, daß er, solange er anhielt, alles andere abtötete, ihn selbst, wahrscheinlich, gleich mit;
- war aber auch wurscht.

»He, Mann«, krächzte er Ferdias sich entfernender Gestalt nach. »Hassuma Kleingeld?« Nachdem er als Reaktion nicht mehr als ein gälisches Achselzucken geerntet hatte, klaubte Trev wieder etwas von seinem gewohnten Gift-und-Galle-Kram zusammen und ließ einen Schwall von »Wer glaubst du eigentlich wer du bist du verdammte Schwuchtel geh doch zurück in dein Scheiß-New-York du gottverdammter Ballettänzer« frei, merkte aber, daß dies ein unzureichendes Epitheton für Ferdiasgleichen war, der selbst auf die Distanz, die mit jeder Sekunde größer wurde, eine unverwechselbare Ähnlichkeit nicht so sehr mit einem Ballettänzer aufwies (alle mentalen Assoziationen, die durch so einen Vergleich freigesetzt wurden, waren in äußerstem Maße grotesk), sondern vielmehr mit Ti-Ti, dem tapsigen Tyrannosaurus Rex in dieser Samstagmorgenkindersendung, die er manchmal im Tagesraum des William-Burroghs-Männerwohnheims im Ziegelei-Viertel mitkriegte –, und wo wir gerade vom Ziegelei-Viertel sprechen, da saßen sie, die reichen Schwuchteln, lebendigen

Gottes …, was er, Trev, noch war (nicht Gott: *lebendig*), so eben und eben, denn ohne daß er es wußte, formte die große Hand der Vorsehung gerade eine unerwartete und unvermeidliche Zukunft, die er sich mit ziemlicher Sicherheit so selbst nicht ausgesucht hätte (aber welche Art Zukunft hätte sich so ein olles Stück Schlacke überhaupt ausgesucht?) [120)] …, naja, vielleicht ging er ja doch noch zum Arzt. Er hatte gehört, donnerstags gäbe es einen unten bei Shaft, wahrscheinlich so eine Ostküstenschwuchtel, aber er würde, keine Sorge, schon aufpassen, daß kein gottverdammter Himbeerheini ihm, Trev, einen Finger in den Arsch steckte, o nein, Sir, mit Sicherheit nicht.

UNTERDESSEN … ging der neueste Neuankömmling in New Ur of the Chaldees weiter die Straße entlang, nahm alles in sich auf, ziemlich kaputt nach neun Stunden nonstop Flug- und Busreise. Ferdia Quain, Flüchtling vor der irischen Justiz, stellte seinen Koffer hin und stand nun an der Ecke Judith Fowler Boulevard/Elm Street Südschleife (Bundesstraße 183b), um eine zu rauchen und zum erstenmal in seinem Leben Zeuge des täglichen Festzugs zu werden, den das Leben in den Vereinigten Staaten von Amerika veranstaltete.

120) Oder Sie? Wahrscheinlich so eine wie meine, Seamus. Trübe und immer trüber werdend. »Verzweifle, solang du noch jung bist«, wie unser direkter Nachbar, ein liebenswürdiger alter Gent namens Stan Bentley, sonntagabends nach dem Braten, wenn die Elstern unmelodisch im Dämmer kreischten, zu sagen pflegte, »und wirf nie einen Blick mehr zurück.« Diesem Gefühlserguß folgte eine erstaunliche Parade von Blinzlern, *tics*, Zuckungen und Spasmen quer über die breite Steppe seiner nicht aus Ulster gebürtigen Züge. Einmal zwinkerte er so heftig, daß er vierzehn Tage lang ein blaues Auge hatte, und ein anderes Mal (sagen Sie »Stop!«, wenn Sie das schon gehört haben) erregten die wilden Drehungen von Nase und Augenbrauen die unwillkommene Aufmerksamkeit einer Prostituierten, die gerade vorüberkam, die Verzerrungen als die verloren gewähnte Sprache der Prostituierten mißinterpretierte und sich unverzüglich daranmachte, ihre Stiefeletten auszuziehen … Entschuldigung, haben Sie »Stop!« gesagt? Na sowas von naßforsch. Äh …, wo wir gerade dabei sind … Terence?

Tatsächlich sah es genau wie zu Hause aus, mit größeren Gebäuden und Autos, nur mit einem vage surrealen Effet, wie ein Zeichentrickfilm für Kinder, von richtigen Schauspielern bevölkert. Ein Brotlieferwagen von Mrs. Bread rumpelte vorüber, dem ein schwarzer Jeep folgte, von einem schmächtigen Heranwachsenden mit verkehrtherum aufgesetzter Baseballmütze gelenkt; tief aus dem Innern des Fahrzeugs drangen verstärkte Grunzer, wie ein Schweine-GV, die eine Spur aus Vibrationsfurchen ins Erdreich pflügten.

»Scheiße«, quengelte Ferd. »So schlimm wie der Strand am Samstagabend.« Heimweh schwomm wie eine müde, aber entschlossene Bakterie durch seinen reisesiechen Körper. »Soll sich gehackt legen«, fügte er irgendwie unüberraschend hinzu. Die Ausländischkeit würde bald nachlassen, überlegte er, und mit ihr die Nostalgie, die törichte Bin-ein-kleiner-Junge-und-hab-mich-verlaufen-Sehnsucht nach Hause. Klar, in diesem verdammten Leben konnte man sich an alles gewöhnen. Und immerhin hatte er es ohne Nackenschlag und Narbe bis hierher geschafft, obwohl das wirklich der absolute Scheiß-doch-drauf-Trip gewesen war, der längste bisher seines Lebens, sogar noch länger als nach Spanien (ins Baskenland, um genau zu sein), '89 ...; das Ganze hatte sich aber als Kinderspiel erwiesen. Daheim war die Polizei um das Präsidium herum auf dem Qui-Vive, sowieso, und er hatte nicht weit vom Cretino Crescent ein paar von der Sorte erspäht (nachdem er auf der vergeblichen Suche nach Vitaminen dorthin zurückgesaust war), aber nicht auf dem Flughafen Shannon, noch auf den mäandrierenden Silberschienen von Iarnrod Eireann, noch inter oder auf oder nächst den heckenhohen Landstraßen des Westens. Tatsächlich stellte sich alles als sterbensleicht heraus: Nach der Explosion war er nach Hause geflitzt, wo er seine Bücher in seinem alten IRA-Matchbeutel mitnahm, dem mit den Osterglocken auf der einen und »Poblacht na h Eireann« auf der anderen Seite. Da er Shirl nicht begegnen wollte, kehrte er in Finns Wohnung zurück, welche leer war: Der Bursche widmete sich von vorn bis hinten und von früh bis spät dem praktischen Einüben des Ehestandes, Gott segne ihn. In jener Nacht hatte Ferdia anfallartig geschlafen, wachsam für Geräusche aus Richtung Tür und hauptsächlich von beklommenen Schultagen träumend: verhauene Prüfungen; die Kreise, die man mit verdrießlichen Bekanntschaften auf dem Schulhof zog; ungelesene Schulbücher; kokette Schülerinnen ... Er war gegen vier aufgestanden, gönnte sich ein frugales Frühstück aus Whoopsy-Hoops und einem schönen alten Hustenanfall, des verstorbenen Kurbelwelle würdig, warf dann ein paar Sachen in seinen Beutel (Feinripp-Unterhosen mit Eingriff, Socken, Restvitamine) und besuchte, hibbelig, aber in Hochstimmung, wie der Star eines unscharfen Thrillers, der im II. Weltkrieg spielt, jederzeit damit rechnet, jederzeit von Heinz Gestapo aufgehalten zu werden (»Halt! Moment mal!! Ihren Ausweis bitte!!!), den nächsten Automaten der Bank of Munster, um Bargeld zu holen, ein Augenblick der Wahrheit, den er nicht so bald vergessen würde:

»Scheiße. Ich bin blank.«

So gut wie jedenfalls. Auf jeden Fall hatte er alles abgehoben, alle beschissenen 390 Euros, dafür konnte er sich ein schönes Stück vom amerikanischen Apfelkuchen leisten. Der Rest ging dann auf Karte. Soviel zum Thema Wein-und-Käse-Läden, was? Bitter erging er sich in Selbstverspottung, wodurch er Besorgnis in den engen Revieren von Mrs. Abel Gance' Geist hervorrief, die direkt hinter ihm in der Schalterschlange wartete, um die Früchte ihrer ersten zwei Wochen als Stellvertretende Beigeordnete Datenverarbeitungs-Input-Künstlerin (auf Teilzeit) (zur Probe) (Spätschicht) (voll abgabenpflichtig) bei NaughtyBoy Graphics zu genießen, einer hiesigen Web-und-Wunderkind-Unternehmung, gerühmt für lange Arbeitszeiten, legere Kleidung, Partys mit Videospielen und tolle Bezahlung, bis man gefeuert wurde.

»Ha Ha«, verkündete Ferdia. »Ho. Ha. Hi. Killoyle Wein und Käse? Aber hallo. Ha Ha HA. O ja.«

»Fehlt Ihnen äh was?« erkundigte sich Mrs. Gance, die

eigentlich vor dem Kontakt mit Fremden zurückschreckte, besonders nachdem sie auf NoNewsIsGoodNews.com die News von dem Burschi gelesen hatte, der in einem Internet-Salon in Kalifornien seine Kollegen mit dem Inhalt eines voll durchgeladenen AK-47 unter Beschuß genommen und 300 von ihnen (oder waren es 30 gewesen? Oder 3?) getötet hatte; aber irgendwie wirkte dieser Typ nicht wie ein heiß vernetzter Frickler, dazu ging zuviel Muff vom alten Irland von ihm aus. Trotzdem war es nie verkehrt, auf der Hut zu sein, weshalb Mrs. Gance sich leicht zurückzog und rasch die Zugänglichkeit möglicher Fluchtwege überprüfte.

Aber, den Kragen hochgeschlagen, den Hut in die Stirne gezogen, war er maulend an ihr vorbeigeschnürt.

»Na bitte, na meinetwegen«, sagte sie, vorwiegend zu sich selbst, nicht ohne gewisse Erleichterung.

Ferdia ging schnurstracks zum Bahnhof und kaufte sich eine Rückfahrkarte nach Kildera. Clever die Spuren verwischt, fand er. (Er hatte sein Leben lang Frederic Galveston gelesen und zog großen Genuß aus den Feinheiten der typischen Galveston-Handlung).[121] Er nahm den Morgengrauen-Regionalexpreß nach Naas statt nach Kildare und stieg dann in der regnerischen Morgendämmerung in den Bus nach Galway. Nach dem Mittagessen (eine durchweichte Fleischpastete in Winn's Bar in Gigglegormley, dabei immer brav nach Greifern Ausschau haltend) fuhr er im schönsten Märzregen per Anhalter über Limerick ins Industriegebiet nach Shannon, wo er nach mehreren entsetzlichen Momenten, als er glaubte, er hätte eine Polizeibrigade gesehen, die geradewegs auf ihn zukam (war dann aber nur das Flughafenreinigungspersonal, welches zum Morgenappell zusammentrat), oder hätte schwören können, daß er seinen Paß verloren hatte (im Kopf

121) Tja, die Welt ist doch ein Dorf oder so. Auch ich habe Mr. Galvestons Handlungsstränge immer bewundert, obwohl einem seine einsilbige Prosa schon empfindlich auf den Sack gehen kann. »Der Mann, der ein Hund war« ist natürlich mein Lieblingsbuch, besonders die Boudoirszenen mit Erzherzog Franz und seiner ungarischen Geliebten.

schwärmten fieberhaft lachhafte Alternativpläne, wie auf die Schnelle einen Mitpassagier auszurauben oder ein Telefonat zu riskieren und sich von Finn eine Fälschung faxen zu lassen).

Tatsächlich war das garstige Dokument durch ein Loch in seiner Brusttasche ins Jackenfutter gerutscht, wie er nach panischer Selbstabtastung auf der Herrentoilette entdeckte.

Schließlich schlich er an Bord von Aer Lingus 109 nach Boston, dem 6:20 Uhr »Ave Maria«-Flug, wie sie ihn nannten, voller heimkehrender Schwägerinnen und Bostoner Barkeepern und Priestern und kichernder Viertsemester und Brüder berühmter und nicht-so-berühmter Schriftsteller und Schauspieler und weiterer vermischter langweiliger Vertreter der gasgefüllten Gattung *Homo Hiberno-Americanus.* Von Boston unter einem bleiernen Himmel nach Macropolis vorgedrungen, war es ein leichtes, im sogar-noch-bleierner-behimmelten Cleveland von einem Greyhound in den anderen umzusteigen; und gegen acht Uhr abends am nächsten Tag, nach einer unruhigen Nachtfahrt im Bus, die durch den stets präsenten Gestank nach Kotze und Waschmitteln (wie in einer Grausensbar in Killoyle, dem Harbourside z.B.) und zwei kopulierende junge Drogensüchtige auf dem Platz hinter ihm länger zu dauern schien als 7 Stunden (wobei seine Depression von einem Sechserpack Henry VIII Malt Liquor in Schach gehalten wurde, welchen oder welches er einem graublauen Indianer im blaugrauen fluoreszierenden grellen Schein eines Schnapsladens um Mitternacht irgendwo in den öden, schwarzen Randgebieten von Toledo, Ohio, abgekauft hatte), war Ferdia Quain im Herzland Amerikas, tatsächlich sogar im Neuen Ur von Scheiß-Chaldäa und nichts Geringerem, auf der Suche nach Er-wußte-es-nicht –, na gut, einem Job, erstmal, und einer Chance, den ganzen Scheiß zu Haus zu vergessen …, so ziemlich der Grund für jedwede Einwanderung von allem Anbeginn.

Aber zuerst suchte – und fand – er eine Zigarette, seine letzte irische Woodbine, und zündete sie an, eifrig darauf bedacht, heimwärtsgerichtete Gedanken an Shirley, die Bar, den Laden, Terpsichore – und sogar an *Finn,* um der Liebe und Ehre Jesu willen, zu verscheuchen. Drei Jogger joggten vor ihm über die Straße, von denen zwei ein deutliches, keuchendes Gespräch zum Thema Handys mit Kopfhörern führten, der dritte in jeder Hand eine Hantel trug, alle drei jedoch dem Schauspiel verächtliche Seitenblicke zuwarfen, welches *ein rauchender Mann* bot ... Das rote Cabriolet eines silberhaarigen Altmenschen mit 360°-Sonnenbrille verfehlte knapp ein Paar abscheulich übergewichtiger schwarzer Damen, die sich mit glockenförmigen Hüten und dem verschämten Blitzen von Unterröcken unter den blumengemusterten Kleidern wie für den Kirchgang 1953 angezogen hatten und nun elefantin über einen Fußgängerüberweg walzten, wobei sie laut und gleichzeitig über eine »sie« ohne Namen sprachen: »Sie war dagewesen« und »sie hatte Unsinn geredet gehabt« und »sie ruft denn nochmal an« ... Etwas links von und hinter ihnen, um alle und jeden daran zu erinnern, in welchem Land sie waren, hingen schlaff von einem Fahnenmast über Bedstead's Drugs die Stars and Stripes (in vergoldeter Schrift als »Stars & Stripes« identifiziert, mit einem sehr schönen Et-Zeichen, wie Ferdia begehrlich und nostalgisch vermerkte) sowie, handschriftlich, »God Bless the USA«: Sogar richtig geschrieben, beobachtete der (wegen seiner eigenen Sünden) immer kritische Ferdia ... Ein schwarzweißes Polizeiauto, wie das von Jarhead, dem nervösen Polizeinovizen in *Privatdetektiv Bluthund,* kam um die Ecke, machte wiewiewiewiewiewaa und etwa fünfzig Meilen pro und verschwand bald im Strudel seiner eigenen Lärm- und Geschwindigkeitsentfaltung. Dann, als Ferdia so stand und paffte, trat eine junge Frau in ärmellosem Unterhemd und Jeans und mit blanker Taille bis an die Bordkante heran, musterte den verlotterten Raucher überheblich von oben bis unten, als wäre sie eine Herzogin, er ein Bewerber für den Posten des (z. B.) irischen Hilfsgärtners, und sagte: »Kommt ja überhaupt nicht in Frage«, bevor sie davonstolzierte, wobei die ideal synchronen ausgeblichenen Leinen-Globen ihres bluebejeansten Hinterns in Ferdias Geist das Bild zweier Eier heraufbeschworen, Kiebitzeier z.B., in einem Taschentuch, eine Vorstellung, zu distanziert, als daß sie nicht sofort rotgeränderten Bildern von geschlechtlichem Beisammensein Platz gemacht hätten, Bildern, die Ferdia ohne Zögern, aber mit Anstrengung unterdrückte.[122)]

»Davon nichts jetzt, Junge«, machte er sich Vorhaltungen.

Ein grünlicher Lieferwagen mit dem Wahlspruch »Redd's Sandwich Service« längsseits, von einem kohlpechrabenschwarzen Mann mit kohlpechrabenschwarzer Kleidung und kohlpechrabenschwarzer Sonnenbrille gelenkt, fuhr langsam vorüber und wackelte und vibrierte in Rhythmen, von denen die Vorfahren des Mannes nur hätten träumen können –, aus welchen Träumen sie dann laut schreiend aufgewacht wären.

»Putziges Kaff, ey«, murmelte Ferd. Er trat seine Kippe aus. Zeit, was zum Ratzen zu finden. Zeit, zuallererst Fergus McCool und das (kotz) Dew Drop Inn aufzuspüren, denn der und das bestimmten, wie sich alles fügen würde in Ferdias Neuer Welt.

* * * * *

1. April, dort im windigen und gewinnenden Versteck unseres Freundes, des Leprechaun, und seines Cousins, des edlen Clurichaun. Ah, 's war ein schöner, großer Augenblick unter aufgetürmten Wolkenbänken von Kartoffelbreifärbung, als Stan MacKee mit der übermäßigen Anstrengung, die sich

122) Ah, was hab ich Ihnen gesagt, die sind doch das einzig Wahre, voll und ganz. Ach, Gott helfe meiner elenden Seele und errette sie, ich liebe sie, ach, wie sehr ich sie liebe, alle beide. Aber zurück zu den Getränken. Führten wir nicht gerade vielmehr eine Diskussion über ein sehr hohes Glas, zu, sagen wir, drei Vierteln mit, och, weiß auch nicht, gefüllt? Whiskey?

den Lullen und Pints und Kurzen und Nümmerchen und sonst keinerscheißenochmal-*lei* körperlicher Ertüchtigung schuldete, die verrosteten Verankerungen löste, damit die *Rumpelstiltskin*, ungläubig zunächst, zum erstenmal seit Terry Whelan, ihr eigentlicher Eigner, sich nach Down Under davongemacht hatte, langsam und vorsichtig in den Kanal ablegen konnte.

»Wal! Da bläst er«, sagte Stan und pufferte die Bemerkung mit tiefen leisen Lachern der Selbsterkenntnis und -ironie.

Sobald der Evinrude-Jahrgangsmotor ('79er) 214 HP befeuert war und mit der Verarbeitung von Matsch und öligem Benzin begonnen hatte, relativ anständig sogar, schauderte die *Rumpelstiltskin* ein paarmal, daß sich das Deck bog, bellte ein- bis zweimal rauchend und fand sich dann drein, wieder eher Kahn zu sein als Hausboot, zog auch bereits auf den stillen Wassern des Kanals ein glänzendes, geripptes Kielwasser hinter sich her.

»Ta-ra-tum Da-ra-lej«, sang Kapitän Stan MacKee, der groß und stolz am Steuerruder stand, in der einen Hand eine frisch geknackte Flasche Old Aardvark India Pale, die andere das Lenkrad im Griff und unter Kontrolle, er selbst ein ernstes und fest-fokussiertes Auge auf die hochwichtige Ansammlung von Meßgeräten für Geschwindigkeit, Unterdruck, Treibstoff und dergleichen haltend. Ein übersichtliches Panorama vom Kanal und der ins Bild rückenden Belfers-Brücke und der alles umgebenden Ländlichkeit eröffnete sich durch die Fenster, welche jetzt ihrer Vorhänge im Butterblümchen-und-Karnickel-Dessin entkleidet waren, die er eines Nachts zu entdecken heimgekehrt war, eines Geschenks von Terpsichore …

… DER DUMMEN SAU …

… eines Geschenks, das er nur zu gern heruntergefetzt und in den gottverdammten Mülleimer geschmissen hatte.

Und das war ein weiterer Vorteil des Losmachens, des Ankerhebens, des Sichverpissens, des Verduftens und Weiterziehens, außer daß man später irgendwoanders war und sich nie zu fragen brauchte, ob der Schritt, den man auf der Laufplanke hört, mit einer Wahrscheinlichkeit von einer Million zu eins, von IHR ist oder vom Gerichtsvollzieher oder von diesem alten Pechvogel, dem Ex-Geistlichen, der bei den Mülltonnen abhing: ja, indem er alles hinter sich ließ, verringerte er auch die Frequenz des Aufwachens mit Blick auf irgendein verarmtes Arschloch, das in seinem Abfall wühlte, in der Nähe von Moylan's immer ein Problem, beim Niveau der Gäste, die es dorthin zog ... Naja, es gab natürlich auch Ausnahmen, wie den inzwischen eingekerkerten Ex-Kardinal von Ganz-Irland: Purvis hieß er, oder? Oder Jarvis? Wie das Bier...? Egal, Seine Ex-Eminenz, die von der Hl. Mutter Kirche gefeuert worden war, weil sie sich an den Gattinnen einiger ihrer Senior-Aktionäre zu schaffen gemacht hatte,[123)] war letz-

123) Beamish, so heißt der alte Narr, über den Sie sich gerade auslassen. Kardinal Nolan Fitzmorris Beamish. Nachdem er als künftiger *papabile* gehandelt worden war, ging es mit ihm ganz schnell bergab, sobald ihn der Rappel gepackt hatte. Ja, wieder Frauen. Jedenfalls, hier sind die Infos: Als Nolan Fitzmorris Beamish auf einem unbewohnten Bauernhof im Sperrinsgebirg geboren, wuchs er auf den Spielfeldern von Maynooth und Mailand zum Manne heran, und auf ihn war es eine gute Anzahl von Jahren lang, worauf sich die schönsten Hoffnungen und Träume der fußballerischen Zukunft Irlands gründeten. Als Vorstopper so dominant wie als Mittelstürmer, hielt er in seiner Glanzzeit in den späten 1950ern jedem Vergleich mit di Stefano, Puskas und dem jungen Pélé stand und wurde der erste irische Spieler, der in der italienischen Liga Erfolge errang. Tatsächlich geschah es während seiner Jahre in Italien angesichts der schieren Anzahl schwarzgekleideter Priester, die windschlüpfrige Cabrios, Moto Guzzis, Rollschuh und dergleichen fuhren, daß sich in ihm langsam die Idee, Priester zu werden, verdichtete, um auf sichere Weise Mädchen kennenzulernen; und sobald der Entschluß feststand, war sein Aufstieg in den enggeschlossenen Rängen der Kirche legendär für die Schnelligkeit, mit der er stattfand. *»A, l'irlandaise!«* sagten die weisen Alten im Vatikan gern voll Ehrfurcht und schüttelten sich selbst die Hände, wenn der junge Nolan vorbeischritt, meist tief mit dem Staatssekretär oder einem zu Besuch weilenden Magnaten ins Gespräch vertieft. Zum Höhepunkt seiner Karriere kam es letztes Jahr, als er vom Nachfolger des Alten Papstes,

ten Mai eine Zeitlang dort gewesen, morgens mittags abends nachts, und hatte »die kleinwinzigen Bettler«, so nannte er leere Whiskeyflaschen, gesucht, »meine lieben kleinen Bettler, verstehst?« wie er Stan eines irritierenden Sonntagmorgens vor Sonnenaufgang auf seine einschmeichelnde Art erklärte, »denn ohne sie, Gott segne und errette uns, wäre ich gänzlich ohne Getränk, und das wäre bestimmt grundflasch, äh, falsch.«

dem Neuen Papst, der seine Stimme zu verstellen pflegte und, indem er behauptete, *il diavolo* zu sein, den Alten Papst mit diesen unhöflichen nächtlichen Telefonanrufen belästigte, welche, wie einige sagten, den Tod des Alten beschleunigt hatten –, eine gewisse Ironie des Schicksals, hatten Seine Alte Heiligkeit doch ohnehin beschlossen, daß die ganze Angelegenheit ziemlicher Stuß war (das Küchenpersonal hatte zufällig gehört, wie er Verwünschungen in seine Suppe ausstieß), und geplant, in Pension zu gehen und im Hügelland von Sussex Bienen zu züchten, als er verkehrtherum auf einem Liegestuhl in den Gärten des Vatikans aufgefunden wurde, mausetot, zum Kardinal von ganz Irland ernannt wurde ... Jedenfalls erfüllte Nolan Beamish, wie Caligula, zunächst die allerhöchsten Erwartungen seiner Gönner, und sein Abbild figurierte an prominenter Stelle auf dem Kaminsims so manchen frommen Haushalts. Ja, zuerst war er ein bewundernswerter Kardinal, wie er so Bäume fällte, Rasen mähte, beim jährlichen Straßenkegeln auf der Straße kegelte, Zuchtschweine jurierte und manch mannhaftem Mann mannhaft auf die Schulter hieb; ja, 's ist wahr, daß sein offenes, schlichtes Auftreten ihm viele Anhänger einbrachte, deren Schecks er frohgemut einlöste. Dann (*frisson* der Geigen, Moll-Tonart) begannen sich Gerüchte zu verbreiten. Er wurde gesehen, wie er sich in Kardinalsmontur in Frauen-Colleges und Mädchenpensionaten im Unterholz versteckte, manchmal mit einer Videocam, manchmal mit einer simplen Wegschmeiß-Filmaroid, aber immer mit einem Zeiss-Feldstecher um den Hals. Eines Nachmittags entdeckte man ihn, mit roten Roben, Mitra und allem angetan, rittlings auf einem Zaun, den bereits erwähnten Feldstecher benutzend, um durch das Fenster eines Massagesalons in der Behan Avenue zu spähen, wobei er »Ausziehen, alles ausziehen« rief. Die Gerüchte wurden zur Gewißheit, als, an einem Sonntag spät, nach einem zeitigen Abendessen für einige der bedeutenderen Industriellen in den Sechs Grafschaften in der Residenz in Armagh, während die Sonne im Westen in einer Explosion aus rosa und lila Stiefmütter-

Gott, was für eine Welt, wenn man ein bißchen näher ranging.

Ein Rülpser erscholl.

»ORRRRRRRRRRRRRRRRRRRRRRRRRRRRRRRRRRRRRRRRRRRP.«

Aaaaaaaah. Gut war's, 's war gut, das war's, die mal eher warme, mal eher kühle frühe Aprilbrise durch das Haar zau-

chen unterging, Seine Eminenz rasch eine Serie trockener Sherrys direkt vom Faß verschluckten, sich dann erhoben und beide beringte Hände unter den Rock einer respektablen, großbusigen Matrone plazierten, die sich gerade wegen Nachschlags an Gurken-Canapés vorbeugte –, der Gattin übrigens von Sir Roy Unabomber, dem Industriellen (und vom Judentum Konvertierten, der arme Dussel). Indem Seine Eminenz mit der zum Markenzeichen gewordenen hellen Tenorstimme auf die entsetzte Dame einsprachen (»Jetzt atmen Sie tief durch, meine Liebe, und zählen Sie bis zehn, während ich sanft hinein- und wieder herausgleite, so, so, sehen Sie, es ist die einfachste Sache der Welt«), machten sie sich ans Werk, und das Resultat kann man sich vorstellen. Die Schreie der armen Frau gellten durch die abschüssigen Gassen und Gäßchen der Domstadt und ließen das Blut manches Gemeindemitglieds gefrieren, sei es Katholik, Protestant oder Abtrünniger. Das Gebrüll von Sir Roy folgte bald, und mit ihm das groteske Schauspiel einer ausgewachsenen Verfolgungsjagd den Cathedral Close hinunter, wobei Sir Roy einen stämmigen Knittel aus Schwarzdorn schwang, Seine Eminenz in vollem Ornat, den Schlüpfer der Dame in Händen. Er tauchte eine Zeitlang in den wilden ländlichen Gefilden der entfernteren Vororte unter, und zuletzt habe ich gehört, daß die Greifer ihn hopsgenommen haben, weil er eine Kiste Bordeaux aus dem Kofferraum eines im Leerlauf vor einem Getränke-Abholmarkt in Tallaght geparkten Volvo Estate geklaut hatte. Der Ex-Kardinal (stante pede vom Neuen Papst gefeuert, da können Sie Ihren Popo drauf wetten) erwartet gegenwärtig in der Strafanstalt von Knock sein Urteil, und an seiner Zellenwand hängt ein schmuckloses Kruzifix gegenüber einem 27-Zoll-Plasmabildschirmfernseher mit 345 Kanälen und einem schönen Blick durch die Gitterstäbe auf den Ozean. Wirklich schade, daß jemand von so weit oben so tief nach unten abstürzt, etc., etc. Aber, wenn es unter uns bleibt: Ich habe Priestern nie getraut. Da stimmt doch irgendwas nicht bei unverheirateten Typen, die in schwarzen Röcken herumlaufen und über Gott reden.

sen zu spüren und die kräuseligen Kanal-Widerspiegelungen der perlenartig leuchtenden Wolken zu bewundern und die friedfertig wiederkäuende Freibauernschaft samt herrlichen Kühen zu sehen und mit jedem Töff von *Rumpelstiltskins* kühnem alten Evinrude die ganze verdammte Schweinerei weiter hinter sich zu lassen. Es war zehn Uhr vormittags, er hatte seinen alten Nitsun Micro für ein paar hundert Euro verkauft, damit seine Rechnungen bezahlt und seine Schuld an der Gesellschaft beglichen, und, und das war das Wichtigste, er hatte ein letztes Mal mit der dämlichen Kuh Tacheles geredet ... Ich meine, da war sie, er war an ihr Krankenhausbett geeilt, und alles, was sie konnte, nachdem sie seine Anwesenheit kaum zur Kenntnis genommen hatte, war, daß sie über Donal dies und Donal das quatschte, und wie Donal, der drogenabhängige Ex-Autoverkäufer mit seiner schlimmen Akne, auf dem allerbesten Wege war, sie mit zurück nach Amerika zu nehmen, an das College, an dem Donal-das-Scheißgenie einst gelehrt hatte und allwo Seiner Hochmögenden Durchlaucht Herrn Donal ein neuer Job angeboten worden war, wieder mal, oder ähnlicher Scheiß, dieser nichtsnutzige dämliche Hund, der hinter der Sichtblende lungerte und sich die Pickel ausdrückte, weil er Angst hatte, mit einer gewissen Berechtigung, daß Stan ihm die Dresche seines Lebens verpassen würde, und kein Vertun.

»Du gehst also nach Amerika?«

»Aber jede Wette, und Donal ebenfalls«, sagte Terpsichore, die eigentlich gar nicht verletzt war, nur das Bein an drei Stellen gebrochen, nicht das beste Ergebnis, aber es gab ihr ein paar Tage auf Kosten des Steuerzahlers im Mater; elend sexy sah sie aus, wie sie da lag, aber, und Stan mußte all seine Selbstbeherrschung aufbringen, um auf dem Absatz kehrtzumachen und zu gehen, ohne eine weitere rückwärtsgewandte Bemerkung oder Geste, außer:

»Tschüs, ich geh dann mal«, was, wenn man ihn damals gefragt hätte, unter den Umständen so ziemlich der Gipfel an Coolness war. Endlich hatte er die richtige Einstellung, die

Geistesgegenwart, das Beugen des Knies vor dem Unabänderlichen drauf. Lebewohl, Terpsichore, meine Zufallsmuse, sann Stan, der Ritter des Zufalls mit dem träumerischen Auge des Schrift-(oder Abschrift-)stellers. Indem er zum Ausgangspunkt zurückkehrte, wurde ihm über einem Red Reamer bei Williamson's unten am Strand (etwas tuntiger Laden, nicht sein Stil, aber, was die importierten Biere betraf, okay) klar, daß sein Haus schließlich ein Boot war, und daß Boote die Tendenz hatten, Flüsse, Kanäle, Wasserstraßen u. dergl. stromabwärts zu treiben; und daß er seine Zelte nie so sehr hatte abbrechen wollen wie eben jetzt, da jede Straßenecke in Killoyle von ihrer gemeinsamen Vergangenheit schimmerte: wo ihr beim Kreisverkehr schlecht geworden war und sie dachten, jetzt wäre sie angebufft; da, vor der Roaches-Drogerie, wo er seine Absicht bekanntgegeben hatte, Schriftsteller oder Abschreiber zu werden; weiter oben, bei der ehemaligen Kirche, wo sie sich zum erstenmal geküßt hatten; dann beim Hafen, wo sie zum erstenmal miteinander ausgegangen waren…, und so ging das weiter, außer bis unten zum Strand, der für beide zu teuer war, wenn er also beschloß, dazubleiben, mußte er sich so ziemlich auf diese Quadratmeile aus Boutiquen und hochnäsigen Coffee Shops beschränken, und das bedeutete realistischerweise, daß er überhaupt nicht dablieb. Nein, Zeit, Sayonara zu sagen. Arrivederci, Killoyle. Zeit, nach Westen zu gehen, junger Mann. Er hatte ein paar Kumpels im Westen (Liam Smith, Osgood Casey, diesen slowakischen Typ, Bohumil –, oder war er Slowene?) mit guten Verbindungen zu Im- und Export, und die Kanäle, sie lockten zu dieser Jahreszeit, und der Shannon, er floß, und die Fischlein, sie sprangen; ah, das war schon was, er würde auf der alten *Rumpelstiltskin* bis nach Garlick-on-Shannon fahren und ordentlich angeln und ordentlich schwimmen und so und vielleicht mit einem der französischen Touristenmädels anbandeln, die mit der goldenen Sonnenbräune und den langen Beinen, die gab es, wenn der Sommer nahte, wie Sand am Meer. Die Schreiberei konnte auch so weitergehen, gab kein

Statut, das so was beschränkte, und seine Arbeitgeber schienen ganz zufrieden mit Menge und Qualität der Scheiße, die er regelmäßig abkupferte oder was.

Ja, er hatte die Lage richtig gepeilt, doch, konnte man sagen. Und war er etwa nicht der Lieblingstyp der ganzen Welt?

»ORRRRRRRRRRRRRRRRRRRRRRRRRRRRRRRRRR-RRRRRRRRRRRRP.«

* * * * *

»Sind Sie geschäftlich hier?«

»Ja.«

»Irgendwelche eßbaren Pflanzen, Ziegenkäse, Obst, alte Schuhe, Sättel, Thunfisch, Klopapier, Autoreifen, sonstige verderbliche Artikel dabei?«

»Nein.«

Der Zollbeamte spähte Shirley über seine Halbmondbrillengläser auf genau die ärgerliche Weise an, auf welche Menschen, die Halbmondbrillen tragen, über diese hinweg andere Menschen anzuspähen neigen. Wer, glauben diese Leute, wer sie sind, der gottverdammte Benjamin Franklin (oder war das Isaac Newton gewesen?) …?

»Sind Sie Britin?« (Dabei das »British« so ausgesprochen, daß es wie »Birdish« klang.)

»Ja.«

Na, du hast doch meinen Paß, oder, du dämlicher Mungo, sandte sie gewalttätige Gedankenwellen in Richtung des Zollbeamten. Er war um die Fünfzig, hängebackig, grauhaarig und von bräunlich-grauer Hautfarbe; offiziell schwarz, nahm sie an, obwohl es schwer zu unterscheiden war, und das war etwas, woran sie sich gewöhnen mußte, fand sie, mit den vielen Schwarzen überall, auch wenn die meisten eher brauner als schwärzer waren, und manche richtig weißlich oder sogar grau an den Rändern, schwarz nur durch Abwesenheit von was anderem … Dieser Typ war einer von den graueren, aber nicht sehr gesund, überlegte sie, und die Arbeit in der Einwanderungshalle war da auch nicht hilfreich. Sie blickte sich um. An der weiter entfernten, mit nachgemachter Täfelung versehenen Wand über den Drehkreuzen, durch welche zwei Ströme von Ankömmlingen sickerten, einer US-, einer Nicht-, hing ein Porträt des Präsidenten der Vereinigten Staaten, eines weißen Mannes mit noch weißeren regelmäßigen weißen Zähnen, wie auf dem Porträt. Flankiert wurde er von unbekannten Lokalgrößen: dem Gouverneur, dem Bürgermeister, der Ombudsperson des Bundesstaates, einem vornehmen Autohändler/Philanthropen, der eine der Außenmauern des Haupt-Terminal-Gebäudes gestiftet hatte. Die linke Wand war von einem Wandgemälde in der neoexpressionistischen Manier des New Deal bedeckt, welches idealisierte Waldungen und Prärien zeigte, in denen sich unverhältnismäßig große und muskulöse Farmer unter überladenen, kumulusschweren Himmeln plagten; gegenüber überbewertete eine Ehrentafel den Beitrag des Flughafenpersonals von Macropolis zum Kanonenfutternachschub des Weltkriegs und nachfolgender Konflikte: Vietnam, Kambodscha. Ein IndoPak mit rosageränderten Augen hustete eine Schlange weiter strangulierend, mukös. Shirley starrte böse. Zweifellos eine dieser asiatischen Krankheiten. Banyan-Grippe oder sowas. Kommt davon, wenn man immer mit diesen Enten oder Reihern zusammenlebt, und Schweine unterm Bett hat oder sowas. Die sollten wirklich zu Hause bleiben, wirklich. Seufz, seufzte sie. Vielleicht sollte man über sie dasselbe sagen; was zum Teufel trieb sie schließlich überhaupt hier, auf dem Flughafen von Macropolis, Ohiowa. USA?

Sie rannte weg, das trieb sie.

Was nun Lance, den coolen Typ, den ehrlichen Indianer, betraf, so war dieser einfach froh, wieder zu Hause zu sein. Und es fühlte sich an wie zu Hause, sogar auf dem Flughafen: die Pepsi-Reklamen; die übergewichtigen Sicherheitsbeamten, einer schwarz, einer weiß; das Patriotische Rot-Weiß-

Blau, diese drei Farben, zu ihrem eigenen Vorteil in Flaggenform mit goldenen Quasten gegen die grünlich-grauen Wände abgesetzt; die Automaten mit M&Ms und Ridgies und Oreos, durch die gläserne Trennwand zu sehen, durch die man außerdem abholende Verwandte, Limousinenchauffeure, Gläubiger, Zuhälter und ähnliches sehen konnte, was mit rindsmäßiger Geduld hinter einem samtenen Tampen wartete, der sie von der Ankunftshalle abriegelte: Amerika!

Amerika, Amerika, Gott sei Dir zugetan …

Sogar der Geruch, nach gereinigter Menschheit, war amerikanisch, ohne dies irische Aroma von kaum getrocknetem Schweiß und Guinness, unter einer Schicht Reinigungsmittel und Pisse und Salz-und-Essig-Chips (oder »Crisps«, wie sie sie da drüben lästigerweise nannten).

»Willkommen zu Hause«, sagte der Zollbeamte in seiner – der US- – Schlange. Lance dankte ihm mit einer schwungvollen Ehrenbezeigung und ging durch. Draußen erlangte er seinen Koffer wieder und wartete auf Shirley, die als Ausländerin ein bißchen länger brauchte.

»Schon mal hier gewesen?« erkundigte sich der matte, unwohl aussehende Zollbeamte und bemühte sich, etwas zu machen, was Shirley plötzlich als Lächeln erkannte.

»Äh, nein«, sagte sie und legte, auch nicht faul, ihrerseits eine analoge Bemühung hin. »Übrigens«, fügte sie noch sinnentleert hinzu.

»Willkommen in Amerika.« Imaginäre Legionen von Marines versteiften sich zur Habt-Acht-Stellung. »Hoffe, Sie haben einen angenehmen Aufenthalt«, sagte er und überreichte ihr ihren Paß.

»Äh, danke, das nehme ich doch stark an.«

Nur in Irland waren die Zollbeamten so freundlich gewesen, dachte sie, wenn auch manchmal gefährlich nahe an der Frechheit dran, mit ihren »Schätzchen«s und »Süße«s und »meine Große«s und »Tschüssikowski, Goldkind«s; zu Hause waren sie ganz gewiß nicht so. Sie entsann sich der gebieterischen Zollbevollmächtigten Ihrer Majestät in Dover und Plymouth und Windscale, groß wie Admiräle, die sie beäugten wie Naturwissenschaftler eine Probe von irgendwas und kalte, unangenehme Äußerungen schnappten (»Von der Hüfte aufwärts ausziehen, bitte«; »Vorsicht mit den Knöpfen«; »Universität? Nein, Sie kommen mir ganz und gar nicht gebildet vor«; »Niesen Sie woanders«); und ihre ursprüngliche Meinung von den USA, einem Land, das sie, wie die meisten Briten, als Vetter vom Lande mit Muskeln, Geld, aber ohne Manieren anzusehen gelernt hatte, besserte sich, stieg entsprechend, aber kaum merklich, wie eine kleine Schnecke an einer feuchten englischen Gartenmauer.

Sie verließ die Ankunftshalle halb rennend, schleppte ihre Reisetasche mit der einen Hand und fummelte mit der anderen im Flugreisemüll, einem Wirrwarr aus Paß, Flugkarte und ausgefransten Einsteigetickets (Killoyle–Shannon; Shannon–Knock; Knock–Macropolis) und plierte kurzsichtig nach Lance. Er winkte, als hätte er auf sie gewartet.

»Willkommen in den US von A, Shirley«, sagte Lance, und es gelang ihm, der Versuchung, »Süße« zu sagen, zu widerstehen.

»Ja«, sagte sie und spürte das unausgesprochene »Süße« oder dessen Gespenst. »Willkommen daheim, Lance.«

Daheim: Draußen endlose Parkplätze unter noch endloseren blauweiß-gesträhnten Himmeln; gelbe *Big Bird*-Busse, die Schulkinder und Tagelöhner transportierten; gelbe Taxis; Val-Hall-Supermärkte mit Streifen von fast identischen Eilig-Imbissen dazwischen, R. B.'s, MacDugald's, Burger Tsar, Peter Pan's, Treasure Island, Desmond Tutu's, Warren's Burgers etc., etc., die sich zu einer Unendlichkeit zwinkernder elektrischer Eintönigkeit dehnten, die manchen entsetzlich, anderen (Lance z. B.) beruhigend vorkam. Und er wußte natürlich, daß hinter den Einkaufs-Malls und -Zentren und hinter den vorstädtischen Stremeln mit Namen wie *Flüsternde Täler* und *Georgianische Landsitze* und *Hügelkamm der Pioniere* die ewigen Ebenen rollten, die Great Plains, jene wogenden, prächtigen Meere aus Umbra – oder war es Ambra? – Wellen von

… *Uh-oh say can't you see …?* Auf jeden Fall Meere aus Weizen und Mais, zwischendrin die eine oder andere Farm, Nixnoco-Tankstellen, die Bänder der Landstraßen, Vertretungen für *Jonathan Beare*-Landmaschinen und zweckmäßige »convenience«-Läden, 24 Stunden geöffnet, inmitten von Inseln ländlicher Victoriana wie dem zweistöckigen Leichtbauhaus von Lance' ureigenster Großtante Nancy bei Froggerton, dem Haus, das in dem Film *Ganz nah dran der Dritten Art* mit Cheri Godd und Urs Plankton vorkam (er hatte Urs während der Dreharbeiten kennengelernt, der Mann war ein echtes Arschloch, alles, was er sagen konnte, waren Sachen wie »Wie sehen deine sexuellen Präferenzen aus, Alter ey?« und »Nimm doch einfach mal Tatsachen als gegeben hin, Alter ey« und »Alter ey!«); und die Wälder purzelten zum Flußufer und zu Lance' liebster Angelstelle, die Lance nie gehabt, sich aber wie jeder rotblütige amerikanische Junge mit einem Rest von Selbstachtung sehnlichst gewünscht hatte; und die genauso imaginären, aber ertragreichen Triumphe in der Little League, und jene (nicht-existente) Championship-Saison im Spätsommerzwielicht, nach frischgemähtem Gras und sonnengewärmtem Asphalt und dem Parfum heißer Ischen duftend …, und jetzt war er wieder da, mit Shirley an seiner Seite. Sie war noch nie hier gewesen. Es war sein Sieg, und er konnte es gar nicht abwarten, ihn mit seinen Freunden zu teilen. Nicht, daß eheliche Kohabitation oder irgend etwas in der Art auf dem Programm gestanden hätte, nicht offiziell. *Um Himmels willen, nein.* Sie waren strikt als Geschäftspartner hier, um einen Sechsmonatskontrakt zu erfüllen, und sollten im September zurück nach Irland, aber der September war hier die beste Zeit des Jahres, und er war doch nicht blöd, daß er das Paradies verließ, um in dies irre kleine Land zurückzukehren, wo es immer klamm war und wo sie diese käsige Haut und schiefen (und schartigen) Zähne hatten und alles nach Achselhöhle und warmem Bier und der Pisse von gestern roch und die Straßen schmaler waren als seine Hüften und die Telefone so seltsam wirkten und nach schalen Zigaretten stanken und alles leckte, einschließlich die Schuhe und die Schirme ...

»Tja, hier hätten wir's also«, sagte Lance in Besitzermanier und übernahm die Verantwortung für alle 50 Bundesstaaten, 5 Zeitzonen, 5.824.112 Quadratmeilen und 300 Millionen Einwohner.

»Manno«, sagte Shirley überwältigt. »Jetzt bin ich wirklich hier, was?«

Und sie konnte immer noch nicht glauben, daß sie diesen Kopfsprung gewagt hatte, als Lance letzten Freitag reinkam, um sie zu fragen, ob sie daran interessiert wäre, daß Noreen angeboten hatte, sie beide in die Staaten zu schicken, damit sie dort dabei behilflich wären, die neue Firma auf Stromlinie zu bringen ... Naja, sie hatte immer ihren Impulsen gelebt, Shirl, und das war die reine Wahrheit. Schließlich war sie aus einem Impuls heraus nach Irland gegangen. Den Job hatte sie auch aus einem Impuls heraus angenommen. Ferdia hatte sie doch auch aus einem Impuls heraus geheiratet, oder? Und jetzt war sie wieder voll dabei, schmiß impulsiv alles über den Haufen, überließ das Haus am Cretino Crescent Angel Fisher aus dem Büro, eine von denen, die als »word processor« oder »input coordinator« arbeiteten (oder »Sekretärin«, wie sie sie immer genannt hatte), dann ab und über den Ozean, löste ihre Bankkonten und bockte ihren Nitsun auf, haute von diesen gräßlichen Bullen ab, besonders von dem Inspektor – Neame wurde er genannt, Sherlock (merkwürdigerweise) Neame –, der ihr ständig auf den Brustkorb gestarrt und »Sie wissen doch Bescheid, stimmt's, Titte? Sie wissen, wo der Schweinehund ist, und verheimlichen uns was, stimmt's, Titte?« wiederholt hatte –, dann aufgesprungen war und ihr in den Ausschnitt gepliert hatte. Dieser Albtraum hatte etwa zwei Stunden angedauert, und es hatte genügt, ihr Irland eine Zeitlang zu vermiesen, Bullen sowieso, deshalb war sie bereit für ganz was anderes; und daß sie ihren ihr rechtmäßig angetrauten Gatten verlassen hatte, diesen wahnsinnigen bombenwerfenden Blödmann, den hatte sie erst verlassen, als er sie längst verlassen hatte, verpißt hatte er sich, ohne ein Wort, die dumme Sau. IRA, ausgerechnet! Nicht, daß sie das wirklich glaubte. So gut, wie sie ihn kannte, konnte sie kaum glauben, daß er überhaupt je in der IRA gewesen war, introvertiertes, lesewütiges, mit sich selbst beschäftigtes, hypochondrisches Gerippe mit unterentwickeltem Geschlechtstrieb, das er war. Aber von diesen Polizeiheinis schienen das einige zu glauben, wie dieser grauenvolle Inspektor Neame, und nach ein paar Tagen waren alle Bullen unten am Straßenrand und unter Hecken, einer baumelte sogar vom Dachvorsprung und glotzte ihr durch eine teleskopische Zoomlinse ins Schlafzimmer, da kriegte sie dann aber doch Bammel, aber wirklich, und das ging dann ja doch ein bißchen weit, aber echt.

Egal, Noreen Maher hatte bei der ganzen Sache so beruhigend geklungen: »Nun machen Sie sich keine Sorgen, Schätzchen, Sie werden da drüben wertvolle Erfahrungen sammeln können, und bis Sie wieder hier sind, hat sich die ganze Sache auf die eine oder andere Weise beruhigt, und Sie können sicher sein, daß ich Sie über die neuesten Entwicklungen auf dem laufenden halten werde, und Sie können der Firma vertrauen, daß sie voll hinter Ihnen stehen wird. Und denken Sie mal, wie das in Ihrem Lebenslauf aussehen wird: Hat sechs Monate lang die amerikanische Filiale umstrukturiert!«[124)]

124) Ja, trifft für Sie vielleicht zu, wenn Sie ein leichtgläubiger Trottel sind oder noch nie einen Job hatten. »Natürlich«, wie Vauxhall Cresta, meine schwarzhaarige, mascara-äugige Vorgesetzte bei Twain's Biscuits, mir im verbindlichen Tonfall eines Fernsehwerbespots für Eigenheimhypotheken versicherte, während sie unablässig ihre silbern lackierten und wie mit der Schwabbelscheibe polierten Fingernägel betrachtete, »wissen Sie, daß Sie als Angestellter auf uns zählen können« (unterdessen stand ich da, die Augen demütig niedergeschlagen, drehte meine Mütze in den knorrigen, schwieligen Händen um und um, nachdem ich mir gerade eine kurze Beurlaubung erbeten hatte, um zu Hause die Gartenmauer zu richten, die uns auf den Kopf zu fallen und den alten Mr. Barclay von nebenan – der ganze Tage damit zu verbrin-

Ganz gut, soweit.

Was *ihn* betraf, so hatte sie seit Tagen, nein, Wochen nichts von ihm gehört, und Finn war auch keine große Hilfe, war er natürlich noch nie gewesen, oder, kriecherischer kleiner Aal mit seinem kernigen Kinn und berstendem Bizeps, wie son Spielzeug-Mussolini zum Aufziehen. Sie hatte angerufen, zweimal, in der Woche vor der Abreise, und beide Male war alles, was Finn gesagt hatte: »Er ist abgehauen und kommt nicht zurück, ja? Also ruf nicht WIEDER an, nur um mir zu sagen, daß ich ihm was ausrichten soll, in Ordnung? Weil ich nicht weiß, wo er scheißenochmal ist, okay? Himmel.«

gen pflegte, sich gegen sie zu lehnen, wobei er pfiff und seine Gesichtsausdrücke übte – mit sich zu reißen drohte) (oder hieß er Buckley?) »und darauf, daß wir Schulter an Schulter neben Ihnen stehen, Ihnen beistehen werden, denn kommt es beim Korpsgeist nicht gerade darauf an? Sie gehören zu uns, Billy«, sagte sie, obwohl ich Billy weder heiße noch hieß, auch nicht in einer der zahlreichen Varianten, »und wir gehören zu Ihnen. Machen Sie sich also keine Sorgen, versprochen? Wir stehen in Ihrer Ecke, wir rackern für Sie, den Rücken zur Wand, die Nase am Schleifstein, sozusagen, Ihre besten Freunde und Unterstützer bis hin zu dem Moment, in dem Sie gefeuert sind, und äh übrigens habe ich Ihnen das schon gesagt, Sie widerlicher kleiner Wichsfleck? Sie sind gefeuert. Geschaßt, freigestellt. Egal, was. Los, hauen Sie ab. Raus. Machen Sie die Flatter, oder ich rufe den Werkschutz.« »Arrggh«, lautete meine wohlüberlegte Erwiderung, und der Werkschutz, entsprechend herbeizitiert, mußte eingreifen, um mich von ihrem Hals zu zerren. Die Firma ließ die Anklage fallen, als ich versprach, der Öffentlichkeit nicht zur Last oder aufzufallen, und ich bin nach Süden umgezogen. (Später hörte ich, daß die Mauer tatsächlich eingestürzt ist, aber in entgegengesetzter Richtung; eines Abends etwa zur Dämmerstunde, An Nuacht auf Kanal 144 B war halb vorbei (mit englischen Untertiteln): und hast du nicht gesehen, krachte sie auf den alten Mr. Butley, der sich gerade gegen sie lehnte und seine Grimassen, Zwinkerer und nervtötende Gesichtssprache einübte, der törichte alte Sack, weg mit Schaden, wenn Sie mich fragen, wenigstens werden wir jetzt nicht mehr zehnmal täglich mitansehen müssen, wie seine langweilige alte Fresse über der Mauer auftaucht, jedesmal mit einem anderen Gesichtsausdruck.)

Also war Amerika alles in allem ein Geschenk, wenn man es recht bedachte.

Sie traten aus dem Terminal in den nach Schnee duftenden Wind eines Frühlings im Mittleren Westen. Wolken fetzten über einen Himmel von, nun, griechischem Blau (Shirley WAR auf Kreuzfahrt nach Patmos gewesen) westwärts. Immense Vehikel rumpelten vorbei: ein gelber Bus; ein Lastwagen; eine Reihe von Automobilen, welche schlecht ausgewählte Elemente aus Panzerspähwagen und Familienkombi auf sich vereinten; noch ein Lastwagen, noch größer; eine Serie rockmusikverströmender limonengrüner Lieferwagen mit verschiedenen seitlich angebrachten Parolen: »Bill's Law Doctor«; »Mid-Cities Lumber«; »Redd's Sandwich Service«; »Onofrio's Cafeteria Supplies«; »VOOM Home Repair«; ein Traktor, der einen tomatenroten Anhänger zog, auf dem ein weiterer Traktor stand, ebenfalls tomatenrot, welchem ein Bus folgte, einst ebenfalls tomaten-, jetzt alters- und verwahrlosungsbedingt rostrot. Niemand sah das, niemand sah das. Shirley folgte Lance über die Straße. Bräunlich-graue schwarze Männer mittleren Alters in burgunderrot-schwarzen Uniformen standen herum, redeten und lachten auf ihre schwarze Weise, wie John Erroll Jenkins, als hätten sie es auf der Brust, blickten gelegentlich auf, dann woandershin, während sie bemüht waren, Gespräche anzuzetteln: »Taxi gefällig?« oder »Kann ich Ihnen mit dem Gepäck behilflich sein, Ma'am« oder »Schaaaaße«. Lance legte gegenüber diesen Aufdringlichen die Arroganz und Sicherheit an den Tag, die man billigerweise von einem heimgekehrten (Mittelstands-)Eingeborenen erwarten kann, schritt zuversichtlich über den Parkplatz, flott hing ihm der Rucksack an der rechten Schulter, in der Linken trug er seine Flugtasche, mit freundlichen Empfehlungen von Ozarkia Worldwide Airways. Richtig klasse sah er aus. Und man kam mit ihm jetzt auch besser zurecht, dachte Shirley. Sobald sie das stillschweigende Geschäftsabkommen akzeptiert hatten, war er rein geschäftlich gewesen und hatte die Augen nur noch zum Kucken benutzt und sie nicht mehr nach links und rechts gerollt und starr auf ihre Brust gerichtet und nach oben geschraubt und was nicht alles. Auch die ermüdenden Zweideutigkeiten hatte er bleiben lassen und schien plötzlich ganz normal zu sein, ein ziemlich netter Typ sogar.

(Na, wir wollen das jetzt nicht zu weit treiben.)

Der frischnormalisierte Lance führte Shirley zu Beavis Rent-A-Car, wo ihnen ein blaßblauer Hermes Majordomo GLS zur Verfügung gestellt wurde, was (wie Shirl bemerkte) mit einem Minimum an Aufhebens, Servilität und Papierkram geschah; tatsächlich nahm der ganze langweilige Vorgang weniger als zehn Minuten in Anspruch und schien eine ganz vergnügte Angelegenheit zu sein, wenn man von dem lauten Gelächter und den *high-fives* der (schwarzen) Menschen hinter dem Ladentisch ausgehen wollte. Es war alles so amerikanisch, und das so bald. Auch das Auto strahlte Amerika aus: groß; mit automatischem Getriebe; powergepowert; nach Antiduftduftspray duftend; vorne genug Platz für zwei, bequem nebeneinander ausgestreckt (und war ihr etwa nicht aufgefallen, daß er durchaus in diese Richtung dachte, und zwar nicht nur ein bißchen; o nein, sie war schließlich auf ihrer langen Reise von West Yorkshire nach Ohiowa ein paar Straßen weit herumgekommen und erkannte verliebtes Geschmachte, wenn sie es sah, nur – komisch eigentlich – daß diesmal der Typ die Initiative ergriffen hatte, nicht sie, wie sie es so oft und so verheerend in der Vergangenheit getan hatte, und natürlich mußte das gerade jetzt passieren, mitten in ihrer Ehe, oder, mit all diesem unausgesprochenen Müll, der in der Luft hing und überall) ... Plötzlich, nachdem ihr ein paar Stunden lang leicht übel gewesen war, wollte sie rauchen. Sie hatte seit einer hastigen letzten auf dem regenglatten Rollfeld des Maher International Airport in Killoyle keine Lulle mehr angesteckt, und sie hatte immer noch eine halbe Packung unberührter Bugles in der Jackentasche, aber an den Autofenstern hafteten kleine runde rote Nichtraucher-Abziehbildchen, auf denen ernst Zigaretten abgebildet waren, von roten Balken halbiert. Damit mußte sie sich wohl auch abfinden; naja, in Irland machten sie das alles auch gerade durch, aber auf ihre halbherzige irische Weise und ohne diesen ganzen Wirbel, mit dem die Amis immer alles machten, hatte sie jedenfalls gehört.

Lance schlug mit Könnerschaft erst links, dann rechts ein, wobei er das Lenkrad nur mit Zeigefinger und Daumen der rechten Hand berührte. Der große Landkahn stürzte sich auf immer breiter werdende Durchgangsstraßen, gesäumt von Drahtzäunen und noch mehr Parkplätzen und grünen Richtungsschildern mit Hinweisen wie »Macropolis« und »Fort Wayne« und »South Bend« und »New Ur« (ihrem Bestimmungsort) und »Wendemöglichkeit« und, mystisch, musikalisch (Chi-*ca*-go, Chi-*ca*-go, you wunnerful town ...), »Chicago«.

»O, ich möchte so gern mal nach Chicago«, sagte sie.

»Ah ja?«

Für Lance war nichts Romantisches in dem Namen. Für ihn war es eine Erinnerung an Baseballspiele und langweilige Museen und College-Aufnahmeprüfungen und eine gescheiterte Romanze (Lauren Sowieso, jüdisches Mädel aus Skokie, Sommer '93). Für Lance war New Ur völlig ausreichend, erstmal.

Es hing natürlich alles davon ab, wie es mit Shirl lief.

* * * * *

»Nun lassen Sie mich nur eins sagen ich weiß es wirklich zu schätzen daß ich dieses Auto zurückkriege ich meine der Tortuga ist ein echtes Juwel vielleicht sind Sie selbst daran interessiert ihn zu erwerben wir fahren exzellente Kreditlinien und der Wagen ist in hervorragendem Zustand gerade eingefahren hat keinen Kilometer mehr drauf als zwanzigtausend und der Motor schnurrt wie eine Miezekatze gerade habe ich einen Blick drauf geworfen nicht der kleinste Kratzer was ein bißchen ein Wunder ist wenn man bedenkt daß rings um ihn her das Gebäude in die Luft geflogen ist naja das ist eben asiatische Herstellung letztlich da will man unten an seinem Auto doch den Schriftzug Made in Asien sehen wenn auch nicht unbedingt hinten an sich selbst falls Sie mir da folgen können ha ha ha ÄHÄCK Tschuldigung nein kein Kratzer den ich sehen könnte oder den meine vorzüglichen Fachkräfte nicht im Nu reparieren könnten natürlich sind da immer noch die Pißflecken aber ich kann Ihnen versichern wenn Sie wollen wird der Wagen so sauber sein wie ein Entenarsch oder Kleiderbügel bevor Sie Tortuga sagen können ha ha ha na das ist ja einfach großartig und ich werde ganz bestimmt an Sie denken wie wollen Sie denn sicher sein wo Sie doch eindeutig eine Midlife-Crisis durchmachen so wie Sie aussehen oder ist Ihnen nur schlecht wenn Sie nichts dagegen haben daß ich frage naja und wie ist es mit der Missis wäre die nicht scharf auf ein Roadster-Cabrio mit einem bißchen Pep um ihr über die Midlife-Säuernis hinwegzuhelfen ha ha ha ha na wenn Sie meinen ich gebe Ihnen auf jeden Fall mal meine Karte wenn Sie es sich anders überlegen sollten nein nein bitte nehmen Sie sie ich habe noch mehr davon doch doch ich bestehe darauf na bitte und vergessen Sie nicht die Firma Heartland Autos wenn Sie je ein Schnäppchen auf Rädern brauchen ha ha ha jetzt will ich mal sehen was war nochmal das andere weswegen Sie gekommen waren ach ja wegen Ihrer Freunde Duddy und Quain ich bin glaube ich nicht ganz sicher was Sie meinen ich bin nicht ganz sicher ob ich diesen Typ Quain überhaupt kenne schließlich dürfen Sie nicht vergessen daß ich nicht hier wohne ich wohne in Dublin und pendle meistens mit dem sogenannten Expreßzug hierher und das können Sie mir glauben das ist wieder eine Geschichte für sich Expreß am Arsch wenn Sie mal eben entschuldigen wollen egal und was nun Duddy betrifft woher soll ich wissen wo er ist Herr Inspektor Sie sind doch Inspektor stimmt's das ist bei mir so eine Sache mit euch Jungens immer schon daß man den Dienstgrad richtig hinkriegt ich erinnere mich einmal bin ich auf die Revierwache in Tallaght gegangen um einen Tropfen Tee zu trinken wo ein alter Kumpel von mir im Heizungskeller und als allgemeines Faktotum gearbeitet hat das heißt soviel wie Mädchen für alles ich meine er hat die Heizkessel gereinigt und ihnen die Hosen gestopft und den Parkplatz gefegt Sie kennen ja diese Art Job jedenfalls war ich damals zehn oder so und nannte aus Versehen den Kommissar Kommissar Devious hieß er glaube ich oder Delius so in der Art oder vielleicht Dillon na egal ich habe ihn jedenfalls in all meiner Ignoranz Herr Wachtmeister genannt hallo Herr Wachtmeister habe ich gesagt wie läuft's denn immer na mein Gott so wie der mich angekuckt hat da waren aber Handschellen und eine lange Haftstrafe in dem Blick oder vielleicht war er auch eine Schwuchtel nein nicht bei der Garda Sìochana was nie im Leben ha ha ha ha ha ähem JEDENfalls gebe ich mir seitdem immer Mühe die Dienstgrade richtig hinzukriegen falls Sie verstehen was ich meine also ist es Inspektor Inspektor nicht Oberinspektor oder Stellvertretender Oberinspektor oder Herr Kommandant oder wie man die heutzutage nennt ha ha ha ha ha ha ha hahahahahahahaha nun lassen Sie mich mal sehen wo waren wir stehengeblieben ah ja Sie haben mich nach diesem Mann Quain gefragt tja Herr Inspektor ich kann nur sagen daß ich diesen Mann nie kennengelernt habe aber so wie Sie ihn beschrieben haben kommt er mir bißchen zweifelhaft vor und was nun diesen gereizten Ami wie Sie ihn nennen betrifft Donal Duddy also erstmal ist er kein Ami ich meine gereizt ist er vielleicht egal was gereizt bedeutet und drüben gelebt hat er auch aber ein Ami ist er nicht das weiß ich mit absoluter Sicherheit seinen Da habe ich noch gekannt ein feiner alter Schränker äh Bänker ha ha ha hahahahahahaha jedenfalls was nun Ihre Hypothese betrifft daß er in die Staaten zurück abgehauen ist das würde mich überhaupt nicht überraschen wenn er sich wieder dorthin davongemacht hätte und warum soll eigentlich dieser andere Bursche dieser

Quain nicht auch dahin abgehauen sein ich meine wohin gehen denn die Iren wenn nichts mehr geht ha ha ha jedenfalls warten Sie bis ich es Ihnen sage Ihr Freund Duddy und ich haben uns vor ein paar Tagen ein bißchen unterhalten er sah ganz übel aus total grau von Kopf bis Fuß und gezittert wie Espenlaub und absolut scheißenochmal nichts verkauft ich meine etwa drei Autos in sechs Wochen und da habe ich ihm alles über meine Erfahrungen als Autoverkäufer drüben in den Staaten erzählt das war in Texas in einer Stadt namens El Brando in der Nähe von Houston na Sie werden es nicht kennen es war mitten auf dem verdammten Mond aber heiß wie der Hades und ich spreche von Anfang April mein Lieber jedenfalls ist mein Eindruck und das ist wohlgemerkt nur ein Eindruck daß meine kleine Rede auf den Jungen ziemlich stark gewirkt hat wenn ich das selbst mal so sagen darf wenn er also auf dem Weg nach Westen ist go west young man wie man so schön sagt ha ha ha ha ha ha ÄHÄCK bitte vielmals um Entschuldigung wenn er tatsächlich auf dem Wege in die Neue Welt ist dann kommt mir das ganz plausibel vor aber lassen Sie es mich mal so ausdrücken erstens weiß ich nie wo Duddy ist selbst wenn er hier ist falls Sie verstehen was ich meine ich meine Jesus da war ich zu Hause als Ihr Anruf kam und habe mich mit der Missis unterhalten die wird jetzt bald operiert binäre Zyste gutartig sagen sie Gottseidank oder ist es urinär na eins von beiden man weiß es aber nie besonders am ganz frühen Morgen wenn man nicht weiß sind es die eigenen alten Lungen oder sägt nebenan jemand einen Baum ab und glauben Sie mir diese Wahnsinnigen nebenan sind zu sowas fähig verdammte Griechen mein lieber Mann einmal haben sie uns um drei Uhr morgens geweckt ohne Scheiß jetzt und haben ihre Bouzoukis um drei Uhr morgens gestimmt die elenden Blödsäcke mir ist klar daß Sie das kaum nachvollziehen können klar Sie wohnen hier wo es hübsch und ruhig ist aber ich bin Geschäftsmann ich muß da sein wo es sich abspielt wie man so schön sagt falls Sie verstehen was ich meine jedenfalls nachdem ich Ihren Anruf erhalten hatte oder einen Anruf von jemandem in Ihrem Büro ich weiß nicht wer es war habe seinen Namen nicht mitgekriegt aber hat sich ein bißchen über Einwanderer und Zigeuner Entschuldigung Landfahrer beschwert und so weiter aber jedenfalls aber als ich schließlich kapiert hatte, daß ich hier gebraucht werde wußte ich ich muß wieder von Dublin aus hierherfahren dabei war ich gerade erst nach Dublin zurückgekommen da war ich also und mußte um halb fünf am Morgen aufstehen das stimmt ich habe halb fünf gesagt halb fünf im Morgensonnenschein um den Expreßzug von Heuston nach Killoyle zu kriegen Expreß was hahaha daß ich nicht lache ein gottverdammter Milchkannenexpreß war das ich meine der hielt an jeder Kreuzung und jedem Milchviehbauernhof zwischen hier und der Großen Blasket-Insel als solcher und nun höre ich Sie sagen warum fährt er dann nicht mit dem Auto ich weiß das ist schon äußerst merkwürdig daß ein Bursche der Autos verkauft nicht mal eben die hundert Meilen oder so mit dem Auto fährt nein macht er nicht Schluß Aus Ende Fertig ich meine haben Sie das mal versucht auf diesen Straßen zu fahren egal ob sie die jetzt Autobahn oder Ausbaustrecke nennen Ausbaustrecke wenn ich das schon höre entschuldigen Sie daß ich mal eben lache Ausbaustrecke am Arsch entschuldigen Sie bitte vielmals aber haa haa Jesus das ist doch typisch ist das etwa nicht typisch für die Art Bockmist die heutzutage von der Regierung verzapft wird ist doch aber typisch na egal ich hab's bis in Ihr Büro geschafft etwa nicht ich bin ja schließlich hier etwa nicht und es ist ja nun nicht so daß ich absolut nichts hätte womit ich mich in Dublin beschäftigen könnte nein ganz so ist es nicht ich meine da hätten wir schon mal die neue Filiale in Tallaght drüben großartiger Standort wenn Sie mich fragen mit allem mod Komf und schneller Anfahrt zur Ring Road außerdem bemühen wir uns um die Vertretung von Shogun irgendwo in der Swords Road na ich weiß was Sie jetzt sagen werden die Shoguns haben es im Augenblick nicht leicht aber ich kann Ihnen garantieren das können Sie mir glauben mit ihrem neuen Elf-Zylinder-Sechsrad-Antrieb sind sie so positioniert daß sie auf dem irischen Markt nur so abheben werden und ich habe die Absicht dabeizusein wenn der Rubel zu rollen beginnt das wäre jedenfalls ein idealer Standort ganz unter uns wenn es zwischen Ihnen und mir und dem Laternenpfahl da drüben nein nein DEM DA DRÜBEN richtig bleibt wo war ich stehengeblieben ach ja die Swords Road ich meine ehrlich jetzt was Besseres kann einem doch gar nicht passieren als direkt an der Hauptdurchgangsstraße zum Flughafen und sogar weiter nach Norden nach Dundalk und Drogheda und Belfast das sind doch Städte wo es heutzutage brummt o ja jedenfalls das ist nur eine Sache die ich im Moment auf dem Zettel habe und dabei habe ich noch nicht einmal die Operation erwähnt die meiner Frau nächste Woche bevorsteht es ist eine binäre Zyste ganz oben an ihrer Wirbelsäule gutartig Gottseidank oder ist sie urinär eins von beiden egal Zyste ist Zyste was ha ha ha aber trotzdem man weiß ja nie besonders mitten in der Nacht wenn man nicht sicher ist ob das Herz verrückt spielt oder ob die verdammte Standuhr schon WIEDER kaputt ist Sie wissen was ich meine na ganz bestimmt wissen Sie was ich meine hahahahahahaha ich meine na bitte und was nun Duddy betrifft warum ziehen Sie nicht einfach los und finden ihn selber was wollen Sie denn von mir ey wollen Sie daß ich Ihnen die Arbeit abnehme dann nehmen Sie mir doch auch die Arbeit ab Kumpel wie wär's damit eröffnen Sie die nächste Filiale der Firma Heartland Autos denn ich weiß zwar nicht wohin der kleine Pisser abgehauen ist aber ich kann Ihnen mit äußerster und absoluter Zuversicht sagen daß der Pisser sich verpißt hat soviel weiß ich und ich hege den starken Verdacht daß dies Mädel mit dem er zusammen war irgendwie in der Sache drinsteckt aber fragen Sie mich nicht wie ich könnte es Ihnen auch nicht sagen ja ja na schön ich habe auf eigene Faust diskrete Ermittlungen angestellt und das eine oder andere herausgefunden was Sie vielleicht interessiert haben Sie zum Beispiel gewußt daß sie mit einem Typ zusammengelebt hat einem richtigen Nichtsnutz soviel ist sicher so eine Art hochgestochener sogenannter Schriftsteller mit sage und schreibe Pferdeschwanz und wie buchstabiert man das stimmt genau außer Dauerarbeitslosigkeit und Stütze abstauben wollen wir doch mal ehrlich sein Ess Eh Icks buchstabiert man das stimmt's ich meine entschuldigen Sie bitte und alles aber wo Ess Eh Icks ist da sind allerhöchstwahrscheinlich auch Drogen und die ganze Richtung ich meine illegale Einwanderung und indisches Essen und Marihuana und Haschisch und schwuler Lebensstil und Niederländer und Schwarze und gottweißwas sonst noch jedenfalls hieß der Typ Sam glaube ich oder Sean und die beiden wohnten auf einem Kahn ausgerechnet naja genannt haben sie ihn ein Hausboot aber erfüllen tut es natürlich Zweck und Ziel eines Kahns nein im Hafen liegt es nicht da haben sie keinen Platz für solche Kähne um Gottes willen draußen bei Moylan's Wharf auf dem Kanal in der Belfers-Gegend wissen Sie wo das ist ach wissen Sie nicht na schön Sie fahren die MacLiammoir-Umleitung entlang bis Sie zum Haughey Circle kommen ich meine sehen Sie doch einfach aus Ihrem gottverdammten Fenster Sie dämlicher Scheißblödmann meine Güte tut mir leid Herr Inspektor das habe ich nicht so gemeint aber ich stand unter beträchtlichem Stress o beträchtlich o ja wohl wahr Sie glauben gar nicht unter was für einem beträchtlichen Stress es tut mir furchtbar leid wie wär's mit einem ArfDog ich habe einen in der Tasche und könnte selbst ganz gut einen Bissen davon vertragen schon geschmolzen und matschig wie sonstwas hier ist er ich habe kaum einen Bissen zu mir genommen seit ich heute morgen um halb fünf aufgestanden bin um diesen verdammten sogenannten Expreßzug zu kriegen Expreß das können Sie Ihrer Frau Oma erzählen na jedenfalls wie wir gerade sagten fahren Sie die Uphill Street rauf bis Sie an die MacLiammoir-Umleitung kommen da biegen Sie dann links über den Haughey Circle ab und da können Sie schon diese Bäume sehen das ist die andere Seite vom Kanal und diese Hügel hinter dem

Wachsmuseum können Sie auch sehen nein nicht da wo ich mit dem Finger hinzeige das ist genau zwischen die Torpfosten vom Fußballplatz der Novizenakademie genau da drüben nein nein DA drüben sind Sie denn Jesus nochmal Scheiße blind meine Güte es geht schon wieder los es TUT mir leid muß doch noch mehr Stress abgekriegt haben als ich dachte nicht daß ich was zu verbergen hätte verstehen Sie hahahahahahahahahahahahahahaha JEDENfalls haben die jungen Liebenden ihr Hausboot oder ihren Kahn oder was auch immer in genau jener Weltengegend vertäut zumindest habe ich das gehört und wie ich Ihnen sagte hat mir das ein kleines Vögelein erzählt naja na gut ich habe diesen Blödmann gefragt der die ärmellosen Unterhemden trägt den der behauptet er heiße Finn McCool genau der ja ein ziemlicher Windbeutel wenn Sie mich fragen wenn ich Sie wäre würde ich den im Auge behalten bei Gott das würde ich Finn McCool am Arsch bitte um Entschuldigung das hat ER gesagt und er hat mir seinen Führerschein gezeigt aber was soll ich mit dem Führerschein ich hege immer noch meine Zweifel falls Sie wissen was ich meine ich meine Finn McCool heutzutage aber ehrlich jedenfalls dachte ich noch wenn ich ihn einstelle kann ich ihn im Auge behalten und da kreuzt er doch neulich bei mir in der Verkaufsstelle auf und will sofort mit Arbeiten losschlagen aber ja ich erzähle Ihnen keinen Scheiß den Floh hat ihm wahrscheinlich Duddy ins Ohr gesetzt der bereits zu dem Zeitpunkt wie der Junge gesagt hat bereits zu diesem Zeitpunkt seinen Abgang geplant hat jedenfalls weiß ich bei diesem McCool nicht recht vielleicht ist er ja ganz gut darin Autos an eine bestimmte Art von Frauen zu verscherbeln aber wissen Sie wie soll ich es ausdrücken der Typ hat sowas zutiefst Komisches an sich ich meine jemand der bei diesem Wetter mit einem ärmellosen Unterhemd herumläuft ich meine haben Sie heute morgen das Radio gehört ich habe es auf dem Weg nach unten gehört nicht daß ich ständig eins mit mir herumschleppen würde aber es ist nützlich jedenfalls soll es heute nacht auf drei absinken oder was ist es vierzig ich habe mich immer auf den guten alten Fahrenheit verlassen das verwirrt einen alles doch nur noch wie sie immer vor- und zurückschalten einen Tag sind es Punt den nächsten Tag sind es Kilometer dann bevor man sich's versieht nerven sie einen mit Euro und Milligramm ich meine ehrlich das gehört alles zu einem großen Plan wissen Sie das Komplott von Westmeath dieser Wet Wesson und seine Bande je früher wir die zum Teufel jagen desto besser wenn Sie meine offene Meinung hören wollen jedenfalls wo wir gerade vom Radio sprechen habe ich auch gehört und das könnte für Sie von einigem Interesse sein wahrscheinlich wissen Sie es sowieso längst und ich weiß was Sie gleich sagen werden ha ha ha ha Sie werden sowas Ähnliches sagen wie halten Sie bloß die Fresse Sie furzdämliches Arschloch ...«

»Nun gut«, interjizierte Oberinspektor Neame mit einer blökenden Stimme, die nicht die seine war. »Halten Sie bloß die Fresse, Sie furzdämliches Arschloch.«

»... ha ha ha ha ha na bitte ich schwör's Ihnen Sie haben wirklich Humor stimmt's Herr Inspektor immer gut zu wissen wenn man mit dem Gesetz zu tun hat halten Sie bloß die Fresse Sie furzdämliches Arschloch aber wirklich das ist ja echt zum Lachen wirklich wahr das muß man sich mal vorstellen kann es gar nicht erwarten bis ich das der Frau erzähle ha ha ha ha ha ha ha ha ha ha ha ha ha hahahahahahahahahahaha aber jetzt mal im Ernst Leute wie dieser Ami-Komiker immer sagte wissen Sie noch dieser eine wer war es noch kleiner Bursche mit einer großen Nase das war er eindeutig mit der Brille und der Riesenperücke auf dem Kopf nein nein Augenblick noch ich lüge ja ein großer Typ war er mit einer ganz kleinen Nase ich wußte doch eins von beiden Augenblick jetzt Koteletten hatte er auch und er war nein warten Sie einen Meter sechsundneunzig groß eher größer Willie nein Woody vielleicht oder hieß er Harvey oder wie oder Jerry könnte sein erinnern Sie sich an den Jude natürlich nicht daß ich irgendwas gegen die hätte ein alter Bursche der fünf Türen weiter wohnte als ich mit Spotty Bolger zusammenwohnte wissen Sie doch wer das ist oder der ist Wets neuer Transportminister jedenfalls da saßen wir zur Miete unten am Circle mit einem alten Drachen als Wirtin Mrs. Treadmill sie war die mit dem Ameisenbären als Haustier Gott war das Tier morgens gleich als erstes ein unwillkommener Anblick wie seine Zunge immer rein- und rausflitzte wenn er die Mieter auf Ameisen untersuchte jedenfalls einer ihrer anderen Mieter der alte Knabe von dem ich Ihnen erzählt habe der der fünf nein es müssen sechs Türen weiter gewesen sein jedenfalls bin ich ziemlich sicher daß der Jude war wo war ich stehengeblieben ach ja Harv oder Merv oder wie er heißt der sagt immer aber jetzt mal im Ernst Leute und das Publikum rast vor Begeisterung dämliches Volk also wo war ich stehengeblieben ach ja das Radio oder da habe ich gehört daß sie fünf Burschen wegen Bombenlegens festgenommen in der Nähe von Strabane war das oder war es Letterkenny JEDENfalls haben sie diese fünf Bagaluten geschnappt als sie versuchten eine Bank zu überfallen als Royal Ulster Constabulary verkleidet stimmt genau sie haben sich als RUC-Beamte ausgegeben nein jetzt nennen sie sich ja irgendwie anders Northern Irish Police Service nennen sich die Prott-Proll-Poll jetzt so nenne ich sie Prott-Proll-Poll können Sie mir folgen Prott für Protestanten Proll für Proleten und Poll für Polizisten naja Sie sind natürlich selber einer ich bin froh daß ich Sie dabeihabe man möchte doch die Zielscheibe gutmütigen Spottes auch sehen besonders wenn sie ein bißchen Humor hat wissen Sie hahahahahahahahahahahahahahaha ÄHÄCK ha ha ha HÄÄÄÄCK o Mann bitte vielmals um Entschuldigung ich sitze wahrscheinlich wieder mal in der Zugluft ich weiß nicht warum aber immer wenn ich jemand anders in seinem Büro besuche muß ich in der gottverdammten Zugluft sitzen ÄHÄCK na jedenfalls wie ich bereits sagte ÄHÄCK Scheiße bitte vielmals um Entschuldigung ob ich wohl ein Glas Wasser haben könnte nein keine Umstände ich kann gehen und es mir selbst holen brauchen sich gar keine Mühe zu machen sagen Sie mir einfach wo es ist dann hole ich es mir ÄHÄCK ÄHEM selber bitte um Entschuldigung ich dachte ich hätte so eine Art Trinkwasserspender irgendwo gesehen da eben durch auf dem Korridor oder ÄHÄCK ÄHÄCK ÄHÄCK ÄHUU ÄHEM bitte VIELMALS um Entschuldigung hallo na na sieht aus als hätte sich der Inspektor auch verpißt.«

Im plötzlich leeren Büro betrachtet Byrne das feiste Watscheln wohlgenährter Tauben auf dem Fenstersims, unter welchem sich ein immer noch kahler Baum steif im Wind schüttelte.

* * * * *

»Ja leck mich. Er ist es selbst. Im Fleische.«

»Das bist doch nicht etwa du, oder? Jesus, Maria und Josef, du bist es. Noch dazu persönlich.«

»Das ist ja praktisch zum. Du bist also Tone McGirl?«

»Bin ich. Das bleibt aber bitte unter uns, ja? Sag mal. Nur Zufall? Oder hast du ...?«

»Ja, ich habe früher schon mal hier gelebt.«

»Als was, um Himmels willen?«

»Ich hab hier am College unterrichtet, dann ging es ihnen schlecht, und sie haben mich gefeuert. Aber jetzt haben sie gerade eine Zwanzig-Millionen-Dollar-Spritze von Maher gekriegt, dem Häusermagnaten von zu Hause, und da haben sie mich wieder eingestellt. Letzte Woche bin ich zurückgekommen. Hauptsächlich, um aus Killoyle abzuhauen. Aber der Job beim College fängt erst im September an, und da brauchte ich zur Überbrückung ein bißchen Taschengeld.«

»Dann bin ich also tagsüber dran und du nachts. Richtig?«

»Richtig. Bis Seine Gnaden anderwärts befinden.«

Es war der Wachwechsel hinter dem Tresen im Dew Drop Inn zu New Ur am Fort Dean Highway (Bundesstraße 182): 16 Uhr, Zeit für Ferdia, der die 8-bis-4-Schicht hatte (*Early-*

Bird Specials für die frühen Vögel mit dem Tremor: eine *pint* Stout oder ein Krug Bod's, ein rohes Ei, einen kurzen Wild Turkey, eine zitternde Hand, ein wäßriges Auge), Jöppchen und Schlüssel aufzuhängen und seinem 4-bis-12-Nachfolger die Aufsicht zu übergeben, welcher sich als kein anderer denn (wie der scharfsinnige Leser bereits gemutmaßt haben wird)[125)] Donal Duddy erwies, der frühere Gebrauchtwagen-

125) Selber gemutmaßt. Scheint, daß sie in wahren Scharen alles hinter sich lassen und in die Staaten abhauen. Das beinhaltet doch wohl nicht, oder etwa doch, gewisse Parallelen zu Vorgängen eher autobiographischer Natur? Ist ja auch ganz wurscht und absolut in Ordnung. Auswandern ist etwas, woran auch ich von Zeit zu Zeit gedacht habe, wenn Sie die Wahrheit wissen wollen. Manno, bis in die Träume hat mich das verfolgt. Warten Sie, bis ich es Ihnen erzähle. Eines Samstagabends, nachdem ich mit dem Gesicht nach unten auf dem Fußboden zu Füßen meines ungemachten Bettes mit einem Kater von der Größe von Ulster mit neun Grafschaften aufwachte, nur mit meiner gelben Feinrippunterhose bekleidet, während Regen und Wind die Fenster peitschten, und weder Geld für den Gasometer, noch was zu essen in der Speisekammer außer einer ungeöffneten Dose Bovril, einem alten Kanten Weißbrot und ein paar übriggebliebenen Hundekuchen, überlegte ich, ob ich es vielleicht satthabe und erwog, die olle Rübe in den Herd zu stecken und das Gas anzustellen; dann fiel mir ein, daß ich das Geld für das Gas nicht hatte, und beschloß, stattdessen auszuwandern. Als also der Regen abgenommen hatte und nur noch unser herkömmlicher feiner irischer Sprühregen, oder FIS, war, warf ich mich in meinen Marinepullover und die abgetragene Kordhose mit den Brandflecken in der Arschgegend und ging los, um mit den anderen verzweifelten armen Säuen vor der Ami-Botschaft in Ballsbridge in der Hoffnung auf eine Green Card – ich bin ja schließlich Ire – Schlange zu stehen, aber eine unerwartete Serie von Vorfällen fiel dem Schicksal in den Arm. Zuerst zog plötzlich ein Untergärtner pakistanischer Herkunft, der bis dahin stumpf mit der Gartenschere die Hortensien beschnitten hatte, seinen stupsnasigen Revolver aus den Falten seiner farbenprächtigen Eingeborenentracht und eröffnete das Feuer auf eins der Botschaftszimmermädchen, ein Mädel ebenfalls subkontinentalen Ursprungs, welches, der Menge und Intensität des Regens ungeachtet, die Matratzen im ersten Stock zum Lüften auslegte. Von einer Kugel an der Büste gestreift, zog sie sich kreischend zurück, was im Innern des

händler aus Killoyle in der eponymen Grafschaft im schönen jetzt so fernen Lande Irland. Donal ging es zum zweitenmal in seinem Leben finanziell gut, da er Roofwalls zum Verkauf freigegeben und dafür von Drympna Collins, der Immobilienagentin und Ex-Geliebten seines Vatis, einen Vorschuß in Höhe von zwölf Prozent des geschätzten Werts eingestrichen hatte. Es war ein echtes Brückenverbrennen. Diesmal gab es

Gebäudes zu Krawall führte. Das Fenster zerbrach; der Schurke verschmolz mit dem Unterholz. »Oy«, rief ich. »Hiergeblieben, du schwarzer Mistkerl.« Er drehte sich um und sah mich unter seinem linken Arm hindurch an, kurz bevor er in die Hecke verschwand, und Jungs o Jungs, der Anblick seiner verdrehten grinsenden Fresse brachte mich verdammt fast dazu, die Tüte Kartoffelchips mit Salz- und-Essig-Geschmack fallen zu lassen, die ich zu der Zeit gerade aß (Frühstück, Mittag- und Abendessen für so manchen Burschen in meiner Lage stellten sie dar). Die Marines, die die Botschaft bewachten, stürzten hinter dem Scheißer her, aber er wurde nie ergriffen; als letztes habe ich gehört, daß er sich mit Omar Bin Salaad in der großen Felsenfestung auf dem Berge Bashibouzouk in Ost-Mustaschistan verkrochen hat, wo immer das verdammt noch mal sein mag, und den Zorn Allahs auf die Ungläubigen herabbeschwört, besonders auf die fetten mit den Steuerschlupflöchern und den fetten Geländewagen und jeder Menge Handys ... Jedenfalls erreichte ich schließlich das vordere Ende der Schlange, begierig, endlich zum Geschäftlichen zu kommen und meine ausbeuterische illegale Schneiderwerkstatt oder mein Wettbüro in Cleveland oder Chicago oder Providence (Rhode Island) zu eröffnen, aber als der Chargé d'affaires mich nach meinen Geschäften zu befragen begann, starrte auch er mich verkehrtrum unter dem linken Arm hindurch an und grinste wie nicht recht gescheit. Die kalte Hand des Schreckens schloß sich um meine unteren Eingeweide, und als ich mich umdrehte, das werden Sie jetzt kaum glauben, aber jeder in der Schlange machte dasselbe, fünfzig oder mehr standen hinter mir (das war im Jahre '74, als es der Wirtschaft des Landes nicht so gut ging), und alle glotzten sie mich verkehrtrum unter der linken Achselhöhle an. Das nächste, woran ich mich erinnere, ist, daß ich wieder im Bett in Moy in der Grafschaft Armagh lag und schwitzte, und nur mein Da stand über mir und grummelte und hustete auf seine unnachahmliche Art: »Hust hust hust hust hust hust mußt scheißschlecht geträumt haben du kleiner Schweinehund du hast mich mit deinem Scheißgeschrei geweckt hust

wirklich kein Zurück. O, er würde seine *pints* vermissen, und das alte Räusper-Gespenst, und den Blick vom Dach von Roofwalls, und das Zischen von Lastwagenreifen auf der Crumstown Road an einem nassen Sonntagmorgen; aber sonst stand ihm Mutter Irland bis zum Spundloch. Die Wucherer, die Engstirnigkeit, der Neid. Die Attentäter, die Politiker. Die Blödsäcke. Die Schweinehunde. Und jetzt tauchte direkt vor seiner Nase einer auf. Es hatte nie etwas zwischen den beiden bestanden, was man Freundschaft nennen könnte, waren sie einander doch nur einmal begegnet, beiläufig, auf der Straße, beim Rauchen ..., aber selbst in solchen Augenblicken (überlegte er) kann sich ein Band bilden, besonders heutzutage zwischen rauchenden Iren, also bestand zwischen ihnen auch keine Bissigkeit, noch deren Vetter, der *machismo*, dem unser Durchschnitts-Ire ohnehin nicht so leicht verfällt, wie auch nicht zur automatischen Annahme von Tuntentum seitens des anderen (was der Schierling für den rechten Macho ist), es sei denn, es lägen in dieser Hinsicht schlüssige Beweise vor, d. h. Zwinkern, Stupsen, das stumme Formen von Kosenamen mit den Lippen, Kettchen, Fingerbewegungen usw. Also begrüßte Donal seinen Landsmann nicht mit Inbrunst, aber mit Herzlichkeit. Und Ferdia überreichte Ken seine Abrechnungen und Tresenquittungen (*tabs*, wie sie in amerikanischer Mundart hießen), Ken, dem düsteren Manne, der die Müllkippe im Interesse von Fergus leitete, während Fergus zu Hause saß und seinen Nabel schaute, während er irischen Wohltätigkeitsorganisa-

hust du überflüssiger kleiner Taugenichts hust hust hör mal zu mein Junge hast du vielleicht etwas Kleingeld übrig ich will nur mal eben schnell zum hust hust?« »Aye, ich habe schlecht geträumt, Da, das stimmt«, sage ich, »danke, daß du fragst, und du kannst in meinem Portemonnaie nachsehen«, und ich stieg aus dem Bett, gerade rechtzeitig, um zu sehen, wie er das Zimmer verließ und mich dabei unter seinem linken Arm hervor ansah, verkehrtrum, und grinste ... ARRRRHHHHHH ... O, danke. Ich fand auch, daß das einen kurzen Halben wert ist, Slontschi gu bra und sowas alles. Hic.

tionen Geld zukommen ließ und noch mehr Geld von irischen Wohltätigkeitsorganisationen einnahm – und geheimnisvolle Anrufe entgegennahm und führte, viele davon mit Übersee (mehr davon alsbald) …

Nachdem er seine Schürze aufgeknotet und versorgt hatte, schwang Ferdia sich um den Tresen herum, zündete sich eine Manlyburgh Lite an und setzte sich auf einen Barhocker, um das Gespräch wiederaufzunehmen oder fortzusetzen, welches bis auf einen leichten, quälenden Tic auf Donals einer Gesichtshälfte, als hätte er einen milden Schlaganfall gehabt, recht angenehm verlief. Denn in Donals Hinterkopf, sich stetig nach vorne bewegend, war der unbehagliche Gedanke, daß er vielleicht gerade mit einem Massenmörder sprach, einem jovialen Massenmörder, wohl wahr, und einem, mit dem man eine *pint* und ein Lachen genießen konnte, aber nichtsdestoweniger einem Massenmörder. Wie anders konnte man einen Mann nennen, der zwanzig Pfund Plastiksprengstoff in ein Gebäude voll Menschen geworfen hatte, selbst wenn die Menschen Polizisten gewesen waren?

Ferdia parierte mit philosophischer Leichtigkeit.

»Jawoll, barbarisch, das war es. Da bin ich ganz deiner Ansicht, mein Sohn. Aber nicht so schlimm wie einige ihrer Übergriffe. Immerhin waren diesmal die Polizisten die eindeutigen Ziele, was natürlich den einen oder anderen Zivilisten nicht davon abhielt, trotzdem ins Kreuzfeuer zu geraten, wie man sagen könnte.« Ferdia inhalierte profund und nahm die skeptische Schrägung auf Donals aufgedonnerten Zügen zur Kenntnis. Daheim in Killoyle hatte der Bursche ausgesehen und geklungen wie ein Zombie mit Kopfgrippe; hier, von der momentanen leichten Paralyse seiner linken Gesichtshälfte abgesehen, wirkte er ganz frisch, und es gab auf seinem Gesicht sogar Anhaltspunkte dafür, daß es vor zwei bis drei Tagen rasiert worden war. »Dumm ist nur, daß ich es nicht war. Darüberhinaus weiß ich, wer es war, aber der hat sich bei dem Vorgang mit in die Luft gesprengt, es gibt also keinen Beweis, also bin ich im Arsch, was? Gut möglich, daß du einen

Menschen vor dir siehst, der bis ans Ende seiner Tage auf der Flucht sein wird. Rio de Janeiro, ich komme schon!«

»Wie bist du hier gelandet?«

»Der Besitzer ist mein Cousin.«

»Fergus?«

»Genau derselbe.«

»Manno. Da kann man mal sehen, beziehungsweise gerade nicht. Die Welt ist doch ein Dorf, darf ich das sagen? Nö«, sagte Donal und beugte sich auf den Tresen, »ich habe dich eigentlich nicht für den Attentäter gehalten. Nur, was sie so im Radio und so gesagt haben. Aber man fragt sich eben doch, weißt du. Ich meine, du warst doch in der IRA, oder etwa nicht?«

Donal war so kühn, weil er sich direkt, sicher und unstreitig im Neuen Ur von Chaldäa, oder New Ur of the Chaldees, Ohiowa, USA, befand, innerhalb der Reichweite der strengen, aber gerechten amerikanischen Gesetzgebung und -erzwingung; trotzdem wurde er in diesem Augenblick inne, wie lang der Schatten des Killers war, und wieder fühlte er Erleichterung, daß er dies verdammte Land hinter sich gelassen hatte. Und trotz seinem Kumpelgetöse hatte er wirklich keine Ahnung, ob Ferdia einer von denen war oder nicht.

»Stimmt, ich *war* in der IRA«, sagte Ferdia mit der Mattigkeit Eines, der sich zu oft erklärt hat. »Bin ich aber nicht mehr, kapiert? Und außerdem war ich nur der gottverdammte Archivar.« Und in diesem Augenblick wurde *er* inne, wie tief Irland – und DIE SACHE – in seiner Seele verwurzelt waren, und er verspürte eine verzweifelte Gier nach der heimischen Scholle. Im selben Augenblick exhalierte er seine Bedenken zusammen mit dem letzten Rauch der Zigarette, drückte die Kippe aus und entbot Donal ein Lebewohl, da sein Vorrat an Gesprächsthemen erschöpft war, hatte er zumindest den Eindruck, besonders da der Bursche ein Terrain erkunden zu wollen schien, das längst von anderen verwüstet worden war …, und sowieso war es Zeit, nach Hause zu gehen, nachdem er einen harten Tag damit verbracht hatte, New Urs vielen und vielerlei Alkoholikern die Plörre zu servieren. Nicht, daß Zuhause in seiner gegenwärtigen Inkarnation viel gewesen wäre, wohin man zurückgehen konnte: ein Zimmer im ersten Stock (im zweiten Stock auf amerikanisch) in einem Vorkriegsluxusmotel, 1991 renoviert und in The Tudor Court umbenannt, mit frisch aufgemaltem Fachwerk und altenglischen Lettern, was genau die richtige Note abgerissener Schäbigkeit und längst vergangener schneller Nummern anschlug. Es wohnten immer noch Huren dort, sowie ein Handelsvertreter, ein paar mexikanische oder guatemaltekische Einwanderer, ein Würstchenverkäufer, Studenten am dortigen College, dem Downstairs State, und ein Briefträger (oder eine Briefträgerin). Nachts blühten die Fernseher hinter dürftigen Vorhängen und dröhnten im Gleichklang über den Hof, weil die meisten auf dieselbe virtuelle Reality-Nachrichtensendung und, nach 9, die *Mr. Plop-Show* eingeschaltet waren, wenn Al (Kurzform von Ali), der Geschäftsführer, ein Bengale, der Fernsehen nicht leiden konnte, oft an der Tür zu seinem Büro zu sehen war, wo er in Hemdsärmeln unter dem rosa Neon-VACANCY stand, welches immer permanent zu verflackern drohte, und rauchte und starrte und zweifellos von einem besseren Bengalen träumte, oder von amerikanischen Mädels (oder beidem), oder von einer Welt, die dem Islam eine sichere Heimstatt war (oder von allen dreien).

»Dann tschüs«, sagte Donal, ganz die professionelle Zapfkraft, die er jetzt war, wenngleich nur provisorisch.

»Man sieht sich«, sagte Ferdia. Er tat sich mit einem Achselzucken den karierten Regenmantel an, den er im Zip Mart auf dem Highway 67 in der nordöstlichen, nach Macropolis führenden Vorstadt gekauft hatte, und trat aus dem schuldbeladenen Halbdunkel des Dew Drop Inn hinaus in den kakophonen Glanz eines Frühlingsabends in New Ur of the Chaldees, Ohiowa, USA, blau und hart und betäubend lebendig vom Lärmen der Autos und Radios und dem Lied der Zugvögel –, was alles, nicht zu vergessen, für Ferdia noch unter die Rubrik »Exotica« fiel, war er doch nie weiter verreist gewesen als bis nach Archway in London, außer nach Straßburg, einmal, mit dem vagen Vorsatz, ein prominentes Mitglied des Europaparlaments in die Luft zu sprengen, welches außerdem ein wahnsinniger Ulster-Protestant war (zu blöd, daß der Plan in die Hose ging, weil das Opfer in spe zu einer Rugby-Sondersendung auf UTV zurückgerufen wurde),[126)]

126) Hört hört. Zu blöd ist richtig. Dieser ganz bestimmte wahnsinnige Evangele Schrägstrich MEP dürfte Owen Parsley sein, oder ich bin Georgey Girl, komplett mit Minirock, Make-up und fetten Oberschenkeln. Manno. Owen muß inzwischen gut und gern sechsundachtzig sein, aber jeden zweiten Abend ist er im Fernseh und faselt über die Papisten, Papst seiner eigenen Kirche des Hasses, der er ist. Neulich abends habe ich ihn in Percy Mayos Sendung *Für mich bitte mit Mayo* auf RTÉ III An Nuacht (mit englischen Untertiteln) gesehen, wie er über die »römischen Antichristen« und die »Gefahren der Papisterei« und die »Sodomiten des Vatikans« kreischte, und daß unser wahrer Krieg nicht gegen den dunkelhäutigen Mob mit den Geschirrtüchern geführt wird, sondern natürlich gegen den ollen Rotesockenträger, der sich wie in alter Zeit verschworen hat, die Welt zu erobern, gähn gähn schnarch. Immerhin, eins vor mit Mappe für Percy: Nach etwa einer halben Stunde Geschimpfe und Gepredige sagte er: »Halt du die Klappe, Alter«, worauf Old Owen erwiderte: »Dein Schlund ist ein offnes Grab; mit deiner Zunge handelst du trüglich. Otterngift ist unter deinen Lippen (Römer 3:13). Lassen Sie sich das gesagt sein: die schwarze Finsternis des Papistentums, wie es vor der Reformation war, senkt sich wieder über unser Land.« »Halt's Maul, du blöder alter Pimmelkopp«, sagte der angesagte Percy, aber natürlich behandelt der alle seine Gäste so, das ist postmodernes Fernsehen, stimmt's? Mit seinem üblichen Sinn für das haarscharf Angebrachte versetzte der olle Owen: »Erwachen Sie, junger Mann, und blicken Sie sich um. Sehen Sie! Denn der Sitz der Diözese Rom ist der Thron Satans. Verdirb ihn, o Gott, und lasse das Übel werden wie das Fett der Lämmer. Laß es in Rauch aufgehen: ja, in Rauch laß es aufgehen und verwehn.« »Nun halt schon scheißenochmal das Maul«, sagte Percy mit einer Idee Schroffheit in der Stimme, aber der olle Owen brabbelte weiter. »Keinen Frieden mit der Sünde, keinen Frieden mit der Falschheit. Krieg, Krieg, Krieg ohne Besinnung: Krieg immerdar der Irrlehre und Täuschung und der römisch-republikanischen Rotte!« Lauter Applaus vom Studio-

und einmal nach Spanien, bzw. dessen nördlicher Provinz in Abhaulaune, Euzkadi, »geschäftlich«, wobei das Geschäft darin bestand, daß er Sachen »Bumm!« machen ließ (was er nicht getan hatte, weil das kurz vor seinem Austritt aus der IRA gewesen war und er sowieso in dieser Straßentaverne bei San Sebastian zuviel Ixarra getrunken hatte, um noch geradeaus zielen zu können). Er hatte, bis jetzt, da er tatsächlich unterwegs war, nie den tiefen Wunsch verspürt, ferne Länder zu sehen. Jetzt pflog er tief innen Gedanken an die weite Welt und merkte, daß er sich müßig fragte, wie es wohl wäre, auf Machu Picchu hinunter- oder zum Everest hinauf- oder über einen Cafétisch hinweg eine Buenos-Aires-Schönheit anzublicken, vor einem Hintergrund aus seltsamen ausländischen Sonnenstrahlen und Schatten, oder auf dem Mekong (oder Irrawaddy) dahintreibende Sampans. Die falsche Freiheit seines neuen Lebens bot ihm den flüchtigen Luxus von Trägheit, Träumen und Phantasie, der trüben Wirklichkeit vorzuziehen, die aus juristischer Verfolgung bestand, oder aus den Jungs, die ihm einen Agenten an den Hals hetzten (was die Amis einen »hit man« nannten), oder die Abwesenheit von Frauen in seinem Leben – ja, die Schlampen, angefangen mit Shirl (wo war sie jetzt? Warum hatte er nichts gehört? Einfach so abgehauen, nach acht verdammten Ehejahren? Es war nicht fair, das war es, was es nicht war, war es nicht, das war es nämlich) –, sowie die allgemeine Gesamtungläubigkeit, daß sein vorheriges Leben, welches vor noch gar nicht langer Zeit ein bißchen bis vorwiegend wacklig und instabil geschie-

publikum, sämtlich Papisten. Zum Kotzen, der alte Sack, warum kratzt er nicht endlich ab? Ich würde mich freiwillig melden, ihm das TNT in den After zu schieben und auf den Weg zur Hölle zu schicken, die er sich so ehrlich verdient hat, das würde ich glatt. Wo wir gerade über den Teufel sprechen, der die Heilige Schrift zitiert, etc., Manno. Jemand sollte den alten Scheißer abknallen, hätten Sie vielleicht Lust? Na gut, vielleicht mache ich es selbst, wenn dieser Job hier in etwa fünfzig Seiten zu Ende ist. Unterdessen, und ich weiß, daß das ein alter Refrain ist, aber, Terence …

nen hatte (vor vierzehn Tagen z. B., oder drei Wochen), jetzt, aus der ungewollten Perspektive eines Mannes auf der Flucht, aussah wie ein Muster an Stabilität, Tugend und Mäßigung; der Eheknatsch, die Vitaminkrisen, geschäftlichen Unternehmungen (und Fehlschläge), nächtlichen Schweißausbrüche, leeren Taschen usw. waren doch sowas von wurscht.

Da konnte man mal wieder sehen, oder etwa nicht: In diesem Leben weiß man verdammt nie, was um die Ecke auf einen wartet, mein lieber Alter, oder was man gerade verpaßt hat.

Die Bewohner von Tudor Court waren schwer dingfest zu machen, und die Trinker im Dew Drop Inn waren größtenteils alte Trunksüchtige mit einer Neigung zur Abhandlung von Themen, die exklusiv für sie selbst von Interesse waren; total unerheblich für diesen Zweig der großen weltweiten Suffkoppbruderschaft waren Identität, Hintergrund und Echtheit des Eigners der Hand, die ihnen die Getränke ausschenkte. Ferdia hätte Bigfoot, Hermann-der-Cherusker, Big Billy Bitch, der geschlechtsumgewandelte Rockstar, oder Milo Rogers, der poeta laureatus der Provinz Munster, sein können, wenn es nach ihnen ging. natürlich bot solch eine Anonymität ein tolles Versteck. Nur Fergus und neuerdings Donal wußten, wer er war, dachte Ferdia zumindest, und Donal wußte nicht viel (argwöhnte aber ein bißchen mehr, als er wußte: man mußte ihn also im Auge behalten, den Burschen), und Fergus McCool war ein freundlicher alter Zausel *(dachte Ferdia zumindest)* mit, wie soviele irische Exilanten – er war '74 in die Staaten gewandert, nachdem er vergeblich versucht hatte, die Statue von Cu Chulainn aus der Hauptpost in Dublin zu entführen[127] – einer tief verwurzelten Treue zu

127) Na, sehen Sie, hab ich doch gerade gesagt, der Wirtschaft des Landes ging es nicht so gut, stimmt doch alles. Und obwohl ich mich nur in meinen Träumen um eine Green Card beworben habe, war es ständig vorne in den Zeitungen und hinten in meinem Kopf bei Tag und Nacht, bis sich die Lage ein bißchen entspannte, nachdem ich den

den drei Farben und DER SACHE und den in mannigfachem Glanz erstrahlenden Shamrock-Schattierungen smaragdgrünen Geschwätzes.

»Ja klar und meiner Treu«, sagte er, als er Ferdia auf seiner Schwelle sah (ebenfalls wie soviele irische Exilanten sprach er die imaginäre Sprache des Feenvolks, anstatt die echte des einfachen irischen Volkes), »und das, wo ich grad zur Missis gesagt habe, es ist verteufelt Zeit und reichlich drüberweg, daß wir etwas für Die Jungs unternehmen müssen, die von den Zwillingshörnern eines Dilemmis aufgespießt sind, sozusagen, da einerseits die klagenden Dudelsäcke der grünen

Job als Oberservierjunge bei Pullman's Porter gekriegt hatte und es bis hinauf zum Assistenzinterimsobergeschäftsführer der Servierabteilung (provisorisch) geschafft hatte, mit einem Stab von zehn Servierjungens unter mir, einige schon ganz schön angejahrt, die armen alten Tölpel. Ich blieb natürlich trotzdem meinen Prinzipien treu und behandelte sie wie das Gesindel, das sie waren, und bald hatte ich beständige Schmerzen im Reitgertenarm, aber ich habe mir bei Gott, Sir, ihren Respekt verdient, in manchen Fällen sogar an Hingabe grenzende Ergebenheit, bis die Geschäftsleitung zur Vernunft kam und uns alle feuerte. Einer der ganz alten Servierjungens, ein ehemaliger Mohr von den Quellflüssen des Oxus (oder der Liffey; das hing von seiner Stimmung, vom Wetter oder seinem jeweiligen Akzent ab) namens Abu Saunders, folgte mir nach Hause, legte sich quer auf meine Schwelle und knurrte alle Eindringlinge an. Er verweigerte jede Nahrung und starb einundsiebzig Tage später, der arme Mann. Ich stolperte eines Abends nach einer langen Sitzung beim Sozialamt, wo ich abermals versucht hatte, den Regierungslakaien meinen popligen Arbeitslosenscheck aus den Klauen zu schmeicheln, über seinen unbewegten Kadaver. Jedenfalls beerdigten wir den armen Abu unter den sich wiegenden Lilien auf dem Felde auf dem östlichen Abhang der Hügel von Balbunion, wo die sanften Brisen spielen, mit Blick auf das Bloomstowner Kreuz der Autobahn von Newnuggets nach Ballybigrapids, dies wiederum mit Blick auf die thymianbewachsenen Maulwurfshügel, eine SuperWeenie-Tankstelle und eine Ansammlung von Schweinemastbetrieben am Horizont, die, so wollte (und will) es das Gerücht, Gar Looney gehören, Ex-Taoiseach und gegenwärtigem Steuerexilanten in der (oder dem) Algarve.

Friedensweiden locken und DIE unsterbliche SACHE anderseits ihre trauervollen Klänge zur Harfe singt und darzwischen die perfiden Briten hinter Busch und Hecke lauern, um sie zu Fall zu bringen, ihnen die Klöten abzubeißen und aus ihren armen kleinen Eingeweiden Fleischpastete zu machen. Wohlan, so sage ich zu mir sage ich, wollen doch den Jungs Gerechtigkeit widerfahren lassen. Zeit für dich, mein lieber Herr Mister, dein Geld dorthin zu tun, wo dir der Schnabel gewachsen ist, und ihnen einen Scheck zu schreiben, oder ein Benefizbankett auszurichten, oder ein Gebetsfrühstück abzuhalten (die haben es hier sehr mit Gebetsfrühstücken, und der hat Glück, der in keins verwickelt wird), aber dann ganz plötzlich, aus heiterem Himmel, als wären meine Gebete erhört worden, erscheint da nicht mein eigener alter Cousin Ferdia Quain aus der schönen Stadt Killoyle selbst im schönen teuren alten Lande Irland, und Gottes Segen falle auf seine süßen und grünenden Küsten, erscheint da nicht genau der nämliche Bursche auf meiner eigenen Schwelle im fernen Amerika, möge Gott uns segnen und erhalten, sowie die massenhaft im Himmel versammelten Engel allzumal!?«

Trotz welchem grünlichen Gelaber er Ferdia damit beeindruckte, daß er nicht wirklich überrascht war, als er auf seiner Schwelle, nächst der Statuette eines Vorgarten-Negerjockeys, seinen Cousin gewahrte, den er in diesen letzten siebzehn Jahren nicht gesehen hatte; tatsächlich ließ sein umherschweifender Blick den Eindruck zu, daß er Ferdias Ankunft irgendwie erwartet hatte oder daß sie auf seiner Gedönsliste für den Tag ziemlich weit unten stand. Aber Ferdia tat das Gefühl mit einem Achselzucken ab, brauchte er doch (schließlich) einen Job und irgendeine Art halbwegs anständige Unterkunft, möglichst in derselben Straße.

»*Dia duit.* Wie geht's denn immer, Fergus?«

Mit so einem stellaren Hintergrund schlenderte Ferdia natürlich geradezu in einen Job aus Kurzenachschenken und Bierchenzapfen im Dew Drop Inn. Er war, noch besser, auf dem aufsteigenden Ast, vollständig mit Arbeitserlaubnissen ausgestattet, allerdings nicht als er selbst: Er nahm den Namen Tone McGirl von der entfernten Erinnerung an einen berühmten Wellhornschneckenfischer aus Skerries und Cousin seiner Mutter, an. Es war ein kleiner Betrug (Name ist Schall usw.), bei dem Fergus McCool nur zu gern mitwirkte, vorgeblich, um den lieben alten Pflug mit Sternen hochzuhalten (während er zusätzliche Gelder einnahm, indem er telefonisch diskret Verrat übte –, aber darauf kommen wir noch) – von dem eine verschossene Version hinterm Tresen des Dew Drop schlaff herabhing (»ah Gott segne dich, habe ich diese alte Fahne nicht seit unvordenklichen, geht noch zurück auf meine Studienzeit in Galway, so war es, ah das waren die Zeiten, ah guter Gotti Gotti Gott, *faol saol agat agus bas in Eirinn,* was, Ferdia? ... Ich meine Tone, hä hä?«). Zu gegebener Zeit, mit viel telefonischem Drängen und einer bis zwei Bestechungen und – mit einem Lächeln durch ebenmäßige Zähne hindurch – der Andeutung von Gewalt wurden falsche Genehmigungen arrangiert, nachgemachte Visa ausgestellt, und bald war eine Ersatz-*Green Card* von einer Unterabteilung der Einwanderungsbehörde, die sich auf nichtislamische Einwanderer spezialisierte, auf den Weg gebracht. Ferdia fühlte sich wie ein gottverdammter Heuchler, weil er gleichzeitig vor seiner Vergangenheit wegrannte und sie umarmte, und er war bei Gott nie ein Heuchler gewesen, wenn es nicht nötig gewesen war; aber wie wir alle wissen, ist Heuchelei manchmal der einzige Ausweg, und auf jeden Fall war der ganze Schwindel ein Mittel zum Zweck, einen Job zu kriegen und für ein Weilchen unterzutauchen, mal eben. Nächster Halt Rio? Eine weitere neue Identität? Der amerikanische Traum? Oder feige (oder kühn) zurück nach Killoyle? Auch fand er sich zu unregelmäßigen Zeiten (im Bus; auf dem Klo; während eines Werbeblocks im Fernsehen; während er sich spätnachts im Dunklen meditativ in der Leistengegend kratzte) mit der Frage beschäftigt, ob es in diesem Leben überhaupt Sinn hatte, irgendeine Art Versöhnung mit Shirley anzustreben. Wenn er an sie dachte, war es, als dächte er an eine Fremde, oder an eine verdammt fast Fremde, und etwa eine Sekunde lang schien es regelrecht seltsam, um nicht zu sagen: bekloppt, zu denken, daß er mit der Kuh verheiratet war. Anderseits fand er fremde Frauen ziemlich toll – manche jedenfalls –, wenn er also noch ein bißchen wartete, kam sie ihm vielleicht wieder wie eine rundherum Wildfremde vor, und er fand sie vielleicht wieder ganz toll. Oder vielleicht lag das Problem darin begründet, wie der Filmkomponist und Rap-Opernlibrettist Wes Wonderwoman letzte Nacht in der *Mr. Plop-Plop Show* gesagt hatte, daß »von Anfang an diese sexuelle Inkompatibilität bestand, ich meine, sie wurde ganz träge und klebrig und die ganze Liebesromanscheiße, und ich bin eher der Reite-sie-Cowboy!-Typ, also haben wir uns getrennt, sie hat das Haus in Malibu gekriegt, ich den Lambo, die Sache ist also cool.«

Meist konzentrierten sich Ferdias Gedanken jedoch auf eine Fremde, Terpsichore, wie man es von einem armen Burschen erwarten kann, der gerade von allem, was er kennt, entwurzelt wurde und der ohne Unterschied von Erinnerung zu Hoffnung zu Illusion treibt, während er seine schon verloren gegebene Schlacht gegen Selbstzweifel[128)] und die nächtlichen Versuchungen, die auf Flaschen abgefüllt werden, oder die eigene Handfläche ausficht ... Jedenfalls war Terps nicht weniger real als Shirley, und eine verdammte Ecke sexieer, besonders (und hier war sie weit weniger sie selbst, oder mehr) hinter den Schleiern der Erinnerung, die sie auf wundersame Weise in eine schönere Version von Mata Hari verwandelten, oder in die Kaiserin Eugénie, oder in diese australische Filmstarmaus, Nicolette Tedman-oder-wie-sie-hieß: Deadman? Redman? De Man? Mann ...?

128) Ach, der arme, kleine Streithammel. Ich bezweifle alles, sogar meinen Zweifel, wie dieser Bursche (ein Franzose namens Robert, glaube ich, oder Flaubert) sagte. Außerdem hat er noch gesagt: »Monsieur Bovary, c'est moi«, ohne offenkundigen Grund, wahrscheinlich nach ein paar Pernods im dortigen Café de la Poste, oder vielleicht hat er jemanden in Paris auf dem Bahnhof abgeholt.

Jedenfalls hatte er einen Wahnsinnsschmachter auf Zitronenhuhn. Beim Mitnehm-Chinesen Two Hangs stand Hang junior hinter dem Tresen und lächelte, als er Ferdia sah. Hang junior war einer der wenigen Menschen in New Ur, mit denen Ferdia auf Sprechfuß stand.

»Sie jetzt gehe Hause?« erkundigte sich Hang junior mit dem Gesichtsausdruck eines zynischen Buchmachers. »Sie wolle Dim Sum?«

»Nö, Zitronenhuhn muß es sein. Braten Sie's mir anständig auf. Jede Menge Reis, pressen Sie ein paar Zitronen.«

»O, Zitrone bedeute Pech in China. Zu viele Zitrone, und man sterbe.«

»Wir sind aber nicht im gottverdammten China, oder. Also immer schön pressen, Hang.«

Hang junior machte das krächzende Gegröle der Heiterkeit, welches Ferdia in seiner bis-in-die-Knochen irischen Art ihm immer (falls man die Summe dreier persönlicher Treffen als »immer« bezeichnen kann)[129)] entlockte, und er erwies sich als mehr denn großzügig im Portionieren von Reis, Zitronenschale und den krustigen Hühnchenteilen, nach denen Ferdia sich mehr sehnte als nach Irland selbst.

»Tony«, sprach Hang Ferdia auf die einzige Weise an, die er beherrschte, »Sie bald gehe zurück Irland? Oder bleibe Staate?«

»Bleibe Staate, denke ich mal. Mindestens bis sie die Hunde zurückpfeifen. Wissen Sie? Wuff wuff?«

129) Verglichen mit dem äußersten Nichts und dem Schwarz-wie-ein-Negerarsch-von-innen-Nichts der Mikro-Ewigkeit, während der Hang und er nichts von der Existenz des anderen wußten, noch der Hang-Klan und der Quain-Klan von dem des anderen, oder soll ich »Hang-Welt« und »Quain-Welt« sagen? Ich würde sagen: Ja, prima, nur zu, sagen Sie »immer«; aber ich warne Sie, das bin nur ich, ein früherer Bewunderer der existentiellen Schule von Jean-Paul Prawn und seinem Handlanger, diesem alten irischen literarischen Gent mit der grauen Meckifrisur und den lustigen Augen ... Steve? Seamus? Seoirse? Souse? Hic?

Ein weiterer Heiterkeitsausbruch: »AAAAA-hiiiii. Sie komischer Kerl, Tony. Tony sehr komischer Kerl. Äh, Jimmy?« Hang junior wandte sich an den verhutzelten Koch, seinen Vater Hang senior, einen Nicht-Englisch-Sprecher, der wegen Jimmy Cagney (eines großen Publikumslieblings in China) darauf bestand, jetzt, da sie in Amerika, der Heimat Cagneys, waren, Jimmy genannt zu werden. *»Tony nao-mao shung hi, wa?«* sagte Hang junior, oder doch zumindest Worte (oder Laute) dieses Inhalts. Jimmy-Hang senior nickte, das Gesicht vom Dampf seiner Woks glühend, im Geiste voller Mitgefühl mit dem Treck seiner Erinnerung durch die heiße, feuchte Provinz hinunter auf die Planken des Anlegers in Guangzhou wankend, die Luft nach industriell ausströmendem Pflanzenöl, Sojabohnen, billigem Tabak und Dieselabgasen duftend: China, sein China!

»Ni hao pa-hao«, murrte er. *»Weh.«*

Hanswurste waren sie für die Einheimischen, mit ihren Bauerngesichtern und Spinnengliedern, und ihr Dialekt aus dem tiefsten Guangzhou klang für Mittelschicht-Amerikaner wie Truthahngekoller, und das wußten sie (die Hangs) nur zu gut; aber Abkömmlinge und Nutznießer einer alten Kultur waren sie auch, und als solche waren sie ihre Repräsentanten unter den Halbbarbaren, deren einziges Wissen, wie schlank auch immer, um jene große Kultur sich aus ihren Gerichten und den entsetzlichen Kung-Fu-Filmen speiste. Die Verantwortung des chinesischen Kochs im Ausland war deshalb enorm. Er war der einzige Botschafter von 5000 Jahren Li Po, Konfuzius, Meng Zhi, Li Yü, Kublai Khan, Sun Yatsen, Mao Tse-tung und Pekingente. So barbarisch, wie sie hier drüben waren, und ihre fetten Hintern und Autos und ihr Milchtrinken und ihre Fernsehsendungen bewiesen immer wieder, daß sie es waren, wußte Hang senior, daß er den – wenngleich kleinen – Unterschied herausarbeiten konnte, indem er anständiges chinesisches Mitnehm-Essen lieferte. Soviele Konvertiten, so viele Bewunderer der chinesischen Kultur.

Es war *s'su tuan*, und man konnte alles ganz leicht bei Konfuzius nachschlagen.130)

* * * * *

Am Vortag hatte in Killoyle die alte Leier weitergeleiert.

»Die Kriminalistische Sondereingreiftruppe hat die Überwachung von Personen intensiviert, die sich dauerhaft oder vorübergehend im Bereich der irischen Rechtsprechung aufhalten und der Teilhabe an internationalen Terrorgruppen verdächtig sind.« Also sprach Oberinspektor Sherlock Neame, Chef der neu geschaffenen SET. Das Zimmer, in welchem er sprach, Ops-HQ im dritten Stock des Polizeipräsidiums, war erstickend und roch nach Langeweile, einer käsigen Mischung aus schlechtverdautem Frühstück, fleckigen Achselhöhlen und grellem Rasierwasser. »Die Verantwortlichkeiten der Kriminalistischen Sondereingreiftruppe«, fuhr Neame mit nasaler Stimme fort, die durch pfeifende Zischlaute akzentuiert wurde, »umfassen den Staatsschutz; die Überwachung subversiver und extremistischer Gruppen; die Untersuchung subversiver und terroristischer Verbrechen, national wie international; den Schutz hochgestellter Persönlichkeiten; den Schutz in Umlauf befindlichen Bargelds; die Vorkehrungen für bewaffnete Reaktionen; die Durchführung des Zeugenschutzprogramms; die Beobachtung von Fluchtbewegungen innerhalb der Republik und aus ihr hinaus; und daß wir den Schweinehund schnappen, der uns letzten Monat in die Luft gesprengt hat. Inspektor Schwarzkopf hier wird Kräfte nach Amerika führen, wobei wir mit unseren Freunden

130) O, verstehe. Nur so das normale, alltägliche *s'su tuan*, stimmt's? Ja, na klar, was sonst? Tun wir vielleicht gerade ein ganz kleines Bißchen erhaben, was, Francis? Ich für mein Teil nehme, glaube ich, eine *pint* Red Rover.

vom FBI zusammenarbeiten werden, den Sonderagenten Mutt Overcoat und Simon Twain«, ein ernstes Paar, beide schwarz von Rasse und Temperament –, oder vielleicht waren sie besonderes düsterer Stimmung, weil »Mutt« in Wirklichkeit Matt und »Simon Twain« in Wirklichkeit De Wayne Simons (oder Simmons) hieß –, »und mit etwas Glück werden sie den Hauptverdächtigen, Ferdia Quain, fassen und hierher zurückbringen, wo die Musik spielt.«

»Hört hört«, grölte Aloysius Schwarzkopf, seit dem Vortag Inspektor Aloysius Schwarzkopf (mit »p«, wie »Posaune«), wozu er sich massig und schwankend hinten im Raum erhob. »Hört hört, verdammt, hört, hört, nochmal«, wiedergrölte er, wodurch sich Köpfe wandten und verdutzte Gesichter sich schlicht fragten, ob der fette Tölpel besoffen war. Das war er nicht; er hatte nur gerade ein persönliches High. Es war das blanke neue Inspektors-Abzeichen links von seiner Gürtelschnalle, das ihm dieses angetan. Er trampelte zum Rednerpult wie ein Seelöwe, der eine Seelöwin besteigt, und fuhr fort: »Noch einmal hört, hört, verehrte Anwesende. Und lassen Sie mich Ihnen versichern, Sir, daß ich und mein Team mit Hilfe unserer FBI-Freunde die Sache im Nu zu Ende bringen werden. Im Nu, das werden wir. Der nomadisierende Schweinehund Quain, mit dem ich leider persönlich bekannt bin – und lassen Sie mich parenthetisch hinzufügen, ich könnte Ihnen, o, Geschichten erzählen –, na, ich kann Ihnen versichern, daß unser Freund in Eisen gelegt nach Hause gebracht werden wird, im übertragenen Sinne. Und lassen Sie mich Ihnen beiden weiter versichern, und Ihnen allen dreien, und den versammelten Damen und Herren und all ihren Freunden und Freundinnen egal welchen Geschlechts, daß wir nicht säumen werden, noch werden wir mit dem Daumen im Hintern herumhängen, bitte vielmals um Entschuldigung, besonders die Schwulen, falls hier welche vertreten sein sollten. Friede sei mit Ihnen.«

Ober- (am nämlichen Tage dazu gesalbt) -Inspektor Neame stellte plötzliche Säuernis im Gesicht zur Schau, als hätte ihn der Geistergestank uralten Urins in einem lange ungeschrubbten Klo am Wegesrand angeweht.

»Das reicht jetzt. Es wird so lange«, sagte er, »dauern, wie es dauern wird, Inspektor Schwarz, äh, kopf.«

Aloysius zog sich aus den luftigen Höhen der Liebedienerei mit der Flinkheit eines knapp 121 Kilo schweren Moriska-Tänzers zurück.

»Natürlich, Sir. Ich wollte nur meine Begeisterung übermitteln. Bitte um Entschuldigung, Sir.«

»Hervorragend. Weitermachen.«

Die Entbehrlichen – Tippsen, Sergeants, kommunale Koordinatoren, Arbeitstiere etc. – schafften sich in ihre Waben und zu einem weiteren trüben Tag voll niederrangiger Ängste und Verstopfung und verstohlenen Internet-Surfens, während das Actionteam, oder Corps (oder ActCorps) sich in Neames Büro (oder Ops-HQ) zurückzog, um einen letzten Blick auf die Vorbereitungen für die Action (oder ActPräps) zu werfen. Der Plan, mit dem FBI ausgearbeitet, war schlicht, durch die offensichtliche Schlichtheit im Geiste seitens der Beute, Quains, noch schlichter gemacht, der es sich bisher auf seiner Zickzack-Spur von Killoyle durch die Midlands und den Westen nach Shannon und von dort per Expreßbus nach Boston und Macropolis und endlich nach New Ur of the Chaldees hatte bieten lassen, von nicht einem, sondern von drei FBI-AgentInnEn beschattet zu werden, deren einer ihm in Toledo Bier verkauft und die beiden anderen auf dem Platz im Bus hinter ihm amouröses Engagement getürkt hatten. Zwar wurden anfängliche Hoffnungen auf ein Massentreffen mit IRA-Geldgebern in den Staaten begraben, aber die Überwachung war, um es mit dem Wort von Agent Simons zu sagen, »weiterlaufend«. Und ein Tip von der irischen Kontaktperson des FBIs in New Ur, dem nachgemachten Bühnen-Iren Fergus McCool, hatte die Info des Bureaus »erhärtet«. Der Verdächtige Quain, soviel sickerte durch, war von McCool unter dem Namen Tone McGirl als Tresenkraft eingestellt worden und schien bisher nichts zu ahnen (»Wie denn auch; der ist doch nur ein selten dämliches, ignorantes irisches Riesenroß und Arschloch«, mit den denkwürdigen Worten von Agent Overcoat).[131]

Der Plan war also so: Am D-Day sollte Ferdia – Entschuldigung, Tone McGirl – in seiner Kneipe von den amerikanischen Agenten kontaktiert werden (nicht von Schwarzkopf, den er kannte, und der nur *in loco parentis* vor Ort sein würde), die sich als unschuldige Trinker ausgaben, mit banalen Versprechungen von Sex und/oder Geld weggelockt, bei Widerstand möglicherweise auf die Zwölf gehauen, identifiziert, verhaftet und über Nacht festgehalten, bevor er in die Obhut seiner Landsleute Inspektor Schwarzkopf (mit »p«, wie »Psychodrama«) und Oberinspektor Neame entlassen würde, welch letzterer a) ihn identifizieren und b) an Bord einer Sonder-Undercover-Nachtexpreß-Boeing 747 der Aer Rianta ab Macropolis International direkt nach Killoyle (über Shannon) eskortieren würde, worauf prompt ein im Fernsehen übertragener Schauprozeß folgen sollte, um die Nation zu beruhigen, mit den Worten des Taoiseach, Mr. Wesson (der die Vorgänge genau verfolgte, um sich von der täglichen Ödnis seines Jobs und dem knospenden Skandal um seine iranische Geliebte, Faludscha, und deren Haus mit Meerblick in Civitavecchia abzulenken), daß »die Tage des Killers ein Ende gefunden haben« – »und die des Rauchers ebenfalls«, fügte er hinzu und fügte dem hinzu, er sei nicht sicher, welcher der beiden unter einer hypothetischen zweiten Regierung Wesson länger hinter Gitter käme.[132]

131) Jetzt haben Sie es geschafft, daß mir der arme schlaksige Tölpel richtig leid tut, Francis, mein alter Junge. Ich meine, es hat ein bißchen gedauert, aber am Ende habe ich mich doch für ihn erwärmt, und jetzt können Sie sich nicht so einfach umdrehen und sagen, jetzt ist er fällig, denn das lasse ich mir nicht bieten. Ich bin ein Typ, der ein schönes Happy End schätzt, so ein Typ bin ich. Ich meine, bei meinem Job kann ich mir nicht viel erlauben, aber macht es Ihnen was aus, wenn ich einfach ein paar Seiten überblättere …? Ja? Das hab ich mir gedacht. Tut mir leid, daß ich gefragt habe. Trotzdem. Armer Scheißer, was? Hic.

132) Dieses miese Wiesel. Ich war übrigens auch da, im Studio

Kurz: Ferdia sollte Sündenbock sein. Und was für ein Bock! Einen Meter neunzig lang; eine Nase, so groß, daß man es nicht für möglich halten würde; unbeholfen, quälend langsam, phasenweise arrogant, ehemaliger IRA-Offiziersanwärter (Abteilung Archiv): viel besser, als so einem kleinen Fisch hinterherzujagen wie einem der Jungs in Killoyle, über die alle Bescheid wußten und die man sich hauptsächlich als Köder für die großen Jungs wie McArdle (unbeweinten Andenkens) und den geheimnisvollen »General« O'Deane hielt.

So ging der Plan, und der Plan hatte Beine, und der Plan ging.

»*En garde,* Quain«, murmelte Aloysius in seine Ovomaltine (heute schon die dritte), von seiner eigenen Großartigkeit und dem koketten Glanz jener Inspektorendienstmarke fast zu Tränen gerührt.

* * * * *

nebenan, wo ich von Percy Mayo als erstklassiges Beispiel für den mannhaften irischen Mann alter Schule interviewt wurde, nämlich den, der raucht (ÄHÄCK), trinkt (hic) und sich von Pferdefleisch begeistern läßt (hätten Sie wohl irgendwo einen Fernseh?). »Also, Sie vergammelter, stinkiger alter Schweinehund«, stichelte Percy (aber so ist er nun mal, wissen Sie), »wann haben Sie zum letztenmal ein Bad genommen? Himmelnochmal, stinken Sie. PFUIDEIBEL!« »Tut mir leid«, erwiderte ich milde, begierig, es aufs Klo zu schaffen, bevor eine Gedärme-Eruption stattfinden konnte, während sich nebenan in Studio F der Taoiseach eines gelungenen Vortrags von Burns' *Jene schönen rauchfreien Berge* und *Lied des nichtrauchenden Soldaten* entledigte, komplett mit militärischen Geräuscheffekten wie Trommeln (»Humff, humff«), Dudelsäcken (»Kriiilililililiiiiiiiiii iiiiip«) und Gewehren (»Guuuump guuuump guuuump guuuump«), und Percy sich auf seinem Sessel immer weiter zurücklehnte, wobei er »Gott, stinken Sie!« wiederholte, bis er sich einen Zoll weit zu sehr zurücklehnte und hintenüberfiel, Arsch über Kopf, und ich machte, daß ich wegkam. Eine Handvoll Euros haben sie mir dafür gegeben, aber Jungs, ich kann euch sagen, alles, was ich danach wollte, war ein guter kleiner Halber neben einer *pint* vom Üblichen, ein Fünfer auf Mariechens Barbier um 15:30 Uhr in Punchestown und eine ordentliche Lulle. Was nun den ersten Wunsch betrifft, mein lieber Terence …

Der ekelhaft lange und knochige Mann namens Tony oder so ging und nahm dabei seinen Duft nach Tabak und Urin mit (er hatte sich ein Hosenbein besprüht, wahrscheinlich das linke: Jimmy-Hang senior wußte das, hatte er sich dessen doch selbst gelegentlich schuldig gemacht). Es war sonst niemand im Laden, deshalb stellte Hang junior auf Kurzwelle das *Huang chung*-Programm aus Taiwan ein, um Meister Yo-Yo Pa aus Taipeh zu lauschen, der beliebte Auszüge aus der Oper *K'ung-ch'eng chi* auf der *lu* spielte.

»*Hung hu ch'ih-wei t'ui*«, murmelte Jimmy-Hang senior und schwankte vor Heimweh. Plötzlich, als er sich an die mitternachmittäglichen Zigarettenpausen im Kiefernwäldchen hinter den Büros der Industriezone Nr. 2 in Guangzhou erinnerte, sehnte er sich nach einer Lulle und wollte sich gerade davonmachen, als, kaum zwei Minuten nachdem der übelriechende schlaksige Schlaffi mit seinem Zitronenhuhn gegangen war, jemand anderes aus Irland hereinkam, was oder wo das auch sein mochte, ein rothaariges *gai-jin*-Mädchen am Stock, namens Teppi oder Toppy oder Taipeh oder noch komplizierter. Hang senior war es sowieso wurscht. Das Gesicht abgewandt, eilte er auf seinem Weg zu einer guten alten Solo-spuck-und-rauch-Sitzung an ihr vorbei in die Gasse hinter dem Gebäude, wo er durch das Gewirr von Stromleitungen und einen bis zwei Äste zum ruhigen blauen Himmel aufblicken und sich einen Moment lang vorstellen konnte, alles um ihn herum wäre die wimmelnde, tröstliche Unermeßlichkeit Chinas.

Hang junior dagegen fand das Mädel ganz flott. Gern stellte er sich ihr Schamhaar vor (auch rot?). Er mochte sogar ihr leichtes Hinken und den Krückstock mit dem silbernen Hundekopf, den sie verwendete, um das Hinken auszugleichen. Ein Beinbruch, wie sie erklärt hatte, bei einem Unfall in Irland. Sie war freundlich, aber nicht im Übermaß, und nicht ganz so dumm, wie die meisten zu sein schienen –, obwohl all das natürlich relativ war, und die Mädels, die er zu Hause in China gekannt hatte, waren gewiß auch keine Genies gewesen.

Hatten allerdings alle auch keine Titten wie diese, bzw. jene.

»Hallo, Hang«, sagte sie. »Sie wissen ja, was ich möchte.«

»Hallo, Miss Teppy. Äh –, Sie wolle Rindflei-Lo-mein, ohne Knoblauch, schti?«

»Stimmt.«

Zuerst war sie ihm mit ihrem rötlichen Haar und der weißen Haut so komplett *gai-jin* erschienen, daß Hang junior nur widerwillig glauben mochte, sie könnte irgendwas anderes sein als eine hiesige ohiowanische Amerikanerin. Aber ihr Akzent war anders, soviel konnte er unterscheiden. Eines Tages hatte er sie dazu befragt. Sie beschrieb Irland, und Hang junior wurde in seinem lebhaften Geiste an einen Ort mit tiefen Grüntönen unten und sanften Grautönen oben und stillen Teichen und verborgenen Wäldern und grauen Steinhäusern dazwischen transportiert, ein bißchen (stellte er sich wenigstens vor) wie die nördliche Provinz Kwangji, plus mehr Privatautos und Privathäuser minus die Baukräne und die Umweltverschmutzung und die Regierungsschnüffler.

»Sie wisse, Teppy, anderer Typ aus Irland, er gerade in Lade gewese«, sagte Hang junior, der ob der Wucht dieses Zufalls schier barst. Vor einem Monat hatte er noch nie was von Irland gehört, und jetzt kamen Iren und Irinnen aus allen Richtungen an. »Großer Typ, bis viellei hier oben«, und hielt die rechte Hand einen bis zwei Zollbreit über seinen Kopf, obwohl Hang junior selbst, mit einem Meter zweiundachtzig, für jemanden aus dem Hinterland der Provinz Guangdong, wo dürres Huhn und gekochter Reis nach einem harten Tag des Hackens im Reisfeld das Durchschnittsgericht darstellten, eher groß war.

»Hä?«

Terpsichore fiel es schon schwer genug, überhaupt zu verstehen, was der chinesische Scheißkerl sagte, da mußte man hellwach sein, aber wenn er auch noch das Thema wechselte, war es fast unmöglich; er war aber gleichmütig genug und glücklich, es wiederholen zu dürfen:

»Typ aus Irland. Er Name Tommy.«

»Tommy?«

»Viellei ni. Viellei mein Englisch ni so gut. Viellei er Name Tony, schti?«

Tony?

»Na, ich bin sicher, daß es hier viele Typen aus Irland gibt«, sagte sie und fragte sich, ob er wohl von Donal sprach, der, wie sie wußte, zwei- bis dreimal die Woche vor die Tür huschte, »um was vom Chineserer zu holen«, besonders jetzt, im Mittleren Westen von Amerika, wo es nicht an jeder Ecke ein indisches Restaurant gab. Aber sein Name klang auch nicht entfernt nach Tommy oder Tony (naja, außer vielleicht für ein chinesisches Ohr), und bestimmt waren noch andere Iren unterwegs, liebe Güte, hieß nicht allein schon die kettenrauchende alte Vettel, welche die Pension leitete, Mrs. O'Leary, obwohl sie eine Stimme hatte wie John Wayne (der, wie sich herausstellte, etwa eine Meile entfernt in derselben Straße zur Schule gegangen war) mit Schwerstkater? (Sah auch aus wie er.) Und war das nicht sowieso sowas von verdammt schnurzpiepe? Als hätte sie die ganze Strecke von Killoyle über Dun Laoghaire, Holyhead, Paddington und Stansted nur zurückgelegt, um ein paar Iren kennenzulernen. Nein, danke.

»Danke, Hang«, sagte sie. Er überreichte ihr das fettige, duftende Lo-mein in einer ölverschmierten braunen Papiertüte. Sie nahm es mit einer Hand entgegen und handhabte mit der anderen fachmännisch ihren Krückstock, wobei sie an Audrey Hepburn in *Warte, bis es dunkel ist* dachte und sich sogar, in retroaktiver Teilnahme, ein bißchen blind vorkam. Hang öffnete ihr die Tür.

»Sage hallo zu ander irischer Typ, Miss Teppy«, sagte er. »Viellei Sie ihn treffe, ah?«

»Viellei.«

Auf dem Weg nach draußen traf sie Hang senior, der von seiner Zigarettenpause samt kurzem mentalen Flug nach China zurückkehrte, die Augen glasig, der Atem übel, die Braue zerknittert, der Gesichtsausdruck … unergründlich.

(Tatsächlich erinnerte er sich an das Geld, das er als Stellvertretender Bezirksvorarbeiter in der Zentrale der *Asien erhebt sich*-Parfumfabrik in der Industriezone Nr. 2 zu Guangzhou verdient hatte, und fragte sich, wie lange er über den Woks rackern mußte, bevor er hoffen konnte, soviel zu verdienen wie damals: viereinhalb Jahre ohne Wochenenden, rechnete er, wenn man das gegenwärtige Einkommen, minus Bankzinssätze, Herzversagen und andere Unwägbarkeiten zugrundelegte.) Komisch, dachte Terps. Seht euch uns an. Beide sind wir Einwanderer, einer aus China, der andere aus Irland. Der Stoff, aus dem Gutmenschengesprächsgruppen, linksliberales Händeringen und Fernsehseifenopern sind, aber in Wirklichkeit war jeder und jede sich selbst der und die Nächste und versuchte, vor den Bullen abzuhauen oder ein gutes Versteck für Bargeld zu finden –, oder man verließ, wie sie, einen Gefährten, den man nicht mehr wollte. Es war also ein neues Leben. Und diesmal wollte sie es nicht versieben, Hinkebein hin, Hinkebein her. Auf jeden Fall hatten die Quacksalber in Irland (Dublin) und in England (Flughafen Stansted) Terpsichore versichert, daß das Bein prima heilen würde, nichts wäre zu sehen, keine Narbe, kein Hinken. Also verdammtnochmal Glück gehabt. Trümmerstücke von der Explosion hatten ihr das Bein säuberlich an zwei Stellen gebrochen. Sie erinnerte sich erst wieder an die Zeit danach, als sie auf einer Tragbahre aufwachte, die Knollennasen fremder Polizisten an ihr schnüffelten und Donal sich am Spielfeldrand (wo er sowieso irgendwie hingehörte) Sorgen machte, weil er Schiß hatte, alles in die Schuhe geschoben zu bekommen, auf die eine oder andere Weise. Irgendsoein Inspektor hatte ihn auf dem Kieker, sagte er. Reine Paranoia, sagte sie und wies darauf hin, daß sie diejenige war, der alles Leiden zugefallen war: sie war auf dem Weg ins Büro des Sergeants gewesen, um eine Aussage über das Auto zu machen, als die Bombe losging und ein paar Dutzend Ziegelsteine und Mörtelklumpen durch ein Fenster wuppten, an dem sie gerade zufällig vorbeiging. Lärm, Schmerz, dann nichts; die Docs vermuteten, daß ihr ein weiterer Wackerstein auf die Banatzel gehauen hatte. Hätte trotzdem noch weit schlimmer kommen können, ey? Das Beste daran war, daß sie, als sie zu sich kam und alles, vergessen hatte, weshalb sie überhaupt gekommen war, und erstmal den Gedanken verwarf, sich zu dem Kfz-Diebstahl zu bekennen, nur schnell weg hier. Donals Angebot, sie in die Staaten zu begleiten, kam so ziemlich genau im rechten Augenblick, obwohl sie sich, was ihren Beppo betraf, ein bißchen abgekühlt hatte –, den sie auch nicht mehr Beppo nannte, weil a) es zu verdammt dämlich war und ihn b) anödete und er ihr c) viel zu 100%ig irisch vorkam, seitdem sie ihn näher kannte. Das Trübsalblasen, das Gewinsel, die Seitenblicke. Keine Spur italienisch. Und ein ziemliches Weichei war er obendrein, das sah sie doch. Genau wie Stan, und sie hatte nicht die geringste Absicht, zu DEM Dussel zurückzukehren, o nein vielen herzlichen Dank. Der Unterschied bestand darin, daß Donal ein ganz süßer Typ war, und ganz schön schmusig; also hing sie ein bißchen herum, bis er sich am College eingewöhnt und sie sich (sozusagen) Seebeine zugelegt hatte und, sobald sie die Green Card besaß, einen echten Job fand, um die vorübergehende Beschäftigung zu ersetzen, die sie bei Overstreet & Undershaft, Anwälte, ergattert hatte ... Erstaunlich, wie respektabel und langweilig sie plötzlich war, die Ex-Bikerschlampe und 24-Stunden-am-Tag/7-Tage-die-Woche-Rebellin aus dem East End von Killoyle, die alles wegwarf, was ihre Eltern ihr mitgegeben hatten, nur um es später, ihre eigenen Spuren zurückverfolgend, wieder zu suchen, zu ihren eigenen Bedingungen, auf ihre eigene Weise, in der Neueren Welt. Das Problem war (und ihr geistiges Auge sah lebhaft Stan, seitlich über seinem Schreibtisch zusammengesunken, wie er die Artikel anderer Leute abkupferte, sich am Hintern kratzte, das Gesicht verzerrt in Bereitschaft für einen seiner vielen Rülpser), daß so viele es nicht schafften. Besonders Jungs nicht.

Aber immerhin hatte sie einen Job, sozusagen. Ihr Tisch stand in der Eingangshalle von Overstreet & Undershaft.

Am selben Morgen war ein Namensschild angekommen: »T. O'Hanlon«. Mit Terpsichore oder einer kurzen Arbeitsplatzbeschreibung hatten sie sich nicht aufgehalten. Sie hätte elementar »Tippse« gelautet, egal, wie man es mit höflichen Euphemismen aufdonnerte. Es juckte sie nicht. Es war Geld, verdientes Geld. Und irgendwann während ihres Werdegangs, wahrscheinlich zwischen den Sit-ins und den italienischen Filmen, hatte sie gelernt, 74 Wörter in der Minute zu tippen, ohne den Blick zu senken oder auch nur zu heben. Ihre Finger flogen über die Tastatur ihres Computers wie Paderewskis Finger über die Tasten seines Bechsteins.[133)] Dies, und ein glückliches Abschneiden in der Sechs-Monate-nicht-islamischen-Visums-Lotterie, trugen ihr den Job in der Anwaltskanzlei ein. Gary Overstreet, der Seniorpartner, war ein kahler, besorgter Mittelwestler mit einem Archipel von Muttermalen in Form der Philippinen auf der Platte. Die schienen ihn nicht sonderlich zu scheren, weil er viel mehr auf seinen Umfang fixiert war (nicht beträchtlich, aber zuviel für seinen oder den Geschmack der gegenwärtigen Gesellschaft, wenn man von den vielen Fitness-Maschinen ausging, die in seinem Büro weilten). Außerdem war er auf die aufwärtsgerichtete Mobilität seines Lebens bedacht; darauf, die Crème der lokalen Kriminalfälle zu kultivieren und dabei die Fernsehberichterstattung und den ultimativen Umzug nach Macropolis, Chicago, New York, sowie den Ruhm an den Rändern des bekannten Universums im Auge zu behalten. Unterdessen brauchte er eine Tippse oder, wie es die Zeitungsanzeige ausdrückte, eine »Word-Processing-Spezialistin, Nichtraucherin«. Terpsichore war zwei Wochen zuvor am Donnerstag mit dem 7:34er Bus aus Killoyle über Dublin, Wales, London-Stansted, Boston und Macropolis in New Ur of the Chaldees angekommen. Gegen Montag war sie bereits in vollem Wichs und arbeitete für Overstreet. Och, ihr Erscheinungsbild schadete ihren Chancen überhaupt nicht, war Over-

133) Kein Vergleich, den sie angestrebt hätte, aber immerhin.

street doch genau der zugeknöpfte Durchschnittsmöchtegern-Lothario, verheiratet mit zwei Kindern, Hypotheken, die Richtung. Und Terpsichore hatte verschämt ein kleines, glattes Gefälle aus Brust zur Schau gestellt. Und seine Stimme hatte etwas stranguliert geklungen, als er sagte: »Nun, Miss O'Hanlon, willkommen in Amerika – und bei Overstreet & Undershaft.« Overstreet war in Ordnung, überlegte Terps. Er sabberte aus der Distanz, versuchte aber nie, ihr wirklich an die Wäsche zu gehen. Was Undershaft, bekannt als Greg, richtiger Name Arthur G. (Greg), betraf, so war dieser ein Rätsel, sogar für sich selbst. »Habe *ich* das gesagt?« hörte man ihn oft grübeln. Gern bestellte er mittags etwas, ging dann weg und in ein anderes Restaurant, wo er wieder bestellte, dann ging und ins erste Restaurant zurückkehrte, wo unterdessen seine erste Bestellung serviert war. Das Dessert verschmähte er in beiden Lokalen und zog ein schnelles Eis am Stiel aus dem *Buy 'n' Fly* vor. Es war »kostspielig, aber wirkungsvoll«, wie er es so denkwürdig formulierte. Wenn er im Winter Auto fuhr, neigte er zu tollkühner Geschwindigkeit und war auch bereits vom Radar der Ohiowa State Highway Patrol gefangen worden, als er in einer 35-Meilen-pro-Zone mit 120 fuhr; im Sommer dagegen war er der langsamste Sack auf der rechten Spur, und ein Polizist hatte ihn angehalten, weil er auf der Autobahn 30 gefahren war, nachdem er ihn knappe sechs Wochen zuvor verwarnt hatte, weil er mit 105 Sachen an einer Schule vorbeigebraust war. Auch sein Golfspiel spiegelte seine Neigung zu gleichzeitigen Persönlichkeiten wider: mit einem Handicap von 44 schlug er den großen Cheetah Rivers beim Binns-Canyon-Turnier, machte seinen Sieg aber nichtig, indem er hinterher angerannt kam und Cheetah wiederholt mit seinem Fünfer-Eisen auf die Knie haute. Man schaffte ihn umgehend in eine Heilanstalt, wo er seine inzwischen legendären *Briefe aus dem Gefängnis* an einen imaginären Freund namens Rudy schrieb. Im Alter von 31 Jahren bewarb er sich um Aufnahme in die Olympiamannschaft der USA-Fünfkämpfer und begann mit einem rigorosen Training, welches einen täglichen 27-Meilen-Lauf und vier halbe Tonnen im Drücken beinhaltete. Auf wundersame Weise wuchs ihm der Körper eines 19jährigen zu, und er wurde ins Team aufgenommen, aber sofort disqualifiziert, als er in den Startblöcken für die Vorausscheidung im 100-Meter-Lauf in Neu-Herrengotz (Deutschland) eine Zigarette rauchte. Insgesamt war er eine menschliche Absonderlichkeit reinsten Wassers, obwohl gerüchtweise verlautete, er sei verrückt nach italienischen Filmen, und tatsächlich hatte er, wenn man ihn aus gewissen Winkeln betrachtete, etwas von dem Darsteller trauriger Clowns Orsini Orsinetti an sich, bildete Terpsichore sich jedenfalls ein. Er war aber ein gemeingefährlicher Irrer, wie Gary Overstreet Terpsichore anvertraute, wobei seine Augen einen Ausschnitt von ihrem Ausschnitt in sich aufnahmen; Greg war total ungeeignet für die Arbeit in einer Anwaltskanzlei, noch dazu in leitender Stellung …,

»… aber er hat sie geerbt, also was soll ich sagen. Hey«, platzte es aus Gary heraus, der sich nun nicht mehr beherrschen konnte, »was haben Sie zum Abendessen vor?«

»Ich hol mir was in Hangs Imbiß.«

Später an jenem Tag tat sie genau das, wie wir gesehen haben. Danach ging oder hinkte sie forsch (sich der Versuchung wohl bewußt, die eine behinderte Frau für die Straßenräuber dieser Welt darstellen mußte) den Judith Fowler Boulevard entlang zu Mrs. O'Leary, wo das College für Assistenzadjunktprofessor Donal Duddy und seine Gefährtin eine »vorläufige« Bleibe gefunden hatte –, ein Schlafzimmer; ein Badezimmer; eine Küche, kleiner als jede, die sie je gesehen, welche historische Artefakte aus der McCarthy (USA)/De Valera (Irland)-Ära enthielt, wie einen Toaster, der an den Seiten aufzuklappen war, einen Eisschrank (der mit Eis beschickt werden mußte), sowie ganz allgemein tuntiges, aber behagliches Décor der frühen '50er Jahre.

Als sie zum Zebrastreifen an der Kreuzung Fowler Ecke Jupiter kam, warf Terpsichore dem Mann, der am Fußgängerüberweg wartete, einen vorsichtigen Blick zu, einer großen, schlaksigen Gestalt, einem menschlichen Dinosaurier mit konvexem Greif-Überbiß und Glupschaugen, und dieses Ensemble kannte sie doch aus …

… *Killoyle*. Ja, es war dieser Bursche mit dem fetten Polizisten im Fairy Farmer, der, der sie mit einem benommenen Überprüfungsblick bedacht hatte, den sie immer noch unten an der Wirbelsäule spüren konnte. Der irische Typ, den Hang erwähnt hatte, kein Zweifel: ja, er trug eine Tragetüte von Hang. Sie hatte ihn auch irgendwo anders gesehen, konnte es aber nicht unterbringen …, beim Tabakwarenhändler? An der Bushaltestelle? Nein, irgendwo, wo es unheimlicher war, wenn sie ihren tiefen Ekel bedachte. (In der Zeitung? Im Fernseh?) Na, sowieso nein danke und tschüs. Sie war doch nicht so weit hierhergekommen, um sich der Gnade eines verzweifelten Doofsacks von zu Hause auszuliefern. Er und Killoyle und all das lagen in der gnadenlosen Vergangenheit.

»Heiland«, murmelte sie bei sich.

Unangenehm berührt von dem Anblick und unbemerkt von dem neosaurischen Mutanten, der schwer atmete und bei sich gemurrte Silben äußerte, während er auf das grüne Männlein wartete, wandte sich Terpsichore schweigend in ihre neugeschriebene Zukunft ab, überquerte die Fahrbahn weiter unten und beraubte sie beide eines Zufalls, der mehr gewesen wäre, als sie, oder ich, hätten, oder hätte, ertragen können. Auch war ihr noch nicht nach der Einpferchung und unvermeidlichen Kleinkonversation von Mrs. O'Leary, weshalb sie ihr Mitgenommenes auf einem grasbewachsenen Hügel diagonal gegenüber essen wollte, auf der anderen Seite einer Art von Halbkreisverkehr oder Fahrzeugzirkel oder wie sie die Dinger hier nannten: »Handsome Harvey State Park« verkündete ein Schild und gab auch Handsome Harveys Vita kurz und bündig bekannt: früherer Werfer für die Macropolis Micromanagers, Trainer der Edison (New Jersey) Editors, Mitglied der Baseball-Ruhmeshalle, bedeutender Sohn New Urs und (kein Zweifel) Halbgott für Joe Six-Pack, den amerikanischen Karl-Heinz Durchschnitt. Eine Bank und Picknicktische waren sichtbar, zusätzlich der Busch oder noch einer (oder noch mehr), Bebaumung, Rasenflächen und was nicht alles, was man eben in einem Park, wie demütig auch immer, vorzufinden erwartet. Am Eingang war ein Standbild von Handsome Harvey.

»Hallo, Hübscher«, sagte Terpsichore, die in des Baseballspielers Abbild eine Ähnlichkeit mit allen zähnezeigenden, strammen amerikanischen Männern sah, mehr wie Greg Undershaft als Donal, oder der arme Freak, den sie am Zebrastreifen gesehen hatte. Was trieb er überhaupt hier drüben, ließ er sich für die *Fossilienrevue* fotografieren?

(Nein, es war im Fernseh gewesen, irgendeine Nachrichtensendung, als sie im Krankenhaus war. Vielleicht hatte er im Lotto gewonnen. Na, ist ja jetzt auch egal. Tschüs allerseits, gehabt euch wohl, aber bitte woanders.)

Sie haute mit wieder erwachter Zufriedenheit und einem Anflug von *joie de vivre* in ihr Lo-mein vom Rind rein, trotz Krückstock.

* * * * *

Zur etwa selben Zeit oder doch fast so sehr zur selben Zeit, daß es für unsere Erzählung oder irgendwas anderes völlig unerheblich ist, ein Viertel des Globus und des grünlichen Klumpens namens Erin entfernt und an dessen südöstlicher Ecke, dwars der wuchernden Masse von Killoyle – tatsächlich irgendwo nicht weit vom südöstlichen Keil unserer schönen Stadt, wo einst die Quains als Paar beim Cretino Crescent und seiner bewaldeten und zerklüfteten Umgebung hausten –, brachte Petey Cahill, Klempner, Elektriker und örtlicher IRA-Brigadekommandant, einen falschen Schnurrbart an seiner Oberlippe an und bewunderte den Effekt in einem Spiegel an der Wand auf dem Klo von O'Reilly Stromleitungen und

Elektrogeräte, wo er seinen Tagesjob als Senioranbringer beliebig verschiebbarer Lichtquellen ausübte. »Der Ungläubige« Thomas (»Tom«) O'Reilly von O'Reilly Stromleitungen und Elektrogeräte sah unfroh von der Seite zu, wie das Memento mori auf einem Renaissancegemälde.

»Na, wie geht's, Niall, du dämlicher alter Sack«, rief Petey seinem reflektierten, scheinschnurrbärtigen Gesicht zu, welches, damit ihr Plan glückte, als die Fresse von Niall N. Hostager, Elektrikermeister und Lieferant von Gummikabeln an die Industrie weltweit, einschließlich Westeuropa, den Nahen Osten und Nordamerika, registriert und bekannt werden mußte. Bei dieser Duplizität waren Peteys jüngerer Bruder Liam (im strudelnden Kielwasser höherrangiger Die-Treppe-hinauffall-Vorgänge gerade zum Polizeisergeant befördert) und ihr alter Kumpel und Peteys Chef T. O'Reilly, Esq. mit Freuden behilflich, Freuden, die sich noch verdreifachten, als O'Reilly erfuhr, daß es um diesen Fianna-Fáiler Ferdia Quain ging, Nachbar seiner Kindertage und der eine Fianna-Fáil-Schweinehund – »der aane Schwaanehund« in seiner seltsamen Mundart (West-Cork mit einem *soupçon* Lancashire, wo er die Flitterwochen verbracht hatte) –, den er immer genügend verabscheut hatte, um ihn gedemütigt sehen zu wollen, »diesen verdömmten uffgeblösenen ölten Fianna-Fáiler mit saanem Gerede über aanen Waan-und-Käse-Löden, Öllmächtiger, wös glaubt er, wer er ist, Eamonn verdömmtnochmöl De Völerö?« (Schon gut, schon gut, ich habe Sie laut und deutlich vernommen und erkläre, daß hiermit ein Moratorium in Kraft tritt, was die geschriebene Wiedergabe aller Dialekte betrifft, wie putzig sie auch sein mögen.)[134)] Diese Feindseligkeit war dem belagerten Ferdia bestürzend und

134) Das wäre demnach, ahem, die Stimme des Autors oder der Autorin gewesen, wer immer das sein mag. Beeindruckt bin ich von ihm (oder ihr) nicht. Jedenfalls dachte ich, diese lästigen kleinen Inter Inter HIC Interjektionen gehörten zu meinem Aufgabenbereich. Bitte um Entschuldigung.

neu, hatte er Tom O'Reilly von O'Reilly Stromleitungen und Elektrogeräte doch immer als prächtigen alten Kerl gesehen, als einen harmlosen und ganz anständigen Burschen, wenngleich Fine-Gaeler wie Ferdias eigener Da und gelegentlich – auch darin seinem Da nicht unähnlich – zur Verdrießlichkeit neigend; aber auf jeden Fall ein alter Freund aus den wuschelköpfigen, graukurzbehosten und rotknieïgen South-Killoyle-Gesamtschultagen ...

Da kann man mal wieder sehen, oder? Das friedfertigste Gesicht, dem man beim täglichen Trott begegnet, mag die Machinationen eines Machiavelli verbergen – und Schlimmeres. Und glauben Sie nicht, daß das picklige Mädelchen in der Parfümerieabteilung oder der pfeifend atmende alte Flughund, der an der Bushaltestelle Zeitungen verkauft, von dieser Formulierung ausgeschlossen sind. *Au contraire:* je geringer die Person, desto übler die Niedertracht.[135] So auch bei

135) Außer bei Hitler. Nein, nicht Adolf. Max Hitler, der Kricket-Trainer für Nord-Yorkshire. Ach, und Joe Stalin. Nein, nicht *der* Joe Stalin –, der Fischhändler aus Skibbereen, der all seine Wellhornschneckenjungs zweimal die Woche ausziehen und auspeitschen ließ, bevor sie in See stachen, »gut für die Moral«, wie er es ausdrückte. (Außerdem hat er gesagt, einmal abends unten in der Kneipe: »Wo ein Problem ist, da ist auch unten im Problem ein Mann. Kein Mann, kein Problem. Prost, mein Guter, und für mich einen kurzen Knappogue Castle, ohne Eis. Oder ich bringe Sie um. Ha ha, war nur ein Scherz –, *oder?*«) Und Mao? Nein, nein, nicht dieser Bursche. »Mao« Tognazzi, der despotische Oberkellner von Umberto's am Stephen's Green, der eine Ecke des Restaurants als »Gefängnisbereich« für aufsässige und unverschämte Sous-Chefs und Unterkellner abgezäunt hatte; von vielen wird gemeldet, sie seien dort langsam verhungert, innerhalb olfaktorischer Entfernung zur Küche. Und wie steht es mit Owen MacDuffy, dem Geschäftsführer des Tesco-Supermarkts am Behan Place, der damit prahlt, »kaum je einen Kunden, aber nie einen Diebstahl« zu haben? Als ich letztesmal dort vorbeischaute, ließ er mich umstellen, fotografieren, durchsuchen und von einem Spitzenteam seiner Kaufhausdetektive scharf überwachen, bis ich mit der Dose *Sprightly*-Thunfisch, die ich von allem Anbeginn an hatte kaufen wollen, die Kasse passiert hatte. »Wir behalten dich im Auge, Mohammed«, lauteten seine unheilver-

Tom O'Reilly von O'Reilly Stromleitungen und Elektrogeräte, und eine geringere Person als diese ist kaum vorstellbar. Tatsächlich wird ein genaues Studium der Unterlagen ergeben (und ich glaube nicht, daß ich hier irgendwie groß was verrate), daß der nämliche O'Reilly maßgeblich daran beteiligt war, den Wein-und-Käse-Laden zu zerschlagen – den er für eine Finte von Fianna Fáil und Provisorischer IRA hielt –, indem er sicherstellte, daß wichtige Lieferungen knapp, verspätet oder (z.B.) erst am St. Patrick's Day und mit falschen Ortsangaben versehen ankamen. Diese Maßnahmen waren auf ihre kontraproduktive Art sehr produktiv. Ein Lastwagenfahrer, Heinrich von Falkenhayn, war – z.B. – um 2:30 Uhr morgens auf der Küstenstraße oberhalb Skibbereens gelandet, hinter dem Lenkrad seines Lasters hockend und gebannt auf Kurzwelle der »Wide World of Gumbo« direkt aus den Bayous von Lafayette Parish, Louisiana, lauschend, während fünfzig Kilogramm nicht gelieferter Stromleitungen, Transformatoren und Gummistöpsel auf der Ladefläche lagen, nicht lieferbar und nicht geliefert …

Außerdem hatte das gesamte Polizeipräsidiumsbomborama O'Reilly und Petey Cahill in die Hände gespielt. Sie brauchten Publicity; sie wollten Macht, egal, wie trivial; also mußte Ferdia weg. Erstens wußte er zuviel, als Ex-Offiziersanwärter. Zweitens war er Fianna-Fáiler. Den eingebildeten, hochnäsigen, snobistischen alten Trottel, der er war, gar nicht zu erwähnen, mit seinen teuren Lullen und »Wein und Käse«-Läden. Dann arbeitete auch noch seine Frau, diese übergewichtige englische Schlampe, für Maher Global Worldwide PLC, und DIE waren es, die diese verdammten Japsen hereinschafften, um all ihre Immobilien zu verkabeln, und die, da sie Japse waren, da natürlich nicht haltgemacht hatten; es

kündenden Abschiedsworte. Ich meine, scheiß doch drauf, verstehen Sie, was ich meine? Das alles wegen einer Scheißdose Thunfisch. Ich glaube, ich gehe von jetzt an zu Spar. Oder in den neuen mexikanischen Supermarkt an der Straße zum Flughafen. Olé.

hieß, Pico's Palace, das neue indonesisch-spanische Restaurant mit Massagesalon und Regenmode-Boutique am Strand, habe Hashimoto für die komplette Elektrifizierung und Instandhaltung aller Elektrogeräte unter Vertrag genommen. Am schlimmsten war, daß die verdammten Japsen gerade nach Slowakien oder Slowenien oder daherum umziehen wollten, als der alte Maher mit einem seiner Kunststücke ankam und Hashimoto senior einen Ehrensitz im Aufsichtsrat anbot, Ergebnis: »Okay, Maher-san, Sie alter Hurensohn. Ich bleibe.« Nun, das genügte, damit der Aufsichtsrat von O'Reilly Stromleitungen und Elektrogeräte (Tom, die Missis und Cousin George aus Dungarvan) aufhorchte, verdammt. Zwischen O'Reilly Stromkabel und Elektrogeräte und Hashimotos Hypertensive Draht & Kabel KG Weltweit war somit ein nicht erklärter, aber totaler Krieg ausgebrochen, der vom Krimskrams der Jungs aus Belfast und verschiedenen menschlichen Zigarettenkippen vom Schlage eines Petey Cahill, alias Niall N. Hostager, begünstigt wurde.

»Also gut, Petey, ich meine Niall«, sagte Tom. Seine Augenbrauen strebten gen Himmel und formten Häkchen. »Ich schicke den Jungs im Norden den Code, wenn du den Kontakt gemacht hast. Hast du deinen Paß und wasnichtalles?«

's war der Tag von Peteys Abreise.

»Ja. Paß, Führerschein, den ganzen Bamf. Und die Kanone hole ich mir bei McCool in Amerika, dann geh ich auf die Jagd, und ihr braucht nur noch zuzusehen, ich erwisch den Schweinehund mit einem einzigen Schuß. Schließlich hat er mich noch nie gesehen, da kann ich mich frei bewegen, um ihn null Problem abzuknallen ey.« Er pantomimisierte mit den Zeigefingern eine Flinte und bewegte die Lippen zu einem »POW«.

»Na, wenn du kannst, ich meine, du bist im Ausland, da wirst du nicht irgendwelche Amis abknallen wollen und ganz groß auf allen ersten Seiten rauskommen. Verdammt verzwickt da drüben heutzutage, wo die ganzen Araber rumrennen. Da wirst du gut aufpassen wollen, Jungchen.«

»Ja klar, nu mach dir bloß keine Sorgen. Wir können es uns aber auch nicht leisten, daß er überall bei jedem und seinem Bruder seine verdammte Klappe aufreißt, oder? Mann, er war acht Jahre lang in der IRA. Kannst du dir überhaupt vorstellen, was der alles weiß?«

»Ja, haben wir doch alles längst durchgekaut.«

»Ich weiß, aber ich kriege es immer noch nicht auf die Reihe, daß die nie jemanden auf ihn angesetzt haben.«

»Sie haben gesagt, Kurbelwelle.«

»Quatsch. *Die* sagen nie was, Junge. Vergiß das nicht.« Petey sah einen Augenblick ganz ernst aus, für ihn eher unüblich. »Sprechen vor Denken kann Schiffe versenken, Tom, mein Junge. Oder Schlimmeres.«

Ein kalter Hauch flatterte durch den Raum wie eine Fledermaus auf dem Weg zum (oder vom) Schlosse des Grafen.

»Alles klar«, murrte Tom O'Reilly. Plötzlich erinnerte er sich an das grausige Ende von »Papst« Patrick J. »P. J.« O'Donoghue, der in die »Sheelagh Bonaparte Show« (RTÉ 75, freitagnachts um 23:03 Uhr) gegangen war und mit unschicklichem Eifer alles über fünf bereits durchgeführte und vier bevorstehende IRA-Operationen ausgeplauscht hatte, einschließlich die Fast-Pleite in Brighton und den Großen Knall in Canary Wharf, sowie auch die Namen der Oberjungs in den Schlüsselstädten des Vereinigten Königreichs.136)

136) Ah, hier werden Neugierige gewarnt. Ich erinnere mich gut. »Papst« – ein früherer Möchtegern-Brigadekommandant, der sich der Illusion hingegeben hatte, man könne aus der Organisation auch wieder austreten – laberte, nachdem er in der Briefcase Bar vom Hotel Dromgoole an der St. Vincent de Paul Road reichlich Getränke zu sich genommen hatte, in der »Sheelagh Bonaparte Show« ganz erstaunlich (ich saß im Publikum und habe ihn später wegen eines Autogramms verfolgt, aber seine Füße waren zu flink auf seinem Weg ins, wie sich herausstellte, Verderben). Ich habe hier irgendwo die Abschrift eines Mitschnitts der Sendung, Augenblick –, ah, hier ist sie ja, ich wußte doch, daß ich auf irgendwas saß:

»Wolverhampton –; arrh, das dürfte Charlie Marx sein, der, den sie den Sesselscharfschützen nennen. Und Blackpool? Tony MacConaughey,

Eine Geschichte mit Moral, grübelte O'Reilly. Darüberhinaus kam bei der gerichtlichen Untersuchung der Todesursache heraus, daß jeder einzelne der anderen Burschen, die »Papst« erwähnt hatte, durch einen erstaunlichen Zufall, wie man ihn sonst nur in Werken der Belletristik antrifft, die Sendung über Satellit verfolgt und prompt späte Flüge nach

für Sie ›Der Busfahrer‹, Liebchen. Bristol? Jennie ›Titten‹ O'Boyle, die einzige Mausi in dem Laden. Sieht Ihnen sogar ein bißchen ähnlich, Sheelagh. Ich brauche natürlich nicht zu erwähnen, woher sie ihren Spitznamen hat. Wissen Sie, was ich meine? Sie ist in der Abteilung ein bißchen wie Sie, oder? Ohne jetzt irgendwie. Manchester, na, da ist ein ganzer Arsch voll. Ich erwähne nur St. Regis Finbarr, Timmy Dolan und Malachi ›Kniescheibe‹ McBee. Hull? Natürlich Jerry ›Puschel‹ Watson. Und Bournemouth ist seit ewig und drei Tagen Mickey O'Powders Beritt. Swansea? Au, das ist schwer. Nein, ich hab's –, ›Moped‹ McBowles. Er war derjenige, der in den Siebzigern in Birmingham das Bull-Ring-Einkaufszentrum in die Luft gejagt hat. Alter Sack, ist aber immer noch gesund und munter und kann es gar nicht erwarten, an einem schönen Sommermorgen ordentlich alles krachen zu lassen, darauf können Sie ihren Schlüpfer samt Inhalt verwetten, falls Sie verstehen, was ich meine, hä? Übrigens, wie wär's mit einem kleinen Drink nach der Show? Nein? Schade. Was dagegen, wenn ich später nochmal anfrage? Na, auch gut. Gut, wo war ich stehengeblieben? Glasgow? Mann, da haben sie eine halbe Brigade, Tommy O'Moyle, Sean ›Isoliermasse‹ O'Riordan, Barney ›Dieser Judenheini‹ Cohen, Mikey ›Feige Ratte‹ Rogers, und den anderen habe ich vergessen, der war für Glasgow eingeteilt, ein richtig dämlicher alter Sack, sitzt jetzt wieder zu Hause, war das letzte, was ich gehört habe –, jetzt weiß ich's wieder, Eddie ›Der Cousin‹ MacDoyle, ein echt dämlicher alter Sack, wenn ich je einen gekannt habe, ich meine, Gott, der Mann sabbert ja noch beim Sprechen, was für ein furzdämlicher alter Sack, kann ich Ihnen sagen, wenn Sie mal einen garantiert echt dämlichen Sack kennenlernen wollen, hat Ihre Suche ein Ende, wissen Sie, was ich meine ...?«

Wie es das Glück der Versager wollte, kam ebenjener Eddie MacDoyle, bei niemandem, den er kannte, außer bei seinen Cousins, als »Der Cousin« bekannt, jüngst aus Glasgow zurück, um einen Job als Sicherheitsberater im Ned-Beatty-Museum für Asiatische Seidenhemden anzutreten, sah die Sendung im Fernsehen, Teetasse in der Hand, verschüttete den Tee kurz darauf vor Empörung über den halben Fuß-

Dublin von ihren jeweiligen Wohnorten in England gebucht hatten. Wenn Eddie ihn also nicht erwischt hätte, hätten sie ihn erwischt, und er war, so oder so, ein toter Mann, sobald er das Maul aufriß.

»Stimmt, stimmt«, sagte Tom. »Kurbelwelle? Nie gehört.«

* * * * *

boden, während die miese Sau immer weiter laberte, und dabei hatte er den Schweinehund noch nie im Leben gesehen oder auch nur von ihm gehört …

»Ich meine, der ist so dumm, daß er seinen Namen rückwärts schreiben würde, nachdem er ihn zehnmal wiederholen mußte«, blökte »Papst« über die Ätherwellen und beschwor mit jeder Silbe sein finales Ende immer näher herauf. »Der ist so dumm, daß er sich draußen in den Regen stellt, anstatt sich die Füße am Kamin zu wärmen. Der Mann ist so scheißbeschränkt, daß er sich bekanntlich mit dem Nachbarshund um Freßchenreste gestritten hat. Es heißt, er hat einen Grundriß von seinem Haus am Bett, er ist so verdammt doof, daß er immer wieder vergißt, wie man vom Schlafzimmer aufs Klo kommt, und dort liegt dann eine Gebrauchsanweisung mit dem Titel ›Wie wische ich mir den …‹«

»So, das reicht«, sagte Eddie, knallte (und zerbrach) die Teetasse auf die Untertasse, stürmte hinaus in den Sturm (noch dazu einen ziemlich dramatischen, mit Stromausfällen bis hin nach Balbriggan), fuhr unter dem Einfluß von Tee und Wut in Schlangenlinien die etwa vierzehn Meilen von seiner Doppelhaushälfte in den Gebirgsausläufern von Wicklow zu den RTÉ-Studios und kriegte zeitlich alles so gut hin, daß er unter dem Dachvorsprung des Lieferanteneingangs wartete, als »Papst« herausgebummelt kam, schoß dann wiederholt mit seiner lange nicht mehr benutzten (aber immer noch funktionsfähigen) halbautomatischen Stolkolnikov-Repetierflinte auf diesen, wobei er »Dumm, was? Ich, was? Du Scheißkerl, was?« wiederholte, während er Projektil um Projektil (das Magazin der Stolkolnikov faßt 32) in »Papst«s reglose Leiche pumpte, bis er, Eddie, von Ted »Die-alte-Pumpe-macht-nicht-mehr-so-richtig-mit« Toolan, dem Chef des Objektschutzes von Kanal 75, überwältigt wurde. Brrrr. Nicht schön. Hic. Der Prozeß war eine Sensation, wie wir alle wissen; die Beerdigung war schlecht, wenn überhaupt, besucht.

Irgendwie, durch Ehefrauen-Radar, fand Shirley heraus, daß er Vitamin-T+-Flaschen und/oder mehrere abgetrennte Köpfe – einschließlich den von der Bruderschaft der Abgetrennten-Köpfe-Sammler so sehnlich gesuchten von »Kurbelwelle« O'Deane – unter seinen frischgewaschenen Feinripp-Herrenunterhosen (mit Eingriff) in den Schlafzimmerkleiderschränken versteckte, weil er offensichtlich glaubte, sie würde sich nicht die Mühe machen, in Stapeln von Wäsche herumzuschnüffeln, die sie gerade erst gewaschen hatte: Wieder falsch! Mit dem Eifer eines schwerstbärtigen Moslems auf Ungläubigenhatz fummelte sie sich durch die Schichten mehrfarbiger Unterhosen, die auf verschiedene Schränke verteilt waren, und hielt erst eine Vitaminflasche in Händen, dann die zweite, dann einen abgetrennten Kopf (nicht den von Kurbelwelle), dann einen weiteren, als *prima facie*-Beweisstücke in ihrem nie endenden Verfahren gegen ihn.

Dann blickte er plötzlich auf (oder: *Aber er blickte plötzlich auf…*) und sah sie über sich aufragen. Ohne ersichtlichen Grund lag er auf dem Wohnzimmerboden vor dem Fernseh, aber mit dem Gesicht abgewandt, obwohl ihm dunkel klar war, daß die Sendung »Birdgirls of Hilversum« lief, es mußte also gegen Mitternacht sein, oder danach. Aus diesem Winkel gesehen, waren Shirls Titten enorme, harnblasenähnliche Abhängigkeiten, weniger erotisch als bovin. Tatsächlich war ihre gesamte Person kuh-haft. Während er sie beobachtete, paralysiert und an den Fußboden genagelt, verwandelte sie sich langsam in eine stachelhaarige Primitive in grobem Musselin, die Königin Maeve von Connacht persönlich hätte sein können, von der es hieß, sie sei wirklich eine Kuh gewesen (oder zumindest ein schwerbrüstiges Huftier)…, aber dann entdeckte er, daß er all dies vom Topp des Großmasts eines Segelschiffs aus beobachtete, oder von einem sehr langen Fahnenmast, wobei Argus, ihrer beider inzwischen entschlafener alter Pudel, seinem Griff entglitt, während er, Ferd, unaufhaltsam den Fahnen- (oder Groß-) -mast hinunterrutschte. Tief unten stand Shirley und kreischte in einem fort

Beleidigungen und/oder Verwünschungen, während Flaschen mit Vitamin T+ und verschiedene abgetrennte Köpfe aus seinen Taschen zu fallen begannen und ihr auf die Banatzel knallten und sie, vergeblich bestrebt, die auf sie einstürmenden Geschosse abzuwehren, die Hände hob (»Tut mir leid«, murmelte er jedesmal) und er kämpfte, um Argus nicht fallen zu lassen; aber dann fiel der alte Hund auch noch hinunter und starrte vorwurfsvoll zu Ferdia herauf, während er, zusammen mit einem frischen Niederschlag aus Vitaminpullen und abgetrennten Köpfen, seinem Verderben entgegenschoß und Shirley sich immer mehr über alles aufregte, auf- und niederhüpfte und die Faust schüttelte ...

Dann, wie das in Träumen geschieht, kam ein abrupter Szenenwechsel, und er versuchte, an Bord des rockenden und rollenden Dublin-Belfast-Expreß einen angemessenen Seemannsgang zu entwickeln, eine Erfahrung, die er im richtigen Leben zehnmal oder häufiger gemacht hatte, wenn er von Killoyle nach West-Belfast zu seinem Job im Archiv pendelte. Der Szenenwechsel war in seiner trüben Vertrautheit tröstlich, aber als er sich auf den einen freien Platz in einem Abteil voller dunkelhäutiger und heftig rauchender Kontinentaleuropäer (Spanier, dachte er, oder ihre lusitanischen Vettern) setzen und ein Gespräch mit dem gegenwärtigen Präsidenten der Vereinigten Staaten anfangen wollte, der gegenüber saß und dem eine Zigarette aus dem Mundwinkel hing, wobei er sich aber gleichzeitig hinter einem Rosenstrauch verbarg, entschied Ferdia, daß ihn dies spezielle Traumvideo langweilte, oder mit seiner komplizierten Handlung überforderte; also schnipste er mit den Fingern, dem Präsidenten mitten ins Gesicht, und wachte just in dem Augenblick auf, als im Gang des Zuges ein Rugby-Spiel mit zwei Mannschaften à neun Spielern, darunter mehrere nackte Mädchen, angepfiffen wurde.

Was alles viel unterhaltsamer war als die Aussichten in New Ur, dem Dew Drop Inn und dem Tudor Motel, die ihn begrüßten, als er die Augen aufschlug.

Aber dann (wie ihm zur Bestürzung klar wurde) (seiner eigenen) waren seine Wangen tränenfeucht. Er mußte bei der Nacht geflennt haben wie ein Baby. Und warum o warum?

Killoyle!

Heimweh durchstach sein Herz wie eine Nadel. Es waren nicht einmal zwei Monate, aber es waren Monate des Exils, nicht des Urlaubs, und, Gott, wie er plötzlich die Heimat vermißte, diese langweilige immer dieselbe Stadt am kabbeligen grüngrauen Meer. Den übellaunig murmelnden Verkehr. Das Aroma feuchter Erde, auf Brisen aus dem nahen Hinterland durch die Straßen der Stadt getragen. Das nahe Hinterland, immer da, ob man es brauchte oder nicht. Die Straßen laut von der Gebrauchtmusik aus den Bars. Die katzenduftmarkierten Gassen, von Zeitungsfetzen im Winde betanzt. Die Lokalbanalitäten, in jenen Zeitungen bewahrt.[137] Die halbmondförmig verlaufenden Straßen in den still sprießenden Vorstädten. Der Geruch von Dieselabgasen und ausgebratenem Pfannkuchenteig und das scharfe Meeresodeur von Fisch am Hafen. Die Glocke der Hl. Peter und Laurence O'Toole, die Morgenlob und Angelus und Hochzeiten und Beerdigungen der Betuchten ausläutete. Der Hefehauch aus Molloy's Brauerei. Der Bay Window Tea Room als eine gemütliche Zuflucht bei den gelegentlichen Böen. Der Sumpfgestank alter Kneipen und das verschwommene Vergnügen einer bis zweier *pints* zur Mittagessenszeit mit der Aussicht auf ein Nickerchen vor Einbruch der Dunkelheit. Das Tuten der Nebelhörner auf den Fähren nach Plymouth und Brest. Das Töfftöff der Krabbenkutter, die beim ersten Morgenlicht die Küste abkutterten. Die Stimmen, die Akzente, die Gesichter, das »Wie geht's, mein Großer«, das »Auf dich, mein Alter«, die ungezählten Prösterchen. Die ...

»Scheiße.«

137) Aus dem Clarion von heute: »Bürgermeister eröffnet neuen Frisiersaloon ⟨sic⟩, läst ⟨sic⟩ sich Dauerwelle verpaßen ⟨sic⟩.«

Danach entzog sich ihm der Schlaf, und er war sowieso sicher, daß sein Herz bald endgültig nicht mehr mitmachte.

* * * * *

In einem anderen Bett, viertausend Meilen weit entfernt:

»Aaah«, atmete Stan. Es war der erste wache Atemzug, nachdem er sich eine Nacht lang mit Rosie herumgewälzt und auf den süßen Punkt gezielt (und ihn – einmal – getroffen) und später von bellenden Hunden und schnellen Autos und dem über Gougane Barra oder Griechenland oder irgendwas mit kargen Hügeln und einem bis zwei Seen und furchtbar viel Ginster, der den Unachtsamen straucheln machte, geträumt hatte. Törichte alte Träume. Warum waren sie immer mit einer Andeutung von Panik versehen, irgendwo im unteren Arsch- oder Unterleibsbereich?

Er riß die verklebten Lider auseinander.

Glücklicherweise war der Blick an jenem schönen Morgen aus dem Zimmer, welches im Grand Hotel Pumps in Garlick-on-Shannon als das »Richterzimmer« bekannt war, so schön wie der Morgen selbst. Jenseits des gefrorenen Tsunami aus Laken und Decken, die den drallen Leib Rosie O'Connells, der Hotelbesitzerin, umwickelten, bot das halboffene Fenster einen Blick auf Landstraße und rauschendes Ried, das den silbern gekräuselten Shannon säumte, und dahinter, über den verstrickten Dickichten und Hainen der Hyneswood-Ländereien, dem Jagdrevier der Wohlhabenden, aus welchem der gelegentliche laute Knall zu hören war, türmte sich, großzügig püreeportioniert, eine Bank aus westwärts abdriftenden vergoldeten westirischen Wolken, eine Annäherung an die mächtigen Tore des idealen Paradieses der romantischen Phantasie, von der Sorte, wie sie Novalis dargestellt hat, oder unser Freund Friedrich (Caspar David), und mit keinem von beiden war (wiederum) unser Freund Stan persönlich bekannt, hatte auch von keinem je gehört ...

Am Ende der Pier, aus dem Eckfenster von Rosies Zimmer im Grand Hotel Pumps noch gerade sichtbar, ritt die *Rumpelstiltskin* sanft auf den Schwingungen des Flusses.

»Orrrrrp.«

Stan war aufgestanden; er war unflätig, ließ ein schmetterndes Tröten hinten raus (TRRRRRRRRRT); er war nackt, dann war er es nicht mehr, indem er seine Unterhose anzog und hastige Waschungen vornahm, hatte er doch tatsächlich mal gut zu tun. Sein Kumpel Bohumil, der tschechische oder slowenische »Import-Export«-Experte, erwartete ein paar tolle »Importe«, die von der Küste über Athlone aus seiner alten Heimat im idyllischen, türmchen- und zinnchenbewehrten Herzen Europas kommen sollten. Mit einigen dieser Importe hatte es eine ziemliche Bewandtnis, so schien es, bestanden sie doch aus Waffen und Munition, aus der Ex-Roten Armee natürlich, und Gott (oder Allah) allein kannte ihren Bestimmungsort, aber Stan war es sowieso egal. Sein Job war es, sie auf die *Rumpelstiltskin* zu laden und weiter stromaufwärts zu transportieren, bis Logan's Landing, kurz vor Drumshanbo am Lough Allen. Es war ein prima Plan. Niemand mißtraute mehr der Flußschiffahrt. Alles war touristisch erschlossen, Kähne zur Besichtigung von Sehenswürdigkeiten und so, unter der Schirmherrschaft des Bord Fáilte, der Fremdenverkehrsbehörde. Das war ein lässiger Trip, war er sich sicher, ganz bis Drumshanbo hinauf. Dort würde er Bohumil und einen Fahrer der Firma Speedy Lorries GmbH antreffen, welche die Ware von dort nach Swanlinbar im schwarzen Norden und weiter nach Belfast oder Larne und das gesamte Vereinigte Königreich transportieren sollten, und das alles ohne britische Steuern, Importgebühren oder sonstige Abgaben, die man immer noch für Importe aus Osteuropa leisten mußte, selbst heute noch, zu Zeiten der Europäischen Putativ-Union. Stans Provision waren anständige 500 Euro, zahlbar an Ort und Stelle. Es war ein erstklassiges Ding, das er da drehte, das konnte man so sagen. Damit würde er das Hausboot ausstatten: ein Spiegel, ein CD-Player, ein paar Teppiche. Plus einen bis zwei Kästen Reamer's. O ja.

Das Problem war, daß Stan nie gelernt hatte, die gottverdammte Klappe zu halten.

»Mußt schon weg?«

Rosie, eine voluminöse ehemalige Maid von etwa sechsunddreißig Sommern, erwachte und reckte sich, wobei sie unrasierte Achselhöhlen und unregelmäßige Zähne zur Schau stellte. Insgesamt war sie eine Hübsche, nach Dienstschluß gern für eine leichte Nummer und ordentlich was zu lachen gut, und Stan hatte nicht viel von seinen zweifelhaften, aber immer noch (in gewissem Maße) wirkungsvollen Verführungskünsten einsetzen müssen, um einen Platz in ihrem Bett zu ergattern, wenn unten in der Bar gegen Mitternacht die Lichter ausgegangen waren, wo er doch ohnehin im Augenblick kein eigenes Bett hatte, zumindest nicht auf *terra firma*; und der Kahn trug seine eigene Fracht an Erinnerungen, die ihm mehr zusetzten, als er gedacht hatte.

Rosie war aber auch klasse. Er hatte mit seinem Kumpel Bohumil in der Ecke gesessen, und sobald sie den Raum betrat, bemerkte er sie, und sie bemerkte ihn, und der unausgesprochene Plan für eine gute alte Brunft wurde lange vor den üblichen fünf *pints* plus Kurzem und kleinem Rundgesang geschmiedet, und sogar Bohumil hatte eingestimmt, rostig, in seinem seltsamen Patois, die Mongolenaugen stets unstet (»Kommt von der kommunistischen Polizei«, wie er Stan erklärte, »treibt einen in den Verfolgungswahn, Stan, mein Guter.«) Blicke abschießend. Rosie gab ihnen sogar mehrmals einen aus. Ah, sie war bereit und bereitwillig. Nah und fern in diesem Landesteil war die stramme Demoiselle als »Jedermanns Rosie« bekannt, außer dem Bezirksrichter aus Killoyle, Jay Larkin, für den sie Die-dem-Richter-gehört war und der, in seiner selbstberauschten Torheit, glaubte, sie sei seine ureigenste unsterblich loyale und treue *acushla*.

Nun, das war sie auch, aber das sprach ja nicht gegen andere Kerls von Zeit zu Zeit, besonders als Mittel zum Zweck.

»Mußt schon weg?« erkundigte sie sich schläfrig, wie wir gesehen haben.

»Ja, ich hab ein paar Sachen vorbereitet, Liebling«, sagte Stan, der bereits einen Zug aus der ersten Turf Accountant Filter DeLuxe des Tages nahm. »Unser Freund Bohumil schafft Zeug von der Küste rauf, und ich springe mit meinem ollen Kahn ein. Ich soll da einen Typ von Speedy Lorries treffen, der es durch den Norden und dann weiter mit nach England nimmt. In einer Woche dürfte es auf den Straßen von London sein. Seh dich aber heute abend.«

Ein flüchtiger Kuß, und die neuen Liebenden trennten sich, er zu seinem Kahn und einem Frühstück aus aufgetauten Fischstäbchen mit Pommes und einem bis zwei Red Reamer, sie in die Verschwiegenheit ihres Büros und ans Telefon, welches ihre geflöteten Worte ans Ohr von a) Inspektor Down auf der Revierwache in Drumshanbo und b) Richter Jeremiah »Jay« Larkin in Killoyle befördern sollte.

Sie verlor keine Zeit, war ja auch nicht als Mädel bekannt, das sowas tat.

»Hallo, Herr Inspektor?« flötete sie. »Ja, hier Rosie. Der junge Mann, von dem ich Ihnen erzählt habe? Stan MacKnee, genau der. Also, er ist schon unterwegs. Sie haben aber alle Zeit der Welt. Mit dem Kahn braucht er gute drei Stunden bis dahin. Sie können ihn gar nicht verfehlen. Er heißt ›Rumpelstiltskin‹.«

Nicht ohne das Gespenst eines Gewissensbisses, weil sie das freimütige Geplapper des dummen Jungen gegen ihn verwandte – schließlich hatte er ihren Anforderungen im Bett entsprochen, und das war nichts, was man vom Richter sagen konnte, betrunken oder nüchtern –, fuhr sie fort, die Feinheiten von Stans Schmuggelgüter-Transfer nach Ulster zu erläutern, und lud die geballte Macht der Gardai Síochana ein, sich jedes Fahrzeugs mit dem Schriftzug *Speedy Lorries* zu bemächtigen. Wohl wahr, Rosie war eine Verräterin, ein Singvogel, eine Denunziantin, ein Spitzel, wenn Sie darauf bestehen; aber zutiefst treu war sie, auf ihre eigene Weise, dem, was ihr wichtig war, und das waren Bequemlichkeit und die Aussicht, die Geliebte eines Bezirksrichters zu bleiben, bis seine Amtszeit auslief.

* * * * *

Wie durch göttliches Einwirken klingelte das Telefon neben Ferdias Bett, und es *war* Killoyle, in der Person von Finn McCool. Ja, während Ferdia seine schweißglitschige Saurierphysiognomie von zerkrumpeltem Kissen und verworrenen Decken erhob und angestaute Nachtlaute ausstieß, stand Vetter Finn (oder einfach Finn) viertausendachthundertdreiundvierzig Meilen weiter weg bei der Tür der Geschäftsführerhütte, die nun die seine war, bei der Firma Heartland Autos, und sah über ein paar Dutzend Gebrauchtwagen hinweg die Gesichter der Hungerstreikenden auf der Mauer an, die im wolkengestreuten Sonnenschein eines kühlen, frischen Maitages lächelten.

»Brr, es ist kalt«, sagte Finn. »Immerhin scheint die Sonne. Das Radio hat aber gesagt, später regnet es vielleicht noch. Ich arbeite jetzt bei diesem Autohändler. Oy, bist du überhaupt noch dran? Hab ich dich geweckt, stimmt's? Mann, das klingt ja gar nicht gut. Hast du dir eine leichte Bronchitis geholt, oder sind das die verdammten Lullen, wann nimmst du endlich Vernunft an und läßt die Finger von den Mistdingern? Ein faules Schwein bist du. Ich arbeite schon seit sechs Stunden. Wir sind natürlich auch sechs Stunden früher dran als ihr Bande in Amerika, oder? Oder sind es sieben?«

Ferdia hatte keine Ahnung, und es war ihm herzlich wurscht. Er hatte sich immer in der Stellung des Beichtigers für Langweiler inner- wie außerhalb seiner Familie gefunden.

Er sann, den Hörer am Ohr, während Finn in seiner eintönigen, hartnäckigen Weise redete, wie das Radio eines Nachbarn an einem ansonsten stillen Morgen.

»Ja«, grunzte Ferdia.

»Jedenfalls«, sagte Finn. »Ich hab jetzt jedenfalls einen Job, kaum zu glauben, aber wahr. Ich arbeite für Byrne, den Gebrauchtwagen-Typ. Unser Freund Duddy hat sich verpißt, da brauchte er jemanden per sofort, und hier bin ich jetzt. Gar nicht übel. Zahlt okay, aber nicht viel. Macht auf jeden Fall Spaß so mit den Autos ey.«

»Schon welche verkauft?«

»Nö. Aber mit einem Mercedes eine Spritztour gemacht. War klasse.«

»Na dann tschüs.«

»Genau. Ach, dabei fällt mir ein, Byrne hat mir neulich erzählt, daß er von der Schmier wegen diesem Blödmann Duddy verhört worden ist, und da wurde dein Name mehr als einmal erwähnt.«

»Überrascht mich nicht. Ich hatte mir doch schon ausgerechnet, daß sie mich dafür drankriegen wollen, oder? Deshalb bin ich doch hierher abgehauen, oder? Vollidiot.«

»Ja, aber, du dämlicher Sack, sie haben geredet, als wollten sie dich gleich an Ort und Stelle schnappen. Sie haben sogar Byrne gefragt, ob er weiß, wo du bist. Als hätten sie gedacht, daß du und Duddy, die alte Nervensäge, beide da drinsteckt. Er hat gesagt, er denkt sich, du bist nach Amerika gegangen. Praktisch, was? Also ich würde da sofort abhauen«, sagte er. »Geh nach Kalifornien oder Texas oder sonstwohin. Oder Brasilien, wo die Mausis sitzen. Und vom großen Bruder Fergus würde ich mich auch fernhalten. Ich meine, du warst schon weg, bevor ich dir meine Meinung zu meinem Scheißbruder sagen konnte. Scheiße, ich habe jetzt seit wann nicht mehr mit Fergus gesprochen ich weiß nicht zwei Jahren? Drei? Und weißt du, was er damals zu sagen hatte? Er ist genauso schlimm wie dieser Dussel Byrne, hört nie zu, nur dem Klang seiner eigenen Scheißstimme. ›Komm rüber und besorg dir einen anständigen Job, anstatt dein Leben in Irland zu verplempern, Junior‹, sagt er. (Er nennt mich Junior.) ›Irland ist hinüber‹, sagt er, derselbe Wichser, der seinen Lebensunterhalt damit verdient, daß er ständig über die grünen Täler und Shamrockfelder und Scheiß-Dromoland Castle und den ganzen Scheiß labert.«

»Gähn«, gähnte Ferdia.

»Gähn, was? Na dann eben nicht du blöder Trottel da kann ich mir das ganze Gequatsche auch schenken. Tschüs.«

»Äh.«

Nun, ein neuer Tag lockte, und Ferdia reagierte auf die Vorladung mit dem *gusto* eines halbblinden, paralytischen Imbezilen oder sogar eines Para-(oder Quadri-)-plegikers. Und doch war er innerhalb von Minuten rasiert, gewaschen und für die Welt vorzeigbar, dank der Macht der Gewohnheit, oder des Rituals –, die Angst davor, gefeuert zu werden, gar nicht (nein, besser nicht) zu erwähnen.

* * * * *

Wo wir gerade von Feuern sprechen, wartete Niall N. Hostager, von Fergus McCool mit Ortsangaben, einer umgebauten Armalite, einem Zeiss-Fernglas, Munition, Glow-Os und salzigen Snacks versehen, auf der anderen Straßenseite im Eingang eines aufgegebenen Schnapsladens (»Jonny's Fast Drinks«) nun schon die ganze restliche Nacht des Vortages. Seine Reise war ohne Zwischenfälle, aber mit etwas Nervenkitzel verlaufen (zweimal war es »Wie geht's ich heiße Petey ich meine natürlich Niall« aus ihm herausgeplatzt), und die Zollburschen in Dorval waren eine Idee zu gründlich gewesen, und einer hatte sogar einmal telefoniert und dabei Niall stirnrunzelnd angesehen; aber nach etwa einer Stunde hatten sie ihn durchgelassen, mit strengen Ermahnungen in gemurmeltem Französisch, oder was das war. Jedenfalls war er dann ganz leicht an einem Ort namens Laplace, Québec, durch die Wälder in die Unteren Achtundvierzig geschlupft, und dann ging es in einem Kleinlaster, von einem Erzquasselkopp namens Pierre gesteuert, weiter, dann sechzehn Stunden lang mit dem Bus, genau das Richtige, um etwas Schlaf nachzuholen, über flaches, wenn auch gelegentlich gewelltes Farmland von gänzlich unirischen gewaltigen Ausmaßen bis zu einer wildwuchernden Amöbe von Stadt namens Macropolis und von dort nach New Ur of the Chaldees, in seiner pastoralen, pittoresken Umgebung ans Ufer des eiligen Little Wabash gehockt. Niall hatte einen Stadtplan und brannte darauf, dem Schweinehund die Tür einzutreten und es knacken zu lassen, aber auf dem Vorhof des Tudor Inn war ein ständiges langweiliges Kommen und Gehen, also richtete er sich auf der müllübersäten Schwelle von Johnny's Fast Drinks gegenüber ein, den Aktionsplan ins Gehirn geätzt:

1) Den Job erledigen;
2) Fergus aufsuchen;
3) Scheißenochmal abhauen;
4) Gegen acht Uhr morgens am Dienstag wieder zur Arbeit bei O'Reilly sein;
5) Auslandsreisen bis ans Lebensende vergessen.

Es war eine lange und übelriechende und unruhige Nacht, von gelegentlichen Sirenen und dem Gewummer von Radioboxen und dem Huschen unsichtbarer Nager gestört, sowie einmal von einem neugierigen Hund auf Beutezug; und als Ferdias unverwechselbares Profil endlich auf dem Vorhof des Tudor Inn erschien, dämmerte Niall vor sich hin und verpaßte beinah seine Chance.

»Ah Gott, da ist ja der Mann persönlich.«

Ja, da war er, der häßliche Schweinehund, es war also das Werk eines Augenblicks (»*end*lich«), zu zielen und zu feuern, aber (»natürlich daneben Scheiße du Blödmann«) er verfehlte sein Ziel, selbst nach Wochen des Trainings und sechs Stunden Zielübungen mit Auberginen und Apfelsinen aus Majorca und einem versprochenen Bonus in Höhe von fünfhundert Dollar, wenn er den Schweinehund mit dem ersten Schuß erledigte. Stattdessen führte die fehlgeleitete Kugel direkt zu einem Moment voll unerwarteter, reiner Americana: Sie prallte mit einem Ping vom rechten hinteren Kotflügel eines langsam fahrenden angejahrten Chevy-Lieferwagens, chartreusefarben, sowie mit dem Wahlspruch »Redd's Sandwich Service« versehen, ab, welcher kurz Nialls Blick auf Ferdias nickendes Haupt versperrt hatte. Der Lieferwagen hielt an, und drei Männer in Lederjacken stiegen aus. Einer war weiß, die beiden anderen schwarz. Der größere der schwarzen Typen zeigte mit einem wurstdicken Zeigefinger auf Niall, während die anderen ein Brecheisen und etwas, was wie eine Schaufel aussah, aus dem Wagen luden und laute, elementare Verwünschungen ausstießen, die sich um Kopulation und Familien- und Berufsstand der Mutter rankten, zu asiatischer Schlichtheit verknappt:

»You, mo'fu'. We go' kill you.«

Aber Niall – Petey – verstand, und er verstand, daß seine Mission beendet war. »Ach du Scheiße«, sagte er, warf MPi und salzige Snacks beiseite, schnappte sich die Glow-Os und rannte durch die Gasse davon. Knallende Türen, kreischendes Gummi und das Röhren eines sechs- oder achtzylindrigen Motors deuteten eine heiße Verfolgungsjagd an. Das Drama entfaltete sich in seiner vollen kinematographischen Absurdität, als Ferdia in seinen Bus einstieg, einen mit der Nummer 1555M, gefahren wie üblich von Claysius Root, deprimiertem dreifachen Vater (Saltine, Zesta, Oreo) – »Morgen, Claysius«; »Morgen, Tony« –, nahm seinen üblichen Platz ganz hinten im Bus ein, sah aus dem Fenster und fragte sich müßig, warum ein Lieferwagen so schnell in eine Gasse fuhr, in eine unbekannte Ferne voller gerufener Beleidigungen und, klar (klar, daß *er* das Geräusch erkannte), Schüsse, ja, Schüsse, keine Knallkörper ...?

Ah, 's ging wieder um Drogen, ganz gewiß. Genau wie in Ballymun, oder bei der Crannog-Bande in der Siedlung

Crumstown West. Wieder mal schossen es die Banden untereinander aus. Und zu gegebener Zeit – tatsächlich bevor die Nr. 1555 M um die Ecke bog – erschienen die Bullen, lagen prima in der Zeit, wollten auch was vom Spaß abhaben, Sirenen und Reifen jammerten. Manno, dachte Ferd. Der Alltag in Amerika war genau wie im Scheißfernsehen.

Welches, in den 17-Uhr-Nachrichten, die Verwundung und Gefangennahme von »Nid Al-Hastadschah« bekanntgab, einem ausländischen Terroristen, Wohnort unbekannt, vermutlich afghanischer Abstammung, trotz rotblondem Haar und Sommersprossen und fließendem, wenngleich stark akzentuiertem Englisch, unter Verdacht, beim ersten Übergriff des internationalen Terrorismus auf das eigentliche Herz des amerikanischen Herzlands einen Überfall auf New Urs finanzielles und kommerzielles Nervenzentrum geplant zu haben.

Der Bus fuhr mit Ferdia den Fowler Boulevard entlang bis zur Ecke Benjamin Disraeli Avenue, von wo es bis zum Dew Drop Inn zügige zwei Minuten zu Fuß waren. Die Frühmorgenschlucker, eine anrührende Studie in rassischer Vielfalt, begannen sich bereits auf dem unbebauten Grundstück hinter der Bar zu versammeln. Einige waren ganz schön pampig, entdeckte Ferdia.

»Da ist er ja, endlich. Hey, die Zeit läuft, Mann. Was hat dich aufgehalten? Wir dachten, du kommst nicht.«

»Ja«, sagte ein anderer. »Es ist schon fast zehn.«

»Iren, was kann man von denen anderes erwarten«, sagte ein dritter.

»AAAAH HÄ haak höck höck höck höck hö hö hö hö hö ah-huu huu«, stellte ein vierter fest.

»Jesus. Jetzt beruhigt euch erstmal. Ich bin ja da, oder?«

»*Und* er hat eine Zunge im Kopf.«

»Die Typen heutzutage, man reicht ihnen den kleinen Finger und.«

»Ich meine jedes dämliche Scheißarschloch mit Schlips läuft rum und denkt er ist wer weiß wer dabei ist er nur ein dämliches Scheißarschloch. Weißt was ich meine?«

»AAAAH HÄCK hack höckhöck höck huu huu huu huu huu huu huu ah-huu huu.«

Und doch! Ihm alle unbekannt, waren diese blaugeschlagenen und verbeulten alten Versager die Blutsbrüder ihrer Genossen Tausende von Meilen jenseits des Ozeans. Und war Ferdia nicht unter ihnen aufgewachsen, in den taschentuchgroßen Vorgärten und dunklen murmelnden Kneipen von Süd-Killoyle? Diese alten Männer mit ihren niedergerissenen Träumen, ihren ehrgeizigen Plänen, so zerfetzt wie ihre Jackenärmel, ihre Libido überwunden und ihre Ehen längst kaputt. Dieselben Pointen, dieselben Witze, dieselben getrübten Wahrnehmungen und dieselben Erinnerungen flogen wie Flipperkugeln die Rille in ihrem Hirn entlang, tief gefräst vom Routinevorgang täglichen Denkens, selbst wenn das ständig umgerührte Irish Stew des Lebens mit seinen Wundern, seinen Schrecknissen, seinen Momenten der Liebe, seinen Momenten des Ärgers, seinen seltsamen Begeisterungen, seinen Verzweiflungen, eng und finster wie ein Faß, und seinen plötzlichen geheimnisvollen Epiphanien aus den entferntesten Ecken der Galaxis hereingeschwappt kam, wurde all das auf die Größe eines Schnapsglases reduziert, in dem sich ein Eiswürfel, ein Plastikzahnstocher und zwei Fingerbreit Scotch befanden –, oder, an Tagen des Ansturms, wenn die Stütze gekommen war, zwei Fingerbreit Bourbon aus Old Kentucky. Die *semblables* der alten Männer auf den Barhockern und in den Einzelsäuferkojen Irlands unterschieden sich nur in Akzent, Erfahrung und Wahl des Getränks. Ansonsten fühlte sich Ferdia ziemlich – tatsächlich beängstigend – heimisch. Er wußte, daß er eines Tages genauso ein alter Knacker sein würde, wenn Gott freundlich zu ihm war.

An jenem Tage war Gott unentschlossen. Da Er bereits zu Ferdias Gunsten eingegriffen hatte, warf Er nun, als wolle Er das Gleichgewicht wiederherstellen, einen Joker ins Spiel: zwei neue Gäste, weder alt noch, offensichtlich, des Alkohols wegen hier. Auf ihren Gesichtern blühten Gesundheit und Jugend, obwohl diese Blüte auf den dunklen Zügen afrikanischer Herkunft schwer auszumachen ist; und Afro-Amerikaner waren sie in der Tat beide. Als er hereinkam, fiel Ferdia nichts auf, nur ein schwarzer Typ, eher jung für diese frühe Stunde. Als sich dieser Heini an einen Ecktisch setzte und sich ihm ein zweiter, ebenfalls tiefernster, junger schwarzer Typ beigesellte, blickte Ferdia auf, milde interessiert; als Simmons und sein Kamerad Agent Overcoat von ihrem Tisch aus Coca bestellten, begann Ferdia, sich Sorgen zu machen... Kurz: Ferdia war ganz plötzlich auf dem Qui-vive, hellwach. Seine Gedanken gingen ungefähr so:

»Jesus Christus und Allmächtiger Gott und was verdammtescheißenochmal mach ich jetzt wenn diese beiden Amis nicht vom FBI sind bin ich aber vom Ballett bzw. von der Bauchtanzgruppe und war noch nie im Kino aber vielleicht drehen sie hier sone Art ›Verstehen Sie Spaß?‹ oder Gott weiß was. Ich verpiß mich jedenfalls am besten.« Wie konnte er sie diskret ablenken? *»Feuer!«*? Zu plump. *»Sehen Sie mal da draußen!«*? Noch plumpler. *»Aijiiiiiiii!«*? Grotesk. Seine Antwort trug der Wind aus zerfetzten Lungen herüber.

»AAAAH Häck haak höck höck höck höck huu huu huu huu huu huu huu ah-huu huu.«

Indem er sich das stürmische Husten vom Tresen her zunutze machte,

a) stellte Ferdia den Fernseher lauter, wodurch er dem Huster noch lauteres Husten entlockte, mit Murren durchsetzt, bis die gewinnenden Konturen von Miss North Carolina ins Blickfeld rückten (es war die alljährliche »Miss Tutu USA«-Wahl), was Gemurmel lang ungestillter triebhafter Gier und markige Kommentare wie »Wow« und »Hey« und »Hassusowas schomma« und »Seht euch doch bloß mal diese hähähähähähähÄCK haak höck höck höck höck huu huu huu huu huu ah-huu huu« provozierte;
b) rief eine semikohärente Bemerkung (»Oy! Arschgesicht! Hassuwassannerlunge?«) den Tresen entlang dem verstocktesten der alten Schlucker zu, welcher,

gebührend gereizt, eine wortlose Beschimpfung zurückrief – VERDASCHEIARSCHLOHASSIWOÄHÄKÄHAAKähähähähähähÄCK haak höck höck höck höck huu huu huu –, wie Ferdia bereits geargwöhnt hatte, wodurch die Bundespolizisten und ihr Kumpel (ihr*e* Kumpel*s*, denn gerade war schon wieder einer reingekommen) (komisch, er schien irgendwie Zoff mit dem ersten zu haben) (macht nichts; es war wirklich an der Zeit, die Einsätze zu erhöhen);

c) ließ sich hinterm Tresen wie Blakes Nebukadnezar auf alle viere fallen und bewegte sich rasch zur Küche, von den alten Trinkern unbemerkt (obwohl einer doch »Hä? Die haben einen Hund?« sagte);

d) und tauchte blinzelnd via den Vorratsbereich und die stets aromatische Klo-Umgebung im dunstigen Spätmorgen und Ozon von New Ur of the Chaldees auf, wobei er seine kurze Barkeeperjacke abwarf wie eine Schlange, die sich aus ihrem früheren Leben häutet.

Es war einer dieser seltsamen Wendepunkte im Leben, wenn Stillstehen und das Greinen von Unsinn oder das Beteuern der eigenen Unschuld dazu führte, daß man umgebracht wurde, oder weggeschickt, oder irgendwie gearscht. Er war schon vorher dort gewesen, und Ferdia Quain hatte nicht die Absicht, sich umbringen zu lassen oder irgendwohin geschickt zu werden, wohin er nicht wollte. Und das bedeutete: selbst wenn er verschwinden mußte und nie wieder die kühlen, grünen Felder Erins oder einen Gehaltsstreifen von Fergus McCool zu sehen bekam.

Also rannte er mal wieder los.

* * * * *

Kurz nach der vorhergegangenen Tragikomödie[138] stand Shirley Quain, *née* Soup, in dem Schatten, den ein immenser Betonpoller warf, in den das eine Wort MAHER gemeißelt war, wie bei einem wohlbesungenen Kriegshelden. Über und hinter dem Riesenpoller kauerte ein größtenteils aus verspiegelten Fenstern und dünnen Stahlträgern zusammengesetztes Gebäude auf mageren Metallstelzen, wie ein futuristischer Roboter aus einem Science-Fiction-Film der (19)50er Jahre. Das Gebiet, mit roten Ziegeln gepflastert, war großartig als The Concourse bekannt, und es wurden dort kommerzielle Events wie der Lauf-um-dein-Leben-Tag und VisionQuest veranstaltet. Gewissenhaft frischgemähte Rasen verströmten den Duft frischgemähten Rasens und erstrahlten im grünlichen Schimmer frischverdienter Dollars. Dies war Shirleys Arbeitsadresse; ehemals Zyth, de Warth & Wenn, war sie kühn vom Deus aus der Maschine, Maher persönlich, eine Woche zuvor per Konferenzschaltung umbenannt worden. »Jawohl und Gott segne Sie, Bruti«, hatte der Grieche ganz von Killoyle aus Brutus Burt, den ansässigen Vollverantwortlichen Niederlassungsgeschäftsführer, angedröhnt, dessen Büro neben Shirleys Wabe lag, »es ist ein ziemlicher Mundvoll, dieses Zyste, Warz & Wenn & Aber und der ganze Rest von dem Kackscheiß, wissen Sie was, Bruti, mein alter Schatz, hacken wir doch einfach den ganzen Quatsch ab und nennen es schlicht Maher? Gehen Sie damit dackort, mein Guter? Sorgen Sie dafür, daß es nächste Woche um diese Zeit auf allen Firmenschildern und auf dem Briefpapier steht, sonst können Sie schön tief runterspringen, aber ernsthaft jetzt, Kumpel. Jawohl und Gott segne Sie und sagen Sie der Missis ich hätte angerufen und den lieben Kleinen Gott segne sie und lasse ihre strahlenden kleinen Augen im Dunkeln leuchten«, etc. etc. Und? Wo liegt der Unterschied? dachte Shirley damals, und jetzt dachte sie es wieder. Was ist ein Name, wie

138) Komödie? Sie haben Nerven. Ohne das Getränk hätte ich es nicht ausgehalten.

der Bursche gesagt hat. (Shakespeare? Gott? David Frost?) Sie hatte es sowieso satt. Von ihrem Posten als Assistenzgeschäftsführerin für Etats im In- und Ausland (im Büro des Assistenzvizepräsidenten) war sie zur Assistenzzusammenstellerin geplatzter Konten (international) (zeitweilig) umgeschichtet worden. Der Job war ein Mist, eine Last, arschparalysierend langweilig; »viel Gezwinker und kein Geld«, wie sie früher gern gesagt hatte, zu oft für Ferdias Geschmack. Ihr stand eine Wabe zu, noch dazu eine kleine, neben einer ewig schniefenden Verwaltungsassistentin und deren Assistentin, die die Tage verbrauchte, indem sie am Telefon mit ihrem Freund schwatzte und mit dem lauten plastiknen Geklacker großer Spatelhände auf ihren Computer eintippte, und an den stumpfen Enden ihrer Hände waren ihre Fingernägel permanent rot lackiert, mit abgeplatzten Rändern. Es war die Hölle, milde, aber sie machte einen schwach. Doch wenn der Job schon schlimm war, war die Stadt noch schlimmer. Arsch der Welt, aber wirklich. Shirley kannte niemanden, außer den Spatzenhirnen in ihrem »Team«, die sich ständig über ihre persönlichen Athletik-Trainer und Männer und Rockmusik und törichte Filme und »Shopping Malls« und eine Fernsehsendung namens »Mice« oder »Lice« ausließen –, oder war es »Rice« …?[139] Was Lance betraf, so wurde dieser wieder

139) »Dice«, um ganz genau zu sein. Ich habe mal eine Folge davon über dem Tresen bei Nichtraucher-Nellie am Strand gesehen, der Kneipe mit dem Nichtrauchen-verboten-Zelt. Da geht es um Ned, einen pensionierten Goldmedaillengewinner im olympischen Armdrücken und Alkoholiker, der einen Job als Croupier für Würfelspiele im Casino von Melton Mowbray annimmt. Er lernt einen weiblichen Tennisprofi kennen, der von Una Champion gespielt wird, und verliebt sich in sie, bzw. ihn, klar. Sie heiraten, aber sie zieht eine Pistole und erschießt ihn am Ende jeder Folge. Damit ist so ziemlich das gesamte Fernsehen zusammengefaßt, oder? Damit ist so ziemlich das gesamte Fernsehen zusammengefaßt, oder …? Augenblick, das habe ich doch gerade gesagt, oder? Vielleicht habe ich zuviel getrunken, oder nicht genug, eins oder das andere. Na, nehmen wir noch einen und finden wir's heraus. Hic.

richtig merkwürdig, irgendwas mit Krankfeiern wegen Insekten, und einmal hatte er sie mitten in der Nacht angerufen und so getan, als wäre er jemand anderer, indem er etwas nachmachte, was er für einen irischen Akzent hielt, was sich aber eher anhörte, als wäre er Bosnier oder Pole oder von sonstwo in der Gegend, hätte vielleicht sogar ganz lustig werden können, aber dann hatte er alles verdorben und aufgelegt, nachdem er ganz laut und naß geniest hatte, direkt am Telefon ..., also, ja, fünf Wochen waren das jetzt, und sie vermißte bereits ihr altes Leben am alten Ort. D.h. Killoyle. Und das nach einem Wochenende in Chicago, wohin sie ganz allein gefahren war, mit dem Bus. *Das* war vielleicht nach hinten losgegangen, *da* hatte sie sich vielleicht vertan, da gab es kein Vertun. Das Wetter war trist, grau und dunstig gewesen. Als sie ankam, war sie schon erschöpft, weil sie im Bus immer einen alten Typ mit Hut im Auge behalten mußte, der auf der anderen Seite des Mittelgangs saß, sie unbegreiflicherweise für eine Russin hielt, sie immer anzwinkerte, auf verschiedene Teile seiner selbst deutete und sie identifizierte, wie ein lüsterner Sprachlehrer (»Knie«; »Fußknöchel«; »Pimmel«), dann kam sie endlich an, und sobald sie dem gräßlichen alten Mann entwischt war (»Wade«; »Ellbogen«, »Schniedel«), fand sie aus dem Busbahnhof hinaus, der voller anzüglich grinsender schwärzlich-brauner Männer und außerordentlich fetter Menschen war, die meisten davon schwärzlich-braun oder bräunlich-schwarz, welche auf- und abwatschelten, wie was aus *Alice im Wunderland* (die beiden Zwillings-Eier?), und als sie den furchterregenden Ort endlich verlassen hatte, latschte sie eine endlose monumentale Avenue entlang, Michigan oder Miracle oder Madigan oder irgendwas, ohne Kneipen oder Cafés oder auch nur Bänke, wo man sich hinsetzen konnte, oder irgendwas; aber sobald sie in eine Seitenstraße abbog, war sie mittendrin, von jugendlichen Straftätern umringt, oder wie die hier hießen, und überall heulten Polizeisirenen auf wie im Fernseh, und nirgends konnte man hin, nur in Filialen derselben Hamburger-Kette wie in Leeds, mit heiserer Disco-Musik und ausgebrannten Glühbirnen und überall Zeitungen auf dem Fußboden und depressiven Kindern. Ansonsten waren die Läden riesig, und alles in den Läden war unglaublich teuer, und man konnte kaum den See sehen, und wenn man ihn durch den Nebel doch sehen konnte, war es gar kein gottverdammter See, sondern er war etwa so groß wie die Nordsee, und man kam auch gar nicht an ihn ran, um vielleicht mal am See spazierenzugehen. Es war nicht wie Harrogate, oder die Promenade in Blackpool. Dann die Pubs – an allen stand »Pub« dran, das war sowieso schon mal falsch, das war, als hängte man ein Schild mit der Aufschrift »Kirche« draußen an eine Kirche dran –, die waren nachgemacht, oder zu teuer, oder zu schäbig, und es lag (aus irgendeinem Grunde) zuviel Sägemehl herum, und es gab zu viele glotzende junge Männer, die einen Schmollmund zogen, und einer warf ihr Küßchen zu und schrieb Wörter wie »DU« und »ICH« und »DU UND ICH« in die Luft. Völlig geschafft ging sie auf eine schnelle Lulle in einen Park, blieb da aber nicht lang, als sie sah, wie eine Gruppe schwärzlich-brauner Burschen sie von unter einer Hecke her anstarrten. Einer sagte: »Yo, Baby, du hast genau das, was ich mag.« Nein, es war keine Stadt, wie sie sie gewohnt war, wie Leeds. Oder Killoyle.

Mit dem nächsten Bus war sie nach Hause gefahren und hatte unterwegs unter einem spindeldürren Heranwachsenden gelitten, der sich jetzt bereits über drei Sitzreihen ausgebreitet und den allerentsetzlichsten Umpf-umpf-BÄNG-Popkram gehört hatte.

»Seufz«, seufzte sie. Schwer zu wissen, was im Leben klappen wird und was nicht, was? Meist nichts. Gott, sie vermißte IHN sogar. Ja IHN. Den so überaus dämlichen alten Schlaks. Gerüchteweise verlautete –, genauer gesagt, Angel Fisher, daheim in Killoyle, das war die, die im Cretino Crescent mit ihrem Freund, dem Freistilringer, zusammenlebte, also Angel war ihre, Shirleys, einzige Verbindung zur Zivilisation, weshalb sie sich mit dem Mädel am Telefon etwas näher anfreundete, als sie das gewollt hätte, wenn sie zu Hause geblieben wäre …; jedenfalls herrschte laut Angel das allgemeine Gefühl (im Büro und an Orten wie Molloy's und in diesem neuen irisch-spanischen Restaurant unten am Strand) vor, daß er wahrscheinlich *nichts* mit diesem Bombenanschlag zu tun hatte, aber Gerüchte im Umlauf waren, daß er *trotzdem* abgehauen war und ihm die *wahren* Schuldigen auf den Fersen waren und er *auch in Amerika* war, wahrscheinlich irgendwo in Shirleys Nähe, weil irgend jemand in seiner Familie irgendwo in der Gegend, in Macropolis oder Deansburg oder sogar in New Ur (was Angel New Your aussprach, weshalb Shirl zuerst dachte, sie hätte New York gesagt, und kurz daran verzweifelte, wie sie den blöden alten Sack in jener Metropole finden sollte) eine Bar hatte (wie irisch, wie typisch) … Naja, diese Möglichkeit war, oder ihr Gegenteil, sehr wahrscheinlich, wie das mit so vielem im Leben der Fall war. Aber Shirley wußte, daß sie von dieser Scheiße nicht sehr viel mehr ertragen konnte. Den ganzen Tag gab sie was in den Computer ein und prüfte, was sie am Vortag eingegeben hatte, und dann druckte sie alles aus und überreichte es einer gelangweilten schwarzen (eigentlich ja braunen) Frau namens Shermiyah oder Shermaniyah oder Shenandoah oder sonstwas. Es war Folter. Könnten die sich nicht, fragte sie sich, für sowas eine Maschine zulegen? Oder wenigstens eine Immigrantin aus Mexiko oder daherum? Wenn sie konnte, las sie ein bißchen (im Augenblick hatte sie *Ein Zeh nach dem anderen* von Clay Schouest halb durch, zog sich ein bißchen hin, aber o! diese Szene im Kleiderschrank), weshalb zuviel Zeit mit Herumhängerei und Erinnerungen draufging. Damit, und mit heimlichem Rauchen vor der Tür und mit alten Filmen im Fernseh … Das war immerhin nicht schlecht, doch, mußte man sagen, an der Wohnung war eine 24-Stunden-Wegschmeiß-Video-DVD-Belieferungspipeline angebracht, man mußte nur den Namen des Films, den man sehen wollte, eingeben – hauptsächlich britische Oldies, *Komm in meine Töpferkate* (1967) z.B., mit Brendan Bracken und Errol Plasticine, oder *Das Haus am Peyton Place* (1958), mit Una Pole-Jones –, seine fünfundzwanzig Cent reinschmeißen, und, bingo, schoß das Video raus auf den Teppich, frisch und glänzend, bereit, sofort betrachtet und danach in der Video-Recycling-Tonne entsorgt zu werden.

Was fiel ihnen denn noch alles ein?

Also hatte sie, davon abgesehen, nichts Besseres zu tun, als zu rauchen und sich zu erinnern, und der Riesenpoller war für beides ganz praktisch. Er versperrte den Blick von den fünf verspiegelten Chefetagen, weshalb, um die Angestellten permanent im Auge behalten zu können, Videokameras installiert worden waren, die sich langsam und stetig bewegten, von links nach rechts, von rechts nach links, wie die Köpfe neugieriger Giraffen. Jenseits einiger funkelnder Rasenflächen und gewundener Einfahrten und eines weiteren Spiegelfenstergebäudes (des Tech Campus, wo die pickligen Computerfreaks saßen) war die Hauptstraße, auf der sie jeden Tag mit dem Bus Nr. 1555A zwischen der Firma und ihrem »Effizienz-Apartment« pendelte ..., welches, nicht zufällig, neben dem von Lance lag, von ihm gern als »Ineffizienz-Apartment« bezeichnet. Ha ha verdammtnochmal ha.

Shirl nahm einen tiefen, befriedigenden Zug, der am Rande eines Husters zitterte, umgehend unterdrückt; dann sagte sie zu sich (da sonst niemand da war, der sie hören konnte, nicht, daß sie gewußt hätte):

»Merkwürdig. Sogar gottverdammt merkwürdig.«

Sie bezog sich auf das Schauspiel, welches direkt unter der niedrigen Mauer, die den Maher-Campus umschloß, eine springende, hüpfende, sprintende, stolpernde, den Jitterbug tanzende, ausgleitende taumelnde ... SCHLAKSIG STAKSENDE ... menschliche (naja, kaum –, menschen*ähnliche*) Gestalt bot, die am Ende des aufwärts geneigten grünen Rasens sichtbar war, wie eine Marionette im Kaspertheater. Wahnsinnig? Betrunken? Auf Drogen? Aber da war etwas intim Vertrautes an der Gestalt ..., als könnte sie, selbst aus dieser Entfernung (einiges kürzer als die viertausendnochwas

Meilen, die sie, wie sie gedacht hatte, voneinander trennten – wozu dann natürlich noch seine Angewohnheiten kamen, wie diese idiotischen Vitamine, und all die Bücher, die er stapelte, ohne sie je zu lesen – und wie er, einzig mit sich selbst beschäftigt, in der Ecke kauerte, Gesicht zur Wand, und die Lippen synchron zu Tonaufnahmen bewegte, auf denen, wie er sagte, der Dalai-Lama Yeats las, die aber viel eher wie eine dieser Lautsprecherdurchsagen bei Sainsbury's oder auf dem Hauptbahnhof von Leeds klangen) und bei der unendlichen (aber war sie wirklich so unendlich?) [140)] Vielfalt menschlicher Typen und Trottel keinen Zweifel haben, daß der, den sie dort sah …

… *ER* war.

Ihr rechtmäßig Angetrauter, höchstverdammtnochmalpersönlich. Oder jemand, der ihm verdammt so ähnlich sah, daß er es genausogut auch selbst hätte sein können.

»Ach du Scheiße«, keuchte sie. Ihre Knie verflüssigten sich wie Karamel in der Sonne, wie damals, als sie bei den Proms ihr Getränk ausgekotzt hatte, oder als sie ihre zweite Verabredung mit Ferdia hatte, oder als sie um halb zwölf Uhr nachts in ihrer ersten eigenen Wohnung diese Schaftstiefel die Treppe raufkommen hörte und nicht mehr wußte, ob sie abgeschlossen hatte und ob der Aufschlitzer noch auf freiem Fuße war (nein, war er nicht mehr; außerdem stellte sich heraus, daß es Bren war, der Sohn des Nachbarn, der sich für eine Schüleraufführung als SA-Mann verkleidet hatte) … »Das *kann* er doch gar nicht sein.« Aber warum nicht? Sie hatte Gerüchte gehört, laut denen er in der Nähe war, laut Angel jedenfalls.

Ja, er *war* es, gar kein Zweifel. Es war diese Geste ums Haar herum, die es bestätigte: Kopf auf eine Seite, rechte Hand wischt Stirnlocke rasch mit unerwarteter Zartheit nach hin-

140) Gute Frage, Mädchen. Ich vertrete schon immer die Ansicht, daß es auf der Welt nur drei Typen gibt: den wichsenden Bürokraten; den wichsenden *sportif*; und den wichsenden Bücherwurm.

ten (Hitler hatte die gleiche Geste drauf, was sie wußte, weil sie diese ganzen alten Dokumentarfilme gesehen hatte, wenn sie abends allein zu Haus war, während sich ihre Eltern auf den Bällen und Cocktail-Partys der allerersten Gesellschaft von Leeds, Bradford und Harrogate die Ehre gaben, d.h., sie gingen in The Bell and Michael ein paar Häuser weiter oder in Bulby's Saloon Bar in der Hauptstraße), dieses leichte Schütteln und anschließende Zurückwerfen des Kopfes wie bei einem rossigen Hengst …, doch, das war er, eindeutig. Gott schütze uns, so war es. Also schmiß sie ihre Lulle weg und fiel, zum erstenmal seit jener Demütigung seitens Joel Bourgeois' und Familie, nachdem sich ihre Knie wieder verfestigt hatten, in Trab, dann in Galopp, dann in volle Pulle Spurt, mit jeder Menge Titten. Ein schöner Anblick war es nicht; ein eindrucksvoller war es zweifelsohne.

Lance, der ihre Gewohnheiten kannte und deshalb wußte, daß sie sich draußen über eine Zigarette schmiegen würde, wollte vorschlagen, daß sie nächstes Wochenende zum Rodeo ins nahe New Uri fahren, und kam aus dem Gebäude, als sie gerade durchstartete.

»Heilige Scheiße«, sagte sie.

»Da ist mein Mann«, rief sie im Vorüberwetzen und bedachte so Lance, seiner überempfindlichen Meinung nach, mit dem verbal-metaphorischen Äquivalent des Stinkefingers oder italo-französischen Unterarms; denn die Wörter »mein Mann«, die eine tödliche Beleidigung für jeden Freier einer verheirateten Frau darstellen, waren nach Lance' Berechnungen nicht häufiger als dreimal über ihre Lippen gekommen, seit er sie kannte, und das dauerte nun schon, nach einer weiteren schnellen Berechnung, gut vier Monate an. Egal –; daß sie zu diesem Zeitpunkt geäußert wurden, schlug ihm echt auf den Sack.

»Auf den Sack«, bestätigte er sich. Wo er sich doch gerade von einem schlimmen PUGS-Anfall erholte, diesmal fast tödlich. (Rücklings um 2 Uhr morgens auf dem Klo hingestreckt.) Er spürte einen plötzlichen Tremor in der Unterleibsgegend, welcher auf eine unmittelbar bevorstehende Rückkehr dortiger Probleme hindeutete, und nestelte nach seiner Medizin. Während er so nestelte, plapperte er nervös und gereizt mit sich selbst.

»Mein Mann verdammt was soll das ich dachte sie ist drüber weg und was treibt der Scheißkerl überhaupt hier verdammt alles voll in die Grütze warum habe ich bloß … Ach hallo Brutus, na? Wie geht es denn wohl.«

Brutus Burt, Verantwortlicher Geschäftsführer bei Maher, ein ragender Mann aus Bronze, geboren, gebaut und entworfen, um Verantwortlicher Geschäftsführer zu sein, schritt über den Concourse von einem Meeting zum anderen. Unter dem Arm trug er bündelweise Papier. Seine Brille hatte er bis auf die Oberseite der gebräunten Schädeldecke geschoben. Mit dem linken Daumen setzte er geschickt eine Nummer auf dem Mobilphon zusammen. Im Vorbeischreiten hob er das Handy ans linke Ohr und blickte mit der leutseligen Herablassung der besten in der Wolle gefärbten Vertreter seines Standes auf den gar nicht mal so kleinen Lance (auf Socken 1,83 m) (aber der Boß maß knapp 1,91 m, also bitte) herab, sehr wie ein Spezialist für tropische Affen seine Untersuchungsobjekte betrachtet, bevor er ihnen Spasmogene injiziert.

»Hallo, Luke«, sagte er als Begrüßung. Dann, ins Handy, ohne sich beim Schreiten oder beim indifferenten Mustern des vertrottelten Pechvogels, den er Luke genannt hatte, stören zu lassen: »Geben Sie mir Stash Rutherford in Ha Err, bitte. Ja, hier ist Brutus.«

»Scheiße«, sagte Lance bei sich, nachdem die Ein-Mann-Karawane aus sich brüstender Grandeur vorübergezogen war. Er hatte das Funkeln des Raubtiers in diesem kalten Blick erkannt. *»Du bist Geschichte, Kumpel.«* »Was nun?« fragte er sich mit schluchzendem Einatmen. Am unteren Ende seiner Wirbelsäule war das Spinnenbeinkitzeln namenloser Besorgnis, als hätte die Anwesenheit des Bosses seine Person mit einem Fluch belegt. Und obendrein rannte Shirley jetzt über den Rasen zu …

Zur Hölle oder zu ihrem Mann, beides. Er, Lance, war sowieso aus dem Spiel und konnte dieser Tatsache genausogut gelassen ins Auge sehen. Ja, es war vorbei. Sein Job wahrscheinlich ebenfalls. *Aber Shirley war definitiv vorbei.* Er war komplett aus dem Rennen –, eine treffende Metapher, wo sie doch vor sich hin stolperte und die Hälfte des Rasens schon fast geschafft hatte …, uuups! Da fiel sie schon, die Unterwäsche blitzte, die Beine letztlich doch ziemlich fett. Gott, was hatte er je in ihr gesehen?[141)] Gefährliches Gelände, dieser japanische Ziergarten (ein Geschenk von Hashimoto Hypertensive Draht & Kabel KG Weltweit, jetzt zu 49% in Maher-Besitz), überall Seerosenblätter und niedliche Laternchen aus Stein und der versunkene Teil, über den Shirl gerade gestolpert war …, aber sie stand mutig wieder auf, bürstete sich die Knie ab, und weiter ging's, ah, der britische Schneid, von dem sie in den Weltkrieg-II-Filmen immer sprachen, während die Franzosen Gesicht nach unten auf dem Boden lagen und sich von den Nazis den Rest geben ließen und die Russen sich gletscherartig mit ihren toten Riesenarmeen fortbewegten … Lancelot sah, daß seine Dame fiel, und sprang ihr nicht bei, wo er doch noch bis vor kurzem ihrer Genoveva ein veritabler Lancelot gewesen wäre.[142)] Jetzt hatten seine Gedanken eher den Tenor »Kannste vergessen« oder, noch

141) Na, das hatten wir aber doch schon ganz ausführlich, Junge, oder: es waren die *Glocken* der Frau, die dich so schmusig gemacht haben, nicht mehr und nicht weniger hic.

142) Üble Zicke war das, wie Sie wüßten, wenn Sie eins der tollen Bücher und so tatsächlich gelesen hätten, auf die Sie sich immer beziehen hic. Hat den armen Lancelot sitzen lassen und ihn direkt in die Kneipen, aufs Sozialamt, ins Wettbüro, vor die Hunde und sonstwohin getrieben. Am Ende lebte er von Zuwendungen und hat sich die Moleskin-Hose mit Bindfaden am Leib gehalten. Schließlich haben sie sich wieder vertragen, aber erst mußte sie ihn ein paarmal durch den Fleischwolf drehen. Kein Wunder, daß die gottverdammten Schwuchteln sich Perücken aufsetzen und tun, als ob. Das war jetzt nicht so gemeint, falls Sie zufällig eine sind. Also weitermachen, lassen Sie nur bitte Ihre Hände, wo sie sind, also am eigenen Körper. Oder an seinem.

grundsätzlicher: »Scheiß drauf.« Shirleys schwache Schreie drangen an sein Ohr, da sie weiterrannte, dem Typ auf der Straße zuwinkte, der ebenfalls rannte, seltsam ruckartig, vor ihr davon, als wäre er verhext oder was, oder als hätte ihm gerade jemand die Drähte gekappt. (Gott, dachte Lance. Was für ein Leben. Hätte er geraucht, dann hätte er jetzt eine geraucht.) Aber der Typ konnte nicht mehr weiter, Lance sah, daß er nicht in Form war, so, wie er aufgab, stehenblieb, sich vornüberbeugte, zu atmen versuchte, als er ganz plötzlich (und sich dazu jäh aufrichtete) ihre Rufe hörte und sich umdrehte, und sogar aus einer Meile Entfernung, über die versunkenen japanischen Gärten und 1800+ Quadratfuß blendend grünen Bermudagrases und eine weit sich windende Einfahrt hinweg, konnte Lance Lancem sehen, wie Liebe und Glück und dieser ganze Quark tatsächlich über alles andere triumphiert, wenn man ihm nur genug Zeit läßt. Es war wie ein gottverdammter Fernsehfilm, wie der, den er letzten Freitag gesehen hatte, anstatt Shirley zum Abendessen einzuladen (dreimal hintereinander Kopfschmerzen, und er begann, die Botschaft zu verstehen), der, in dem Trish Dickerson sich mit Hamish Jeffries wiedervereinigt, nachdem er in Mesopotamien gegen die Druiden oder wen gekämpft hat, und sie ist so irgendwie an der Heimatfront mit den Kindern Megan und Justin (oder Joshua?). Mann. Sie haben sich lange und hart umarmt, genau wie eben jetzt Shirley und der Typ. Genau, wie er es auch gern täte, mit Musikuntermalung oder ohne (Binn Bulimi und seine Verzauberten Geigen, das war einer seiner Favoriten, seitdem er letzten Mai den Binn live beim Hutto Hippoplex Special gesehen hatte). Lance kämpfte mit den Tränen und verlor den Kampf. Seine Tränen galten ihm selbst. Mann, sie spritzten einfach raus. Eine wischte er ab. Mann, war das ein Anblick.

Dann, als er richtig sentimental zu werden begann, fand ein kleines Reality-TV-Drama statt, direkt aus einer Schlotzky-und-Burke-Folge. Ein grüner Lieferwagen, auf dem etwas stand, was er nicht entziffern konnte, nicht auf diese Entfernung, hielt mit einem Ruck und einem Aufschrei der Reifen, der Lance' Ohren etwa zwei Sekunden erreichte, nachdem er geschehen war. Der Typ – Shirls Ehegatte, egal, wie er hieß (Ted? Fred?) – versuchte wegzulaufen, aber Shirl schien sich an seinen Arm zu klammern, und Lance hörte schwache, zeitversetzte Rufe und Schreie. Dann sprangen drei Typen aus dem Auto: ein richtig dicker weißer Typ und zwei schwarze, alle drei mit Anzug, wie Kriminalpolizisten oder FBI oder sowas. Der dicke Typ watschelte ein bißchen herum, sprach in ein Handy oder vielleicht ein Walkie-talkie. Die beiden anderen Typen waren viel besser in Form. Im Nu, nach einem törichten Wettlauf um den Lieferwagen herum, hatten sie Fred (Ted?) festgenagelt, und Shirl versuchte einzugreifen. Lance kuckte zu, stumpf, offenmäulig, unsicher, was genau er da sah, und einer der schwarzen Typen vollführte die altehrwürdige filmische Geste des Handschelleneinrastenlassens, und, Jeeeeeeeesus, ab dafür, nachdem sie Shirl und Fred (Ted?) in den Lieferwagen gestopft hatten, als wären sie zwei Drogendealer oder was, wieder schrien die Reifen mit zweisekündiger Verzögerung auf, da der Lieferwagen von dannen schwankte ...

Was zum Teufel hatte das jetzt alles zu bedeuten?

»Die IRA«, murmelte Lance vor sich hin. »Jede Wette. Die IRA. Jawoll. Muß ja wohl.« Er suchte sein Gedächtnis nach verräterischen Kommentaren von Shirley oder anderen ab, war auch schon drauf und dran, sich des einen oder anderen von Belang zu entsinnen, einschließlich irgendwas, was mit diesem Bombenanschlag zu tun hatte (o Gott, Noreen Maher hatte ihm das erzählt, und er hatte immer noch ein schlechtes Gewissen ob des, was zwischen ihm und Noreen stattgefunden hatte, und das alles nur, um diesen beknackten Job zu kriegen, wo er doch sowieso gefeuert wurde, er wußte es, er spürte es in den Knochen, außer es war wieder ein PUGS-Anfall) ...

»Lucian!«

Lucian ...? Meinte er ...? Lance wandte sich vorsichtig um.

Ja, Brutus Burt war wieder da und schritt zielstrebig über den Concourse zurück.

»Haben Sie ein Minütchen für mich Zeit, Lucian, Kumpel?«

Für den Boß hatte man immer ein Minütchen, oder ...?

»Klar, Brutus.« Nie »Sir« oder »Mr. Burt«; der rigide Kodex der Pseudo-Ungezwungenheit mußte bis zum Schluß eingehalten werden –, und als genau das stellte es sich heraus: als Schluß, in mannhaften amerikanischen Begriffen wie »verschossene Tore« und »verpaßtes Zuspiel« formuliert, mit der großväterlichen Hand eines Ex-Trainers auf der Schulter, Bekundungen des Bedauerns im Interesse des größeren Ganzen zurückgehalten, zu sehr nach dem Pokal geschielt, nicht punktgenau genug mit dem Team abgestimmt ..., und bei einem Typ wie ihm war doch sowieso klar, daß er seinen Weg zu Größerem machen würde, hey, vielleicht war Maher auch gar nicht so sehr das Passende für ihn, oder, Scheiße passiert schon mal, Mann; ich z. B., sagte Brutus, wurde bei meinen ersten drei Jobs (nicht, daß ich die Sache *so* sähe) gefeuert, und ich wäre weiter gefeuert worden, wenn ich mich selbst nicht mal ganz lange und ganz scharf angesehen hätte, mich und meine echten Talente, und könnte es nicht auch für Sie an der Zeit sein, sich mal ganz lang und ganz scharf anzusehen, hey, wer weiß, mit Ihrer internationalen Erfahrung (Sie waren doch eine ganze Zeitlang in England, stimmt's?) könnten Sie doch vielleicht mal überlegen, ob Sie bei einer dieser regierungsamtlichen Agenturen mitmachen wollen, bei der DIA oder beim Peace Corps oder AmeriVantage oder bei sowas, tolle Erfahrungen für einen jungen Typ und würde doch, hey, klasse in einem Lebenslauf aussehen, wenn ich also Sie wäre, Larry ...

»Scheiße, Mann, wenn Sie mich schon feuern wollen, sollten Sie wenigstens meinen gottverdammten Namen richtig hinkriegen«, platzte es aus Lance mit einer Vehemenz heraus, unter welcher jene Offenheit des Charakters köchelte, die – wenn sie sich mit einer tiefen Trägheit in seiner Natur und der Feindseligkeit gegenüber jedem Gruppenvorhaben, das mit »Teams« oder »Projekten« oder »Siegern« zu tun hatte, verbündete – bisher in jedem Konzern in Amerika sein Verderben gewesen war. »Ist doch Scheiße sowas, Mann.« Brutus hielt inne, das Handy in der Hand (»Security? Hierher. Im Laufschritt!«). Zum erstenmal sah er Lance direkt ins Auge. Lance' Eingeweide falteten sich ineinander.

»Wie heißen Sie denn, mein Sohn?«

Lance sagte es ihm. Brutus hielt seinem Blick stand, wählte wieder geschickt mit dem linken Daumen und bekam die Handy-Verbindung mit »Ha Err«.

»Stash? Ja, ich bin's. Hey, Sie erinnern sich an die Beendigung, von der wir gesprochen haben? Lunchem, oder Launchem ...«, er hielt die Hand vor das Handy und bewegte die Lippen: »Tut mir leid«, »... Lancem, dieser Typ in Juris? Der, der vor, ich weiß nicht, zwei, drei? aus Übersee zurückgekommen ist ...?« Er sah Lance fragend an, welcher drei Finger hochhielt, »... vor drei Wochen aus Übersee zurückgekommen ist, ja, genau. Also, erstmal ruhen lassen, klar, Stash? Frieren Sie mir den Vorgang erstmal ein, ja?« Ohne eine Antwort abzuwarten, drückte er Rot und steckte das Handy in seine Brusttasche; dann sah er Lance mit dem bissigen Grinsen eines Comic-Hais an.

»Lance, Kumpel, ich muß Ihnen sagen, ich mag Ihre Art. Vielleicht können wir ja doch miteinander arbeiten. Hey, kommen Sie mit, gehen Sie ein Stück mit mir.«

Und so drehte Lance Lancem vor dem Abgrund der Entlassung bei und fand sich wiedereingestellt, alles nur wegen dieses »Ist doch Scheiße sowas, Mann«, welches, wenn es nach Brutus ging, den, der es sagte, als Besitzer zweier Hoden auswies, und ein Spruch war, mit dem ein richtiger Typ rauskam, und es gab, Gott wußte das, auf dieser verrückten, verwirrten Welt nicht allzu viele von der Sorte. Nachdem eine angemessene Zeitspanne (etwa zwei Wochen) verstrichen war, wurde Lance dazu befördert, einen roten Schlips zu tragen und einer der vertrauenswürdigsten Persönlichen Rotschlips-Seniorberater des Verantwortlichen Geschäftsführers zu werden, »Lance-die-Abschußrampe« nannten sie ihn, für sein Geschimpfe ebenso geschätzt wie für seine Gabe, Ausländer zu Kreuze kriechen zu lassen und Nichtrotbeschlipste auf Armeslänge vom Boß fernzuhalten, in dessen privatem Fitneßraum er das Privileg hatte, trainieren zu dürfen, wenn ihm danach war (und dessen Geliebte, ein Mädel namens Hillie aus Salt Lake City, an den verlängerten Wochenenden, wenn Brutus skilaufen war, auch Lance als Geliebte diente).

Und doch! Nicht einmal diese zufällige Wendung konnte den bekümmerten Lance beschwichtigen, denn er mußte im zurückweichenden Schatten der ausladenden Shirl und im dräuenden Schatten von PUGS leben, und das in einem Zeitalter, in dem es wenig Treu und Glauben und immer weniger anständige Rockmusik gab.

* * * * *

Aber am anderen Ende der Stadt tobte die Rockmusik, und die Erstsemester flirteten, meist geschlechterübergreifend, und Trev Romanov, auf dem Höhepunkt eines pulsenden Bauchschmerzes seit drei Wochen nüchtern, stand bereit, Gift zu verspritzen und etwas Kleingeld entgegenzunehmen.

»Gottverdammte scheißreiche Schwuchtelgören warum gebt ihr mir nicht was von der Knete eures Daddys anstatt euch eure Scheißschwuchtelstrandhäuser und Schwuchtelmercedesse zu kaufen warum schafft ihr euch nicht mal einen Job an ihr Scheißschwuchtelstudenten warum fahrt ihr stattdessen nicht lieber Lastwagen legt euch doch zur Abwechslung erstmal einen richtigen Job zu ihr gottverdammten Scheißschwuchteln warum geht ihr nicht in euer Scheiß-New York zurück ihr scheißfranzösischen Schwuchteln warum geht ihr nicht in euer Scheißparis zurück ihr gottverdammten Schwuchteln warum fickt ihr euch nicht selbst und fallt tot um ihr gottverdammten scheißschwulen Bauchtänzer warum geht ihr nicht zurück in euer Scheißägypten oder wohin auch Scheiße nochmal immer auf euch ist doch sowieso geschissen ihr gottverdammten scheißschwulen Studenten ach geschissen genau ihr gottverdammten scheißschwulen Taxifahrer warum schafft ihr euch nicht mal einen anständigen Job an anstatt den ganzen Tag mit euern Scheißtaxis rumzufahren ihr gottverdammten scheißschwulen Juden warum geht ihr nicht zurück in euer Scheißisrael ihr gottverdammten scheißliberalen Schwuchteln warum geht ihr nicht zurück nach New York auf euch ist doch sowieso geschissen ihr gottverdammten schwulen Jesus-Freaks warum fickt ihr euch nicht selbst ihr gottverdammten Scheiß-Paddy-Schwuchteln warum geht ihr nicht zurück in euer Scheißirland ...«

»Cool«, sagte eine Studentin in abgesägten Jeans und gab ihm einen zerknitterten Dollar.

»Ihr gottverdammten Scheißhuren warum geht ihr nicht zurück an euern Scheiß-Times Square oder Scheiße wohin auf euch ist doch sowieso geschissen ihr gottverdammten Scheißstudenten geschissen ihr gottverdammten Taxifahrerschwuchteln warum macht ihr nicht was Anständiges anstatt den ganzen Tag mit euern Scheißtaxis im Kreis zu fahren ihr gottverdammten schwulen Juden warum geht ihr nicht zurück in euer Scheißisrael ihr gottverdammten scheißlinksliberalen Schwuchteln warum geht ihr nicht zurück nach New York ...«

»Ehrfurchtgebietend, Stutzer«, sagte ein zum Football eilendes Viertsemester und legte Kleingeld im Gesamtwert von $ 1,75 an. Trev zählte seine Einnahmen zusammen und entschied sich für einen *mocha latte suprême* an diesem Itakerwagen weiter runter, bevor er den Termin bei diesem gottverdammten Winkeladvokaten/Wucherer von einem jüdischen Arzt von der Ostküste wahrnahm, der ihm wahrscheinlich die Finger in die Rutsche steckte, bevor er wußte, wie ihm geschah, aber Mann, diese Schmerzen wurden letztens doch recht regelmäßig, also ließ er das lieber mal untersuchen, und ein Mann in seiner Lage war nicht in der Lage, groß wählerisch zu sein, wenn es um Ärzte ging, außerdem waren die ja heutzutage sowieso ziemlich einer wie der andere …

»Gottverdammte Schwuchteln.«

Um das Quad herum, wie man am Downstairs State seinen zentralen quadratischen Platz als entfernte, unbewußte Hommage an britische Archetypen nannte (»Colleges« gab es auch, manche mit senkrecht unterteilten Fenstern, hinter denen »Tutoren« ihre Studenten langweilten, weil sie von ihnen gelangweilt waren), lief die Herbstsemesterregistrierung. Stände, froh mit Schabracken in den Grundfarben des Regenbogenspektrums der Vielfalt bedeckt, waren am Studiengegenstand erkennbar. Dekan »Chuck« McCantinflas stand hinter dem Tresen der Bude für »Gender Studies in beiden Amerikas«, welche er für totale gottverdammte Zeitverschwendung und die dümmste Scheiße, mit der er je zu tun gehabt hatte, hielt, persönlich, aber man tat, was man tun mußte, um einen Gehaltsscheck zu kriegen: er hatte für ein ganzes Jahr »Der Unterleib in der Schwul-Lesbischen transsexuellen Gegenwartsbelletristik« unterschrieben. Na bitte. Einerseits Typen, die sich gegenseitig einen blasen (überhaupt nicht Chucks Ding), aber anderseits zusätzliche fünf Riesen auf dem Gehaltsscheck (ganz entschieden sein Ding, besonders wegen der Kreditkartenrechnungen und des neuen Pools, den Lorna und er gerade bauten, bzw. bauen ließen, von papierlosen meso-amerikanischen Arbeitskräften). Da saß er also. Und beobachtete die Studenten. Einen Haufen Idioten. Was sollte das bringen, wenn sie ausschließlich Rockmusik, Computer und Tanzklubs im Kopf hatten? Die Hälfte der Universitäten im Lande gehörte dichtgemacht. Hölle, dreiviertel, besonders so drittklassige Sauläden wie Downstairs State, die einzig zum Nutzen einiger Sport-Trainer existierten (Go Buccaneers!). Keine Gender Studies mehr, keine Historizität der Ethnizität mehr, keinen Diskurs mehr über Hautfarbe als Unterschichtsspezifikum, keine Angelsächsische und Anglo-Irische Literatur oder Was-nicht-alles, keine Batik für Fortgeschrittene 101 mehr. Ihre Abwesenheit würde kaum ein Kräuseln der Wasseroberfläche hervorrufen. Die Nation würde überleben, ja, gedeihen. Aber Arschkriecher wie er selbst wären dann arbeitslos: kein Pool, kein Timesharing-Ferienhaus in Key West, keine Staatsrente …

»Was für ein beschissenes Leben, Gott, was für eine Scheiße«, protestierte Dekan McCantinflas bei sich selbst, wobei er sich aufblies und die Luft wieder abließ wie ein großer Kugelfisch. Die junge Frau, die ihm beim Verteilen von Gender-Studies-Informationsmaterial half, eine hingebungsvolle Anhängerin von geschlechterbedingten Optionen und allen Wundern der Geschlechtervielfalt, wandte sich, die Augen wie immer weit aufgerissen, mit mildem Horror kurz von einem Gespräch mit einer kurzgeschorenen Frau, aus deren Ohrläppchen Babywindelsicherheitsnadeln baumelten, ab und ihm zu.

»Tut mir leid«, maulte Dekan Chuck durch knirschende Zähne hindurch. Gegen halb elf schlenderte sein einstiger und zukünftiger Assistent für Anglo-Irische und Angelsächsische Literatur oder Was-nicht-alles, Donal Duddy, der Ire, herbei und strahlte wie die Katze, die den Sittich oder was nicht alles gefressen hatte, oder wie ein Typ, der sich gerade (solang wir beim Thema sind) hatte einen herunterholen lassen (*blasen*, um genau zu sein, in der Wohnung, da Terps so aufmerksam gewesen war, sich auf dem Weg zur Arbeit noch rasch die Zeit dafür zu nehmen);[143] auf jeden Fall sah er besser aus als letztesmal, da er auf einem Tisch in der Pathologie keinerlei Aufsehen bei den Lebenden erregt hätte.

143) Blasen …? Sie Wichser, Sie. Augenblick, sieht leer aus, ich nehme nicht an, daß Sie. Nein, damit habe ich sowieso nicht gerechnet, nicht bei so einem tuntigen, auf künstlerisch machenden Hundesohn mit Brylkrem im Haar, der solche Bücher liest und diesen gräßlich scheißlangweiligen Twietel-twietel-twietel-twietel-twietel-Kack hört wie in so einer verdammten tuntigen Blumenboutique in weiß ich doch nicht Scheiß-Chelsea. Also verpissen Sie sich. Nein, bleiben Sie hier.

»Na, Dekan McCa, McCa, ey, wie geht's? Ich bin, wie Sie sehen, wieder da.«

»Das sehe ich. Willkommen an der alten Wirkungsstätte, Cotter.«

»Wie bitte?«

»Nichts. Fernsehserie. Vor Ihrer Zeit. Willkommen, Duddy-o.«

»Danke. Bin froh, wieder hier zu sein. Bin froh, den Job wieder gekriegt zu haben.«

»Wie schön. Wissen Sie übrigens, warum?«

»Warum was?«

»Warum Sie Ihren Job wieder gekriegt haben, Einstein.«

»Weil äh, der Posten wieder frei war und Maher die Kohle verteilt hat und ich mich beworben habe ...?«

»Nicht ganz, Pfefferminz-Atem. Nun, die großzügige Gabe Ihres Landsmanns hat zumindest nicht geschadet. Aber hauptsächlich geschah es, weil ich ein gutes Wort für Sie eingelegt habe, ja, Ihr sehr Ergebener hat sich für Sie eingesetzt.« Weil ich einen halbwegs normalen Hetero-Typen wollte, mit dem ich auch mal reden kann, unterließ es der Dekan hinzuzufügen.

»Ach wirklich?«

»Wirklich. Die waren dagegen, um offen zu sein. Zuviel heftiges Gefummel mit diesem chinesischen Mädel, erstens. Sie ist übrigens auch wieder da.«

»Xiao-Lian?« Donals Herz machte ein paar langsame gymnastische Übungen.

»Jawoll, Sugar Lily, wie wir, ich meine ich, sie nannte, Sie alte Trine. Das geht aber in Ordnung, sie ist nicht mehr im Rennen, sie wird jetzt Hausfrau, die Keks-und-Kaffee-Richtung, keine Stripklubs mehr und so weiter. Sie hat in Taiwan einen presbyterianischen Missionar namens Ted Gill geheiratet, der unser Dekan für Theologie wird, als brauchten wir einen.«

»Jesus. Ich dachte, sie wäre aus dem Land geworfen worden, weil sie Bomben fabriziert hat.«

»Och, Pastor Gill hat ein paar höhere Tiere in der Presbyterianischen Kirche dazu rumgekriegt, bei der Einwanderungsbehörde ein gutes Wort einzulegen und ein paar Verbote zu umgehen. Jedenfalls ist sie jetzt religiös. Sie sieht aber immer noch toll aus, also seien Sie auf dem Qui-vive, Don, mein Junge.«

»Ja. Na. Ich äh bin.« In einer Beziehung? Vergeben? Verliebt? Verlobt? »Äh selbst verheiratet. Naja, so gut wie fast.«

»Was Sie nicht sagen. Gratuliere. Wer ist es?«

»Äh, Irin. Aus der alten Heimat. Arbeitet in einer Anwaltskanzlei, hat aber Ehrgeiz, das Mädchen.«

Die Kurzgeschorene und ihre Freundin hielten beim Wort »Mädchen« inne, betrachteten Donal ohne große Begeisterung von oben bis unten und nahmen ihren behaglichen Plausch wieder auf.

»Na, das ist ja großartig«, sagte Dekan McCantinflas enthusiastisch, während sich hinten in seiner Kehle ein Gähnen zusammenbraute.

»Ach, und ich bin von den harten Sachen runter.«

»Harte Sachen?«

Zwischen ihnen erstreckte sich der Golf des Atlantiks, über welchem schlechtfühl-anglo-irisch-direkte Rede mit wohlfühl-amerikanischer Euphemistik zusammenprallte.

»Ja, Sie wissen schon. Kein Whiskey, Cognac, Tequila mehr, die Sachen. Nur hin und wieder das gelegentliche Bier.«

»Wie zum Beispiel jeden Abend? Jeweils zwischen zwei Durchgängen mit der neuen Missis. Hey, gut für Sie, Soldat. Na, wie wär's, wenn Sie Ihren Stundenplan mit einem bis zwei Kursen in Gender Studies auffüllen? Ich kann sie entbehren.«

»Tut mir leid, Dekan. Im Leben nicht. Ich habe nie begriffen, was es da zu studieren gibt. A: männlich; B: weiblich, Ende der Geschichte. Sowieso alles Kacke, wenn Sie mich fragen.«

»Ich bin da nicht gänzlich anderer Meinung, aber wie Sie wissen ...«

Mißbilligende Blicke wurden wie Granaten aus einer kreisförmigen Haubitzenstellung auf sie abgeschossen. Behutsam mäandrierte die Konversation in trockenere Bachbetten von Vorlesungsplänen und Leselisten. Am anderen Ende des Quad machten sich die Studenten ein Bild von ihren Professoren, Notizen über Popkonzerte und Esoterik-Vorlesungen und mit ihren Kommilitonen schon mal alles klar. In der Ferne, während Dekan McCantinflas den Unterschied zwischen dem Schmerz von Gallen- und dem, viel schlimmer, von Nierensteinen erklärte (»Mann, das haut richtig rein, da hat man was davon, Don«), dachte Donal, er sähe, unter den sonnengebleichten Bäumen des Tree-Walk, eine sinnliche Form in einem sich anschmiegenden schwarzen Kleid, asiatisch im Gesamteindruck, die lockende Dunkle seiner Träume …

Die Sonne schien immer weiter und aufs andere Ende der Stadt (hinten in die andere Richtung, näher an den wirren Possen in und bei Maher Global), wo sie auf die mit Spiegelglasfenstern versehenen Büros herabschien, was von den Spiegelglasfenstern reflektiert wurde, so auch in der Kanzlei von Overstreet & Undershaft, in welcher Terpsichore O'Hanlon, schwer in Schale, und das ist noch untertrieben, mit einer einfach göttlichen Spitze-und-Jeansstoff-Création von Fernando Arrabal betan, die sie frisch vom Ständer im hiesigen Prime-Outlet gekauft hatte … Naja, da war sie komplett, plietsch und poliert, und die Gehhilfe sollte bald, Gott sei Dank, ein Ding der Vergangenheit sein (lehnte aber noch munter an ihrem Schreibtisch), gab wild um fünf vor zwölf noch Daten ein, um Zeit zu haben, Greg in dessen Haus später während der Mittagspause zu treffen und dann, mit seiner wie mit Gary Overstreets Billigung, den Nachmittag freizunehmen, um Donal auf dem Standesamt zu treffen, um wiederum Mrs. Donal Duddy zu werden, und das nicht so sehr, weil sie so schmusig bei dem Burschen war, sondern vielmehr, weil er

1) ein bißchen viel auf einmal, aber doch ein gaaaaanz

süßer Typ war, auf jeden Fall (und in jeder Falle) besser als Stan;

2) selbst nicht den geringsten Ehrgeiz besaß, weshalb er sie beruflich über die volle Distanz gehen ließ;
3) verzweifelt war, sie dagegen nicht, und deshalb …
4) … bei all ihren Affären ein Auge zudrücken würde, bei der schon mal angefangen, die sie gerade mit Greg Undershaft begonnen hatte, der, wie sich herausgestellt hatte, einen wunderbaren italienischen Akzent beherrschte, Moto Guzzi fuhr und tatsächlich alle Ostia-Filme von Piero di Secca gesehen, sowie versprochen hatte, sie so bald wie möglich zu befördern.

Es war wirklich ziemlich gripsfrei, wie sie hier drüben sagten.

* * * * *

»Gut. Wer ist der nächste?«

»Tony McGirl. Alias Ferdia Quain. Der Lange.«

»Welcher Lange? Der Süßigkeitenbandit aus Crumstown? Unser Freund mit dem Umhängebart?«

»Nö, nicht der. Der ist in Cork. Ich meine den IRA-Burschen. Den aus Amerika.«

»Ah, der Quatschkopp. Sind die Zeugen da?«

»Ja, Euer Ehren.«

»Und dieser dicke Bulle mit dem deutschen Namen?«

»Kriminalinspektor Schwarzkopf? Ja, Euer Ehren.«

»Sie sprechen das sehr gut aus, Sheehan. Können wohl Deutsch, was?«

»Jawohl, Herr Kommandant. Äh hä hä. Tut mir leid, Euer Ehren, Haben Sie schon mal *Kapitän Dolly* gesehen, die Fernsehserie über den Transvestiten, der U-Boot-Kommandant ist? ›Dolly‹ von Schlumm? Nein? Wahnsinnig komisch, sollten mal reinschauen, ist, glaube ich, auf RTÉ 75, samstags gegen

Mitternacht. Ich meine, das müssen Sie sich mal vorstellen, wenn Sie wollen: Da ist unser Freund, poltert mit Hochhackigen und Netzstrümpfen die Laufgänge auf und ab und schreit: Periskop ausfahren! oder wie das auf deutsch heißt ..., während er gleichzeitig in seinem Handtäschchen sein Lip Gloss sucht, ganz köstlich. Ja, ich spreche ein paar Worte. Eins, zwei, drei. Ein Ei, bitte. Mein Gott! Links, rechts, Schweinehund. Achtung! Äh hä hä. Kriegsfilmkram eben. Meine Frau ist übrigens Deutsche. Ursula. Sie kennen sie. Sie haben sie in der Petite-Grande Lingerie Boutique unten am Strand gesehen, sie sagt, Sie kommen da ständig vorbei, um Spitzenunterwäsche zu kaufen, die Sorte mit den Schleifchen links und rechts. Sie ist die Blonde in Lederzeug? Hab sie in Spanien kennengelernt, aber ja, und sie kann immer noch kaum Englisch –, nicht, daß sie das wirklich nötig hätte, falls Sie verstehen, was ich meine, äh hä hä.«

»Gut, genug davon. Dann schicken Sie sie mal alle rein. Aber nicht jetzt sofort. Ich sause nur rasch weg, um eine kleine Verschnaufpause zu machen.«

»Aber klar doch, Euer Ehren. Trinken Sie für mich einen mit, wenn Sie gerade dabei sind. Ich habe die Burschen letzten Sonntag vor zehn Jahren aufgegeben. Oy! Ihr Bande! Bleibt sitzen! Ihr seid hier nicht im gottverdammten Hurling-Stadion!«

»Irritierender kleiner Schweinehund«, dachte Richter »Jay« Larkin.

Er eilte durch die Seitentür des Amtszimmers auf den Korridor und von dort vollends aus dem Gerichtsgebäude und uneingeschränkt in die jenseitige Gasse. Es war bisher ein ermüdender Tag gewesen, auch ohne Sheehans konstantes Gewäsch und Gekicher und diese seltsamen Gesichter, die er schnitt, wenn er glaubte, niemand sähe sie: eins, schwer zahnbetont, ähnelte Bela Lugosi als Dracula; das andere, ebenfalls zahnig, war das genaue Abbild George Hamiltons, ebenfalls als Dracula; und der blutrünstige Graf kam einem auch beim dritten Gesicht in den Sinn, in welchem Schneidezähne die Hauptrolle spielten und das Ganze Frank Lagella in dem sexy Remake von 1979 ähnelte ... Darüberhinaus hatte Richter Jay das Pech gehabt, die Frühjahrssitzungsperiode für den gesamten Südosten übernehmen zu müssen, und war deshalb SCHON WIEDER der richtige Mann (oder mannhafte Richter) für diesen Fall.

Glücklicherweise war Molloy's gegenüber, und die Einzelsäuferkoje daselbst war für den Ausschließlich-Pferderennen-Kanal reserviert.

Letzten Montag war der Ruf vom Obersten Gerichtshof der Republik in Dublin ergangen, es gäbe da einen IRA-Burschen, den gewisse hochgestellte Persönlichkeiten in der Regierung gern im Gefängnis sähen: einen Ferdia Quain, den mutmaßlichen Wahnsinnigen Bomber vom Haughey Circle.

»Ferdia, was?« murmelte der Richter. »Schon mal kein gottverdammter Cu Chulainn, möchte ich wetten.«

Ferdia? Manno. Zuerst hatte er gedacht, das wäre der Name für ein Mädchen, dann sah er in seiner *Altirischen Folklore* nach. (Ewiggestrige Keltizisten werden sich erinnern: *Er ist Evangele.*) Muß man sich mal vorstellen, da gibt man seinem Sohn den Namen eines Burschen, der historisch nur dadurch bekannt ist, daß er sich die Scheiße aus dem Leib prügeln ließ, sann er. Gott, die Menschen waren schon ganz schön dämlich, oder? Aber manche waren dämlicher als andere; und das war die große Lehre, die er aus neunzehn Jahren Richteramt gezogen hatte. Jedenfalls glaubte er nicht, daß dieser Heini, Ferdia, überhaupt schuldig war. Die ganze Sache hatte so etwas Rasendes, Überstürztes, und das buchstabierte sich Pee-Oh-Ell-Ieh-Tee-Ieh-Kah, auch sowas, wovon er in seinem Leben ein bißchen zuviel gesehen hatte. Und wie die Missis sich an ihn klammerte, das sah man auch nicht oft bei den Standard-Schurken. Von der Zuschauerbank Verwünschungen kreischen, so hatte das auszusehen. Wie Nicolette Harrison, die Wahnsinnige aus Skibbereen, die von »Darkie« Harrison, ihrem Mann, nach umpfundzwanzig Jahren Ehe für tot in einem kleinen Lederboot vor der Großen

Blasket-Insel zurückgelassen worden war. Na, sie hatte alles natürlich nur vorgetäuscht, und, mein Lieber, was hat sie zusammengeschrien und -geplärrt, sobald sie den Gerichtssaal betreten hatte, wovon sie erst Abstand nahm, als sie mit roher Gewalt entfernt wurde. Ihre Tiraden zwangen die anderen Prozeßteilnehmer dazu, das gesamte Verfahren pantomimisch abzuwickeln, mit stenographischen Notizen. »Kapiert ihr jetzt, warum ich es mal versucht habe?« sagte »Darkie«, als die Geschworenen sich zu Beratungen zurückzogen. »Wer will den Job vollenden?« Zutiefst verständnisvoll entließen sie ihn mit einer Verwarnung, und Richter Jay legte noch einen Tesco-Gutschein in Höhe von £20,– für alle *Catseye*-Tiefkühlmenüs und *Bingo!*-Haushaltsreiniger drauf.

So ist's gewesen seit jeher.

Der Himmel schimmerte flickenblau über Richter Larkins muffiger übergekämmter Glatzenfrisur. Zwischen Schädel und Himmel blies halbherzig der Wind und tröpfelte schon mal einen Tropfen auf Seine Ehren. Die Gasse war von dem Wolkenbruch der vergangenen Nacht immer noch matschig. Der Richter wich einer Pfütze aus und ließ mit der aufreizenden Trägheit eines Ekdysiasten oder eines Boutiquiers, der Sträußchen arrangiert, die Hände unter seine Robe gleiten und massierte sich im Bereich des Schrittes, bevor er aus der rechten Hüfttasche eine zerknüllte Packung Turf Accountant Super Lites zog. Er hatte nach sechs Jahren tugendhafter Abstinenz vor drei Tagen wieder angefangen zu rauchen. Das verursachte ihm ein Schuldgefühl, köstlicher als alles, was er in jenen nicht enden wollenden Jahren verspürt hatte. Außerdem machte er damit Wet Wesson und seinen rückgratlosen Anti-Rauch-Gesetzen eine lange Nase. Trotzdem mußte man vorsichtig sein. Er sah sich um: niemand da. Er sah auch zu den Dächern hinauf, nur für falls. Alles klar. Dann, wie einer seiner lichtbringenden spanisch/keltisch/irisch/miletischen Vorfahren, brachte er eine Flamme hervor, diese am einen Ende eines *Swan Vesta*-Streichholzes, welche prompt mit dem interessanten Ende der Zigarette vermählt wurde, Ergebnis:

Aufflackern, bläuliches Rauchgeringel, gefährlicher Tabakduft und all das ..., sowie auch möglicherweise das Abhobeln von etwa fünf Sekunden seiner Lebenserwartung, was sich, über eine gesamte Raucherkarriere verteilt, zu soliden sechs Stunden Zukunft addierte, dem gegenwärtigen Genuß geopfert. Der Richter rauchte nervös und eilte langsam um die Pfützen herum, die es letzte Nacht geschifft hatte ..., es hatte mindestens zwanzig Minuten lang wie blöd geschüttet, man hätte, Jesus aber auch, annehmen können, man wäre am gottverdammten Amazonas oder wo, vielleicht hatten sie ja sogar recht mit diesem Kack über Erderwärmung ... Eine fettfleckige Pappschachtel lag auf der Seite, mit dem spitzbärtigen Abbild eines längst toten amerikanischen Hähnchenflügelmillionärs geschmückt, die einst in ihrer Glanzzeit gebratene Hähnchenflügel und Zwiebelringe enthalten hatte und nun zwei aufeinander zuströmenden Ameisenarmeen als Schlachtfeld diente ...

»Schuppenameisen«, sagte der Richter mit juridisch nüchterner Präzision.

Die Gasse, nach einem örtlichen Niemand als Brown Lane bekannt (Declan X. Brown, pensionierter Drucker), führte zur Behan Avenue, und an einem ihrer engen Segmente – der etwa halbe Häuserblock gegenüber Haustiere Burke, ganz in der Nähe des neuen Koh-I-Noor-Restaurants – waren die gemeinen oder üblichen Zeitungs- und Milchlieferwagen sichtbar, mit dem vehikulären Durchschnittsverkehr eines normalen Killoyler Tages. Aber dieser Tag war weniger, oder mehr, als normal, soweit es Richter Larkins Liste der Gerichtstermine betraf: Zu seinem Beginn wie Ende war Ferdia Quain, von Oberinspektor Schwarzkopf vom Sondereingreiftrupp in Handschellen aus Amerika herbeigeschafft, nachdem dieser ganz plötzlich nach dem ebenso plötzlichen Ausscheiden des angeblich wahnsinnigen Oberinspektors Sherlock Neame[144)]

144) Aha, na, ich habe zufällig den *Clarion* von letzter Woche dabei, und da steht was über besagten Irren drin ... Ah, da haben wir es ja

befördert worden war, welcher ausgerechnet, als gäb's nichts Blöderes, beschuldigt wurde, »lüsterne Übergriffe eingeleitet und eine unerwünschte Massage« aufgedrängt zu haben …, und da war die »britisch-stämmige« (wie es in den Zeitungen hieß) Gattin, die an seiner Seite »eine anrührende Zurschaustellung« (um die Zeitungen zu zitieren) »ehelicher Loyalität« (schrieben die Zeitungen) bot. »Lassen Sie ihn zufrieden!« hatte sie Richter Larkin angeschrien und ungute Erinnerungen an »Darkie« und seine Nicolette und manchen anderen Fall geweckt, in dem hysterische Eheweibchen vorkamen. Quain war unter Anklage gestellt und in den »gutgeheizten Vorzimmern«, wie die U-Haft-Zellen des Polizeipräsidiums kokett genannt wurden, in Verwahrung genommen worden.

(Tschuldigung, die aktuelleren Ausgaben trage ich links in meiner Kordhose): »Plötzliche Kündigung von Kriminaloberinspektor«, ja, das ist es: »Kriminaloberinspektor ⟨sic⟩ Sherlock Holmes ⟨sic⟩, 51, 54 Jahre alter Veteran der Notional⟨sic⟩polizei, stellt heute dem Beigeordneten Polizeipräsidenten Talbott einen Brief zu, in welchem Halmes ⟨sic⟩ seine Kündigung aus Polizeidünsten ⟨sic⟩ ›mit tiefen ⟨sic⟩ Bedauerm ⟨sic⟩‹ bekanntgab und fortfuhr, indem er die ›Roheit‹ ⟨sic⟩ beklagte, mit welcher er psychisch ⟨sic⟩ entfernt werden mußte, er, Healmes ⟨sic⟩, von der Polizeidienstanwärterin Rowena Slumbers, 28, ›der mit den großen, dicken Totten‹ ⟨sic⟩, wie Heames ⟨sic⟩ sich ausdrückte, ›die nur dazu dienten, hart arbeitende Gesätzes⟨sic⟩hüter von der Arbeit abzuhalten, weshalb ich persönlich mir ein näheres Bild von ihnen verschaffen wollte, um die Amplitüde ihrer Gänze bestimmen zu können.‹ Mitarbeiter berichteten dem *Calrion* ⟨sic⟩, Slumbers, 29, habe an ihrem Schrei⟨sic⟩tisch gesessen und sich mit dem Computer vertraut gemacht, als Neames ⟨sic⟩ hinter ihr herangeschlichen sei und ihr die Hände auf die Bürste‹ ⟨sic⟩ mit den Worten ›Hab ich euch, ihr zwei Übeltäter, jetzt folgt mir unauffällig‹ gelegt habe. Slimers ⟨sic⟩ versuchte, sich zu befreien, während Neame den Zugriff auf ihre Brünste ⟨sic⟩ noch verstärkte. Er trug Uniform. In nur Minuten war die Ordnung wiederhergestellt. Der Fall wird als besonders unamüsantes Beispiel für sexuelle Belästigung gesehen. In einer Stellungnahme sagt Nemesis ⟨sic⟩: ›pp wenn Sie je in der Nähe von Naas sind titten Abfahrt der Busse Killoyle ZOB 10:30 Uhr, Ankunft Dungarvan Hbf rechtzeitig zum Abendessen.« HIC

»Genau, werft ihn in das Gebäude, das er in die Luft zu sprengen versucht hat, und verliert den Schlüssel«, grölte der polizeiliche Hauptankläger, Pierre O'Bunion, jederzeit kämpferisch, wenn es galt, das, was er für richtig hielt und was ihm Geld einbringen mochte, zu verteidigen. Manche sagten, der Fall müsse vor das Kriminalgericht in Dublin gebracht werden, falls einige der Anschuldigungen bewiesen würden. Es war ein Schnellschuß in einem Land, welches für seine unerledigten Fälle berüchtigt war. Und wieder Pee-Oh-Ell-Ieh-Tee-Ieh-Kah, da gab es kein Vertun. Aber immerhin war unser Mann Hauptverdächtiger des Bombenanschlags auf das Polizeipräsidium, was der Taoiseach persönlich (ein alter Kumpel vom Ius-Studium in London und, *à ses heures*, Petri-Mitjünger beim Lachsangeln, was aber nichts daran änderte, daß Jay den öligen Scheißkerl nicht leiden konnte) am Telefon zu Richter Larkin gesagt hatte: »Maximale gerechtfertigte strafrechtliche Verfolgung, *maximale*, falls du verstehst, worauf ich hinauswill, Jay, du schwachsinniger Schweinehund? Ahem.« Zornige Zeugen des Anschlags standen Schlange, um Beleidigungen auszustoßen. Augenzeugen, die behaupteten, Quain am Tatort als solchem gesehen zu haben, standen auf der Liste des Richters. Der Mann selbst wurde von einem hochangesehenen buddhistischen Anwalt namens Todd Gilbey verteidigt, der dafür bekannt war, daß er die dem Establishment feindlich Gesinnten verteidigte, und der mit seiner Frau, einer reichen buddhistischen Anwältin namens Nuala O'Fintan,[145)] zusammenarbeitete, wobei er sich nicht in die Karten blicken ließ, möglicherweise weil er keine Karten hatte, die er ausspielen konnte …

Jedenfalls gab es dieser Tage nicht nur schlechte Nachrichten. Sobald dies Ding vorüber war, wollte Richter Jay nach

145) O Gott, die beiden schon wieder. Na, ich habe Ihnen alles über das Bin-Salaami-Fiasko erzählt. Sagen Sie nicht, Sie wären nicht gewarnt gewesen. Ich persönlich halte mich von allen Buddhisten fern und wende so schnell wie möglich den Blick ab.

Westen. Und auf der Revierwache von Garlick würden sie für ihn ein Abendessen schmeißen, denn dank Rosie O'Connell und einem Hinweis von Richter Jay war es der dortigen Polizei gelungen, diesen Desperado, MacKnee, den mit dem gestohlenen Hausboot, hinter Schloß und Riegel zu bringen, diesen Halunken, der vorgab, Dichter oder was zu sein, wo er die ganze Zeit mit diesem tschechischen Banditen Bohumil Wieheißtergleich unter einer Decke steckte und Fäßchen mit griechischem Olivenöl am Zoll in Galway vorbei und dann auf dem Fluß nach Garlick geschmuggelt hat, gar nicht schlecht für einen Burschen, der sich erst als »Abschreiber«, dann als »Schriftsteller«, dann als »Schreiber«, dann schließlich als »arbeitslos« bezeichnet hat. (Bohumil Dingsbums haben sie gerade abgeschoben.) Unmittelbar nach dieser Aussage hatte McKnee versucht, durch das nahe nächtliche Weizenfeld zu stratzen, aber seine Hände verfingen sich in einem vereinzelt herumliegenden Heuballen, und er fiel auf die Nase. »Bitte nicht schießen«, winselte er im Dunklen. »Ich habe Frau und Kinder.« »Wie viele?« »Sechs, nein, sieben.« »Wir sind nicht bewaffnet, du dummer Hund«, erwiderten Wachtmeister Smith und Jones, bevor sie ihn festnahmen. Mit einem Wort, der kleine Taugenichts war ein Taugenichts, doch, doch. Verdikt: drei bis fünf in Portlaoise; Hausboot konfisziert und dem AquaWorld-Themenpark in Toolbridge, Grafschaft Mayo, übereignet. Dort sollte es das Kernstück einer nautischen Horrorshow mit falschen Schatzkisten, Plastikskeletten, die an nachgemachten Spinnwegen vorübertanzten, grünlicher Beleuchtung von unten, versteckten Lautsprechern, die aus den Büschen »Oh-huu-huu« riefen, vorgeblichen Piraten usw. werden.

»Mit mir könnt ihr's ja machen, mit mir könnt ihr's ja machen«, schnulzte der Richter. »Ja, mit mir, da könnt ihr's mahachen, den liehieben lahangen Tag.«

»Alle erheben«, röhrte Sheehan Minuten später, als Richter Larkin zurückkehrte. Dem folgte ein »Alle wieder hinsetzen«: Alle setzten sich wieder hin. Zu den Sitzenden gehörten Finn und Anthea auf der Zuschauertribüne. Als Nichte des Vizepolizeipräsidenten für die Südostregion (der jetzt zum Voll Verantwortlichen Beigeordneten Polizeipräsidenten ernannt worden war) stand Anthea ein Dauersitzplatz bei allen öffentlichen Verfahren zu. Das Paar war aus Jux an Finns erstem freien Tag beim Gebrauchtwagenhändler gekommen (»Ah, Sie wollen diesen alten Richter Larkin sehen, Finn, der ist ja wirklich zum Schreien komisch.«) und hatte Vetter Ferdia auf der Anklagebank entdeckt (»Heilige blutige Scheiße, ausgerechnet der, ist er wieder da, der dämliche alte Trottel, ach, wie geht's denn, nein, der hört nichts, oder er ist zu eingebildet, was zu hören.«).

Richter Jay verlas die Anklageschrift, lud zu Eröffnungserklärungen ein, und die Anklagevertretung, angeführt von Pierre O'Bunion, trug einen gnadenlosen Angriff auf Vorleben und Moral des Beschuldigten vor, während letzterer mit versteinerter Miene, wie es schien, ins Nichts, in Wahrheit aber ins Etwas (s.u.) starrte.

»Zu einem Zeitpunkt in der Geschichte dieser Nation, da wir glaubten, wir wären Zeugen der Zernichtung jener Brut von Säuglingsmördern, für die wir, hélas, zu so trauriger Berühmtheit gelangt sind, zu einem Zeitpunkt, da die Tinte auf dem letzten Friedensvertrag noch kaum getrocknet war, zu einem Zeitpunkt der Hoffnung für die irische Nation, zu genau dem Zeitpunkt der Erneuerung, kam aus den Schatten, die wir törichterweise für vertrieben gehalten hatten, dieser Nichtsnutz angeschlurft, dieser Urzeitkretin, der die Fingerknöchel auf den gefegten Bürgersteigen dieser schönen Stadt hinter sich herzieht, dieser mörderische Soziopath, den nach dem Blut von Unschuldigen dürstet ...«

»Um Christi willen, Pierre«, zischte Richter Larkin verzweifelt. »Sie sind hier nicht auf der Bühne des gottverdammten Abbey Theatre. Kommen Sie zur Sache.«

»Ich bemühe mich darum, Euer Ehren«, dröhnte O'Bunion. »Wie Euer Ehren erkennen werden, wenn Euer Ehren mir gestatten fortzufahren. Meine Güte. Die Idiosynkrasien Seiner

Ehren sind wohlbekannt. Natürlich ist die Arroganz irischer Richter ganz allgemein schon lange legendär. Aber glauben Sie nicht, Euer Ehren, Sie könnten diesen Fall oder irgendeinen anderen Fall schönfärben. Die Häuser des Oireachtas sind die souveränen Versammlungen der gewählten Vertreter des irischen Volkes, und die Anmutung, daß Richter diesen Versammlungen nicht verantwortlich sein sollten, untergräbt die Demokratie. Ich bin der wahre Freund des Demokraten, nicht der Speichellecker irgendeines Richters, mit allem schuldigen Respekt. Hier und heute, als Repräsentant der irischen Demokratie, möchte ich einen Fall aufrollen, in welchem hervorstechend – so hervorstechend wie die Nase im Gesicht des Betreffenden – das eine Rolle spielen wird, was ich die Exegese eines Killers genannt habe. Denn wir alle müssen erfahren, was im Kopf dieses Mannes vorgeht, oder etwa nicht?«

»Och, ich weiß nicht, machen Sie einfach weiter«, murrte Jay. Er griff unter den Richtertisch und schaltete den kleinen Fernseher ein, den er dort unten für Notfälle verwahrte, und paßte auf, daß er die Lautstärke nicht zu weit aufdrehte; soweit der Richter wußte, ahnten nur Sheehan und Mrs. Tooley, die Stenographin, etwas von der Existenz des Fernsehers, und kleine Bestechungen sorgten für ihre Diskretion –, naja, in Sheehans Fall nicht so klein, aber er hatte, was die Gäule betraf, gute Tips. (»Kuck mal«, sagte Anthea und stupste Finn, »jetzt stellt er seinen Fernseher an.«) Nachdem er Mrs. Tooley angesehen hatte, welche völliges Aufgehen in ihrem Stenographieren vortäuschte, warf Richter Jay einen langen Blick auf seine Armbanduhr, einen Blick, der a) Ungeduld mit dem Leben und all seiner verdammten Herumwarterei und b) genaue Vorkenntnis des heutigen Renntages anzeigte. Er hatte eine Doppelwette auf All The King's Men um 14:15 Uhr in Fairyhouse und auf Panters Down um 14:45 Uhr in Leopardstown, sowie, auf Sheehans wiederholten Zusicherungen fußend, auf Schollenfilet zwanzig zu eins, um 15:15 Uhr in Newmarket. Die ersten beiden Rennen konnte er unter dem

Tisch sehen, aber wegen Newmarket mußte er gegenüber zu Mad Molloy's, wo er eine Dauerbestellung kleine Red Reamers und winzige Halbe Powers[146] während der Rennsaison nebenher laufen hatte. Deshalb hoffte er verdammtnochmal, daß dieser dumme Mistprozeß bis dahin überstanden war, sonst würde er ihn sich schenken oder wegen eines Verfahrensfehlers aussetzen, egal, was im Kopf dieses Ferdia-Heinis vorging, von Pierre O'Bunion ganz zu schweigen ... Zehn Euro waren immerhin zehn Euro, besonders wenn sie zweihundert werden konnten. Davon konnte er sich eine Wagenladung Rüschenschlüpfer kaufen. Er erhob sich und starrte funkelnd durch den Gerichtssaal. Der Angeklagte, dachte Richter Jay nicht ohne Mitgefühl, sah schlaff und benommen aus, obwohl er ziemlich flott mit einem blauweißen Köper-Zweireiher mit Nadelstreifen von Gianfranco Mafioso und einem locker geknoteten Seidenschlips von Principessa Benita Fanculo, auf dem männchenmachende Dalmatiner abgebildet waren, bekleidet war, das Ganze hübsch von einer Idee Gold im Sockenbereich und einem gelblichen Einstecktüchlein abgesetzt, welches verschämt aus der Brusttasche lugte wie eine Sonnenblume auf einem Stapel Kuhfladen. Shirley hatte stilvolle Konformität sichergestellt und mehrere seiner Anzüge geborgen (sowie in einer ihrer Taschen eine vergessene Flasche Vitamin X gefunden) und argumentiert: »Einen verdammten IRA-Mann werden sie nicht gut angezogen erwarten, da wirst du sie doch überrumpeln wollen.«

Während der Richter vom Angeklagten zum Fernseher blickte, unsicher, welcher mehr Anrecht auf seine Aufmerksamkeit hatte, sah Ferdia im Geiste eine Wiederholungsschleife von seinen letzten Momenten auf amerikanischem Boden in öder Sequenz, wie folgt:

146) Winzige Halbe? Vielen herzlichen Dank, ich werde sie zahlen, wenn ich meine andere Hose finde, wenn Sie nur mal eben. Bitte vielmals um Entschuldigung, ich dachte, das wären meine Hosentaschen, hic.

6) der absurde Fluchtversuch auf den trüben Boulevards von New Ur, an herumlungernden schwärzlich-bräunlichen Rapmusikern, Pfandleihen und McHeaven-Hamburger-Restaurants vorbei;
7) die Wiedervereinigung mit Shirley in einer tollen verschwitzten heißen flennenden Masse von Küssen und Schluchzern;
8) die bösen Bundespolizisten, die so hart zutraten, mit der Ermutigung dieses fetten Zeichentrick-Tiers Schwarzkopf;
9) die Doppelverhöre am Flughafen von Macropolis, eins seitens der Bundespolizei, das andere von der Abteilung für Heimatschutz, mit Einwürfen von Schwarzkopf und diesem Typ mit dem grimmigen Gesicht vom Außenministerium (einem von Wets Dusseln);
10) das hastige Wegschicken der Ausweisungsanwälte, die wie Marionetten zu Ostern hinter einem Getränkeautomaten auftauchten und sich als Mo und Jeff vorstellten;
11) der Heimflug in der letzten Reihe eines Aer-Rianta-Linienflugs vom Flughafen O'Hare, wobei ihn das Scheitern mit seinen leeren, fleischlosen Armen und Shirley ihn dagegen mit ihren fleischigen, fleischlichen liebkoste …

Nun, dachte Ferdia, zwei gute Dinge sind bei diesem Pandämonium herausgekommen. Ich bin wieder in Irland, und Shirl ist auch wieder da.

(Falls das ein gutes Ding *ist*, sann er dagegen und entsann sich seiner Sehnsucht nach Terpsichore … Immerhin hatte Shirl bei diesem gräßlichen Job gekündigt, und das war doch was. *Falls* es ihm gelang, aus diesem Schlamassel herauszufinden.)

O'Bunion beendete seine endlose Rede mit einem fehlerhaften und übel zugerichteten Zitat von Padraig Pearse (»O über die grauenhaft verdammten Blödmänner / Unsere Rebellen haben sie uns tot hinterlassen / Und während Irland diese Gräber hütet / Wird Irland – unfrei – nie irgendwas oder irgendwas anderes sein, ta-ra-di-dum.«) und rief seine erste Zeugin um zehn nach zehn auf: Robb Manlove, Zapfkraft bei Molly O'Lesbihan.

»War er am Vorabend in Ihrer Bar?«

»Ja, ich hab ihn gesehen. Sah wie ein echter Waschlappen aus, wenn Sie mich fragen.«

Gilbey-der-Verteidiger sprang auf.

»Einspruch«, »stattgegeben«, »hinsetzen«, »Rauchen verboten«, »machen Sie den Kopp zu«, »treten Sie näher«, »Maul halten«, »RUHE« usw.: das alte Gerichtssaalgedöns, kurzum, wie es an jedem Werktag in zahllosen juristischen Kabäuschen und auf Fernsehschirmen, unzählig auch sie, in der gesamten englischsprachigen Welt und darüberhinaus abgespult wird.

Wieder sprang Gilbey.

»War er allein?«

»Einspruch«, »stattgegeben«, »treten Sie näher« usw.

»Okay, Herr Richter, okay. Kann ich jetzt reden? Er, da drüben, der Menschenaffe mit der großen Nase …Ja, er war an jenem Abend bei Molly. Er war mit einer alten Schwuchtel da, die sein Liebhaber gewesen sein könnte, aber wahrscheinlich nicht war, weil er hetero ist, stimmt's? Oder glaubt, er wäre hetero. Aber Sie wissen ja, wie die sind. Ich meine die Heteros. Die meisten sind unter dem ganzen vorgetäuschten Macho-Getue schwul. Die Wahrheit ist, die ganze Welt ist schwul, meine Freunde. Gebt einem eurer Macho-Fußballspieler einen halben Moment mit einem fremden Pimmel, und er ist verraten und verkauft. Oder einer eurer trippelnden Muschiköniginnen fünf Minuten auf dem Klo mit ihr-wißt-schon-wem. In fünf Minuten kriege ich jede rum, nur ich und mein getreuer Dildo.«

»Kommen Sie zur Sache, Miss, äh, Arschfick.«

»Ich *bin* bereits zur Sache gekommen, Herr Richter. Das ist eine wichtige Aussage.«

»Nein, ist es verdammtnochmal nicht.«

»Die Jockeys führen ihre Pferde am Sattelplatz vorbei«, sagte der Fernseher laut unter dem Richtertisch an. Mrs. Tooley tippte mit erhöhter Verzweiflung, und Sheehan, alarmiert, sprang auf, sang:

»Sitzenbleiben, alle zusammen.«

und setzte sich mit vorwurfsvollem Blick auf Richter Jay wieder hin, der unter den Tisch griff und den Ton leiser stellte (das verdammte Ding war wieder mal kaputt), bevor er die Verhandlung wieder – und bevor der Anschein von Verstehen auf irgendeinem Gesicht dämmern konnte (aber Anthea kringelte sich bereits: »Hab ich's dir nicht gesagt«, flüsterte sie Finn zu, der sich ebenfalls nicht schlecht begeierte) – aufnahm und einen Kommentar an Robb richtete, der seine harte Linie bewies:

»Die Sache, Sie grauenerregendes Maul voll Spucke, ist nicht die, wie lesbisch Sie sind oder für wie schwul Sie zufällig irgend jemanden halten, sondern ob Sie den Angeschuldigten am Vorabend des Anschlags, wie behauptet wurde, in Konversation mit Julian O'Deane, bekannt als ›Kurbelwelle‹, früherem Operationskommandeur der IRA, gesehen haben oder nicht.«

»Mit dem, der die verdammte Bombe gezündet und sich damit in die Luft gesprengt hat«, rief Gilbey, »und das werde ich beweisen, oder Siddhartha war kein Buddhist.«

»Ruhe im Gerichtssaal«, »selber Schnauze«, »treten Sie vor«, »ach übrigens, sind Sie Mahayana oder Hinayama?«, »o, Mahayana, diese Hinayamas sind doch eine gar zu bekloppte Bande«, »jetzt aber Schluß, machen Sie das Gesicht zu«, »Einspruch«, »stattgegeben«, »nein, abgelehnt«, »setzen Sie sich hin«, »Rauchen verboten«, »Jockey-As Cliff Cramblitt, mit berechtigtem Stolz auf seine letzten beiden Siege im Grand National, führt Panters Down auf die Rennbahn«, »verdammt, Sheehan, kommen Sie her, das verdammte Ding ist endgültig im Eimer«, »und wie Sie sehen, trägt er heute die Farben von Lord Seacup«, »Ruhe im Gerichtssaal, oder ich lasse Sie alle rausschmeißen« usw.

Robb wurde beredt. Sie wandte sich an die Geschworenen. Der Richter war nirgends zu sehen, da er sich vollends unter den Tisch verzogen hatte, um die Feineinstellung am Lautstärkeregler seines Fernsehers vorzunehmen.

»Klar war Ihr Mann etwa eine Stunde lang da, glaube ich, an dem Abend, wie Sie sagen, bevor die Bombe losging, aber woher soll ich das wissen? Was bin ich, ein gottverdammter Detektiv? Ich meine, ich war zu der Zeit ziemlich intensiv mit Lizette beschäftigt, meiner neuen Flamme, wir werden übrigens, wenn das hier vorbei ist, nach Connecticut fliegen und heiraten und dann nach Hongkong, um einen Satz chinesischer Drillinge zu adoptieren, na, was haltet ihr davon, ihr Homophobenverein? Ich persönlich glaube übrigens nicht, daß Quin es war, er hat einfach nicht die Nüsse für sowas, er traut sich ja noch nicht mal, mir ins Auge zu blicken, seht ihn euch an, kuckt immer weg wie ein verängstigtes Mutterschaf, hat nicht viel vom kaltblütigen Killer, wenn man Menschen nicht gerade ins Auge blicken kann, falls ihr scharf auf meine Meinung seid. Nö, ich würde mein Geld auf Kurbelwelle wetten. Der war sowieso der reinste Horror. Einmal hat er versucht, meinen kleinen Bruder Cyril dafür zu bezahlen, daß er ihm das Horn poliert, falls Sie verstehen, was ich meine, aber das Schlimmste daran ist, daß er das später abgestritten und Cyril beschuldigt hat, *er* hätte *ihn* angebaggert. Warum hat er sich nicht einfach ein kleines Coming-out gegönnt, der alte Heuchler? Ja, er war ein perfektes Argument für das Coming-out. Er wollte es mit Jungs treiben, also haßte er sich, und schließlich haßte er alle Menschen, der Schweinehund. O, er war ein echter Schweinehund.«[147)]

147) Eine glänzende Analyse, wenn Sie nichts dagegen haben, daß ich so einfach reinplatze. Ihr regulärer Anmerker ist auf dem Klo und kotzt, kommt aber gleich wieder zurück. Jedenfalls ruft mir Ms. Manloves Exegese Mr. Size ins Gedächtnis zurück, meinen Physiklehrer, als ich Sechstkläßler in Horrow war. Armer Schweinehund, er wurde gefeuert, als es rauskam, aber erst nach mehreren Jahren, das mit der Selbstmassageluftpumpe, die er an sich selbst verwendete, wenn er

Gestotterter Anklagen von Ignoranz und Voreingenommenheit, die von O'Bunion ausgestoßen wurden, nicht achtend, stieg Robb gutgelaunt aus dem Zeugenstand und blies ihrer Schwesternschaft auf der Zuschauertribüne Küßchen zu. Finn klatschte laut Beifall. Rot von seinen Anstrengungen, erschien Richter Jay wieder über seinem Tisch wie die Wintersonne über der Mongolei.

»So, jetzt müßte es klappen. Nun hört endlich mit dem verdammten Krach auf, oder ihr fliegt alle raus. Der nächste.«

Als nächster war Aloysius Schwarzkopf an der Reihe, der treppab wogte und den Zeugenstand erklomm. Nachdem der Name, schwierig genug (»mit ›p‹ wie in Palestrina«, »wer?«, »Palestrina, der Itaker, wissen Sie, der, der Renaissancemotetten geschrieben hat«, »welcher Moe? Nie von ihm gehört«, »Na gut, na schön, dann mit ›p‹ wie in Plunkett«, »echt wahr? So hieß mein Tantchen, Lavinia Plunkett aus Dundalk«, »was Sie nicht sagen, ich kannte mal einen Plunkett in Dundalk, Ozzie nannte er sich«, »Ja, beim Sonstwas, das ist mein

während schriftlicher Prüfungen Aufsicht führte. Warten Sie, bis ich's Ihnen erzähle. »Hast du einen großen Podex, Junge?« sang er mit seinem tremolierenden Tenor, auf halbem Wege nach Beginn der Prüfung, wenn wir alle still vor uns hin schuften sollten. »Jawohl, Sir«, erwiderte dann der angesprochene Junge, meist Gleason Minor. »Großartig, großartig«, sagte Mr. Size. »Vielleicht kannst du ihn kurz beschreiben? Still, Junge. Schreib weiter.« »Jawohl, Sir.« »Still, Junge.« Dann beugte sich Mr. Size vor, und dann hörte man, wie ein leises Rauschen anfing, das war die Massageluftpumpe für den privaten Bereich, die er unter dem Tisch aufbewahrte, dann erklang ein leises Gewimmer, wenn er überschüssige Haare mit seinem Elektrorasierer entfernte, dann flog ein Ausdruck leichten ekstatischen Irreseins über sein Gesicht, und sein Atem kam in scharfen, kurzen Stößen, wobei er selbst schrie: »Wie groß ist er?« oder »Drei Backen?« und »Ruhe im Examensraum.« Danach war er ernst, verdrießlich, kurz angebunden in seinen Kommentaren. Dann, '79, beim Mathe-Abitur, war alles aus. Der Direx platzte während des Moments der Klimax herein. Später hieß es gerüchtweise, er habe einen Sprung vom Malin Head überlebt und sei nach Schweden gezogen, wo man zu so was, soviel ich weiß, ausdrücklich ermuntert wird. Ah, da ist er ja.

Vetter«), buchstabiert, der Eid abgelegt und der Platz eingenommen worden waren, begann die Befragung.

»*Aye-aye,* Hochehrwürdiges Gericht. Ich behielt den Verdächtigen eine gute kleine Weile lang im Auge, o *aye.*«

Richter Jay unterbrach.

»Sind Sie Schotte, Schwarzundwieweiter? Oder aus dem Norden?«

»Äh, nein, Euer Ehren. Nicht ganz. Eigentlich überhaupt nicht.«

»Dann unterlassen Sie gefälligst diese ›o *aye*‹s und ›guten kleinen Weilen‹. FALLS Sie nichts dagegen haben.«

»Tut mir leid, Sir. Ja, Sir.«

»Rutsch bloß nicht drauf aus«, rief eine heisere Stimme (Finns) von der Zuschauertribüne.

»Ruhe«, donnerte Sheehan. »Oder ich räume den Gerichtssaal.«

»Haltet das Maul, die ganze Blase«, sagte der Richter. »Fahren Sie fort, Inspektor Dingsbumswieheißternoch. Schwarzwald.«

»Ich danke Ihnen, Euer Ehren. Also was nun den Verdächtigen angeht. Nun, wir haben einander per Zufall getroffen, und seine allererste Tat bestand darin, daß er sich in reiner Aggression auf mich stürzte. Glücklicherweise bin ich in verschiedenen asiatischen Kampfsportarten bestens trainiert und hatte keine Schwierigkeiten, den Bösewicht zu überwältigen. Mein Instinkt sagte mir genau dann und dort, daß ich es mit einem verzweifelten Schurken zu tun hatte, der vor nichts zurückschrecken würde …«

»… um seine ruchlosen Ziele zu erreichen?« stellte Richter Jay mit unwirscher Pseudo-Hilfsbereitschaft anheim. »Schenken Sie sich die Klischees, Oberinspektor Wiesieverdammtnochmalauchheißenmögen, und halten Sie sich an die Fakten. Sie sind Deutscher? Sie verdammter Fettsack. Stopfen Sie sich nicht soviel ins Maul und nehmen Sie einen Zentner ab!«

»Ja, Euer Ehren.« Schwarzkopf war ein Mann, der wie ein

gut abgerichteter Hund mit sofortigem kriecherischen Gehorsam auf die Launen und Aufträge der Autorität reagierte, egal, wie beleidigend. Besonders unter den gegenwärtigen Umständen, nachdem ihn ein Wirbelwind von Ereignissen aus dem Nullitätstum *via* Amerika und das FBI zur Überprominenz als Chef der Kriminalistischen Sondereinheit, Distrikt Südost, erhoben hatte, fühlte er sich allein auf weiter Flur, erste Reihe Mitte, dem Rampenlicht ausgesetzt, als könnte ihn der kleinste Schnitzer oder der Besuch auf der falschen Webseite oder ein indiskretes Augenrollen in die falsche Richtung direkt ins Verderben befördern. Man sehe sich schließlich den armen Neame an. Ein kurzer Aussetzer, und »eine vielversprechende Karriere« war …

»… am Boden zerstört …«

»… in der Blüte erstickt …«

»… dahin …«

… und was sonst noch für Begriffe aus dem Journalesischen auf die Situation zutreffen mochten. Es *war* aber auch ein bißchen daneben, unbedingt, zu sehen, wie Neame – noch dazu am Tag seines (Neames) großen Triumphs, als Quain, der Schuldige, bereits auf dem Weg nach Hause war, um sich vor Gericht zu verantworten – jedenfalls nach allem, was er von den anderen gehört hatte, plötzlich aus seinem Büro gewankt kam, als hätte er Getränke zu sich genommen (hatte er aber nicht, allen Berichten zufolge), den Flur entlangschoß, wobei er erst mit den Fingern, dann mit den Händen knackte und dann mit den Armen fuchtelte; dann, kurz hinter der Männertoilette, verfiel er in einen Sprint, sprang auf völlig verkommene Art Slumbers, das arme Mädchen, an, keckerte dazu wie ein Schimpanse und knurrte: »Muß diese Titten sehen …« Natürlich könnte Neames Abschiedskommentar etwas Licht auf die Sache werfen: »Jetzt bin ich endlich weg von *ihr*«, womit er Mrs. Neame meinte, einen regelrechten feuerspeienden alten Schnappdrachen, nach allem, was man so am Haughey Circle hörte …

»Sie haben also kein direktes Beweismaterial?«

»Nun, nein, Euer Ehren. Außer dem Telefonat.«

»Welches wir jetzt hören werden.« Richter Jay schnippte mit den Fingern. »Jetzt. Sheehan.«

Sheehan handhabte schwerfällig den Apparat. Dieser klickte sich mit einem mehrmaligen »ga-fump, ga-fump« in Bereitschaft, dann erfüllte schweres Atmen – oder schweratmende Statik – den Raum, und eine Stimme mit dem ausgeprägten Akzent von West-Cork (die von Wachtmeister Ypsilon, dem Hüter der Tonbandaufnahmen) sagte Datum und Uhrzeit der Aufnahme an; dann kam Ferdias Stimme in unmusikalischem Kontrapunkt mit der Stimme des damaligen Wachtmeisters Schwarzkopf.

»Hallo-o-o?«

»Schwarzkopf? Mit ›p‹?«

»Wer ist denn da?«

»Quain.«

»Wayne?«

»Quain.«

»Twain?«

»Och, um der Liebe Christi wil…«

»Ah. *Quain,* stimmt's? Jetzt bin ich ganz für Sie da. Was kann ich an diesem wunderschönen Tag in der Morgenstunde für Sie tun?«

Gelächter kräuselte durch die Geschworenen und glitschte zur Zuschauertribüne hinauf, wo es, durch einen Lachanfall von Finn verstärkt, von Sheehan prompt aus dem Saal geworfen wurde, welcher aufsprang und mit rotem Gesicht rief:

»Fresse halten, ihr Arschlöcher, oder ich räume das Gericht, äh, stimmt's, Euer Ehren?«

Keine Erwiderung kam vom Richter, welcher, die Hände gefaltet, den Kopf gesenkt, unter seinem Tisch saß, die Augen verzweifelnd auf den Fernseher fixiert, der ihm entgegenkommend zeigte, wie All The King's Men im freizeitmäßigen Handgalopp die Startmaschine in Fairyhouse verließ.

»Lauf, du Mistvieh«, quengelten Seine Ehren.

»Schnauze verdammt. Alle.«

Sheehan setzte sich. Kratzig kam Schwarzkopfs Stimme aus dem Tonbandgerät.

»Eine Kurbelwelle, sagen Sie? Was hat sie gemacht, sich festgefressen?«

»Nein, nein. Das ist der Spitzname des Mannes. Er ist bestimmt mit einer Bombe unterwegs. Daran besteht für mich kein Zweifel.«

»Mit einer Bombe, sagen Sie?«

Gilbey sprang auf und kommentierte aus vollem Halse.

»Beweist, was ich die ganze Zeit gesagt habe. Positiver Beweis, daß mein Mandant aus den besten Motiven heraus gehandelt hat. Indem er vor dem Anschlag gewarnt hat, um der Liebe Buddhas willen.«

»Hinsetzen«, »Ruhe im Gerichtssaal«, »Schnauze«, »nein wirklich, dies ist unerträglich«, »Schnauze, habe ich gesagt«, »Einspruch! Einspruch!«, »kommen Sie nach vorn«, »und jetzt laufen sie los«, »nein, kommen Sie nicht nach vorn, setzen Sie sich wieder hin, Sheehan, rufen Sie eine Sitzungspause aus«, »Verfahren wegen Verfahrensmängeln abbrechen«, »Sitzungspause«, »ja, Euer Ehren. Sitzungspause! Und zwar bis, och, weiß ich auch nicht«, »halbe Stunde«, »halbe Stunde«, »und es sieht gar nicht gut aus für All The King's Men, auf der Außenbahn wurde er von Brown Bess überholt, geritten von Alan O'Jenkins …«

Richter Jay verbrachte noch eine Runde in der Brown Alley, rauchte und schäumte über All The King's Mens vierten Platz. Dann tollte Panters Down als fünfter rein, und er war drauf und dran, den Prozeß an Ort und Stelle wegen offenkundiger Verfahrensmängel abzublasen, aber die Verteidigung rief Ernie Cahan, den Milchmann, auf.

»Milch, heilige Scheiße, Milch?« rief der Richter aus, wobei seine zu Berge stehende übergekämmte Glatzenfrisur und die puterroten Gesichtszüge Zeugnis von den Schwierigkeiten ablegten, die er mit Fernseh und Fortuna gehabt hatte.

»Milch, jawoll. Und Joghurt und so.«

»Sie meinen, Sie trinken den Kram tatsächlich?«

»Nein, nicht wirklich. Ziehe persönlich eine *pint* Earwickers vor. Ich liefere das Zeug nur. Naja, ist ein Lebensunterhalt.«

»Zweifelsohne.«

Assistiert von Sonderkommissar Shirtwaist, forensischem und DNA-Spezialisten, legte Ernie dem Gericht einen abgetrennten Fuß vor, plus den DNA-Nachweis – auf einem Stapel Computerausdrucke und einem Brief, der mit den Worten »Lieber Kunde« begann –, daß der Fuß, der während oder kurz nach der Explosion auf der Motorhaube von Ernies Milchwagen gelandet war, tatsächlich der linke Fuß des »Kurbelwelle« O'Deane war, des putativen (kein Wort, welches Ernie verstanden hätte) wahnsinnigen Bombers.

»Du kriegst die Tür nicht zu«, sagte Richter Jay. »Wessen?«

»O'Deane, Euer Ehren«, brüllte Gilbey. »Hauptverdächtiger Numero uno vom Start bis Finish, wie ich Ihnen schon die ganze Zeit zu erklären versuche, Sie kleisterohriger Tölpel, von diesem aufgeblähten Arschloch O'Bunion ganz zu schweigen, der wahrscheinlich ein heimlicher Schrank-Hindu ist.«

»Na schön«, entschied der Richter. »Jetzt reicht's. Mir stehen Ihre ehrabschneiderischen Andeutungen bis hier, und damit meine ich Sie alle. Der Prozeß ist beendet. Wegen Verfahrensfehlern.« Gilbey und seiner Frau, die »faire farandole« verstanden hatten und bereits Pläne für ihren nächsten Trip nach Bodhisattva-sur-Rhône, jener wunderschönen kleinen buddhistischen Enklave in der Provence, schmiedeten, röhrte der Richter zu: »Haut ab!« Er knallte seinen Zimmermannshammer, den er anstelle des zierlichen Holzhämmerchens unter seinem Stuhl verwahrte, auf den Tisch. »Wenn ihr in Berufung gehen wollt, bereitet eure Unterlagen vor, ihr nichtsnutziges gieriges Winkeladvokatenpack. Aber erstmal können Sie jetzt alle nach Hause gehen. Ganz besonders Sie, Gilbey.«

»Om«, gab Gilbey scharf zurück und verließ erstklassig beleidigt den Saal. Pikiert folgte ihm seine Frau, welcher die

Zunge erstaunlich lang aus dem Munde ragte –, unmöglich zu sagen, ob durch Zufall oder Design.

So purzelte Kurbelwelles Fuß, obschon durch DNA-Test beglaubigt, mitsamt dem mitgeschnittenen Telefonat und Robb Manloves leidenschaftlicher Zeugenaussage in den juristischen Morast, den man als Verfahrensfehler kennt. Trotz O'Bunions und Gilbeys besten Bemühungen endete alles in stotternder Bedeutungslosigkeit. Die Anwälte sahen ganz schön doof aus, sehr zu Richter Jays Entzücken, und Oberhauptkommissar Schwarzkopf, dieses »ekelerregend fette Boche-Nilscheißenochmalpferd«, um es mit den Worten des Richters zu sagen, ebenfalls.

»Ich danke Ihnen, Euer Ehren«, sagte Schwarzkopf.

Richter Jay erhob sich sodann zum letztenmal, wiederholte »Verfahrensfehler« und fegte majestätisch aus dem Gebäude, dicht gefolgt von Sheehan und Mrs. Tooley, die beide einen ausgegeben erwarteten, wenn man die relativ gute Laune Seiner Ehren in Rechnung stellte, trotz der Rennresultate. Und richtig: Gegenüber bei Mad Molloy's schmiß der Richter eine Stubenlage, außer für die Gilbeys, die als Buddhisten auf alkoholische Entspannung verzichteten; sogar Pierre O'Bunion bekam etwas ab –, und abermals, als eine weitere Runde geschmissen wurde, um zu feiern, daß Schollenfilet in Newmarket um eine Stupsnasenlänge als erster ins Ziel ging, was den Richter zu einem regelrechten Born machte, der vor Aufmunterungen nur so sprudelte, alkohol- wie sonstwie bedingten, sowie vor Bieratem und Barem.

* * * * *

»Tja«, sagte Ferdia Quain phantasielos zu seiner Frau. »Das wäre überstanden, was?« Nun, da das ganze juristische Aufhebens vorbei war, ignoriert, saßen sie in einer Ecke neben der Einzelsäuferkoje, in der Richter Jay mit einem bis zwei

Kumpanen – Sheehan, Mrs. Tooley, einem ungenannten Ex-Jockey, einst eingekerkert, jetzt auf Kaution frei[148)] – Triller der Bewunderung ob der Resultate von Newmarket ausstießen, wobei sich ihre Torsi sanft im Rhythmus des Reggae wiegten, der in immer neuen Bächen aus *o-yay-o* und *de-dum* vom Kurzwellenempfänger verschüttet wurde, den der Richter in der Hand trug und der direkt auf Radio Marley 24, Kingston, Jamaika, eingestellt war.

»Was für ein Scheißlärm«, sagte Ferdia. »Welches Gift nimmst du?« befragte er Mrs. Quain.

Shirley nahm einen Bon Séjour: ein Teil Dubonnet, ein Teil Cointreau, der dritte Teil Ginger Ale, mit einem Spritzer Limone und mehreren Eiswürfeln, à l'américaine. Ferdia, von seiner amerikanischen Erfahrung in jeder Hinsicht unberührt, drückte eine *pint* Earwicker's Special an sich, dann eine zweite, beide von Antheas, seiner zukünftigen Schwiegercousine, kundigen Händen eingeschenkt und modelliert. Ah, es war gut, wieder da zu sein, in diesem Augenblick, 's war gut. Aber:

»Wie überaus verdammt dämlich das alles doch war«, sagte Shirley. »Jetzt sind wir beide arbeitslos, ich bin wieder in diesem verdammten Irland, wir sind beide pleite, und in unserm Haus wohnt jemand anderes.«

»Ja, aber sieh es doch mal von der positiven Seite, *acushla*«, sagte Ferdia. Shirley bereitete sich auf schale, ich-bezogene

148) Ich weiß, daß dieser Schweinehund Carfax ist, oder ich bin ein dänischer Heringshändler. Ja, beim süßen Jesus, das ist er, das ist Carfax, sehen Sie sich doch nur mal diese Hängebacken an. Der alte Geldsack, also auf diese Weise finden wir heraus, wo er die ganze Zeit gelandet war, da war er wieder in HIC wieder in Killoyle, und wir dachten alle, er ist in Florida und wird auf Kosten des amerikanischen Steuerzahlers schön braun. Da kriege ich ja eine ganz andere Einstellung, was Molloy's betrifft, daß die willens sind, zwei solche Vertreter wie diesen krummen Hund von einem Richter und Carfax-der-die-Leute-bescheißt zu bedienen, am besten gehe ich schnell mal hinüber, bevor da dichtgemacht wird, und überzeuge mich selbst. Es sei denn, Sie würden …?

Äußerungen der Erleichterung angesichts des Urteils und verschiedene gestotterte Punkte Eigenlob vor, mit einem Schuß sonnig grünem irischen Geschwätz versetzt, aber stattdessen hörte sie:

»Immerhin ist es nicht mein Da, der dort wohnt.«

»Na«, schnappte sie, »das mag wohl so sein. Und ich bin nicht sicher, ob das nicht vorzuziehen wäre. Denn es ändert nichts daran, daß da jetzt dieses Geschöpf Angel wohnt, samt Freund dort eingezogen, der so eine Art Profifreistilringer ist, und zwei seiner Kollegen hat er gleich mitgebracht, und die schlafen jetzt in unserem Wohnzimmer.«

»Ein bißchen scheiße, das muß ich zugeben.«

»Ein bißchen ...? Du kannst noch mehr Scheiße kriegen. Wir sind pleite, Schatzi. Nicht nur das, bis wir diese Bande aus unserem Haus gekriegt haben, sind wir auch obdachlos. Alles nur wegen dieses idiotischen Impulses, der über dich gekommen ist, so einfach zu verduften, ich meine, von allem, was man anstellen kann, um sich verdächtig zu machen, steht das Sich-nach-Amerika-Verpissen ja wohl an alleroberster Stelle.«

»Schien mir das Beste. Sie hatten überall Kameras, und ich wollte nicht, daß du da mit reingezogen wirst.«

»Und deshalb hast du mich verlassen. Na bravo. Nicht, daß man mich groß verlassen könnte. Ich meine, zugegeben, ich bin auch rübergegangen, auf gut Glück. Und jetzt sind wir wieder da. Finde dich damit ab, Liebchen, wir haben beide als Einwanderer versagt. Hier versagt, da versagt.«

»Die alte Geschichte. Zeit für neue Anfänge.«

Finn hörte zu.

»Oy, wenn ihr nicht unterkommt, zieht doch in das Haus von diesem Typen da.«

»Von wem?«

»Diesem Typen da. Dieser Typ da. Wienenntersich. Duddy. Er hat doch sein altehrwürdiges Gemäuer zum Kauf angeboten, bevor er nach Amerika ging, und Byrne überlegt, ob er es kaufen will, und hat mir die Schlüssel gegeben, damit ich's mir mal ansehe, und wenn mir irgendwelcher Krimskrams gefällt, hat er gesagt, kann ich ihn behalten.«

Shirley ließ sich noch einen Bon Séjour kommen.

»Duddy, was? Er hat doch wohl nicht überall Vitamine in der Bude?«

»Weiß ich nicht, Missis«, sagte Finn. »Aber wenn doch, könnte es auch Schlimmeres sein, falls ihr versteht, was ich meine.« Er ging davon, um Anthea zu suchen, und quengelte: »Brrr, kalt ist es.« Später erwartete ihn jedoch Wärme in Antheas Armen, da sie an jenem Tag ungewöhnlich vergnügt und zufrieden war; nicht nur war die Gerichtsverhandlung ein Brüller gewesen, aber was war mit der alten Standuhr, die Finn aus Roofwalls herausgetragen hatte? Mit der niederländischen? Der, die er für den Preis der Anzahlung für ein neues Auto bei Arbuckles in der Pfandleihe hatte verscherbeln wollen? Nun, es hatte sich herausgestellt, laut Bekunden eines Antiquitätenhändlers und Stammkunden bei Molloy's, des whiskeytrinkenden Mr. Spayne, von Spayne & Nimble in der Grafton Street, daß sie auf dem freien Markt (mit den Worten Mr. Spaynes) »ein schönes Sümmchen« wert war. Vierstellige Beträge wurden mit Bestimmtheit erwähnt, auf fünf- bis sechsstellige wurde neckisch angespielt. Mr. Spayne erbot sich aufgeregt, tätig zu werden, wurde aber kühl abschlägig beschieden: wie Finn, in einem uncharakteristischen Ausbruch von Beredsamkeit, sagte, will man das Glück doch nicht in fremde Hände legen, wenn es zum erstenmal in diesem Scheißleben an die Tür klopft, anstatt einem wie bisher immer nur in den Arsch zu treten. Diskret planten nun er und Anthea, die beide noch nie groß im Ausland gewesen waren, wenn man von diesem gräßlichen Trip nach Florida und Finns Herrenpartie nach Stevenage zu seinem 23. Geburtstag absah, einen kurzen Abstecher auf den Kontinent und dort an einen Ort namens Karim Zogbys Auktionspalast in Genf, wo, hieß es überall und lang und breit im Internet, ständig Auktionen veranstaltet wurden, bei denen es um Millionenbeträge oder mehr ging. Danach, wenn alles gutging, konnte Molloy's sehen, wo es blieb, und er, Finn, würde sich in die Hälfte von dem, was Byrne jeweils gerade am Laufen hatte, einkaufen; und wer weiß, vielleicht unterstellte er seinem törichten ollen Vetter Ferdia ja dann das eine oder andere … oder auch nicht.

Und so begab es sich, daß Ferdia und Shirley, von alledem keines Schimmers teilhaftig, zum Hause Roofwalls aufbrachen, und dort, beim Lichte des durch die Fensterläden ausgesperrten verschleierten Monds, wo Donal und Terpsichore und manch anderes Paar Spaß gehabt hatten, lagen sie und hielten einander mit ehelicher Festigkeit die ganze erste Nacht als Mann und Frau seit langer, langer Zeit, und das sanfte Pfeifen des Windes wurde nur vom silbrigen Kettenraucheratmen Ferdias und von Shirleys strammem nordenglischen Schnarchen gestört – und, gegen Mitternacht, von Räuspern im Korridor, furchtsam zunächst, dann bestimmter, dann ausgesprochen streitlustig.

»Ähem ähem. ÄH-hemähem hem. Ähem. ÄÄH-hem hem HEM hem. ÄHEMM.« Etc.

Aber Sir Buckley wurde ignoriert und trieb davon. Ferdia und Shirley schliefen tief, und ohnehin waren Gespenster ihnen aber sowas von wurscht. Stattdessen träumte Ferdia von einem dicken, großen abgetrennten Kopf, der eine Straße herunter auf ihn zugedotzt kam, und, egal, wie schnell er rannte, konnte er ihm nicht entkommen, und als er immer näher kam, war es der Kopf des grinsenden Kurbelwelle O'Deane. Fest biß der Kopf in Ferdias Hosenboden.

»Happich dich erwiffp!« sagte der Kopf.

* * * * *

»Nun sagen Sie mir mal wo sollte die Beleuchtung für den Ladentischhauptbereich hin und ich fände es am besten da drüben nein da drüben nein nein DA drüben wo man den

Kunden sehen kann wenn er zur Tür reinkommt und erstmal die Mauer zu seiner Rechten auf sich einwirken läßt genau da na muß ich Ihnen denn alles erklären was für eine Art Elektriker sind Sie überhaupt Sie können ja scheints Ihren Arsch nicht von einem Leck im Staudamm von Ballymullet unterscheiden tut mir leid tut mir leid ich hatte einen ziemlich harten Tag ich meine erstmal fing es schon mal damit an daß ich morgens um halb fünf aus der Falle mußte und durch die ganze Stadt nach Heuston zum Killoyle-Expreß Expreß daß ich nicht lache hahaha ein gottverdammter Milchkannen-Expreß ist das ich meine der hält an jeder Kreuzung und an jedem Milchviehbauernhof zwischen hier und der Großen Blasket-Insel als solcher da höre ich Sie doch glatt sagen wenn das so ist warum fahren Sie dann nicht mit dem Auto ich weiß ich weiß schon merkwürdig oder daß ein Typ der Autos verkauft nicht mal eben die hundert Meilen mit dem Auto fährt tja denkste ich verkaufe nämlich keine Autos mehr weil ich nämlich beschlossen habe ein ehrbarer Ladeninhaber Schrägstrich Touristenmagnet zu werden ich will mit diesen gottverdammten Autos nichts zu tun haben Autos ach hören Sie mir doch auf mit Autos nicht daß ich mir nicht selbst eins besorgen könnte oder eins für die Missis von wegen wenn man mehr als zwanzig Jahre in der Branche tätig war lernt man vor welchen man sich besser in acht nimmt o ja das lernt man beim lieben Dingsbums aber es war einfach mal an der Zeit sich beruflich zu verändern o ja an der Zeit o ja an der Zeit hier sind wir also und ich fange als der zukünftige Besitzer von Killoyles einzigem Wein- und Käseladen ganz von vorne an finden Sie übrigens Killoyle Wein und Käse ist ein guter Name das war Finns Idee nicht übermäßig originell gebe ich zu aber es trifft es ganz gut finde ich dann habe ich aber wiederum gedacht Der Hungerstreik ganz äh weiß auch nicht äh komisch so als Name für eine Freßbude plus der Fakt daß ziemlich viele Leute sowieso wegen der Mauer mit den Hungerstreikenden vorbeikommen und jetzt wo sie sowieso in den Laden äh inkorähporiert ist naja da habe ich mir gedacht wir sollten das vielleicht irgendwie erwähnen aber auch nicht so als Biggie wie die Amis sagen und außerdem ist mir in den Kopf geschossen daß Der Hungerstreik sich irgendwie mehr wie eine Bar anhört als wie ein Wein- und Käseladen und man kann ja gar nicht vorsichtig genug sein wenn es darauf ankommt sich das Gesocks vom Leibe zu halten o das können Sie mir glauben ich weiß wovon ich nach mehr als zwanzig Jahren in der Autobranche rede jedenfalls egal wie wir den Laden dann nennen können Sie sicher sein daß es sich herumspricht und so oder so bin ich fein raus weil ich diesen Gebrauchtwagenhandel nicht mehr am Halse habe da geht man doch vor die Hunde und was ebenfalls vor die Hunde geht ist diese absolute Spitzenimmobilie ich meine sehen Sie sich sehen Sie das doch nur mal an mit der Aussicht und allem und direkt auf der Uphill Street und mit prima Busanbindung immerhin muß ich eins sagen Finn das ist mein Geschäftsführer Finn McCool ich weiß ich weiß glauben Sie nicht ich habe es auch nicht geglaubt aber er hat mir seinen Führerschein gezeigt aber scheiß doch auf seinen Führerschein ich habe da immer noch meine Zweifel falls Sie wissen was ich meine ich meine Finn McCool heutzutage ehrlich na jedenfalls wo war ich stehengeblieben ach ja immerhin muß ich eins sagen immerhin war er derjenige der eines Tages gesagt hat scheiß doch auf die Autobranche gründen wir einen Wein- und Käseladen UND darüberhinaus hat er noch gesagt kaufen wir diese häßliche alte Mauer und reißen sie ein nein habe ich da gesagt nein das werden wir nicht tun das Ding ist eine Cash-Kuh wie sie drüben in den Staaten sagen eine richtiggehende gottehrliche muhende Cash-Kuh aber ja wir werden folgendes machen sage ich wir machen sie zum Teil des Ladens damit sie die Touristen reinbringt die hierherkommen um rumzustehen und diese ekligen Zeichnungen anzuglotzen na ich gebe gern zu sobald mir die Worte aus dem Mund gepurzelt waren und mir klar wurde was ich da ins Auge gefaßt hatte war ich schockiert ehrlich wahr aber bei reiflicher Überlegung falls Sie verstehen was ich meine rundete sich alles zu einem Bild und bekam einen Sinn hier sind wir also und fest entschlossen Mitte nächsten Monats zu eröffnen wann ist das das ist so um den St.-Patricks-Tag herum oha oha da hätten wir ein weiteres Thema das wir verwenden können eine patriotische Eröffnungsfeier mit der Hungerstreikermauer und dem ganzen Kram wissen Sie was das könnte sie busladungsweise zu uns treiben daran werde ich noch ein bißchen arbeiten müssen wo war ich stehengeblieben ach ja wie ich bereits sagte ich fahre nicht auf diesen Straßen und Schluß aus ich meine haben Sie mal versucht auf diesen Straßen zu fahren egal ob sie die Autobahn oder Hausbaustrecke oder wie nennen Hausbaustrecke das ist wirklich gut entschuldigen Sie schon mal während ich lache Hausbaustrecke am Arsch entschuldigen Sie den Ausdruck JEDENfalls hier bin ich und hier bleibe ich ha ha ha ha ha O'Reilly stimmt's ja naja und wieder einmal können wir dem gefürchteten Finn McCool danken er ist nämlich der der gesagt hat ich soll Sie für den Job nehmen der einzige anständige Laden in der ganzen Stadt hat er gesagt sonst gibt es da nur noch so eine japanische Mannschaft die hauptsächlich Prestige-Elektrikerkram für diesen Maher macht und übrigens wo wir gerade bei dem Thema sind hier ist ein Leckerbissen muß aber zwischen Ihnen und mir und dem Laternenpfahl bleiben nein nicht dem dem nein nicht dem dem nein nicht dem dem nein nein DEM da drüben neben der Hungerstreikermauer jedenfalls wo war ich stehengeblieben na ich werde Sie einfach mal loslegen lassen und dann kommen die Drähte ich meine vergessen Sie nicht wir hatten gesagt die Beleuchtung muß oben an der Hungermauer angebracht werden ich will daß es aussieht wie im Museum wissen Sie wie so ein römisches Mosaik in so einem italienischen Museum oder diese Sammlung mit alten Eisenbahnplakaten im Transportmuseum in der Copperbottom Street naja lohnt auf jeden Fall einen Besuch die haben da Plakate die noch in die Zeit der Notverordnung zurückgehen das ist aber verdammt besser als alles von unserem Freund Vincent

Bingo oder wie er verdammt heißt dieser holländische oder belgische Lümmel mit dem Bart und dem abgeschnittenen Ohr und dem irren Blick danke nein geben Sie mir was Praktisches aus dem richtigen Leben zum Ankucken wie ein Plakat ich habe mir übrigens überlegt ob ich mir nicht für hier so ein paar Stücke zulegen soll echte Stücke aus der Zeit und was damals so eine Eisenbahnfahrt kostete das würden Sie gar nicht glauben ich meine Dublin–Galway und zurück drei Shilling damit fängt es schon mal an und warten Sie Dublin–Belfast einen Zehner oder waren es fünf praktisch umsonst jedenfalls Junge praktisch umsonst na gut dann lasse ich Sie mal loslegen und die Beleuchtung sollte wie gesagt da drüben hin und dorthin so daß wir diesen Willkommensbereich erzielen wissen Sie sobald man reinkommt und wo wir dabei sind eins dieser schicken nachgemachten Gaslaternendinger direkt draußen könnte mir gefallen so richtig schön Butzenscheibenfrakturfachwerk die Richtung falls Sie nicht selbst drauf gekommen sind wissen Sie gestreifte Markisen und vergoldete Blumentöpfe und dergleichen und deshalb habe ich mir gedacht so ein Satz von diesen nachgemachten viktorianischen Gaslaternen wäre doch genau das Gegebene auf jeder Seite eine falls Sie mir folgen können eine links und eine rechts von der Eingangstür was meinen Sie können Sie das als Teil des Pakets hinkriegen nein aber nein ich habe keine Lust neu zu verhandeln über die Bezahlung haben wir bereits entschieden mein lieber Herr Mister ich bin doch kein verdammter König Minos oder wie er hieß jedenfalls nicht wie unser Freund im Gegensatz zu unserem Freund ha ha ha ha wie überaus passend unser Freund Der Grieche Maher ah ja da ist mir wieder eingefallen was ich gesagt habe aber jetzt mal ernsthaft natürlich bitte ich Sie neue Einheiten zu installieren und dann werde ich den Bezahlmodus entsprechend nach oben angleichen aber wenn ich das tue erwarte ich Ihre Zusammenarbeit indem Sie ein paar elektrische Reklamen anbringen da weiter unten bevor man hier ist so in der Art von Park Deine Chaise Bei Killoyle Wein & Käse den hat sich der junge Finn ausgedacht oder wie war noch der andere Augenblick mal Rock For Roquefort bei Killoyle Wein & Käse und so weiter nein ich weiß ist nicht gerade gottverdammter Shakespeare aber in Liebe und Werbung ist alles erlaubt wie mein Da immer sagte ah der war vielleicht eine Marke kann ich Ihnen sagen einmal stand er vor der Tür und ein Typ ging vorbei und sagt zu ihm Hallo sagt er wir sehen ja in letzter Zeit gar nicht gut aus und Tja ich weiß nicht sagt der Da ich habe mich in letzter Zeit nicht gesehen ah ha ha ha ha ha ha ha ha ha ha ha ha ha ha ha ha ha ha ha ha ha ha ha ha ha ha ha ha ha ha ich habe mich in letzter Zeit nicht gesehen haben Sie das verstanden mich nicht gesehen ach da fühle ich mich doch gleich viel besser wenn ich an den alten Scheißkerl denke o doch ach was der sich alles von Frauen bieten lassen mußte würden Sie gar nicht glauben nein würden Sie nicht das kann ich Ihnen versprechen und das weiß ich besser als die meisten weil sie meine eigene Mutti und Schwester waren und immer noch sind Gott segne und erhalte sie nicht daß meine Schwester viel vom einen oder anderen nötig hätte nein sie ist einfach abgehauen und in ein Fischerdorf emigriert wo in Neufundland keine Ahnung ist ja auch scheißegal wie mein Onkel Davie zu sagen pflegte Ist Ja Auch Scheißegal pflegte er zu sagen wenn wir uns zum Abendessen hinsetzten und Mutti den Kohl mit Stampfkartoffeln und Speckstreifen reinbrachte Wo bleibt verdammtnochmal der Whiskey und wie er sich dann vor Lachen nicht mehr einkriegte und manchmal bekam er auch einen seiner teuflischen Hustenanfälle als stürzte gleich das verdammte Haus ein aber so war Onkel Davie ach ein richtiger Prinz von einem Manne das war er wohl wahr das war er und einmal hat er doch sogar einen von diesen Cahill-Jungs in seinem Keller erwischt und laufenlassen sie kennen die Jungs hat nicht einer von denen bei Ihnen im Laden gearbeitet wie hieß er noch Paulie Philly Petey genau das war er wissen Sie ich habe etwas sehr sehr Merkwürdiges über diesen Burschen gehört wer hat mir das noch erzählt ah jetzt weiß ich wieder es war mein alter Kumpel Richter Larkin ein rundherum witziger Mensch und eine Goldmine wenn es um Tips für die Gäule geht neulich haben wir beide regelrecht abgeräumt als Schollenfilet ein vierjähriges Stutfohlen in Newmarket vor Golfstrom reingehopst kam und ich muntere zweifünfzig eingesackt habe vielen herzlichen Dank ja Richter Larkin ist Ihr Mann erstens sowieso und außerdem immer wenn Sie einen heißen Tip brauchen jedenfalls wo war ich stehengeblieben ach ja Petey Cahill da heißt es doch gerüchteweise er sei in Amerika drüben von den Bundesbullen verhaftet worden weil er wie soll ich das ausdrücken ...«

»Bei der Eingangstür, sagten Sie?« warf O'Reilly hastig ein. »Wie viele Anschlüsse?«

»...wieviele äh äh tja na schön dann lassen Sie mich mal sehen sechs würde ich sagen oder acht nein acht wir werden so viele wie möglich für diese Beleuchtung oben und unten brauchen damit die Leute die Gesichter unserer Freunde so deutlich wie möglich sehen können nicht daß jemand der einigermaßen bei Trost wäre da so genau hinsehen möchte ich meine ehrlich sehen Sie sich doch mal diesen Mann da links an wieheißternoch Socks oder ja beim Sonstwas der sieht doch aus wie der 112er Bus von hinten an einem Regentag natürlich werden Sie jetzt vermutlich sagen ich würde auch nicht aussehen wie Rudolf Schwarzenegger wenn ich sieben Wochen lang nichts gegessen hätte und da haben Sie natürlich völlig recht nicht daß ich dafür je den ich glaube Mut nennt man sowas aufbringen würde oder meine ich stinknormalen altmodischen Wahnsinn denn ganz ehrlich wenn man es recht bedenkt, was soll das denn scheißenochmal bringen entschuldigen Sie den Ausdruck ich meine wenn Sie mich fragen ist ein vereintes Irland doch für den Arsch und nicht wert daß man auch nur einem einzigen Mann die Spitze des kleinen Fingers in die Luft sprengt geschweige unschuldige Babys und ihre Muttis es gibt Zeiten da schämt man sich sich Ire zu nennen deshalb habe ich das auch nicht immer gemacht ich habe mich immer einen Westnormannen genannt ah ha ha ha ha ha aus West-Killoyle ah ha ha ha ha ha ha haben Sie das jetzt verstanden Westnormanne wie Westbrite wissen Sie so wie sie früher die Unionisten und ihresgleichen nannten also Westnormanne und heutzutage mit den ganzen französischen Touristen und den Holländern und allen na ich weiß nicht vielleicht wäre ich besser beraten einen Kondomladen zu eröffnen ah ha ha ha ha ha ha gibt es schließlich kein Gesetz gegen Geschäftserweiterung sozusagen oder etwa doch ah ha ha ha ha ha ha natürlich sind sie heutzutage alle ganz verrückt nach Wein oder wo wir doch versuchen Franzosen zu sein oder Italiener oder irgendwas anderes als Brits und jeder macht ein Restaurant auf und serviert Zitronensuppe mit Grasschnipseln die dann mit einem knackigen Vouvray heruntergespült wird und was nicht alles ich habe wohlgemerkt selbst nichts gegen die edle Traube nein ich habe immer Wert darauf gelegt mich weiterzubilden fast als hätte ich gewußt daß ich dermaleinst einen Weinladen besitzen würde nun lassen Sie mich mal sehen O'Reilly was würden Sie zu Schalentieren trinken keine Ahnung was nein hätte ich auch nicht gedacht eine *pint* Reamer's ist wohl eher Ihre Kragenweite also ich persönlich würde einen grüngoldenen Chablis mit der harten Persönlichkeit meiner Tante Charlotte wählen wie es so schön heißt und dann natürlich zum Hauptgang sagen wir mal Hummer tja nun das könnte nach etwas Schwererem und Vollerem wie einem buttergelben konzentrierten Meursault verlangen mit einer Abrundung wie diese Schauspielerin wie heißtsienoch diese Australierin Michelle oder so oder wie Sie wissen schon die eine da die hat gerade in wie hieß er noch irgendwas mit Poliert oder Polnisch na grrrrr das sage ich immer und meine Frau sagt Vorsicht immer wenn er einen Film mit diesem Mädel sieht wird er plötzlich ganz gereizt und macht grrrrrrrr ah ha ha ha ha ha ha ha JEDENfalls gäbe es dann noch den eleganten Puligny-Montrachet für Ihre besonderen Tage sowie alltägliche weiße Mâconnais für Besäufnisse und denken Sie dran wenn Sie auf dem billigsten Sudel bestehen kann ich Sie beruhigen wir werden ein volles Sortiment an preislichen Optionen vorrätig haben ich würde sagen nehmen Sie den ollen roten Andalusier das ist der Schluck für den armen Schlucker Sie sehen also ich verstehe tatsächlich was davon doch nicht so ganz der übliche Gebrauchtwagenhändler o nein ich nicht moi non entschuldigen Sie mein Französisch ah ha ha und ganz bestimmt nicht wie dieser Scheißwucherermensch Maher dessen Geschmack sich voll und ganz auf sein Spundloch konzentriert ja vielen herzlichen Dank na ist das wohl zu glauben JETZT weiß ich wieder was ich sagen wollte sobald ich nämlich bekanntgegeben hatte was ich mit diesem kleinen Paket Grundeigentum vorhabe geht doch der alte Grieche Maher persönlich ans Rohr und ruft mich mit seiner smaragdgrünen irischen Nummer mit reichlich Begorra und tausend Kobolden an und bietet mir ein paar Millionen für das Grundstück und ich meine das Grundstück einschließlich die Mauer leck mich lautet meine Antwort das kann ich nämlich auch gehört Ihnen nicht sowieso schon die halbe verdammte Stadt wir wollen hier aber keine Monopole wo glauben Sie wo Sie hier sind habe ich gesagt und dann wollte ich Rußland oder Nazideutschland oder sowas sagen aber aus irgendeinem unerfindlichen Grunde naja nein so total unerfindlich ist er gar nicht sondern eigentlich ziemlich naheliegend habe ich gesagt wo glauben Sie wo Sie hier sind in Griechenland na natürlich ist es kaum ein Geheimnis daß er all die Jahre als Der Grieche bekannt ist und genauso wohlbekannt ist die Tatsache daß er das haßt wie die Pest weil er glaubt dadurch hört er sich an wie eine Art Schwuchtel und deshalb und ich hatte das aus einer sehr guten Quelle meine Frau kennt jemanden der bei Maher arbeitet deshalb das können Sie jetzt glauben oder nicht hat er tatsächlich überall in seinen Firmen eine Aktennotiz kursieren lassen in der die Angestellten gewarnt werden daß jeder der ihn ins Gesicht oder hinterm Rücken Der Grieche nennt gefeuert wird ehrlich wahr und kein Scheiß gefeuert jetzt habe ich mich gefragt als ich das gehört hatte was ist wenn so ein armer Hund

Teepause macht und es hört jemand wie er über einen Bekannten aus Griechenland spricht und sagt Och ich weiß nicht was hältst du eigentlich so vom Griechen wie wenn man über Fußball spricht oder na in dem Fall Segelyachten oder sonst so eine Schote hast du gestern abend Den Griechen in der Glotze gesehen ja was dann wird er dann sofort gefeuert oder was oder rückt Mahers Werkschutz an und verpaßt ihm einen kleinen Knieschuß ich weiß es nicht aber ich stelle mir mal vor das ist etwas wo die Menschenrechtsheinis tätig werden sollten aber um ganz ehrlich mit Ihnen zu sein ist es keine große Überraschung für jemanden der die Karriere dieses Schweinehunds verfolgt hat ich meine ehrlich jetzt angefangen hat er damit daß er Slumwohnungen vermietet hat und dann hat er die Armen mit Gas vertrieben es heißt sogar er wäre selbst tätig geworden als Ninja verkleidet wenn Sie sich das vorstellen können das wäre dann der fetteste Ninjakämpfer der Welt Mann aber wirklich und ich habe gehört er hat sogar Kunstdünger eingesetzt um einen kleinen Mann aus dem Haus zu vertreiben den er nicht haben wollte na Sie wissen ja wie solche Geschichten anfangen da gibt es immer einen Blödmann der steht am Tresen und verbreitet Gerüchte und macht Andeutungen aber es gibt nie Rauch ohne Feuer wie es so schön heißt oder heißt es Feuer ohne Rauch na jedenfalls dann als unser Freund merkt daß er gerade verliert hat er doch den Nerv mir vorzuschlagen daß wir zusammen ins Geschäft kommen und als er das sagte sah ich die Hungerstreikermauer an und ich dachte er ist so gut wie jeder andere wenn er für mich Geld verdienen kann und dann habe ich ihn gefragt ob er nochmal fragen kann nur für einen höheren Preis o nein hat er gesagt und dann habe ich ihn genannt und dann hat er gefragt ob ich eine Idee damit runtergehe nein habe ich gesagt verpiß dich du kriecherisches Jüngelchen dafür würde ich nicht mal mit dem Heiligen Erzengel Sankt Michael persönlich ins Geschäft kommen wollen o nein und dann habe ich ihm gezeigt wo der Hammer hängt mit dir keinerlei Geschäft nein ich weiß daß du ein Schuft bist und werde es allen sagen dann wollte er nur noch tausend weniger bieten oder so aber nein habe ich gesagt damit er merkte daß es mir ernst war nein keinen Penny und in mir arbeitete es wie verrückt und nein habe ich gesagt nein ich will nicht Nein.«[149)]

Ende

149) Was meinen Sie mit »letzte Bestellung«? Ich bin doch gerade erst gekommen. Können Sie die Uhr nicht lesen? Terence, stimmt's? Nun mal nicht diesen Ton, Ter äh Terence. Das reicht jetzt. Schon gut schon gut ich geh ja schon ich bleibe nicht wo ich nicht willkommen bin. Dowd's ist glaube ich noch offen. Und Ihnen gute Nacht. Ja, ja, gute Nacht habe ich gesagt gute Nacht allerdings und Ihnen allen ein dreifach donnerndes Weg-mit-verdammtnochmal-Schaden ja Ihnen allen ja. HIC.